JN311686

二見文庫

危険な愛のいざない

アナ・キャンベル／森嶋マリ＝訳

My Reckless Surrender
by
Anna Campbell

三十年のあいだ、小説を書く喜びも、悩みも、愚痴もすべて聞いてくれた
親愛なる友人、アマンダ・ベルへ

謝辞

いつも変わらぬ感謝の気持ちをみなさまへ!

まずは、エイヴォン・ブックスのすばらしい方々に心からの謝意を表します。有能な編集者メイ・チェン。疲れを知らないアシスタントのアマンダ・バーゲロン。美しい表紙をデザインしてくれる美術部門のみなさん。パメラ・スペングラー゠ジャッフェとクリスティーン・マッダレーナをはじめとするマーケティング部のみなさん。ショナ・マーティン、リンダ・ファネル、カレン゠マリー・グリフィス、クリスティーン・ファーマー、ジョーダン・ウィヴァーといったオーストラリア・エイヴォン社の方々にお礼を申しあげます。また、エージェントのナンシー・ヨストにも心から感謝しています。

本書にかんして、とりわけおふたりの方にことばでは言い尽くせないほどお世話になりました。アニー・ウエストとクリスティーン・ウェルズ――このふたりに小説を批評させたら、右に出る者はいません。

執筆仲間にも、お礼を言わないわけにはいきません。ヘレン・ビアンキン、ソフィア・ナッシュ、パメラ・パーマー、いまや伝説となったロマンス・バンディット、キャンディ・シェファード、キャスリーン・ロス、ニコラ・コーニック、キャサリン・スミス、ケイラ・ソローレ、ルイーザ・コーネル、ステファニー・ローレンス、ロレイン・ヒース。同様に、ミシェル・ブオンフィグリオ、キム・カスティリョ、マリサ・オニール、マリア・ロッケン。あなたたちは私の毎日を明るく照らしてくれる太陽です。同業者のシャロン・アーチャーとヴァネッサ・バーネヴェルドには、この場を借りて心からの謝意を表します。

これまでの私の作品を愛して、感想を寄せてくださった多くの読者の方々に感謝しています。みなさまのすばらしい感想が私にとってどれほど意味深いか、ことばでは言い表わせません。

危険な愛のいざない

登　場　人　物　紹　介

ダイアナ・キャリック	クランストン・アビーに住む未亡人
ターキン・ヴァレ	アッシュクロフト伯爵
エドガー・ファンショー	バーンリー侯爵。 クランストン・アビーの領主
ジョン・ディーン	ダイアナの父。 クランストン・アビーの管理人
ローラ・スミス	ジョンの養女。ダイアナの義妹
ウィリアム・キャリック	ダイアナの亡夫
エズラ・ブラウン	ジョンの秘書
フレデリックス	バーンリー侯爵の召使
メアリー	アッシュクロフトの叔母。 バーチグローブ伯爵夫人
シャーロット	メアリーの娘
ペリー	アッシュクロフトの友人

1

一八二七年六月　ロンドン

「わたしをあなたの愛人にしてください」

ダイアナは自分が口にした大胆すぎることばが耳に響くと、体が震えるほどのショックを受けた。これほど挑発的なことをためらいもなく言うなんて……。そのことばを口にする勇気を奮いおこせるのか、まるで自信がなかったのに、明確にきっぱりと言えるなんて……。

見知らぬ男性をベッドに誘うことには慣れていると言わんばかりの、堂々とした口調だった。

けれど、そのことばのあとには沈黙が流れた。重苦しい沈黙。当惑せずにいられないほど長い沈黙だった。

膝の上で手袋をはめた手をぎゅっと握りしめたくなる。緊張して吐き気がこみあげてきても、自信満々のあくまでも冷静な女を装わなければならなかった。心臓が激しく脈打って、胸が破裂しそうになる。物音ひとつしない部屋の中で、激しい鼓動が相手に聞こえないのを祈るばかりだった。

これぐらいのことはやってのけられる、そうよね？

暑い夏の午後のことで、顔をおおうベールがやけに息苦しかった。緑色がかった青いドレスは、普段着ているものとはちがって、ぴったりと体に沿っている。もちろんそれも計画の一部だけれど、不快であることに変わりはなかった。気づくと歯を食いしばっていた。相手からは顔が見えないのはわかっていたけれど、どうにか口元をゆるめた。

ベールのせいで視界がぼやけている。それでも、正面にあるマホガニーの机についている標的をまっすぐ見据えた。薄いベールが邪魔をして、わかったのはその男性が長身で黒い髪をしていることだけだった。

ターキン・ヴァレ。アッシュクロフト伯爵。

大金持ちの貴族。収集家。革新主義者。

放蕩者《ほうとうもの》。道楽者。悪魔の落とし子。

これまでダイアナが夢にも見なかった壮大な未来に通じる扉の鍵を、図らずも握ることになった人物。

痺《しび》れるような沈黙に堪《た》えられそうにない……そう思ったとき、アッシュクロフト伯爵がふいにゆったりと椅子の背にもたれた。ベール越しでは、その顔に浮かぶ表情はぼんやりとしか見えなかったけれど、張りつめた雰囲気がふっとゆるんだ。古書と革の装丁とインクのつんとする匂いが立ちこめるその部屋の空気が、少しだけ軽くなった。アッシュクロフト伯爵が椅子の肘掛けに両肘を載せて、体のまえですらりとした手を合わせた。三角形を作るように、両手の指先を合わせている。浅薄で下品な男性という噂には似合わない、学者のようなポーズだった。

「これはまた……なるほど」アッシュクロフトがゆっくり言った。

その声は深く心に響く歌声のようだった。女性を誘惑するときに、セクシーな声がさぞかし役に立つのだろう。アッシュクロフトを軽蔑するのと同じぐらい、自分がこれからしようとしていることに嫌悪感を抱きながらも、ダイアナは深みのある甘く低い声を耳にして、その伯爵に抱かれたような戦慄《せんりつ》を覚えた。

さらに何か言ってくるはずと、緊張と期待ではらはらしながら待った。淫らな申し出にアッシュクロフトは同意するにちがいない。なんと言っても、女と見れば誰彼かまわずベッドをともにするふしだらな男性ともっぱらの噂なのだから。愛人にしてほしいと言う女性を拒むわけがなかった。なんの苦もなく、目のまえにいる女が手に入るのだから。

けれど、アッシュクロフトはそれ以上何も言わなかった。それでいて、不可思議な緊迫感は熱を帯びていくばかりだった。贅沢《ぜいたく》な図書室——壁一面に美しい装丁の本が並び、輝く天球儀と地球儀と凝《こ》った彫刻が施された家具が置かれた図書室——の中で、行き場を失った夏の稲妻が閃《ひらめ》いているかのようだった。

この家を訪ねる際には、どれほど想像しまいと思っても、自分がどんなふうに堕落《だらく》するのかが頭に浮かんできた。真紅のサテンの布で彩られた罪深い寝室。淫らな裸身が描かれた飾り簞笥《だんす》。中世の拷問《ごうもん》道具でいっぱいの暗い地下室。けれど、その想像の世界に図書室はなかった。

それに、これまでのところ、何ひとつ想像どおりに進んでいない。

アッシュクロフト伯爵にほんとうに会ってもらえるとは思えずにいたのだ。この家の主人であるアッシュクロフト伯爵に面会を求めたときには、執事は驚いた顔をした。といっても、アッシュクロフトほどの放蕩者ならば、付添いもいない身元不詳の女が訪ねてくるのも日常茶飯事《さはんじ》にちがいない。

それでも、貴族の館の召使というよりは、むしろキリストの使徒と言ったほうがお似合いの厳格な顔の長身の老執事は、黒と白のタイル張りの玄関の間に、ふいに訪ねてきた女性を通しながら、さも不快そうな視線を送ってきた。それから、ずいぶん待たされた。やはり面会はかなわなかったのだと、あきらめかけたときに、執事が戻ってきて、面会の許可がおりたと言われたのだった。

ダイアナは執事には名乗らずに、仕事のことで訪ねてきたとだけ言った。〝仕事〟ということばは、何よりもこの訪問を適切に言い表している気がした。

アッシュクロフト伯爵に気取《けど》られないように、こわばった背筋をぴんと伸ばして、ひとつ息を吸った。部屋の空気が淀んで、むっとしているのはわかっていたけれど。息を吸ったとたんに、暑さと困惑と不安で頭がくらくらした。なんとしても手に入れたいものにこの手が届くかどうかは、これからの数秒にかかっている。どうしても愛人にならなければならないという切実な思いを、相手に気取られるわけにはいかなかった。

論点をようやく理解したかのようにアッシュクロフト伯爵が頭を傾げるのが見えた。さもなければ、フェンシングの試合で優位に立ったと感じたかのように。

「実に興味深い提案だ」

ダイアナは乾いた唇を舐めた。冷静を装いながらも、内心はそれとはまるで逆だった。けれど、アッシュクロフトがそのことに気づいているようすはなく、それには心底ほっとした。

「恥ずかしがるふりをしたところで、時間を無駄にするだけですから」

「たしかに」アッシュクロフトの返事は淡々としていた。

胸の中で屈辱と当惑が渦を巻いて、つい弱気になりそうになる自分を奮いたたせた。かならずやってみせると誓ったのだから。どんなことがあろうと、やりとおして見せる。何がなんでも。約束された報酬を得るまでに克服しなければならないさまざまな困難に比べれば、胸の中で渦巻く不安などものの数にも入らなかった。

「きみは娼婦なのか?」

その口調は、娼婦であろうとなかろうと大差ないと言いたげなほどさりげなかった。たしかに、大差ないのだろう。アッシュクロフトは淑女だろうと、玄人女《くろうと》だろうと、乳搾り女だろうと、女と見れば誰とでもベッドをともにするともっぱらの噂なのだから。それでも、顔に火がついたように熱くなった。ここでもまた、薄っぺらな灰色のベールに心から感謝せずにいられなかった。

「いいえ」

感情を表に出さないように努力しているにもかかわらず、侮辱された気がして、つい強い口調で否定した。アッシュクロフトの表情の変化は読みとれなかったけれど、鋭い口調に何かを感じたにちがいない。

「それなのに……？」静かな口調にかすかに漂う皮肉を感じて、ダイアナは不合理だとわかっていても苛立った。

仕事がほしくて売りこみにきた娼婦だと思われてもしかたがない。そうよ、それ以外にどう思えというの？　招かれてもいないのに押しかけてきて、アッシュクロフト伯爵の淫らな行為の相手にしてほしいと申しでたのだから。

でも、このぐらいのことは素知らぬ顔でできるようにならなければ――ダイアナは自分の胸に言い聞かせた。いまはまだ、堕落という地獄へ通じる道にたった一歩足を踏みいれただけ。目的の場所にたどり着くまでには、越えなければならない山や谷や砂漠がある。いまさら純情ぶってもはじまらない。たとえ、腐ったミルクのように胃の中で恥辱《ちじょく》が泡立っていても。

答えずにいると、アッシュクロフトが言った。両手の指先で作った三角形のてっぺんから、こちらを見つめる視線は揺るがなかった。「きみの栄誉あるお相手に私が選ばれた理由を教えてくれるかな？　正直に言わせてもらえば、突拍子もない申し出だ」

そのことばに侮蔑を感じた。怒られるならまだしも、侮蔑されるとは思ってもいなかった。アッシュクロフト伯爵と言えば、伝説的とも言える快楽主義者だ。女から言い寄られるのは日常茶飯事のはず。自分からも星の数ほどの女を甘言で釣っている。そんな男性に人を軽蔑して批判する権利などあるの？

ダイアナは顔をまっすぐあげると、睨みかえした。といっても、アッシュクロフトからはその視線は見えないはずだった。自室でアッシュクロフトを訪ねるために身支度を整えているときでさえ、これから自分がどれほど困難なことをしようとしているのかははっきりわかっていた。そして、いま、礼儀正しく堅苦しい紳士――欲望のままに行動する放蕩者という噂とはまるでちがう紳士――をまえにして、何をしたところで、成功などしないように思えてならなかった。

けれど、こみあげてきた怒りが役に立った。いましていることを続ける気力が湧いてきたのだ。そのおかげで、この身を差しだす理由を尋ねられたときに備えて、あらかじめ用意しておいた答えを口にできた。「わたしは田舎に住む未亡人です」

アッシュクロフトがまた小さくうなずいた。「それはお気の毒に」

手袋に包まれた手で椅子の肘掛けを握りしめた。けれどすぐに、そんなことをしていては、冷静さはうわべだけだとばれてしまうと気づいた。手を開いて、音をたてないように注意しながら深呼吸した。

目のまえにいる男性のことは、そもそも気に入らなかった。

といっても、そんなのはどうでもいいことだ。大切なのは、最後まで計画どおりにことを運べば、大きなものが得られる、ただそれだけ。ごくごく短いあいだ、堕落という罪を犯せば、それと引き換えに心から欲しているものが手に入るのだから。

それは公正な取引に思えた。少なくとも、思いのほか手強い伯爵のまえに座って、愛人にしてほしいと頼むまではそう思えた。

それなのにいまは、苛立って、落ち着かなくて、不利な立場に陥っているのを痛感している。不安でたまらないのに、なぜか恐ろしくはなかった。この家に来るまえは、きっと怖くてたまらなくなるのだろうと覚悟していたのに。いずれにしても、放蕩者の伯爵に即座に体を奪われるのを覚悟していた。

そうよ、それがわたしの願いでもある……。

ダイアナは気を取り直して言った。「わたしがこの街にやってきたのは……経験を積むためです」

「すばらしい向上心だ。そして、いまや私はこの国の首都の観光名所のひとつになったのか？　人間版のロンドン塔というわけか？」

アッシュクロフトがあくまでも冷静な口調で、辛辣《しんらつ》な皮肉を口にした。意外にも、放蕩者の伯爵にも自尊心があったらしい。アッシュクロフトの際限ない性欲について聞かされていたこととは、完全に矛盾《むじゅん》していた。

それでいて、やはり恐怖心は微塵《みじん》も湧いてこなかった。胸に渦巻いているのは、恐怖とはちがう何か。もしかしたら、いま、わたしはトラをもてあそぼうとしているのかもしれない──そんな強烈な感覚だけだった。

アッシュクロフトの考えが読めない以上、質問には答えないほうがいい。「閣下、さきほども申しあげましたが、あれこれ詮索してどうするのですか？　わたしは愛人になりたくて、その相手としてあなたを選んだのです」

アッシュクロフトが低い声で笑うと、ダイアナは肌が粟立《あわだ》った。「なぜ私が選ばれたのか、不思議でならない。どこかでお会いしたかな？」

「いいえ」

「ならば、やはりわからない。なぜ私なんだ？」

「それは……あなたをお見かけしたからです」口ごもってしまった自分が情けなかった。

先週、ロンドンにやってきてすぐに、遠くからアッシュクロフトの姿を見かけたのはほんとうだった。そのときアッシュクロフトは、ボンド・ストリートで目を奪われるほど美しく華奢《きゃしゃ》な馬車を操っていた。その姿はまさに、純血種の馬を意のままに操る貴族の紳士そのものだった。主人の自堕落な生きかたとは裏腹に、馬はきっちり躾《しつ》けられていた。アッシュクロフトの顔は粋《いき》に傾けてかぶった帽子のせいでよく見えなかったけれど、それでも、くっきりした顎と意志の強さが表われた口元だけは見て取れた。これまで放蕩者とかかわったことはなかったけれど、顔にも自堕落な生きかたが表われているにちがいないと思っていたのだ。

それなのに、放蕩者の伯爵の凜とした姿に、心惹かれることになるとは予想もしていなかった。

「ちらりと見かけただけで、欲望に火がついたとでも？」わざと皮肉めかした口調で言っているのだ。

「いいえ」

できるだけ真実に寄りそって話をしようと、はじめから決めていた。それでなくても、ひと目で恋に落ちたふりなどできそうになかった。それに、恋にしろ、愛にしろ、その手のことばを使ったら、アッシュクロフトは即座に手の届かないところまで逃げていってしまうはずだった。

喉が締めつけられるような気がして、ごくりと唾を飲みこんだ。「田舎でも、あなたの星の数ほどある情事は有名な話ですから」

やわらかな笑い声がまた耳に響いた。そのとたんに、またもや、刺激的な戦慄が体を駆けぬけた。「それは……光栄だな」

そのことばが真の思いとは正反対なのがわかった。

なんて忌々《いまいま》しいの、すぐにわたしを押し倒して、そそくさとことを済ませてくれればいいのに。戯《たわむ》れのダンスのような質問をされるのは苦痛以外の何ものでもなかった。それでも、気力を振りしぼって話を続けた。「わたしは肉体の快楽だけを教えてくれる男性を求めているのです。それ以外には何も求めない男性を。それに、この件にかんしてけっして口外しない男性を」

不思議なことに、目のまえにいる放蕩者はどれだけの女をものにしたかにかんしては、自分からはけっして話さないと言われている。噂話の出どころは、ベッドをともにした女性たちか、さもなければ、その女の知人や友人だった。

「なるほど、一度かぎりの関係が望みというわけか?」

一度かぎり? とんでもない。たった一度のチャンスのために、貞節を捨てて、恥辱に堪えているわけではなかった。

「この夏、この街に社交界の人たちが戻ってくるまでのあいだと考えています。人が増えれば、噂になるかもしれませんから」

「つまり、波乱も何もない数週間だけの些細《ささい》な情事?」

「何をおっしゃりたいの、閣下?」相手から見えないと知りながらも、ダイアナは顔をしかめた。人から聞かされて鵜呑《うの》みにした、アッシュクロフトにかんする話は、ことごとくまちがっていた。いましていることは、好色な獣との単純な取引ではないと直感が叫んでいた。

「あなたはまるで……敵意を抱いているようだわ」

「私が敵意を抱いているって?」明らかに皮肉めかした口調だった。「さあ、それはどうだろう。ほんとうなら、精力絶倫《ぜつりん》の雄牛は奉仕を求められて大喜びするはずなんだがな」

感情を抑える間もなく、驚きの声が口から漏れていた。アッシュクロフトの皮肉はかぎりなく真実に近く、それでいて、それを口にした本人がそれに気づいているはずはなかった。

口から漏れた驚きの声を、アッシュクロフトが誤解すると、ダイアナはほっと胸を撫でおろした。「武骨な物言いが気に障《さわ》ったなら謝ろう、マダム」

ダイアナは頭の中で入り乱れる考えを必死にまとめた。アッシュクロフトと一緒にいればいるほど、計画がくるって、主導権を奪われていく気がしてならなかった。

アッシュクロフトをどんなふうに誘惑しようかと計画を練っているときには、どんな女も意のままに手に入れてきた男性を、ほんとうに騙《だま》せるのだろうかと自問した。そうして、ベールで顔を隠せば、アッシュクロフトも興味を示すにちがいないと思ったのだった。月並みな情事に飽き飽きしている男性でも、謎めいたものには好奇心を抱くはず。自ら体を差しだしておきながら、謎めいた雰囲気を漂わせれば、興味を覚えるはずだと思った。ほんの数週間の快楽を申しでる見知らぬ女。しかも、体以外には何も求めない見知らぬ女であれば、アッシュクロフトも即座に合意すると確信したのだった。

けれど、あのときは、アッシュクロフトとは会ったこともなく、女と見れば涎を垂らして近よってくる放蕩者だと思いこんでいたのだ。いま目のまえにいる冷静沈着な男性は、あれこれと想像していた男性とは百万マイルもかけ離れていた。

単刀直入に切りだすのではなく、もっと遠まわしに言ったほうがよかったのかもしれない……。けれど、後悔してももうどうにもならなかった。

緊張して、口元がこわばった。「わかっています、こんなふうに誘惑する女性すべてに応じるわけがない、そうおっしゃりたいのでしょう？」

「いつまでも名乗ろうともせず、顔もベールでおおったままの見ず知らずの女性だけは、勘弁してもらいたい」吐き捨てるような口調に、ダイアナはぎくりとした。アッシュクロフトが怒りで応じてくるとは思ってもいなかった。「ベッドをともにしても、ベールで顔を隠しているつもりかな、マダム?」

そのことばはショックだった。同時に、とぼとぼと貧民窟へ向かう未来の自分が目に浮かぶようだった。そんな未来は考えたくもなければ、それが現実だとも思いたくもなかった。

わたしはなんて愚かなの。ひとり自室で計画を練っていたときには、アッシュクロフトが女性の外見を気にするとは思いもしなかった。体を差しだして、どんなことでも望みどおりにすると約束すれば、外見などどうでもいいのだろうと思っていた。

けれど、考えてみれば、顔を見たがるのは当然だ。そう、アッシュクロフトのこれまでの愛人は絶世の美女ぞろいと言われているのだから。

邪《よこしま》なこの計画で、完全に不利な立場に立されているのを、あらためて痛感した。

胸の鼓動が速くなったかと思うと、激しいギャロップを刻みはじめた。もう一度唇を舐めて、顔を見せるぐらいどうということもないと自分に言い聞かせた。心から欲するものを手に入れるために、これからアッシュクロフトとしなければならないさまざまなことに比べれば、どうということもなかった。

それでも、ベールをあげられそうになかった。手がぶるぶると震えていては、実は緊張しているとわかってしまう。心に防壁を築こうと、なけなしの勇気をかき集めた。第一の関門でしくじるつもりなの? 顔を見せるなんて些細なことで? さあ、勇気を出すのよ。

思い切って、ベールをさっとうしろに払った。

いくつもの入り混じった感覚が一気に押しよせてきた。蒸し暑い夏の日で、部屋にはそよとも風が入ってこなかった。それでも、息苦しいベールをあげると、頬に触れる空気がひんやりと感じられた。部屋の中がはっきり見えた。降りそそぐ午後の陽光に輝く豊かな色合いが。

そうして、ついに、アッシュクロフト伯爵がはっきりと見えた。

一瞬、胸の鼓動が動きを止めて、喉が締めつけられて息が詰まった。

堕天使。それも、この世でいちばん美しい堕天使。天使の中の王子。光の使者。

女性なら誰もがうっとりする男性。

アッシュクロフト伯爵は小麦色の肌の謎めいた美男子だった。鋭角的で禁欲的な顔立ち。学者のような顔。ただし、ふっくらと官能的な唇だけはべつだった。

いいえ、目もちがう。

翡翠《ひすい》色のその目には、人を落ち着かなくさせるほどの知性と、見まちがえようのない皮肉が浮かんでいる。その目に値踏みされているのがはっきりわかった。「きれいだ」

頬がかっと熱くなる。自分が絶世の美女ではないのはわかっている。誰もがひと目見てうっとりするような顔立ちをしているなどと、うぬぼれたことは一度もない。けれど、いま耳にしたそっけないことばだけで済まされるとも思ってもいなかった。

「ありがとうございます」ダイアナはアッシュクロフトを真似て冷ややかに言った。

そう、いま目のまえにいる男性は、数々の美女を愛人にしていて、そういう女性に比べれば、わたしなど見劣りがするに決まっている。だとすれば、計画どおりにことが運ぶはずがない。そんな思いがふいに頭をよぎって、はっとした。

この策略について真剣に考えたときには、成功するか否かは、自分がいかに大胆不敵になれるかにかかっていると思った。愚かにも、悪名高い放蕩者に、触れる価値さえない女として扱われるとは思いもしなかった。

アッシュクロフトの唇の端がかすかにあがって、傲慢《ごうまん》な笑みが浮かんだ。「それで、名前は?」

「ダイアナと申します」

偽名を使うことも考えたが、それはやめにしたのだった。ほんの数カ月とはいえ、娼婦の役を務めるだけでも荷が重い。体を奪われているときに、べつの名前で呼ばれたら、それこそ取り乱してしまうはずだった。

「ダイアナ、それだけ?」

「そうです」

苗字を明かしたところで、素性が知られるはずもなかった。いずれにしても、計画どおりにことが運んだら、アッシュクロフトのまえから永遠に姿を消すつもりなのだ。アッシュクロフトほどの放蕩者であれば、行方をくらました愛人を追いかけるはずがない。からっぽのベッドを温めるための女なら、すぐに見つかるのだから。

いま、こうしてアッシュクロフトのまえに座っていると、暗号と化してしまったその男性を相手にするのが、いよいよ一筋縄ではいかなくなった。アッシュクロフトの顔に浮かぶ表情は冷ややかでも、澄みわたる翡翠色の目には、つい見とれてしまう。気品が漂う高い鼻。まっすぐな眉。形のいい額《ひたい》にかかる豊かな黒い髪。

そうよ、髪と同じように、心だって黒いにちがいない。

それでも、端整な顔立ちなのはまちがいなかった。それは、新聞で似顔絵を見て知っていた。けれど、真剣で男らしい面立《おもだ》ちに、これほど心惹かれるとは思ってもいなかった。そればかりか、ぞくぞくするほどの性的な魅力が全身から伝わってくる。

ここへ来たときには、軟弱な男性を相手にするつもりだったのだ。ふしだらな行為の虜《とりこ》になった男性を。それがターキン・ヴァレの真の姿なのかもしれないが、いま、その顔からはそんな姿は微塵も感じられなかった。目のまえにいる放蕩者について聞かされた話は何もかも、事実というわけではないのかもしれない。そう思うと、背筋に寒気が走った。

アッシュクロフトにはさまざまな苦難を乗りこえてきた者特有の雰囲気が漂っていた。どういうわけか、思慮分別のある男性に見えた。忌々しいことに、見ず知らずの女からの図々しい申し出を受けいれることもなければ、素朴な田舎の女に魅力を感じることもなさそうだった。アッシュクロフト伯爵を誘惑して、虜にしてみせる――いかにも稚拙《ちせつ》でばかばかしいほど楽観的な決意は、あっけなく消えていった。真夏のぎらつく太陽に、あっというまに霧が蹴散らされるように。

目のまえにいる男性が、誰の意見も聞かないのは明白だった。自分の好みでなければ、誰がなんと言おうと受けつけないのだ。

「つまりこういうことかな？　体の関係だけで、それ以外はあらゆる意味で赤の他人のままだと？」

ダイアナは自身に課した役を演じることだけに気持ちを集中した。「快楽というものを知りたい。経験を積んでみたいのです。女性の体を熟知する男性からさまざまなことを教えてもらいたい。孤独な寒い夜を温めるための思い出がほしいのです」

「それは責任重大だ」

思いもかけないことに、気づくと笑っていた。「どれほど責任重大でも、あなたなら萎《な》えたりしないはずですから」

意図せず含みのあることばを口にしてしまった。そのことにアッシュクロフトが気づいて、眉をあげて見せた。頬がまたかっと熱くなる。いちいち頬を染めている自分が情けなかった。洗練された自信満々の女を演じなければならないのに。

「それで、私は何を得るんだろう？」

ダイアナはぶっきらぼうに応じたくなるのをこらえた。まさか、そんなことを訊かれるとは思ってもなかった。荒唐無稽《むけい》な空想の世界では、アッシュクロフトと顔を合わせたら、即座に寝室に連れこまれるはずだったのに。さもなければ、絨毯《じゅうたん》の上に押し倒されるか。

これまでのところ、そういった空想のせいで、ますます戸惑うばかりだった。

入ります」

でも、アッシュクロフトは何を得るの？「協力的で、うるさい要求をしない愛人が手に入ります」

表情豊かな唇が弧を描いて、端整な顔に物言いたげな笑みが浮かんだ。「協力ならすでに得ているような気がするよ。それに、正直なところ、要求の厳しい愛人が好みなんでね」

アッシュクロフトのことも気に入らなければ、いちいち揚げ足を取られるのも気に入らなかった。なんとかしなければと、猫なで声を使うことにした。けれど、自分の耳にさえ、その声はいかにもわざとらしく響いた。「わたしを愛人にすれば、あなたは胸躍る体験ができます。いつもの気晴らしとは一風変わったことが」

アッシュクロフトの顔には相変わらず笑みが浮かんでいた。「つまり、きみは私のいつもの気晴らしというのがどんなものかよく知っている、そう言いたいんだな」

まったくその気のない男性を、どんなふうに誘惑して、ベッドに連れこめばいいの？　アッシュクロフトと一緒にいればいるほど、自分が何も知らないことを思い知らされる。

「たとえば……男性は貞淑な女性に新鮮さを感じると聞きました。貞淑な女性が性的な交わりを除けば、男性をいっさい煩《わずら》わせないとなればなおさらのこと」

アッシュクロフトが短く笑った。「一流の女ばかりを相手にしてきた男が、なぜ貞淑な女に興味を示すと思ったんだ？」

癪《しゃく》に障ることばかりだが、苛々してもはじまらない。わたしはリンゴの呼び売り商人並みに客を自分のペースに巻きこまなければならないのだから。「そういうことなら、貞淑な女性を淫らな女に変えるという難題に挑んでみてはいかがかしら？」

　アッシュクロフトの明るい緑色の目が好奇心で光った。「なるほど、それならおもしろそうだ」

　ダイアナは思わず肩に力が入った。意を決して、何よりも大切なことを確かめることにした。「では、申し出を受けいれてくださるのね？」

　またもや火花が散るような沈黙ができた。息詰まる長い沈黙だった。

　アッシュクロフトが合わせた指先を軽く打ちあわせながら、何かを考える顔つきでしげしげと見つめてきた。翡翠色の目が光っている。何を考えているの？　真珠がちりばめられたレティキュールをいつのまにか握りしめていた。どんな返事が返ってくるのかと、じりじりしていた。

　アッシュクロフトの視線が顔からそれたかと思うと、次の瞬間には全身を舐めるように見た。アッシュクロフトの頬に長く黒いまつ毛が影を落としている。それがなんとなく女性的に見えても不思議はないのに、アッシュクロフトの場合はちがっていた。

　誠意のない放蕩者に計画をくるわされてばかりで、ダイアナは緊張して苛立っていた。それなのに、信じられないことに、肌が引きしまるほどの興奮を覚えた。冷ややかな視線を乳房に感じると、乳首がぎゅっと固くなった。

　体の反応は恐怖のせいに決まっている。手のひらに汗がにじんで、脈が速くなっていた。

　とはいえ、自分に嘘はつけなかった。高慢で横柄《おうへい》で、それでいて、息を呑まずにいられないほど美しい男性をまえにして、体の中の何かが反応していた。長いこと拒絶して、押し殺してきた不穏な何かが。無謀なこの賭けを計画しているときには、まさか性的な欲望を抱くことになるとは思いもしなかったのに。

「どうかしましたか?」アッシュクロフトの視線がいつまでも乳房から離れないと、ダイアナは語気を強めて言った。

アッシュクロフトが視線をあげた。どことなくぼうっとした目は、曇ったエメラルドのようだった。「親愛なるマダム、寛大な申し出には感謝するが、やはりお断りする」

2

アッシュクロフトの声は冷ややかだった。品物をしつこく売りつける商人を拒むような口調だった。ダイアナはまたもや顔を真っ赤にしている自分が情けなくなった。同時に怒りもこみあげてくる。怒りとショックが。

どうすればベッドをともにできるのかと、ヒントになりそうなものを探して周囲を見まわすと、端整で冷ややかな顔が目に入った。それは微塵も誘惑されていない男性の顔だった。好奇心さえ浮かんでいなかった。

胃がぎゅっと縮まるほどの屈辱を覚えた。それでも、プライドを持って、堂々としていたかった。アッシュクロフトにこれほど軽蔑されているなら、こっちも相手を軽蔑しながら接すればいい。それなのに、口から出たのは、いかにも頼りなげなたったひとつのことばだけだった。「どうして?」

アッシュクロフトの整った顔に不快感が浮かんだ。「マダム、理由など訊いてもどうしようもない……」

ダイアナは立ちあがった。脚ががくがく震えて、どうすればいいのかわからなかった。途方に暮れて、うろたえて、恥ずかしくてたまらなかった。けれど、このまますごすご引きさがるわけにはいかない。たとえ、敗北を目のまえに突きつけられていても。ゲームはまだはじまったばかりなのだ。「失礼します」

アッシュクロフトも立ちあがると、長い脚を数歩進めて、机のうしろから出てきた。ダイアナはもう何も考えられずに、ドアのほうを向いた。ここに留まって、闘わなければならないのはわかっていた。けれど、いましたいことと言えば、この家を出ていくことだけだった。体を差しだしてでも手に入れたいほど貴重で贅沢な褒美《ほうび》は、手の届かないところへ行ってしまった。そう思うと辛くてたまらなかった。

「マダム。ダイアナ……」

胸に響く低い声で名を呼ばれると、全身が電気を帯びた。それでも、拒むように手を動かして、震える手でノブを握ると、扉を開けようとした。

扉は開かなかった。

男らしい大きな手が、目のまえのマホガニーの扉をがっちり押さえていた。大きな手から視線をずらすと、やはり男らしい長い腕が見えた。

頭の中で入り乱れている無数の感情に、焦燥《しょうそう》がくわわった。

いま、この部屋の中にはふたりきり。ここはアッシュクロフトの家。貞淑な女性に対する保護の手が及ばない場所に、わたしは入りこんでしまったのだ。

胸で息が詰まった。ゆっくり振りかえって、アッシュクロフトを見あげる。こんなに背が高いなんて……。それまでは、どれほどの長身かなんてことは意識していなかった。すらりとして均整が取れているせいで、出迎えや見送りのために立ちあがったときにも、並みはずれた長身には見えなかったのだ。

見送り……？　といっても、即座に見送られて、この部屋からすんなり出してもらえそうにはなかった。

「何がお望みなの？」弱々しい声で尋ねたものの、知的でしたたかで、それでいて、はっとするほど端整な顔に目が吸いよせられた。

「もしかしたら、私はきみを求めているのかもしれない」アッシュクロフトはつぶやくように言うと、恐怖と賞賛の念がはっきり現われたダイアナの灰色の目を見つめた。その思いをダイアナが必死に隠そうとしているのもわかった。

夏の日に飲む泉の水よりも冷ややかに、体を差しだすという大胆な提案をした女が、恐怖と賞賛の念を抱いているとは辻褄《つじつま》が合わなかった。

ダイアナの目は美しかった。澄んで輝く大きな目には、優美な眉と同じ金色のまつ毛が影を落としている。ボンネットの下から覗く金色の髪は、眉やまつ毛よりも明るかった。

アッシュクロフトは顔をしかめてダイアナを見おろした。意に反して、鳥肌が立つほどの興奮を覚えた。同時に、警戒心も。

何もかも辻褄が合わなかった。ダイアナの話を鵜呑みにしてはならないのはわかっていた。

腰のラインまで魅惑的なその女のことは、即座に追いはらって、二度と顔を合わすなと、直感が命じていた。

それなのに、まだしばらくはダイアナを離す気になれなかった。

ふたりの距離はあまりにも近く、五感がダイアナの香りで満たされた。青リンゴの香り。戸惑うほど無垢《むく》な香り。爽やかなその香りの下に、女のぬくもりが漂っていた。

ダイアナが芝居がかったしぐさでベールをあげてからというもの、見つめずにはいられなかった。あまりにも美しかった。繊細で気品漂う面立ちには、これまでどんな女にも感じたことのない純潔さが表われていた。男に体を差しだして街娼まがいのことをしているのに、その姿はなぜか聖母を彷彿《ほうふつ》とさせた。

そんな女を自分のものにできるなら、どんな男でもひと財産なげうってもかまわないと思うはずだ。そう、ダイアナがプロの愛人であるならば。けれど、そうではないのはまちがいなかった。

ああ、本人が言うとおり、田舎の未亡人なのだろう。とはいえ、すべてを正直に話しているわけではない、そんな気がしてならなかった。いや、すべてとまでは言わないが、これまで口にした話の大半が嘘にちがいない。

直感は嘘をつかない。これまで相手にしてきた女たちとはちがって。

「いいえ、あなたはわたしを求めていないわ」ダイアナの低い声には苛立ちが混じっていた。

「たったいま、あなたは……」

ダイアナの首のきめ細かい肌に透けて見える脈が波打っていた。これ以上追いつめてはならない、とアッシュクロフトは肝に銘じた。ダイアナは怯えて身を縮めているわけではないけれど、強い意志を感じさせる顔には恐怖も表われていた。

ダイアナの真の望みがわからなかった。それでも、ダイアナがうっとりしているのはまちがいない。その口から出たことばからではなく、態度やようすにそれがはっきり表われていた。ここへ来るのも、そうとうな勇気が必要だったはずだ。さらには、目のまえにいる男の目を見つづけるにも勇気を必要としていた。

アッシュクロフトは〝勇気〟には、つねに一目置いてきた。腹が立って、疑っているのに、どういうわけか興味がじわじわと湧いてきた。「正直なところ、差しだされたものを味見して、自分が求めているものなのかを確かめてみるのも悪くない」

ダイアナが唾を飲みこむと、白い首の動きに目を吸いよせられた。「からかっているのね」

アッシュクロフトはそっけなく答えた。「きみは招かれてもいないのに押しかけてきて、私を侮辱した。ならば、そのお返しに、少しぐらい楽しんでもばちは当たらない、そうだろう？」

「あなたを……侮辱した？　そんなつもりは……」

身を乗りだして、ダイアナの首と肩のつけ根に顔を寄せた。一緒にいればいるほど、ダイアナを味わいたくてたまらなくなる。それでも、衝動を抑えて、甘い香りを胸いっぱいに吸いこんだ。

「それこそ侮辱的だ」小さな声で応じた。「きみは突然現われて、私が女と見ればすぐさま飛びつくかのように誘いをかけてきた。そして、きみの寛大な申し出に、私がこれっぽちも心を動かさないことに驚いている」

ダイアナの息遣いが荒くなっていた。それでも、ダイアナは身を引かなかった。いま、唇をかすかに動かせば、それだけで滑らかな肌に口づけられる――そうしたくなるのを、必死にこらえなければならないとは……。

「わたしがはじめてではないはずよ。あなたとベッドをともにしたがった女性は」ダイアナの口調が厳しくなっていた。「あなたは星の数ほどの女性をベッドに誘ってきたのでしょう。ほかの女性のときのように、あなたがわたしとベッドをともにしても不思議はないと思ったの。ガチョウだって、料理してしまえば、雄も雌もわからなくなる。あなたにとっては、ベッドに入れれば、どんな女も同じはず」

アッシュクロフトは小さく笑った。その息がダイアナの肌をかすめると、ダイアナがかすかに身を震わせた。「いや、雌ガチョウさん、ここにいる雄のガチョウは追われるより、追うのが好きなんだよ」

「ということは……」ダイアナが口ごもった。なけなしの勇気をかき集めているらしい。「いま、あなたは追っているの？」

アッシュクロフトは顔をあげて、ダイアナを見つめた。頬がかすかに赤く染まっているものの、緊張で張りつめた表情だった。灰色の虹彩《こうさい》を呑みこんでしまいそうなほど黒い瞳孔《どうこう》が大きくなっている。そのとき、ダイアナが薄紅色の舌をちらりと覗かせて、乾いた唇を舐めた。

とたんに、欲望が全身にこみあげてきた。

いまのいままでダイアナをからかっていたはずなのに、その瞬間、ゲームは真剣勝負に変わった。

ダイアナがほしい。

ああ、体を奪うのは簡単だ。何しろ、自ら体を差しだすと申しでているのだから。スカートを乱暴にめくりあげて、脚を開かせて、一気に押しいれば済むことだ。

そんなことを考えて、頭の中がかっと熱くなった。

あまりにも激しい欲望のせいで、かえって躊躇《ちゅうちょ》した。直感は相変わらず警鐘を鳴らしていた。

ダイアナの頭のすぐわきに置いた手で扉を押さえたまま、じわじわと体を離していった。ふたりのあいだに広がっていくわずかな距離が、苦悩に満ちた一マイルにも感じられる。それ自体が、謎めいた訪問者を追いはらえという警告だった。

「アッシュクロフト伯爵？」

ダイアナの低い声が音楽のように全身に響きわたった。感情を必死に抑えていても、ベッドの中でその声が淫らなことばを囁くのを想像せずにいられなかった。

ダイアナがことばを発すると、当然のことながら、その唇が開いた。するともう、ふっくらして艶《つや》やかな唇しか見えなくなった。口の中の暗がりも妙に気になった。唇を除けば、ダイアナの顔は大聖堂の聖所に彫られていてもおかしくないほど清純なのに、唇だけはやけに肉感的だった。その唇がどれほど甘いかは、味わうまでもなくわかった。ひと口だけでもダイアナを味わいたかった。本能が発する警鐘を無視して、アッシュクロフトは身を屈めた。

いまにも唇に触れそうなほど身を寄せると、顔にダイアナの息を感じた。甘美なぬくもりがあまりにも心地よくて、一瞬、目をつぶった。目を開けると、ダイアナが瞼《まぶた》を閉じて、すべてをゆだねるようにそっと体をあずけてきた。

口づけるんだ――全身がそう叫んでいた。

口づけてはならない――高まる欲望を抑えこもうと、理性が騒いでいた。

相反することばのどちらにしたがうべきかわからずに、アッシュクロフトはじっと立ち尽くしているしかなかった。心臓が太鼓のような鼓動を刻み、全身を流れる血が熱くたぎっていた。

ダイアナが口づけをせがむように顔をさらに上に向けて、小さな艶《なま》めかしい声を漏らした。それを聞いたとたんに、麻痺《まひ》したような不可思議な感覚がふいに消え去った。

即座にあとずさる。誘惑に負けてはならないと、さらにもう一歩あとずさった。背筋を伸ばして、胸のまえで腕を組んだ。目のまえにいる女を抱かずにいるには、そうするしかなかった。ダイアナがどんな魔力を使ったのかはわからないが、それは呪わしいほど強力だった。すぐにダイアナもわれに返って、重い瞼を開くと、扉にぐったり寄りかかった。支えがなくては立っていられないと言わんばかりに、手袋に包まれた手を木製の扉にぴたりと押しあてた。

ダイアナがどんな感情を抱いているのかは、手に取るようにわかった。放蕩者と呼ばれているこの自分でさえ、いまにも膝から力が抜けてしまいそうだった。目のまえにいる妖婦には触れもしなかったというのに。

なんてことだ、ダイアナは私に何をしたんだ?

「やはり、最初に出した結論にしたがうことにする、マダム」

わけがわからないと言いたげにダイアナの顔が曇った。ダイアナは名女優なのか? それとも、考えや感情を隠すのが下手なだけなのか?「なぜ?」

アッシュクロフトはもう一歩下がって、背後の机の角を握りしめた。そうでもしなければ、ダイアナに飛びついてしまいそうだった。「きみはたしかに美しい。だが、それだけで、とくに魅力は感じない」

ダイアナの透きとおる艶やかな肌から血の気が引いていくのが、はっきり見てとれた。拒絶されて傷ついているのか、まっすぐ見つめてくるその目は悲しげに翳《かげ》っていた。

「アッシュクロフト伯爵……」

取りかえしがつかないほど馬鹿な真似をしてしまわないように、ダイアナをさっさとこの部屋から、いや、この家から追いださなければ。体に触れるなどという大失態をやらかすまえに。「これで話は終わりだ」

心を決めかねているように、ダイアナがその場に立ったままでいた。もしかしたら、これから涙ながらに懇願されて、いたたまれない気持ちにされるのだろうか。

ダイアナにはすでに何度も驚かされていたが、またもや驚かされた。ダイアナは涙にくれるどころか、背筋をぴんと伸ばした。女性にしてはずいぶん長身だ。細くしなやかな体と豊かな乳房は女戦士を彷彿とさせた。ベッドの上ですらりと長い脚が自分の腰に巻きつく場面が頭に浮かんできて、めまいがした。思わず口からうめき声が漏れそうになって、あわててその声を呑みこんだ。

ダイアナは顔をまっすぐにあげて、唇を固く結んでいた。それでもなおその唇は肉感的だった。ダイアナがきっぱりと言った。「では、伯爵さま、ごきげんよう」

ベールがさっと下がったかと思うと、美しい顔が隠れた。ほんの短時間一緒に過ごしただけなのに、美しい顔が見られないのが残念でならなかった。

そうだ、素性は知れなくても、いい女であることに変わりはない。

ダイアナはスカートを翻《ひるがえ》して、ためらいもせずに部屋を出ていった。身も焦《こ》げるほど惹かれあった瞬間など、そもそもなかったかのように。

「無知蒙昧《もうまい》とはおまえのことだ！」

バーンリー卿が片手をあげても、ダイアナは身構えただけで、縮みあがりはしなかった。傲慢な侯爵に対抗するには、ありもしない勇気を持っているふりをするしかない。それはとうの昔に学んでいた。

　バーンリー侯爵のまえで、ダイアナは絨毯の上にしっかりと立って、冷静な口調を保った。

「わたしの顔に痣《あざ》でもできたら、閣下、痣が消えるまで、計画を延期することになります」

「叩くのは、顔でなくてもかまわない」バーンリー卿が鋭い口調で言いながらも、拳をおろすと、ダイアナの仮の住まいとしてチェルシーに借りた家の小さな書斎の中を、行ったり来たり歩きはじめた。チェルシーはとくにおしゃれな界隈ではなかったけれど、アッシュクロフト邸のあるメイフェアにほど近かった。「あの男の家を訪ねて、真っ向から立ちむかうとはどういう了見だ？　あの男を罠にかける方法ならきちんと教えたはずだ。偶然を装って出会ったふりをしろと。公園で足をくじくなり、飼い犬が迷子になったふりをするなり」

　侯爵は少し落ち着きを取りもどし、もう殴りかかってくることはなさそうだった。ダイアナはほっとしたが、その思いを読まれないように首を傾げた。「真っ向からぶつかれば、興味を持ってもらえると思ったのです」

「だが、結局は、門前払いを食わされたも同然ではないか」

　そんなことは気にもしていないと言いたげに、ダイアナは肩をすくめて見せた。「アッシュクロフト卿は、女性にかんしてはよりどりみどりです。そんな人が、どうしてわたしに興味を示すでしょう？」

　バーンリー卿は足を止めると、冷たい緑色の目で値踏みするように見つめてきた。ダイアナは頭のてっぺんからつま先まで、冷ややかな視線が移動していくのを感じた。といっても、この数週間で、その視線には慣れっこになっていた。「くだらないことを言いおって、世間知らずの小娘が。これからおまえは、どんな男も虜にできるほど自分が魅力的だと知ることになる」

「でも、今日はちがいました」きっぱりした口調で応じた。

バーンリー卿の薄い唇が、さも不愉快そうに引きしまった。それが今日の失敗のせいなのか、いまの反抗的な態度のせいなのかはわからなかったけれど。「もう一度やるんだ。あのろくでなしと私は、議会で十年ものあいだ対立している。あいつは愚にもつかないことしか考えないくせに、忌々しいほど狡猾《こうかつ》だ。だが、あの男の弱点ならわかっている。その弱点を攻めるのに、おまえはうってつけだ」

ダイアナは政治には疎《うと》かったけれど、それでも、厳格主義のバーンリー侯爵エドガー・ファンショーと、革新主義の旗手アッシュクロフト伯爵ターキン・ヴァレが長年にわたって反目しているのは知っていた。ふたりは幾度となく衝突をくり返し、勝つのはたいていバーンリー卿のほうだった。なぜなら、その侯爵のモットーは〝目には目を〟で、そのモットーを容赦なく行動に移すことで有名なのだ。そのせいで、上流社会の人々から支持を得ているのだった。バーンリー卿にしてみれば、アッシュクロフトの政策は軟弱そのもので、それがそのまま本人の軟弱さの表われということになる。

長身の老侯爵が机に寄りかかって、胸のまえで腕を組んだ。かつてはたくましかった胸板も、いまや骨ばって薄っぺらだった。ダイアナはあやうく身震いしそうになった。年齢もちがえば、体格もちがうのに、目のまえにいる侯爵の姿が、無礼な女を家から追いはらったときのアッシュクロフトの姿に重なった。

今日は辛くて、ひやひやすることの連続だった。たしかに、自分が何をすべきかははっきりしていた――そう、アッシュクロフト伯爵を誘惑するのだ。口で言うのはたやすいが、実際にアッシュクロフトと相対すると、そう簡単にはいかないと痛感した。あっというまに手詰まりになってしまった。アッシュクロフトはわたしの体に指一本触れていないというのに。

束の間、めまいを覚えて、クランストン・アビーに帰りたくてたまらなくなった。わたしの居場所はロンドンではなく、愛するあの故郷。母がわが子を守り育てるように、わたしはこれまでの人生すべてを、あの屋敷と領地に捧げてきたのだから。

このまま前進して、目的を果たせば、クランストン・アビーが手に入るのだ。ダイアナはそれをあらためて胸に刻みつけた。目的が正当であれば、どんな手段を取ろうがかまわない――今回の一件はそう思えばいいのだ。アッシュクロフト伯爵には何ひとつ害は及ばず、同時に、わたしはいちばんの夢をかなえられるのだから。

ダイアナはきっぱりと言った。「アッシュクロフト卿との件は、これで終わりではありません」

老いた侯爵が薄い唇をゆがめて不敵な笑みを浮かべた。歳を取ってもかつての端整な顔立ちの片鱗が残っていた。といっても、その顔にも病魔の陰が色濃く表われているけれど。頬には深いしわが無数に刻まれて、口角が下がり、目が落ちくぼんでいた。「おまえは子供のころから勇ましかった。それだけは変わっていないようだな。ああ、生意気な少女だったころから」

ダイアナは辟易しながら、額に触れるこぼれた巻き毛をうしろに撫でつけた。目論見《もくろみ》がはずれて、アッシュクロフトを誘惑できなかったせいで、疲れ果て、プライドも傷ついていた。この期《ご》に及んで、バーンリー卿に褒《ほ》められても、そのことばの裏の意味まで推し量る気にはなれなかった。何しろ、紙やすりで全身をこすられて、皮を一、二枚剥ぎとられて、その姿を世間にさらしているような気分なのだ。いつになくひどい気分で、おまけに、不快で落ち着かなかった。

ほんの五分でいいから、いますぐに椅子に座って一杯のお茶を静かに味わえるなら、なんでもするはずだった。けれど、そんな些細な贅沢も許されなかった。アッシュクロフト伯爵との話しあいが決裂して、家に戻ると、老侯爵が待ちかまえていたのだから。

バーンリー卿が何かを思いついたように顔をしかめた。「私はここにいるわけにはいかない。おまえと一緒にいるところを人に見られたら、ふたりで策を弄しているのが知られてしまうかもしれない。この計画にどれほど大きなものがかかっているか、それを忘れるわけにはいかないからな」

そんなことは言われるまでもなかった。この計画以外のことなど、ほとんど頭にないのだから。

あの壮大な屋敷と肥沃な大地を、わたしはほんとうにこれまでずっとほしいと願ってきたの？　そうとは思えなかった。けれど、病に侵され、余命いくばくもないバーンリー侯爵から、領地と屋敷を意のままに扱える権利のかかった計画を持ちかけられると、ふいに目のまえが開けて、足元のちっぽけな土地ではなく、地平線が見えたような気がしたのだった。目標ができると同時に、野心と決意で胸がいっぱいになった。クランストン・アビーへの愛を、目に見える形で表わせるかもしれない。自分の知識と能力に見合った仕事がようやく見つかった気がしたのだった。

天からの啓示とさえ言えるチャンスを与えられたときのことを思いだすと、心が鎮まり、ロンドンにいる理由をあらためて思いだした。そうして、ダイアナはきっぱり言った。「計画の進行状況は手紙でお知らせします」

「毎日だ」

「目的を果たすことを優先させていただけると助かります」さりげなく皮肉をこめて応じた。

バーンリー卿が冬の風に吹かれた枯枝が擦れるような声で笑った。「この計画に加担してから、おまえはずいぶん偉そうな口をきくようになったな、キャリック夫人。だが、万が一にもしくじるようなことがあれば、私がすべてをきれいさっぱり水に流すとは期待しないほうがいいぞ」

頭痛がして、ダイアナはこめかみを揉《も》んだ。この計画が成功した暁《あかつき》に何が手に入るのかを、いま一度記憶に刻みつけたはずなのに、それでも、不安は消えず、胃が痛んで吐き気がした。バーンリー卿にこの話を持ちかけられたのは、意志の強さを買われてのことだ。それなのに、今日、アッシュクロフトと顔を合わせてから、自分が強固な意志の持ち主だとはこれっぽっちも思えなくなっていた。

「しくじったりしません」小さな声で言いながらも、アッシュクロフトに追いはらわれたときに浴びせかけられたことばを思いだして、いっそう気分が落ちこんだ。貞節を捨てるのは、想像以上にむずかしそうだった。

「ああ、しくじるんじゃないぞ。おまえ自身のためにも、父親のためにも」老いた侯爵は寄りかかっていた机から離れて、長身の体で威嚇《いかく》するように歩みよってきた。「私をだまくらかそうとしても無駄だぞ。おまえがアッシュクロフトの裸体をほんとうに見たのかどうか、私には確かめる術《すべ》がある。それに、ベッドに誘いこむのも、あの男だけにしておけ」

そこまで言われるとは思ってもいなかった。バーンリー卿はこのわたしが、悪意に満ちた策略になんの関係もない第三の男性を巻きこむとでも思っているの？　きっと、病のせいで頭までおかしくなっているのだろう。「わたしはきちんと約束しました、閣下。約束した以上、最後まで守ります」

バーンリー卿の唇に邪な笑みが浮かぶのを見て、ダイアナは背筋に寒気が走った。乾燥した指で、頬を軽く叩かれた。「ああ、それはわかっている。それもまた、この名誉ある役目におまえを選んだ理由のひとつだからな」

ダイアナは皮肉めかした笑みを浮かべそうになった。「名誉だなんてとんでもない。これほど不名誉なことはありません」

「おまえは侯爵夫人となって、クランストン・アビーと莫大な財産を自由にできるんだぞ。魂がどれほど穢《けが》れたところで、おつりが来るほどの褒美が得られるというものだ。ああ、魂など捨ててしまえ。そうすれば、魂なんてものは邪魔なだけで、なんの役にも立ちやしないとわかるだろう」

そう、わたしは自ら魂を捨てることにしたのだ。それでも、バーンリー卿のことばに怖気《おぞけ》が走った。バーンリー侯爵エドガー・ファンショーが悪魔の化身であることは、ずいぶんまえからわかっていた。その悪魔と取引をするなんて、わたしの思慮分別はどこへ行ってしまったの？ 悪魔の化身は鞭と飴を巧みに使いわけて、生身の人間のわたしをおびき寄せた。いまさら約束を反故《ほご》にはできなかった。

「あなたを騙すつもりなどさらさらありません」ダイアナは冷ややかに言った。

「騙そうものなら、それこそすべてを失うことになる」バーンリー卿も冷ややかに応じた。「今日のおまえの誤った第一歩のせいで、私の計画が台無しにならないことを心から願っている。もしそんなことになったら、それこそ不愉快きわまりない」

バーンリー卿が不愉快な気持ちを行動に表わしたら、多くの人が傷つくことになる。いいえ、たとえ、そうでなかったとしても、論理的に説明して、納得してもらわなければならなかった。「アッシュクロフト卿はわたしをほしがらないかもしれません。今日の拒絶が、永遠の拒絶を意味しているのかもしれません」

バーンリー卿の指先がまた頬をかすめた。思わずびくりとして、身を縮めそうになった。

その指は、すでに死神にがっちり捕えられているかのように冷たかった。「となると、おまえにとって不幸な結末になる」

そのことばは脅しも同然だった。全身に無力感がこみあげてきた。「アッシュクロフト卿は操り人形ではありませんから」

バーンリー卿が口元を引きしめた。「あの男は股間にあるものの言いなりだ。そして、その股間にあるものは、まちがいなくおまえに興味を抱いている」

ダイアナは下品なことばを無視した。計画に加担しているのだからと、慎みのないことばで応じれば、バーンリー卿をますますいい気にさせるだけだ。バーンリー卿はわざと冒瀆《ぼうとく》的なことばを使って、この計画でわが身を売りわたしたことを、わたしに思い知らせようとしているのだ。

わざわざ思い知らせてもらわなくても、よくわかっているのに……。

ダイアナはあらためてクランストン・アビーの屋敷と領地に対する深い愛情を思い起こした。褒美として領地がもらえるなら、ほんの数週間の堕落などどうということもない。

新たに固めた決意も、別れ際のアッシュクロフトの姿が頭に浮かんだとたんに、ぐらついた。アッシュクロフトはわたしなどとうてい太刀打ちできないほどの洞察力の持ち主にちがいない。その洞察力は、さもしい欲望のおもむくままに行動する男性には似つかわしくなかった。アッシュクロフトのことが恐ろしかった。アッシュクロフトに魅力を感じていることが、恐怖をかき立てた。

これまでは、恐れるべき相手はバーンリー侯爵だけだった。それは生まれてこのかた二十八年来、見知っている老侯爵に対する恐怖だ。けれど、今日からは、バーンリー卿とアッシュクロフトのどちらを恐れるべきなのかわからなくなった。男に女をあてがおうとしている老人のほうが脅威なのか、これから愛人契約を結ぶことになるかもしれない男性のほうが脅威となるのか。

バーンリー卿が反論を待つように、束の間口をつぐんだ。けれど、ダイアナは反論などできるはずもなく、うなずくしかなかった。

「なかなか素直だな。では、進展を期待しているぞ」バーンリー卿の手で顎をぐいとあげられた。さわらないで——心の中で叫んだ。さわられるのもおぞましかった。「おまえに失望させられることはないと信じている。それに、おまえは自分の父親を失望させることもないだろう」

「不道徳なこの計画と、善良な父は関係ありません」苦々しげな口調になった。

バーンリー卿が顎から手を離しながら、笑った。笑い声に嘲りが表われていた。「おまえの父親が善良なのは、世間のことを何も知らずに生きているからだ」

たしかにそのとおりだった。父がこれからも穏やかに生きていけるなら、ダイアナは何を差しだしてもかまわなかった。だからこそ、わたしはいまここにいるのだ。少なくとも、それもひとつの理由ではある。とはいえ、人のためだけにこんなことをしていると考えて、自分自身を欺《あざむ》いたことはなかった。昔もいまも、多くの女性が体を使って身を立ててきた。だから、それに倣《なら》うことに決めたのだ。要するに、バーンリー卿に負けず劣らず、わたしも腹黒いのだ。この計画が終わるころには、いっそう腹黒くなっているはずだった。

「今日の失敗をじっくり反省して、二度と同じ過ちをくり返さないようにするには、どうすべきかきちんと考えるんだ」素っ気ない口調だった。

バーンリー卿が脚を引きずりながら扉へ向かった。杖なしでは歩けなくなるのは時間の問題だろう。さらに数カ月もすれば、杖があろうとなかろうと、歩けなくなるにちがいない。バーンリー侯爵の未来に何が待っているかは、お互いにわかっていた。だからこそ、常軌を逸した賭けに出たのだった。

「おやすみなさいませ、閣下」ダイアナは深々と頭を下げた。それはいつのまにか身についた習い癖のようなものだった。バーンリー卿が振りかえって、見下すように眉をあげた。頭の中で渦巻いている不快な思いを、気取られているのはまずまちがいなかった。領地の管理人の娘の反抗心を、バーンリー卿はこれまでずっと嘲笑《あざわら》ってきたのだから。

バーンリー卿が出ていくと、ダイアナは椅子にぐったり座りこんで、火のない暖炉をぼんやり見つめた。これからどうすればいいの？　わたしにまるで関心を示さない男性を、どうやって誘惑しろというの？　もう一度アッシュクロフトと相対する勇気が、わたしにあるの？

目的を果たして得られるものを考えれば、臆病風に吹かれるわけにはいかなかった。臆病風に吹かれるままに、さっさと荷物をまとめて瀟洒《しょうしゃ》なこの家を出て、慣れ親しんだ懐《なつ》かしい故郷と、骨の折れるまっとうな仕事に戻りたくてたまらないとしても。

思いは千々《ちぢ》に乱れて、扉が開いたことに気づかなかった。ローラの手が肩に置かれてはじめて、部屋にいるのが自分ひとりではないと気づいた。

「帰ったのね」ローラは尋ねたわけではなく、きっぱり言い切った。

「ええ」

向かいの椅子にローラが腰かけた。「バーンリー卿は邪《よこしま》だわ。あの人には千マイルだって近づかないほうがいい」

ローラはバーンリー侯爵が大嫌いなのだ。それも無理はなかった。バーンリー卿はローラの父を縛り首にして、母を流刑にしたのだから。そのジプシーの家族でひとり生き残ったのは、黒い目をした幼い少女だけだった。ダイアナの父ジョン・ディーンが領主に歯向かったのは、そのとき一度きりだった。八歳の少女を物乞いにでもなれと言わんばかりに放りだそうとした領主に、父は抗議したのだ。そうして、みなしごの少女を養女にした。ダイアナと父がバーンリー侯爵の屋敷を管理するいっぽうで、ディーン家の家事はローラが取りしきっていた。

ダイアナとは実の姉妹のように仲のいいローラをロンドンに連れていくようにと言ったのは、バーンリー卿だった。とはいえ、その理由はわからなかった。世間体を考えてのことかもしれない。といっても、口が堅いことで定評のある必要最小限の召使を除けば、この家のことは誰も知らなかった。

「計画が成功すれば何が手に入るのか、あなただって知っているでしょう」数週間まえにバーンリー卿から計画を持ちかけられて以来、ダイアナはいまローラを相手にくり広げている議論を、幾度となく心の中でくり返してきた。

ローラが相変わらず不安げな表情を浮かべたまま言った。「もちろんよ。あなたはクランストン・アビーの女主人になるのでしょう。バーンリー卿が天に召されたら」

さもなければ、この世での行いゆえに地獄に落ちたら。

バーンリー卿の策略に加担すると打ち明けたときから、ローラは頑として反対しつづけていた。大きな犠牲を払ったとしても、いずれそれに見合うだけの報酬が得られると幾度となく説明したのに、絶対だめだと言い張った。放蕩者のベッドで過ごす不快な数週間と引き換えに、クランストン・アビーが手に入るなら、充分すぎるほどの報酬なのに。

そう、わたしはどうしてもあの領地を手に入れたい。領地が自分のものになれば、バーンリー卿の右腕として働いてきた長い月日のあいだ、悶々としながらも実現できずにいた改革に着手できるのだから。そうとわかっていながら、運命が差しだそうとしているものに背を向けるのは、愚か者だけだ。

運命の女神が微笑んでくれるのを心から祈るしかなかった。

クランストン・アビーを手に入れて、父が安泰な老後の暮らしを送れるか否かは、予測不能のたったひとつのことにかかっている。からっぽの子宮にアッシュクロフト伯爵ターキン・ヴァレの子供を宿せるか否かに。

3

アッシュクロフトはシャンパンをひと口飲んだ。とたんに、口の中で冷たい泡がはじけた。その夜、舞踏会場と化した劇場の中で、冷たいのはシャンパンだけだった。夜明けからロンドンにまとわりついているねっとりした暑さは、夕刻になっても和らがなかった。アッシュクロフトのまわりでは、舞踏会に押しよせた人々が、汗にまみれながら不自然なほど快活に歩きまわっていた。楽団が奏《かな》でる最新のワルツも、耳障りな笑い声と話し声には太刀打ちできなかった。

いったい私はここで何をしているんだ？　ほんとうは来るつもりではなかった。上流階級の人々が集《つど》う舞踏会はもちろん、高級娼婦がやってくる舞踏会の常連ではあるけれど。

物欲しげな女たちの視線を巧みに避けながら、周囲にすばやく目を走らせた。ひとりの女――いや、ときには複数の女――も連れださずに、舞踏会場をあとにしたことはこれまで一度もなかった。とはいえ、二十代の男が刺激的な堕落と感じるものには、とっくに飽きがきていた。

そうだ、もう三十二になるのだから。それなのに十年まえと何ひとつ変わらない愚か者のままなのか？　くだらない無意味なことだけを楽しみに生きているのか？　四十になっても、楽団と舞踏の場を隔てる柵にこんなふうに寄りかかって、独身男のベッドを温める女を見繕《つくろ》うつもりなのか？　五十になっても？

そんなことを考えていると、情けなくなった。

シャンパンをもうひと口飲んで、舌を刺す安っぽい酒に顔しかめた。そろそろ帰るとするか。

内省的な気分になっているのは、今夜の舞踏会のせいだけではなかった。昨日、図書室から客を追いはらってからというもの、苛立って、気分がすぐれなかった。

ひとりの女のことがこれほど長く頭にまとわりついて離れなかったことなど、もう何年もなかった。それなのに、ふいに現われた謎めいた女の何かが記憶に深く刻まれて、どうしても消えようとしなかった。

夜を家で過ごすことなどまずないのに、ゆうべはどこへも行かなかった。ゆえに、今朝はいつになく早く――といっても正午まえに――目が覚めて、おまけに頭の中は澄みきっていた。そして、すぐさま頭に浮かんできたのはダイアナのことだった。その名がほんとうの名前なのかどうかさえわからなかったけれど。目覚めたとたんにダイアナを思いだして、後悔した。やはり、歓楽街にくり出してすべてを忘れてしまえばよかったのだ。

これまでは、身を売る女のことなどあっというまに忘れてきた。どんな顔をしていたのかさえ、ほとんど記憶に残らない。どれほどいい女で、どれほど巧みに誘われたとしても、ひとりの娼婦とともに過ごす三十分が記憶に留まるわけがなかった。気晴らしにうってつけの快楽はいくらでも得られるのだから。

とはいえ、その気晴らしも際限なくくり返されれば、色褪《あ》せてくる。いま、この場でも、この街でとりわけ華麗な高級娼婦に囲まれている。それでいて、そういう女のひとりを指さす気力さえ奮い起こせずにいた。

ターキン・ヴァレ、おまえはまさに救いようがない……。

仮面をつけた女の誘いを、またもや無視した。きっと、その女もプロの愛人だろう。いや、もしかしたら、そうではないのかもしれない。この舞踏会は誰でも参加できて、それゆえに、ここに集う上流階級の面々は不埒《ふらち》なスリルを味わっているのだ。ダンスの相手が公爵夫人なのか、コベント・ガーデンの娼婦なのかは誰にもわからない。必要なのはチケット代だけ。舞踏会場の外では、そんな金さえ持っていない女たちが、チケット代をどうにかかき集めて中に入ろうとうろうろしていた。

「もう、ダンスの相手はお選びになったの、閣下？」

思いにふけっていたアッシュクロフトは、艶めかしい声に現実に引きもどされた。気づいたときには、仮面——お粗末すぎてなんの仮面かもはっきりしなかった——の下から覗いている大きな青い目を見つめていた。それはよく知っている大きな青い目だった。

「こんばんは、ケイティ」アッシュクロフトはどんな感情も湧いてこないまま挨拶《あいさつ》した。といっても、ケイティとはときには愛人関係になることもあれば、友人になることもあった。

オックスフォード大学を出た直後からそんな関係が続いていた。

「今夜のわたしの連れは姿をくらましてしまったみたいなの」ケイティがワインをすすりながら、化粧を施したまつ毛越しに意味深長な視線を送ってきた。「若い男って……若すぎるから」

アッシュクロフトは小さく笑った。「だが、悲しいことに、歳を食った男は、年寄りすぎる」

「だから、中間がいいのよ」ケイティが唇を舐めた。赤味を増した唇にあからさまに男を誘う笑みが浮かんだ。ケイティの片手が腕に置かれた。「わたしのことを思いだしてみるのも悪くないんじゃない?」

いつもなら、その申し出を受けるはずだった。ケイティの体は豊満で、仕事の腕もたしかだ。おまけに、残念ながら、今夜はほかにすることもなさそうなのだから。

それなのに、どういうわけかその気になれなかった。ケイティはまちがいなく魅力的なのに。もしかしたら〝まちがいなさすぎる〟のが問題なのかもしれない。あろうことか、アッシュクロフトの望みを熟知している美女には飽き飽きしていた。

落胆しながら、アッシュクロフトは首を振った。「今夜はやめておくよ、スイート・ハート」

あんのじょう、ケイティは断られても悪びれることなく、腕に載せた手に力をこめながら微笑んだ。「あら、今夜は気分が冴えないのね。それなら、わたしの友達が気を晴らしてくれるかもしれないわ。街に出てきたばかりの子なの。ほんものの赤毛よ。背高《せいたか》のっぽのメグ。近衛兵より背が高くて、サラブレット並みの脚をしてるわ」

いったいぜんたい私はどうしてしまったんだ？　街に来たばかりの女戦士とベッドをともにできるとわかっても、気乗りがしないとは。「いずれまた」

ケイティは訝《いぶか》しげな視線を投げてきたものの、詮索しないだけの分別があった。目新しい噂話をいくつか披露しただけで、艶めかしい尻を揺らしながらゆっくり立ち去った。

さらに三十分、アッシュクロフトは楽しんでいるふりをして過ごしたが、なぜかまるで楽しめず、通りかかった召使――仕事にあぶれた俳優だろう――にグラスを返した。舞踏会場を出て、新鮮な空気が吸いたかった。

夏はたいていロンドンで過ごしていた。街から人が減って静かになると、議会での仕事が忙しくなり、社交のための時間は減る。けれど、今年は田舎の領地にある陰鬱《いんうつ》で壮大なヴィージー邸に引きこもったほうがいいかもしれない。大嫌いな屋敷ではあるが、目下の説明のつかない心のありように、ロンドンが答えを出してくれるとは思えなかった。

遠くのほうに見える背が低くてふくよかな人々の中に、ひときわ長身で銅色の髪をした娼婦がいた。どうやらフェリス卿を誘っているようだ。いつものこととはいえ、ケイティの言うことは正しかった。件《くだん》の娼婦はたしかに美しかった。それなのに今夜はなぜか、これっぽっちも興味が湧かなかった。

やはり家に帰って、鬱々としたこの気分をどうにかしよう。アッシュクロフト同様、仮面をつけていない知人ふたり——どちらも妻帯者だ——に会釈《えしやく》して、出口へと向かった。今夜の舞踏会場は洞穴のようで、おまけに、出ていく者より入ってくる者が多いときている。人の流れに逆らうのはたいへんだった。ベッドに入るには戸惑うほど早すぎる時間であることは考えないようにした。とりわけ、ひとりでベッドに入るには。

大柄で威厳もあるはずなのに、人の流れに押されて、まえにもうしろにも進めなくなった。そのとき、すぐそばにいる女性に気づいた。

長身。優美。忘れられるはずがないほど幾度となく頭に浮かんできた女性。

「アッシュクロフト伯爵」

その声が香油のように体を包んでいく。周囲で人が騒いでいるというのに、声を聞いただけで、なぜそんなふうに感じるのかわけがわからなかった。全身の細胞が一気に目覚めて、今夜、胸の中に居座っていた鬱々とした思いが一瞬にして消えてなくなった。

心臓の鼓動がたったひとつのことばを刻みはじめる。私のもの。私のもの。私のもの……。それは、レイヨウの匂いを嗅ぎつけた空腹のライオンと同じ、本能的な反応だった。ただし、いま目のまえにいるレイヨウは、収穫したてのみずみずしいリンゴの香りを漂わせていた。

「ダイアナ」雄弁なことで有名な放蕩者が、あろうことかことばを失った。

アッシュクロフトは穴があくほどダイアナを見つめるしかなかった。ここに集った無数の女の中から、なぜダイアナを見つけだせたのか？　そんな疑問が浮かんでくる程度には、頭は働いていた。ダイアナがつけている黒と金色の仮面は、大ぶりでけばけばしかった。目は仮面の奥に隠れているが、濡れてふっくらした紅色の唇は見えている。たとえ死に瀕《ひん》していたとしても、その唇が誰のものかはわかるはずだった。

その唇を奪いたくてたまらないのだから。

「わたしだとわかったのね？」冷ややかな悪女は平然とした口調で言った。

「ああ」まずい、ダイアナにどれほど惑わされているか、本人に気取られるまえに、舌のもつれを解かなければ。もつれを解きさえすれば、いつだって舌をダイアナのために使えるのだから。淫らな空想が次々に頭に浮かんできて、体の一部が鋼鉄のように硬くなった。「ここで何をしているんだ？」

周囲を大勢の人が行き来しているのに、ダイアナはふいに身を固くした。恐れているのか？　いや、家を訪ねてきたときには、恐れなど微塵も感じさせなかった。恐れて当然のときでさえ……。そんなことを考えていると、意外にも、ふっくらした唇が弧を描いて、そこに自信に満ちた笑みが浮かんだ。不本意ながら、その豪胆さを賞賛せずにはいられなかった。

まっすぐに見つめてくるダイアナの目が、挑むような強い光を発していた。「もちろん、あなたを捜していたのよ」

自信満々の女をまえにして、どうにか保っていた冷静さが泡のように消えていった。「取引は二日まえに決裂したはずだ、マダム」

「たしかに小競り合いには負けました。でも、閣下、すべての闘いに決着がついたわけではありませんわ」

頭の中では相変わらず、直感が〝注意しろ〟と叫んでいた。それなのに、なぜかあとに引けなかった。すでに周囲の人が分かれて、出口へ通じる道ができているのに。「相手が無敵だとしたら？」

ダイアナの唇がさらに弧を描いて、からかうような笑みが浮かんだ。「あなたはわたしの敵なの？」

「友人でないことはたしかだ」

「それは残念。あなたとなら、きっと、すばらしい……友人になれるのに」

〝愛人〟をわざと〝友人〟と言い換えた思わせぶりな口調を耳にして、アッシュクロフトは全身に火がついたように感じた。その体に触れてもいないのに、早くも記憶にあるどんな女よりもダイアナがほしくてたまらなくなった。

仮面を剝ぎとりたくうずうずした。仮面の下の目が光っているのはわかったが、そこに浮かぶ思いまでは読みとれなかった。その思いを推し量るための手がかりは、淫らな弧を描く唇と、煽情的《せんじょう》な笑い声だけだった。煽情的で、いかにも楽しそうで、官能的で、何もかもわかっていると言わんばかりの笑い声だった。

ダイアナの口調は、二日まえに誘惑してきたときよりも自信に満ちていた。それが気に入らないと思えてもいいはずだった。二日まえには、なんてうぬぼれた女だと思った。いまのダイアナはあのとき以上に豪胆だ。頭ではそんなふうに分析できても、どういうわけか、体はその分析を無視していた。

「言ったはずだ、私は狩られるより狩るほうが好きだと」

厚かましい悪女め、いかにも放蕩者らしく言い放ったことばにもひるまないとは。ダイアナの豪胆さに興味など持つものか。ダイアナ自身に興味など持つものか。笑みが浮かぶ唇を奪って、最後にはふたりで官能の嵐に巻かれたい——そんな思いがこみあげてくるのを、必死に押しもどした。

「お望みなら、わたしは喜んであなたから逃げてまわりますわ、閣下。といっても、逃げ足の速度はほどよく加減しますけど」

アッシュクロフトは笑った。笑わずにいられなかった。忌々しいダイアナはなんと大胆なことを言うのか。「ずいぶんと年寄り扱いしてくれるな」生意気な小娘との歳の差は、せいぜい二、三歳のはずだった。

「時間を無駄にしても意味はありませんから。わたしがあなたに喜んで捕まることは、お互いにわかっているはず。必死に逃げまわる追いかけっこはもう済ませたことにしてはどうかしら？」

アッシュクロフトは心臓がびくりと跳びはねたかに思えた。ダイアナのような女はめったにいない。ベッドの中でも豪胆さを発揮して、男を酔わせるのか？　胸が熱くなるほどの好奇心が頭をもたげた。それでも、微塵も惹かれていないふりをした。

「狩ったものでなければ、その気になれなくてね」

ダイアナの顔は見えなかったが、くだらないと言わんばかりに見つめられているのはよくわかった。そうだとしても、誰がダイアナを責められる？　互いに惹かれあって、ふたりのあいだに激しい火花が散っているのだから。「ほんとうに？」

周囲の人がまた動きだした。華やかで厄介なダイアナとふたりでガラスのボールの中に入っているような感覚が、一瞬にして消えていった。そのとき、ヘンリー八世に扮《ふん》した男に押されたダイアナが、胸の中に倒れこんできた。

ダイアナがぱっと顔をあげると、目を丸くして、息を吐いた。その息が顎をかすめた。考える間もなく、アッシュクロフトはダイアナを受けとめようと手を差しのべて、華奢な腕を握った。胸を叩くほど心臓が大きな鼓動を刻んだかと思うと、駆歩《ギャロップ》をはじめた。欲望が地獄の業火《ごうか》より熱く燃えあがった。

「怪我はないか？」窒息しそうな声で尋ねた。

ダイアナの顔にあの忌々しい笑みが戻っていた。笑みの浮かぶ官能的な唇を奪いたい——またもやそんな衝動がこみ上げてきたが、かろうじて我慢した。「ええ」

ダイアナが体を離すのを、アッシュクロフトは待った。ところが、予想に反して、ダイアナの手袋に包まれた手が顎に触れた。「あなたは口で言うほど無敵ではないわ、閣下」

ダイアナが腰を押しつけてくると、その瞬間、周囲のざわめきと人の流れがぴたりと止まった。いや、そんな錯覚を抱いた。股間で硬くなっているものが、スカートに押されて脈打った。どれほど冷静を装ったところで無駄だった。ダイアナの目に宿る光は興奮している証拠だった。激しい欲望を抱いているのは、哀れな男だけではなかった。

警戒しろと叫ぶ本能のおかげで、かろうじて抵抗できた。といっても、体を離したわけではなかったけれど。「男として当然の反応を示しているだけだ」

ダイアナが魅惑的な低い声で笑うと、背伸びをした。ふたりの体がぴたりと合わさると、頭が破裂しそうなほどの衝撃を受けた。

「あら、あなたも普通の男性だったのね、閣下」

目のまえにふっくらした唇があった。だめだ、ダイアナと離れなければ。そうとわかっていても、もう何年も――いや、これまで一度も――感じたことがない魅力に絡めとられて、体が言うことを聞かなかった。

唇が重なるのを待った。けれど、最後の最後にダイアナがためらった。めまいがするほど濃密なリンゴの香りが押しよせてくる。ダイアナのぬくもりが服を通して肌に染みこんでくる。束の間、はじめて会ったときの純潔な印象が頭によみがえった。いまのダイアナとはあらゆる意味で矛盾する印象だった。

一瞬のためらいが消えて、ダイアナが唇を重ねてきた。

アッシュクロフトは激しいショックを受けて、その場に立ち尽くした。頭の中でさまざまな思いが入り乱れながらも、こうなるのを予測しておくべきだったと思った。はじめて会ったときには、ダイアナはここまで積極的に迫ってこなかったが、恥ずかしがるそぶりはほとんど見せなかったのだから。

といっても、いまのこの状態が〝迫られた〟と言えるかどうか……。

ダイアナの口づけは信じられないほど甘かった。欲望を剝《む》きだしにした激しい口づけとはちがう、ためらいがちに重ねられた唇。それは蜜の味だった。ダイアナの体がすぐそばにあるだけで、すっきりと晴れわたった空を見たような爽快な気分になる。

それでいて、ボトル一本分のブランデーをひと息に飲み干したかのように、目がくらむ。濃厚なリンゴの香りが男を酔わせるのだ。

ダイアナを抱いて、いまにも火がつきそうな自分の体に引きよせた。激しく脈打つ胸の鼓動が伝わってくる。意外にも、束の間、ダイアナが身を固くした。けれど、すぐにその体から力が抜けたかと思うと、ダイアナが唇を開いて、舌を絡ませてきた。ぼんやりした頭が一瞬すっきりすると、アッシュクロフトはしなやかな体をしっかり抱きしめた。探るように舌をすばやく動かして、互いの舌を絡める。ダイアナの口から艶めかしい声が漏れる。くぐもったその声を耳にして、アッシュクロフトは天にのぼるほどの興奮を覚えた。

ダイアナがさらに深く口づけてきた。アッシュクロフトはふいに動きを止めた。ダイアナの反応が不可解で、靄《もや》のかかる頭で必死に考えた。これほど大胆に欲するものを手に入れようとする女にしては、その反応はどこか頼りなかった。まるで、誰かと最後に口づけたのが遠い昔のことであるかのように。

ダイアナほどの美貌の持ち主であれば、そんなわけがなかった。アッシュクロフトは顔をあげて、目のまえにいる女を見つめた。私はいったいどうしてしまったんだ？　いまこの瞬間、ダイアナの顔にどんな感情が浮かんでいると思ったんだ。

この場でこれ以上のことをするわけにはいかなかった。とはいえ、舞踏会は早くも佳境に入り、酔っ払いがあちこちで大声をあげて、女といちゃついている男はアッシュクロフトひとりではなかった。

けれど、もしダイアナがほんとうに貞淑な未亡人で、世間の評判を気にしているならば、堕落した人々にまぎれて辱《はずかし》めるわけにはいかない。そうでなくても、ダイアナとの関係はできるかぎり秘めておきたかった。

口づけのせいでダイアナの唇は赤く濡れて、ぽってりと腫《は》れていた。白い肌もほのかに色づいている。

片手をダイアナの腕に滑らせて、手袋に包まれた手を握った。男を惑わす女にしては、ダイアナは肌を見せていなかった。真紅のドレスは田舎の集まりでは噂になったとしても、高級娼婦が集うこの場では、修道女のように慎み深かった。

ドレスの襟《えり》ぐりにちらりと目をやると、豊かな乳房を暗示するふくらみが見てとれた。とたんに、股間にあるものが硬くなる。これまでつきあってきた女たちに比べれば、ダイアナは魅惑的な体をほとんど露出していないのに、それでも、魅力が半減することはなかった。

「どうしたの？」

アッシュクロフトのかろうじて働いている頭が、その口調に何かを感じとった。それは、この世でいちばんの妖婦ではなく、予期せぬ官能の虜になっている女の口調だった。さきほどの口づけも妖婦のものではなかった。抗しがたい欲望に突き動かされて、唇を重ねずにいられなかったのだ。

これこそ究極の偽りだ……。

興奮して胸が張り裂けそうなほど心臓が脈打っているのに、頭の中で疑念が響いていた。いまのダイアナはあらゆることと矛盾している。とはいえ、どんどん高まっていく熱い欲望のせいで、それについてじっくり考えてはいられなかった。

「なんでもない」アッシュクロフトはにやりと笑うしかなかった。激しい欲望が表われた笑みだった。「行こう」

「閣下……」

ダイアナがふたりでここを出たがっているのはまちがいなかった。返事など聞こえなかったふりをして、ダイアナの手を取って戸口へ向かう。ようやく人混みから逃れられて、ほっとした。「ちょっかいを出してきたのはきみのほうだ。その報いをこれからたっぷり受けてもらうよ」

意外にも、ダイアナが声をあげて笑った。「わたしに音楽を奏でるように頼んでいるのかしら、アッシュクロフト伯爵？」

悪女がふたたび目を覚ました。そう思うと、アッシュクロフトは大きな声で笑わずにいられなかった。「マダム、きみとならそれはもう美しい音楽が奏でられる」

4

たくましい男性に腕をぐいと引っぱられて、騒々しい人たちのあいだをずんずん進んでいる——ダイアナにわかったのはそれだけだった。高まる欲望で頭が朦朧《もうろう》としていた。わたしはいつのまに、これほど無分別で淫らになってしまったの……？

すべてはアッシュクロフトのせい。アッシュクロフトの刺激的な香りが唇にまとわりついていた。手をしっかり握られて、ふたりきりになれる場所へと向かうアッシュクロフトのすばやい歩みに、転びそうになりながらもついていくのが精いっぱいだった。

当惑しているのは、相手に屈してしまったせいだけではなかった。アッシュクロフトが抵抗をやめるとは思ってもいなかった。といっても、ほんとうに抵抗をやめたと言えるかどうか……。わたしはアッシュクロフトの言いなりで、主導権も握られたまま。餌《えさ》をちらつかせてトラを手なずけたはずが、ふいに逆襲された気分だった。

こうなったからには、アッシュクロフトがすべてを貪《むさぼ》り食うつもりなのか、この対決の勝利のしるしとしてひっかき傷を残すだけでやめるつもりなのか、用心しながら確かめるしかなかった。

れど……。

といっても、さきほどの口づけは、すべてを貪り食うつもりでいるとしか思えなかったけ

ダイアナは唇を舐めて、まとわりつく豊潤な味を楽しんだ。あんな口づけは生まれてはじめてだった。あんな口づけができる人が、この世にいるとは思ってもいなかった。

そんなことを考えているあいだも、アッシュクロフトは追い風を受けて大海原を快走する勇壮な帆船のように前進し、動きまわる人々のあいだをまっすぐに抜けていった。そして、わたしは勇壮な帆船に引っぱられる小さな帆掛け船。

決然と歩を進めるアッシュクロフトがどこに行くつもりなのかは、見当もつかなかった。けれど、どこに連れていかれようがかまわない。まさか、自分にこれほど奔放《ほんぽう》で軽率な一面があるなんて知りもしなかった。そう思いながらも、もう一度抱かれて口づけてもらえるなら、どこに行こうがかまわなかった。

口づけ以上のことをしてくれるなら……。

風のない夜で、劇場の中と同じように外の空気も淀んでいた。アッシュクロフトは何も言わずに馬車が並ぶ通りを抜けて、暗い路地に入った。とたんに、残飯の悪臭が鼻を突いて、ダイアナははっとしてわれに返った。

路地のひやりと湿った煉瓦《れんが》の塀に乱暴に背中を押しつけられた。頭の片隅で、もののように扱われるのを許してはならないという声が響いていた。それなのに、アッシュクロフトの力強さと、目のまえにいる女をなんとしても自分のものにすると言わんばかりの固い意志に、

女としての本能が揺さぶられた。抑えようもなく興奮して、心臓が胸を叩くほど大きな鼓動を刻んだ。

どうしよう、ここまで堕落してしまうなんて。たいして知りもしない男性にのぼせあがってしまうなんて。その思いを止める術を持たずにいるなんて……。

意を決して、顔をあげると、乱暴な扱いに抗議しようとした。けれど、アッシュクロフトは口づけを求めてきたと思ったらしく、すばやく唇を重ねてきた。

熱風が体を駆けぬけた。舞踏会場での口づけは激しかった。けれど、周囲に大勢の人がいる場所では、アッシュクロフトも自制していたらしい。ふたりきりの路地での口づけは、あまりにも荒々しかった。貪るように唇を奪われて、舌と歯を巧みに駆使されては、抵抗などできるはずがなかった。

いいえ、認めたくはないけれど、抵抗できないのはアッシュクロフトのせいばかりとは言えない……。

喘《あえ》ぎながら、口づけに身をゆだねるしかなかった。溺れて、暗い海に沈んでいくのを覚悟したかのように。骨という骨が溶けてなくなり、きらびやかな感覚だけの世界に落ちていった。

もう何年も、こんなふうに触れられたことはなかった。欲望を抱いた男性の大きな手の感触を、いまのいままで忘れていた。思考はどこかへ行ってしまい、頭の中に残っているのは濃厚な甘い麻薬にも似た快感だけだった。

アッシュクロフトは夜と罪と危険の味がした。あまりにも甘美で、どれほど味わっても飽きるはずがなかった。

唇が離れると、思わずがっかりして、口から哀れな声が漏れるのを止められなかった。アッシュクロフトほどの遊び人なら、一度体に触れさえすれば、どんな女も屈すると知っているのだ。胸が締めつけられたように苦しくなる。それでもどうにか息を吸いこむと、乳房が大きくふくらんだ。

そうしながらも、空気などほしくないと思った。ほしくてたまらないのは、めまいがするほどの口づけだけ。

うっとりしながら、暗がりの中で白く霞んでいるアッシュクロフトの顔を見あげた。その息遣いは途切れがちな囁きに似て穏やかだった。アッシュクロフトも官能の虜になっていると勘ちがいするほど、世間知らずではなかったけれど、それでも、たくましい胸に片手をあてると、体の震えが伝わってきた。

アッシュクロフトも何かを感じている。

アッシュクロフトも性的な欲望には抗《あらが》えない――はっきりそう感じたことに、なぜか大きな意味があるような気がしてならなかった。そう、いま、わたしが身をあずけている男性も、まぎれもなく生身の人間なのだ。アッシュクロフトの唇からは欲望が、抱擁からは抑えきれない思いがにじみでていた。

「悔しいが、きみと会ったのは運命だ」かすれたバリトンの声が肌に染みこんで、また骨までとろけそうになった。アッシュクロフトが抱擁を解いた。ダイアナは煉瓦の壁に寄りかかるしかなかった。脚がゼリーになってしまったように力が入らなかった。

冷静に誘惑したはずなのに、なぜこんなことになってしまったの？

仮面の紐が引っぱられた。アッシュクロフトは断りもなくそうすると、はずれた仮面をいったん片手で受けとめて、足元のぬかるみに落とした。次の瞬間には、アッシュクロフトの両手で頬を包まれていた。

「わたしが舞踏会に戻りたいと言ったらどうするの？」ダイアナは尋ねた。患者を診《み》る医者のような視線で見つめられて、つい反発したくなった。

「きみがそんなこと願うかな？」アッシュクロフトの小さな笑い声は穏やかで、すべてを見透かしているようだった。「きみは罠を仕掛けて、まんまと獲物を仕留めた、そうだろう？」

アッシュクロフトがまた唇を重ねてきた。荒々しい口づけだった。さきほどより激しく唇を重ねて、さらに強く抱きしめられる。とたんに全身の血が沸きたって、脈が大きく波打った。まるで八年のあいだ脈打つのを禁じられていたかのように。氷に閉ざされた長い冬が終わり、すべての感覚が目覚めていった。

心の片隅の暗がりで胸騒ぎがした。あまりにも危険すぎる。たしかに、わたしは高貴な生まれの淑女ではない。それでも、いままで誰にうしろ指をさされることなく、貞淑な女性として生きてきた。それなのに、アッシュクロフトからは、道端で拾った娼婦同然に扱われている。路地に引っぱりこまれて、わがものにするのが当然と言わんばかりに欲望剝きだしの口づけをされたのだ。

けれど、危険なのはそれだけではなかった。そもそも今回のことは、単純明快な計画で、自分に課せられた役を冷静に演じきれると思ったからこそ、ロンドンへやってきたのだ。それなのに、すべては単純明快ではなくなり、冷静にもなれず、抑えようもなく興奮しているなんて、滑稽《こっけい》としか言いようがなかった。

アッシュクロフトに抱かれても冷静沈着でいられたなら、いましていることを正当化できるのに……。それなのに、恍惚《こうこつ》感にわれを忘れてしまうなんて、淫らな女と呼ばれても反論のしようがない。いまこのときからは、自尊心など二度と持てるはずがなかった。

あろうことか、性的な欲望のせいで、いままで知りもしなかった自分の一面がすっかり暴かれてしまった。

何をしたところで、もうどうしようもない……。

頭の中で響いていた警鐘が小さくなって、遠ざかっていく。それに代わって、どんどん明確になっていくのは、アッシュクロフトの魔力を持っているかのような手の感触。アッシュクロフトの欲望には、ますます高まっていく自身の欲望で応じるしかなかった。

口の中に強引に押し入ってきた舌を思いきりすすった。アッシュクロフトが低い声を漏らして、さらに力をこめて抱きしめてきた。ふわりとしたスカート越しでも、アッシュクロフトが興奮しているのははっきりとわかった。欲望の海で溺れながらも腰を突きだして、まちがいようもなくいきり立っているものに押しつけた。

だめよ、何をしているの！　まさかアッシュクロフトがほしくてたまらなくなるなんて。即座に止めようもなく興奮してしまうなんて。体の中で疼《うず》いている空白を、アッシュクロフトが埋めてくれなければ死んでしまうと感じているなんて。

やさしさなど微塵もない触れかた――興奮をかき立てる触れかた――でわき腹をさすられた。乳房に触れてほしくてじりじりしているのを、アッシュクロフトは知っているにちがいない。それなのに、その手の動きはどこか純粋だった。いっぽうで、熱く激しい口づけに純粋さなど微塵もなかった。下腹に食いこむ硬くいきり立つものにも。

思わず抗うような声が口から漏れた。これほどの口づけがこの世にあるとは想像すらしていなかった。魂まで奪われて、貞淑な未亡人を大胆で淫らな女に変えてしまう口づけがあるなんて。

不安でたまらなくなる。アッシュクロフトの唇だけで、淫らなことに喜んで応じる女になってしまった。体を奪われたら、どうなってしまうの？　アッシュクロフトに体を奪われるのは、朝に太陽が昇るのと同じぐらい避けようのないこと。そう考えてはっとした。死者が天国を眺めたいと願う以上に、わたしはアッシュクロフトのものになりたくてたまらない――いまや、それもまた否定しようのない事実だった。

アッシュクロフトがドレスの襟ぐりを荒々しく押しやって、首と肩に口づけてきた。抑えようのない戦慄が全身を駆けめぐる。「じらさないで」喘ぎながら言った。同時に、アッシュクロフトが感じやすい首筋をやさしく嚙んだ。とたんに、体が炎に包まれた。

アッシュクロフトが笑って、今度はそっと歯を立てる。目の奥で火花が飛び散った。「何を求めているか、これまできみは臆面もなく、私に伝えてきたじゃないか」

「一度会っただけなのに、これまでずっとそうだったなんて言いかたをしないで」ダイアナは反論しながらも、あからさまに体をすりつけた。乳房の疼きを和らげるにはそうするしかなかった。脚のつけ根のさらなる疼きをまぎらわすには。

「一度会えば、それぐらいはわかる」アッシュクロフトの唇が耳へと移って、耳たぶをそっと噛まれた。新たな欲望の矢が全身を貫《つらぬ》いた。膝から力が抜けていく。それでも立っていられたのは、アッシュクロフトの両手で腰を支えられているからだった。

その手できちんと触れてほしかった。

乳房に触れてほしい。秘した場所に触れてほしい。まさか、本気でそんなことを望むようになるなんて……。

震えながら、アッシュクロフトの手首をつかんで、ぎこちなくその手のひらを乳房に押しつけた。ドレスを着ていても、熱を帯びた手の感触に息を呑まずにいられなかった。

「お願い……」欲望を剝きだしにしたくはなかったけれど、懇願するしかなかった。

アッシュクロフトを誘惑するつもりでいたのに、これほど興奮して抱きあっているなんて。課せられた役目として冷静にこなすつもりだったのに。

欲望に支配されて、懇願する哀れな奴隷になってしまうなんて。いまさら冷静になろうとしたところで手遅れだ。アッシュクロフトをひと目見たときから、頭がぼうっとするほど混乱してしまったのを認めたところで、もうどうにもならなかった。

アッシュクロフトの手に乳房が包まれると、炎と化した快感が全身を駆けぬけた。喘ぎながら、大きな手に乳房を押しつける。けれど、それだけでは満たされなかった。全身を探られたい。石鹼とぬくもりと男の興奮の濃厚な香りに包まれて、もう何も考えられなかった。それが女を目覚めさせる香りだということを、いまのいままで忘れていた。

そう、この八年間であまりにも多くのことを忘れていた。

アッシュクロフトの片手が顔に添えられたかと思うと、ふたりの顔が向きあうように、上向きにされた。大通りから漏れてくる明かりのせいで、自分の顔に浮かぶ表情ははっきり照らされているのに、アッシュクロフトの顔は暗い影のままだった。

そんなふうに見つめあったら、目のまえにいる男性が見ず知らずの他人だと痛感して、怖くなるはずだった。それなのに、すっかり欲望の虜になって、抱きしめられているしかなかった。口づけてほしい。スカートを乱暴にめくりあげて、いきり立つものを体の中に深く埋めてほしい。どんな男性ともちがうやりかたで奪ってほしかった。

「お願い……」ダイアナはもう一度言った。

欲望のおもむくままに行動している情熱的なこの女は誰なの？ 生真面目なダイアナ・キャリックであるはずがない。その若い未亡人が高揚するのは、自宅のささやかな蔵書に新たな本がくわわったときか、クランストン・アビーの畑で農業にかんする持論を試せるときだけだった。

「何を願ってるんだい？」

そんなふうにからかわれたら、腹が立ってもおかしくなかった。胸の鼓動が暴れ馬のように乱れているのに、アッシュクロフトがからかうように言ったのがわかった。

「お願い、さわって、わたしの……胸に」弱々しい声で応じた。自分が発したそのことばが耳に響いて、興奮の靄を貫いた。空をおおう分厚い雲を光が貫いたかのように。

いったいわたしは何をしているの？

いま、ここにいるのは、享楽的な悦《よろこ》びに身をまかせるためではない。山ほどの噂を聞かされて、アッシュクロフト伯爵のことは三文小説の主人公のような遊び人——女と見れば誰彼かまわず手を出す堕落したプレイボーイ——にちがいないと思った。それなのに、磁石に吸いよせられる砂鉄のように、アッシュクロフトに引きよせられてしまった。なんとかしなければ。プロの愛人になりたくて、ロンドンまでやってきたわけではないのだから。単純明確な目的を果たしたら、束の間の淫らな行為をすっかり忘れるように精いっぱい努力するつもりなのだから。

アッシュクロフトのことは目的を果たすために利用するだけ。それ以上の何かにはけっしてならない。

冷水を浴びせられたように、はっとわれに返った。けれど、アッシュクロフトの手に乳房をそっと持ちあげられると、冷静さなど一瞬にしてどこかへ行ってしまった。アッシュクロフトがレースで縁取られた襟ぐりから中をちらりと覗いて、手を止めた。

肌が引きつるほど緊張した。いったい、アッシュクロフトはどういうつもりなの？

「じらして楽しんでいるのね」ぎこちなく息を吸うと、大きな手に包まれた乳房がふくらんだ。アッシュクロフトの指が乳首のすぐそばにあるのが、いやというほどわかった。

「きみが必死になるのを見たいんだよ」アッシュクロフトが静かに言った。

「あなたも必死になっているんでしょう？」そんな質問をできるほど自分が大胆だったとは思ってもいなかった。

アッシュクロフトの手にかすかに力がこもった。けれど、忌々しいことに、その手が下に滑ることはなかった。「ああ、必死だよ」

「ならば、なぜもっと触れないの？」

アッシュクロフトが声をあげて笑った。その笑い声を耳にすると、全身の血がふつふつと沸きたった。「なぜって、きみが必死になればなるほど、こっちも期待が高まるからね」

「あなたはいつもこんなゲームをしているの？」

「ああ、楽しめるときはいつでも」

「伯爵……」

「アッシュクロフトと呼んでくれ」なんとなくからかっているような口調だった。その口調まで魅力的だと感じるなんて……。「私はきみのドレスをいまにも脱がそうとしている。それなのに堅苦しい呼びかたをするなんて滑稽だ」

戸惑いながらも、ダイアナはアッシュクロフトの硬くなったものに片手を伸ばした。熱く力強いものに触れると、息を呑まずにいられなかった。これほど親密なことをしたのは、いままでは夫のウィリアムとだけだった。といっても、それももう何年もまえのこと。

アッシュクロフトはウィリアムよりはるかに大きくて、硬かった。鋼《はがね》にも負けないほど硬いものに体を貫かれる場面を思い浮かべて、全身に震えが走った。恐怖のせいでもあるけれど、興奮したせいでもあった。けれど、実際にそのときが来たら、恐ろしくたまらなくなるはず。

アッシュクロフトが低い声でうなった。「なんてことを……」

硬く大きくなったものをためらいがちに握って、太さを確かめる。アッシュクロフトが口づけてきた。その唇は貪欲で、やけどしそうなほど熱かった。ついに、待ち望んでいたとおりにアッシュクロフトの手が動いた。一瞬、ときが止まり、次の瞬間には、小石のように硬くなった乳首にその手が触れた。

体がびくんと震えた。快感は記憶にあるどんなものも超越していた。さもなければ、ウィリアムがこの世を去ってからひとりきりの長い夜に思い描いたどんなものも。下腹にぎゅっと力が入って、脚のつけ根がじわりと湿った。赤く焼けた熱線で乳首と秘した場所がつながったかのよう。アッシュクロフトの指が動くたびに、その熱線はどんどん張りつめていった。

唇を引きはなすと、アッシュクロフトの首に顔を埋めて、口から漏れる淫らな声を隠そうとした。頭の中は迫りくる嵐の予感でいっぱいだった。それでも、スカートがめくりあげられたのはなんとなくわかった。次の瞬間には、アッシュクロフトの手が脚のつけ根に触れて、目もくらむ快感を覚えた。

アッシュクロフトはやさしくなかった。気遣いもなかった。下着越しに秘した場所に指をぴたりとあてて、あっというまにいちばん敏感な部分を探りあてた。とたんに、体が反応して、震えが止まらなくなった。

息が詰まった。このままわななきながら、永遠に燃える炎の中ではじけてしまいそうだった。何をどうすればいいのかわからず、ひたすら流れに身をまかせるしかなかった。

アッシュクロフトの手がさらに強く押しつけられると、全身が小刻みに震えた。目のまえの世界が破裂して、熱い闇へと一変する。そこを照らすのは飛び散る鮮明な火花だけだった。叫びそうになるのを、アッシュクロフトの首に歯を立ててこらえた。

次に、秘した場所から手が離れたかと思うと、太ももにぴたりとあてられた。それでも、小刻みな体の震えはやまなかった。アッシュクロフトがためらいもなく触れてきたのが、嬉しくてたまらなかった。たったいまされたことを思えば、これからはもう男性から見せかけのやさしさを示されるような女ではなくなってしまった。そればかりか、体の奥深くにある何かが、アッシュクロフトの強引さに激しく揺さぶられてしまった。

課せられた役を演じているだけ――それが真実だと自分に言い聞かせようとした。けれど、圧倒的な快感のまえでは、そんなことばなどなんの意味も持たなかった。アッシュクロフトに片方の脚をぐいと持ちあげられて、たくましい腰に巻きつけられた。

た。空気を求めて喘いだ。ほんのわずかでもいいから理性を取りもどして、冷静になろうとした。けれど、理性も冷静さも風に吹かれた灰のようにどこかに吹きとばされてしまった。

アッシュクロフトが震える手でズボンのまえをぞんざいに開いた。手を貸すべきだと思ったけれど、目もくらむ恍惚感を経験したばかりで立っているのもやっとだった。肩にしがみついて、アシのようにしなだれかかっているしかない。これまでにない快感に全身の血が泡立って、はっきりとわかるのは、長身の力強い体と、これからアッシュクロフトがしようとしていることだけだった。

ふたりきりの世界の外側で、下卑《げび》た笑いが響いた。ダイアナははっとして、脚をおろすと、さっと顔をあげてアッシュクロフトの目を見た。アッシュクロフトは苛立ちながらも、身を固くしていた。下腹に食いこむ硬いものは、すぐにでも思いを達したがっているように熱を帯びていた。

ぞっとして震えが止まらず、快感の名残で脚がぐらついて、雄々しい体にしがみついているしかなかった。そうするのを自然に感じながらも、アッシュクロフトに守ってもらおうとするのがいかに愚かなことかはわかっていた。それでも、一変してしまった世界の中で、ただひとつたしかな存在はアッシュクロフトだけだった。

「これはまた、アッシュクロフトじゃないか。そのあばずれともっと人目につかない場所に行ったほうがいいんじゃないか？」いかにも酔っ払いの発する大声で、呂律《ろれつ》がまわっていなかった。けれど、アクセントはまぎれもなく上流階級のものだった。「その女はさぞかしうまいんだろうな。そうでなけりゃ、おまえともあろう男が、コベント・ガーデンの娼婦を道端でつつくほど切羽詰まるわけがないんだから」

ダイアナは身を縮めて、苦しげな声を漏らした。あまりにも屈辱的で、舌に錆《さび》の味が広がって、胃がよじれて吐き気がした。

やっぱりわたしは頭がどうかしてしまったにちがいない。路地裏で体を奪われてもかまわないと思ったなんて。

「失せろ、ベルトン」声がしたほうを見もせずに、アッシュクロフトが低い声で言い放った。

ダイアナは脈打つ鼓動の音が、〝すぐさまここから走って逃げなさい〟と叫んでいるように聞こえた。この場から遠く離れたかった。けれど、ふいに現われた邪魔者に顔を見られるわけにはいかなかった。

「その女は何者なんだ？」ベルトンと呼ばれた酔っ払いは、アッシュクロフトの怒りに満ちた口調に気づきもしなかった。酒に酔ったその男性が上機嫌でまた話しはじめると、ダイアナは全身に鳥肌が立った。「その女が新顔なら、次はおれにまわしてくれよ。とっかえひっかえ男を相手にする女だって、べつにかまいやしない。それに、おまえはプロの女にかんしちゃ鼻が効くからな。おまえが相手にした女と寝て、一級品じゃなかったことは一度もない。尻軽女の体をたっぷり温めて、用意万端整えさせることにかけちゃ、おまえはそりゃもう凄腕だからな」

背中に触れる煉瓦の塀は冷たくじとっとしていて、路地に立ちこめる悪臭は鼻が曲がりそうなほどだった。だとすれば、娼婦とまちがわれてもしかたがなかった。

そう、娼婦同様のふるまいをしているのだから。

信じられない、アッシュクロフトのせいで、わたしの心はどうなってしまったの？　いいえ、アッシュクロフトのせいとばかりは言えない。わたしは木枯らしに吹かれて舞い散った落ち葉のように、アッシュクロフトの腕の中にあっけなく落ちてしまったのだから。

アッシュクロフトが稀代《きだい》のプレイボーイと呼ばれているのも不思議はなかった。

アッシュクロフトの手でうなじを押さえられて、外套《がいとう》に顔を押しつけられた。目のまえが真っ暗になって、屈辱で息が詰まった。もがこうとしても、大きな手はびくともしなかった。

「ベルトン」アッシュクロフトが明るい口調で言った。「おまえにはふたつの選択肢がある」

「そりゃまた嬉しいな、伯爵どの」ベルトンは期待をこめて野太い声で笑いながら、よろよろと近づいてきた。「その女をまわしてくれるのか？　さもなきゃ、三人で楽しむのか？」

「まさか」ダイアナは吐き気を覚えるほど自分が情けなくてしかたなかったけれど、それでも、アッシュクロフトの声音《こわね》に強い意志を読みとった。

いっぽうで、酔っ払って上機嫌のベルトンはそれに気づかなかった。「べつの楽しみかたがあるのか？」

「ベルトン、おまえはいますぐここを離れて、惨《みじ》めな人生をこれからも心安らかに過ごすか、さもなければ、明日の朝、銃口越しに私と向きあうかのどちらかだ」

ダイアナはあまりにも驚いて、アッシュクロフトの腕の中で体が凍りついた。わたしの名誉を守るために、友人と決闘するというの？　こんなことがあったからには、もう自分の名誉を口にする権利など、わたしにはないのに？　知らず知らずのうちに、両手でアッシュクロフトの外套を握りしめていた。

「おい、おい、落ち着けよ、旧友。たったひとりの小娘のために、親友をなくすことはないだろう」

「ということは、銃口越しに向きあうほうを選ぶんだな？」

ベルトンの口調がふいに不安げになって、いくらか酔いが醒《さ》めたようだった。「やめてくれ、冗談じゃない。マントンの店で、おまえがクラブのエースのど真ん中を撃ちぬくのを見たことがあるぞ」

「ならば、ひとつ目のほうを選んだほうがいい」

「ひとつ目？」

「ここを離れることだ。いますぐに」

「ああ、そうだった。そのとおり」靴底が砂利に擦れる音がして、ダイアナにもベルトンが即座に立ち去ろうとしているのがわかった。「おまえとおまえの女の邪魔をするつもりはなかったんだ、親友。悪く思うなよ」

大通りの喧騒に混じって、酔っ払いが千鳥足で遠ざかっていく足音が聞こえた。ダイアナはもう顔をあげても大丈夫と思いながらも、たくましい胸に顔を埋めたままでいた。頬に心臓の揺るぎない鼓動が伝わってきた。

こんなふうに抱かれてほっとしているなんて、わたしはなんて愚かなの。アッシュクロフトに抱かれていれば、何も怖くない――そんなのは幻に決まっている。アッシュクロフトが守ってくれるはずがない。そもそも、そんなことをアッシュクロフトに望むこと自体がまちがっている。

そう思っても、即座にかばって、人の目に触れないようにしてくれたのは事実だった。いまのわたしはもう、そんなふうに大切にされるような女ではないのに。

たったいま知ったアッシュクロフトの新たな一面を、無理やりねじ曲げて否定していることに気づいて、胸が苦しくなった。アッシュクロフトが堕落した放蕩者であってくれればどれほどいいか。そう、もっとひどい扱いをしてほしい。アッシュクロフト伯爵ターキン・ヴァレのことなど好きになりたくもなければ、尊敬もしたくないのだから。

好きになって、尊敬してしまったら、これからしようとしていることに罪悪感を抱かずにいられなくなるのだから。

5

「邪魔者はもう行ったよ」アッシュクロフトが囁くと、その息がダイアナの頭のてっぺんをかすめた。

「わたしは……」ダイアナは不安げに言った。アッシュクロフトの肩に顔を埋めているせいで、声がくぐもっていた。公衆の面前で恍惚感に身を震わせた女が、自身の思いを口にするのをためらうとはお笑い草だけれど、それでもことばがうまく出なかった。

羞恥心《しゅうちしん》が鋼の鋏《はさみ》となって心を締めつけた。不安と自己嫌悪が入り混じり、胃が縮まって吐き気がした。

今夜、わたしの魂は穢れてしまった。魂を洗い清められる日は来るの？　行いを正して、祈って、悔い改めれば、きっと……。けれど、心乱れたままアッシュクロフトとともに過ごす時間が長くなればなるほど、けっして許されないほど罪深くなっていく。

わたしは娼婦ではない……。

けれど、どれほど自分にそう言い聞かせたところで、アッシュクロフトの淫らな愛撫に屈してしまった以上、そのことばは絵空事でしかなかった。

「心配はいらない。きみの顔は見られなかった」耳に心地いい低い声で慰《なぐさ》められながら、さらに強く抱きしめられた。抱かれてほっとするなんてどうかしている。こんなことではいけないと自分を叱っても、どうにもならなかった。

「でも……」ダイアナは顔をあげると、深く息を吸った。一時間も息を止めていた気分だった。「もう二度と、あなたに路地裏の塀に押しつけられたりしないわ」

アッシュクロフトが未練がましげに抱擁を解いた。まるで抱擁から力を得ていたかのように……。だめよ、自分を惑わしてどうするの？　ダイアナは震えながらその場に立ち尽くしているしかなかった。アッシュクロフトが外套を脱いで、広い肩の片方にふわりとかけるのが見えた。

「たしかに愚かなことばかりしてきたが、それでも普段は、路地裏では欲望を剝きだしにしないように注意しているよ」

「あの人が言っていたこと……」ベルトンが言っていたことをくり返すのはためらわれた。どんな娼婦も、アッシュクロフトを拒むはずがない。そして、今夜、アッシュクロフトが相手している娼婦はダイアナ・キャリック。いずれにしても、さまざまな噂話から想像していたアッシュクロフト伯爵は、どこにでもいる女たらしの放蕩者だった。

それなのに、いつから、それが真の姿ではないのかもしれないと思えてきたの？　いいえ、アッシュクロフトは小麦の穂を大鎌で刈りとるように、女たちを易々《やすやす》とわがものにする放蕩者にちがいない。一瞬血迷ってひとりの女をかばっただけで、これまでに犯してきた無数の罪が帳消しになるわけではなかった。

震える手で、ダイアナはドレスの前身頃を引っぱった。いまの自分はまちがいなくふしだらな女に見えるはず。恥ずかしくて頬がかっと熱くなって、手をそわそわと動かさずにいられなかった。

冷静さなどどこかへ行ってしまった。それなのに、アッシュクロフトは腹立たしいほどてきぱきと、ドレスのしわを伸ばして整えてくれた。器用なその手が、ついさきほどまで欲望に震えていたとはとうてい思えなかった。

落ち着きはらったアッシュクロフトを目の当《ま》たりにして、ダイアナはますます自分が自堕落に思えた。恍惚感はいまも全身を駆けめぐっている。唇に残る口づけの味はどこまでも甘く、乳房がもっと触れてほしいと疼いていた。

アッシュクロフトが決然とした口調で言った。「ベルトンはオックスフォード時代の遊び仲間だ。といっても、もう遠い昔のことだ。あのころと比べれば、これでも多少なりとも洗練された行いを身につけたつもりだ。きみには信じてもらえないかもしれないが」

信じられるわけがなかった。さっきは生まれてはじめて感じた抑えようのない愚かな欲望にすっかりわれを忘れてしまった。アッシュクロフトもそうだったのだと考えて、心の慰めにするわけにはいかなかった。すでに冷静でいるアッシュクロフトを見れば、欲望を易々とコントロールできるにちがいないのだから。

「だったら、なぜ……」

「ここから出よう」アッシュクロフトがため息をついて、髪に手を差しいれて揺すった。薄暗い路地裏で見ても、そのしぐさは魅力的だった。

そんなことを考えている自分が情けなくなった。

「顔を伏せていたほうがいい。仮面を捨ててしまったのは早計だった」体が男物の外套にくるまれた。顔が隠れるようにと、アッシュクロフトが外套の襟を立ててくれた。

この期に及んでも、わたしの名誉を守ろうとしているなんて。アッシュクロフトはいったいどんな人なの？　どんな放蕩者なら、淑女の名誉をこれほど気にかけるの？　とりわけ、その淑女が分別のない行動をくり返しているというのに。

「私の馬車が近くに停めてある」

アッシュクロフトに連れられて、表通りへと路地を半分まで歩いたところで、ダイアナはようやく、いま耳にしたことばの意味をはっきり理解した。「だめよ」

アッシュクロフトが足を止めて、ちらりと見おろしてきた。ほの暗い明かりに照らされた顔に浮かんでいるのは、苛立ちではなく当惑だった。同意が得られるとアッシュクロフトが思っていたのも無理はなかった。羞恥心で胃が縮んだ。

「わたしにも拒む権利があるわ」低く弱々しい声で言った。「それとも、わたしは名誉と一緒に、その権利も手放してしまったの？」

「無理強《じ》いするつもりはないよ、マダム」

冷ややかな口調は、アッシュクロフトに家から追いはらわれたときに耳にしたものと同じだった。思わず身震いせずにいられなかった。冷ややかな口調など二度と聞きたくないと、心から願っていたのだから。思いもよらず、やさしくしておいて、次の瞬間には冷ややかに扱うとは、鞭で頬を叩かれた気分だった。

びくりとして、あとずさると、手で頬を押さえようとした。けれど、それよりさきに、アッシュクロフトがつないでいる手に力をこめた。外套で体を包まれてからはじめて、まじまじと見つめられた。やさしく守られた記憶があまりにも鮮明に脳裏に焼きついていて、ついうっとりしそうになる。

アッシュクロフトがぎこちなく息を吸って、広い肩から力を抜いた。「ダイアナ、すまなかった」静かで自嘲的な笑い声が響いた。「いつもならこれほどがさつなことはしない。欲求が満たされずについ……」

バケツ一杯分の冷たい水を浴びせかけられたかのように、はっと目が覚めた。わたしのせいでアッシュクロフトは欲求を満たせずにいる。アッシュクロフトは一見冷静そうだけれど、その冷静さは実は、欲望という名の火山にかぶせた薄っぺらな板のようなもの。その板にいつ火がついて、灰と化しても不思議はない。それに気づくと、アッシュクロフトの頬が小刻みに震えているのがわかった。

激しい欲望を抱きながらも自制するのは、アッシュクロフトにとっても、たやすいことではないのだ。

ベルトンに邪魔されなければ、アッシュクロフトとわたしは深い関係になっていたはず。

路地裏で欲望のままに、体をまさぐりあっていたにちがいない。アッシュクロフトの酔っ払った友人が、なんの前触れもなく現われて、淫らな快楽の世界から現実に引きもどしてくれたことに感謝しなければならない。ウィリアムを失ってから経験したどんなものよりも、あの快楽はたしかなものに感じられたけれど……。

男物の外套にすっぽり隠れてしまいそうなほど身を縮めて、弱々しい声で言った。「わたしこそごめんなさい」

「家へ行こう」

やさしい口調で誘われるのは、それこそ危険だった。そのことばにダイアナは身をこわばらせた。もしかしたら、最大の敵はアッシュクロフトの強固な意志なのかもしれない。欲望はぎりぎりまで高まって、体はアッシュクロフトと一緒に行きたがっていた。それでも、頭の中にかろうじて理性が残っていた。アッシュクロフトともう一度相対するまえに、心の砦を固めておかなければならない。切望する肌に、巧みな手がふたたび触れるまえに。

いずれにしても、アッシュクロフトがわたしに興味を示したのはまちがいなかった。といっても、すべてが計算どおりとはいかなかったけれど。計算などする間もなく、アッシュクロフトと一緒に行きたいと体が叫んでいた。これほど無防備な状態で体を差しだしたら、すべてをさらけ出すことになりかねない。心の奥底まで見透かされてしまう。

わたしは娼婦ではないのだから……。

ひと組の男女が互いに腕を相手の腰に絡ませて、大通りから、暗く狭い路地裏を覗きこんでいた。アッシュクロフトがすばやく一歩まえに踏みだして、体を楯にした。

ダイアナは胸が締めつけられるほど苦しくなった。心を持たない悪魔でいてほしいと願っているときにかぎって、なぜ輝く鎧《よろい》をまとった騎士まがいのことをするの？　切望が燃えあがる情熱へと変わると、ダイアナは激しく動揺した。ぬくもりが伝わってくるほどアッシュクロフトがすぐそばにいる。その体が発する熱に引きよせられずにいられなかった。八年ものあいだ、冷たい日々に震えていたのだから……。

かつては、夫の愛情と思いやりに包まれていた。けれど、夫がこの世を去ってからは、ずっとひとりぼっちだった。

夫のことを思いだして、現実に引きもどされた。欲望に溺れてわれを忘れるわけにはいかない。冷静にならなければ。「わたしが望んでいるのは数カ月の情事。欲望のおもむくままに体をまさぐりあって、それが終われば別れるような一度きりの関係ではないわ」

「きみは自分を卑下《ひげ》しているよ、ダイアナ」アッシュクロフトがゆったりとした口調で言った。「それに私のことも」

「あなたはわたしの申し出《プロポーズ》を受けいれるの？」

永遠の愛や貞節や幸福な結婚を暗示させるそのことばが、ふたりのあいだで宙に浮いた。

けれど、まもなくアッシュクロフトは小さくうなずいた。「受けいれよう」

その返事を耳にしたからには、胸の中で歓喜の歌声が響きわたるはずだった。けれど、心臓が不可思議な鼓動を刻んだだけだった。いますぐに、すべてを白紙に戻すべきだと警告するかのように。ロンドンを離れて、先週の、昨日の、一時間まえの自分に戻ったほうがいいと言わんばかりに。

放蕩者に触れられて、われを忘れるまえの自分に。

「ありがとう」名誉など捨てることにした女が、それ以外にどう答えられるというの？

アッシュクロフトが腕を差しだして、手を握ってきた。手袋をはめていても、触れられたとたんに、肌に火がついた。「ならば、頼む、一緒に来てくれ。私が正気を失うまえに」

荒々しく引きよせられたかと思うと、うなじに手が滑りこんできた。奪うようにキスされた。ブロケードの上靴に包まれたつま先に力が入り、全身に悦びが満ちていく。

このままでは官能にとろけてしまう……。ダイアナは必死に頭をうしろに引いた。暗い路地裏では、アッシュクロフトの表情は読めなかった。それでも、その息が乱れているのはわかった。たくましい胸にあてた手に、強く脈打つ鼓動が伝わってきた。

アッシュクロフトがほしくてたまらない。欲望を抱けばこれからの道のりが楽になりそうなものなのに、かえって何もかもが困難になってしまった。急流や峡谷のように変化する感情を抱きながら行動することになるとは思ってもいなかった。

感情をしっかりコントロールしなければ。これほど常軌を逸した行動に出たのは、たったひとつの目的のため。それを頭にしっかり刻みつけておくのだ。さもなければ、途方もない危機にさらされることになる。わたしはアッシュクロフト卿から奪いたいものがある。求めるものを手に入れたら、わたしにとってアッシュクロフトはもうなんの価値もなくなる。

アッシュクロフトが苦しげな声を漏らして、額を合わせてきた。口づけよりも親密に感じられるその距離で、ふたりの吐息が混ざりあった。「きみは私を生殺しにするつもりなんだな。やめてくれ、ダイアナ、きみがほしくてたまらない」

「今夜はだめよ」強《し》いてそのことばを口にしたものの、ほんとうは欲望に屈してしまいたかった。アッシュクロフトと手をつないで走りだして、二度とうしろを振りむかない――体が震えるほどそうしたかった。

自分がいまここにいる非情な理由を頭の中で反芻《はんすう》しても、さきほどアッシュクロフトとわかちあった思いを頭から消し去ることなどできなかった。

故郷に戻って暮らすときのために、たったひとつでいいから思い出がほしかった。そう思って、アッシュクロフトに口づけた。ためらいがちにそっと。さきほどの心奪われる激しい口づけとは似ても似つかない口づけだった。アッシュクロフトのやわらかな唇の感触は温かなサテンのよう。純粋にさえ感じられる甘いひとときに、ダイアナはしがみついた。唇の両端に、そして、際立った顎のラインにも唇を這わせた。

アッシュクロフトの香りに満たされていく。ムスクと石鹸とその体が発するかすかな匂いに。

誘惑に勝てなかった。唇を高い鼻にそっとあてると、アッシュクロフトがはっとして息を呑むのがわかった。頭がぼうっとして、視界がぼやけていく。唇を頬へとずらして、ひげがちくちくと唇に触れるかすかな刺激を楽しんだ。それが男らしさの証《あかし》のような気がして、またつま先にまで力が入った。

両手でアッシュクロフトの頬を包んで、もう一度唇を重ねた。アッシュクロフトが腰にまわした手に力をこめながら、唇を開いた。ついさっき自制しようと決めたのに、その決意が一瞬にして灰になる。ふいに主導権を奪われて、口づけは熱い炎となった。

周囲のことなどすっかり忘れていたのに、熱に浮かされた頭にいきなり音が割りこんできた。馬のいななき？　それとも、馬車の車輪の音？

アッシュクロフトの両手が荒々しく髪に差しこまれると、全身を駆けめぐる欲望が閃光を放って砕け散った。アッシュクロフトは声まで荒々しかった。「私の家で。明日」

情熱的な口づけで唇がちりちりしていては、きちんと考えられるはずがなかった。それでも、必死に考えた。アッシュクロフトが抑えようのない欲望を抱いているのはまちがいない。だからこそ、わたしの欲望もいっそうかき立てられるのだ。

「だめよ。あなたの家に入るのを、人に見られたくないわ」今夜は弁解のしようがないほど不謹慎なことをしてしまったけれど、それでも、悪評が立たないように、極力注意しなければならなかった。

「おとといはきみのほうから訪ねてきたじゃないか」

ダイアナは唇をゆがめて皮肉っぽい笑みを浮かべた。「そんな危険を冒したおかげで、あなたを手に入れられたわ」

「ならば、きみの家で？」

「それもだめ。あなたの姿を誰かに見られないともかぎらない」

けれど、それ以上に避けなければならないのは、ロンドンでの住まいをアッシュクロフトに知られることだった。身ごもって、アッシュクロフトのもとを去るときに備えて、ロンドンでの居場所も隠しておかなければならない。マーシャムまで追ってこられないようにするのは、もちろんのこと。

「勘弁してくれ、ダイアナ……」アッシュクロフトの浅黒い顔に思慮深い表情がよぎった。「まあ、いい、場所ならいくらでもある。きみの家はどこなんだ？　馬車で迎えにいこう」

「待ちあわせましょう」アッシュクロフトが訝しげに目を細めた。ダイアナはあわててことばを継いだ。「ハイドパークのサーペンタイン池のほとりで、四時に」

「三時だ」

愚かな自分に呆れながらも、アッシュクロフトが一刻も早くまた会いたがっているのが、嬉しくてたまらなかった。さらに愚かなことに、わたしは易々と体を明け渡そうとしている。もちろんそれは、計画をできるだけ早く成功させるため――できることなら、そう言いたかった。けれど、内心では、アッシュクロフトにまた会いたくてうずうずしていた。

なんのための計画なのかを頭に刻みつけるためにも、ひとりで過ごす時間が必要だった。

「では、三時に」身を屈めたアッシュクロフトにキスをされた。別れの挨拶代わりの軽いキス。けれど、そこにも満たされない欲望と情熱が感じられた。「ほんとうにひとりで家に帰るつもりなのか？　大丈夫なんだね？」

「ええ」

ほんとうにそうしたいのかどうかよくわからなかった。けれど、一刻も早くこの場を離れなければならなかった。頭の中は収拾がつかないほど混乱している。体を流れる血は官能の余韻でまだ沸きたっている。行動だけでなく魂まで堕落するために、この計画に加担しているわけではない――そのことをいま一度胸に刻みつける必要があった。

「きみさえよければ送っていくよ」

何本もの暗い夜道を通る帰り道は、アッシュクロフトが不埒な才能を発揮する絶好の場所でもある……。そんなことをさせてはならない。そうでなくても、ロンドンでの滞在場所は秘密にしておかなければ。

ダイアナは即座に首を横に振った。「わたしも馬車で来たの」

「欲求不満の男を見捨てて、立ち去るのか?」

アッシュクロフトがさきほど口にした煽情的な台詞《せりふ》が頭に浮かぶと、ダイアナはそれを真似してからかった。「そうよ、あなたが必死になればなるほど、わたしも期待が高まるもの」

もう一度引きよせられて、口づけられるの? けれど、実際には、アッシュクロフトにぐいと引きよせられて、広い肩に頭を埋めただけだった。「明日の三時に」

「明日の三時に」このことばは楽園につながっているの? それとも、地獄の門に?

「もちろん、あなたはアッシュクロフト邸での、かわいいシャーロットの社交界デビューの

すものね」ホストを務めてくれるのでしょうね、ターキン。それはこの社交シーズでいちばんの目玉で

アッシュクロフトは顔をしかめた。バーチグローブ伯爵夫人であるメアリー叔母《おば》は相変わらず強引だ。アッシュクロフトはそんなことを考えながら、ヴァレ家の一員として生まれた赤ん坊の洗礼式のために一堂に会した親戚を見やった。いや、この中に、強引でない者がひとりでもいるだろうか？

ひとりもいなかった。

「それは無理ですよ、メアリー叔母さま」アッシュクロフトはそっけなく言った。

父の妹である叔母の計画を即刻却下しなければ、人生が悪夢になってしまうのは、とうの昔に身をもって学んでいた。何年もまえの話だが、田舎の屋敷でのホスト役を叔母に押しつけられたときには、若くて世間知らずだったせいで断りきれなかった。そのときのことを思いだすと、いまでも鳥肌が立つ。何しろ、三カ月ものあいだ、ひっきりなしにやってくる見ず知らずの客に悩まされたのだから。いま思えば、屋敷がゴキブリの巣窟《そうくつ》と化したも同然だった。

長身の伯爵夫人が背筋をぴんと伸ばして、ハンカチを取りだした。繊細なレースのハンカチが、皿のように大きな手に握られているのは滑稽だった。「あなたには感謝の気持ちというものがないのね、アッシュクロフト」叔母は不機嫌になるとかならず称号で呼ぶのだ。そうして、ハンカチで目元を押さえた。「そんな人でなしにこれまで救いの手を差しのべてき

たなんて」

叔母から人でなしと呼ばれるのはこれがはじめてでもなければ、最後でもないはずだった。

「人でなしだろうとそうでなかろうと、メアリー叔母、あなたにわが家を勝手に使わせるわけにはいきませんよ」アッシュクロフトはきっぱり言った。「バーチグローブ邸にだって、すばらしい舞踏室があるじゃないですか」

叔母は乾いた目をもう一度ハンカチで拭《ぬぐ》うふりをした。その目が早くも苛立ちでぎらついていた。「あなたの舞踏室はうちの舞踏室の二倍はあるじゃないの。それに、あなたはその部屋を一度だって使ったことがあるの？」

「なんと言われようと、決めたことは変わりませんよ」

それでも叔母の声高な文句は続いたが、アッシュクロフトはそれを右から左へと聞き流すと、シャンパンを飲みながら、ヴァレ家の人間特有の皮肉をこめて、親戚の集まりについて考えた。

幸いにも、やや時期はずれなおかげで、いまここに集まったヴァレ家の寄生虫やおべっか使いは五十人ほどだった。もしも、またいとこのジョセフィーンの誕生がひと月遅ければ、五十人どころではなかったはずだ。金銭的なことを考えても、その赤ん坊の生まれたタイミングに感謝せずにいられなかった。一族の長として、祝いごとの費用をすべて持たなければならないのだから。

「アッシュクロフト、話を聞いているの？」叔母が苛立たしげに言った。「わたしたち夫婦があなたにどれだけのことをしてあげたか、考えてみてちょうだい。そうでしょう？　あなたはわたしたちにもっと敬意を払うべきよ」

アッシュクロフトは歯に衣を着せずに言った。「恩ならもう何年もまえに返しましたよ、叔母さま。それに、シャーロットの社交界デビューを手伝わせるつもりなら、〝思慮分別も勇気のうち〟という諺《ことわざ》を肝に銘じることですね」

叔母は明らかに腹を立てていたが、怒りにまかせて文句を言うのだけはやめにしたようだ。よかった、とりあえず叔母を黙らせた。永遠に黙らせたわけではないけれど。厄介なのは、親戚に対して自分が負っている義務を無視できないことだった。両親が亡くなってこの世にひとり取り残されたとき、親戚連中は愛情を注ぐふりさえしてくれなかったが、つまはじきにもしなかったのだから。

もちろん、アッシュクロフト家の領地からの収入があるからこそ、親戚連中は最低の義務だけは果たしたのだ。伯爵家の幼い跡取り息子よりも、飼っている猟犬や馬のほうをかわいがったとはいえ、住む家や食事や服を与えてもらって、教育もほどこしてくれたのは事実だった。

成人に達してからは、伯爵家の財産を一ペニーでも多く手に入れることしか頭にない親戚連中に対して、当主としての責任をきちんと果たしてきた。たいていはそれなりに要領よく立ちまわって、うまくやってきた。親戚連中の際限ない欲望をすべて満たすことはできなかったとしても。

もしかしたら、疎外された不幸な少年時代を過ごしたせいで、貧しい者や孤独な者を守らなければという思いが強いのかもしれない。食べるものもなく、住む家もないほど貧しい暮らしを強いられたことはなかったが、それでも、必要なものが欠けている人生がどんなものかは、いやというほどわかっていた。

アッシュクロフトは開いた窓へ、なんの気なしに歩いていった。うっとうしいほどの暑さは相変わらずだった。グラスの中のシャンパンは気が抜けて、生ぬるくなっていた。といっても、そのシャンパンはゆうべの舞踏会で口にした安酒よりははるかに上等ではあるけれど。

ダイアナに会って、夜に火がつく直前に飲んだ酒よりは。

忌々しいことに、気づくとかならず、謎めいたあの妖婦と矛盾だらけの態度についてあれこれ考えていた。この世には星の数ほどの女がいるのに、たったひとりの女と一緒にいたくてたまらないとは……。そう、それこそまさに、いま、願っていることだった。

ダイアナに心の壁を打ち砕かれたのか？

ゆうべから、ダイアナのことがかたときも頭を離れなかった。あの妖婦を追いかけるのが賢いことなのかどうか相変わらずわからないまま、欲望にがんじがらめになって、おまけに、ダイアナが言い寄ってきた理由がいかにも怪しいとわかっているのに、近よらないようにしようとは思えずにいた。

ダイアナはどこまで恍惚の極みにのぼりつめられるのかを確かめたいだけだ。それならもちろん真っ向から応じて、欲望という名の連なる山々の高さを計りながら、激しい恍惚感に溺れてみたかった。なぜなら、ダイアナにまつわることのほとんどが偽りだとしても、あの情熱だけはほんものだから。

なんてことだ、魅惑的なあの体の中に押しいれば、ダイアナが絶頂感に身を震わせると思っただけで、全身に汗が吹きでてくるとは。その汗はうっとうしい暑さとはこれっぽっちも関係がなかった。

周囲の話し声が大きくなった。気づいたときには、ジョセフィーンが甲高い声で泣いていた。おそらく、この場ではそれが唯一の率直な感情表現にちがいない。そんなことを感じながらも、アッシュクロフトは新たな愛人と過ごす華やかな愉楽のひとときに思いを馳せずにいられなかった。


深緑色の水をたたえるサーペンタイン池の傍《かたわ》らに、アッシュクロフトの馬車は停まっていた。その馬車の中で、アッシュクロフトは思いにふけっていた。昨夜の短い睦《むつ》みあいのあいだに、謎だらけのダイアナのせいで、自分は正気を失ってしまったのかもしれない。そうして、いまここでその女を待っているとは。女を待ったことなど一度もないのに。

この三十分で十度目だと知りながら、凝った細工が施された金の懐中時計に目をやった。時計の針はさきほどからほとんど進んでいなかった。

三時まであと十分。

ここにやってきたのは二時まえだった。滑稽なほど早すぎるのはわかっていた。そしてまた、ダイアナがまだ来ていないのも承知の上だった。

頭の隅にわずかに残った理性が、この種のゲームやこの種の謎を毛嫌いしていた。ダイアナのことも信じられなかった。疑問は無数にあるのに、満足な答えはほとんど得られていなかった。

さらには、ダイアナと一緒にいるときの自分の言動もいやでたまらなかった。体の関係だけの女に、何かをことさら願うようなことには慣れていなかった。自制がきかないという感覚も、これまでに味わったことがなかった。欲望の甘さを堪能《たんのう》しているのは事実だとしても。とはいえ、欲望にならいつだって背を向けられる。ならば、ダイアナにも背を向けられるのか？　それはわからなかった。そんな自分が忌々しくてならなかった。

いますぐにここから離れたほうがいいと本能が叫んでいた。それでいて、股間にあるものは自己保身の本能など完全に無視して、すらりとしたあの太もものあいだに滑りこむことだけを望んでいるとは。

もう一度時計に目をやった。

まだ三分しか経っていない。

頭の中に脳みその半分でも残っていたら、家に戻るように御者《ぎょしゃ》に命じているところだ。そうして、顔見知りの気立てのいい女をひとり呼んで、ゆうべのマダム・ダイアナの置き土産《みやげ》のげんなりするほどの欲求不満を解消するはずだった。

ああ、そうして何がいけない？

とはいえ、ダイアナの味と香りの虜になっていては、ほかの女を相手にする気にはなれなかった。ほかの女と性愛の世界を楽しめるはずもなかった。メニューに並ぶどんな料理でも飢えを癒《いや》してくれる――そんな人生のほうがはるかに楽だった。

ほかに行き場がなくてバーチグローブ伯爵夫妻に世話になっていた幼いころに、ないものねだりをすれば惨めになるだけだと学ばされた。世の中が与えてくれるものだけを素直に受けとって、それに飽きるよりさきに、次に差しだされたものにさっさと乗り換えたほうがいい。

謎めいたダイアナのことも、いずれは飽きるのだろうか？　ああ、そうに決まっている。

もう一度時計を確かめた。まもなく三時になろうとしていた。ダイアナに約束を守る気があるとしても、まずまちがいなく遅刻してくるにちがいない。ダイアナは欲望の虜になった男を苦しめて楽しんでいるのだから。

ダイアナの言動の裏に無数の敵意がひそんでいることにはすぐに気づいた。それほどの敵意を抱かれていたら、不快に思うはずなのに、なぜかそれもまたダイアナの魅力の一部に思えた。招かれてもいないのに訪ねてきて、体を差しだそうとしたときのダイアナの態度は、娼婦そのものだった。ゆうべのダイアナは自制心をすっかり失っていたせいで、蔑《さげす》むような態度は見られなかったが、それでもやはり、心の奥に敵意を抱いていたのはまちがいない。

それが何よりも気になった。ダイアナに軽蔑されているのが胸にひどくこたえた。たしかに、アッシュクロフト伯爵と言えば、自堕落なことで有名な遊び人だ。自分が何者なのかということも、救いようのない人生で何をしてきたかということも、はっきり自覚していた。こと女にかんしては筋金入りの不埒者だ。唯一の美徳と言えるのは、自分自身にも愛人にも嘘をつかないことだけだった。

そこまで自分をわかっていても、とろけるような表情を浮かべたダイアナと、もう一度見つめあいたかった。薄暗い路地で華奢な肩に外套をかけたときのように。

目のまえにいる男にも騎士道精神があるとはじめて気づいたかのようなあの表情。くそっ、なんて忌々しい女だ。

小さくうなりながら、こわばった脚を思いきり伸ばすと、馬車のうしろの壁に踵《かかと》がぶつかった。むかむかするほど蒸し暑かった。蒸気のあがる分厚い毛布のような空気が、ロンドンをとっぷりおおっていた。

御者のトバイアスが馬車の天井を二度ノックした。あらかじめ決めておいた合図だった。ようやくダイアナがやってきたのだ。

つむじ曲がりな心臓が早鐘を打ちはじめるのを感じながら、アッシュクロフトは扉を開けて、馬車を降りた。安堵感で胸が満たされていくのは、欲望の前触れにすぎないと自分に言い聞かせた。気づいたときには、帽子を取ってお辞儀をしていた。「マダム」「閣下」ダイアナは膝を折ってお辞儀をすることもなかった。今日もまたベールをかぶっていた。

公園には誰もいなかった。人でにぎわう夕刻の公園とは大ちがいだった。となれば、馬車に乗りこむダイアナの手を取っても、人目を気にすることはない。そう思ってはじめて、ダイアナの手をまだ見たことがないのに気づいた。いつもその手は手袋に包まれていた。

〝いつも〟といっても、ダイアナと会うのはまだ三度目だ。

扉をすばやく閉めて、カーテンも閉じると、ふたりきりの馬車の中が仄暗くなった。ダイアナを隣の席へと静かにいざなった。腰が軽く触れあうと、それだけで体に火がついた。とたんに、股間にあるものが目覚めて、硬くいきり立つ。

「もうボンネットを脱いでも大丈夫だ」かすれた声で言った。

そのことばにダイアナが無言でしたがった。たしかな手つきで薄いベールをあげると、ボンネットを脱いで向かいの席に置いた。

ダイアナが悩ましげな灰色の目をあげて見つめてきた。その目の下に黒っぽいくまができているのは、眠れなかった証拠だった。やはりダイアナも、ふたりが抱いた欲望について思い悩んでいたにちがいない。といっても、なぜ思い悩むのかはわからなかった。なんと言っても、欲望を抱くことがダイアナの目的なのだから。

馬車の中に火花が散りそうなほどの緊張感が漂い、語られない思いと高まる欲望で空気まで重くなった。ダイアナが頬をうっすらと染めて、乾いた唇を舐めて湿らせた。とたんに、アッシュクロフトは体がわななくほど興奮して、ゲームの主導権を握ろうとしていたことなど、頭からすっかり抜けおちた。

ダイアナの顔を見つめたまま、片手をあげて、天井を鋭くノックした。新たに指示を出すまでは、公園の中をまわるようにまえもって御者に命じてあった。馬車が動きだすと、ダイアナの体がぐらりと揺れて、倒れそうになった。同時に、ダイアナの香りが押しよせてくる。花の香りと、その奥に漂う官能的なリンゴの香りが。

「私の膝の上に座るんだ」有無を言わさぬ口調で言った。どこまでも高まっていく欲望のせいで、甘く囁く余裕もなかった。

沈黙ができた。聞こえるのは、馬のひづめの音と馬車の軋《きし》みだけ。これからどうなるのかわからないまま、沈黙は張りつめるばかりだった。

唇をダイアナがまた舐めた。今度はゆっくりと唇に舌を這わせた。アッシュクロフトはうめきたくなるのをこらえた。ダイアナの視線が下がって、ズボンのふくらみで止まった。

ダイアナが顔をあげると、吸いこまれそうな灰色の目に、好奇心と欲望が浮かんでいた。それでいて、謎めいてもいた。

視線をそらさずにダイアナはスカートをぐいと持ちあげて、膝の上にまたがってきた。

6

脚を開いてアッシュクロフトの膝にまたがりながら、ダイアナは無理やり息を吸って、からっぽの肺を満たした。緊張感の漂う馬車に乗りこんでからというもの、一度も息をしていなかったように感じた。アッシュクロフトの刺激的な香りが全身に満ちていく。心臓が胸から飛びだしそうなほど高鳴っていた。

馬車がまた大きく揺れると、思わず広い肩につかまった。たくましい肩が抑えきれない欲望に震えていた。求められているのはわかっていた。アッシュクロフトの散漫な集中力を欲望のせいだとは言い切れないとしても、その股間でそそり立っているものはまぎれもなく欲望の証だった。

いよいよ運命のときがやってきた……。

このまま突き進めば、バーンリー卿の策略を実行に移すことになる。いまさら引きかえせるはずもなかった。要するに、金に目がくらんで、わたしは身を売るのだ。となれば、貞淑な未亡人という評判は回復しようのないほど地に落ちる。

けれど、ここで立ち止まったら、人生が一変するほどの大きなチャンスを逃してしまう。

才能を発揮する機会は永遠に得られない。それればかりか、このさき永遠に、バーンリー卿の怒りの標的にされて、さらには、運命を決するいちばん大切な瞬間に怖気《おじけ》づいた自分に落胆しながら生きていくことになる。

やはり突き進まなければ。

懸命に努力して、ようやくこのときを迎えたのに、せっかくの好機をものにしなくてどうするの？　クランストン・アビーでの地位が揺るぎないものになるのだから、ここで怖気づくわけにはいかない。

アッシュクロフトからやさしさや気遣いが感じられないのが、せめてもの救いだった。やさしくされたら、気力が萎えてしまう。感情抜きの男女の交わり――望みはそれだけなのだから。ゆうべのような、束の間とはいえ不本意な親密さなど、かけらもないほうがいい。

そう、これは取引なのだから。

アッシュクロフトが求めているのは目のまえにいる女の体だけ。わたしが求めているのは目のまえにいる男の子種だけ。それを考えれば、正当な取引だ。感情抜きの男女の交わりであれば、救いようのない偽善者だと自分嫌悪に陥らずに済む。

この世に慈悲というものがあるなら、これから起きることに快楽など感じずにいられるはず。ゆうべの目もくらむような絶頂感の記憶に心が揺さぶられていても、快楽など微塵も求めていなかった。わざと荒々しく手袋を脱ぎ捨てて、アッシュクロフトの肩にもう一度手を置いた。

口づけようとアッシュクロフトが身を乗りだしてきた。

お願い、やめて。魅惑的な口づけなんていらない。そのせいでゆうべは悲惨なことになったのだから。単なる体の結びつき以上のものになってしまいそうだったのだから。

ダイアナは思わず顔をそむけた。アッシュクロフトの唇が頬をかすめた。

唇が頬に触れただけで、火花散る電流が全身を駆けめぐった。それでも、こみあげてくる興奮に必死に抗った。アッシュクロフトの上等な黒い上着を握りしめる。たくましい体を押しやるつもりなのか、引きよせるつもりなのか、わからないまま。

すべてが静止したその一瞬に、最後に男性を受けいれたときのことが頭によみがえった。あのときは愛とやさしさと信頼に包まれていた。いまこのときとは天と地ほどもかけ離れていた。

目のまえにいる男性を受けいれようとしながら、亡き夫のことを思いだしているなんて、究極の裏切り以外の何ものでもない。

アッシュクロフトが苦しげに息を吸った。「いいかげんにしてくれ、ダイアナ、口づけぐらいさせてくれ」忌々しげな口調のアッシュクロフトに、顔をしっかり押さえられて、燃える緑色の目を見つめさせられた。アッシュクロフトの浅黒い肌からは血の気が引いて、頬が小刻みに震えていた。陰のある真剣な顔には、矛盾するいくつもの感情が浮かんでいた。それを言うなら、ダイアナも同じだった。

ロンドンにやってきたのは、男を惑わす悪女を演じるため。それなのに、この期に及んで、仮面劇を演じきれなくなるなんて。

野望に突き動かされて足を踏みいれた新たな世界で、途方に暮れるただの女——それがいまの自分だった。

これまでに平気で嘘をついたことなど一度もない。いまだって嘘などつきたくなかった。それに、何をしたところでつきようのない嘘もある。「だめ」ひび割れた小さな声で言った。「いまは口づけはなしよ」

アッシュクロフトの翡翠色に輝く瞳の奥で、疑念と欲望がせめぎあっていた。ダイアナはようやく馬車の揺れに慣れて、巧みに体のバランスを取りながら手を下に伸ばした。アッシュクロフトの硬さと大きさを手で感じると、はっとして息を呑んだ。アッシュクロフトがびくんと体を震わせた。その目が欲望でうつろになり、束の間の警戒心が消えていった。

アッシュクロフトの手が太ももをぎこちなく撫でたかと思うと、スカートをたくしあげた。その手が薄い絹のストッキングをかすめてガーターへと伸びていく。ガーターの上の素肌に手が触れたとたんに、ダイアナは身震いした。

「ああ、ダイアナ」アッシュクロフトがほっとしたように囁いた。

自分の膝にまたがっている女がズロースを着けていないことに気づいて、アッシュクロフトが尻のふたつのふくらみを大きな手で包んだ。

ダイアナは思うように動かない手で、アッシュクロフトのズボンのまえを止めているボタンを探りあてた。すばやくボタンをはずすと、解き放たれたいきり立つものが太ももに触れた。アッシュクロフトの手が弧を描くように尻を撫ではじめた。

「さあ」苦しくてたまらなかったけれど、どうにか言った。

アッシュクロフトの手に力がこもった。「きみはまだ準備ができていない」

「いいえ、もう準備はできているわ」

それがまぎれもない事実なのが恥ずかしくてたまらなかった。ほんの数回、荒々しく触れられただけで、脚のつけ根が熱を帯びて、しっとり湿ったのだ。冷静でいようと心に決めていたのに、興奮と狼狽《ろうばい》に心臓が早鐘を打っていた。

秘した場所にアッシュクロフトの指がそっと触れて、愛撫した。とたんに快感に火がついた。「信じられない、ほんとうだ」

秘した場所に触れているアッシュクロフトの手を、ダイアナは押さえた。その手だけで官能の頂《いただき》へとのぼりつめるわけにはいかなかった。体の中にアッシュクロフトを迎えいれたかった。いいえ、そうではない、アッシュクロフトを迎えいれて、その子種を盗むのが、わたしの望みなのだ。

でも、ほんとうは、アッシュクロフトがほしいだけ……。

昨夜、路地で抱かれてのぼりつめたのを思いだして、アッシュクロフトに対して自分がいかに無力かを痛感した。アッシュクロフトの手を口に持っていくと、手のひらのつけ根に歯を立てた。アッシュクロフトが身を震わせるのを感じながら、体を下げた。

いきり立つものの先端が、秘した場所にそっと押しつけられた。それはあまりにも太くて大きかった。ここからはアッシュクロフトが腰を突きあげて、主導権を握るはず——そう思ったのに、アッシュクロフトは主導権を譲《ゆず》ったままでいるつもりのようだった。張りつめた端正な顔だけが、欲望を懸命にこらえているのを物語っていた。

ふいに不安になって、太ももに力が入った。それでも、脚をもっと大きく広げて、さらに深くまたがった。

八年間、男性と交わっていなかった。そのせいで男性を受けいれるのが苦痛になるとは思いもしなかった。実のところ、アッシュクロフトの愛人になるとはどういうことなのか、まえもってすべてをじっくり考えてはいなかった。

そして、いま、考えもしなかった現実的な事柄が、大きな壁となって立ちふさがっていた。時間は遅々として進まず、一秒が永遠にも感じられた。アッシュクロフトに目を覗きこまれると、ますます興奮した。軋む馬車の中が、ふたりの苦しげな息遣いで満たされた。アッシュクロフトの手が痛いほど肌に食いこんでいた。

痛みを和らげようと体をわずかにずらした。それが苦痛だったのか、アッシュクロフトが目を閉じた。張りつめて、いまにも破裂しそうないきり立つものが、太ももに擦れた。思わず下腹に力が入って、秘した場所が滴《したた》るほど濡れて、鋼のように硬いものの先端を湿らせた。

これでアッシュクロフトを受けいれても、なんの苦痛も感じないはず。けれど、それは甘い考えだった。

さらに深くまたがると、秘した場所と大きく硬いものがぴたりとくっついた。思わずすすり泣くように息を吸う。どんな女も苦痛を感じるほど大きすぎる男性がこの世にいるの？いいえ、そんなわけがない。

「これ以上じらされたら正気を失ってしまう」アッシュクロフトが歯を食いしばりながら言った。

そうして、片手で自分自身を押さえると、ダイアナの中に導いた。秘した場所が痛みが走るほど押し広げられる。ダイアナは叫んで、爪が食いこむのもかまわずにアッシュクロフトの肩を握りしめた。もし服を着ていなければ、肌が傷ついて血がにじんでいたにちがいない。焼けつくような熱を感じながら、ダイアナはゆっくり確かめるように腰を沈めた。悦びなど微塵もなく、体を串刺しにされている気分だった。

「体の力を抜いてくれ」アッシュクロフトが命じるように言って、腰をぐいと突きあげた。ダイアナはいきり立つものの大きさに少しだけ慣れた。口から漏れる声が切ない鼻声に変わっていった。

アッシュクロフトに脚のつけ根を撫でられると、全身に電気が走った。思わず、いきり立つものを強く締めつける。その感覚はくるおしいほど甘美だった。アッシュクロフトがさらに押しいってくると、秘した場所は滴るほどに濡れていった。

目をぎゅっと閉じて、祈った。お願い、最後まで堪えられますように……。アッシュクロフトの大きさにはもう慣れた――心の中でそう自分に言い聞かせた。体はそのことばを否定したけれど。

とぎれとぎれに息を吸う。これから待ちうけている苦痛を考えると、気力が萎えそうになる。脚のつけ根に触れるアッシュクロフトの手をつかんで、引き離した。

いきり立つもののすべてを体の中へといざなうと、叫ばずにいられなかった。あまりにも大きくて、子宮まで貫かれたかのよう。めまいがして、体が震え、泣き叫びたくなる。それを必死にこらえて、たくましい肩に顔を埋めた。

「ダイアナ……ダイアナ」つぶやくように名を呼ばれて、こぼれ落ちた髪が汗ばんだ顔から払われるのを感じた。アッシュクロフトが震える手で、髪をうしろに撫でつけたのだ。「怖がらなくても大丈夫だ」

やさしくされたくなかった。けれど、それを拒む気力さえなかった。喘いで、痛みが消えるのを願うだけだった。ウィリアムがこの世を去ってからの八年間で、わたしの体は変わってしまったの？　男性とひとつになるのがこれほど苦痛だなんて。

汗ばんだ顔に触れていたアッシュクロフトの手が、滑るようにうなじに移った。「泣かないでくれ」

「泣いてなんていないわ」くぐもった声で応じてから、頰に涙が伝っていることに気づいた。

頰にキスされた。脚のつけ根で脈打つ荒々しいものとはまるでちがう甘いキス。アッシュクロフトの長身の体が張りつめて震えていた。必死に欲望を制して、体を動かさないようにしているからだろう。

痛みが徐々に和らいで、頭が少しずつ働きだした。いまや、アッシュクロフトが強欲で自分勝手なだけの男ではないとはっきりした。

でも、アッシュクロフトはなぜ、即座に欲望を満たそうとしないの？

わたしが感じているのは苦痛ばかりで、快感に酔いしれていないのは、アッシュクロフトも気づいているはず。わたしは体を奪ってほしいとアッシュクロフトを誘惑しておきながら、その行為から得られる快楽を微塵も得ていないのだ。

それでも、痛みの奥にはやはり欲望がひそんでいた。よりによって、いまこのときに、アッシュクロフトを欲していると気づくなんて惨めすぎる。

またしても、アッシュクロフトの忍耐と思いやりに感謝しなければならない。同時に、その気遣いを恨みたくなった。体だけの関係でなければならないのに……。

馬車に乗ったときから、アッシュクロフトがどれほど興奮しているかははっきりとわかった。それでも、いきり立つものの大きさにわたしが慣れるまで、アッシュクロフトは待つつもりなのだ。強引に押しいってきて、身勝手な快楽に溺れたりはしなかった。勇気づけるかのようにキスされた。まるで、目のまえにいる女の魂がちぎれそうになっているのはわかっていると言いたげに。

キスの雨はやがて唇にも降りそそいだ。その口づけから逃れたかったけれど、アッシュクロフトにがっちりととらえられていた。

強引ではない、やさしく短い口づけ。ためらいがちな口づけに、唇がちりちりした。鼻に、顎に、アッシュクロフトの唇を感じる。考える間もなく、ダイアナは顔を傾けていた。

「口づけなどされたくないときみは言った」アッシュクロフトが囁きながら、首に唇を這わせた。

ダイアナは不満げな声を漏らした。一瞬、体の力が抜けて、アッシュクロフトをさらに深く受けいれた。ほっとしたことに、もう痛みは感じなかった。

「そんなことは言っていないわ」囁きかえした。

「なるほど、それならよかった」冗談めかしたことばを耳にして、血がシャンパンのように泡立った。

ふたたび唇が重なると、欲望が一気に燃えあがった。アッシュクロフトを受けいれた苦痛が去っていく。ダイアナはようやくすべてを忘れて、欲望に身をゆだねた。ふたりの舌が絡みあう。ゆうべのアッシュクロフトは、ワインと堕落の味がした。今日は欲望と情熱の味だった。

いつまでも味わっていたい……。

甘美で巧みな唇がもっとほしくて、体をもじもじと動かした。とたんに、アッシュクロフトがさらに深く入ってきた。快感の疼きが体を駆け抜けると、小さな声が口から漏れた。アッシュクロフトがまた笑って、口づけてきた。今度はたっぷり味わうような口づけだった。大きな手がウエストにまわされたかと思うと、そっと持ちあげられた。いきり立つものが少しだけ体から出ていくのを感じた。それを離すまいと、秘した場所に力をこめる。敏感な場所にいきり立つものが擦れると、全身に稲妻が走った。

「やめて」すすり泣くような声しか出なかった。快楽が得たくてこんなことをしているのではないのだから。いましていることには、体の結合以上の意味はない。そう、何もない……。首筋をそっと噛まれた。そうしながらも、アッシュクロフトは秘した場所の入口に自分自身を留めておいた。「やめてほしいのか?」

そんなことをわざわざ確かめられて、ダイアナは身震いした。「やめないで」認めたくなかったけれど、アッシュクロフトと一緒にいると、人生が完璧なものに思える。いっぽうで、アッシュクロフトがいないと、不毛のひとりぼっちの人生だった。

〝やめないで〟ということばに、アッシュクロフトが腰を滑らかに突きだして応じた。また全身に痛みが走るに決まっている……。そう覚悟したのに、秘した場所は相手をじらすように束の間抵抗しただけで、すぐにアッシュクロフトを受けいれた。熱い快感が体を駆けめぐると、最後のためらいも燃え尽きた。永遠にアッシュクロフトのものになるのを望んでいたかのように、体はすべてを受けとめた。

アッシュクロフトのすっきりした高い頬が、暗い紅色に染まっていた。こちらを見つめる緑色の目に、強い光が宿っていた。

アッシュクロフトはわがままなプレイボーイにちがいない。そう思いたかったのに、一緒にいればいるほど、それが身勝手な空想だったと明らかになっていく。いま目のまえにいるのは、そんなプレイボーイとはほど遠い、相手を気遣いながら楽園へと導こうとしている男性だった。

思いもよらない不本意な事実を受けいれたくなくて、目をぎゅっと閉じた。すると、そこはもう、ビロードの闇に包まれた感覚だけの世界だった。

身を乗りだして肩に顔を埋めてくるアッシュクロフトの荒い息遣い。服を着ていても、その体から伝わってくる熱。刺激的で濃密な香り。雄々しい興奮の香り。汗と若々しい男と石鹸の香り。

考える間もなく、アッシュクロフトを抱きしめていた。体の震えが止まらなかった。たくましい男でも、胸が張り裂けるほどの欲望を抱けばどれほど無防備になるものか、ダイアナはいまようやく思いだした。

滑らかなアッシュクロフトの動きが心地よくて、腰を浮かせた。ほんの数分まえとは別人のように体から力を抜いて、腰をおろす。馬車の揺れに合わせて、いつのまにか官能のリズムを刻んでいた。

ゆうべの出来事とそっくりだった。といっても、クライマックスを迎えるまでに長い時間がかかって、恍惚感がより鮮烈なものになっていく。一秒ごとに高みへと押しあげられて、官能の頂を超えるときなど永遠に来ないかに思えた。どこまでも高く、果てしなく押しあげられていく。

アッシュクロフトの手が動いたかと思うと、背中にクッションが触れた。ビロードのクッションに寄りかかり、たくましい肩を握りしめて喘いだ。

霞む目を開けると、のしかかるかのようなアッシュクロフトで視界が埋め尽くされた。汗で濡れて乱れた黒い髪が、形のいい額にかかっていた。その姿は息を呑まずにいられないほど美しかった。

アッシュクロフトにぐいと腰を引きよせられた。いきり立つものがますます大きくなっている。思わず長い喘ぎ声を漏らして、絶美の圧迫感を得ようと背をそらした。太く硬いものが体から出ていくと、がっかりしてため息をついた。けれど、またすぐに貫かれて、愉楽の海に溺れていった。

アッシュクロフトのウールのズボンが太ももに軽く擦れた。上質な織物の上着を爪が食いこむほど握りしめる。まるで、服の上から肌を傷つけようとしているかのように。

馬車の揺れ。アッシュクロフトの刺激的な囁き声。容赦なく体を貫かれて、心まで貫かれてしまいそうな不安感。そういったものがすべて遠のいていく。わかるのは、至上の結末に向けて、猛然と駆りたてられていることだけだった。飢えた体は解き放たれるときを待ち望んでいた。

アッシュクロフトのゆったりと流れるようなリズムは変わらなかった。満たされると同時に責め苦でもあるリズム。低くすすり泣くような声が耳の中で響いていた。まもなく、それが自分の口から出ている声だと気づいた。

アッシュクロフトの超人的な自制心が尽きようとしていた。息遣いが不規則になって、手に触れるたくましい肩が岩のように硬くなる。腰の動きが激しく、荒々しくなったかと思うと、さらに深々と貫かれた。

炸裂する閃光とともに、究極の官能の頂へと放り投げられる。全身が炎と化した。灼熱《しゃくねつ》の闇に包まれて、煮えたぎる細い流れが血管を駆けめぐり、胸が破裂しそうになる。そこは燃えさかる真紅の炎の世界だった。

激しい快感に体がわななないて、体の奥に力が入って、アッシュクロフトを締めつけた。こんな感覚ははじめてだった。想像すらしたことのない感覚だった。

アッシュクロフトがもう一度動きだしても、激しく反応している体は震えたままだった。官能のリズムを刻みながら、アッシュクロフトが震える手でスカートをぐいと引きあげた。丈の短いコルセットに包まれた下腹があらわになった。

数度すばやく入ってきたかと思うと、アッシュクロフトは無理やり何かを剝ぎとるようにいきり立つものを引きぬいた。そうして、低く苦しげな声を漏らしながら、体をこわばらせて、抑えようもなく身を震わせた。

ダイアナの下腹に熱くとろりとした液体がほとばしった。

7

失敗した。わたしはしくじった。この期に及んでしくじるなんて……。たくましい腕はウエストにまわされたままだった。アッシュクロフトが体の力を抜いて、座席の背にもたれた。馬車の中には男女の交わりと汗の匂いが色濃く漂っていた。アッシュクロフトの息遣いは不規則で、いま、アッシュクロフトを押しのけたら、床に突き落とすことになりかねない。座席はせまく、といっても、それほど大胆なことをしてのける力が出せたとしての話だけれど。

性的な充足感と自己嫌悪が下腹の中で混じりあう。脚を大きく広げた姿はぶざまで、あらわになった下腹の上でアッシュクロフトの子種が乾きはじめていた。

心はどうしようもなく乱れていたけれど、ひとつだけはっきりしていることがあった。節操もなく体を差しだしたのに、何も得られなかったのだ。

あまりにもがっかりして、求めてもいない性の悦びを得たことなどもう頭になかった。こみあげてくる涙をまばたきして押しもどす。泣いてもどうにもならない……。捨てられた女のように涙を流すのは、それこそ屈辱だった。蒸し暑い馬車の中でアッシュクロフトに抱かれているとなれば、腹立たしく思えても不思議はなかった。それなのに、アッシュクロフトのぬくもりが天の恵みのように思えた。すべての望みを絶たれて、孤独を痛感しているというのに。

ゆっくり脚を閉じると、いきり立つものを受けいれたばかりの体がこわばって、ずきりと痛んだ。下腹を拭って、スカートの裾をおろした。たった一度の大失態で、負けを認めるわけにはいかなかった。

目のまえにいるのが、男女の交わりのあとで口数が多くなる男性ではないとわかって、ほっと胸を撫でおろした。いっぽうで、ダイアナ自身は、二度と口をきけそうもない気がした。青い糸と金色の糸で織られた華やかな金襴《きんらん》の天井を見あげながら、これからどうすればいいのか考えた。

目のまえに広がっている人生は、終わりのない殺伐《さつばつ》とした大平原。取りもどしようのない過去と、予想もつかない未来にとらえられて、身動きができない、そんな気分だった。

ウィリアムがこの世を去ってからというもの、ずっとひとりぼっちだった。けれど、想像すらしていなかった甘美な官能の世界を経験したばかりの、いまこのときの孤独ほど、胸に突き刺さるものはなかった。

さきに動いたのはアッシュクロフトのほうだった。一瞬、たくましい腕に力がこもったかと思うと、うなじに口づけられた。そうして、アッシュクロフトが体を起こした。

もう一度抱きしめてほしいと願うなんてどうかしている。わずかに残ったプライドの切れ端のおかげで、めくれたスカートをつかんで、はしたなくない程度まで裾を引きさげた。

「待ってくれ」アッシュクロフトに震える手を押さえられた。

ダイアナは身を固くして、目を閉じた。これほど惨めな気分なのに、どういうわけか、いまとはちがう場所とちがうやりかたでアッシュクロフトに触れられたときのことが頭によみがえり、淫らな血が波打った。

抵抗されることはないと思ったのか、アッシュクロフトが手を離した。馬車は絶え間なく軋んでいたけれど、それでもアッシュクロフトの服が擦れる音が聞こえた。身なりを整えているらしい。衣擦《きぬず》れに続いて、かすかな金属音が聞こえた。

下腹に心地いい冷ややかさを感じた。

陰鬱な気分が一気に晴れていく。目を開けて、肘をついて、起きあがろうとした。アッシュクロフトが水で湿らせた純白のハンカチで、下腹を拭いていた。その視線は白い肌の上で動く自分の手に向けられていた。濃いまつ毛が高い頬に影を落としている。端整な顔にはひたむきな表情が浮かんでいた。まるでこの世で何よりも重要なことをしているかのように。

気づくと、抗うような声が口から漏れていた。アッシュクロフトが顔をあげた。その目が深みを増して、緑の森の小川のほとりをおおうコケの色にも似た、落ち着いた緑色に変わっていた。体の中に押しいってきたときの熱情に駆られたアッシュクロフトの姿が脳裏をよぎった。いまのアッシュクロフトはそのときとは別人のようだった。

わたしはどうかしてしまったの？　どちらのアッシュクロフトにも、これまでにないほどの興味を抱いているなんて。心から愛していたウィリアムにだって、こんな気持ちを抱きはしなかったのに。

「大丈夫かい？」アッシュクロフトがそのまなざしと同じように穏やかに尋ねてきた。

「あなたは何をしているの？」やさしく気遣われるのが辛かった。思いやりを示される価値など、わたしにはないのだから。

アッシュクロフトが唇にかすかな笑みを漂わせながら、銀のフラスコのキャップをはずすと、その中身でもう一度ハンカチを湿らせた。「もっと心地よくなってもらおうと思ってね」

「それはなんなの？」アッシュクロフトのことばの意味を理解するよりさきに、訝しげに尋ねていた。

「水だよ」

水に決まっている。香水や強い酒ならば匂いでわかるはずなのだから。

「こういうことがいつ起きてもいいように、つねに用意万端整えているのね」罪悪感と破滅的な失敗が胸に突き刺さって、思わず嫌味を言っていた。疲れ果て、べとつく体が不快で、自分に腹が立っていた。ここではないどこかへ行ってしまいたい。アッシュクロフトの愛人になるために、あれほど綿密に計画を立てたのに、ベッドをともにしたあとの気まずいひとときを、どう埋めるかまでは考えもしなかった。「どうせなら、腰湯を持ち歩いたらいかが？」

アッシュクロフトがさらににっこりと微笑んだ。「セックスのあとには、きみはいつもこんなに不機嫌になるのかな?」

「さあ、どうかしら」ぴしゃりと言いかえしてから、自分が未亡人であると打ち明けたのはまちがいだったかもしれないと後悔した。アッシュクロフトに好奇心を持たれてはならない。さらに詳しく調べられて、バーンリー卿やマーシャムとのつながりに気づかれてはならないのだから。それ以上に、女としての真の姿や、自らすすんで愛人になったのが演技だということを、気取られるわけにはいかなかった。

けれど、たったいま、この体が示した反応は演技ではないのは、互いにわかっていた。視線をまた下腹に感じた。ハンカチが下腹に触れる。脚を開かされて、丁寧に拭われた。ひりひりする肌にひやりとしたハンカチが触れると気持ちがよくて、知らず知らずのうちに、くぐもったため息を漏らしていた。

アッシュクロフトが口角を下げた。「気遣いが足りなかった。次は気をつけるよ」

次はですって? わたしはもう一度同じことができるの? 心から欲しているものは手に入らないとわかったのに? アッシュクロフトに別れを告げて、端整なその顔を二度と見ないでいられれば、どれほどいいか……。

アッシュクロフトが望む交わりあいをもう一度くり返すと思っただけで、不安でたまらなくなった。自分が一度ならず二度までも、官能の頂で打ち震えるような女だとは思いたくなかった。アッシュクロフトと一緒にいると、節操のない自堕落な女になってしまう。それなのに、一週間も一緒に過ごしたらどうなってしまうの？　ひと月のあいだ一緒にいたら？

真の自分は隔離しておくつもりだった。けれど、燃えあがる肉欲にまみれて、その決意は燃えつきてしまった。

そうして、まぎれもない事実が明らかになった。クランストン・アビーと引き換えに払うつもりでいた代償は、考えていたよりはるかに大きかった。

とたんに、いま、アッシュクロフトにされていることが、あまりにも親密に思えた。すばやく脚を閉じて、体を起こして馬車の壁に身を寄せた。いきなり動いたせいで全身に鋭い痛みが走り、アッシュクロフトに体を奪われたのを否が応でも実感させられた。

「ありがとう。もう大丈夫よ」たどたどしく言いながら、アッシュクロフトの手を押しやると、ぶざまなしぐさだと知りながらも、あわててスカートを引きさげた。

おもしろがっているように、アッシュクロフトの緑色の目がきらりと光った。悔しいことに、そのせいでますます魅力的になった。「目的の場所に着いたら、風呂を用意させるよ」

ダイアナは驚いて、背筋をぴんと伸ばした。「でも、わたしたちはこれでもう……」

アッシュクロフトが声をあげて笑って、馬車の壁についたポケットにフラスコを滑りこませると、もうひとつの銀のフラスコを取りだして、蓋《ふた》をきゅっとねじって開けた。「これでもう、なんなんだ？　終わりと言うつもりじゃないだろうな？　そうでないことを願うよ。

こっちはまだ、きみが申しでた性の悦びを追求しはじめてもいないんだから」

「そんなことを言われて、わたしが飛びあがって喜ぶとは思わないでね」ダイアナは弱々しく反論した。これ以上アッシュクロフトを誘惑しつづける気力を奮いたたせられるとは思えなかった。できることなら、故郷のマーシャムに逃げ帰って、安全で薄暗い自分の部屋で身を縮めていたかった。

わたしはこんなに臆病者だったの？

心配そうに眉根を寄せているアッシュクロフトに頬を撫でられた。この午後でいちばん思いやりのこもる触れかただった。そんなことを思ったとたんに、胸の中に純粋で温かな何かが花開いた。極寒の冬が過ぎて、初春に一輪のマツユキソウが花開いたかのように。

だめよ、何を考えているの！

わたしはやさしさなど求めていない。ほしいのは赤ん坊だけ。アッシュクロフトをそそのかして情事を続け、アッシュクロフトが官能に溺れて、この体の中にすべてを注ぎこむようにしなければ。そうしなければ、心から求めているものはけっして手に入らない。

アッシュクロフトと目が合った。翡翠色の目の奥には、邪心などかけらも見当たらなかった。欺瞞《ぎまん》で真っ黒な自分の心とは天と地ほどもちがっていた。

二度目は子種を無駄にさせてはならない。

でも、どうしたらそんなことができるの？　さきに進めば進むほど道は曲がりくねって、前途多難になるばかりなのに。

「信じてもらえないだろうが、馬車の中できみをのたうちまわらせるつもりはなかった」アッシュクロフトがきっぱりと言った。

弱気になっていたのに、皮肉で応じずにいられなかった。「ええ、信じられるわけがないわ。だって、あなたはこの……アクシデントにきちんと備えていたとしか思えないもの」

一瞬の間のあとに、アッシュクロフトがそのことばの意味をはっきり理解すると、すぐにまた声をあげて笑った。「フラスコに入ったわずかな水のせいで、際限のない罪深い愛欲行為をくり返していると思われるのは心外だな」

アッシュクロフトが手をあげて、馬車の天井を鋭くノックすると、馬車が曲がった。アッシュクロフトがフラスコの蓋にワインを注ぎ、ダイアナは礼を言いながら、それを受けとった。アッシュクロフトのまなざしは謎めいて、よそよそしく、そこに浮かぶ思いは読めなかった。いま目のまえにいる洗練された男性が、さきほど体をわななかせながら女の下腹に子種をまき散らした男性だとは思えなかった。

互いの体は知ったのに、それ以外のことはますますわからなくなるばかり。

でも、それがわたしの望みなのよ――そう自分に言い聞かそうとした。けれど、アッシュクロフトから渡された最高級のワインに口をつけながら、それが真実だとは思えずにいた。

何もかもが複雑になりすぎている。自分のほんとうの居場所がここでないことは、いやというほどわかっていた。クランストン・アビーの将来を託されるという魅惑的な報酬のためだけに、わたしはいま、この馬車の中にいる。そうでなければ、臆病なウサギにも負けないほど、すばやく逃げだしているはずだった。

「どこへ行くの？」ダイアナは座席に座りなおした。激しい交わりあいのせいで、擦れた場所がまだひりひりしていた。それに、認めたくはないけれど、肉欲の快感の波もまだおさまってはいなかった。

「ペリグリン・モントジョイ卿の邸宅だ」

その名なら知っていて当然と言わんばかりの口調だった。けれど、ダイアナはロンドンの事情には疎かった。アッシュクロフトのことも、バーンリー卿から聞かされてはじめて知ったのだから。そのときに聞かされた話で先入観を植えつけられた。実際に会ってみると、アッシュクロフトは無作法な冷血漢ではなかった。

「その邸宅にペリグリン卿はいらっしゃるの？」

「いや、今朝、フランスに旅立った。ルーアンの近くに住むエリス伯爵夫妻を訪ねるためにね。ペリグリン卿は旅で不在にしているあいだに、図書室を音楽室に改装することにした。私はその部屋の本を取りにいくんだ」

「ペリグリン卿はご自分の家が逢引《あいびき》に使われるのをご存じなの？」

アッシュクロフトがからかうように黒い眉をあげた。「ずいぶん上品な物言いだな」

ダイアナは頬を赤らめながらも、負けじと顎をぐいとあげた。「もっと下品な言いかたのほうがぴったりだとでも？」

アッシュクロフトは顔をしかめると、真剣に言った。「さっき起きたことは、互いの欲望

なことね」

の結果だよ。さっきの出来事も、自分のことも恥じることはない」

ダイアナアは心をあっさり見透かされて苛立った。「欲望のままに生きる男性が言いそうなことね」

アッシュクロフトが小さく笑った。そんなアッシュクロフトを責められなかった。自分がいかにくだらないことを言っているかはよくわかっていた。わたしは放蕩者にたぶらかされたわけではない。わたしから誘いをかけたのだ。意に反して甘言で丸めこまれた者がいるとしたら、それはアッシュクロフトだった。「きみはメソジスト派の聖職者みたいにとりすましたことばを使うんだな」

ダイアナは自分のことも、自分がしていることもいやでたまらず、ため息をつくと、汗ばんだ首にまとわりつくおくれ毛を手で払った。さきほどの激しい交わりあいのせいで、ローラが編んでくれた髪がほどけかかっていた。「ごめんなさい。こういうことには慣れていないから」

アッシュクロフトに左手を取られた。その手のぬくもりが伝わってくると、どぎまぎして、どうすればいいのかわからなくなった。何気なく触れられただけで、これほど心乱れてしまうのが情けなかった。どれほど努力しても、いまは心の砦を築けなかった。

アッシュクロフトと一緒に底なしの深い水の中を漂っている気分だった。どんどん沈んで、溺れてしまわないのを祈るしかなかった。

「不慣れなのはわかっているよ」アッシュクロフトが何かを考える口調で言った。その指が何気なくダイアナの結婚指輪をもてあそんでいた。「わからないのは、なぜきみがこんなことをしようと思ったのかだ」

ダイアナはかすれた囁き声で応じるのがやっとだった。「それはもう話したはずよ。口の堅い男性と経験を積むためだと」

マーシャムでこの計画を立てたときには、いま口にした理由だけで充分に思えた。けれど、実際には、あまりにも陳腐《ちんぷ》で、説得力など微塵もなかった。とりわけ、体の中にアッシュクロフトを受けいれて、思いもよらない経験をしたあとでは、まるで説得力などなくなった。アッシュクロフトが疑念を抱くのも当然だった。

嘘は苦手だった。そのことをバーンリー卿にも伝えたけれど、軽くあしらわれた。不安を軽くあしらわれたのは、それがはじめてではなかったけれど……。いずれにしても、バーンリー卿はわたしが抱いた不安について、もっと真剣に考えるべきだったのだ。やはり、わたしはこの計画に向いていなかったのかもしれない——そんな思いがつのるばかりだった。

左手を握っているアッシュクロフトの手に力がこもったかと思うと、さりげなく、けれど、あくまでもやさしく撫でられた。「きみは結婚している、そうだね？」穏やかな問いかけだった。

夫以外の男性とベッドをともにしたがっている女——そう思われようと気にすることはない。実際、いまの自分は正真正銘の嘘つきで、詐欺《さぎ》師で、誰から見ても淫らな女に成り果てたのだから。

それでも、屈辱が声音ににじみでるのを止められなかった。「いいえ」

「嘘はつかなくていいんだよ」つないだ手を引きぬいた。「言ったはずよ、夫は亡くなったと」

そのことばなど聞こえなかったかのように、アッシュクロフトが話を続けた。「結婚しているなら、すべてに説明がつく。ゆうべ、自宅まで送らせなかったことも、さっきの出来事に罪悪感を抱いていることも」

夫がいることにしておいたほうが何かと都合がいいかもしれない——そんな思いが頭をよぎったが、ダイアナは首を横に振った。「わたしは結婚などしていないわ。でも、たとえ結婚していたとしても、それで何が変わると言うの？　いままでだって、あなたは結婚している女性を何人も愛人にしてきたのに」

アッシュクロフトが口元を引きしめて、さも不快そうな顔をした。「どこかで悪意ある噂話を山ほど仕入れてきたんだな、マダム」

「あなたは有名ですもの」そう応じながらも、自分が卑劣に思えてならなかった。この数日でアッシュクロフトの人となりを知り、噂どおりの無節操な放蕩者でないのははっきりしていた。

「ああ、そうなのかもしれない」不満げな口調だった。「だが、これまでの愛人は、きみよりはるかに世間を知っていたよ」

わたしが何か尋ねるたびに、アッシュクロフトはなぜきちんと答えるの？　これまでの人生をわたしに説明する必要などないのに。「弁解なんて聞きたくないわ」

アッシュクロフトがまたおもしろがっているように眉をあげた。「弁解などしていないよ」

「とにかく、わたしは結婚していないのよ」ダイアナは萎えていく勇気を奮いたたせようと、ワインを飲みほした。「わたしの夫は……」

口をつぐんで、冷静になろうとした。ウィリアムの話をすると、この世にひとり取り残された孤独な数カ月のことが、ありありと頭によみがえってくる。あれほど若くて健康だった夫が、ある日突然、熱病で命を落とすなんてことがあっていいの？　この世は善意で満ちていると思っていたのに、夫が亡くなった日を境に何もかも信じられなくなった。夫はいまも生きていて当然なのに。いまもわたしと一緒にいて当然なのに……。

そんな思いが頭を離れずに、何カ月ものあいだ、灰色のぼやけた世界をさまよい歩いたのだ。あのときは、父やローラが何をしようと何を言おうと無駄だった。それでも生きていられたのは、クランストン・アビーでの仕事があったから。そうして、あの領地を管理することが生きる目的になったのだった。

あのときに野望が芽ばえたの？　肥沃な領地の女主人になるなんていう荒唐無稽な野望は、バーンリー卿の策略を聞かされるまでは、頭をかすめたこともなかった。それなのに、策略に加担してほしいと言われると、自分がそれまでにしてきたあらゆることが、その役を果たすための準備だったような気がしたのだ。

ダイアナは質問にあえて答えることにした。「夫は八年まえに亡くなったわ」

洞察力のある賢い男性に自分の境遇を話すはめになるとは思ってもいなかった。体だけでなく、人生の一部にまで侵入を許してしまうなんて。想像の世界では、アッシュクロフトは女の体をたっぷり味わえば、それで満足して、相手が何を考えていようとかまわない――そんな男性のはずだったのに。

アッシュクロフトが訝しげに目をすがめた。「きみは異常だよ、ダイアナ。異常な人間は好きじゃない」

ダイアナは身を固くして、フラスコの蓋を握りしめた。「好きじゃない？」

アッシュクロフトが小さく笑うと、冗談めかして言った。「まあ、そうとは言い切れない。私がきみをどれほど気に入っているかは、きみだってもう知っているだろう。最初から気づいていたはずだ。きみを家から追いだしたときにも」

そうなの？　わたしは気づいていたの？　出会ってすぐに不可思議な絆のようなものを感じたのはたしかだ。その絆は思いのほか強く、そのせいで、ゆうべは舞踏会場を出て薄暗い路地に足を踏みいれてしまった。今日はためらいもなくアッシュクロフトに主導権を握らせてしまった。

アッシュクロフトが皮肉をこめて乾杯のしぐさをしながら銀のフラスコを掲げると、中身をひと息に飲みほした。大きく動く喉仏に見とれそうになって、ダイアナはあわてて視線をそらした。

故郷でアッシュクロフトのことを想像したときには、陽光を浴びることもない生白い軟弱な放蕩者だと思った。けれど、実際に会ってみると、格闘家を次々に倒していくような力強い男性だった。

「あなたは逃げる獲物を追って、狩るのが好きなのね」気持ちとは裏腹の軽い口調で言った。

「となると、物足りなかったでしょうね。わたしはあまりにも簡単につかまってしまったもの」

「たしかに。でも、それについては神に感謝したいよ」

「あからさまに気を引こうとする女性には、飽き飽きしているのね」

アッシュクロフトは肩をすくめた。「謙虚な男としては、その質問はなんとも答えにくい」

自己嫌悪に陥っているのに、ダイアナは笑みを浮かべずにいられなかった。もうひと口ワインを飲むと、まろやかな味が舌に広がって、喉を滑りおちていくの楽しんだ。アッシュクロフトのことをもっと知りたい——そんな思いが胸の中でくすぶっていた。それもまた、予想外のことだった。「いつもなら〝そういう女には飽き飽きしている〟と答えるくせに」

馬車がゆっくりになって、まもなくぴたりと停まった。ペリグリン・モントジョイ卿の家に着いたのだ。とたんに、全身が打ち震えた。その家に入れば、もう一度アッシュクロフトに触れられるのだ。

触れられたくないと思いたかった。触れられたくてたまらないなんて、どうかしている。

この八年間、欲望の持つ力をすっかり忘れていた。結婚した当時の、はじめて経験する目もくらむほどの恍惚感をべつにすれば、肉体的な快楽や、それを与えてくれる男性にこれほど興味を抱いたことなどなかった。いま、興味津々《しんしん》なのは、もしかしたら、自分とアッシュクロフトを結びつけている不可思議な絆のせいなのかもしれない。

アッシュクロフトの視線は相変わらず謎めいていた。「いつもそう答えるとはかぎらない」

「ということは、愛人にするかどうかは、易々と手に入るかどうかで決まるわけではないの？」緊張して声が震えていた。それに、ふつふつとたぎっている欲求のせいで。

ああ、わたしはなんてみっともないの。みっともなくて愚かな女とはこのことだ。アッシュクロフトに触れられてもいないのに、もう熱くなっているなんて。アッシュクロフトと一緒にいると、体が自分のものではないような気がする。まったく言うことを聞かなくなる。

アッシュクロフトが大きな声で笑った。「ダイアナ、どれほど無礼な質問をしているかわかっているのかな？」

頬がまたほてってった。「あなたを理解しようとしているだけよ」

アッシュクロフトが肩をすくめた。「魅力とはいつだって謎めいているんだよ」

そのことばの意味をダイアナがきちんと理解したのが、アッシュクロフトにもわかった。たしかにダイアナは美しい。それでも、なぜこれほどまでに惹かれるのかはわからなかった。好みのタイプではないのだ。これまでの愛人は洗練されて、優雅で、上流社会の男女のゲームの達人ばかりだった。

けれど、ダイアナはちがう。情熱的になったかと思えば、尻込みする。その落差にどうしようもなくそそられた。おまけに、美しい体を差しだしておきながら、ふたりのあいだに距離を置こうと躍起になっている。それでいて、官能の甘さを全身で表現した。

じらされたあげくに、ひとりで過ごすはめになった昨夜は、どうにも落ち着かなかった。まんじりともせずに、ダイアナの魅力もいずれは薄れるに決まっていると自分に言い聞かせて一夜を過ごした。これほど魅了されているのは、この暑い夏のあいだじゅう胸に巣くっている不穏な気分のなせる業《わざ》だと。ダイアナの体を奪ってしてしまえば、魅力も失せるにちがいないと思った。

だが、それは大きなまちがいだった。

ダイアナからフラスコの蓋を受けとった。ダイアナはいかにも頼りなげで、やけに若く見えた。とはいえ、見た目ほど若くはないはずだ。透きとおる肌には一本のしわもないが、灰色の目に浮かぶ光が人生の悲哀を味わってきたことを物語っていた。何も知らない無垢な乙女ではないのだ。

ダイアナは見たところずいぶん動揺がおさまったようで、それにはほっと胸を撫でおろさずにいられなかった。麗しい体からいきり立つものを引きぬいたときには、美しい顔に深く傷ついたような表情が浮かんだ。そんな表情を浮かべたのは早くして夫を失って、いまも抱いている深い悲しみのせいだったのだろうか？　ダイアナが夫を心から愛していたのはまちがいない。夫との切ない思い出ゆえに、愛人を作ろうと考えたのかもしれない。それなのに、こと女性にかんしては経験豊富な男を相手にしても、ダイアナは居心地が悪そうにしている。悩ましいほど華奢な体を奪うまえから、そのことにははっきり気づいていた。

ダイアナが乱れた髪をボンネットでおおい、ベールを下げるのを、アッシュクロフトは見つめた。馬車の天井をノックして、カーテンを開ける。馬車が停まったのは、ペリーの華やかな屋敷の裏だった。フラスコの蓋にダイアナが飲み残したワインが入っていた。アッシュクロフトはそれを捨てると、フラスコの蓋を閉めて、馬車の壁に据えつけられたポケットにフラスコを滑りこませた。

御者のトバイアスが馬車の扉を開けた。アッシュクロフトはさきに馬車を降りると、ダイアナに手を貸した。手の震えが伝わってくると、抱きあげたくてたまらなくなった。詮索好きな人々の目が届かない家の中へ、抱きかかえてすばやく連れていきたい——そんな衝動をどうにかこらえた。

勘弁してくれ、なぜ私はこれほどまでにダイアナを守ろうとしているんだ？

うつむいたままのダイアナが、無言で傍らを歩いて、庭に入った。ダイアナは周囲のようすを見ようとしなかった。

「もうボンネットを脱いでも大丈夫だ」ダイアナが馬車に乗りこんだときにも、それと同じことを言ったはずだった。そのときのことを思いだしただけで、欲望が目覚めた。

ダイアナを即座に寝室に連れこまなければ、歩くこともままならなくなりそうだった。そんな思いを煽るかのように庭に飾られているギリシア神話の神の像のわきを通りすぎた。大きく屹立《きつりつ》したものを誇示しているヘルメース像。ほかにも、似たような彫像があちこちに置かれている。イチジクの葉で局部を隠しているものもあるが、いずれにしても、全裸の精力的な男性像ばかりだった。

「いやだ、これはいったい……」ボンネットを脱ぐために立ち止まったダイアナがことばを濁《にご》した。淫らな像を見て、顔を真っ赤にしていた。

欲望で全身の血が渦巻いていても、アッシュクロフトは大きな声で笑わずにいられなかった。ダイアナの洗練とはほど遠い言動が愛らしかった。いつもなら純情ぶった女に惹かれることはないのに。「あれは豊穣《ほうじょう》多産の神だよ」

ダイアナが驚きながらも、興味を覚えたかのようにふっと息を吐いた。「それぐらいは知っているわ」

ダイアナが片手を伸ばして、石像のりっぱな一物を根元から先端までゆっくり撫でた。それを見たとたんに、アッシュクロフトは全身が熱くなって、目のまえが真っ暗になった。それでもどうにか冷静さを取りもどした。ダイアナが何事もなかったかのようにさきを歩いていた。その大胆さに魅了された。馬車での行為の直後とは別人のようだった。

きっと、ふたりきりになって、リラックスしているのだろう。

いや、リラックスしすぎだ。あれほど挑発的なことをやってのけるとは。さらにリラックスしようものなら、茂みに連れこまれて、その場で行為に及んでもおかしくないほどだった。

ダイアナがちらりと振りむいて、はじめてほんものの笑みを送ってきた。ふっくらした唇がかすかに弧を描いただけなのに、アッシュクロフトは大酒を飲んで突っ走ったかのように動悸が激しくなった。

信じられない。ダイアナはなんて美しいんだ。長身で豊満で、脚はすらりと長い。まるで男を愉悦の楽園にいざなうために、生まれてきたかのようだ。ダイアナがいきり立つものを受けいれて、その大きさに慣れれば、ふたりの相性は申し分ないはずだった。

歯を食いしばって、どうにか自制した。私は三十二歳で、これまでに星の数ほどの女を相手にしてきた。田舎から出てきた野暮ったい女に惑わされて、涎を垂らさんばかりに女の尻を追ったりするものか。

そうだ、たったひとりの女のせいで、これほど欲望を抱いて、居ても立ってもいられなくなるわけがない。

砂利敷きの小道を歩くダイアナのゆったりした歩調に合わせて、深緑色のスカートが揺れていた。その揺れに目が吸いよせられた。じっと見つめていると、足取りが少しだけ乱れているのがわかった。馬車の中で荒々しく奪ったせいだろう……。

馬車の中の出来事は甘い記憶だった。

ダイアナが欲望を抱いていたのはまちがいない。そう思うと胸が躍った。あの欲望は偽りではない。正真正銘のほんものだった。

この数日で、自分が真に求めていたのは、空疎な恋愛遊戯《ゆうぎ》ではなく、もっと深い何かだと気づかされた。ダイアナとのあいだに起きたことは、長いあいだ経験していなかった本質的な何かだった。

もしかしたら、これまで一度も経験したことがないような何かかもしれない。

「アッシュクロフト、どうしたの？」心配そうに頭を傾げるダイアナは、傾きはじめた日の光を受けて、純金の輝きを放っていた。

アッシュクロフトは息が詰まった。この瞬間こそ、ときを超越した貴重な一瞬だ――そんな思いで頭がいっぱいになった。

けれど、太陽が雲に隠れると、不可思議な感覚も消えていった。

かつらをつけた従者が庭に通じる扉の傍らに現われた。ペリグリン卿の邸宅の召使はみな若く、容姿端麗で、その従者も例外ではなかった。それなのに、ダイアナは従者には目もくれなかった。その目はいつもアッシュクロフトを見つめていた。無意識のうちにダイアナは、熱い思いを幾度となく態度に示していた。それればかりか、自身の欲望をあらわにして、男の欲望の炎をかき立てていることにも気づいていなかった。

アッシュクロフトは大股でダイアナのあとを追った。しなやかな体に触れていないのが罪深いことに思えた。追いついて、手を取ると、自分の腕にまわした。

「ペリグリン卿の彫像の趣味は変わっているのね」ダイアナが並んで歩きだした。

全裸のヘラクレスが巨根のライオンととっくみあっている像があった。その傍らを歩きながら、アッシュクロフトは低い笑い声を漏らした。「そのことばを口にするのは、家の中を見てからにしたほうがいい。私が顔を真っ赤にしても笑わないでくれよ。それに、彫像の飛びでた部分の寸法をいちいち測らないと約束してくれるとありがたい」

ダイアナの頬がまた赤く染まると、アッシュクロフトの欲望がさらに高まった。「子供のころからずっと父に注意されてきたわ。好奇心が旺盛すぎるのが欠点だと」

「好奇心にも正しい使い道がある」

このときだけは、ダイアナの笑みに羞恥心は感じられなかった。灰色の目が深みを増して、興味を引かれたように顔が輝いた。「そうね、好奇心が満たされるのが楽しみだわ、閣下」

ダイアナの艶っぽい声に、アッシュクロフトのうなじの毛が逆立った。その拍子に、砂利に靴が滑って、よろめいた。隣を歩いているダイアナは生意気にも声をあげて笑うと、街でよく見かける華やかなタウンハウスに入っていくかのように、贅を尽くした邸宅の中へと消えていった。それもまた、ダイアナの謎めいた部分のひとつだった。

けれど、欲望で全身が燃えさかっていては、その謎をじっくり考えている余裕はなかった。大広間に入ったとたんに、ダイアナがぴたりと足を止めて、立ち尽くした。ずいぶん驚いているらしい。それも無理はなかった。ファーンズワース侯爵の末息子であるペリグリン卿は、大広間を自分好みに飾りたてていた。その部屋には何度も入ったことがあるアッシュクロフトでさえ、何もかもが金色の部屋に入ると目がくらんだ。

「あなたの言うとおりだわ」好奇心を剝きだしにしたダイアナのかすれた小さな声が、アッシュクロフトの燃えあがる欲望をいっそうかき立てた。馬車から降りたときにあれほど人目を気にしてびくびくしていた女は、もうどこにもいなかった。「こんなに……華やかな部屋を見たのははじめてよ」

背後で従者が扉を閉める音が響いた。「こちらへどうぞ、閣下」

アッシュクロフトはダイアナとともに、埃《ほこり》よけの布がかけられた家具を避けながら、染みひとつない大理石の上を歩きだした。その大広間で開かれた数々のパーティーに出席したアッシュクロフトにとって、がらんとしたその部屋を見るのは妙な気分だった。アッシュクロフトの不埒な欲望を責めるように、高い壁にかかった絵の中から、しかめ面のギリシア神話の神々が睨みつけてきた。

ダイアナと一緒に、金色の手すりがついた華麗な階段へ向かった。ダイアナは気圧《けお》されることもなく、興味津々でまわりを見まわしていた。ペリグリン卿の壮観な邸宅に入ったら、社交界のメンバーでさえことばを失う。それなのにダイアナは、贅を尽くした豪華絢爛《けんらん》な家の中を、ものめずらしそうに眺めるだけで、そこに並んでいるものの価値に圧倒されてはいなかった。

ダイアナがどの階級の生まれなのか、見当もつかなかった。相手の身分を推し量る術なら、幼いころに身につけたはずなのに。それでも、見当もつかないとは、いよいよ興味をかき立てられた。ダイアナは口調に教養が漂い、マナーも心得ている。さらに、華やかなドレスを身につけてはいるが、それでも、なんとなく上流階級の淑女ではないようだ。

悔しいが、つかみどころがなくて、謎だらけの女であることにまちがいない。

おまけに、魅惑的ときている。

アッシュクロフトはダイアナをエスコートして階段をあがっていった。その間も、ダイアナのまとわりつくぬくもりに欲望をかき立てられた。大きな舞踏室のある階を素通りして、閉じた扉のまえまで歩いて、足を止めた。

「ご主人さまから、この部屋を用意するようにと指示されました」従者が扉を静かに開いた。主人の友人とその愛人の世話をするのが、ごくあたりまえであるかのような自然なしぐさだった。ああ、これと似たようなことは何度もあったのだろう。ペリーには、世に名の知られた胡散《うさん》臭い知人、あるいは、無名ないかがわしい知人が星の数ほどいるのだから。「図書室の準備をしておくようにとも、申しつかっております」

その家のほかの場所とはちがって、案内された部屋は上品と言ってもいいほどだった。どちらかと言えば女性向きの清楚《せいそ》な部屋だ。大きな窓のそばに小さなダイニングテーブルが置かれ、食器台の上に凝った料理が並んでいる。シャンパンを冷やしている容器の中で、氷が溶けかけていた。

「ありがとう」アッシュクロフトは渋々とダイアナの手を離して、部屋に入った。入ろうかどうしようか迷っているように、ダイアナが戸口で足を止めた。

頼む、入ってくれ。アッシュクロフトは願わずにいられなかった。

「お名前は？」ダイアナが従者に尋ねた。

「ロバートと申します、マダム」従者がうやうやしく頭を下げた。従者はダイアナがここに来た理由を知っているはずで、それでいて丁寧にお辞儀をするのはなんとなく妙だった。

いや、もしかしたら、この自分がダイアナの持って生まれた気品を感じとったように、従者もそれを感じたのかもしれない。ダイアナは高貴な家の出なのか？　なぜかそれはしっくりこなかった。といっても、最初に推測したような、身入りのいい商人の夫が稼いだ金を浪費するためにロンドンにやってきた妻というのも、まるでしっくりこなかった。

「部屋の中をご案内いたしましょうか？　居間の奥には、寝室と化粧室とバスルームがございます」

ダイアナが視線を送ってきた。その灰色の目を見れば、目のまえにいる男の欲望がどんどん大きくなっているのを感じとっているのがよくわかった。「いや、ロバート、それにはおよばない。必要なものはすべてそろっているようだ」

「それでは、失礼いたします」従者がもう一度お辞儀をした。「ご用があれば、いつでもお呼びください」

アッシュクロフトは従者が立ち去ったことも、ほとんど気に留めていなかった。目はダイアナに吸いよせられていた。部屋の中をゆっくり歩いて、マホガニーの低い椅子の上にボンネットを置いたダイアナに。ことばにされない欲望のせいで、その場の空気まで渦を巻いていた。

ダイアナがかすかな笑みを送ってきた。頬がいつにも増して薔薇色に染まっていたが、その視線は揺るがなかった。上品なこの部屋でこれから何が起きるのか、ダイアナもはっきり気づいていた。

ダイアナがほつれて乱れた髪を、うしろに払った。「やっとふたりきりになれたわ」

8

ダイアナはコンロの上に置かれたネコの気分だった。アッシュクロフトにもう一度触れてほしかった。今日という日を生き延びて、明日の朝日を見るよりも、アッシュクロフトに触れてほしかった。

愛人という役にあっというまに慣れてしまうとは思ってもいなかった。欲望で身が焦げそうになっていなければ、そんな自分の変化にぞっとしているところだった。心臓が胸を叩いて、切望で肌がちりちりしていなければ。

アッシュクロフトが寝室の扉を押しひらいた。「さあ」

ダイアナは重い足取りで開かれた扉へ向かった。それとは対照的に、アッシュクロフトが寝室の中をつかつかと歩いて、ベッドの支柱にもたれた。四本支柱のりっぱなベッドは、信じられないほど広くて華やかだった。とはいえ、この家にあるものすべてがそうだ。この家に比べれば、クランストン・アビーのバロック様式の屋敷が質素に見える。

寝室の窓の下には薔薇園が広がっているのだろう。甘い香りが色濃く漂っていた。その強い香りと同じぐらい、体の中を流れている欲望も濃厚だった。

アッシュクロフトの緑色の目に見つめられた。獣の雰囲気をかすかに漂わせたアッシュクロフトに、これからがっちりととらえられて、たっぷり味わわれるのだ。そう思うと、期待に胸が打ち震えた。

そうしてほしくてたまらない。

渇いた唇に舌を這わせた。アッシュクロフトの視線が下がって、一瞬、唇に向けられたかと思うと、すぐにまた目を見つめられた。まるで口づけられているよう。激しい鼓動を刻む胸がいっそう高鳴った。

アッシュクロフトがクラバットをほどいた。純白のクラバットと日に焼けた手が対照的だ。馬車の中での出来事は荒々しく、激しく、鮮烈だった。そして、いま目のまえにあるものすべてが、まだ見ぬ世界にこれから放りこまれることを意味していた。

そのための心の準備はできているの？　アッシュクロフトと一緒にいればいるほど、人生という名の船の舵《かじ》を手離してしまったと痛感させられる。官能の風に吹かれて、船は港を離れ、遠くへと流されてしまった。いまや、欲望の海をあてどなくさまよう漂流船だった。

アッシュクロフトが赤と青の糸で織られた豪華なトルコ絨毯の上にクラバットを落とした。シャツのまえが開いて、喉と硬そうな黒い毛でおおわれた胸が覗いていた。

アッシュクロフトには二度も絶頂へと導かれた。それなのに、その体は舞踏会場で見られる程度にしか目にしていない。シャツの大きく開いた胸元を、物欲しげに見つめるしかなかった。たくましい胸に舌を這わせているかのように、いつのまにか唇が開いていた。肌がますますちりちりする。空気がずっしりと重く感じられた。

それなのに、アッシュクロフトはさも平然としたようすで外套を脱ぐと、背後の椅子に放り投げた。けれど、緑色の目の中では熱い炎が燃えていた。

ダイアナは唾を飲みこんで、乾いた喉を湿らせた。アッシュクロフトに何か言ってほしかった。なんでもいいから、緊迫感を消し去ってくれるようなことを。

細かなブドウの実と蔓《つる》が刺繡《ししゅう》された灰色のチョッキのボタンを、アッシュクロフトがはずしはじめた。ひとつのボタンが引っぱられてはずれるたびに、ダイアナの胸の鼓動が大きくなる。アッシュクロフトが肩をすくめながらチョッキを脱いで、もつれたクラバットのわきに落とした。

ダイアナはスカートを握りしめて、こみあげてくる衝動を必死に押しもどした。わたしはいったいどうしてしまったの？　愛人にしてほしいと頼んだときには、自分がこんなふうになることなど望んでいなかった。これでは、ほんとうに自分を見失ってしまう。

アッシュクロフトが上質な白いシャツに黒いズボンという姿で、目のまえに立った。服をきちんと着ていても、惚れ惚れするほど魅力的なのだから、シャツ姿を目の当たりにして息を呑まずにはいられなかった。たくましい肩に、広い胸。引きしまった腰に、乗馬が得意な男性ならではの力強い腿をうっとり見つめるしかなかった。

凜とした装いからカジュアルな姿に変わったのだから、多少は近寄りやすくなってもいいはずだった。それなのに、目のまえにいるアッシュクロフトはなぜか厳《いか》めしく、雄々しく、威圧的だった。

胃が熱くなって溶けてしまったよう。ダイアナは脚のつけ根の圧迫感を和らげようと体をもじもじと動かした。落ち着きを失っているのを、アッシュクロフトに気づかれた。とたんに、顔が真っ赤になるほど恥ずかしくなった。

「ドレスを脱いでくれ」アッシュクロフトが低く鋭い声で言った。

体が震えた。八年のあいだ、男性のまえで服を脱いだことはなかった。それなのに、いま、女を知り尽くした男性に裸身をさらすなんて……。自分の体がもはやしなやかな若い乙女とはちがうのはわかっていた。けれど、アッシュクロフトは上流社会の中でもとりわけ美しい淑女を見慣れているのだ。

挑むようにアッシュクロフトを見た。「あなたはいつも、愛人に対して傲慢な態度を取るの？」

アッシュクロフトが声をあげて笑った。「きみみたいに、私を駆りたてる愛人に対してはね」

冗談めかしたことばが束の間の不安を切り裂いた。バターにナイフを入れるようにすっぱりと。ダイアナは思いもしなかったほどたしかな手つきで、ドレスを脱ぎはじめた。メイドに手伝ってもらえるとは思えなかったから、まえにボタンがついたドレスを選んできたのだった。

アッシュクロフトの鋭い視線に動揺する間もなく、ボタンがあっけなくはずれた。下にちらりと目をやると、丈の短いコルセットに押しあげられた乳房が見えた。昔から、胸はいやになるほど大きかった。といっても、ウィリアムはそれを喜んでいたけれど。アッシュクロフトもやはり、小さい乳房より大きいほうが好みらしい。その顔をひと目見ればそれがわかった。

「ボタンをすべてはずしてくれ」アッシュクロフトがかすれた声で言った。飛びかかりたくなるのを必死にこらえているかのように、アッシュクロフトは体のわきにおろした手を握っては開いていた。

ダイアナはさらに三つのボタンをはずして、身をくねらせてドレスを脱ぐと、マホガニーの椅子の上に置いた。

結った髪がほつれて、顔のまわりに落ちていた。ほつれた髪を肩からうしろへと払う。そうして、まっすぐに顔をあげると、正面からアッシュクロフトを見て、詰まりそうになる喉から、どうにかことばを絞りだした。「コルセットをはずすのを手伝ってくださる?」

「それは光栄だ」

くるりとうしろを向いて、片手で髪を押さえた。経験豊富な放蕩者なら、女の服を脱がせるのなど造作もないはず。そう思うと、胸がちくんと痛んだ。アッシュクロフトのこれまでの愛人に嫉妬してどうするの? あわてて自分を叱った。

あっというまにコルセットがはずれた。毎日淑女の着替えを手伝っているメイドでさえ、これほど手際よくはいかないだろう。コルセットがドレスのわきに放りなげられた。頼んでもいないのに、アッシュクロフトはペチコートを止めている紐を解きはじめた。ペチコートがかすかな衣擦れとともに床に落ちた。

ダイアナは足元で輪になっているペチコートから出ると、ゆっくり振りむいた。身につけているのは透けるほど薄い絹のシュミーズ。危うく、その一瞬、男性を誘惑する強欲で非情な愛人を演じなければならないのを、すっかり忘れた。ダイアナ・キャリックというひとりの女に戻っていた。本の虫で、孤独で、衝動的で、見果てぬ夢を追って、身を売った女に。

震える手をあげて、乳房を隠した。乳首がきりきり痛むほど硬くなっていた。押しよせる欲望に戸惑わずにいられなかった。

「ダイアナ、恥ずかしがらなくていいんだよ」やさしく声をかけられて、胸のまえで重ねている手首をそっとほどかれた。「これほど美しいんだから」

「でも……考えていたほど……簡単ではないみたい」震える声で答えてから、そんなことばを口にしたことに気づいて、唇を嚙んだ。

これでは、愛人になったのは身勝手な目的のためだと気づかれてしまう……。といっても、ゆうべからは、どちらが誘惑して、どちらが誘惑されたのかわからなくなっていた。

たったいま口にしたことばに隠された意味は読みとられずに済んだらしい。アッシュクロフトが魅惑的な唇に切なくなるほどやさしい笑みを浮かべた。すると、いつもの世をすねたような雰囲気が消えて、若々しく、純粋に見えた。ダイアナは切なくて、胸が張り裂けそうになった。

「気が進まなければ無理しなくていいんだよ」なだめるように言うアッシュクロフトに、両手を取られた。その手がアッシュクロフトの唇へと持っていかれて、両方の手のひらの真ん中にキスされた。

やさしく触れた唇の甘いぬくもりに、下腹がゆっくり脈打った。アッシュクロフトとベッドをともにするのに怖気づいているならまだしも、そうしたくてうずうずしているなんて、そのほうがはるかに問題だった。

そうとわかっていても、これほど魅了されていては、身をよじって逃れることもできない。アッシュクロフトが手を離して、着ているシャツをぐいと持ちあげて、髪が乱れるのもかまわずにぞんざいに脱ぎ捨てた。シャツがふわりと宙を舞って、山になっている服の上に落ちた。

「そんな……」ダイアナはいつのまにか小さな声を漏らしていた。意味のあることばは、頭から抜けおちていた。何も考えられずに、うっとり見つめるしかなかった。金色に輝く滑らかな腕から、黒い毛が散らばるたくましい胸へと視線を移す。さらに、下へ向かうほど細くなる毛をたどって腰へと。

アッシュクロフトはどこまでも男らしかった。

ダイアナは震える手で、ためらいがちにアッシュクロフトの胸の真ん中に触れた。その感触は陽光で温まった岩のようだった。うっとりして唇が開いたのにも気づかないまま、手を下へと滑らして、欲望の塊と化している硬いもののすぐ上で手を止めた。

この国いちばんの放蕩者という噂から想像していた姿が頭に浮かんで、苦笑いしたくなった。出歩くのは夜だけで、ブランデーを浴びるほど飲んで、無数の女を相手にする——そんな青白く痩《や》せこけた男性を想像していたのだ。ほんとうにそんな生活をしていてこれほど雄々しい体になれるなら、国じゅうの医者が口をそろえて自堕落な生活を勧めるにちがいない。

深緑色の目で観察されるの感じた。「きみは生クリームをもらったネコのようだな」

「クリームはまだお預けよ」これほど豪胆なことばを口にしているのは、ほんとうにわたしなの？　頭の片隅にそんな疑問が浮かんでくる。ここにいる妖婦が、理屈屋で仕事だけが生きがいのダイアナ・キャリックであるはずがない。マーシャムからやってきた貞節な未亡人であるはずがなかった。

「クリームはきみひとりで全部舐めてしまうつもりなのかな？」冗談めかして尋ねても、声のかすれは隠しきれなかった。

ダイアナの心臓が胸を叩くほど大きな鼓動を刻んだ。たくましい体の隅々にまで舌を這わせる場面が頭に浮かんで、秘した場所がますます疼いた。「それがあなたの望みなら」

アッシュクロフトの笑い声が、上等なワインが喉を滑りおちるように背筋を伝っていく。

「いきなり強気になったんだな」

「そのことばは、そっくりそのままお返しするわ」ズボンのふくらみに目が吸いよせられた。アッシュクロフトが興奮して、すぐにでもベッドをともにしたがっているのは見まちがいようがなかった。

アッシュクロフトが深く息を吸って、広い胸が大きく上下した。「今度こそ、ふたりで愉悦の楽園を堪能しよう」

不本意ながら、ダイアナは艶めかしい視線を送った。アッシュクロフトの切なげに光る目を見つめた。「りっぱな野望だこと」内心とは裏腹の冷ややかな口調で応じた。

「そんなふうに見つめられたら、野望はくじかれたも同然だ」

ふたりのあいだでくり広げられる冗談めかした駆け引きが楽しかった。ダイアナは何かを探すようにアッシュクロフトの胸に指を這わせた。「あなたは自分で思っているよりはるかに意志が強いわ」

「だが、どんな男にも限界はある」

「そうなの？　ならば、それを見てみたい」

アッシュクロフトのたくましい胸に力がこもった。「ああ、これから見られるよ」

数週間まえであれば、そのことばの意味がわからなかったかもしれない。けれど、ロンドンに来るにあたって、バーンリー卿からフランスの低俗な本を何冊か渡された。それからしばらくのあいだ、ローラと一緒に本に描かれた詳細なイラストを眺めながら、驚いたり、くすくす笑ったりして過ごしたのだった。

「といっても、いますぐにとはいかないが」アッシュクロフトが荒々しい口調で言った。

「それはもう少しさきになる」

ダイアナははっとして、顔をあげた。アッシュクロフトの目に激しい欲望が浮かんでいた。これから相手にする女の考えが、淫らな方向へ向かっているのを感じとっているのだ。わずかな反応をこれほど正確に読みとられるなんて……。そう思うとぞくぞくした。わたしが快楽に溺れているときにも、これほどじっくり観察されるの？　それを想像するだけで、淫らな興奮を覚えて、乳首がぎゅっと硬くなった。

「わたしは……」言いかけたところで、アッシュクロフトの手が髪に差しこまれた。ふたりの顔が向きあうように頭を押さえられると、何を言いかけたのかさえ忘れてしまった。

「ほんとうに美しい」アッシュクロフトがかすれた声で言った。

そのことばに応じる間もなく、唇が迫ってきた。永遠とも思えるほど長いあいだキスされていない――そんな気分だった。ほんの数日でアッシュクロフトの口づけの虜になってしまうなんて、危険すぎる。そうとわかっていても、ため息をひとつついただけで、巧みな唇にすべてをゆだねていた。

舌が押しいってくると、骨までとろけた。夫に先立たれてからの孤独な人生はもちろん寂しかったけれど、それ以上に、わたしは口づけに飢えていたのだ――それに気づかされるとは不思議な気分だった。

目を閉じて、ビロードの闇へと沈んでいく。膝から力が抜けて、快感に頭がくらくらする。息さえろくに吸えなかった。アッシュクロフトが重ねた唇を離したかと思うと、感じやすい首を愛撫した。喘ぐしかなかった。腰を揺らしながら、アッシュクロフトのいきり立つものの硬さを確かめた。

アッシュクロフトがうなって、体を無理やり引きはなした。ダイアナは無言で抵抗しようとした。けれど、すぐに、体を離したのは、シュミーズを脱がすためだとわかった。絹が肌を滑ると、煽情的な夢の世界に現実が割りこんできた。

気づいたときには、一糸まとわぬ姿になっていた。すべてはアッシュクロフトの意のままだ。いま起きていることは、馬車の中での出来事より意味深く、純粋で、はるかに危険だった。自分がなぜここにいるのかを、無理やり思いかえした。そう、いまここにいるのは、アッシュクロフトの魅力にわれを忘れるためではなかった。

燃えあがる欲望にすべてを捨てて、何もかも忘れてしまうわけにはいかない。冷静になって、互いにほしいものだけを手に入れるのだ。この胸に湧きあがってくる感情が、冷静とは無縁であったとしても。

でも、どうしたら、アッシュクロフトと距離を置けるの？

炎の浮かぶ目で見つめられた。その視線が乳首に留まると、乳首の先端がちりちりした。視線が下に向かって、濃いブロンドの湿った三角の茂みで止まった。さきほどから感じている疼きが、ますます激しくなって、秘した場所がさらに湿り気を帯びる。落ち着かなくて、もじもじと体を動かした。互いの欲望を察知する感覚は、野獣の本能のように鋭くなっていた。

「どうかしたのかな？」アッシュクロフトがやさしく尋ねてくると、目が合うように顎を持ちあげられた。

だめよ、警戒しなければ。思わず唇を噛んでから、そのしぐさが緊張を表わしていることに気づいた。ふいに破れかぶれになって、正直に応じた。「考えていたよりずっと……衝撃的だわ」

アッシュクロフトが形のいい黒い眉をあげた。目には欲望の火花が散っていたが、それでも口調は落ち着いていた。「きみは先入観だらけだな。自分のことも私のことも機械仕掛けの人形だと思っているのかい？　背中のねじを巻いて、動かして、すべきことが済めば、さっさと片づければいいとでも？」

ダイアナは頬がほてるのを感じた。一糸まとわぬ姿でいるのはもちろん恥ずかしかったけれど、頬が赤くなったのはそのせいだけではなかった。アッシュクロフトと一緒にいると、自分が救いようのないほど淫らな女になってしまった気がする。

「ダイアナ？」

名を呼ばれても、アッシュクロフトの顔を見つめているしかなかった。これでは、はじめて恋に落ちて、何も考えられなくなった若い娘のよう。そんなことをふと考えて、すぐさまその思いを打ち消した。いましていることは恋とは無縁なのだから。「夫が亡くなってからはひっそり暮らしてきたの」

それは事実だった。どれほど悲しい事実かにいまようやく気づいた。いったいわたしは何年のあいだ、父の勤勉な助手として、さらには、バーンリー卿の忠実な召使としての責任を果たすことだけに情熱を注いできたの？　長いあいだ、女としての人生を捨てて、有能で勤勉で信頼のおけるキャリック夫人として生きてきたのだった。

　けれど、今夜、放蕩者に抱かれて、女としてのわたしが目を覚ました。

　大きく温かな手に顎を包まれた。かすかに顔を傾げると、頬にその手が擦れた。「わたしにとっていまこのときが、女として得られるものを手に入れるチャンスなの。わたしは……官能の世界を垣間見てみたい」

　アッシュクロフトの唇が弧を描いて、白い歯が光った。とたんに、新たな興奮に全身を貫かれた。体が一気に熱くなって、いまにも燃えあがりそうになる。

「ああ、もちろんだ、私がその願いをかなえるよ」

　ダイアナは一歩足を踏みだすと、たくましい体に身をあずけた。思っていたとおり、アッシュクロフトの冷静さはうわべだけだった。興奮した男性の香りが五感に満ちていく。たくましい胸からは、大地を蹴って疾走する馬のひづめの音のような鼓動が伝わってきた。

「ならば、それを態度で示して」

　ダイアナの手が欲望のままに下へと伸びて、いきり立つものを握った。アッシュクロフトは空へ舞いあがりそうになった。心臓が胸を飛びだしそうなほど高鳴る。ダイアナは奪ってほしいと心から願っているのだ。その事実が何よりも心に響いた。

　服を脱ぎ捨てたダイアナを見つめると、息を呑まずにいられなかった。女性らしさの女神ユーノー。愛と美のビーナス。女戦士アマゾン。ダイアナは女性美の象徴だった。

なだらかな弧を描くウエストをつかんで、ぐいと引きよせると、唇を重ねた。唇だけでなく、すべてを味わいたかった。ときに豊潤なワインにも似て、ときに蜂蜜にも似たダイアナの味をすべて堪能するのが待ちきれなかった。

ワルツを踊るような滑らかな足取りで、ダイアナをベッドへといざなった。青いブロケードのベッドカバーをめくると、真っ白なシーツとやわらかな枕が表われた。さらに一歩足を進めて、ダイアナをマットレスの上にふわりと載せた。

さすがはペリーだ。けばけばしく部屋を飾りたてながらも、すべてに快適さを求めるとは。そのベッドでダイアナを思うぞんぶん抱けば、雲の上の楽園にいる気分になるにちがいない。とはいえ、正直なところ、これほど興奮していては、ごつごつした木の床の上でダイアナともつれ合っても気にならないはずだった。いま、アッシュクロフトにとって〝忍耐〟の二文字は、〝拷問〟を意味していた。

「口づけて」ダイアナが艶めかしいため息交じりの声で言った。

まさか、こんなふうに求められるとは……。

アッシュクロフトは目を閉じて、歯を食いしばり、自制しようとした。目を開けると、欲情の虜になったダイアナの乱れた姿が目に飛びこんできて、心臓がびくんと跳ねた。美しい裸身のまわりに、豊かなブロンドの髪が金色のベールさながらに広がっていた。

「ああ、もちろんそうするよ」低い声で応じながら、膝をついて、ダイアナにのしかかった。

このまま一気に奪うのは造作もない。体の準備は互いに整っているのだから。だが、それだけでは充分ではなかった。ダイアナには抗いようのない欲望に屈して、叫びながらもっと求めてほしかった。欲望で滴るほどに濡れてほしかった。ひとりでのたうちまわるのはごめんだ。これまでに経験してきたこととはまるで比べものにならない。ダイアナこそが情欲の深みを教えてくれる真の愛人になると、本能で直感していた。

もちろんこの自分も真の意味での愛人になる。

不規則な低い息遣いを耳で感じながら、両手を細い腰の横に置くと、身を屈めて口づけた。ダイアナが口を開いて、舌を躍らせた。唇に。そして、ふたりの舌が絡まった。

互いに苦しくなるだけだと知りながらも、アッシュクロフトはどこまでもゆっくりと両手を上に滑らせた。

ついに豊かな乳房を手で包んだ。

激しい渇望がふたりを包む。ダイアナが唇を重ねたまま、艶めかしい喘ぎを漏らした。アッシュクロフトは頭を起こして、日に焼けた自分の手と、ふっくらと丸い乳房に目を向けた。

まさに絶美の眺め。はち切れんばかりにつんと立って、深い紅色をした乳首は、ダイアナの抑えきれない興奮の表われだった。

荒れくるう欲望をどうにかこらえて、薔薇色の頂に唇でそっと触れた。ダイアナが息を止めた。

確かめるように口に含んで、たっぷりと味わう。

汗の味。リンゴの味。ダイアナの味。

ダイアナがかすれた声を長く漏らして、背をそらせた。もっと強くすると、しなやかな体がわななきだした。

これまでに無数の女とベッドをともにしてきたのは事実だった。快楽を追求して、あっというまに忘れてしまう束の間の愉悦ばかりを追い求めてきた。女との関係はつねに浅く広く。ある意味でゲームのようなものだった。

ダイアナの乳首に舌を這わせて、悦びに打ち震える体を感じていると、今回だけは、この関係からそう簡単に逃れられそうにないと気づいた。肩をすくめて、さよならのキスをして、それだけで終わりにできるはずがなかった。ダイアナの何かに、肉欲だけでないもっと深い場所を貫かれたのだ。

ダイアナのあまりの美しさに息を呑まずにいられなかった。敏感に反応する体に刺激され、解けない謎に惹きつけられた。

といっても、そのどれひとつとして、ダイアナがそばにいるだけでこれほど胸の鼓動が速くなることの答えにはなっていなかった。これまで幸福とは無縁の人生を送ってきたけれど、いま抱いている感情をあえてことばにするなら、〝幸福〟ということばがかぎりなく近かった。

ダイアナの身もだえが唇に伝わってくると、理屈や厄介な考えは一瞬にして消え去った。ダイアナは罪よりも甘い蜜の味がした。これほど感じやすくては、乳房に触れるだけでのぼりつめてしまうかもしれない。

少なくとも今回だけは、それをダイアナに許すつもりはなかった。互いの欲望をたっぷり満たすつもりだった。

乳房に口づけながら、平らで滑らかな腹に手を滑らせて、やわらかな縮れ毛に指を差しいれる。ダイアナがびくんと跳ねて、驚きの叫びをあげそうになった。

その体はベルのように小刻みに震えていた。

秘した場所にそっと触れると、滴るほど濡れているのがわかった。撫でると、ふっくらと腫れていく。高まる興奮にダイアナが叫んで、美しい体が張りつめた糸のように緊張した。髪をつかまれた。その痛みが、全身を駆けめぐる激しい快感と混じりあった。

期待。ダイアナを官能の世界にいざなったという悦び。欲望。

秘した場所から濡れた指を引きぬいて、細い腰をつかむ。ダイアナのいちばん感じやすい場所を味わわなければ、頭がおかしくなりそうだった。

震える腹から太ももへと、軽くキスするように唇を這わせた。「私のために開いてくれ、ダイアナ」

それでも、すらりとした脚は貞節な淑女らしくぴたりと閉じたままだった。ダイアナが震える手を下におろして、三角の茂みを隠した。

アッシュクロフトは顔をあげて、どこまでも女らしい体を見あげた。ダイアナが狼狽の浮かぶ謎めいたまなざしで見つめてきた。その目に浮かぶ狼狽は、ふっくらと赤く濡れた唇や、欲望でほてる頰とは不釣り合いだった。

ダイアナが肘をついて上体を起こすと、鳥肌が立つほどの緊張感が伝わってきた。ほんの数秒まえまで、ダイアナはすべてがとろけるほどの官能に溺れていたのに。

「あなたはそんなことをしたくないはずよ」声に当惑がにじみでていた。

アッシュクロフトは意に反して、声をあげて笑わずにいられなかった。ダイアナの目に苛立ちの銀色の光がちらりと覗くと、ほっとした。

「私が何をしたくないと言うんだ？」わざとしらばっくれて尋ねた。ダイアナをからかうのが楽しくてしかたなかった。

「わかっているくせに」ダイアナが身をくねらせて抱擁から逃れようとした。けれど、アッシュクロフトは離さなかった。「あれよ」

「これまでにきみは……」これまでの愛人——洗練されて世知に通じた女たち——に対しては低俗なことばを平気で使ったものだ。けれど、ダイアナのまえでは、どういうわけかそういうことばを使う気になれなかった。「こういう口づけをされたことは？」

ダイアナが大げさに首を横に振る。するともう、声をあげて笑う気にはなれなくなった。

「あるわけがないわ。こんな奇想天外な口づけなんて。あなたがそんなことをしたがるなんて、想像もつかないわ」

「いや、こんなことをするのは、きみを楽しませたいからかもしれない」

ダイアナがまた頰を赤く染めて、もう一度身をくねらせて抱擁から逃れようとした。ダイアナはそこまでうぶなのか？　餌を投げて男を釣ろうとしたくせに、それを逆手《さかて》に取られたことに気づいていないのか？　アッシュクロフトはダイアナを逃すつもりなどなかった。「わたしのためなら、わざわざ面倒なことを楽しんだりしないわ」ダイアナがきっぱり言った。「わたしはそんなことをしてくれなくてけっこうよ」

アッシュクロフトはやはり声をあげて笑わずにいられなかった。ダイアナはほんとうにおもしろい。それに、挑発的だ。すらりとした脚のあいだに舌を這わせれば、叫びながら恍惚の極みを超えるにちがいない。

「いや、面倒でもなんでもないよ」

ダイアナが手を伸ばしてきたかと思うと、その手に顎が包まれるのを感じた。どういうわけか、たったそれだけのことが、これまでにふたりでしたどんなことよりも、大きな意味を持っている気がしてならなかった。

欲望は長いこと人生の一部になっていた。相手への気遣いなどほとんど頭になかった。それなのに、肌に感じるダイアナの手に、その手のぬくもりに、さらには、その目の無防備な光にも気遣いが表われていた。

「わたしのすべてを奪って」ダイアナがごくりと唾を飲みこんだ。ほっそりした喉の動きが、ことばにはできないほど感動的だった。「わたしは……あなたがほしいの」

ダイアナの湿った縮れ毛に口づけた。ジャコウにも似た女の欲望の香りが刺激的だった。

「私もだよ。きみがほしい」

ダイアナは相手が屈したことに気づいたにちがいない。その証拠に、顔から緊張感が消えて、肉感的な唇にかすかな笑みが浮かんだ。「ならば、お願い、アッシュクロフト、早く奪って」

ダイアナはアッシュクロフトの顔に浮かぶ表情が変化したのに気づいた。端整な顔が険しくなった。引きしまった顎に力がこもるのが、手に伝わってきた。

秘した場所に口づけされずにすむとわかると、心底ほっとした。バーンリー卿から渡された本の中に、そういう行為が描かれているのを見たときの驚きは、いまでも忘れられない。獣じみたおぞましい行為に思えて、分別のある男性がそんなことをするとは信じられなかった。分別のある女性が求める行為であるはずがなかった。

何があってもそんなことはしないと、あらためて自分に言い聞かせた。それなのに、内にひそむ淫らな女の好奇心が頭をもたげるのを止められなかった。アッシュクロフトはその行為に嫌悪感を抱いていなかった。それどころか、興奮して、熱くなっているようだった。拒まれて、がっかりしたように見えた。

気づくと、アッシュクロフトの顔を探るように撫でていた。ひげに触れると、指がちくちくした。唇で指を止めると、アッシュクロフトが唇を開いて、息を吸った。指をかすめる温かな息に、なぜか切なくなるほどの親密感を抱いた。何度も口づけたせいで、その唇はかすかに腫れて、つやつやしている。指を横に滑らせて、くっきりした上唇をたどった。ふっくらとやわらかな下唇との境が際立っていた。

「あなたは風変わりな放蕩者だわ」

「きみは放蕩者を何人も知っているのかな、マダム？」

指に触れるアッシュクロフトの唇が動くと、その感覚が渦巻く熱となって全身に広がっていった。「そうね、ひとりかふたりぐらいは」

「放蕩者とはどんな男か決めつけるには、それでは足りないよ」

「痛い！」

信じられない！　嚙みつくなんて！　指に走る鋭い痛みをこらえながら、アッシュクロフトを睨みつけて、手を引っこめた。

アッシュクロフトが声をあげて笑うと、体をすりつけながら滑らかな動きで上に向かってきた。それ自体が愛撫だった。アッシュクロフトがわざとふたりの胸が重なるようにした。乳首に硬い胸毛が擦れると、思わず喘ぎそうになるのをどうにかこらえた。

「これが終わるまでに、もう一度きみに嚙みつくことにしよう」アッシュクロフトが深みのある声で冗談めかして言った。チェロのように低く心に響く声だった。

太もものあいだにアッシュクロフトの脚が割りこんできた。いきり立つものが、欲望で疼く場所のすぐ近くにあった。ダイアナは当惑して眉をしかめた。「あなたはズボンを穿《は》いたままだわ」

「それも作戦の一部だからね。こっちは自制心を失わずに、きみだけに激しい欲望を抱かせるんだ」

「激しい欲望ならもう抱いているわ」内心はそのとおりだったけれど、そっけない口調で応じた。すぐにでも奪ってもらえなければ、酩酊《めいてい》の神ディオニーソスを崇拝する奔放な巫女《みこ》も顔負けに、アッシュクロフトに飛びかかってしまうかもしれない。完璧な演技を続けるのはとっくのとうにあきらめていた。「それが唯一の目的なら、もうズボンを脱いでも安全よ」

アッシュクロフトが眉をあげて、いつもの皮肉っぽい笑みを浮かべた。「安全だって？　なんとも陳腐な表現だ」

「もしかして、あなたの男性としてのプライドを傷つけてしまったかしら？」

淫らな、そして、堂々とした動きで、アッシュクロフトが硬くなったものを秘した場所にこすりつけてきた。とたんに、止めようもなく全身がわななないた。「プライドならまだきちんと保っているよ」

「口で言うのは簡単ね。それがほんとうかどうかこの目で確かめてみなければ」落ち着いた口調で言った。アッシュクロフトをからかっていると、体まで燃えあがりそうなほどの興奮を覚えた。

「私は奉仕するためにこの世にいるんだ」目のまえにいる女を自滅させるつもりでいるアッシュクロフトはそう言うと、すばやく情熱的に唇を重ねてきた。このまま永遠に口づけていたい。ダイアナはその願いをこめて口づけに応じた。けれど、アッシュクロフトは体を転がして離れると、すっくと立ちあがった。

ダイアナはひとり取り残されたベッドの上で身じろぎもせずに横たわっていた。そうして、アッシュクロフトが二度ほどすばやく手を動かしただけで、靴とズボンを脱ぐのを見つめた。万一、この家に火がついたとしても、目をそらせないはずだった。口の中がからからに渇いて、脚のつけ根の疼きが強くなる。心臓が激しいダンスを踊っていた。

アッシュクロフトの背後の窓から夕暮れどきの陽の光が射しこんでいた。光に照らされたアッシュクロフトは、生身の男性ではなく、太陽神のようだった。ダイアナは気づくと、貪るように視線を下へ移して、ひときわ大きく突きでているものを見つめていた。これまでに経験したことのないわななきが、全身を駆けめぐる。枕にじわじわと身を沈めるしかなかった。

アッシュクロフトはあまりにも大きかった。その太さと長さは、想像をはるかに超えていた。馬車の中で体を奪われたときに、真っ二つに引き裂かれたように感じたのも不思議はなかった。いつのまにか、両手でシーツを握りしめていた。雄々しくいきり立つものに触れたくなるのをこらえているかのように。ウィリアムは若く、若さゆえの一途《いちず》さがあった。いっぽうで、アッシュクロフトはまぎれもなく成熟した大人の男性だった。

ダイアナは不安と興奮で喉が詰まりそうになりながらも、無理やりことばを絞りだした。

「ふたりで一緒にのぼりつめましょう」

9

アッシュクロフトはベッドに入ると、長い脚をダイアナの脚に絡ませて、のしかかった。血管を駆けめぐる欲望が華やかなファンファーレを奏でた。

たっぷり時間をかけてダイアナをじらして、馬車の中での粗野な行為を埋めあわせなければ——そう胸に誓ったはずなのに、欲望はあまりにも強烈だった。ダイアナがしがみついて、背中に爪を立ててきた。苦しげな息遣いと、体にぴたりと添うしなやかな体。そのすべてが、これ以上じらさないでと無言で伝えてきた。

ダイアナの脚のつけ根に手を滑りこませて、熱く濡れたひだを愛撫する。ダイアナが脚を開いて、低く切ない声を漏らした。

圧迫感を確かめながら、一本の指をゆっくり差しいれた。とたんに、ダイアナの秘した場所に力が入って、指を締めつけた。

もう一本指を入れる。

信じられない、これほど準備が整っているとは。馬車の中であんなことがあったのに……。今度もまた痛い思いをさせてしまうかもしれない。そんなことがあってはならないと、思わず腹に力がこもった。ダイアナが艶めかしい声を漏らして、催促するように両膝を立てた。アッシュクロフトは身を屈めて、小石のように硬くなった乳首を舐めた。とたんに、ダイアナの内側に力が入った。乳首を強くすすってから、指を引きぬいた。

ダイアナが恍惚とするほどのぼりつめるまでは、自制しなければ。頭をあげて、美しい顔を見つめた。そこには緊張と怯え、そして、欲望が表われていた。唇がかすかに開いて、小さな白い歯が覗いている。

ダイアナの小さく震える手が髪に差しこまれるのを感じた。その手からさらなる思いやりが伝わってきた。「奪って、お願い」低い声に全身の血が沸きたった。

アッシュクロフトは深くひとつ息を吸うと、秘した場所の入口に束の間留まってから、ゆっくりと、けれど、容赦なく押しいった。ダイアナが腰を浮かせて、背中にまわした手に力をこめる。背中に爪が食いこんだ。ダイアナが途切れがちな泣き声にも似た声を漏らしながら、息を吸った。アッシュクロフトも動きを止めて、苦しげに喘ぐしかなかった。

「止まらないで」背中に爪がさらに深く食いこむと、その痛みが欲望の炎に油を注いだ。

少しずつ腰をまえに突きだす。いきり立つものが締めつけられると、目の奥に朱色の花火があがった。ダイアナの体が侵入を拒んでいた。これではまた痛い思いをさせてしまう。

歯を食いしばって、自制してみせると自分自身に言い聞かせた。

ほんとうにそうできるのかは、自信がなかったけれど。

「だめだ、ダイアナ、息をするんだ」歯を食いしばったまま言った。いきり立つものをぴたりと包むダイアナの内側が脈打っているのがわかった。

ダイアナはもう何も聞こえなくなっているらしい。瞼が重くて開けていられないと言わんばかりに、うつろな目が半分閉じられていた。それでも、詰めていた息を吐きだした。長く、震えながらため息をつくように。背中にしがみついている手から力が抜けた。その一瞬を逃さずに、アッシュクロフトは突き進んだ。

自分のために作られたかのような美しい体に、いきり立つものをぴたりとおさめた。欲望を満たすためにさらに突き進まずにいるのは死ぬほど苦しかったが、それでも、どうにかその場に留まって、ダイアナが大きさに慣れるのを待った。束の間の恍惚感が拷問へと変わっていく。そのとき、ダイアナがかすかに体を動かした。

それだけで、全身に火花が散った。歯を食いしばる。ダイアナを完全に奪いたい——そんな叫びが耳の中でこだまして、あらゆる音を打ち消した。

ダイアナがわざと刺激するように腰を浮かせると、アッシュクロフトはその感触を堪能しながらいきり立つものをゆっくり引きぬいた。信じられないほど滑らかだとわかって、もう一度思いきり自分自身を押しこめた。

ダイアナは朝日を浴びた花のように甘く開いていた。熱を帯びた手でさきほどまで爪を立てていた背中をさすってから、その手を下に滑らせて腰にあてると、動いてと言わんばかりに艶めかしく手を動かした。

「お願い」ダイアナが官能に溺れながら、かすれた声で言った。

張りつめた束の間の静止のあとで、ふたり一緒に動きだした。アッシュクロフトにわかるのは、すべてを焼き尽くしそうなほど熱いダイアナの体だけだった。押しこめては引きぬく。その動きとダイアナの息遣いが共鳴した。

朦朧としながらも、ダイアナが恍惚の極みに達する瞬間が、手に取るようにわかった。ぶざまなほどあわてて、ダイアナの中心を手で探りあてる。そこを指で激しく愛撫しながら、いきり立つものを突きたてた。

「アッシュクロフト!」ダイアナの体が引きしまって、すべてを受けとめようとする。何もかも忘れて、闇の世界に身をゆだねてしまえと言わんばかりに。

それでも、アッシュクロフトは押しよせる官能の波に抗った。顎が痛くなるほど歯を食いしばって、必死に自制する。閉じた目の奥で真っ暗な闇が迫っては遠のいていく。永遠とも思えるほど長いあいだ、体の下でダイアナが身を震わせているのを感じながら、アッシュクロフトはひたすら身を固くしていた。

少しずつ波が引きはじめた。いきり立つものを引きぬいて、シーツの上に精を解き放つんだ……。ダイアナの中に留まっていたくてたまらなかったが、宿敵を相手にするように、その衝動と闘った。

「だめよ」ダイアナが小さな声で言うと、目を閉じて、背中に爪を立てた。ダイアナの顔は青白く、汗で光っていた。

「いや、そうしなければ」喉が締めつけられて、返事をするのもままならなかった。

「離れないで」ダイアナが靄のかかる目を開けて、見つめてきた。「わたしの中で果てて」

アッシュクロフトはもう筋道の通ったことなど考えられなかった。わかっているのは、ダイアナの中ですべてを解き放ってはならないということだけ。けっして破ってはならない鋼鉄のルールが、かろうじて残った意識の片隅で大きな叫びをあげていた。

「離してくれ」ダイアナが爪を立ててさらにしがみついてくると、アッシュクロフトは低くうなるように言った。

乱暴に体を引きはなして、身を翻すと、ベッドの上に倒れこんだ。ダイアナの悲痛な声が響いた。体がわななき、激しく喘ぐと、シーツの上に精を解き放った。

ダイアナの隣でぐったりと横たわり、アッシュクロフトは目を閉じた。息をするのも苦しかった。官能の崖っぷちから現実の世界に戻らなければ……。

ダイアナは無言でベッドに横たわって、荒れくるう脈を鎮めようとした。性の悦びに体はわななないていても、失敗の苦みは容赦なくこみあげてきた。

二度もしくじった。

錆びついた頭を無理やり働かせる。天井を見つめながら、勇気をかき集めた。

「わたしの乳母はジプシーだったの」不安と快楽の余韻で声がかすれていた。おかしなことに、たったいましたことよりも、それについて話すほうがはるかにむずかしかった。

枕の上で頭を動かして横を向くと、アッシュクロフトはまばたきもせずに翡翠色の目でこちらを見ていた。どう見ても疲れきって、ぐったりしているのに、その目はけだるい満足感で光っていた。

アッシュクロフトから返事がないと、ダイアナはあえて話を続けた。「乳母は身ごもらないようにする方法を知っていたわ」

アッシュクロフトがふいに真剣な表情を浮かべると、片肘をついて横向きになって見つめてきた。ダイアナは頭の片隅で、キスされるのを望んでいた。もしキスされたら、この話をするためにかき集めたなけなしの勇気が、泡と消えてしまうのはわかっていたけれど。

だめよ、いまはこの話を続けなければ。

アッシュクロフトに子種を渡すつもりがないなら、ベッドをともにする意味がなくなる。この情事を切りあげなければならなくなる。認めたくはなかったけれど、アッシュクロフトに二度と会えないと思うだけで胸が潰《つぶ》れそうだった。

そしてまた、失敗したことをバーンリー卿に伝えなければと思うとぞっとした。

アッシュクロフトが眉をひそめて、尋ねてきた。「どうかしたのかい？」

ダイアナは感情を顔に出さないようにして、そわそわと周囲に目をやると、アッシュクロフトが中で果てるようにするにはどうしたらいいか必死に考えた。どうしたら、女のほうからそんなことを頼めるの？

知らず知らずのうちに唇を舐めていた。本心を表わすそのしぐさに、アッシュクロフトの視線が揺らいだ。「なんとなく……ごまかされているような気がするの……あなたが果てないと……」

「私は果てたよ」アッシュクロフトの口調は落ち着いていた。ハイドパークでの散歩や天気のことを話すような口調だった。

「わたしの中では果てていないわ」囁くような弱々しい声で言うのがやっとだった。

「顔が赤くなってるよ」

「はっきり言うわ」ふいに勇気が湧いてきた。「あなたが最後の最後に出ていってしまうのがいやなの。そんなふうにされると、わざと……最高の瞬間を奪われたような気がするわ」

なだめるようなしぐさで、アッシュクロフトに頬をそっと叩かれた。「きみに私生児を産ませるわけにはいかないからね」

「でも、さっき言ったように――」

「わかってる、きみにはジプシーの秘薬があるんだろう」冷ややかな口調に、ダイアナは顔をしかめた。「悪いが、そんな秘薬など信じられない」

忌々しいことに、アッシュクロフトはさきほどの話をはなから信じていなかったのだ。だからと言って、責める気にはなれなかったけれど。「たとえ身ごもったとしても、わたしは……」

アッシュクロフトの顔から微笑が消えて、傲慢な表情が浮かんだ。世知に通じた横柄なアッシュクロフト伯爵がふたたび顔を出した。やさしく気遣ってくれた男性はもうどこにもいなかった。

「望まれない子供をこの世に送りだすようなことはけっしてしてはならない」アッシュクロフトが大きく真っ白な歯を食いしばって、ひとことひとことを絞りだすように言った。

ダイアナは思わず笑いそうになった。アッシュクロフトは大きな勘ちがいをしている。わたしが身ごもれば、その子はどんな子供よりも望まれてこの世に誕生するのだ。「もちろん、あなたのこれまでの愛人は……」

アッシュクロフトがさも不快そうにため息をつくと、体を転がして、ベッドをおりた。アッシュクロフトが隣にいないと寂しくてたまらない。ついそんなふうに思いそうになるのを我慢した。肉欲を貪る淫らな夢の世界に、これほど易々と迷いこんでしまうなんて。その世界から抜けだすにはもう手遅れかもしれない。そう思うと、不安でたまらなかった。アッシュクロフトに隣に横たわっていてほしいと願うのも、わずかに離れた場所から睨みつけられて落胆しているのも、すでに手遅れになっている証拠のような気がしてならなかった。

「マダム、男に向かって以前の愛人の話を持ちだすのは、究極の礼儀違反だよ」

そのことばが滑稽に聞こえてもいいはずだった。何しろ、アッシュクロフトは全裸でベッドの傍らに立って、右も左もわからない新兵を叱りとばす将軍のような口調で話しているのだから。けれど、こんな状況でも、長身の雄々しい体のせいで、威厳を漂わせていた。

それでも、ダイアナは引きさがらなかった。「これまでに私生児を産ませていないと、どうして言い切れるの？」

「注意を払ってきたからだ」アッシュクロフトがもう一度息を吸った。怒りをぶちまけまいと必死に努力しているのが伝わってきた。「きみさえよければ、鞘を使ってもかまわない」

バーンリー卿との話は不快だったけれど、その話から得た知識には感謝するしかなかった。だからこそ、アッシュクロフトが何を言わんとしているのかわかったのだから。邪なこの計画に加担してから、世の中の俗物的なことをいろいろと知った。その世の中が好きになれるかどうかはべつとして。

アッシュクロフトのいきり立つものに、縫いあわせたヒツジの腸をかぶせる——想像しただけでも、それほど不自然なことはないと思った。いずれにしても、鞘などつけたら身ごもれない。「わたしの秘薬はよく効くわ」

アッシュクロフトが眉をひそめた。「絶対に効くと言い切れる薬などないよ」

「でも、わたしは結婚していたときにも妊娠しなかったのよ」

アッシュクロフトがたくましい胸のまえで腕組みをした。「無礼を承知で言わせてもらうが、きみのご主人はとくに精力的とは言えなかったようだ」

ダイアナは寄りかかっていた枕からぱっと起きあがると、くしゃくしゃのシーツを引きよせて裸身を隠した。「夫は……精力的だったわ。わたしだって……」必死に冷静になって、できるだけ感情をこめずに言った。「短い結婚生活だったけれど」

「たぶん、そのせいで子供ができなかったんだろう。謎めいた魔法の薬とは関係ない」

「それでも、一年は結婚していたのよ。そのあいだに身ごもってもおかしくないわ」

そう、おかしくなかった。ウィリアムがこの世を去って、ひとりきりで取り残されると、心がばらばらになりそうだった。クランストン・アビーでの仕事がなければ、生きる意味も見いだせなかったはずだ。

もしウィリアムとのあいだに子供がいて、その子を育てていれば、これほどの孤独は感じなかったはず。もし子供がいたら、聖なる神とは正反対の老人に、魂を差しだしたりしなかったはず。

もし子供がいたら、わたしがここにいることはない。ここでこんなふうに、何も知らない男性を騙して、ほんとうは自分のものにする権利などない屋敷を手に入れようとはしていなかったにちがいない。

アッシュクロフトのことを完全に見誤っていた。バーンリー卿から話をもちかけられたときに、アッシュクロフトの真の姿を知っていたら、この計画にはけっして加担しなかったのに。世間知らずと言われてもしかたがないけれど、わたしは真実がまったく見えないわけではない。この情事がはじまってからというもの、アッシュクロフトがバーンリー卿のことばどおりの残忍で救いようのない女たらしではないという証拠をいくつも感じとってきた。それなのに、その事実に目を向けようとしなかった。アッシュクロフトは身勝手な快楽を得られさえすれば、情事のあとでわたしがどうなろうと気にもしないはず——無理やり自分にそう言い聞かせてきたのだ。

アッシュクロフトとベッドをともにする気力をかき立てるために、自分自身に嘘をついたのだ。そうやって、邪悪な行動を無理やり正当化したのだった。

けれど、たったいま交わした会話で、自分がどれほど穢れているか痛感させられた。そうして、吐き気がするほどの自己嫌悪を覚えた。自分の行動のすべてが、ひとつ残らず白日のもとにさらされた気分だった。けれど、アッシュクロフトを欺いているのがどれほど卑劣かわかっていながら、クランストン・アビーの魅力には抗えなかった。その領地が夢のすべてなのだ。そして、その夢をかなえるには、いましていることを続けるしかなかった。

アッシュクロフトが実は誠実だとわかっても、野望を捨てるわけにはいかない。身勝手な野望――子供を身ごもろうとしていること――をひた隠しにすれば、アッシュクロフトに迷惑がかかることはない。

それもまた、わたしが自分自身についている嘘なの？

罪悪感に身もだえしたくなっても、いまさらやめるわけにはいかなかった。すでにアッシュクロフトとベッドをともにして、バーンリー卿の思惑どおりのことをしているのだから。それでもやはり、話をすると、すべてが嘘くさく思える。アッシュクロフトもそれを感じているの？

「乳母の娘のローラは恋人を次々と変えているけれど、それでも、一度も妊娠していないわ」実の姉妹のように親しいローラを貶《おとし》めるようなことを言うなんて……。いまのことばをローラに聞かれたら、どれほど恨まれても文句は言えない。何しろ、ローラはまだ男性を知らないのだから。

アッシュクロフトが信じられないと言いたげな表情を浮かべた。ついさきほどこの腕の中で、激しい欲望を抱いて身をわななかせていた男性とは、まるで別人だった。そう思うと、ふいに不安になった。しつこく反論する女などわざわざ相手にする必要はないとアッシュクロフトは思っているの？　簡単に手に入って、うるさいことを言わない女ならいくらでもいると。

ついさきほどのベッドの上での行為を、アッシュクロフトがほかの女性とするかもしれないと思っただけで、胸が締めつけられるほど悔しくなった。その悔しさは、バーンリー卿に課せられた役目とはなんの関係もない。ダイアナ・キャリックという女と切望するその心の問題だった。

ダイアナ、大人になりなさい！　アッシュクロフトはこれまで星の数ほどの女性とベッドをともにしてきたのだから。これからだって、それ以上にたくさんの女性とベッドをともにするはず。アッシュクロフトにとって、わたしだけが特別なんてことはない。自分だけはほかの女性とはちがうなどと幻想を抱いたら、それこそ災難を招くことになる。

「父親のいない子供を持つのは重荷以外の何ものでもない。そんな重荷をわざわざ背負いたがる女などこの世にひとりもいないよ」

アッシュクロフトの深遠な思いがこもる口調が気になった。愛人をかばうために言っているのではなく、その裏に途方もなく大きな意味があるような気がしてならなかった。アッシュクロフトの心に深く刻まれた何かを感じさせた。

ことばにできないその感覚が、腹の中でクサリヘビのようにとぐろを巻いた。吐き気がこみあげて、舌を刺す苦みを感じながら、目のまえにいる男性についた数々の嘘を思った。

嘘をつかれようがアッシュクロフトは気にもしないはず。そう自分に言い聞かせながらも、手が痛くなるほどシーツを握りしめた。そのことばを頭の中でくり返せばくり返すほど、どんどん信じられなくなっていく。たったいま交わした会話で、アッシュクロフトが嘘をどれほど気にするかがわかった。

「アッシュクロフト卿」冷静に言おうとしたのに、声が震えていては台無しだった。「身ごもることについてはよく考えて、きちんと対策を練ってきたのよ。わたしは性の経験を積むためにあなたを訪ねた。それなのに、これまでのところ失望させられてばかりだわ」

相手を怒らせようと、わざと挑発的なことを言ったのに、アッシュクロフトはすべてお見通しだと言わんばかりに眉をあげた。「ずいぶんひどいことをずけずけと言うんだな」

本心を表わすように顔がかっと熱くなった。なんて忌々しいの。体を奪われるたびに恍惚の極みに達しているのを、アッシュクロフトはもちろん気づいているのだ。気づかないわけがない。「わたしの望みを、あなたはちっともわかっていないわ」ぴしゃりと言った。

「言っておくが、子種をきみの中に放ったところで、性の悦びが増すわけじゃない」

アッシュクロフトの下品な物言いを耳にして、一瞬、呆気《あっけ》に取られた。とはいえ、挑発されたから、アッシュクロフトはわざと下品なことばを使ったのだろう。彫像となったギリシア神にも引けをとらないほど麗しい姿で、アッシュクロフトがゆっくり歩みよってきたかと思うと、ベッドの支柱に寄りかかった。全裸なのだから少しぐらいおずおずとしてもいいはずなのに、どこまでも落ち着きはらっていた。

止めようもなく、視線が下へと向かった。たくましく広い胸と腹、そして、黒く縮れた毛、そこから堂々と突きでているものへと。それが早くも大きく硬くなっているのがわかって、息を吞んだ。

これ以上頰が熱くなったら、燃えあがってしまう。不安でたまらず、視線を左に動かした。アッシュクロフトの尻の外側に、小さな黒っぽい染みが見えた。そんなものがあるのにいまのいままで気づかなかった。たくましい裸身を目の当たりにしたときに、どれほど圧倒されたかを考えれば、気づかなかったのも不思議はないけれど。

傷跡なの？　生まれつきの痣？　それとも、タトゥー？

「きみを驚かせてしまったらしいな」

好奇心をかき立てる黒っぽい染みから無理やり視線を離して、端整な顔を見た。口元に幻想めいた笑みが漂っていた。

「そうね」あえて本心を口にした。洗練された女を演じようとしてきたけれど、このゲームに勝てる見込みはなさそうだった。そのことに、アッシュクロフトも気づいているはずだった。「わたしは頭のてっぺんからつま先まで田舎のネズミですもの。だからこそ、いま、ここにいるのよ。あなたのやりかたに慣れてみせるわ」

アッシュクロフトのやりかたに慣れるよりさきに、お払い箱にならないことを祈るしかなかった。ロンドンに来るときには、従順で協力的で敏感な愛人を演じてみせると胸に誓った。

けれど、欲望にすっかり翻弄されて、真の自分を隠しとおせなかった。体を奪われても、男性と一定の距離を保っていられるなんて、なぜ自信満々でいられたの？　体が親密な関係になれば、心も親密になるに決まっているのに。たとえ、そんなことを望んでいなかったとしても。

　アッシュクロフトの長身の体から力が抜けて、顔に悲しげな笑みが浮かんだ。ダイアナは不必要な思いやりを感じとって、心臓がびくんと跳ねた。「この腕の中できみは女神だった。だから、きみが経験に乏しいことをすっかり忘れてしまったんだ」

　ダイアナは驚いて、美しい彫刻が施されたベッドのヘッドボードにもたれながら身を縮めた。その拍子にシーツが滑って、乳房があらわになった。「それは……」

　頭の中からことばがひとつ残らず消えていった。女神ですって？　このわたしが？　まさか本気でそんなことを言っているはずがない。アッシュクロフトは女を口説《くど》くことにかけては達人なのだ。そのために使う武器庫には、甘いことばがぎっしり詰まっているにちがいない。

　いま耳にしたことばを鵜呑みにしてはだめ。自分をいさめながらも、アッシュクロフトの浅黒い顔を探るように見ずにいられなかった。アッシュクロフトの目は揺るぎなく、見まちがいようのない賞賛の念で輝いていた。

　その視線が乳房に移った。興味を抱いたように緑色の目が光るのがわかった。また頬が熱くなって、ダイアナはシーツをぐいと引っぱりあげた。そんな行動がいかに滑稽に見えるかはよくわかっていた。何しろ、アッシュクロフトにはすべてを見られてしまったのだから。体の隅々までさわられたのだから。

何も言えずに黙ったままでいると、アッシュクロフトが声をあげて笑った。「今度こそ、きみを心底驚かせてしまったらしい」

「そんなことないわ」まばたきをして、ダイアナ・キャリックのような女が女神と呼ばれる未知の世界を理解しようとした。ターキン・ヴァレのように誰よりも雄々しい男性が、ダイアナ・キャリックを魅力的だと感じるこの世界を。「いえ、ほんとうはそのとおり」

アッシュクロフトにおだてられて、頭に血がのぼってしまうなんて……。シーツをさらに強く握りしめた。泣き叫びたいほどの無力感が押しよせてきた。アッシュクロフトに対してはもちろんのこと、自分自身や、言うことを聞かない体の反応にも、自分がどれほど無力かを思い知らされた。さらには、良心の痛みを必死に無視しようとしているのに、その痛みがけっして和らがないことも。「最後の瞬間に……引きぬくのが楽しいはずがないもの」

アッシュクロフトの顔に浮かんでいたとらえどころのない笑みが薄れていった。「私にはてなし子をこの世に送りだして、責め苦を追わせる趣味はない」

気づくと、手のひらを上に向けて、アッシュクロフトに差しのべていた。たったいま耳にした厳めしいことばの裏に、胸が締めつけられるほどの切なさを感じたからだった。アッシュクロフトはほんとうは女の中に精を解き放ちたくてたまらないのだ。そのことに、わたしはなぜ気づかなかったの？　アッシュクロフトが苦しげに荒々しく引きぬいたときに。

わたしの目的は明確だ。それはもう不快なほど……。目的を果たすためには、アッシュクロフトの強固な意志を打ち砕かなければならない。

予想に反して、それはどうしようもなく困難だった。

バーンリー卿も、上流社会の人々も、マーシャムからやってきた貞淑なキャリック夫人も、誰もがアッシュクロフトのことを見くびっていた。

自分で自分のことばをねじ曲げて、わざわざ誤った方向を見ていた。それを痛感して、身が縮んだ。「命にかけて約束するわ。わたしたちのあいだに望まない子供が生まれることはないと」

アッシュクロフトに手を取られて、ベッドへいざなわれた。ダイアナはあいているほうの手を、いつのまにかアッシュクロフトの腰にまわしていた。わたしはこの闘いに勝ったの？それはわからない。尋ねるわけにもいかなかった。これ以上、いまの話題を続けたら、疑われるに決まっていた。

アッシュクロフトが屈しなかったら？　そうしたら、わたしはどうなるの？

「これはなんなの？」何気なく尋ねながら、さきほど気づいたアッシュクロフトの尻にある小さな黒い染みに触れた。近くで見ると、その形が何かに似ている気がして、それをたどるように指を動かした。

アッシュクロフトがちらりと自分の尻に目をやって、肩をすくめた。「生まれつきの痣だ」

「木の形をしているのね」冗談交じりに、人差し指で葉っぱとその下の太く短い幹を囲うように円を描いた。

「なぜ笑っているんだい？」

ダイアナは顔をあげた。アッシュクロフトの体の痣まで知っているなんて、いかに親密で特別な関係かを表わしているような気がした。といっても、そんなふうに考えるのが滑稽なのはわかっているけれど。アッシュクロフトには数えきれないほどの愛人がいた。愛人なら誰もが、引きしまった尻のわきにある痣を見たに決まっているのだから。

こんなに甘く切ない思いをわたしが抱いているのを知ったら、アッシュクロフトは地の果てまでも逃げていってしまうはず。愚かで、人にはけっして理解されない危険な思いなのだから。そんなことを考えながらも、笑みを浮かべずにいられなかった。果てしなく興味をかき立てられる場所に、目が吸いよせられた。

どうしても興味を抱かずにはいられない場所に。

「これから起きることが楽しみでしかたないのよ」

「きみはどこまで大胆なんだ？」アッシュクロフトがつぶやきながら、身を乗りだして、唇に軽くキスをしてきた。アッシュクロフトが身を引くと、ダイアナは唇に舌を這わせて、魅惑的な味を楽しんだ。

アッシュクロフトの手を唇に持っていき、その手のひらに口づけた。塩っぽく芳《かぐわ》しい味を唇に感じた。その手から立ちのぼるジャコウの香りが自分のものだと気づいてはっとした。秘した場所に触れたアッシュクロフトの手には、その香りがまとわりついていた。

本能のおもむくままに行動した。アッシュクロフトの指に一本一本舌を這わせた。アッシュクロフトの息遣いの変化が嬉しかった。じらすようにゆっくりと、長い中指をくわえて、すすった。

「ダイアナ……」アッシュクロフトが苦しげにうなって、身を寄せてきた。

　男らしい匂いに包まれた。爽やかな汗、ベッドでの交わりあい、体の奥から立ちのぼる雄々しい香り。その香りは人でごった返す舞踏会場でもアッシュクロフトのものだとわかるほど濃厚で、どこまでも魅惑的だった。

　ためらいがちに指を舐めたのに、それがアッシュクロフトの欲望をかき立てたとわかると、ダイアナはいよいよ大胆になった。アッシュクロフトの腰にあてていた手を滑らせて、股間のずっしりした丸みを手のひらで包んだ。

「やめてくれ……」指を強くすすりながら、股間にあるものの根元から先端まで手を這わせると、アッシュクロフトが震えながら身をこわばらせた。手に触れているものは、オークの枝をサテンの布でおおったような手ざわりだった。鋼鉄のように硬く、炎のように熱かった。どこまでもやさしく、その先端に指で円を描く。真珠にも似た滴《しずく》が染みだして、ためらいがちな指の動きが滑らかになった。

　アッシュクロフトが腰を突きだして、さらに求めてくる。緊迫して血の気が引いた顔の中で、目だけが燃えるエメラルドの光を放っていた。ほっそりした頰の片側が小刻みに震えて、口元は花崗岩のように引きしまっていた。

長く硬いものを握って、ゆっくりと上下に動かした。アッシュクロフトがうめいて、手をつかんできたかと思うと、動きを直された。男を官能の世界へと駆りたてるリズムを、ダイアナはすぐさま憶えた。

アッシュクロフトが目を閉じて、鼻から息を大きく吸いこんだ。互いの欲望が混じりあい、全身に熱い震えが駆けぬける。ダイアナはいま触れている場所に口づけたくてたまらなくなった。そんなことを願うとは思ってもいなかった。ほんの少しまえまでは、そんなことを考えただけでぞっとしたはずなのに。

うなりながら、アッシュクロフトが手を握ってくると、股間から引き離した。たくましい胸が上下して、呼吸が乱れていた。震えるほど切羽詰まったアッシュクロフトに、ベッドに押し倒されて、のしかかられる。唇が重なると、アッシュクロフトは口を大きく開いて焼けるようなキスをした。その口づけに同じだけの情熱で応じながら、真紅の闇にすべてをゆだねた。

脚のあいだに入ってきたアッシュクロフトを離すまいと、引きしまった腰を太ももで締めつける。ぐいと引きよせられて、ふたりの体がぴたりと合わさった。息もろくに吸えないいま、貫かれるのを覚悟した。けれど、アッシュクロフトはその場で動きを止めた。いきり立つものが濡れたひだを愛撫する。まもなく体がわななないて、息が詰まるほどの快感がこみあげてきた。

永遠に続くかのような口づけに情熱的に応じた。そうやって、じらすのはやめてと無言で訴えた。「来て。いますぐに」いつのまにか、そんなことばを囁いていた。

「ああ、もちろんだ」アッシュクロフトが喉の奥から長く低いうめきを漏らしたかと思うと、容赦なく押しいってきた。

ダイアナは滴るほどに濡れて、魅惑的な充足感に包まれた。とぎれとぎれに息を吸って、アッシュクロフトの腰のうしろで足首を交差させる。いきり立つものの角度が変わると、新たな感覚の波が押しよせて、愉悦の喘ぎを漏らさずにいられなかった。

アッシュクロフトが動きだした。嵐の海のように激しく、荒々しく。瞼を開けると、目のまえにそびえるようなアッシュクロフトが見えた。その光景が頭に焼きついていく。強烈な欲望に支配されたアッシュクロフトの顔は真剣そのものだった。痛みに堪えるかのように、口が引きむすばれている。首の筋がぴんと張って、肌に汗がにじんでいた。

その姿は自制の極限を超えようとしている男性そのものだった。

ダイアナは目を閉じて、背をそらし、激しい突きを受けとめた。幾度となく突かれた。アッシュクロフトは欲望にわれを忘れていた。

目のまえが炎に包まれた。まばゆい金色の炎に。太陽に向かってまっさかさまに落ちていくかのよう……。四方から稲妻に貫かれては、身もだえせずにいられなかった。激しい絶頂感の向こうで、アッシュクロフトの深く苦しげな声が響いた。

同時に、体の中に熱い液体がほとばしった。

10

激しい恍惚感にわれを忘れて、アッシュクロフトはダイアナの中にすべてを解き放った。はじめて経験する解放感のせいで、抑えが利かなかった。真っ青な海にまっさかさまに飛びこむがごとくすべてを解き放った。堪えられずに目を閉じて、押しては引いていく波に水平線のかなたへと運び去られる。まばゆい光と空しかない場所へ。

最後の波を感じて、岸に打ちあげられた。気づくと暗さを増した部屋の中で、贅沢で大きなベッドの上に横たわっていた。ダイアナの隣で手足を投げだして、甘いリンゴの香りのやわらかな金色の髪に顔を埋めていた。

動けなかった。疲れ果てて、生まれてはじめての果てしない満足感を味わっていた。

ダイアナのやわらかく不規則な息遣いを感じた。満たされた女の香りで五感がいっぱいになる。背中にまわされたダイアナの腕と、腰に絡みつく華奢な長い脚を感じた。愚か者と言われようと、ダイアナの体から伝わってくる愛を感じずにいられなかった。

どうしたんだ？　なんてことだ。まさかこんなことになるとは。最後の最後に引きぬかなかったとは。

たったいましでかしたことが、滴る氷水となって麻痺した頭に染みこんできた。頼む、妊娠などしないでくれ。この至上の喜びが大きな災難に変わることがあってはならない。

けれど、いまさら何をしても手遅れだった。おまけに、これほど動揺しながらも、ダイアナの腕の中ですべてを忘れて燃えつきたひとときを、後悔する気にはなれなかった。

いつものように、引きぬくつもりでいたのだ。けれど、激烈な恍惚感の中で、思考は体に支配されてしまった。これまで女と一緒にいて自分を見失ったことなど一度もなかったのに、ダイアナと一緒だと、これまでとはまるでちがう新たな経験の連続だった。数えきれないほどの女と遊んできた放蕩者が、貞淑な未亡人に官能の世界の新たな扉に導かれるとは、これほどの皮肉はなかった。

たしかに、ダイアナの中にすべてを解き放ちたくてうずうずしていた。そして、あろうことかそのとおりのことをした。愚かだと知りながらも、ダイアナの体を精でたっぷり満たして、すべてをわがものにしたと宣言した。まさかこれほど原始的な欲望を、たったひとりの女に抱くとは思ってもいなかった。

となれば、当然、後悔するはずだった。けれど、内にひそむ野蛮な男としての本性が、後悔を許さなかった。

すべてをダイアナの中に解き放つ快感は絶美だった。頂までのぼりつめたふたりのあいだには、どんな障害もなかった。この世のすべてを創造するために結びついた男と女。タークィンとダイアナ。ふたりは完全にひとつになった。

これほどの親密さを愛人に感じたことなどなかった。体の下で裸で横たわっている女と、これほどたしかに結びついたと思えたのははじめてだった。

裸で、ぐったりしている女と。

「きみを押しつぶしてしまいそうだ」ダイアナの艶やかな髪に顔を埋めているせいで、声がくぐもっていた。けれど、声がかすれているのは、こみあげてくる感情のせいだった。

これこそ人生を一変させるほど深い意味を持つ出来事だ。そんな感覚を頭から拭い去れなかった。数ある情事の中でほんのひと握りしかない、記憶に残る出来事。ダイアナはこの胸に刻印を押した。その刻印はこれからどれほどの女と情事を重ねても、けっして消えはしない。消えてほしいと心から願ったとしても。

男女の交わりあいに、これほど強い感情を抱いたのはいつ以来だろう？　この午後の出来事に、心の楯は粉々に砕け散った。今日の今日まで、誰に対しても無防備になってはならないと心がけてきたのに。それなのに、ダイアナとほんの数日ともに過ごしただけで、何もかもが一変してしまった。甘く情熱的なダイアナがふいに姿を消そうものなら、立ち直れないほどの痛手を負うはずだった。

さきほどの恍惚感の代償として、私生児ができないことを天に祈るしかなかった。

「わたしは……」ダイアナが言いかけて咳払いした。そうしなければ話を続けられないらしい。「わたしは気にしていないわ」

そのことばが、さきほどの出来事を指しているとわかるぐらいには、頭ははっきりしていた。「きみの中で果ててしまった」

ダイアナの震える手を額に感じた。乱れた髪がうしろに撫でつけられた。「そうね」どういうわけか、口調に動揺はにじみでていなかった。ダイアナに触れられるのは心地よかったが、それでも、目を閉じて、いまこのときにふさわしい嫌悪感を呼びおこそうとした。もしかしたら、望まない子供をこの世に送りだしてしまうかもしれないのだ。それだけはしないと胸に誓ってきたのに。

けれど、無分別な行動が招く災難など、はるかかなたの非現実的なことにしか感じられなかった。いまここにある現実は、体の下に美しい女が横たわっていることだけ。その女が究極の交わりあいのあとで、明るく穏やかな表情を浮かべていることだけだった。「心配しないで。「ジプシーの秘薬は効果があるの、ほんとうよ」ダイアナが静かに言った。「それに……」ダイアナが官能の名残を感じさせるため息をついた。「たったいま経験したことは……すばらしいわ」

そのとおり。すばらしい。最上の無数の交わりあいよりはるかに価値がある。まだ起きてもいない災難を心配して、いまこのときを台無しにするのはもったいない。

アッシュクロフトは流れに身をゆだねた。体はまだダイアナとつながっていた。情熱とぬくもりに満ちた金色の繭《まゆ》の中にいるかのようだ。非情な現実とは無縁の世界に。

こんなふうに思えるのは、まちがいなく、最高の性の悦びを味わったせいだ。

肘をついて上体を起こして、ダイアナを見つめた。ダイアナがすっかり満たされているのがわかった。あれだけの恍惚感を抱けば、それも当然だった。豊かな金色の髪が顔のまわりでもつれていた。口づけのせいで唇が赤く色づいている。激しく口づけた首に赤い痣ができていた。

野蛮だとわかっていても、ダイアナに自分のしるしをつけたのが嬉しかった。
信じられない。支配欲など持ちあわせていないはずなのに。そんな感情を抱いたことは、これまで一度もなかった。それでいて、自分以外の男がダイアナに触れると想像するだけで、怒りがこみあげるほど許しがたく思えるとは。

ダイアナが動くと、新たな欲望が全身に押しよせた。これではまるで獣だ。信じられないことに、ダイアナをもう一度奪う準備は整っていた。

ダイアナは官能のあとの倦怠《けんたい》の海を漂いながらも、痛みを感じているにちがいない。アッシュクロフトは自分の股間にあるものがいかに大きいかはよくわかっていた。それを、容赦なく突きたてたのだ。

もう一度奪うのは、しばらく経ってからにしなければ。

少なくとも、食事をして、ワインを一杯ぐらい飲んでからにしなくては。とはいえ、そのためにはダイアナから出なければならない。そうなれば、不可思議で心地いい静寂が壊れてしまうはずだった。

部屋は黄昏《たそがれ》の光で満ちていた。先週、友人と会ったときに、今夜のオペラに行く約束をした。けれど、もうどこにも行く気になれなかった。聴く価値のある音楽はすべて、ここにあるのだから。「冷えたシャンパンを飲もう」

満たされたため息とともに、アッシュクロフトはダイアナから自分自身を引きぬいて、体を転がして仰向けになると、天井を見あげた。頭の中にこの午後のさまざまな愉楽が次々に浮かんできた。

ダイアナが起きあがると、ベッドがかすかに揺れた。豊かな乳房も魅惑的に揺れている。これほど麗しいものがこの世にあるのか？　張りのある真っ白な乳房は見とれるほどだった。それなのに、それをたっぷり味わいもせずに果ててしまうとは。次はなんとしても味わわなければ。その思いに賛同するように、股間にあるものがぴくりと撥ねた。

「もう……帰らなければならないわ」ダイアナがおずおずと言った。

アッシュクロフトの晴れやかな気分が消し飛んだ。すばやく頭をめぐらせて、ダイアナの顔に浮かぶ思いを読みとろうとした。

ダイアナは見るからに落ち着かないようすだった。情火に燃えたこの午後でいまがいちばん落ち着かない気分でいるらしい。とたんに好奇心が頭をもたげた。同時に、警戒心も。一瞬、目が合ったのに、ダイアナはすぐに目をそらして、白いシーツを握りしめている手に視線を落とした。

ずいぶん緊張しているらしい。いや、罪悪感も抱いているようだ。

なぜなんだ？

「帰らなければならないのか？」感情をこめずに尋ねながらも、ダイアナが心に壁を築いたのを感じて、苛立った。

　あわててうなずくようすから、嘘をついているのがわかった。「ええ、そうなの」

「行かないでくれ」ダイアナの気持ちをなだめようと、手を差しのべた。「一緒に食事をしよう。話をしよう。それに、風呂を用意するという約束もまだ果たしていない」

　この夜がどんなふうに終わるかはあえて口にしなかった。もう一度ベッドをともにすることになるのは、お互いにわかっているのだから。いや、一度だけでなく、何度もそうなるはずだ。ダイアナが相手であれば、そうなるに決まっている。これほどひとりの女を欲するのははじめてだった。

　ダイアナの手が震えていた。目が合うと、その瞳が悲しみで翳っていた。嘘だろう？　いまにも泣きそうになっているとは。いったい、どうしたんだ？

　疑念がヘビのようにするりと腹の中に入りこみ、ダイアナの魅力に二度と屈してはならないと警告の声が響いた。といっても、ふたりの結びつきをいまさら断てるはずがない。ダイアナのせいで破滅するとわかっていてもどうしようもない。性の悦びと対《つい》になった破滅は、麻薬のように危険で、簡単には断ち切れなかった。

「いいえ……帰らなくては」ダイアナが首を横に振って、目を伏せた。金色の波打つ髪が裸の肩からシーツへと滑りおちた。ここまで裸身をさらしながらも、慎み深い女でいようとダイアナが握りしめているシーツへと。

　そうだ、ほんとうは慎み深い女性なのだ。あれほど乱れたのは、抗いようのない欲望を抱いたからだ。欲望に屈したからこそ、たっぷり満たされたのだ。慎み深いダイアナと、激しい欲望に突き動かされるダイアナ。その差に胸躍らせているとは、自分はなんと野蛮な男なのか……。

ダイアナがちらりと視線を送ってきて、すぐに目をそらした。「お願い……服を着て」ことあるごとに恥ずかしそうに頬を染めているのに、ダイアナはなぜ、世知に通じた女を演じようとしているんだ？　アッシュクロフトはダイアナのことばを無視して、ベッドの上から動こうとしなかった。裸の体に視線を感じると、にやりとしたくなった。ダイアナは欲望を抱いている。ふたりのあいだに距離を置こうと、どれほど努力しても無駄だった。

アッシュクロフトは上体をさらに起こして、片手をダイアナのうなじに滑りこませた。温かくやわらかな髪が指をくすぐった。「一緒にいてくれ」

「いまはだめなの……」おずおずと言ったものの、ダイアナは身をよじって逃れようとはしなかった。

ことばでは拒んでいても、体はまぎれもなく〝イエス〟と言っていた。ダイアナの唇の際に口づけると、その唇が無言で誘うように開いた。

片方の手を下へ滑らせて、シーツをそっと引っぱって、ダイアナの手から離させた。一本の指で硬くなった乳首をなぞった。

頭を下げて、しっかり口づける。唇が重なると、かすかな熱と湿り気を感じた。けれど、ダイアナがすぐに唇を離した。

またもや頭の中で警鐘が鳴り響いた。なぜ、ダイアナは魔女のように気まぐれなんだ？甘美で豊かな乳房と長く細い脚があらわになるのもかまわずに、ダイアナはあわててベッドから出た。悔しいことに、またシーツを握りしめていた。純白のシーツで体を包むと、顔をまっすぐにあげた。これまでに幾度となく目にしてきた挑発的な態度だった。

「帰らなければならないの。それに……」ダイアナが口をつぐんで、唾を飲みこんだ。本心を明かすようにまた頰が赤く染まる。それでも、不明瞭な口調で話を続けた。「思いがけないことばかりだわ」

アッシュクロフトはそのことばが気に入った。胸躍るほど気に入った。荒れくるう感情に流されているのが、自分ひとりではないとわかったのも気に入った。「では、明日また会おう」

「伝言を送ります」

ダイアナの返事は、その体にもう一度触れられるまでに間があくことを、暗ににおわせていた。

「長く待たせないでくれ。もう一度きみがほしい。あろうことか、いますぐにでもほしくてたまらない」

懇願する口調になった。なんてことだ、しつこく迫ってくる女を相手にしたことなどないのに。これまでは、どうにかして気を引こうとちょっかいをかけてくる女に、辟易しながら生きてきたのだ。

だが、そういう女たちは、ダイアナとはちがった。

ダイアナに対する不合理な執着を断ち切るまでは、ほかの女とベッドをともにしても、どんな意味も見いだせないにちがいない。

ダイアナの視線が揺れて、股間に向けられたかと思うと、すぐにもとの場所に戻った。言うことを聞かない体がまた硬くなる。視線を感じただけで、ダイアナをベッドに押し倒したくなる。そんな衝動に駆られる自分が情けなかった。「嘘じゃないわ、わたしも……もう一度同じことがしたい」

「それはよかった」アッシュクロフトはきっぱり言った。けれど、内心では懇願したくてたまらなかった。ここにいてほしい、出ていかないでくれと。そんな女々《めめ》しい衝動を振りきって、くるりと踵《きびす》を返すと、バスルームに通じる扉へ向かった。「ただし、待ちぼうけは食わせないでくれよ」

ダイアナはぼうっとしたままチェルシーに戻った。怖気づいて、アッシュクロフトがバスルームにいるあいだに、ペリグリン卿の豪邸からこっそり逃げだしたのだ。階段の踊り場に怒れる裸の男が現われて、盗人のようにこっそり抜けだすとは何事だと怒鳴られるかもしれないと、ひやひやしたけれど、実際にはそんなことは起こらなかった。

一緒にいてほしいという望みを、わたしが頑《かたく》なに拒んだせいで、アッシュクロフトはへそを曲げてしまったの？　けれど、あれほど張りつめた時間をともに過ごしたからには、ふたりのあいだにはちょっとした怒り以上の強い感情が存在するはずだった。

別れの挨拶もせずにこっそり逃げだすなんて、わたしはなんて卑屈なの？　これではまるで、好みでない客からこそこそ逃げまわる娼婦のよう。男性に利用されて生きている女になった気分だった。

といっても、アッシュクロフトを利用したのは、わたしのほう……。

それに、アッシュクロフトのことが好みに合わないとは、口が裂けても言えない。

だからこそ、思いがけず変化していく世界が崩れ落ちて、押しつぶされるまえに、あわてて逃げだしたのだった。嘘をつくのは性に合わない。すべてを包みこんで楽園へ導いてくれる男性に嘘をつくのが、いよいよ苦しくなっていた。

わたしはもう破滅したも同然。貞淑なふりなど二度とできない。夫でない男性に体を差しだしたのだから。さらに悪いのは、その行為にとてつもない悦びを抱いたこと。八年ものあいだ忘れていた体の疼きを思いだした。ウィリアムはどれほど欲望を抱いても、あんなふうに激しく奪ってはくれなかったけれど。

だからこそ、ひとりになる時間が必要だった。自分が何をしているのか、なんのためにこんなことをしているのかを、あらためて胸に刻みつけるための時間が。

クランストン・アビーの女主人になるという千載一遇《せんざいいちぐう》のチャンスが転がりこんできた。これまで抱いてきたあらゆる夢を、夢見てはならないと自分を戒《いまし》めてきた夢をかなえるチャンスを得たのだ。

それなのに、アッシュクロフトに抱かれて、目もくらむ快感に酔ったひとときを思うと、クランストン・アビーが色褪せて見える。軽蔑しか感じないはずだった男性が、ときを追うごとにどんどん魅力的に思えてくるなんて。

チェルシーに戻ると、こそ泥のように裏庭を通って静かに家に入った。人目につかない裏口から家に入るのは、もう慣れっこだった。策略は細胞のように勝手に増殖して、触れるものすべてを汚しているかのようだった。

ローラが質問と非難を胸に、待ちかまえているのはわかっていた。策略に加担してはならないと、ローラははじめから反対していたのだから。何が手に入るとしても、計り知れないほどの代償を払うことになると、ローラから何度も言われていた。

今日の出来事を考えれば、そのとおりかもしれない。

わたしは秘密や嘘が苦手。なんの感情も抱かずに、体だけを男性に差しだせるはずがない。生まれながらに卑劣な人間のように、良心の呵責《かしゃく》など微塵も抱かずに、善良な男性を踏みにじれるはずがなかった。

そもそも、はかりごとには不向きなのだ。

「何もかも嘘ばかり……」ダイアナはつぶやきながら、扉を押しあけた。

「何をぶつぶつ言っているの？」すぐそばの暗がりで、ローラの声がした。

ダイアナははっとして、あとずさった。ローラがいるとは思いもしなかった。けれど、ローラのほうは、家の明かりに照らされたダイアナが見えていたのだ。「そこで何をしているの?」思わず強い口調で尋ねた。

がらんとした裏口にローラが現われた。「バーンリー卿が会いたいそうよ」

ダイアナは顔をしかめながら、ローラのあとをついていった。「ロンドンに来てるの?」

「いいえ。マーシャムにいるわ」

「でも、もう遅いわ」

「閣下のことはよく知っているでしょう。あの方は何かを欲したら、待ったなしよ」ダイアナをさきに通そうと、ローラが一歩下がった。とたんに、ローラの顔にまぎれもない動揺が浮かんだ。「その格好は……」

ダイアナは頬を染めて、震える腕を胸のまえで交差させた。そうしたところで、コルセットをつけていないのも、ドレスのボタンがきちんと留まっていないのも隠せなかった。

長年かけて身につけた処世術を発揮して、ダイアナは現実的なことに目を向けた。「こんな姿でマーシャムへ帰れないわ。誰がバーンリー卿からの伝言を持ってきたの?」

「フレデリックスよ」

フレデリックスはとりわけ有能な召使と言ってもいい。主人に忠誠を尽くして、言われたことはなんでもするのだから。要するに、バーンリー卿の裏の仕事を一手に引きうけている大男の殺し屋だった。「フレデリックスを長いこと待たせてしまったのかしら?」

乱れた服装について、如才《じょさい》ないローラがそれ以上何も言わないとわかるとほっとした。

「一時間。いいえ、もしかしたら、もう少し」

「どこで待っているの？」ボンネットを脱ぐと、髪が顔のまわりにこぼれ落ちた。それもまた、その日の午後に何をして過ごしたかを物語っていた。

「下の厨房《ちゅうぼう》よ。食事を出したの」

ダイアナはしわだらけのスカートを軽く引きあげると、いそぎ足で裏の階段へ向かった。

「着替えてくるわ」

「手伝いがほしい？」

いま、欲しているのは、時間を気にせずのんびり湯につかって、ひと晩ぐっすり眠ることだった。それに、良心の呵責の叫び声を聞かずに過ごせる数時間。いいえ、ほんとうに欲しているのは、ひと月まえの自分に戻ること。誰も傷つかない些細な罪をひとつ犯しただけで、ほしくてたまらないものが手に入ると、悪魔に囁かれるまえの自分に戻りたかった。

些細な罪をひとつ犯したせいで、わたしは破滅しようとしている……。

「いいえ、ひとりで大丈夫」かすれた声で応じた。

いまにも涙があふれそうになっているなんてお笑い種だ。今日の午後の出来事があったからこそ、夢に手が届くかもしれないのに。そうよ、冷静にならなければ。アッシュクロフトと結ばれた甘い痛みを、いつまでも思いかえしていてはだめ。

階段を上がろうとすると、ローラに腕をつかまれて、小声で尋ねられた。「まさか乱暴されたわけではないのよね？」

「とんでもない」

バーンリー卿から策略を持ちかけられたと打ち明けて以来、ローラは想像もしていなかったような危険をあれこれ並べあげた。アッシュクロフトに暴力をふるわれるかもしれないというのも、そのひとつだった。けれど、実際こうなってみると、やさしく気遣われるほうが辛かった。愛人に性の悦びを与えるために、自身の欲望を抑制するなんてことはしてほしくなかった。アッシュクロフトを嫌う理由がなくなってしまうのだから。

わたしはアッシュクロフトを傷つけるようなことは何もしていない。

心の中で何度そのことばをくり返そうと、良心が悲痛な叫びをあげていては、それが事実だとは思えなかった。アッシュクロフトと会うまでは、何をしたところでろくでなしの放蕩者が傷つくはずがないと思った。けれど、アッシュクロフトの雄々しい香りを吸って、艶やかな肌に触れ、無数の星がきらめく官能の世界へとのぼりつめながら、かすれ声で賞賛されては、そんなふうに思えるはずがなかった。

ローラは手を離そうとしなかった。バーンリー卿が待たされるのをどれほど嫌っているかは、ローラもよくわかっているはずなのに。「ほんとうなのね？　いまのあなたは、いつものあなたとまるでちがうわ」

ダイアナは身をよじってローラの手から逃れると、唇をゆがめて微笑んだ。「侯爵夫人の地位を手に入れるために、ついさっき淫らな行為をしてきたわ。そんなことがあったんだもの、いつものわたしとちがうのはあたりまえよ」

ローラが形のいい黒い眉をひそめた。「あの人とベッドをともにしたのね？」

ダイアナは自嘲的なしぐさで乱れたドレスを示して見せた。「これを見ればわかるでしょう？」

ローラの血の気の引いた顔に、激しい動揺が浮かんだ。「最後の最後にあなたは心変わりするにちがいない、そう思っていたのに」

そのことばにこめられた真の意味が伝わってきた。心の片隅の暗がりから一片の道徳心が表われるのを、ローラは願っていたのだ。

けれど、こうなってしまったからには、もう手遅れだった。バーンリー卿が用意した地獄への花道を、あともどりできないほど遠くまで歩んでしまったのだから。そしてまた、口が裂けてもローラに言えないことがあった。アッシュクロフトにどれほど激しく欲望をかき立てられたかということ。それに、アッシュクロフトにひとたび体をさわられただけで邪な計画が頭の中から消えてしまうことも。

その事実を無視するわけにはいかない。真の欲望を抱けば、なおさら、自分の加担している策略が、救いようもなく邪なものになる。

自分が真の娼婦だと痛感せずにいられなくなる。

「いいえ、心変わりはしなかったわ」ダイアナはそっけなく言うと、くるりと踵を返して、たしかな足取りで階段をのぼりはじめた。「フレデリックスに伝えてちょうだい。あと二十分で行くと」

「あなたがそう言うなら」言いたいことは山ほどあるはずなのに、ローラの声にはどんな感情もこもっていなかった。何も言わないでいてくれるローラに、ダイアナは心から感謝した。

11

バーンリー侯爵家の馬車が石造りの大きな門を抜けて、その屋敷であるクランストン・アビーの敷地に入った。

ダイアナは馬車に揺られて過ごした数時間で、そもそもロンドンに行くことになった理由を頭の中で何度もくり返して、荒れくるう感情を鎮めた。冷静になれたのは、アッシュクロフトから遠く離れたせいでもあった。

バーンリー卿の策略に加担すると決めたとき、気丈でいなければならないと決意した。それがどれほどむずかしいかは覚悟していたけれど、まさかこれほど苦しいとは思ってもいなかった。

これからはもっと慎重にならなければ。なんのためにこんなことをしているのかを、アッシュクロフトに知られてはならないのだから。アッシュクロフトのいつもの情事と同じように、この情事も自然に終わりを迎えて、放蕩者の気持ちがすんなりと次の女に向くようにしなければ。そして、わたしは侯爵夫人になり、わが子とともにこの地で何不自由なく暮らしていく。

これほど単純なことはない。

バーンリー卿との取り決めどおりだ。真のアッシュクロフトは思った以上に複雑で、魅力的で、何につけても……予想をはるかに超えた男性ではある。だからと言って、わたしがすべきことは何も変わらない。揺るぎない意志で計画を成功させれば、手に入る褒美も変わらない。

クランストン・アビーの裏手の丘には深い森があり、その上に澄んだ夜空が広がっていた。その空を午前三時十五分の月が渡っていく。といっても、いまどこにいるのかを確かめるために、月明かりは必要なかった。この世のどこよりも、この地を隅々まで知り尽くしているのだから。領地のことは何もかも、頭の中にある地図に詳しく描かれていた。

気持ちが沸きたって、馬車の窓から顔を出すと、深々と息を吸った。田舎の新鮮な空気をたっぷり吸いこんだ。クランストン・アビーの香りで五感が満たされていく。肥沃な大地。夏の日照りに水嵩《かさ》が減った神秘的な湖。刈りとられたばかりの草。

けれど、帰郷の喜びは、いつもより色褪せていた。嗅ぎなれた香りの奥に、ちがう香りがまとわりついていた。この門を通ってロンドンへ旅立ったときの自分はもういない——それを思いださせる香りだった。入浴を済ませてからチェルシーを発ったというのに、アッシュクロフトの欲望の残り香《が》が、肌にも髪にもまとわりついていた。いまここにアッシュクロフトがいるかのように。

生まれてこのかた楽園だと思っていた場所にまで、ロンドンでのペテンが染みこんで、その地を穢していく。これからはこんな思いを抱きながら生きていくの？　それとも、クランストン・アビーの持つ不思議な魔力が、罪を消してくれるの？

いずれにしても、そんなことはたいした問題ではなかった。クランストン・アビーにはその罪に見合うだけの価値があるのだから。

無言の祈りのようにそのことばをくり返した。その間も、馬車はライムの並木に縁取られた私道を進んでいった。やがて、馬車が角を曲がると、屋敷と領地を設計した有能な建築家が意図したとおりの華麗なクランストン・アビーが姿を表わした。

息を呑むほどすばらしいこの光景を、幾度となく目にしてきたのに、それでもうっとりせずにいられなかった。窪地に立つバロック様式の荘厳な屋敷が手招きしているようだ。〝おかえりなさい。優雅なこの屋敷を胸に永遠に刻みつけて〟と語りかけてくるようだった。このわたしだけが、このダイアナ・キャリックだけが、この屋敷を栄《は》えある安住の地にできると。

これまでずっとクランストン・アビーを愛してきた。領地の管理人の娘で、母を亡くしたいたいけな少女として、魅惑的なこの王国の住人たちにかわいがられて、クランストン・アビーへの愛が心に芽生えた。それから、成長するにつれて、すばらしいこの地に生まれた幸福を実感するようになったのだった。

十九歳で結婚したのは、もちろんウィリアムを愛していたからだ。けれど、もしウィリアムがバーンリー卿の秘書兼図書司書として屋敷で働いていなければ、果たしてプロポーズを受けただろうか……？　ウィリアムからプロポーズされるまえにも、数人から結婚を請われて、すべて断ったのだ。父のそばを離れるわけにはいかないと言って。クランストン・アビーへの愛はそれほど強く果てしなく、わが身を犠牲にしてもかまわないと思っていた。その思いは年を追うごとに強くなっていった。

けれど、故郷を愛すれば愛するほど、苦しくなったのも事実だ。

愛する故郷のためにどれほど身を尽くそうと、結局は、何をするにも領主の許可が必要なのだ。そんなとき、バーンリー卿から取引を持ちかけられて、すべてが一変した。ほんの短いあいだ、道義心を捨てさえすれば、心から欲しているものが手に入る。その取引はまさに悪魔の囁きだった。

そして、ためらうことなく取引に同意した……。

馬車が進み、豪壮な屋敷が近づいて、大きくなっていくのを見つめながら、やはりあのときの決断は正しかったと確信した。わたしはクランストン・アビーの女主人になる。この体を流れる血が、この場所で永遠に引き継がれる。屋敷の廊下にわたしの靴音が響いて、わたしの亡霊が屋敷の回廊をさまようのだ。

何があろうと、決断をくつがえすことはない。

やさしく気遣ってくれる男性に嘘をつくことになっても。計画が成功した暁に得られる褒美に思いを馳せてほくそ笑みながらも、強烈な罪悪感が胸に重くのしかかってくるとしても。

わたしはもう身ごもっているの？　その思いをいくら頭から追いはらおうとしても、どうにもならなかった。手袋をはめた手に触れている黒檀《こくたん》の窓枠と同じぐらい、それはたしかなものに思えた。

身もだえしたくなるほど心が乱れるのを感じながら、ダイアナは目を閉じて、アッシュクロフトの精を受けとめた瞬間をもう一度思い起こした。お願い、身ごもっていますように。その子が男の子でありますように。その子がアビーのりっぱな領主になりますように。

ダイアナはフレデリックスに案内されて屋敷に入ると、華やかな色と金メッキで彩られた廊下を歩いて図書室へ向かった。周囲の絵には目もくれなかった。わざわざ見るまでもなく、この家のことなら何もかも知り尽くしていた。母親がわが子の面立ちを熟知しているように。時刻はもう明け方近かった。バーンリー卿が使者を寄こしたのは、すでに真夜中を過ぎていたのだ。それでも、バーンリー卿は待っていた。年老いて、病に侵されても、相変わらず領地での権力は絶大だった。

バーンリー卿はいかにも侯爵らしい姿で机についていた。その机は昔、ルイ十四世が使っていたという象嵌《ぞうがん》細工のりっぱなものだ。とはいえ、そのフランス王も、尊大なことにかけてはバーンリー卿にかなわないかもしれない。

ダイアナが部屋に入っても、バーンリー卿は顔をあげることもなく、目のまえに置かれた書類を、老眼鏡なしで読みふけっていた。そんなバーンリー卿を見ていると、愛もなく、策略ばかりのささくれだった人生を送ってきたのだろうと思わずにいられなかった。若かりしころのバーンリー卿は端整な顔立ちをしていたらしい。けれど、その面影はもうどこにもなかった。その顔には邪悪な心がはっきり表われていた。

日の光よりランプのほのかな明かりのほうがあらが隠せるはずなのに、それでも、恐ろしい病の爪痕があちこちに表われていた。ほんの数年まえまで、権力を握り、領民や召使の人生を左右するバーンリー卿は、威厳に満ちていた。二年ほどまえに、火事でふたりの息子も含めて家族全員を失うまではそうだった。

ダイアナの頭にその日のことがよみがえった。痛ましい知らせが飛びこんできて、クリスマスのお祭り気分が吹き飛んだのだ。真夜中についた火はデエにある古い田舎の屋敷をあっというまに呑みこんで、そこにいた者はひとりも助からなかった。

多くの命が奪われた。バーンリー卿の跡取り息子や召使ばかりか、その屋敷でクリスマス・シーズンを過ごしていた親戚や家族ぐるみのつきあいの友人の命まで。

バーンリー卿と長男はいさかいが絶えず、その冬も例外ではなかった。だから、バーンリー卿は家族と一緒にクリスマスを過ごすのではなく、クランストン・アビーにひとりこもっていたのだ。

その結果、命拾いをした。

悲惨すぎる災難に見舞われたというのに、ダイアナが見るかぎり、老いたその侯爵が悲しみに暮れているようすはなかった。それでも、火事のせいで、バーンリー卿の野心が打ち砕かれたのははっきりしていた。ファンショー家はヘンリー十二世の時代から、高位の官職に就《つ》いてきた。それが、齢《よわい》七十五にしてエドガー・ファンショーは、ふいにその家の最後の直系の末裔《まつえい》となってしまったのだ。つまり、バーンリー卿亡きあとのファンショー家の継承権は、傍系の親族のものになった。第一継承権を有するのは、ごくわずかに血のつながりのある遠縁の親戚で、アメリカに住む男性だった。そのことをバーンリー卿がどれほど腹立たしく感じているかは、その男性を追いはらうために口にした罵倒《ばとう》を聞くまでもなかった。

バーンリー卿はプライドが高く、道徳心に欠け、運命さえ自分の思いどおりにできると信じていたのだ。火事に続く数カ月間は、世間とはいっさい接触を絶って、わが身に降りかかった災難をじっくり考えていたようだった。そうして、別人のように変わり果てた姿で、ふたたび世に出てきた。固い意志と野望は相変わらずだったけれど、死神の骨ばった手にその身をがっちりととらえられていた。

そんなバーンリー卿はこの世を去るまえに、未来を支配するための最後の究極の賭けに出ることにした。

それこそが、ダイアナを駒にして成功させようとしている狡猾な策略だった。

ダイアナが見ていると、バーンリー卿がようやく書類をわきに置いた。そうして、三角形を作るように両手の指先を合わせると、緑色の鋭い目で見つめてきた。その目は暗く陰鬱だった。

ダイアナは背筋を伸ばして、見返した。バーンリー卿のまえではつねに堂々としているように心がけていた。どういうわけか、バーンリー卿もそれだけは感心しているようだった。だからこそ、策略の協力者として、ダイアナに白羽の矢を立てたのだ。さらには、ダイアナが心からクランストン・アビーを欲しているがゆえに。

「私への報告は？」バーンリー卿が吠えるように言った。

意味のない挨拶に時間を費やさないのも、いかにもバーンリー卿らしかった。とはいえ、バーンリー卿がどれほど望んでも手に入らないもののひとつが時間だということは、互いにわかっていた。

ダイアナはためらった。話すべきことを口にしたら、バーンリー卿が満足するのはわかっていたけれど。

いまさら恥ずかしがるなんて馬鹿げている。わたしがロンドンへ行った理由を、バーンリー卿ほどよくわかっている人はいないのだから。これまでの行動を考えれば、いまさら貞淑ぶったところではじまらない。それでも、ことばが喉につかえた。気づくと、バーンリー卿に立てついていた。ほんとうなら、思惑どおりにことが進んだのを、得意げに報告するべきなのに。内心では思惑どおりにことが運んだとはこれっぽちも思えずにいたけれど。「これからも気分次第で、ロンドンにいるわたしを呼びつけるおつもりですか？　そのせいで計画がぶち壊しになってもよろしいんですね？」

バーンリー卿が唇が薄っぺらになるほど口元を引きしめた。ダイアナは背筋に寒気が走ったが、そんなことはおくびにも出さなかった。バーンリー卿は悪魔だ。わたしだけの『ファウスト』に登場するメフィストフェレスだ。あの世からクランストン・アビーを支配しようと策を弄している。その策略のせいでわたしが破滅しようが、良心の呵責など感じるはずがない。いま、目のまえにいるサソリは年老いていても、その毒は相変わらず強力だった。

バーンリー卿がうなるように言った。「今日の午後はどこへ行っていた？　私の召使はチェルシーを出てからのおまえの跡をつけそこなった」

それは予想していたことだったけれど、やはり動揺した。「わたしを見張らせているのですか？」

バーンリー卿はまばたきひとつしなかった。トカゲのような目がぎらりと輝いた。「当然だ」

ダイアナは背筋を伸ばして、傍らの凝った彫刻が施された椅子に座りこみたくなるのをこらえた。いくつもの感情を抱きながら、過酷で疲労困憊する長い一日を過ごしたせいで、頭の中に羊毛が詰まっている気分だった。

そう、バーンリー卿にはわたしの居場所を知る権利がある。それでも、正直に答えるのは苦痛だった。「アッシュクロフト卿と一緒でした」

バーンリー卿の顔にかすかにでも納得した表情が浮かぶのではないかと期待した。けれど、老いた侯爵の目はますます鋭くなって、骨と皮ばかりの体に震えるほどの緊張が走った。

「なぜ、それが嘘ではないと私にわかる？」

ダイアナは勇気を奮いおこした。獣のようなバーンリー卿は相手の弱みを嗅ぎつけたら、即座に襲いかかってくるのだから。「いまさら信用できないと言われてもどうにもなりませんわ、閣下」

「私は誰のことも信用しない」視線を動かさずに、バーンリー卿は合わせた指先を打ちつけた。「さあ、話すんだ」

意に反して頬が熱くなって、ダイアナは身を固くした。とはいえ、もちろん、目のまえにいる邪悪な老人は、ベッドの中でのアッシュクロフトの巧みな技を事細かに聞きたがっているわけではなかった。「ベッドをともにしました」

バーンリー卿はいかにも不快そうに言った。「なるほど、あいつは一物をおまえに押しこんだんだな。もってまわった言いかたをするんじゃない。あいつはおまえの中に子種をまき散らしたのか？」

体が震えるほどの屈辱を覚えて、喉が詰まりそうになる。ダイアナはごくりと唾を飲みこんだ。バーンリー卿からの尋問を覚悟しておくべきだった。「はい」

「あいつのことを聞かせてもらおう」

気力が湧いてきて、歯切れよく答えた。「あの人は男性です。わたしたちは性交しました。それ以外に、何をお知りになりたいんです？」

「あいつの裸を見たのか？」

妙な質問だった。とはいえ、アッシュクロフトに体を奪われたときのことを事細かに尋ねられているわけではなかった。

「はい」

張りつめた沈黙ができた。緊迫した数秒が過ぎて、バーンリー卿はまた苛立たしげな口調で言った。「それで？　さあ、話すんだ」

ダイアナはわけがわからず、肩をすくめた。バーンリー卿はいったい何を聞きたいの？「とくに変わったところはありませんでした。あの人は五体満足でした」そうだ、きっとそれを聞きたかったのだろう。領地の跡取りに遺伝的な欠陥が出ないか心配しているのだ。「といっても、わたしが知っている裸の男性と言えば、アッシュクロフト卿のほかには夫しかいません。だから、ほかの男性と比べようがありません」

バーンリー卿が顔をしかめて、骨ばった関節が白くなるほど手を握りしめた。「そんな答えでは不充分だ。ほかに言うべきことはないのか？」

当惑して、ダイアナは侯爵を見つめるしかなかった。バーンリー卿を怒らせたらたいへんなことになる。もちろん、怒らせるつもりなどこれっぽっちもなかった。けれど、なぜバーンリー卿の不興を買ったのか見当もつかなかった。てっきり、バーンリー卿はもろ手をあげて喜ぶと思っていたのに。

どうやら、それは大きなまちがいだったらしい。

ダイアナはアッシュクロフトの裸身を必死に思い浮かべた。といっても、それは油絵のように頭に鮮明に焼きついていた。そうして、震える声で言った。「長身で、痩せているけれど、たくましい体でした。肩は広く、胸は黒い毛におおわれていますが、とくに毛深いわけではありません。見たかぎり傷跡はありませんでした」ふと思いだした。「ああ、それに、生まれながらの痣がありました。お尻の横にオークの木のような形の痣が」

バーンリー卿がふいに緊張を解いた。大きな椅子の高い背もたれにぐったり寄りかかって、息を吐きだすと、乾いた喉が軋むような音をたてた。ワシの鉤爪《かぎづめ》そっくりの手から力が抜けて、机の上に置かれた緑色の革の吸い取り紙台に、手のひらをぴたりと押しつけた。深いしわが刻まれたバーンリー卿の顔に、満足げな表情が浮かんだ。「なるほど」

どうやら、これ以上の説明はいらないらしい。ダイアナはわけがわからなかった。「痣がそれほど重要なのですか？」

「何よりも重要だ」唇が弧を描いて、老侯爵の口元にかすかな笑みが浮かんだ。

ダイアナが答えずにいると、バーンリー卿は言った。「それがファンショー家のしるしなのだ。ターキン・ヴァレはまちがいなく私の息子だ。おまえはその男の子種を受けとったのだ」

12

ダイアナは目のまえにいる老人の顔と、その息子の顔に共通点を探した。数時間まえに、寛大で情熱的な男性だとはっきりわかったアッシュクロフトの顔との共通点を。けれど、似ているところはなかった。同じなのは、緑色の瞳だけ。老人の緑色の目は、いま、歓喜らしきものに輝いていた。もしも悪魔が明るい感情を持ちあわせているとしたらの話だけれど。

アッシュクロフトは浮気者だった母に似ているのかもしれない。ほかの男性とのあいだにできた子供を、ヴァレ家の領地と爵位を受け継ぐ長男だと偽って、夫を騙しつづけた淑女に。

バーンリー卿からは、まえもってアッシュクロフトの両親について聞かされていたが、伯爵夫人についてだけは妙なほど口が重かった。不実の息子を産んだその女性についてダイアナが尋ねると、しまいには怒りだすほどだった。

バーンリー卿が机の上のベルを手に取って振ると、甲高い音が響いた。フレデリックスがいつものように、媚びるような態度ですぐさま部屋に入ってきた。「お呼びですか、閣下？」

バーンリー卿は何かを払うように手を動かした。「ワインを」ひとことそう言って、視線をダイアナに戻した。「座りなさい、管理人の娘」

椅子を勧められるとはあまりにも意外で、ダイアナは目をぱちくりさせながら腰をおろした。実のところ、脚に力が入らずその場にへたりこんでしまいそうだったのだ。疲れ果てて、満足に口もきけなかった。「ありがとうございます」

赤ワインの入ったグラスをフレデリックスから受けとって、ひと口飲んだ。上等なワインのはずなのに、不快なえぐみが舌を刺した。そう、いまは、何もかもが不快に思える。アッシュクロフトを騙しているのを棚にあげて、道徳を論じる資格などないけれど、バーンリー卿が勝ち誇った顔をしているのも不快でたまらなかった。

身勝手な目的のためにわたしが利用している男性は、いま目のまえにいる邪な老人に比べれば、百万倍の価値がある。

それなのに、わたしが求めてやまないものを握っているのは、邪な老人のほうだなんて……。

フレデリックスが召使らしく深々とお辞儀をして部屋を出ていくと、バーンリー卿がワインをごくりと飲んだ。病に侵された体にワインがいいわけがないが、ダイアナは何も言わなかった。侯爵は年老いて、不治の病を患《わずら》っている。この世で得られるわずかな快楽を逃したくないのだろう。その快楽の中に、邪悪な喜びが含まれていないように、ダイアナは祈るしかなかった。

「よくやった。正直なところ、ここまでやるとは思ってもいなかった」

褒められても、素直に喜ぶ気にはなれなかった。ひと口味見しただけのワインを机に置いた。吐き気とめまいに襲われた。疲れているせいだと自分に言い聞かせる。けれど、体調がすぐれないのは、第一に自己嫌悪のせい。そしてまた、長いあいだ貞節な女性として生きてきたのに、いきなり長く激しい男女の交わりを経験したせいだった。

何も答えずにいると、バーンリー卿が苛立たしげに言った。「おまえも喜んでいるんだろう？ 身ごもっていれば、このさき一生安泰なのだから。考え直したなどとは口が裂けても言うんじゃないぞ。いまのおまえは、ようやく砦にたどり着いて、防壁に飛びついたところなんだからな」

考え直した、ですって？ そんな生易《なまやさ》しいものではない。三度も四度も、いいえ、何千回も考えたのだから。身もだえするほどの罪悪感に苛まれているのを、バーンリー卿に知られるわけにはいかなかった。どれほどの罪悪感を抱いているかを、バーンリー卿に説明したところで、モンゴルの遊牧民に英語で話しかけるようなもの。何しろ、バーンリー卿は良心とは無縁の獣なのだから。

「もし身ごもっていたら、わたしを妻にしてくださるんですね」ダイアナはぼんやりと言った。

バーンリー卿が片手で机を思いきり叩いた。その一瞬だけは、ダイアナの記憶にある力強い男性に戻っていた。「いまさら何を言っておる、小娘が。すべてが計画どおりに運べば、おまえは侯爵夫人となって、跡取り息子の後見人を務め、息子が成人するまでこの領地を治めるんだぞ」

「でも、男の子が生まれるとはかぎりません」バーンリー卿から策略を持ちかけられて以来、何百回も頭に浮かんできたことを口にした。

実際のところ、この野望には障害がいくつも待ちかまえているのに、バーンリー卿には動じるようすもなかった。「たとえ女が生まれても、おまえは夢にも見なかったほど裕福な暮らしができる。長男だけに受け継がれる称号やら何やらを除けば、女子であろうとその子が私の財産を引き継ぐのだから」

「でも、わたしは身ごもっていないかもしれません」

バーンリー卿が睨みつけてきた。「目のまえに莫大な遺産がぶらさがっているにしては、ずいぶん悲観的なことを言うじゃないか。忘れるな、これはおまえだけが何不自由ない暮らしができるかどうかということではない。おまえの父やジプシーの娘の運命もかかっているんだぞ」

バーンリー卿に協力しようと決めたのは、父の将来がかかっているせいでもある――ダイアナはことあるごとに自分にそう言い聞かせようとしていた。けれど、心の片隅では、この屋敷の持つ魔力に負けたせいだとわかっていた。

バーンリー卿から策略を聞かされたときに抱いた激しい高揚感は、いまでもはっきり憶えていた。あのときのバーンリー卿との話しあいは、気まずく、重々しいものだった。それまで一度も人に弱みを見せたことのない侯爵から、重い病に侵されて、何をしたところで治る見込みはないと打ち明けられたのだから。

そのときはじめて、バーンリー卿が火事で家族を失って以来、胸に抱えてきた深い感情を理解したような気がした。それは多くの命が失われたことへの悲しみではなく、自身の力ではもはや新たな跡取りをもうけられないことに対する苛立ちだった。

自分の血を受け継ぐ子供を得るために、バーンリー卿は妻ではない女に産ませた息子と交わる女が必要だった。バーンリー卿は庶子《しょし》であるその息子を心底憎んでいて、本人にバーンリー侯爵家の跡取りであるのを知られるわけにはいかなかった。そしてまた、その息子に体を与える女は、今回の件を除けば完全に貞節で、口も堅くなければならなかった。なぜなら、もし身ごもれば、バーンリー侯爵の妻になるのだから。

領地の管理人の娘で、未亡人でもあるダイアナはその役にうってつけだったのだ。

そして、あろうことか、ダイアナはたった一日考えただけで合意した。クランストン・アビーの管理を一任するという条件を示されて、断れるはずがなかった。

ダイアナ、あなたはなんて優柔不断で、さもしいの……。

とはいえ、あのときは、さほど危ない橋も渡らずに、破格の褒美が手に入るように思えたのだ。侯爵夫人になっても、さっそうと社交界にデビューするつもりなどなかった。社交界には背を向け、ひっそり暮らして、息子を育てるつもりでいた。自分と同じぐらい、息子もこの地を愛するように育てるつもりだった。何しろ、息子は二十一になれば領主になるのだから。

ひとたび情事が終われば、アッシュクロフトと偶然にも顔を合わせるようなことがあってはならない。といっても、バーンリー卿の息子として生まれた子供が、わが子かもしれないとアッシュクロフトが疑うはずがなかった。

産み月を計算しないかぎりは……。

疑念を抱かないかぎりは……。

その子供がアッシュクロフトにうりふたつでないかぎりは……。

今日までは、この情事の果てに何が起ころうと、アッシュクロフトは気にも留めないにちがいないと思いこんでいた。けれど、いまは、誰よりも気にするはずだとわかっている。今日の出来事で、ひとつだけはっきりしたことがある。騙されて、自分の子供がこの世に誕生したと知ったら、アッシュクロフトが激怒するのはまちがいなかった。

バーンリー卿がヘビを思わせる目でこちらを見ていた。「あいつはおまえに会いたがっているのか？」

「はい」

「あの悪党はこと女にかんしては目が肥えている。おまえには隠れた才能があるようだな、キャリック夫人」バーンリー卿がありったけの嫌味をこめて、〝隠れた才能〟ということばを使ったのがわかった。今日からは、二度と自分を貞淑だなどとは思えないだろうと言わんばかりだった。

けれど、ダイアナはそんなことを思い悩む気にもなれなかった。バーンリー卿に非難されるまでもなく、いかに淫らなことをしているかはわかっているのだから。わたしの貞節は地に落ちた。回復しようのないほど。

「長く待たせるんじゃないぞ」バーンリー卿が椅子に座ったまま体を動かした。ふいに体に痛みが走ったのか、顔をゆがめた。「あの男にいくらでも体を自由に使わせろ。そうすれば、あいつの子種がおまえの中にどんどん溜まっていく。一度きりでは充分ではないからな」

バーンリー卿の下品なことばには慣れているはずなのに、それでもダイアナは身を縮めずにいられなかった。バーンリー卿にとってこの計画は、優良な雌豚をつがわせて、丸々した子豚を何匹も産ませるようなものなのだ。

バーンリー卿に会うたびに、その顔から生気が薄れていく。命の灯が消えかけているのだ。たったいま耳にした〝長く待たせるな〟ということばは、ただの脅しではなく、痛切な願いなのだ。

エドガー・ファンショーはこの冬を迎えることなく、地獄の椅子に座るにちがいない。つまり、残された時間はわずかしかない。

これから三週間のあいだに、身ごもっているのかどうか、はっきりさせなければならない。そうでなければ、九月まで計画を持ちこすことになる。夏になれば、上流階級の人々がこぞってロンドンにやってきて、スキャンダラスな情事が噂にならないともかぎらない。それに、アッシュクロフトに飽きられるかもしれない。アッシュクロフトが実は高潔な男性だったとしても、厳然たる事実がある。ひとりの女と長くつきあうことはないという事実は無視できなかった。

「朝にはロンドンに戻ります」ダイアナは立ちあがりながら言った。「そのまえに、父に会ってきます」

「どうしても会っておきたいなら、そうするがいい」バーンリー卿はそう言っただけで、苦しげに息を継いだ。

ダイアナは目のまえにいる老侯爵のことがどうしても好きになれなかった。恐怖しか覚えなかった。非情で、人を操ることに長《た》けている――それがバーンリー卿なのだから。それでも、病の床に伏していなければならないときに、椅子に座って策を弄している姿は哀れだった。

「閣下、お休みになられてはいかがですか？」

バーンリー卿が不快そうに顔をしかめた。うわぐすりをかけたように目が曇っていた。「おまえはもう私の妻になった気でいるのか？　小言を言うのは、結婚指輪をはめてからにするんだな」

バーンリー卿を気遣っても無駄だとわかっていたはずなのに……。「失礼しました、閣下」

バーンリー卿が謝罪を受けいれてうなずいた。「ロンドンに戻ったら、アッシュクロフトが干上がるほど搾りとってやれ」

翌朝、ダイアナは生まれ育った瀟洒《しょうしゃ》な家の書斎の戸口に立った。懐かしい匂いに包まれていた。紙。インク。父の愛犬の老いたスパニエル犬のレックス。火の入っていない暖炉のまえの絨毯の上で眠っていたその犬が頭をもたげて、尻尾《しっぽ》を大きく振って出迎えてくれた。

父のジョン・ディーンは、エズラ・ブラウンに手紙を口述させていた。エズラはクランストン・アビーの召使で、ダイアナが不在のあいだ助手を務めるために、バーンリー卿が父のもとに寄こした若い男だった。父の背後の開いた窓から陽光が射しこんでいた。朝日に照らされた父は、教会の絵に描かれた聖人のようだった。

戸口に背を向けているエズラは、ダイアナが現われたことに気づかなかったけれど、父は銀髪の頭を傾げて、娘をまっすぐ見つめてきた。父が周囲で起きていることを敏感に察知するのは、ダイアナにとってはあたりまえのことだった。けれど、父のことをよく知らない人にとっては意外に思えるらしい。

「ダイアナなのか？」父が嬉しそうに温かく穏やかな声で言った。その顔は晴れやかだった。

「そうよ、お父さん」ダイアナは部屋に入った。秘書のエズラがはっとして振りかえった。エズラは物静かな若者で、結婚するまえのウィリアムになんとなく似ていた。「お元気そうね」

それはかならずしも真実ではなかった。父は疲れて、何かを思い悩んでいるようだった。そしてまた、机の上には、ダイアナがこの家を離れたときよりもたくさんの書類が積まれていた。さらに、ローラがいないせいで、家事がおろそかになっていた。そのせいで、つねに胸に居座っている罪悪感がいっそう強まった。

父が立ちあがって、両腕を広げながら、易々と机をまわって歩みよってきた。「帰ってきたのか。これほど嬉しいことはない」

昨夜、ダイアナは足音を忍ばせて家に入り、自室でわずかな時間ベッドに横たわったのだった。ペリグリン卿の頽廃《たいはい》的で豪華な邸宅や、それよりは慎み深いけれど、都会的なチェルシーの家で過ごしたせいだろう、自宅の狭い寝台がいまの自分に不釣り合いなほど純潔に思えた。

疲れ果てていたにもかかわらず、寝返りばかりをくり返し、ようやくまどろんだかと思うと、不快で忌まわしい夢を見て目を覚ました。夢の大半は、ほっそりした顔に軽蔑の表情を浮かべたアッシュクロフトに追いはらわれるというものだった。

結局、まんじりともせずに、生家の馴染《なじ》み深い音に耳を傾けるしかなかった。乾燥した柱や床のかすかな軋み。夜の鳥の鳴き声。夜明けまえに仕事をはじめるふたりの召使が遠くで立ち歩く音。

どの音も平和なこの楽園には、自分の居場所などもうないことを示しているような気がしてならなかった。

早朝に起きだして、帰宅していることを召使に知らせた。父には知らせないようにと念を押すのを忘れなかった。召使は戸惑っていたが、それでも、そのことばにしたがった。実のところ、父が家長であるというのは名目だけで、ウィリアムと結婚するずっとまえから、ダイアナが家を取りしきっていたのだ。

自室で朝食を済ませると、以前の自分の服を着た。着心地の悪い服は、早くも最新流行のドレスを見慣れてしまった目には、着古した安物としか映らなかった。

そしていま、ダイアナは父の広げた腕に飛びこもうとしていた。その腕に包まれると、幼い少女だったころから変わらない無条件の愛を感じた。

わたしが邪悪なことをしているのを知っても、父はこんなふうに愛情をこめて迎えてくれるの？　鬱々とした思いを頭の片隅に押しやって、父の肩に顔を埋めた。涙がこみあげて目が熱くなると、まばたきして涙を押しもどした。父の腰にまわした腕にいつも以上に力をこめる。幼いころのように、父に守ってほしかった。

けれど、自分が犯した罪を思えば、父に慰めてほしいなどと願うのは虫がよすぎる……。

さきに抱擁を解いたのは父だった。ダイアナは背筋をまっすぐ伸ばして、どうにか平静を保った。精いっぱい演技をしなければならなかった。苦悩や嘘をわずかでも態度に出したら、父は即座に気づくはずだった。

父に会わずにロンドンへ帰ろう——そんな思いが頭をかすめたりもした。けれど、領主の屋敷に顔を出したのが噂になって、それが父の耳に入らないともかぎらない。領地に戻ってきたのに、自宅に寄らずにロンドンへ戻ったら、父はさぞかしがっかりするにちがいない。それでなくても、心配をかけているのだから。愛情のこもったまなざしがどことなく翳っているのが、心配している証拠だった。「会いたかったよ、ダイアナ」

「わたしも会いたかったわ、お父さん」

以前は、毎日、父に寄りそって仕事をしていたのだ。実質的に領地を管理しているのはダイアナだったが、それでも、父の意見と知恵と経験は貴重だった。ロンドンへ旅立つまえの、忙しくも充実した暮らしが懐かしくて、胸が締めつけられた。もちろん、父のことも懐かしかった。誠実さやさしさ、娘に寄せる全幅の信頼が。

けれど、わたしはもうその信頼に値しない――そう思うと辛かった。

父が秘書をちらりと見た。「エズラはおまえの代わりをしっかり務めてくれている。といっても、おまえと私のチームワークは抜群だったがな」

「父にこきつかわれていませんか、ミスター・ブラウン？」ダイアナは若者を見つめながら、笑みを浮かべた。

エズラ・ブラウンは顔を赤くしながらも、嬉しそうに立ちあがった。エズラから淡い恋心を抱かれているのは、何年もまえから気づいていた。その恋心はエズラが大人になれば自然に消えると思っていたが、そうはならなかったらしい。

「まだ短期間ではありますが、お父さまからいろいろ教わっています、キャリック夫人。クランストン・アビーのもとの仕事には戻りたくないぐらいです」

他愛ない世間話をしているかのように、ダイアナはわざと明るい口調で言った。「いまのところは、もとの仕事には戻ってもらっては困るわ、ミスター・ブラウン。わたしは必要なものを取りにきただけなの。午前中にまたロンドンへ戻ります」

バーンリー卿の馬車が時間どおりにやってくれば、数分後にはここを去ることになる。父と顔を合わせるのはできるだけ短くしようと、わざと遅めに書斎に来たのだった。そうすれば、根掘り葉掘り訊かれずに済む。

父の顔が落胆に曇ると、申し訳なさで胃がぎゅっと縮まった。「ほんとうに行かなければならないのか？　ここには仕事がある。おまえにしかできない仕事だ」

娘がいないとひとりぼっちで寂しい。箱の中にひと粒だけ残された豆のように、この家をもてあましてしまう――そんな泣き言を言わないのが父らしかった。この家から娘がいなくなっただけでなく、ローラまで一緒にロンドンへ行ってしまったのだ。

エズラがすばやくお辞儀をした。親子喧嘩がはじまりそうだと思ったのか、大きな喉仏が動いて、唾を飲みこんだのがわかった。「ちょっと失礼してもよろしいですか、ミスター・ディーン？　ミスター・パーカーを見つけて、西棟の建材のことを尋ねてきます」

「ああ、そうしてくれ」父がなんとなくじれったそうに応じた。

父は誰よりもやさしい。それなのに、口調に刺々《とげとげ》しさが表われているのは、現在の助手が思いどおりに働いていない証拠だった。

父とふたりきりになると、ダイアナは筋書きどおりに話を進めることにした。バーンリー卿と一緒にその筋書きを考えたのは、ほんの数週間まえなのに、はるか昔のことのように思えた。これほど短いあいだに、バーンリー卿の策略によって人生が一変してしまうとは、思ってもいなかった。

「レディ・ケルソからかならず戻ってくるようにと念を押されたの」父に嘘を見抜かれないのを祈るばかりだった。「バーンリー卿からも、レディ・ケルソの相手をしてくれて助かると感謝の手紙をいただいたわ」

父が納得していないのは、その表情に表われていた。「いったいなんだって、レディ・ケルソは見ず知らずのおまえを家に招いたりするんだ？　おまえとローラはレディ・ケルソとなんの関係がある？　ダイアナ、おまえはロンドンで人生を無駄にしているんだぞ。それに、私にも……おまえが必要だ」

父が不憫《ふびん》で胸が締めつけられた。父にとって本心を吐露《とろ》するのがどれほど辛いかは、よくわかっていた。「夏のあいだ、どうしてもレディ・ケルソのお相手をしてほしいと、バーンリー卿に頼まれたのよ。わたしたち家族がバーンリー卿にどれほどお世話になっているかはわかっているでしょう」

認めたくはないけれど、バーンリー卿に世話になっているのはまぎれもない事実だった。実質的には娘が領地の管理の仕事をしているのに、父から管理人という地位を取りあげずにいてくれるのだから。父は解雇されて当然なのに、身勝手なバーンリー卿はどういうわけか、ほかの者にはけっして示さない温情を、父にだけは施しているのだった。いいえ、それだけではない、バーンリー卿は管理人の娘にも大きなチャンスを与えてくれた。大半の男性から、女として使いものにならないと見なされているこのダイアナ・キャリックに。

父が低くうなるような声を漏らしながら、手さぐりでステッキを探した。父は苛立つとかならず、ステッキで床をコツコツと叩くのだ。レックスが悲しげに鼻を鳴らして、関節炎を患った脚で立ちあがると、のったりと父の足元に歩みより、いかにも忠犬らしくご主人さまを慰めようと脚に鼻をすりつけた。

目頭《めがしら》がまた熱くなるのを感じながら、ダイアナは身を屈めると、ステッキを手に取って、父に渡した。やはり会うべきではなかったのだ。ロンドンに戻るまえに父と会ってもいいことは何もないとわかっていたけれど、考えていた以上にいたたまれなくなった。

そんなふうに感じるのは、昨日、アッシュクロフトとベッドをともにしたせいかもしれない。わたしはもう純粋な娘ではないと痛感しているせいだ。父からは、誠実であることがいかに大切かを教えこまれた。それなのに、昨日ですべてが一変してしまった。そう思うと、吐き気がこみあげてきた。

揺るぎなかったはずの目的が、相反するいくつもの感情の沼に沈んでいった。

ロンドンに行くまでは、すべてが単純で明確だった。ひとりの男性とベッドをともにする。その男性はわたしのことを、目のまえに差しだされた肉体としか思っていない。そして、わたしは身ごもる。息子が成人するまで、わたしはクランストン・アビーを思いどおりに管理する。

あくまでも整然として隙ひとつないと信じていた計画が、くだらない絵空事に思えてくる。周囲の人々のせいで、ものごとが計画どおりに運ばなくなるとは考えてもみなかった。わたし自身。バーンリー卿。父。ローラ。そして、誰よりもアッシュクロフトのせいで。

わたしはなんて無知で愚かなの……。

最後にどれほどの代償を払わされるか考えもせずに、浅はかにもバーンリー卿の策略に加担するなんて。クランストン・アビーの女主人になれるかもしれないと舞いあがって、すっかり目がくらんでしまったのだ。

父には見えないと知りながら、おなかにそっと手をあてた。ここに赤ん坊がいるの？　そんなことは想像すらできなかったけれど、昨日の出来事を考えれば、身ごもっていても不思議はなかった。わが子が母親より賢くなりますように——そう祈るしかなかった。

バーンリー卿から計画を聞かされたときは、六週間だけ別人になって、これまでとはまるでちがう人生を生きるぐらいどうということはないと思えた。けれど、アッシュクロフトの欲望を全身で感じると、この情事を早く終わらせなければ、すべてが崩壊してしまうと気づいた。すでに自分がしてしまったことを考えると、身を裂かれる思いだった。

「いつ家に戻ってくるんだ？」父が頑とした口調で尋ねた。「この件はどうも気に入らない。ああ、まったく気に食わない」

バーンリー卿のいとこであるレディ・ケルソとどんなふうに過ごしているかを書きつらねた手紙——嘘八百を並べたてた手紙——を、父には毎日のように送っていた。けれど、そんなものでは父の苛立ちを鎮められなかったらしい。ステッキを握る父の手に、自分の手を重ねた。「最初に話したとおりよ。九月までお世話になるの。いま、わたしが心変わりしたら、バーンリー卿はさぞかしお怒りになるわ」

とりあえず、それで父の怒りはおさまったが、今度は心配になったらしい。「ダイアナ、おまえは私に話していないことがあるんだろう。上流階級のご婦人と過ごしていたら、とうてい理解しがたいことを求められるはずだ。私は心配なんだよ。おまえには傷ついてほしくない」

ダイアナは思わず身を固くしたものの、不安を父に気取られるまえに体の力を抜いた。どうにかして父をなだめられないかと必死に考えた。「わたしはバーンリー卿に頼まれたとおりのことをしているだけよ、心配しないで」

「たしかに、バーンリー卿のご厚意にはいつも感謝しているが、あの方の頭の中にあるのは自分の利益になるかどうかだけだ」

それは事実だが、今回の件で得をするのはバーンリー卿だけではなかった。わたしも得をするのだ。

岩よりも重い罪悪感を抱きながらも、ダイアナは努めて明るく言った。「わたしは賢いのよ。人に利用されたりしないわ」

唇がぴくりと動いて、父が苦笑いを浮かべた。「たしかに、おまえは自分が賢いと思っているんだろう。だが、おまえは故郷から遠く離れた都会で、見ず知らずの人に囲まれて暮らしているんだぞ。私が心配するのはあたりまえだ、近くで娘を見守ってやれないんだから」

父は皮肉を言っているの？「心配しないで。大丈夫よ。わたしは都会暮らしを楽しんでいるの。すてきなドレスを着て、上流階級の暮らしをほんの少し味わっているの、それだけよ」

父の微笑みが胸に突き刺さった。「だが、思いあがらないようにするんだぞ」

「ええ、頭のねじはきちんと締めておくわ」そうできればどれほどいいか……。アッシュクロフトとベッドをともにしたときには、愚かしいほどのぼせあがってしまった。いまだって、いつもどおりに戻ったとは言えなかった。

娘のことばが聞こえなかったかのように、父が話を続けた。「もしかしたら、ロンドンでいい男と出会えるかもしれない。マーシャムでは仕事ばかりで、人と知りあう暇もないのだから。おまえは自分の人生を生きなければいけないよ。老いぼれた父親の尻拭いをして年老いていくのではなく。今回の件はそういうことなんだろう？　だから、私に話せずにいたんだろう？」

そんな……。

ダイアナは身を乗りだすと、罪悪感と愛情を同じだけ感じながら、父を抱きしめた。「いいえ、ちがうのよ、そうじゃないの。言ったでしょう、レディ・ケルソはお付きの婦人が北に住む病気のお母さまを訪ねているあいだ、話し相手の女性が必要なだけ。わたしは花婿《はなむこ》捜しをしているわけじゃないわ」

そう、花婿候補ならすでにいるのだから。それはそれは大物だ。少なくとも、世間の基準に照らせば、そういうことになる。

けれど、父がその結婚を喜ぶことはない……。花婿がどれほど裕福だろうと、身分ちがいの結婚を喜ぶはずがなかった。財産目当てに、不治の病に侵された老人と結婚する娘を祝福するわけがない。父の信念は揺るぎないのだから。父に欠陥があるにもかかわらず、バーンリー卿が父を領地の管理人にしている理由のひとつがそれなのだろう。

真に誠実な男性などめったにいない。娘とちがって、父はあくまでも清廉潔白だ。

控えめなノックの音が響いた。どうやらエズラが戻ってきたらしい。「バーンリー卿の馬車が表で待っています、キャリック夫人」

父が眉をひそめた。また怒りがこみあげてきたらしい。「これは名ばかりの訪問とさえ言えないな、ダイアナ」

バーンリー卿に呼び戻されずに、あのままずっとロンドンにいられたらどれほどよかったか。わたしなりのやりかたで目的を果たすと、バーンリー卿が信じてくれさえすれば……。わずかな時間、話をしただけでは、風紀の乱れた大都会に娘を送りだす父の不安を鎮められなかった。

ダイアナはもう一度父を抱きしめた。腕の中で体をこわばらせている父には、申し訳ない気持ちでいっぱいだった。娘の行動に父がどれほどの不満を抱いているかがはっきり伝わってきた。そう、わたしは父に嫌われて当然だ……。

この策略のせいで、父と永遠に反目することになるの？　やめて、そんなことにはならないで。父のことは心から愛しているのだから。嫌われるなんて堪えられない。それ以上に、父を傷つけたくなかった。

すべては、どれだけ早く身ごもれるかにかかっている。

「ごめんなさい。でも、ほんの数週間だけよ」父をなだめながら、自分にもそう言い聞かせていた。悲しくて視界が曇っていたけれど、抱擁を解いて、戸口へ向かった。「お父さんはお忙しいんだもの、見送りはいらないわ」

「いいや、見送るよ。道中の安全を祈らなくては」父がきっぱり言った。

ダイアナは父の腕を取った。といっても、住み慣れたわが家の中を歩くのに、父が不自由することはなかった。あえて触れたのは自分のためだった。父と娘を結びつけてきた長年の愛情を確認したかったのだ。

手に触れる父の体がこわばっていた。娘に対する苛立ちが消えていない証拠だ。ロンドンにはもう行かないと約束しないかぎり、父は納得しないはずだった。けれど、そんな約束ができるはずもなく、苦しくてたまらなかった。

家を出たとたんに熱風が押しよせた。これでは、ロンドンはうだるほどの暑さにちがいない。ほんとうなら、不快な蒸し暑さに感謝しなければならなかった。そのせいで、ロンドンはこの時期にしては、いつもより人が少ないのだから。けれど、アッシュクロフトとの情事に、天気まで味方してくれるのが、かえって恨めしかった。尻尾を巻いて、故郷に戻ってくる口実がほしくてたまらなかった。

馬車に乗りこむと、フレデリックスが扉を閉めた。窓の外に目をやって、最後にもう一度だけ父を見た。父は悲しげで、苛立って、当惑していた。それも無理はなかった。娘が身勝手なことをしているのだから。娘が何をしているのか知らなくても、その行動が娘のためにならないことに父は気づいているはずだった。

父が歩みでて、馬車の木製のパネルに手を這わせ、やがて娘の手にたどり着いた。骨にまで響くほどの愛情をこめて手を握りしめてきた。またもや、罪悪感に心臓の鼓動が大きくなって、自分がしていることに胸が痛んだ。「元気でな、ダイアナ。忘れてはならないぞ、どんなことがあろうと、私はおまえの父で、おまえを愛してるのを」

馬車に揺られて小さな村をあとにしながら、ダイアナはクッションの効いた座席にぐったりと座って、震えていた。父の見えない目はいつだって、ダイアナ自身が気づきもしないことまで見抜いていた。

13

百十五時間。

謎めいたダイアナと最後に会ってからそれだけの時間が過ぎていた。アッシュクロフトは恋煩《わずら》いの青年のように、時間を指折り数えている自分がいやでたまらなかった。一秒が一時間のように感じられる。数日が永遠の拷問に思えた。

ダイアナは関係を終わらせたのか？　あれだけのものをわかちあったのに？

そんなはずがなかった。けれど、一日が過ぎ、また一日が過ぎても伝言が届かないと、必然的とも言える結論が頭に浮かんだ。ダイアナは稀代の放蕩者がどれほどの性の悦びを与えてくれるのか試して、もう必要ないと切り捨てたのだ。

世慣れて経験豊富な男であれば、それぐらいのことで傷つくはずがなかった。それなのに、傷ついていた。傷心は堪えがたいほどの痛みだった。

ダイアナがどこに住んでいるのか見当もつかなかった。苗字さえわからない。捜しだすのはまず不可能だ。これほどの距離を置かれていたとは信じられない。それに対して、ぼんくらな放蕩者はなんの手立ても打たなかったのだ。

ダイアナがペリーの邸宅を出る気配を感じても、わずかに残ったプライドのせいで、〝行かないでくれ〟とは頼めなかった。あの午後以来、プライドは地獄の底に投げ捨てた。恥も外聞もなく、ダイアナの行先を召使たちに訊きまわった。ロバートの話では、ダイアナは裏門から出て、道の角で貸し馬車に乗りこんだという。謎めいた愛人を捜しだすためにできることと言えば、あてどなくロンドンの通りをさまよい歩くことだけだった。

すべての望みが絶たれてようやく、常軌を逸した自分の行動をじっくり考える始末だった。愛人候補なら掃いて捨てるほどいる、そう自分に言い聞かせた。ゆうべだって、欲望を満たすための女ならどこにでもいるのを証明しようと、いつもの場所に女を漁《あさ》りにいったのだ。けれど、一時間後にはとぼとぼと家路に着いた。今度ばかりは、そういう女はこの世にひとりしかいないと思い知らされた。そして、その女は姿をくらました……。

はじめての挫折感だった。

いつもなら、愛人を軽くあしらうのは自分のほうなのだ。そう思うとなおさら苛立たしくて、気分がすっきりするどころではなかった。いつもなら、謎めいているのも、深入りしないようにするのも、自分のほうなのに。

いま、アッシュクロフトは大英博物館にいた。ダイアナのことが頭を離れないまま、人気《ひとけ》のない展示室に視線をさまよわせた。がらんとしたその場所には、かび臭いエジプトの遺物が並び、わずらわしいメアリー叔母と、さらにわずらわしいとこのシャーロットがいるだけだった。いつもは人でごった返している博物館も、この夏のうだるような暑さのせいで閑散としていた。それを言うなら、ロンドンも閑散としていた。

故郷に戻らずにわが家に居座りつづける親戚も、ロンドンをさっさと離れてくれないものか……。メアリー叔母は相変わらず、シャーロットの社交界デビューの舞踏会をアッシュクロフト邸で開こうとしていて、家長の同意を得るまでは、ロンドンを離れないと心に決めているようだった。

そんなことをしても、得るものはひとつもないのに。叔母の頼みを聞く気など、アッシュクロフトにはさらさらなかった。

「ターキン、こんなに埃まみれの忌まわしいものをあなたが見たがるなんて、気が知れないわ」ガラスケースにおさめられたミイラのまえでアッシュクロフトが足を止めると、叔母が不満げに言った。

〝埃〟ということばに同意するように、シャーロットが大きなくしゃみをした。シャーロットのしつこい夏風邪はいつまでも治らなかった。「どれもこれも、古ぼけて埃まみれ」シャーロットが鼻づまりの情けない声で言った。「もう家へ帰りましょう」

「まもなく帰りますよ、シャーロット」叔母が苛々と言った。

「ちがうの、ローズランズの家に帰りたいの」シャーロットが不機嫌そうに言いながら、ハンカチを取りだした。「この時期は誰もロンドンに来ないんですもの」

アッシュクロフトはため息をこらえて、叔母とその娘に気持ちを向けようとした。ダイアナはどこへ行ってしまったのかという疑問は頭の隅に追いやった。「きみの母上は、後学のためにロンドンに滞在するのが、娘のためになると考えているらしい」

だとすれば、シャーロットの母——つまり、メアリー叔母——は大きな勘ちがいをしている。シャーロットは生気のない地味なお嬢さまで、人から注目されるのを嫌っていた。とはいえ、そんなシャーロットを責める気にはなれなかった。メアリー叔母がいかにうっとうしい性格をしているかは、アッシュクロフトも身をもって知っているのだから。社交シーズンにその叔母に自宅をのっとられるなんて、考えただけでもぞっとした。

「シャーロット、落ち着きなさい」伯爵夫人らしくメアリー叔母がぴしゃりと言った。「まったく、あなたときたら、これ以上わたしを苛立たせないでちょうだい」

シャーロットはそのことばを無視して、めずらしく自分からアッシュクロフトに話しかけた。「ターキンお兄さま、ボンド・ストリートのほうが後学のためになるんじゃないかしら」

アッシュクロフトは短く笑った。「なるほど、そう来たか」

「子供の口車に乗せられてはだめよ」メアリー叔母はいまだにアッシュクロフトのことを十二歳の少年のように扱っていた。アッシュクロフトがすでに家長として全権を握っていることに気づいていないのが、叔母の偉大な愚かさだった。

「でも、叔母上、シャーロットは古代エジプトに興味がないらしい」アッシュクロフトはうんざりしたように言った。このままでは、自分まで興味を失いそうだった。

古代の遺物のコレクションでは、アッシュクロフトもそれなりに有名だった。といっても、その大半は英国から逃げだすことばかりを考えていた若かりしころに集めたものだ。その後、異国のものに囲まれたところで、孤独は癒せないと悟って、祖国に戻ってきたのだった。当時の旅は悲しい現実を思い知らされただけだった。

「わかったわ。忌まわしい死体の部屋を出ましょう」叔母がすり切れた革をこするような声で言った。「どこかに異教徒の宝飾品が展示してあったわね」

「エルギン伯が集めた大理石の彫刻なんてどうかしら？」シャーロットがふいに関心を覚えたように尋ねると、またくしゃみをした。

叔母が顔を赤らめた。アッシュクロフトは苦笑いしたくなるのをこらえた。「何を言っているの、シャーロット・ジェーン・アリス・グージ」

シャーロットはがっかりしてため息をつくと、いつもの従順なお嬢さまに戻った。「わかりました、お母さま」

ふたりの婦人はゆっくり部屋を出ていった。それでも、悲運ないとこへの叔母のお説教は止まらなかった。ふたりが隣の部屋に入るまで、アッシュクロフトはその場に留まっていた。

男性の親戚はみな、格闘試合を見るためにケントへ行っていた。あれこれ悩んでいないで、男連中と一緒に格闘試合を見にいけばよかったのだ。叔母といとこのエスコート役を買って出たのは大きなまちがいだった。

ヴァレ家の人々とは絶縁したほうがいい——そんなふうに思ったのはこれで何度目だろう？　何しろ、そろいもそろってヒルか寄生虫まがいの連中ばかりなのだ。さもなければ、シャーロットのようにまるでおもしろみのない人間か。アッシュクロフトが成人して、ヴァレ家の財産を管理したからこそ、誰もが一文無しにならずに済んだのだ。アッシュクロフトが領地と称号を受け継いではじめて、後見人を務めていた叔父のバーチグローブ伯爵がいかにずさんに財産を管理していたか発覚したのだった。

これまでにも、くだらない親戚連中と縁を切りかけたことは何度もあった。愛情ゆえに縁を切れずにいるようなふりもしなかった。何しろ、幼くして両親を亡くしたアッシュクロフトの面倒を見なければならなくなったとき、親戚連中はこぞって迷惑がったのだから。当時だって、アッシュクロフトの領地から搾りとった金で、それなりの暮らしをしていたというのに。そしていまは、アッシュクロフトが全財産を管理して、無駄金を使わせてくれないと腹を立てていた。

アッシュクロフトは親戚連中のそんな怒りは無視できても、根深い恩義からは逃れられなかった。

ゆったり歩きながら、玄武岩で作られた第一王朝時代の役人の像を惚れ惚れと眺めた。束の間、わずらわしい親戚のことを忘れられた。けれど、気づくと、ダイアナと、その行方についてまた考えていた。それでもどうにかして、荘厳な像――モデルの特徴を巧みに表現する彫刻家の力量を感じさせる像――に気持ちを向けようとした。ダイアナが去ってから、いや、実のところ、ダイアナと知りあってからというもの、何事にも集中できなくなっていた。自分とこの世のあらゆるもののあいだに、ダイアナの顔が割りこんでくるのだ。

視界の隅に、流行のドレスに身を包んだ女性がふたり、部屋に入ってきたのが見えた。じっくり見たわけでもないのに、なぜか、片方の女性にぴんときた。

アッシュクロフトの足がぴたりと止まった。

空気が熱を帯びる。

見つめていた彫像から顔をあげて、気になる女性に目をやった。とたんに肌が張りつめて、脈が速くなった。

やはり、頭がおかしくなってしまったらしい。どこを見ても、ダイアナが見えるとは。

ふたり連れの女性は背を向けたまま、ミイラのまえで立ち止まった。どちらもボンネットをかぶり、髪は見えない。ふたりの低い話し声がアッシュクロフトの耳に静かな音楽のように響いた。

そのふたりはとりたてて目につく点はなかった。アッシュクロフトは即座に、右側の女は知らないと頭の中から排除した。けれど、左側の女が気になった。ガラスケースに身を乗りだしている長身の女は、もしかして……。

ほんとうにそうなのか？

心臓の鼓動が激しくなる。体のわきにおろした手を握りしめた。

いや、ダイアナだとは言い切れない。

とはいえ、体の芯《しん》ではまちがいないと確信していた。

こっちを向いてくれ。

その願いが口から漏れたかのように、左側の女性が身を固くして、背筋を伸ばした。その視線は相変わらずミイラに注がれたままだったけれど。

こっちを向くんだ。

ゆっくりと、抗えない力に引っぱられるかのように、女性が振りむいた。

ダイアナ。

ダイアナの灰色の目が見開かれ、瞳が嵐の空の色に変わった。頬が薄紅色に染まっていく。唇が開いた。まるで、息もつけない激しい口づけを待っているかのように。

胸が締めつけられた。ここはダイアナを自分のものにするのにふさわしい場所でもなければ、それにふさわしい時間でもなかった。それなのに、思わず一歩近づいていた。

「ターキン、何をぐずぐずしているの？」

叔母の耳障りな声がどこかべつの世界で響きわたった。夢から醒めたように、アッシュクロフトは視線をダイアナから引きはがすと、戸口に立っている伯爵夫人を見た。

「ターキン！」叔母が苛立たしげに大きな声で言った。「シャーロットがガターの店にアイスクリームを食べに行きたいと言うの。まったく、ここにあるものときたら、ろくでもないものばかりだわ」

ダイアナの顔に浮かんでいた驚きが、かすかな笑みに変わった。気づくと、アッシュクロフトも微笑みかえしていた。何千年もまえの財宝を見るに値しないと切り捨てるとはいかにもメアリー叔母らしい。

やや冷静になって、頭が働きだした。ダイアナを見たときの息も止まるほどの驚きは、ごく自然な反応だと自分に無理やり言い聞かせた。とはいえ、色や光のちがいをこれほど敏感に察知するようになったのが、この数秒で世界が一変した証拠だった。

ダイアナを見つけた。

数秒まえとは別人のように落ち着きはらって、ダイアナに歩みよる。行方をくらましてからというもの、かたときも頭を離れなかったダイアナがいま、目のまえにいる。帽子をさっと脱いで、頭を下げた。

「叔母に紹介しよう」小声で言った。

ダイアナの連れの女性――アッシュクロフトが目もくれなかった女性――が驚いて息を呑むと、あとずさりした。それでも、アッシュクロフトの視線は、深みのある青いドレスに身を包んだ長身の女性に注がれたままだった。

ダイアナはベールで顔をおおっていなかった。それならば、さほど謎めいて見えないはず。とはいえ、ベールを取った姿はなおさら印象的だった。スタイル抜群のスリムな体。くっきりした口元と高い鼻。意志を感じさせる面立ち。官能の楽園を予感させる唇。すべてをゆだねながらも、なおかつ、挑発的なまなざし。

これまで以上に、ダイアナは謎めいていた。

ぎこちない足取りで、ダイアナがガラスケースから離れて、小声で応じた。「馬鹿なことを言わないで。わたしはあなたの……愛人なのよ」

弱々しい声で発せられた最後のことばは、身を寄せなければ聞きとれなかった。とたんに、記憶に深く刻まれた甘く官能的な香りに包まれた。リンゴの香りに。ダイアナの香りに。危ういその一瞬、欲望を目覚めさせる香りを、アッシュクロフトは胸いっぱいに吸いこんだ。

「苗字を教えてほしい」

「ターキン！　何をしているの？」戸口でメアリー叔母が声を張りあげた。「わたしの声が聞こえないの？」

「苗字を教えてくれ」声をひそめてもう一度言った。

「いやよ。教えたくない」ダイアナが口元を引きしめてつぶやいた。不安な表情が消えて、反抗的な態度が戻っていた。アッシュクロフトは笑みを浮かべた。立ちむかってくるダイアナが愛しくてたまらなかった。

「そんなことで私が考え直すと思っているのかな？　さあ、苗字を教えるんだ」

ダイアナが目を眇《すが》めた。「嘘をついたっていいのよ」

「ならば、そうすればいい」

ダイアナの細い腕をつかんだ。たったそれだけのことで心臓が跳ねるのを感じながら、叔母のほうへ引っぱっていく。抵抗されると思ったが、そうはならなかった。いざとなれば力ずくでねじ伏せられてしまうとダイアナはわかっているのだ。それにしても、抗わずに素直にしたがうとは意外だった。細い腕をつかんでいる手に、ダイアナの体の震えが伝わってきた。怒りのあまり震えているのだろう。部屋の片隅にいるダイアナの連れの視線を感じて、そちらに目をやった。そこにいる女性の目が好奇心で光っていた。

「キャリック」ダイアナがうなるように言った。

キャリック。

それさえわかれば、もうダイアナは簡単には姿をくらませない。どういうわけか、本名にちがいないと思った。ダイアナが吐き捨てるように早口で言ったせいかもしれない。あたかも、〝あなたのやっていることは最低よ〟と非難しているかのように。満足感を抱きながらも、ダイアナが姿を消してから胸に巣くっていた欲望が腹の中でとぐろを巻いた。

この五日間はあまりにも惨めだった。くよくよしている自分が情けなく、また、ダイアナの逃走によって殴られたようなショックを受けたとは、心の中でさえ認めたくなかった。そのせいで惨めさが倍増した。だが、いまは至上の幸福感が胸に花開こうとしている。ダイアナに背を向けられた数日が終わって、ようやく生きていると実感できた。

「メアリー叔母、知人を紹介します、キャリック夫人です」アッシュクロフトはダイアナのほうを向いた。ダイアナがわざと目を伏せた。「キャリック夫人、叔母のレディ・バーチグローブです」

「はじめまして、キャリック夫人」叔母が興味なさそうに言いながら、ダイアナに向かってうなずいてみせた。

「はじめまして、レディ・バーチグローブ」ダイアナは礼儀正しく膝を折ってお辞儀をすると、伯爵夫人が話しかけてくるのを待った。

アッシュクロフトはここでもまた、ダイアナがどの階級の出なのか見当もつかなくなった。

叔母に紹介されるのは避けられないと、ダイアナは覚悟を決めたようで、そのマナーは完璧だった。まるで、毎日、伯爵夫人と顔を合わせているかのようだった。

「ロンドンにお住まいなのかしら、キャリック夫人？」アッシュクロフトにはダイアナを解放するつもりはなさそうだと気づいたのだろう、叔母が尋ねた。

ダイアナが長いまつ毛越しに恨めしげな視線を送ってきた。それでも口調は落ち着いていた。「いいえ、伯爵夫人、サリーの村からやってまいりました。サリーがどこにあるかはご存じないと思いますが」

よし、これでダイアナの出自を簡単に調べられる。これ以上策を講じなくても、知りたいことはすべてわかる。叔母の質問にダイアナは答えるしかないのだから。

けれど、あてがはずれた。

伯爵夫人が太い眉をあげて応じた。「もちろん、サリーなら知っていますとも。田舎の邸宅はあちこち訪ねてますからね」

「この国でもとりわけ美しいところです」ダイアナが冷静に言った。

よりによってそのときに、退屈したシャーロットが戻ってくると、立てつづけにくしゃみをしながらそばへやってきた。「お母さま、ギリシアの花瓶のところで、スザンナ・メレディスに会ったわ。スザンナが言うには……」シャーロットがふいに口をつぐんで、潤む目でダイアナを見た。「あら、まあ、なんてきれいなアンサンブル・ドレス」

「シャーロット、まだ紹介されていませんよ。まったく、あなたときたら、マナーがまるでなっていないのだから。ほんとうに無作法で困るわ。それをどうにかしなければ、オールマックの舞踏会には招待されませんよ」

「ごめんなさい、お母さま」シャーロットが頭を下げて、束の間の快活さがすっかり影をひそめた。

うなだれて意気消沈しているお嬢さまに、ダイアナが笑みを送った。アッシュクロフトはまたもや胸の鼓動が高鳴るのを感じた。まるで心臓に油が注がれたかのようだ。ダイアナがこの世でいちばん美しいのはまちがいなかった。一度は姿をくらましたダイアナを見つけた――そう思うと、目もくらむほどの安堵感を覚えた。ダイアナが着ているドレスは実に似合っている。身頃に金色の縁取りのある深い青色のドレス。襟ぐりはせまく、ぴっちり詰まっている。どうやら、豊満な胸に不埒者のいやらしい視線を寄せつけないようにしているらしい。そんなダイアナを賞賛せずにいられなかった。

ダイアナ・キャリックをいやらしい目で見てもいいのはここにいる不埒者――そうこの自分だけだ。

ダイアナが気遣うように言った。「謝らなくていいんですよ、レディ・シャーロット。わたしもこのアンサンブルがとても気に入っているんです」

伯爵夫人が不満げに鼻を鳴らして、冷ややかに言った。「キャリック夫人、わたくしの娘、レディ・シャーロット・グージを紹介しますわ」

ダイアナがまた膝を折って、惚れ惚れするほど上品にお辞儀をした。「はじめまして、レディ・シャーロット」

「わたくしたちには予定があるのよ、ターキン」叔母が言った。「失礼します、キャリック夫人」

ダイアナがもう一度礼儀正しくお辞儀をした。「お会いできて光栄でした、伯爵夫人」どこまでも丁寧で落ち着きはらった口調だった。

叔母が立ち去っても、シャーロットはその場に少し残って、はにかみながらも微笑んでダイアナを見た。もしかして、私はシャーロットを見くびっていたのか？　そんな疑念が頭に浮かんできた。「またお会いできるかしら、キャリック夫人？」

「そうなるといいですね」ダイアナが応じた。「でも、ロンドンに滞在するのはごく短いあいだだけなんです」

シャーロットが不安げな視線をちらりと送ってきた。アッシュクロフトはその視線の意味を理解した。シャーロットはこれまで、いとこであるアッシュクロフト伯爵にかんして、汚らわしい話を両親からたっぷり聞かされてきたのだろう。親戚連中が子守唄代わりに、アッシュクロフト伯爵家の当主がどれほど極悪非道かを、子供たちに話して聞かせていたとしても驚くことではなかった。「この木曜日にお母さまは音楽会を開くのよ。ターキンお兄さまがキャリック夫人を招待すれば、来てくださるんじゃないかしら」

ダイアナがかすかに顔をゆがめた。どこの馬の骨ともわからない女を自宅に招くのを伯爵夫人が喜ぶはずがないとわかっているのだ。その証拠に、ダイアナが落ち着いた口調で応じた。「残念ながら、木曜日は予定がありますの。でも、ご招待してくださって嬉しいわ」

「シャーロット！」戸口で足を止めた叔母が、錐《きり》のような視線を送ってきた。シャーロットが頬を赤く染めて、ダイアナに向かって膝を折ってお辞儀をすると、あわてて母親のあとを追った。

「紹介してくれなくてもよかったのに」ダイアナがようやくアッシュクロフトを見て、声をひそめて非難した。顔が青白く、高い頬だけが赤く染まっていた。「わたしがあなたの愛人だと伯爵夫人に知られたら、どうするつもりなの？」

「ただの愛人であれば叔母に紹介などしないよ」アッシュクロフトはダイアナと一緒にいて目がくらむほどの幸福感を覚えながらも、冷静に言った。

これほど愚かで救いようのない男になってしまったとは。哀れな男アッシュクロフトは、輝く灰色の瞳にすっかり参っている。火のついた矢のような灰色の瞳に、天下の放蕩者が心を射抜かれるとは、誰が考えただろう？　灰色の目に見つめられて、全身を炙《あぶ》られているような気分になるとは。

「でも、あなたは紹介したわ」ダイアナが頑なに言った。

ダイアナは自分の意見を曲げようとしない。いや、簡単に曲げていたら、がっかりさせられるところだ。これまでのところ、ダイアナに失望させられたことはなかった。信じられない。これまでの経験から考えれば、もう失望させられてもいいはずなのに。

「ターキン！」叔母が相変わらず鋭い視線を送ってきた。

命令口調の伯母のことばを、アッシュクロフトは無視した。叔母は伯爵夫人だが、無視されることに慣れてもらわなければならない。幼いころに叔母から受けた体罰はさしたる効果を発揮しなかった。一人前の男に鋭いことばを投げつけても、効き目などあるはずがなかった。

アッシュクロフトはダイアナに身を寄せて、芳しい香りをもう一度胸いっぱいに吸いこんだ。「たった一度ベッドをともにしただけで、きみは私の愛人になったのかな?」

「どうやらあなたの基準ではそうではないようね」ダイアナが苛立たしげな低い声で応じた。その声が体を奪ったときの官能的な声と重なった。とたんに欲望に火がついて、アッシュクロフトはいまどこにいるのかも、近くに誰がいるのかもすっかり忘れた。

「ターキン!」

「今夜、会おう」切羽詰まった口調になった。このままいつまでもダイアナと口論していたかったが、それが不可能なのはわかっていた。記憶にあるどんな会話より、ダイアナとの口論に深い意味を感じているとは、悲劇としか言いようがなかった。

「伝言を送ると言ったはずよ」

「だが、きみは伝言を寄こさなかった」ダイアナの連れの女性が近づいてきているのがなんとなくわかった。それでも、視線も気持ちもダイアナにしか向かなかった。

「そうよ」

「しばらく、ここで待っていてくれ」

ダイアナの口元が不快そうに引きむすばれた。「わたしは猟犬ではないのよ。おとなしく、あなたの命令にしたがったりしません」

けっして懇願しないという人生の鉄則を、アッシュクロフトは破った。「頼むから待っていてくれ」

「もう行ったほうがいいわ。伯爵夫人がお待ちよ」背を向けようとするダイアナの腕をつかむと、体を使って、叔母の好奇の視線からダイアナを隠した。

「一分だけ。頼む、一分だけ時間をくれ」

形のいい眉の下で輝いている灰色の目に、まっすぐ見つめられた。ダイアナの髪は金色なのに、眉の色は濃く、そのせいで魅惑的な意志の強さが感じられた。「でも、あなたが求めているのはそれだけではない、そうでしょう?」

「ダイアナ……」

ダイアナが苛立たしげにため息をついた。「わたしは古代の遺物を見にきたの。まだ家には帰らないわ」

そのことばだけで納得しなければならなかった。アッシュクロフトはすばやくうなずくと、ダイアナの手を取った。自分のものだと言わんばかりに、手袋に包まれたその手の甲に短く口づけた。欲望をかき立てるその一瞬、薄い子ヤギの革を通してぬくもりが伝わってきた。

抵抗のことばとは裏腹に、ダイアナの目に切望が浮かぶのが見えると、ほっとした。

ダイアナは目のまえにいる男を相手にゲームをしようとしている。それならそれでかまわない。ゲームならお手のものだ。何をどうしようと、ふたりが互いに惹かれあっているという事実は変わらないのだから。

アッシュクロフトは自信たっぷりに笑みを浮かべた。そうすれば、ダイアナの欲望が沸きたつはずだった。そうして、何も言わずに踵を返すと、叔母のあとを追って隣の部屋へ向かった。

14

ダイアナは苦しげに息を吸って、背後の展示ケースに寄りかかった。ガラスケースの角が背中にぶつかった。寄りかからずに立っていたかったけれど、膝に力が入らなかった。片手を胸にあてて、早鐘を打つ鼓動を鎮めようとした。

「なるほど、あれがアッシュクロフト伯爵なのね」ローラが歩みよってくると、つぶやくように言った。

「そうよ」それしかことばが出なかった。

アッシュクロフトと最後に会ってから、たった五日しか経っていない。圧倒的な魅力を忘れられるはずがなかった。魅惑的な声や感触に体が反応して、五感に火がつくのを止められなかった。アッシュクロフトと一緒にいるだけで、空気まで電気を帯びるのだから。

「とても……印象の強い人ね」ローラが淡々と言った。バーンリー卿の策略にあれほど反対しておきながら、不可思議なほど冷静な口調だった。

ダイアナは必死に落ち着こうとした。わたしは二十八歳の大人の女よ。結婚だってしたことがある。この十年間、領地をきちんと管理してきた。生まれてはじめてすてきな男性に出会って、うっとりしているうぶな乙女ではない。

「紹介しなくてごめんなさい」声が震えていた。

ローラの口元にゆがんだ笑みが浮かんで、黒い目が好奇心で光った。「わたしのことも忘れてしまうほど、あなたは頭がいっぱいだったのよね」

ダイアナは背筋を伸ばした。息を詰めていたことに気づいて、ぎこちなく息を吸うと、ちりちりと痺れている手を開いた。その手にアッシュクロフトが口づけた。これまでにふたりでしたさまざまなことを思えば、手に唇が触れるぐらいどうということもないはず。それなのに、自分のものだと烙印《らくいん》を押すような口づけに、胸の真ん中を射抜かれた。束の間感じた熱い唇——手袋越しでも肌を焦がすほど熱かった——が忘れられなかった。

ローラが思いにふけっているように足を止めた。「あの人は想像していたのとはまるでちがうわ」

ダイアナは皮肉をこめて短く笑った。大きく揺れながらまわっていた世界が、徐々にいつもの軌道に戻っていく。「たしかに、わたしが想像していた男性ともちがうわ」

「冷たくて、うぬぼれていて、独りよがりの男性に決まっていると思っていたの。内心では、あなたのことを軽蔑しているんだろうって。でも、会ってみたら、まるでちがっていたわ」

ローラがまた足を止めた。一瞬、話を続けようか迷って、まもなく、さらに低い声で言った。

「アッシュクロフト卿はあなたに夢中よ」

ダイアナはいつになく激しいめまいに襲われた。一瞬、部屋がぐるりとまわって、息が止まった。「やめて……馬鹿なことを言わないで」

ローラが肩をすくめた。「わたしの目は節穴じゃないわ」

ダイアナはわざと何気ない口調で応じた。「アッシュクロフト卿は放蕩者よ。これまで相手にしてきた女性の数は、わたしが温かい朝食を食べた朝の数と同じぐらいだわ。わたしもそんな星の数ほどいる女のひとりなのよ」

「あなたがそう言うなら、そうかもしれないわね。なんと言っても、わたしよりあなたのほうがアッシュクロフト卿をよく知っているんですもの」ローラの視線が戸口に向けられた。

「戻ってきたわ」

ダイアナは振りむいた。鍛冶屋《かじ》の槌にも負けず、胸の鼓動が大きく響いていた。アッシュクロフトが戸口に立って、こちらを見つめていた。今日もまた、紺色の上着にキツネ色のズボンという最新流行の装いだ。片手には山の高い粋な帽子を持っている。乱れた髪に母性本能をくすぐられた。博物館の中も外も、風はそよとも吹いていないのに、なぜ髪が乱れているの？　傲慢な叔母に苛立って、髪をかきむしったのかもしれない。いつもなら、そんなことをする男性に魅力など感じないのに、どういうわけか心惹かれた。

「ほら、あなたに夢中よ」隣のローラが耳打ちしてきた。

「待っていてくれたんだな」アッシュクロフトがつぶやくように言って、長い脚で歩みよってくると、数歩の距離を置いて立ち止まった。

「ええ」

「よかった」

声に出しているのはごく短いことばだったが、ふたりだけにわかる無言のやりとりがくり返されていた。アッシュクロフトに駆けよって、たくましい体に抱きついて、広い肩に顔を埋めたい。そんな衝動がこみあげてきても、ダイアナは必死に我慢した。

欲望を剝きだしにしたベッドの交わりあいはたしかに情熱的だった。けれど、それだけでこれほどの絆を感じるとは想像もしていなかった。脈拍さえアッシュクロフトに操られているかのよう。頭がくらくらして、息を吸うのもままならなかった。

それでも、無言の会話は続いていた。海岸に打ち寄せる波のように絶え間なく。

あなたがほしい。

わたしに触れて。

あなたのベッドへ連れていって。

二度とわたしを離さないで。

そのことばを口に出してしまったような気がして、ダイアナははっとして息を吞むと、ぎこちなくあとずさった。

わたしはどうしてしまったの？ アッシュクロフトは計画を成功させるための駒でしかない。わたしは嘘をついて、アッシュクロフトを騙して、種馬同然に扱った。ふたりのあいだには、体の関係以外に何もない。

けれど、実際にはそんなふうには思えずにいる。

白状すれば、アッシュクロフトとベッドをともにした長く暑いあの午後にも、そんなふうには思えずにいた。

体以外のつながりを持たないようにどれほど努力しても、やはりアッシュクロフトを傷つけていることに変わりはない。計画では、アッシュクロフトが胸に抱くのは、束の間の性欲だけだったはずなのに。

ローラの確信に満ちたことばが忘れられなかった。不吉なそのことばがいまも頭の中で響いていた。短く簡潔なことばが。

〝アッシュクロフト卿はあなたに夢中よ〟

いいえ、そんなはずはない。万が一にも、そんなことはありえない。アッシュクロフトは上流社会の紳士で、わたしは田舎のインテリ女。アッシュクロフトは目新しい女にほんの少しのめりこんでいるだけだ。

ダイアナはまばたきをして、気持ちを現実に戻した。隣に立っているローラは無言のまま、目のまえでくり広げられていることを何ひとつ見逃すまいとしていた。洞察力のあるローラであれば、親友の頭の中にどんな思いが渦巻いているのか、ある程度は見抜いているはずだった。でも、すべてを見抜かれてはいませんように……。

もう一度ぎこちなく息を吸って、ダイアナはさらりと言った。「アッシュクロフト卿、わたしの友人をご紹介します。ミス・ローラ・スミスです」

アッシュクロフトも現実に気持ちを戻すのに、一瞬の間が必要だった。それに気づいて、ダイアナはほんの少し気が休まった。アッシュクロフトがローラに向かって深々と頭を下げた。まるで自分と同じ階級の女性を相手にしているかのようだった。「はじめまして、ミス・スミス」

ローラが膝を折ってお辞儀した。「はじめまして、アッシュクロフト卿」

「ロンドンの暮らしを楽しんでいますか?」

「正直なところ、わたしは田舎のほうが好きです」ローラがまじまじとアッシュクロフトを見た。

アッシュクロフトのほうも、ローラに対する好奇心を隠そうとしなかった。たぶん、いつでも、どんな女性のこともじっくり値踏みするのだろう。もしかしたら、ローラがベッドをともにするのにふさわしい相手かどうか見極めているのかもしれない。バーンリー卿の話では、アッシュクロフトは愛人と一緒にいても、気に入った女性を誘惑するらしい。

けれど、いま、それをしているとは思えなかった。アッシュクロフトとはじめて会ったときに、値踏みされていると感じたが、いまの視線はそれとはまったくちがっていた。ローラとアッシュクロフトは闘いのまえに、敵の力を推し量っているかのようだった。

「伯爵夫人はお帰りになったの?」ダイアナは尋ねた。落ち着かなくて、心臓が大きくふくらんでは縮んでいるような気がする。それでも、どうにか冷静な口調を保った。

アッシュクロフトが首を横に振った。「いや、何部屋か向こうにいる。叔母には手袋を忘れたと言ってきた」

「手袋を忘れたの？」

「ポケットの中にあるよ」アッシュクロフトがにやりとした。悔しいことに、その笑みは抗いがたいほど魅惑的だった。

「ここでのんびりしていたら、疑われるんじゃないかしら？」

アッシュクロフトにぐいと腕をつかまれた。「五分だけふたりきりになりたい」

わたしが望んでいるようなことを、アッシュクロフトはここでするつもりなの？　まさか、そんなはずはない。それに、たった五分で終わるはずもなかった。

「ここは公共の場よ」ダイアナは反論した。けれど、シルクの袖越しにアッシュクロフトに腕を握られて、全身が燃えそうなほど熱くなっていた。

「ならば、人目につかない場所を探そう」

「やめて……」ダイアナはあわててローラをちらりと見た。ローラは芝居でも見ているかのように、目のまえの光景を見つめていた。

アッシュクロフトが小さく笑って、ひそめた声で言った。「何をするか、私はまだ言ってもいないぞ。ずいぶん気が早いんだな」

アッシュクロフトにこれほど切羽詰まった雰囲気が漂っていなければ、そのことばが信じられたはず。けれど、いま、アッシュクロフトからは火がつきそうなほどの切望と欲求が感じられた。今日、ここで出くわした瞬間から、そうだった。

といっても、わたしのほうも似たり寄ったり……。

「隣の部屋に行っているわ」ローラが意味深な笑みを送ってきた。

アッシュクロフトが小さな声で笑った。「きみは天使だな、ローラ・スミス」

「友人思いなだけです、閣下」ダイアナはそわそわしていたけれど、ローラのそのことばに警告を感じとった。

「それこそすばらしい」アッシュクロフトが皮肉を微塵も交えずに応じた。

ローラがいつになく愛らしい笑みを浮かべて、アッシュクロフトを見た。ダイアナはびっくりした。たしかに、ローラは愛らしい顔立ちをしている。もう少し積極的な性格をしていれば、田舎の村では美人と呼ばれていてもおかしくなかった。けれど、ごく親しい人と一緒に過ごしているときを除けば、ローラはいつも控えめなのだ。「でも、忘れないでください、閣下。五分だけですよ」

それだけ言うと、ローラは親友には目もくれずに戸口へ向かった。ダイアナは気づくと、そびえるように目のまえに立っている男性を見つめていた。いつ襲いかかられても不思議はない——いまさらそんな不安を感じているのが愚かしく思えて、不安を頭の隅に追いやった。そうよ、アッシュクロフトはコブラ並みに安全なのだから……。

「何がお望みなの、アッシュクロフト卿？」精いっぱい虚勢を張って尋ねた。

「くだらないことを尋ねるなよ。何が望みかはわかっているくせに」猫が喉を鳴らすような低い声だった。「私はきみがほしい」腕を握るアッシュクロフトの手に力がこもったかと思うと、壁に立てかけられた縞《しま》大理石の大きな石棺のほうへ連れていかれた。

「やめて」本気で抵抗しようとしたのに、できなかった。大英博物館の神聖な展示室で愛人といちゃつきたがるほど、アッシュクロフトは頭に血がのぼってしまったの？　「だめよ、こんなこと！」

「いいや、これぐらいどうってことないさ」ひそめた声で囁くアッシュクロフトに、石棺の陰に押しこめられた。石棺が目隠しになって、戸口からはふたりの姿は見えないはずだった。それでも、この展示室に人が入ってきたら、暗がりで抱きあっている男女にすぐに気づくのはまちがいない。

「あなたの叔母さまが……」

「叔母など知ったことか」荒々しく壁に押しつけられた。腕をアッシュクロフトにがっちり握られていた。

わたしはなんて愚かなの。叫んで助けを求めればいいのに、それもできないなんて。アッシュクロフトが手を離さずにいられないほど、むこうずねを蹴とばしてやればいいのに……。それなのに、期待感が全身を駆けめぐっているなんて。心臓がダンスを踊って、息を吸うのもやっとだなんて。

冷静さなど微塵も持ちあわせていないのに、強いて冷静な口調で言った。「ローラは五分だけと言ったわ。あなたの叔母さまには見つからなくても、ローラに見つかってしまう。いいえ、誰がこの部屋に入ってきてもおかしくない。ふたりきりでいるのを見られたら、それだけで醜聞が立つわ。ましてや、ファラオの棺の陰でいちゃついているのを見られたら」

アッシュクロフトが低くうなるように言った。「ダイアナ？」

その口調がなぜか気になって、ダイアナは口をつぐんだ。息を吸いこんで、アッシュクロフトの顔を見つめた。青白い顔。頬がぴくぴく震えている。抑えきれない感情を抱いているしるしだった。光を放つ緑色の目がまっすぐにこちらに向けられている。アッシュクロフトの手が腕から離れたかと思うと、その手で頬をそっと包まれた。親指が顎に触れる。手のぬくもりが伝わってきた。

「どうしたの……？」

「口を閉じているんだ」

「どうして……？」

問いかけは途切れて、消えていった。アッシュクロフトの黒い髪が揺れたかと思うと、目のまえに顔があった。気づいたときには唇を奪われていた。

怒り。戸惑い。罪悪感。痛切な孤独感。胸に渦巻いていた感情すべてが、熱くまばゆい光となって溶けていく。ダイアナは目を閉じて唇を開くと、アッシュクロフトを招きいれた。ここがどこだろうと、誰に見られようと、もうかまわなかった。大切なのは、アッシュクロフトに触れられていることだけ。

この五日間ではじめて、ほんとうの自分になれた気がした。

口づけが深まって、舌が絡みあう。アッシュクロフトが満足げな声を漏らしたかと思うと、床から足が浮くほど抱きしめられて、さらに激しく唇を奪われた。燃えさかる情熱に、同じだけの情熱で応じた。アッシュクロフトと同じぐらい、自分も求めているのをもう隠せなかった。広い背中に腕をまわして、たくましい体を抱きしめた。

アッシュクロフトをかぎりなく近くに感じたかった。体の中に感じたかった。欲望が槌となって、いまにも張り裂けそうな胸を叩いていた。

脚から力が抜けて、くずおれそうになる。その瞬間、アッシュクロフトが唇を離した。ため息をついて、今度は頬と頬を重ねてきた。

ダイアナは空気を求めて喘ぎながら、口づけの危うい余韻に埋もれていった。頬に触れるひげのざらりとした感触。五感を満たす、アッシュクロフトの爽やかなぬくもりと、熱い欲望。

「なぜ伝言をくれなかったんだ？」砂利が擦れるようなざらついた声だった。アッシュクロフトの息遣いが耳をかすめて、おくれ毛を揺らした。「なぜ、わざと距離を置くようなことをしたんだ？」

ダイアナは唾を飲みこんで、目を開けると、どうにか答えようとした。スカート越しに、熱を帯びた硬いものをはっきり感じた。広い背中を撫でる。その手がやがて誘惑的な弧を描きはじめた。

もう一度目を閉じて、心地いい無言のやりとりを堪能した。これほど愚かな女になってしまうなんて……。この腕の中が、自分の居場所だと感じているなんて。

「ダイアナ、どういうことなのか教えてくれ」アッシュクロフトが囁いた。

なぜ、わたしはアッシュクロフトに連絡しなかったの？　連絡するべきだったのに。バーンリー卿からは、ロンドンに戻ったらすぐにベッドをともにするように命じられた。この数日間、わたしが何もしなかったのを知ったら、バーンリー卿はかんかんに怒るにちがいない。いいえ、見張らせているのだから、もう知っているかもしれない。

クランストン・アビーからロンドンに戻る馬車の中では、混乱したこの計画をできるだけ早く終わらせようと思った。そう、アッシュクロフトと四六時中一緒に過ごして、一刻も早く身ごもろうと心に決めたのだ。

アッシュクロフトは放蕩者だ。計画どおりにことが運んで、二度と顔を合わせなければ、わたしのことなどあっというまに忘れてしまう。たとえ、アッシュクロフトがふたりの関係を続けたいと願っても、わたしがつれない態度を取れば、すぐに興味を失うにちがいない。聖杯を見つけると胸に誓った円卓の騎士にも負けないほど粘り強く、いつまでもひとりの女を追い求めるはずがない。アッシュクロフトがひとりの女に執着するはずがなかった。

いずれにしても、心から欲しているものはまだ手に入れていなかった。

ロンドンに戻った日は、頭痛がするからと部屋から一歩も出なかった。それは真っ赤な嘘というわけではなかった。サリーからの帰り道、罪悪感とアッシュクロフトへの思いで、頭が痛くなるほど苦しんだのだから。

けれど、その後は、ローラと一緒に英国の華やかな首都を見物することにした。そんな現実逃避をしてもどうにもならないと知りながらも、欺瞞の海にふたたび身を投じる勇気が出なかった。

アッシュクロフトに連絡しないでいたのを、どう言い訳すればいいのだろう？ そんなことを考えながらも、気づくと、嘘ではなく、正直な気持ちを口にしていた。

「それは言えないわ」悲しげな口調になってしまうのは、どうしようもなかった。アッシュクロフトにさらに身を寄せた。背の高いたくましい男性に抱かれていれば、何も心配はいらないような気がしてくる。「お願い、訊かないで」

臆病風に吹かれて連絡できなかったなんて、口が裂けても言えない。アッシュクロフトに抱かれて、触れられて、口づけられて、至上の悦びに打ち震えるのが怖かったなんて。心ならずもすっかり魅了されて、自制できなくなるのが怖かったなんて言えるはずがない。バーンリー卿と悪魔の取引をしたときは、まさかこれほどぬきさしならない状態に陥るとは夢にも思っていなかった。

五分だけとローラは言っていた。たとえローラがやってこなくても、冷ややかな目をした伯爵夫人が戻ってきて、騒ぎたてるかもしれない。

叔母である伯爵夫人のまえで、アッシュクロフトはわたしの名誉を守ってくれた。それを思いだして、ようやくまた頭が働きだした。いつ人に見られてもおかしくないこの場所で、アッシュクロフトはわたしの評判が地に落ちるようなことをするはずがない。そう思うとつい、魅惑的で危険な安堵感を抱きそうになった。

ゆっくりとアッシュクロフトが体を離した。といっても、互いの顔が見えるようにわずかに離れただけだった。大きな手で頬を包まれて、まっすぐに目を見つめられる。お願い、瞳の奥にある偽りまで見透かされませんように。

「私を苦しめたかったんだね？」

「ちがうわ」考える間もなく答えていた。何を言われても動じない女――俗世界のゲームならお手の物の女――を演じなければならないのを、すっかり忘れていた。広い背中を撫でていた手を下げて、引きしまった腰に触れた。手のひらにアッシュクロフトの肌を感じたかった。たくましい体が発する熱と力を確かめたかった。

「今夜も私を苦しめるつもりなのか？」

ダイアナは小さく笑った。笑えるぐらいには自分を取りもどしていた。でも、こんなに淫らな低い声で笑うことを、わたしはどこで憶えたの？「それがあなたの望みなら」

アッシュクロフトが笑って、またうっとりするようなキスをした。「いまこうしてきみとふたりでいるのに、口づけしかできないなんて拷問だ」やはりアッシュクロフトは欲望を抱いているのだ。

こと女性にかんしては、アッシュクロフトが節操のない放蕩者だということは有名で、もしかしたら、本人もそのとおりだと思っているのかもしれない。けれど、ダイアナは気づきはじめていた。アッシュクロフトには不動のモラルがある。それは、罪人は死後に地獄の責め苦を受けるという神の教えにも負けないほど、高潔なモラルだった。

アッシュクロフトの美しい口元に冷笑が浮かんだ。「きみはまだ私に話していないことがあるんだろう?」

ふいにそんな質問をされて、ダイアナは一瞬驚いたものの、すぐに咳きこみながら笑った。

「あなたに話していないこと? そうね、山ほどあるわ」

アッシュクロフトは笑わなかった。「どうしても知っておかなければならないことがある。ほんとうにきみには夫がいないんだね?」

「ええ、いないわ」少なくともそれは事実だった。

「まさか、放蕩者の自分がそんなことを気にするとは思ってもいなかったよ」

髪にアッシュクロフトの指が差しこまれた。次の瞬間には、顔を傾けられていた。てっきりキスされると思ったのに、アッシュクロフトは顔を見つめてくるだけだった。

「そんなふうに見ないで」囁くように言った。悔しいことに、喉が詰まってきちんとしゃべれなかった。

アッシュクロフトがうなって、額と額を押しつけた。一瞬、ふたりの息が混じりあう。けれど、すぐにアッシュクロフトは背筋を伸ばした。それでも、手は離さなかった。

やはり、わたしはどうかしている……。手を離さないでと心から願っているなんて。

「今夜は来てくれるね?」

長い距離を走ったかのように、ダイアナは息があがっていた。耳の中で脈が大きく響いている。いまの問いに答えはひとつしかなかった。そして、それを口にした。策略のためではなく、どうしてもアッシュクロフトと一緒にいたかったから。

「ええ」

アッシュクロフトが安堵の大きなため息をついた。長身の体から力が抜けていく。いまさらながら、アッシュクロフトがどれほどの不安を感じていたかがわかった。

「ありがとう」

知らず知らずのうちに、アッシュクロフトの上着を握りしめていた。「どこへ行けばいいの?」

容赦なく過ぎていく時間がふいに気になった。今夜の約束をする時間も残されていないかもしれない。できることなら、いますぐにふたりでここを出て、新しいおもちゃを握りしめて離さない子供のように、愉楽の世界に浸りたかった。

「きみの家で?」

「だめよ」ロンドンでの住まいを知られるわけにはいかなかった。それでなくても、苗字と、サリーからやってきたことを知られてしまったのだから。そんなのは些細なことかもしれないけれど、アッシュクロフトほど賢ければ、わたしの人生のすべてを探りだしても不思議はなかった。

それに、いまはまだアッシュクロフトを失いたくない。

そう、いまはまだ……。

いずれは失うことになると嘲るような声が心の中で響いているけれど……。

「ペリーはまだ帰国していない」アッシュクロフトの声がかすれていた。あらゆることばの裏側で、欲望がマグマのように泡立っていた。

「では、あの家で会いましょう」

「何時に？」

陰謀を企てているかのように、ふたりとも声をひそめて早口で話していた。

「できるだけ早く叔母から逃れるようにする」

アッシュクロフトが欲望を剝きだしにして唇を重ねてきたかと思うと、すぐにうしろに下がった。とたんに、ダイアナは雄々しいぬくもりが恋しくなった。「アッシュクロフト……」それだけ言って口ごもる。アッシュクロフトと離れたくない。けれど、その思いをどうことばにすればいいのかわからなかった。

「すごい！　ミイラの部屋だよ」ふたりを包む火花散る熱い空気に、少年の声が割りこんできた。

同時に、アッシュクロフトが体を楯にして、ダイアナを隠した。ダイアナは広い肩を握りしめて、誰にも気づかれないことを祈った。舞踏会場の近くの路地でたくましい肩にしがみついたときと同じだった。アッシュクロフトに守られるのがこれほど自然に思えるのが不思議でならなかった。

「ミイラなんて薄汚くて、臭いだけよ」少女が苛立たしげに言った。「ミス・マッカラム、わたしはこんなところいやだわ」

うなじに触れるアッシュクロフトの手に力が入るのがわかった。気づくと、広い肩が目のまえにあった。これほどしっかり守ってくれるなんて……。罪悪感で胸が潰れそうだった。そんな思いやりを示される価値など、わたしにはないのに。

　真実を知ったら、アッシュクロフトはわたしを守ろうなどと思いもしなくなる。利用されて、騙されたと感じるに決まっている。そうして、わたしを憎む。そうなっても文句は言えなかった。

「なんだよ、ケイト、まだ見てもいないくせに」少年が腹を立てて言った。「全部ガラスケースの中に入ってるんだから、匂いなんてしないよ」

「そんなの関係ないわ。だって、ミイラは死体なのよ。ああ、気持ち悪い。死体でいっぱいの部屋なんて」

「ふたりとも」強いスコットランド訛りの女性が言った。「喧嘩はやめなさい」

「ケイトが馬鹿なんだよ」少年が言った。

　これほど緊迫した状況だというのに、ダイアナは心の中で少年に同意した。そうして、大きなたくましい体にさらに身を寄せた。守られていると感じるなんて、愚かとしか言いようがない。アッシュクロフトを信用するなんて、愚の骨頂だ……。たとえ、そうせずにいられないとしても。

「そんなことないわ」少女が不機嫌そうに言った。

「いいや、馬鹿だよ」思ったとおり、少年が反論した。

「ふたりとも聞いてちょうだい、わたしはあなたたちのお母さまに、古代ローマの部屋を見せると約束したの。いい子にしていたら、帰りにケーキを食べましょう」

「でも、どうしてもミイラが見たいんだ」少年が訴えるように言った。

「アンドルー、それはまた今度ね。ミイラは明日もここにあるのよ。ええ、ミイラはどこにも行きませんからね」

声が遠のいて、三人が去っていった。ダイアナは永遠とも思えるほど長いあいだ息を詰めていた。ようやく息を吐くと、ほっとして広い胸にもたれかかった。鼓動が速くなって、めまいがした。アッシュクロフトが抱擁を強めた。愚かだと知りながらも、その抱擁にやさしさと気遣いがあふれている気がした。

哀れで、愚かなダイアナ……。

「もういなくなったわよ」石棺の反対側からローラの静かな声が響いた。

アッシュクロフトが名残惜しそうに抱擁を解いた。その気持ちは痛いほどわかった。同じ思いを抱いている者同士なのだから。アッシュクロフトが石棺の陰から出て、ローラに会釈した。「ミス・スミス」

「伯爵夫人を捜しに行ったほうがいいわ」ダイアナは背筋を伸ばしながら、小声で言った。

アッシュクロフトが身を屈めて、軽く口づけてきた。ローラが見ていることなど気にも留めていないようだった。「では、六時に」

「ええ、そのときに」

アッシュクロフトの唇の感触がまとわりついて、頭がくらくらしていたけれど、それを顔に出さないようにした。敏感すぎる体の反応はすぐに薄れるに決まっている。長年独り身を通してきたから、些細なことにも激しく反応してしまうのだ。これまで会ったどんな男性よりも、アッシュクロフトに強く惹かれているせいで、体が反応するとは認めたくなかった。

さきほどから頭の中で反論ばかりしている声が、またもや嘲笑うかのように〝自分をごまかしてどうするの?〟と言っていた。

部屋を出ていきかけたアッシュクロフトが足を止めて、まっすぐに見つめてきた。「ゲームはもうしないと約束してくれるね?」

アッシュクロフトは今夜の約束をすっぽかされるのではないかと心配しているのだ。またじらされるのではないかと。じらすために、こんな態度を取っているのであれば、どれほどいいか……。実際には、それよりはるかに深刻な理由だった。

この午後の出来事で、自分が誘惑という罠に落ちて、身動きが取れなくなってしまったのがはっきりした。バーンリー卿のあこぎな策略に加担したのが、まちがいのはじまりだったのだ。故郷を離れずに、領主の屋敷を管理する父の手伝いをしていればよかったのだ。

けれど、いまさら後悔してもはじまらない。

バーンリー卿の命令が耳の中で響いていなかったとしても、今夜、わたしはアッシュクロフトのもとへ行く。たったひとつの理由で。アッシュクロフトと離れてはいられない――それが真の理由だった。

「ゲームはもうしないわ」ダイアナは小さな声で言うと、そうなることを心から願った。

15

「ほんとうに来てくれたんだね」

暗がりから声をかけると、ダイアナが驚いてびくりとした。アッシュクロフトは束の間優位に立てて、邪な喜びを覚えた。吸いかけの葉巻を地面に落として、古代ローマ風の大理石の供物《くもつ》台からするりと下りた。そこはペリー邸の庭の生け垣に囲まれた暗い一画で、方向の定まらない夜風が木の葉を揺らしていた。

「かならず行くと約束したわ」ダイアナの口調は苛立たしげで、敵意さえ感じられた。

古代エジプトの石棺の陰で、激しい口づけに屈した情熱的な女は、またもや防御を固めていた。とはいえ、そんなことはどうでもよかった。互いに同じぐらい惹かれあっているのだから。それこそが、ダイアナの心の強固な防塞《ぼうさい》を打ち壊す武器になる。

ダイアナもそれに気づいているのだろう。だからこそ、これほど過敏になっているのだ。

ダイアナから言い寄ってきて、この情事がはじまったのを思うと、不思議な気分だった。いまや追っているのはどう見ても自分のほうだ。この腕に抱いても、ダイアナはまるでとらえどころがなかった。

博物館での緊迫した再会のせいで、考えなければならないことがいくつもできた。ダイアナがとろけるように屈したこと。渋々とはいえ、明かされた素性。ダイアナが言っていたジプシーの知りあいが、ミス・スミスなのはまずまちがいない。となると、秘薬などという胡散臭い話にも、いくらか信憑《しんぴょう》性が出てきた。

そんな秘薬がほんとうにあるのを、心から願った。

アッシュクロフトはゆっくりダイアナに歩みよった。ダイアナは小道に立っている。けれど、自分は木の下から出ないように心がけた。シャツとズボンという軽装でいると、涼しくて爽快だった。といっても、それも、ダイアナが現われて、容赦ない熱が全身を這いあがってくるまでだった。

ダイアナがマントのフードを取りはらうと、顔が月光に照らされた。そこに浮かぶ表情には警戒心が、体には緊迫感が表われていた。

やはり、とらえどころがない。

蒸し暑い午後が黄昏に染まり、夜へと変わっていくあいだ、アッシュクロフトはずっとこの庭で待っていたのだった。ようやく自信を取りもどしたものの、ついさきほどまで、ダイアナがほんとうに現われるのか確信できずにいた。忌々しいことに、ときが経つごとに不安でたまらなくなった。

それでも、冷静な口調を保った。「遅刻だよ」

ダイアナが不愉快そうにため息をついて、暗がりに目を凝らした。「やめてちょうだい。

ほんの少し遅れただけよ。たいしたことではないわ。わたしはいま、ここにいる。あなたはいつから、そんなに口やかましくなったの？」

アッシュクロフトは小さく笑った。これまでのやりとりから、ダイアナの作戦なら見当がつくようになっていた。攻撃は防御なり――それがダイアナの作戦なのだ。「愛人にやきもきさせられるのに慣れていないんでね」

ダイアナがさらに身を固くした。いまのことばの何に動揺したのだろう？　わからないことだらけだ。あまりにも謎めいている。いったい、ダイアナは何を隠しているんだ？

すぐにでも抱きしめて、午後の博物館でしたように、欲望のままに口づけたい。疼くほどの衝動を覚えても、必死にこらえた。我慢すれば期待が高まる。たしかにそれも理由のひとつだ。とはいえ、五日間もダイアナに会えずにいたのだから、すでに期待感で息が詰まりそうだった。衝動を抑えているもうひとつの理由は、ダイアナに触れようものなら、筋の通った話ができなくなるからだ。

そう、なんとしても話をしなければ。

ダイアナが忽然と姿を消したときには、この長い年月ではじめて真の恐怖を味わった。あれほど熱い官能の世界に身をゆだねたあとで、夢の愛人に捨てられるとは思ってもいなかった。どうやってダイアナを捜せばいいのか見当もつかなかった。すべては自分の失策だ。そもそも、愛人にしてほしいとダイアナが言ってきたときに、きちんと素性を調べるべきだったのだ。

ひとりの女にこれほど夢中になるとは思ってもいなかった。馬車の中でも欲望が抑えきれなくなるとは。

だが、今夜はちがう。そう心に誓ったのだ。今夜は欲望に支配された野蛮な男ではなく、洗練された凛とした男として行動するつもりだった。そうして、謎のいくつかを解き明かす。少なくとも、全力でそうしてみせる。

「伯爵夫人はなんとおっしゃっていたの？」

「私に向かってさんざん吠えていたよ」

「それはお気の毒」

アッシュクロフトは肩をすくめてから、ダイアナが目をそむけているのに気づいた。「気にしちゃいない」

「わたしのせいで、あなたが愛する人たちと仲たがいするなんてことがあってはならないわ」

アッシュクロフトはさも不快そうに鼻を鳴らすと、感情を抑える間もなく答えていた。

「冗談じゃない、あんな親戚連中を愛せるものか」

ダイアナが殴られたようにびくりとした。それでも、冷静な口調で言った。「なぜ、そんなことを言うの？」

くそっ、自分はほんとうにどうかしてしまったらしい。この手の話を人にしたことなどないのに。「いま言ったとおりだよ」そっけなく言った。

「たぶん、伯爵夫人はあなたの生きかたに不満があるのね」

ダイアナの物言いはこのことを渋々と話題にしている口調ではなかった。「ああ、たしかに、それもそのとおりだ」

「伯爵夫人であるあの叔母さまが母親代わりだったの？」

その質問に答えたくなくて、全身がこわばった。いったいなんだって、自分の生《お》い立ちを話すはめになったんだ？　アッシュクロフト家の親族との秘めた歴史を探るのではなく、ダイアナの秘密を解き明かすつもりでいたのに。「まあ、そのようなものだ。もうこの話はいいだろう、それより、きみのことを聞かせてくれ」

「いやよ、あなたのことのほうがおもしろいもの」反論する間もなく、ダイアナが歩みよってきた。木の陰に近づくと、話を続けた。「ご両親はどこにいらしたの？」

今夜の作戦は致命的なミスだ。やはり、ダイアナが来たらすぐさま押し倒すべきだったのだ。そうして、ぼうっとするほどの恍惚感を抱かせる。月明かりの下で打ち明け話をするなど、考えただけでも虫唾《むしず》が走った。

今夜の計画はあくまでも理路整然としているはずだった。質問にダイアナが答えたら、そのあとでベッドをともにするつもりだった。

「すべては遠い昔のことだよ」

こんなことがあるのか？　ダイアナの甘く低い笑い声を聞いただけで、骨抜きにされるとは。こみあげてきた怒りが消えてしまうとは。「ねえ、ほんとうに聞かせてほしいの」

「私がまだ子供だったころに、母は家名を汚して家から放りだされた」吐き捨てるように早口で言った。「その後、まもなく父は亡くなった」

「お気の毒に」耳を疑った。ダイアナはほんとうに同情しているのか？

ロンドン一の愚図になった気分で、アッシュクロフトはすべてを照らす月光の下に歩みでた。ダイアナの真の姿をあばくつもりでいるのに、激しく動揺していた。これまでふたりでくり広げたゲーム同様、いまもダイアナが優勢だった。もしかしたらそれは、どちらがリードしているかを、ダイアナがさほど気にしていないせいかもしれない。いっぽうで、この自分は優位に立とうと必死になっている。

「そんなことはない」関係のないことに首を突っこむなと言いたかった。けれど、気づくと、真実を口にしていた。「そもそも両親は不仲だったからね。噂では、母はふしだらな女で、家を放りだされてからも、夫や子供のことなど一度も考えなかったらしい。そして、父は私のことを心底憎んでいた。それはよく憶えているよ」

「お父さまが亡くなられたとき、あなたは何歳だったの？」ダイアナの口調は相変わらず憎らしいほど冷静だった。

「四歳だ」

「親に疎まれているのがわかる齢《とし》だわ」

「ああ、そうだ」幼いころの話をしていると、暗く不幸な日々が鮮明によみがえってくる。くそっ、いいかげんにこの話はやめてくれ！

ダイアナがぎこちなく息を吸った。やはりそうだったのだ。見た目ほどには、内心は冷静ではないらしい。「あなたはお母さまのことをずいぶんひどく言うのね。でも、お母さまには何か事情があったのかもしれないわ」

真剣に話すダイアナの声は震えていた。意に反して、アッシュクロフトはその声に惹きつけられた。けれど、ダイアナのことばの意味を理解すると、怒りが湧いてきた。「父が家にこもって、不貞の妻を持った夫として、身を縮めて恥辱に堪えているときに、母はロンドンでとっかえひっかえ男を追っかけていたんだ。そんなことに事情などあるはずがない」

「お母さまは具体的にどんなことをしたの？」

切なそうな口調で尋ねられると、アッシュクロフトは何かを殴りたくなった。感傷の海で溺れながらも、まもなくふたりで官能の世界に身をゆだねられると期待しているのが、情けなくてしかたなかった。

いったいどうして、これほど情けない男になってしまったんだ？　ダイアナ・キャリックは危険きわまりない。女ごときにこれほど影響されたことなど一度もなかったのに。

感情を押しこめているせいで、声がかすれた。「母は金持ちの男の愛人になった。その男に飽きられると、手切れ金を受けとって、べつの男に鞍替えした。最後は酒に溺れて、病気になって、野垂れ死にしたよ」

「そんな……」ダイアナがショックを受けたように言った。

「当然の報いだ」アッシュクロフトは平然と言った。

「そんなふうに決めつけるなんて、あなたは単純すぎるわ」声が怒りに震えていた。

ダイアナのことばの意味を理解するのに一瞬の間が必要だった。その張りつめた一瞬で、ダイアナはくるりと踵を返すと、門のほうへ歩きだしていた。

「待ってくれ！」

女を追いかけたことなど一度もない男が、ダイアナを追って走りだした。その夜はじめて、体に触れようと手を伸ばしたが、つかんだのはマントだけだった。緊迫した一瞬、ダイアナはマントを脱ぎ捨てて、歩きつづけた。もう少しで門に着くというところで、アッシュクロフトは今度こそ腕をしっかりつかんだ。

「離して」ダイアナがぴしゃりと言って、腕を引きぬこうとした。女性にしては長身で力も強いダイアナを止めるには、予想以上の力が必要だった。

「いったい、どうしたんだ？」

「なんでもないわ」

これまでの経験から、女が語気を荒らげて〝なんでもない〟と言うときは、何かすごく重要な問題があるとわかっていた。それに、ダイアナの腕もわなわなと震えている。

さきほどの会話の何が、これほどダイアナを怒らせたんだ？

「怒らせてしまったのなら謝るよ」母性本能をくすぐろうと、ほんとうに申し訳なさそうに言った。

けれど、思ったほどには後悔の念がこもらなかった。ダイアナが口にしたいくつもの質問は、胸の奥でいまも疼いている遠い記憶に近づきすぎていた。「いつもなら自分を卑下したりしないわ。少なくとも、人が見ているところでは」

ダイアナがこっちを向いた。顔が明るい月光に照らされた。ダイアナは気が動転するか、さもなければ、腹を立てて帰ろうとしたのだろう――そのときまでアッシュクロフトはそう思っていた。けれど、顔を見て即座に気づいた。その顔には、目のまえにいる男を殺したいと思っているかのような表情が浮かんでいた。

それほど激しい感情を抱いているとは……。ダイアナに抗いがたい魅力を感じるのも不思議はなかった。

「どうしたら、お母さまのことをそんなに悪く言えるの？　そんなふうに決めつけたら、お母さまが悲しむわ。あなたはお母さまがなぜそんなふうになったのか知らないのでしょう？もしかしたら、お母さまは誰かを愛してしまったのかもしれない。もしかしたら、あなたのお父さまにひどいことをされていたのかもしれない。あなたは子供だったのよ。お母さまのことを何ひとつ理解できなかったはず」

ダイアナがことばを切って、震えながら息を吸うと、手を振りほどこうとした。アッシュクロフトは腕をつかむ手に力をこめた。手を離したら、ダイアナは帰ってしまう。これほど怒っているダイアナとでも、やはり一緒にいたかった。

無情な放蕩者のアッシュクロフト卿が、そんなことを願うほど落ちぶれるとは……。そんな私の母のことなのに、なぜダイアナは自分のことのように感じているのだろう？

疑念が脳裏をかすめた。愛人であるダイアナはまちがいなく、不実で身持ちの悪いアッシュクロフト伯爵夫人の肩を持っていた。放蕩者の腕に抱かれたせいで、自分も同じように身持ちが悪いと思われるのではないかと心配しているのか？　とはいえ、母とダイアナでは立場がまるでちがう。ヘスター・ヴァレには夫と子供がいたのだから。

いや、待てよ、ダイアナにはほんとうに子供がいないのか？

「母のことは、すべて人から聞かされた……」アッシュクロフトは言いかけたが、ダイアナの鋭いことばに遮《さえぎ》られた。

「あなたは言ったわ、親戚はあなたに微塵も愛情を注いでくれなかったと。たとえ、親戚の人たちが、あなたを愛情たっぷりに育ててくれたとしても、親戚たちがあなたのお母さまのことをよく言うわけがない」ダイアナの目が怒りにぎらついていた。「あなたにお母さまを責める資格があるの？　情事は一夜かぎりのものでしかないあなたに」

アッシュクロフトは背筋を伸ばした。ダイアナに罵《ののし》られて胸が痛んだ。それでいて、痛みを感じているのを素直に認められず、落胆して、ゆっくり応じるしかなかった。「たしかにそうかもしれない。だが、だからこそきみはここにいるんだろう？　私が女と見ればすぐさまベッドに連れこむという噂を聞いたせいで」

ダイアナは身を縮めたが、あとずさりはしなかった。「そうね、あなたはそういう人なのよね？」

「いいや、そんなことはない」アッシュクロフトはさも不快そうに言った。

ダイアナの闘争心がふいに萎えた。「信じられないわ」ぼんやりした口調だった。

アッシュクロフトはダイアナの腰に腕をまわした。厚いウールのマント越しでも、しなやかな曲線を感じた。もう怒ることなどできなかった。「きみに会ってからは、ほかの女に触れていない」

「ほんの数日の貞操ね。大きな拍手を送るべきかしら？」皮肉たっぷりに言われても、激しい苦悩のほうが大きかった。「どうして、あなたはお母さまのことを憎しみをこめて話すの？」

「べつに憎んでなどいない」きちんと考えるよりさきに、またもや真実が口をついて出た。胸にあふれている感情がどんなものなのかを理解していなければ、酒に酔っているのかと疑いたくなるほどだった。けれど、いまここで唯一酔わせるものと言えば、ダイアナの圧倒的な存在感だけだった。ダイアナの腕をつかんでいる手に知らず知らずのうちに力がこもり、気づくと、いままで誰にも話したことのない思いを口走っていた。「私は母に捨てられたんだ。まぎれもないその事実に堪えるには、そうするしかなかっただけだ」

軽蔑的なことばを浴びせかけられるのだろう。嘲笑いたければ、そうすればいい。自分がどんな男であれ、大の大人であることに変わりはない。三十年もまえに母が何をしたかなど、いまの自分には関係ない。そうは思っても、幼いころに負った大きな心の傷はけっして癒えなかった。

母のことを考えるだけで、胃がぎゅっと縮まって、吐き気がするほど苦しくなる。幼い息子を母は捨てたのだ。そんな母を恋しがって生きるより、憎むほうがはるかに楽だった。

夜のしじまに、ダイアナの荒い息遣いだけが響いていた。

嘘だろう？　ダイアナは泣きそうになっているのか？　とたんに、屈辱でまたもや心が重くなった。「父からは嫌われて、親戚からはないがしろにされた。それに堪えるにはそうするしかなかった。母親が卑しい売女《ばいた》なら、その息子である私も同じぐらい卑しい放蕩者だ。少なくとも、それでいくらかは筋が通る」

アッシュクロフトは口を閉じた。胸の鼓動が雷鳴のように響いていた。しゃべりすぎた。話すべきでないことまでしゃべってしまった。

ダイアナはごく短かいあいだだけの愛人にすぎない。特別な相手ではない。短期間の情事が終われば、記憶にも残らないはずだった。

けれど、どれほど自分にそう言い聞かせても、それは嘘だとわかっていた。ダイアナを失うと考えただけで、全身を何本もの矢で射抜かれたような気分になるのだから。ダイアナのようにこの体に触れてきた者は誰もいない。これからも、そんな女は絶対に現われない。

いいかげんにしろ！　もうたくさんだ！

ダイアナの腕を離して、小道を数歩すばやく戻った。苦悩が顔に表われているにちがいない。それを見られたくなくて、背を向けた。痛ましい打ち明け話を思いかえすと、胃が縮まるほどの自己嫌悪を覚えた。

このままダイアナが去っていったとしても、しかたがない。そうだ、去っていったほうがいい。

ダイアナにははじめて会ったときから心惹かれた。退屈でつまらない日々を、華やかに彩る愛欲の気配を感じたからだ。この情事もいつもと同じ、互いの欲望を満たすだけのもの。それで充分だった。なのに、どうして、それ以上のものになってしまったんだ？

ダイアナからの連絡が途絶えたときの激しい失望感。再会したときの幸福感。そしていま、幼いころから胸の奥に秘めてきた思いを、無理やりこじ開けられて、これはいつもの情事とはちがうと気づかされた。何かもっと深いものが危険にさらされている。そのせいで、この情事が終わったら、身も心もぼろぼろになるのはまちがいなかった。

そうとわかっているなら、すぐにでもこの情事を終わらせなければ。

賢い男ならそうするに決まっている。これ以上、無防備になってはならない。これ以上、不確かなことは必要ない。これ以上、心かき乱す感情はいらない。

これ以上、ダイアナとは……。

死刑宣告を待つように、アッシュクロフトはダイアナが立ち去るのを待った。この庭を飛びだして、二度と戻ってこないのを。

けれど、心臓の激しい鼓動に、立ち去るダイアナの足音が重なることはなかった。愚かな女はここに留まるつもりらしい。

なぜだ？　退屈な打ち明け話を、ダイアナがこれ以上聞きたがるはずがない。

ぴんと張りつめた糸にも似た緊迫感をひしひしと感じながら、アッシュクロフトは空虚なことばを耳にするのを覚悟した。あなたはこれまで自分を偽って生きてきた——そんなことを言われるのかもしれない。さもなければ、それでもやはり親戚の人たちはあなたを愛しているとか、感傷的でくだらない話を聞かされるのだろう。

けれど、ダイアナは何も言わなかった。

長い沈黙が続いた。ふたりがそれまでに話したことと、語られなかったことで、その場の空気がどんどん重くなっていく。

好奇心がゆっくり頭をもたげて、屈辱を打ち負かした。アッシュクロフトは振りかえった。ダイアナの美しい顔に浮かぶ嘲笑や、さもなければ、同情を目にするのだろうと覚悟して。

ダイアナはじっとその場に立っていた。息さえ吸っていないのではないか、そんなふうに感じられるほど身じろぎひとつせずに。夜の闇の中で、謎めいたまなざしでこちらを見ていた。その顔に浮かぶ思いは見まちがいようがなかった。

ダイアナはあまりにも悲しげだった。

そこまで深刻に思いつめているのか?

まるで目のまえにいる男に深く傷つけられたと言わんばかりの顔だ。思わず、本心からのことばが喉元まで出かかったが、それを無理やり呑みこんだ。ダイアナを慰めるためのことば。嫌わないでくれと懇願することばを。今夜はもう、充分すぎるほど愚かな真似をしているのだから。

私は大人の男だ。めそめそ泣くしかない子供ではない。

ダイアナは性の悦びを経験するために、私のところへやってきた。ああ、性の悦びならいくらでも与えられる。苦悩に満ちたこのひとときのことなど、ダイアナがすっかり忘れてしまうほどの至上の快楽を。全身の血管を切り裂かれて、血とともに屈辱的な秘密をあらいざらいぶちまけてしまったかのようなこのひとときのことなど。

「きみがほしい」うなるように言って、ダイアナにゆっくり歩みよった。

「それは……」ダイアナが口ごもって、あとずさった。その顔にはまだ悲しみが漂っていた。これほど素直で無防備なダイアナを見るのは堪えられなかった。そんなダイアナをまえにすると、いまとはちがう男に、もっと善良な男になりたくてたまらなくなる。安っぽい情事ではなくて、永遠と思える何かを与えられる男に。ダイアナが欲望ではなく、尊敬を抱くような男になりたかった。

といっても、そういう男になれれば、貴重なおまけとして欲望もついてくるはずだ。

「もうたくさんだ」しわがれた声で言うと同時に、ダイアナをさっと抱きあげて、くるりと踵を返すと、芳しい庭の向こうで手招きしているような扉へと歩きだした。

アッシュクロフトのたくましい腕に高々と抱えあげられて、ダイアナはなだらかな階段をのぼっていった。全身が打ち震えるほどの欲望を抱いていた。最初からこうなると決まっていたのかもしれない。アッシュクロフトに触れられて、何もかも見失ってしまうと。けれど、今回は欲望だけに支配されているわけではなかった。激しい苦悩も感じていた。アッシュクロフトが渋々と打ち明けた悲惨な過去が、罪深い心に突き刺さっていた。

今夜、聞かされたことから、真のアッシュクロフトの姿がはっきりわかった。けれど、わかったのはそれだけではない。アッシュクロフトは放蕩者として生きてきたのに、結婚の誓いを破った奔放な母を許していなかった。わたしに騙されていると知ったら、わたしのこともけっして許さないはずだ。

けれど、アッシュクロフトがこれまで堪え忍んで、乗りこえてきたことに比べれば、わたしに騙されていることなど物の数にも入らない。

「重いでしょう」ダイアナは力なく抵抗した。

「羽のようだよ」息があがっているのだから、そんなはずはなかった。それでも、アッシュクロフトはいかにも男らしく肩で扉をぐいと押しあけて、家に入った。

ダイアナは引きつった笑い声が口から漏れそうになり、あわててアッシュクロフトのシャツに顔を埋めてこらえた。「そんなわけがないわ」

アッシュクロフトが過去について話したがっていないのは明らかだった。不幸な少年時代の出来事も、さきほど口にした真の気持ちも、これまで誰にも明かさず胸に閉じこめてきたのは尋ねるまでもなくわかった。

それなのに、わたしには話してくれた……。

罪悪感が苦みとなって口の中に広がっていく。今夜からはもう、自分がごく短期間の愛人でしかないふりなどできなくなる。わずか数日のうちに、ふたりの人生は複雑に絡みあってしまった。情欲はタペストリーに織りこまれた輝く金糸。けれど、豊かなその布に使われているのは金色の糸だけではなかった。思いやり。ふたりだけにわかる冗談。さらには、胸に秘めた孤独の色まで織りこまれている。

アッシュクロフトから母親について聞かされると、胸に鋭い痛みが走った。どれほどアッシュクロフトの人生に深入りしてしまったかを、痛感せずにいられなかった。アッシュクロフトは誰のことも信じていない。それなのに、わたしを信頼してくれたのだ。そのせいで、胸の痛みは増すばかりだった。朝に太陽が昇るのがこの世の定めであるように、わたしはアッシュクロフトを裏切る運命にあるのだから。

罪深い行為を打ち明けてしまいたい。そんな衝動に駆られたけれど、必死にこらえた。身勝手な理由でアッシュクロフトを利用しているのを打ち明けたら、どんなことになるの？　背信行為を打ち明けずにいれば、束の間の幸せが得られる。といっても、それを真の幸せと感じられるはずもなかった。そう、かえって裏切りを痛感させられるだけ。卑屈な自分が忌まわしかった。

アッシュクロフトに抱かれて、荘厳な階段をのぼって、あどけないのに目だけがやけに艶めかしい天使の像と、大きな絵の中からこちらを見つめている若く美しい男たちのまえを通りすぎた。アッシュクロフトのうなじにまわした手に、思わず力をこめた。五日まえに官能の楽園を知った部屋が近づいていた。胸の中では自己嫌悪の嵐が吹き荒れているのに、部屋に一歩近づくごとに興奮で胸が高鳴った。

アッシュクロフトが蹴るようにして扉を開けると、大きな音をたてて扉が壁にぶつかった。周囲の光景がぼやけて見えるほどアッシュクロフトが脚を速めて居間を横切った。気づいたときには、蠟燭《ろうそく》に照らされた寝室に入っていた。

姿は見えないけれど、ペリグリン卿の有能な召使たちは、いたるところにいるのだろう。家具の平らな面にはすべて花瓶が置かれ、その中でユリの花が甘い香りを発していた。糊《のり》が効いた寝具はきちんと折りかえされて、すぐにでもベッドが使えるように整えてある。庭に面した窓は開け放たれて、そこから流れてくる微風がしつこい暑さを和らげていた。

息を切らしたアッシュクロフトに、ダイアナはベッドにそっとおろされた。すぐにアッシュクロフトもベッドに入ってきた。考える間もなく、ダイアナは脚を開いて、そのあいだにアッシュクロフトを招きいれた。といっても、脚はスカートに包まれていたけれど。アッシュクロフトが肘をついて上体を起こして、見つめてきた。これほど美しい人を見たのははじめてだと言いたげに。

けれど、口づけてはこなかった。

すぐにでも口づけてほしい。さもないと、わたしは死んでしまう……。

交響曲の美しい旋律のように、欲望の奥に思いやりが感じられた。ダイアナはアッシュクロフトの額にかかる黒い髪をうしろに撫でつけた。豊かな髪はやわらかかった。ウィリアムの髪よりやわらかい。髪に触れる指の感触を慈しむように、アッシュクロフトが目を閉じた。

アッシュクロフトの告白は、わたしの胸を焦がして、心を貫いた。

わたしは愛を知っている。父への、母への、ローラへの、そして、ウィリアムへの愛を。

けれど、アッシュクロフトは真の愛を知らない。

そう思うと、泣きたくなった。同時に、アッシュクロフトを永遠に離したくなくなった。

みんなから冷たくされた少年が哀れでならなかった。同情と痛切な悲しみが混じりあって、体の中でとぐろを巻いていく。すべてを至上のものに変えて、アッシュクロフトの過去を癒したい。かなうはずのない願いが、止めようもなく湧きあがってきた。

わたしは取りかえしのつかない罪を犯そうとしている。それなのに、アッシュクロフトを救えるわけがない。

アッシュクロフトが緑色の目を開けて、微笑んだ。いつもの明るい笑みではなく、皮肉めかした微笑だった。けれど、その笑みはなぜか甘く、愛らしく、十歳は若く見えた。そんな笑みを見ると、感傷だらけの心に、身もだえずせずにいられないほどの鋭い痛みが走った。

「だから、重いでしょうと言ったのに」声がかすれていた。

アッシュクロフトの過去をもっと聞きたかった。そうすれば、心の傷をいくらかでも癒せるかもしれない。けれど、わたしの真の目的をアッシュクロフトが知ったら、策略を成功させるために、悲惨な過去を利用したと思われるはずだった。

「切羽詰まれば、力も出るよ」そのことばにはシャンパンの泡のようにユーモアがはじけていた。

「それはわたしが聞きたかった答えとちがうわ」皮肉ではなく、正直な気持ちだった。あいているほうの手をあげて、アッシュクロフトの顔をそっとたどった。凜々《りり》しい黒い眉から高い鼻へ。くっきりした頬骨。意志を感じさせる顎へと。「博物館から帰って、ひげを剃ったのね」

アッシュクロフトが小さく笑った。自然なしぐさで頬を大きな手で包まれた。とたんに、心臓がまたびくんと跳ねた。「きみと会うまでに、潰さなければならない時間がたっぷりあったからね」

「いまなら、暇潰しにキスをすることだってできるわ」ダイアナはわざと不満げにつぶやいた。こんなふうに冗談を言いあえるのが嬉しかった。

じらせばじらすほど、甘美な予感が高まっていく。嘘と裏切りの関係だと知りながらも、幸せを嚙みしめずにいられなかった。ウィリアムを亡くしてからは、めったに感じられなかった幸福感を、即座に捨て去ることなどできなかった。たとえ、思いもかけない不当な幸福感だとしても。

それに何よりも、この幸福をふたりで分かちあいたかった。アッシュクロフトだって、真の幸福感を味わったことなどめったにないはずなのだから。

「きみは人に指図してばかりいる、ほんとうに生意気な女だ」アッシュクロフトも軽い口調で応じた。

ダイアナは体を伸ばした。ドレス越しに、アッシュクロフトの股間にあるものが硬くなっているのを感じた。それほど求められていると思うと、わくわくした。「ええ、そうよ、わたしはそういう女なの」

「それに、きみは服を着すぎている」

「それについては、あっさり解決できそうだわ」

ダイアナは指をアッシュクロフトの唇にあてた。神聖なものに触れるように、ゆっくり指を動かして、上唇の輪郭をたどり、中央のくぼみに触れて、口角をそっと撫でる。ふわりとした下唇をそっと押した。

その唇がアッシュクロフトのすべてを表わしていた。噂とはちがう自らを厳しく律する性格。知性。洞察力。頑なな意志。決断力。激しい欲望。

アッシュクロフトが唇を開いて、触れている中指を口にふくんだ。指が熱く湿ると、ダイアナの体に戦慄が走った。指先を舐められて、全身に鮮烈な快感が湧きあがった。

「それで、どうするの?」震える声で尋ねた。

アッシュクロフトが体を転がしてごろりと横になって、見つめてきた。強い光を放つ目に見つめられると、どれほど美しいプロの愛人にも負けないほど魅惑的な女になったような気がした。アッシュクロフトが口から指を抜いた。

「さあ、どうしようか?」

「今夜はあなたを苦しめるつもりだったのよ」ダイアナは低い声で言った。

「互いに苦しめあったほうが、もっと楽しいんじゃないかな?」アッシュクロフトがダイアナの髪からピンを引きぬいた。こぼれた髪を丁寧に手で梳《す》かれると、ダイアナは思わず足のつけ根に力をこめた。「きれいな髪だ」

「今夜だけは、褒めれば何かいいことがあるかもしれないわ」

「ああ、これからあらゆる場所を詳しく調べて、いい思いをするつもりだよ。だから、ひげを剃ってきたんだ」

ダイアナはくぐもった笑い声をあげた。「いいことを思いついたわ」

アッシュクロフトの視線が髪から離れて、顔を見つめられた。「どんなことかな？」

ダイアナはぎこちなく息を吸って、勇気をかき集めた。「わたしがあなたを感じさせるの」

16

「それなら、きみに必要なのは五秒だけだ。私がきみのスカートをたくしあげる四秒を入れても」

アッシュクロフトに髪を撫でられると、艶めかしい手の動きに、ダイアナは体が震えるほど欲望をかき立てられた。同時に、欲望の奥にあるものに何かが突き刺さった。ダイアナ自身もわからない何かが。

抱擁に身をまかせながら、ダイアナはアッシュクロフトのうなじを手で愛撫した。「知っているでしょう、わたしはなんの準備もせずに、あなたを訪ねたわけではないのよ。ロンドンに来るまえに、興味深い本を何冊も読んだわ」

「そうなのか?」アッシュクロフトの目が好奇心にきらりと光ると、緑の瞳が澄みわたった。けれど、その目には誰にも愛されなかった少年の面影がまとわりついていた。胸が締めつけられるほど孤独な少年の面影が。

わたしはアッシュクロフトのことを完全に誤解していた。アッシュクロフトの人生は不謹慎でもなければ、安楽でもなかった。それでも気高いプライドを楯にして、暗い過去を隠しとおしてきたのだ。議会で弱者を守ろうと奔走しているのも不思議はなかった。

「ええ、そうよ。でも、わたしの知識はすべて本から得たもの。だから、実践を積みたいの。本で覚えた知識がほんとうに通用するのか試してみたい」

アッシュクロフトの表情が和らいで、うっとりするほど魅惑的になった。美しい口元にかすかな笑みが浮かぶのが見えると、心臓の鼓動が胸を叩きそうなほど高まって、アッシュクロフトがほしくてたまらなくなった。「知識を深めようとしている女性の邪魔など絶対にしないよ」

「あなたならそう言うと思っていたわ」ダイアナは軽い口調で応じようとした。けれど、アッシュクロフトを抱きしめたくてたまらなくては、それもままならなかった。抱きしめて、アッシュクロフトを苦しめた身勝手で冷淡な親戚を罵りたくてたまらなかった。

「ということは、私をこき使うつもりだな」

「といっても、あなたもたっぷり楽しめるはずよ」

アッシュクロフトのためだけに何かをしたかった。自分の野望とは無関係の何かを。たくさんのものを与えてくれたのに、これから無情にも裏切ることになる男性に、いまだけは精いっぱいのことをしてあげたかった。

アッシュクロフトが仰向けに横たわった。口元にさきほどと同じ、じらすような笑みを浮かべながら見つめてきた。ダイアナは広いベッドから静かにおりると、美しい彫刻が施されたベッドの足元にまわった。アッシュクロフトが興味深げに目を輝かせて、その動きを一心に追っていた。

「きみは相変わらず服を着すぎだよ」熱く魅惑的な視線とは裏腹に、アッシュクロフトの口調は冷静だった。

ダイアナはゆったりした黒いマントの銀の留め金に片手を持っていった。「命令するのはどっちかしら？」

おもしろがっているように、アッシュクロフトがまた眉をあげて見せた。「どうやってはじめればいいのか、きみは知らないかもしれないと思ってね。何しろ、きみの知識はすべて机上のものなんだから」

ダイアナは唇をぴくりと動かした。「わたしはひとりの力で最後までやってみせるわ」

「ひとりの力で？　それは絶対に無理だ」

澄んだ小川が流れるように、笑い声が部屋の中を流れていった。この情事が終わったら、熱い官能と同じぐらい、その笑い声が懐かしくなるはずだった。

アッシュクロフトの唇の味を思いだした。熱くかすかにピリッとする舌。そして、深々と入ってくるアッシュクロフトの体。

いいえ、それだけじゃない。

長身の力強い体をじっと見つめた。それから、繊細で知的な顔を、体のわきの白いシーツの上にふわりと置かれた優美な手を、熱く見つめずにいられなかった。

アッシュクロフトが苦しげな声を漏らして、束の間、目を閉じた。次に目を開けたときには、黒く濃いまつ毛に縁取られた目が、エメラルドの輝きを放っていた。「何をするにしても、いますぐにやってくれ。さもないと、自分がどうなるか責任が持てない」

「どうしても手に負えなくなったら、縛らせてもらうわ」

アッシュクロフトの目がいちだんと輝いた。「なるほど、ずいぶん有益な本を読んだらしいな。キャリック夫人ともあろう女性が、どこでそんなに高尚な本を手に入れたんだ？」

その瞬間、バーンリー卿の幻影が現われて、ダイアナは目のまえが真っ暗になった。

だめよ、いまは邪悪な老人のことなど頭から追いはらわなければ。これからわたしはアッシュクロフトに至上の悦びを与えるのだから。「キャベツ畑で拾ったの」強いて明るく言った。「さあ、あなたを縛らなければならないのかしら？」

「仕返しされるのを覚悟の上なら、そうするといい」

手足をベッドの支柱に縛りつけられてなす術もなく横たわるアッシュクロフト——魅惑的なその姿で頭の中がいっぱいになる。やめなさい、ダイアナ。なんてはしたないことを考えているの！　頽廃的な都会でほんの数週間過ごしただけで、これほど堕落してしまうなんて。

けれど、卑猥な妄想は不快ではなかった。それどころか、ますます興奮した。

「次回はそうしましょう」つぶやいた。緊縛《きんばく》に興味を示したのを、アッシュクロフトに気づかれたのはまちがいない。いずれそれを追及されるのを覚悟しておかなければ。

「マントを脱ぐ気がないなら、私が引き裂いてやる」アッシュクロフトの声がかすれていた。

ダイアナは喉が詰まって、息もろくに吸えなかった。

こんなふうにじゃれあっているうちに、抑えがきかないほど欲望が高まっていた。荒れくるう欲望の渦に呑みこまれて、厚いマントがやけにざらついているような気がした。そのせいで、一週間まえなら考えられなかったことを、したくてたまらなくなった。部屋の中は早くも、ときを超越した空間に変わっていた。アッシュクロフトとふたりきりの世界に。

こんな情事はもちろん生まれてはじめてだ。浅はかにも、いままで欲望の力を見くびっていた。そのせいで欲望の虜になるという高い代償を払わされていた。

マントの留め金を指でもてあそんだ。留め金に触れては、手を離す。「もう我慢できなくなったの？」

アッシュクロフトが大きく息を吸うと、たくましい胸が盛りあがった。「もう、だって？　きみに触れられてから、永遠のときが過ぎてるよ」

これほど求められているなんて。頭がくらくらした。赤ワインを飲みすぎたときと同じだった。さもなければ、高い木の枝からぶらさがっているブランコをこぎすぎたときと。「ほんの数秒よ」

「ダイアナ……」アッシュクロフトが苦しげに言った。

これ以上じらすのは危険だった。けれど、限界までじらすつもりでいたのだ。じらせばじらすほど官能の悦びが増すのを、アッシュクロフトが教えてくれたのだから。

問題は、わたしの身が持つかどうか……。

アッシュクロフトが熱い欲望を抱けば抱くほど、わたしもアッシュクロフトがほしくてたまらなくなる。思うように動かない手で、留め金をはずした。肩をすくめただけで、マントがするりと床に落ちた。マントの下に着ているのは、お気に入りのドレス。以前なら、身につけようとは夢にも思わなかったはずの艶めかしいドレスだ。体の線があらわになる赤い絹のドレスのために、バーンリー卿は大枚をはたいたはずだった。

女王が着るようなドレス。淫らで奔放な女王のためのドレス。そのドレスをまとった女に、男は虜になって、夢うつつでうわごとめいたことばをくり返すことになる。ドレスの襟ぐりは広く、宝石が贅沢に散りばめられていて、いまにも胸元から乳房が見えそうだった。どこまでも挑発的で派手なドレスは、もちろん、人前では着られない。

けれど、アッシュクロフトには見てもらいたかった。

そのドレスのおかげで、大胆不敵な女になれそうな気がした。それなのに、実際に高級娼婦の装いでアッシュクロフトのまえに立つと、不安でたまらず、おなかのまえで震える手を握りしめるしかなかった。

それでも、勇気を出して、アッシュクロフトをちらりと見た。身じろぎもせずにじっとしているアッシュクロフトが、炎の浮かぶ目で見つめてきた。頰がぴくぴくと震えているのが、激しい欲望をこらえている証拠だった。たくましい体に目をやると、股間にあるものがズボンのまえを押しあげていた。出してくれと叫んでいるかのよう。ふいに渇きを覚えて、ダイアナは唾をごくりと飲みこんだ。

「すてきだよ」アッシュクロフトがかすれた声で言った。

そのひとことに勇気づけられて、背筋をまっすぐに伸ばした。「あなたのためにこのドレスを着てきたの」

「それは光栄だ。ほんとうに美しい」アッシュクロフトの笑みは燃えさかる炎のようだった。抑えきれない欲望を紛らわすために、アッシュクロフトは体のわきで手を握っては開いていた。「では、今度はそれを脱いでくれ」

ダイアナは思わずかすれた声で笑った。「命令するのはどっちなのか、すっかり忘れてしまったの？」

「私はすっかりきみの虜《とりこ》になってるよ。さあ、麗しい服を脱ぎ捨てて、こっちに来てくれ」

アッシュクロフトの顔には欲望がありありと浮かんでいた。それを見ると、あとほんの少しだけじらしたくなった。「それはあとまわしよ」

アッシュクロフトが肘をついて上体を起こした。とたんに、いつまでも主導権を握っていられるわけがないと気づかされた。アッシュクロフトは大きくて力強い。その気になれば、いつだって飛び起きて、わたしを組み伏せられるのだ。またもや戦慄が全身を駆けぬけた。

ダイアナは笑みを浮かべた。「あなたがベッドを出たら、わたしは帰るわ」

アッシュクロフトが即座に身を固くした。「まさか、冗談だろう」

そう、いまさら帰れるはずがない。「試してみる？」

「非情な魔性の女とはきみのことだ」アッシュクロフトはベッドの上に仰向けになると、何気なく脚を組んだ。シーツの上に横たわる姿はまばゆいほどだった。

「それに、野蛮な男とはあなたのことよ、アッシュクロフト。ブーツを履《は》いたままで、友人のベッドの上でくつろぐなんて」

「ならば、ブーツを脱がせてくれ」

「こんなに華麗なドレスを着ているのに？」

「ドレスなら脱いでもらってもいっこうにかまわない。さっきもそうアドバイスしただろう」

「さっきのはアドバイスじゃなくて、命令だわ」

アッシュクロフトが表情豊かな眉の片方を吊りあげた。「きみがあっさり却下した命令だ」

ベッドの端に腰かけると、アッシュクロフトはブーツを脱ぎはじめた。ダイアナは歩みでると、そのまえにひざまずいた。「あなたの勝ちよ」

「きみは私に襲いかかるつもりだな？」

「そんなことはしないわ。でも、ブーツを脱がせてあげる」

「それだけなのか。がっかりだ」そう言いながらも、アッシュクロフトはブーツが脱がせやすいように、脚をあげた。

欲望がぶつかりあうのをひしひしと感じながら、ダイアナはアッシュクロフトの脚に手を伸ばした。ざらざらしたすね毛が手に触れた。思わず、力強い脛に唇を押しあてた。アッシュクロフトが身を乗りだして、髪に両手を差しいれてきた。これではブーツを脱がせられない。

ダイアナは顔をあげた。同時に、深い緑色の目に吸いよせられた。知らず知らずのうちにため息を漏らすと、それを待っていたかのように、アッシュクロフトに開いた唇を奪われた。舌が強引に押しいってくると、骨までとろけそうになる。抵抗などできるはずがなかった。わかるのは重なる唇の熱さと、絡みあう舌だけだった。アッシュクロフトが艶めかしいかすれ声を漏らして、さらに激しく口づけてきた。ダイアナは手を上に滑らせてアッシュクロフトの肩に触れると、ゆったりした白いシャツを握りしめた。

感覚だけのビロードの闇に落ちていく。無限の官能の世界に。

一瞬、アッシュクロフトが唇を離した。「ベッドに入ろう」

そのことばはやさしく、魅惑的だった。けれど、ここでそのことばに屈したら、バーンリー卿の策略をさらに押し進めることになる。靄のかかる頭の中にそんな思いが浮かんだ。今夜、アッシュクロフトの過去を知ったからには、これ以上欺けるわけがなかった。

アッシュクロフトのためだけに何かをしなければ、胸が張り裂けてしまう。

「もう少しだけ待って」ダイアナは立ちあがって、腕を上に伸ばすと、髪に残るピンを抜いた。アッシュクロフトに見つめられているのが、嬉しくてたまらなかった。髪が肩にこぼれ落ちた。「シャツを脱いで」

小気味いいほどすばやく、アッシュクロフトがそのことばにしたがった。シャツをぐいと引きあげて、頭から脱ぐと、床に放りなげた。ダイアナは息を詰めて、雄々しい胸と腕を見つめた。どこまでも男らしい体を。

アッシュクロフトに一心に見つめられると、すべてを意のままにする気高い女王の気分になった。身にまとっているドレスにふさわしい女。借りものの贅沢な衣装で仮面舞踏会に出かけた女ではなく。

「今度はズボンよ」

アッシュクロフトが訝しげな視線を送ってきた。「私をますます不利な立場に追いやるつもりだな」

「もちろんよ」そう答える声が、期待に満ちた長くかすれた息遣いと混じりあった。

目に欲望の炎を浮かべながら、アッシュクロフトが立ちあがった。一瞬で、ズボンがシャツと同じ運命をたどって、床に落ちた。

不利な立場に追いやられるというアッシュクロフトのことばはまちがっていた。ダイアナは咳払いをして、どうにか言った。「ベッドに横になって」

驚くほどすばやく、アッシュクロフトがベッドに横たわった。ダイアナはアッシュクロフトの出自を表わす痣をちらりと見たものの、すぐに、硬くなっていきり立っているものに目が釘づけになった。秘した場所が湿り気を帯びる。好奇心で喉が詰まって、脈が速くなった。

アッシュクロフトを味わいたい。これほど何かをしたいと願ったのははじめてだった。いつのまにかアッシュクロフトとの関係が変化して、気づいたときには抑制はすっかり消えていた。

ダイアナは脈打つ雄々しいものを見つめながら、ベッドにあがって、ひざまずいた。

アッシュクロフトはダイアナの太ももを手で探った。絹のスカートに邪魔されて、無理やりダイアナの手が男をじらすように動いて、熱い欲望がいよいよ燃えあがった。いのか、教えなければならなかったほどだ。そのレッスンが実を結んだのはまちがいない。はじめてそこに触れたとき、ダイアナはためらいがちで、ぎこちなかった。どうすればいは……。歯を食いしばって、正気を保とうとした。太いままでいるにちがいない。それなのに、ダイアナに触れられて、さらに硬く太くなると今夜は最初からいきり立っていた。いや、ダイアナのためなら、百年のあいだだって硬く「ああ、それだ」いきり立つものを手で愛撫されて、つぶやかずにいられなかった。ど熱い闇が押しよせてきて、目を閉じるしかなかった。太く大きくなったものがダイアナの手に包まれると、何も考えられなくなった。焼けるほその答えを知りたくなかった。それなのに、いま抱いている思いは、どうしてこれほど特別なんだ？といざなってくれた女なら数えきれないほどいた。極みへとはじめて押しあげられたのは、十代のころだった。以来、それと同じ方法で絶頂へ愛人の口に自分自身が包まれるのは、もちろんはじめてではなかった。その方法で恍惚のフトはそう思った。ダイアナが何も言わなくても、これから何をするつもりなのかはわかる――アッシュクロ

り目を開けた。傍らに、ひれ伏すようにひざまずいているダイアナが見えた。といっても、もしどちらかがひれ伏すとしたら、それはアッシュクロフトのほうだった。

ダイアナがさらに手に力をこめた。アッシュクロフトは低くうなった。

ダイアナの官能的な口元に、満足げな笑みが浮かぶ。瞼は半分閉じられて、薔薇色に染まる頬に、まつ毛が黄金の扇の影を落としていた。これほど魅惑的で淫らな女の表情を見たのははじめてだった。すべてを忘れて、享楽にふけっている表情だった。

ダイアナが唇を舐めた。とたんに、欲望の炎が全身を駆けぬけた。濡れて輝く唇を見ていると、器用な桃色の舌をダイアナが特別なことに使う場面が頭に浮かんできた。

ダイアナはほんとうに男を口に含むのか？　それとも、最後の最後に躊躇するのか？

もどかしさが、脈打つ欲望と混じりあい、頭がふらふらした。胸の鼓動が命知らずのギャロップを刻む。思わず、しわの寄ったスカートの上からダイアナの太ももを握っていた。ひやりとした絹の布越しに、温かくしなやかな肌が感じられた。邪魔な服を剝ぎとって、素肌に触れたくてたまらない。たっぷりじらされてかき立てられた欲望と同じだけの欲望を、ダイアナにも抱かせたかった。そして、そのときは、ほんの少しじらしてみるのも悪くない。

「服を脱いでくれ。体に触れられるように」必死に自制しているせいで、声がかすれていた。

ダイアナはそのことばにしたがわず、ふいにいきり立つものから手を離した。そうして、まっすぐ見つめてくると、頭を振って、顔にかかる豊かな髪をうしろに払った。唇にはさきほどと同じ男を酔わせる笑みが漂っていた。

なんて小憎らしい女だ。ダイアナは自分がどんなことをしているのか、よくわかっているのだ。

股間にあるものが、物欲しげにぴくりと脈打ち、心臓がひと打ちしたかと思うと、束の間、鼓動が止まった。暑い夜とはいえ、いまにも火を噴きそうなほどほてった肌に、夜気が氷のように冷たく感じられた。

からかうように、ダイアナがにっこり笑った。忌々しいことに、触れてほしくてたまらない場所に手を戻すつもりはないらしい。「おとなしく横になっていると、あなたは約束したはずよ」

ダイアナの美しい顔を見つめながら、アッシュクロフトはふいに気づいた。数週間以上そばに置いておきたいと思える女に出会ったのは、これがはじめてだ。さらに驚いたことに、ひとつの思いが頭をよぎった――そういう女が相手なら、結婚も悪くないかもしれない……。

なんてことだ、頭がおかしくなったのか？　くだらない夢物語をぺらぺらとしゃべりはじめるまえに、いつもの自分を取りもどさなければ。ダイアナが街にいるのはこのひと夏だけ。夏が終われば、サリーのどこかのさびれた村に戻って、貞淑な未亡人として慎ましく暮らすのだ。ダイアナが口にした話が真実ならば、そういうことになる。

いや、ロンドンに留まるように説得できるかもしれない。せめて、定期的にこの街を訪れるように。

たとえば、毎週。

たとえば、毎日。

たとえば、一分ごとに。

「王立協会が集めた愚にもつかない標本になった気分だ」そのことばは、完全な冗談というわけではなかった。

ダイアナが空気を見るような目つきで、顔を見つめてきた。「あなたが標本なら、誰もが興味津々よ。とりわけ、生まれたままの姿で標本になったら。そうね、もしかしたら大英博物館に展示したほうがいいかもしれない。あなたもあの博物館が好きでしょう？　正直なところ、今日からわたしもあそこが好きになったわ。とくに古代エジプトの展示室が」

「私は死んでもいなければ、埃もかぶっていないよ、マイ・ラブ」

マイ・ラブだって？

ダイアナのせいで興奮して、何も考えられなくなっているのはまちがいなかった。いつもはきちんと考えてから、話をするのに。ダイアナの体を奪ったら、いくらかは正気を取りもどせるのか……？

百回、奪ったら。

ああ、おそらく。

ダイアナの指が太ももに触れた。ほんとうに触れてほしい場所を、その手は巧みに避けていた。ダイアナが太ももから手を離して、指先をしげしげと見つめた。「あなたの言うとおりね。埃はかぶっていない。メイドはきちんと仕事をしているのね」

アッシュクロフトは声をあげて笑った。最後にからかわれたのがいつだったか、思いだせなかった。アッシュクロフト卿を相手に、軽口を叩こうなどとは、誰も考えもしないのだから。友人にしろ、愛人にしろ。これまで自分はなんて寂しい人生を送ってきたのか……。それに気づいて、いまさらながらショックを受けた。

「こっちに来てくれ」ダイアナの太ももから渋々と手を離しながらも、アッシュクロフトはその場を動かなかった。

ダイアナが訝しげに尋ねてきた。「どうして?」

「きみに口づけたいからだ。約束する、じらされても堪えてみせる」そう答えて、物言いたげな目でダイアナを見た。「ただし、あとでしっぺ返しを食うのを覚悟しておくんだぞ」

ダイアナの顔がほてって、頬が熟《う》れた桃の色に染まった。蠟燭のやわらかな明かりに照らされたその顔は、はじめての恋人と一緒にいる乙女のようだった。若いダイアナを妻にした夫は、自分がどれほど幸運かわかっていたのか? 十年まえのダイアナの姿が目に浮かんだ。大人になったばかりのみずみずしい乙女。その姿を想像するだけで、説明のつかない激しい胸の疼きを覚えた。

いや、この疼きは嫉妬だ。

どんな愛人にも嫉妬したことなどないのに。

「ええ、それでもかまわないわ」ダイアナがつぶやきながら、また埃を確かめるように胸の真ん中に指を這わせた。

なんの話をしているのか、ダイアナはわかっているのか？　アッシュクロフトはダイアナをひと目見た瞬間から、秘した場所に口づけたくてたまらなかった。またもや、全身に興奮の火花が飛び散った。

ダイアナが唇を重ねてきた。その口づけは純粋と言ってもいいほど爽やかだった。魅惑的なひととき、ダイアナは無垢な乙女のキスをした。ふっくらした唇がかすかに動いただけで、アッシュクロフトは脈がなだれのような轟音を響かせるのを感じて、思わずシーツを握りしめた。

ダイアナの手が肩を這いあがって、顔に触れた。救いようもないほど眩惑《げんわく》した哀れな男にとって、その手の感触はあまりにもやさしかった。同時にどれほど熱い情熱よりも、深く心を焦がした。

けれど、純粋な乙女の口づけだけで終わるわけがなかった。欲望が山をも呑みこむ炎となって燃えさかっているのだから。閉じた唇を、ダイアナの舌がすばやく這う。アッシュクロフトは口を開いた。口づけが甘い序曲から、煽情的な旋律へと変化する。ダイアナが身を引いたときには、互いに息があがっていた。

ダイアナに触れたくてたまらない。けれど、その衝動をどうにかこらえた。目のまえに、いや、ぼやけるほどすぐそばに美しい顔があった。息遣いと、頬に触れるやわらかな手を感じた。

まさか、アッシュクロフト伯爵ともあろう男が、これほどの愚か者になってしまうとは。

ダイアナの滑らかな髪をひと束手に取って、自分の頬を撫でた。きっと、ダイアナは何か言うにちがいない。けれど、聞こえるのは不規則な息遣いだけだった。

ダイアナがわずかに身を引くと、顔がはっきり見えるようになった。手の感触と同じだけのやさしさが、顔にも表われていた。それさえわからないほどの愚か者にはまだかろうじてなっていなかった。

胸にこみあげてくる切なく温かい波を押しとどめようとした。

ダイアナが眉をしかめると、額にかすかなしわが寄った。アッシュクロフトはダイアナの瞳の奥に苦悩が漂うのを見てとると、靄のかかった頭で必死に考えた。いったい、何に苦しんでいるんだ？

「どうしたんだい？」かすれ声で尋ねた。いましていることをここでやめるのは拷問にも等しかったが、ダイアナが望んでいないのなら、強要したくなかった。

夕刻に窓辺のカーテンを閉めるように、ダイアナが本心を隠すのがはっきりとわかった。わけがわからず胃がぎゅっと縮まったが、何かをじっくり考えるには、淫らな欲望が高まりすぎていた。

ダイアナがにっこり笑った。けれど、それはもう純粋な乙女の笑みではなかった。「緊張しているの。こういうことははじめてだから」

たぶんそうなのだろう。といっても、そのことばは耳にうつろに響いた。ダイアナの髪を握っている手に力をこめた。「私を信じてほしい」

「アッシュクロフト……」ダイアナが口ごもった。細い喉が動いたのは唾を飲みこんだ証拠だった。首のつけ根の脈が激しく打っているのが見えた。

「どうしたんだ？」

思わず身を固くした。これからダイアナは重要なことを吐露するのだろう。罪を告白するか、秘密を明かす。ようやく心を開くのだろうと。

けれど、その一瞬は消え去った。

ダイアナが艶めかしい視線を投げてきた。緊迫した一瞬などなかったかのように。やはり思い過ごしだったのだ——アッシュクロフトは自分にそう言い聞かせた。ほんとうは、思い過ごしでないのはわかっていたけれど。

ダイアナの熱く貪る唇を胸に感じると、それ以上、問いただす気力を奮いおこせなかった。肌に触れる唇。湿った息遣い。巧みに動く舌。欲望以外はすべて頭から消えていく。ほんとうにダイアナは最後までやり遂げられるのか？

乳首をそっと嚙まれた。猛スピードで走る馬車に轢《ひ》かれたような衝撃を覚えた。その衝撃をダイアナの舌が鎮めた。握りしめていたやわらかな髪を離して、もういっぽうの胸をダイアナに差しだした。そこにも歯を立ててほしいと声に出して言う必要はなかった。

ダイアナが顔をあげて、束の間、目と目が合った。次の瞬間には、ダイアナがまたがってきた。鋭い五感が無数の感触で満たされていく。ぬくもり漂うダイアナの髪が揺れて、裸の胸をそっと刺激する。スカートの衣擦れ。わき腹に触れる滑らかな布。欲望で沸きたつ香り。

その香りを感じたとたんに、股間にあるものがびくんと跳ねた。思わずシーツを握りしめた。ダイアナを押し倒して、のしかかり、ひと息に押しいりたくなる。離れている時間が長くなればなるほど、ダイアナがほしくてたまらなくなった。じらされるのはまさに拷問だった。

ダイアナの唇が腹を這うのを感じた。思いきり息を吸いこむと、腹が石のように硬くなった。これ以上じらされたら、約束など守れなくなる。ダイアナを奪ってしまうのはまちがいなかった。

止める間もなく、うめき声が口から漏れた。「じらさないでくれ」顎に痛みが走るほど歯を食いしばって、どうにか言った。

「もう少しの辛抱よ」からかうような口調が耳に響いて、アッシュクロフトの心臓がぐらりと揺れた。

歯を食いしばって堪えた。「きみは不可能なことを求めている」

それでも、ダイアナは淫らな舌と歯で腹を刺激するのをやめなかった。体に巻きつくようにして、ダイアナが下へと向かっていく。それでいて、たっぷり時間をかけて、じらして、試して、何をすれば男が震えるほどの欲望を抱くのか確かめていた。

熱病を患ったように体ががたがたと震えだした。全身に汗が吹きだして、破裂しそうなほど鼓動が激しくなる。息を吸うたびに、肺がきりきりと痛んだ。

こういうことに不慣れな女に、限界まで押しあげられようとしていた。ここまで欲情したのは、ヴィージー邸で農婦と初体験を済ませて、青臭い性欲の虜になったとき以来だった。まるで千年ものあいだじらされているかのようだ。そう感じると同時に、はち切れんばかりに大きく硬くなったものを、そっと握られた。触れられたとたんに全身が燃えあがって、のぼりつめそうになる。手の中で果てずに済んだのは、跡形もなく消えようとしている男としてのプライドの最後に残った破片のおかげだった。

「ああ、こんなことが……」罵っているのか、祈っているのかもわからないままつぶやいた。ときが止まったかのようだ。ダイアナはいきり立つものを握ったままで、手を動かそうとしなかった。

アッシュクロフトは息もろくに吸えなかった。束の間、胸の鼓動も止まった。

頼む、続けてくれ。ああ、そうだ。お願いだから続けてくれ。

いったいどれだけ堪えればいいんだ？

通りの喧騒もはるかかなたの世界のものになり、部屋は静かな闇に包まれていた。アッシュクロフトにわかるのは、ダイアナの手の感触と、いきり立つものが激しく脈打っていることだけだった。

いったいなんだってダイアナは……。

いきり立つものの先端が湿った熱に包まれて、目の奥で深紅の火花が飛び散った。喉から低い声が漏れた。ダイアナが止まらないかぎり、身じろぎもできなかった。全身がこわばっていた。

はじめのうちは、ダイアナの口はその手と同じぐらいじれったかった。激しく愛撫するでもなく、いきり立つものを熱く湿った口にふくんだだけだった。アッシュクロフトはバイオリンの弦にも負けないほど張りつめていた。弓でこすられて、音楽が流れだすのを待っていた。

ダイアナが動いた。豊かな髪が太ももをかすめると、快感の漣《さざなみ》が肌を駆けぬけた。続けてくれ、止まらないでくれ。求めているものを与えてくれ……。そんなふうに懇願したくなるのを必死にこらえた。

ダイアナの手に力がこもって、口がしなやかに男を包んだ。舌で刺激されると、体を稲妻に貫かれた。

このままでは、もう生きてはいられない。ダイアナは最後までやり遂げるまえに、男を殺すつもりなのか？　欲望の塊と化したものが根元までダイアナの口に包まれた。じっとしているという約束を思いだす間もなく、腰がびくんと跳びはねた。

ダイアナの手がゆっくり動きだした。同時に、楽園へと放りなげられた。天使が晴れやかな声で歌っていた。かき鳴らされるハープの調べが耳に響いた。

もっと激しく手を動かすようにダイアナに教えたくなるのを、こぶしを握りしめて我慢した。ダイアナは自分なりのやりかたを見つけると、心に決めているのだから。

ダイアナが苦心の末にそれを見つけたときに、褒めたたえられるだけの正気を保っていられるだろうか？　正気でいられるのを祈るばかりだった。

口からまたもや不明瞭な声が漏れた。ダイアナはそれを合図と思ったらしい。その手が快楽の複雑なダンスを踊り、口が動きだした。

それでもまだ、リズムをつかんでいなかった。

しばらくして、ダイアナが手と口をぴたりと調和させると、アッシュクロフトは天に感謝したくなった。不慣れではあるけれど、心をこめた動きに、いよいよ破裂しそうなほどのぼりつめていく。熱い唇で刺激されると、抑えはもう効かなかった。

ダイアナがふいにそれまでとはちがう、新たな領域に踏みこんだ。手と口で奏でる音楽が、激しくなって、荒れくるう狂想曲となる。アッシュクロフトは永遠に燃えさかる熱い炎へと、いままさに身を投じようとしていた。

ダイアナを止めなければ。口の中で果てるわけにはいかない。ダイアナにとって、これははじめての経験なのだから。

自制するんだ、アッシュクロフト。堪えるんだ。

震える手をダイアナの肩へと滑らせて、ほてる肌を感じた。ダイアナをぐいと胸の上まで引きあげて、口づけなければ。体の上にもう一度またがらせて、魅惑的な深みに身を埋めなければ。

腕に力をこめて、ダイアナを引きあげようとした。手遅れになるまえに止めようとした。いきり立つものがさらに強く握りしめられる。握りしめた手が一気に引かれた。アッシュクロフトの頭の中で渦巻いていた思いはすべて、木っ端みじんにはじけとんだ。

17

熱く塩っぽい液体が口の中にほとばしった。思わずダイアナは息を呑んだ。太く硬いものを握りしめる。アッシュクロフトが苦しげな長いうなり声をあげた。

嬉しくて心が沸きたって、目もくらむ歓喜が体を駆けめぐった。たったいま起きた出来事には、まぎれもない真実があった。いまの出来事以外には、ふたりの関係に真実はないのに。たとえ、心の琴線《きんせん》にアッシュクロフトが触れたとしても、わたしが絶頂感に身を震わせたとしても。いま、わたしはアッシュクロフトのためだけにできることを見つけた。それは、バーンリー卿との卑劣な取引とは無縁で、受けるに値しない自身の性の悦びをはるかに凌駕《りょうが》した。

アッシュクロフトが自制できないぐらい興奮したとわかって、胸が熱くなるほど嬉しくなったのも、まぎれもない事実だった。

アッシュクロフトが片手をさまよわせて、頭のてっぺんに触れてきた。その手が髪に差しいれられる。アッシュクロフトの震えが伝わってきた。髪に差しいれられた手が握りしめられて、また開いた。そのリズムが全身を駆けめぐる激しい快感と溶けあった。

ダイアナはアッシュクロフトのすべてを飲みこむと、顔をあげて、平らな腹とたくましい胸を見つめた。アッシュクロフトは目を閉じていた。苦しげに息をして、そのたびに下瞼《したまぶた》に触れる長いまつ毛が震えている。それは官能を隅々まで味わって、現実の世界に戻れずにいる男の姿だった。

いきり立つものを口にふくんだら、さぞかし不快にちがいない――そう思っていたのに、実際には、これでやっと完全な女になれた気がした。アッシュクロフトの力強さと脆《もろ》さの両方をじかに感じたせいだった。

ゆっくり起きあがって、口を拭った。唇を舐めると、いままでとはちがう新たな味がまとわりついていた。アッシュクロフトの味が。

アッシュクロフトの横にひざまずいた。アッシュクロフトが髪を撫でていた手を力なくおろすと、体のわきで手のひらを広げた。たとえ大きな波が打ちつけても、アッシュクロフトは立ちあがって逃げることもできないはずだった。

「忌々しいドレスを脱いでくれ」長いまつ毛に縁取られた緑色の目が、銀の光を放った。息遣いも徐々にゆっくりになっていた。

「ドレスをまとっていれば優位に立っていられるわ」目のまえにいる男性を独り占めしていると思うと、淫らな満足感を覚えた。この部屋の外では全能の神のような男が、全裸で自分の言いなりになっていることに。

アッシュクロフトの唇が弧を描いて、いつもの笑みが浮かんだ。とたんに、鎮まったはずの胸の鼓動が、あばら骨を打つほどまた激しくなった。

「これ以上の優位に立つ必要などないだろう」アッシュクロフトの口調は穏やかだった。「私はすべてきみのものなんだから」

ついに、アッシュクロフトがまっすぐ見つめてきた。その目は鮮やかな翡翠色だった。幸福を感じているときの瞳の色だ。なぜ、わたしはアッシュクロフトのことをこれほど知っているの？ 驚くと同時に不安になった。知らず知らずのうちにどんどん親密になっていく。

「この方法であなたを征服できると知っていたら、もっと早くそうしていたわ」ダイアナは軽い口調で言った。興奮は消えず、脈は速く激しく打っていたけれど。

アッシュクロフトがふいに顔を曇らせて、片手で太ももに触れてきた。さきほども触れた場所に。スカートを握りしめた場所だった。けれど、いまはどこまでもやさしく、心地よく、情愛さえ感じられる触れかただった。あれほど欲望を剝きだしにしたのに、そんなふうに触れられて、べつの世界にいるような気分になった。ダイアナ・キャリックという女をがんじがらめにしている策略や欲望とは無縁の世界に。

「大丈夫なんだね？」大海のように広く深い心が表われた表情で、アッシュクロフトが目を見つめてきた。

とたんに、つむじ曲がりの心がとろけそうになる。こんなことではいけないと自制しようとしたけれど、いまさら何をしても無駄だった。心に築いた防壁は、熱いお茶に浸したウエハースよりもあっけなく崩れてしまった。

「ええ、大丈夫よ」喉が詰まりそうになりながらも答えた。

けれど、そんなことばではアッシュクロフトは納得しなかった。いかにも頼りない口調なのだから、納得するはずがなかった。

たったいま、このベッドの上で起きたことに後悔はなかった。けれど、そもそもアッシュクロフトとベッドをともにすることになった理由に後悔の念を抱いているとは、口が裂けても言えなかった。

「まさか、こんなことになるとは……」

それはわたしの口の中で果ててしまったことを言っているの？　自分の行動をことばにできずにいるとはアッシュクロフトらしくなかった。言い訳しようとしているのが、愛おしくてたまらない。「わたしは気に入ったわ」

ずいぶん控えめに言ったつもりだった。いまの気持ちを正直に伝えたら、あまりにも無防備になってしまう。

太ももに置かれたアッシュクロフトの手に力が入った。「きみはほんとうにすばらしいよ」

そんなふうに褒められて、どう答えればいいの？「ありがとう」そうつぶやいて応じるのが精いっぱいだった。

アッシュクロフトが声をあげて笑った。「どういたしまして《ユー・アー・ウェルカム》。それに、きみが裸だったらなおさらありがたい《ウェルカム》」

「わたしが裸だとしても、いまのあなたにはあまり役に立たないんじゃないかしら」ダイアナは冗談めかして言った。

アッシュクロフトは口元だけに笑みを浮かべていたが、それが太陽のような笑顔に変わり、緑色の目に邪な光が宿った。「いや、そうとも言い切れない」

ダイアナはアッシュクロフトの股間に視線を落とした。信じられないことに、そこにあるものが、触れられたようにぴくりと動いた。熱を帯びた期待感が全身を駆けぬける。たったいま果てたばかりなのに、元気を取りもどそうとしているなんて。

ダイアナはベッドからおりて、豊かな色合いの絨毯の上に立った。アッシュクロフトが頭のうしろに枕を重ねて寄りかかると、見つめてきた。

着ているドレスはいちばんのお気に入りだった。貞淑なバーンリー侯爵夫人になったら、これほど刺激的なドレスは着られなくなる。このドレスのおかげで、噂の放蕩者を何もかも忘れるほどの忘我の境地に導けたのだ。このドレスのおかげで、これまでにない解放感を抱けた。策略と嘘で息が詰まりそうだったとしても。

じらして楽しむのはもう終わり……。

ダイアナはうしろを向いた。背中の留め金をアッシュクロフトがはずしていく。それを感じて、震えながら立っていた。留め金がはずれると、ぎこちない手つきで深紅のドレスを脱いで、何も考えずに部屋の隅へ放った。ドレスの下はシュミーズだけだった。下着を何枚もつけるのは、わざと純真無垢を装っているような気がしたからだ。

ほんの数秒で一糸まとわぬ姿になっていた。熱を帯びたサテンにも似た濃厚な空気が、肌を撫でる。男性のまえで、これほど堂々と裸身をさらすのははじめてだった。アッシュクロフトにはすでに体を見られているけれど、プロの愛人のように体をさらすのは、またちがう感覚だった。

裸の体にアッシュクロフトの視線を痛いほど感じた。数秒間、熱い視線に堪えたものの、ついには震える手で脚のつけ根を隠した。

「だめだ」その場所をまっすぐ見つめながら、アッシュクロフトが静かに言った。触れられたかのように、ダイアナは全身が熱くなった。

迷って、ためらいながら、アッシュクロフトのことばにしたがった。

「きれいだ」アッシュクロフトが真剣な表情を浮かべた。それは張りつめた欲望のせいだった。そうして、片手を差しだした。

庭で夜鳴き鳥が鳴くと、ふいに魔法が解けた。信じられない、アッシュクロフトの胸に飛びこもうとしているなんて。これではまるで、偽りの関係以上の何かが、ふたりのあいだに存在するかのよう……。心までアッシュクロフトに奪われてしまったかのように、たくましい体へと向かっていた。

力強い腕に受けとめられた。部屋がぐるりとまわり、気づいたときには、たくましい体に組みしだかれていた。背中に糊の効いたシーツが触れたかと思うと、熱っぽい大きな体がのしかかってきた。

魅惑的な雄々しい体を肌で感じると、全身のいたるところで甘い火花がはじけた。ベッドをともにするようになってまだまもないのだから、一瞬で体がぴたりと合うはずがない。それなのに、どんな音楽よりも、ふたりの体は調和した。アッシュクロフトの脈打つ硬いものに、下腹をすりつけたくてたまらなかった。その切望が胸を焦がした。

早くも準備が整っているのを、アッシュクロフトが得意げに口にすることはなかった。そんなのは当然だと思っている精力的な男性なのだ。

アッシュクロフトが唇を重ねてきた。自分の精がまとわりついている唇に。舌が絡みあい、じらしあう。いきなり片脚をぐいと持ちあげられて、容赦なく脚を開かれた。

奪われるのを待っていると、全身が甘い緊迫感で満たされていく。けれど、アッシュクロフトはじりじりするほどぎこちなく、下のほうへと遠ざかっていった。ダイアナは快感の霧の中をさまよいながらも、下腹にアッシュクロフトの唇を感じて、これから何が起きるのか気づいた。

思わず体がこわばった。「そんな……」

「しっぺ返しを食ったたってかまわないと、きみは言っただろう」

そのとおりだった。けれど、あのときはほんの冗談のつもりだったのだ。「でも……」

アッシュクロフトが顔をあげた。緑色の目はどこまでも深く、魂まで見通しているかのようだった。「じらさせてもらうよ、ダイアナ」

秘した場所に口づけられるのをダイアナが望んでいないのは、アッシュクロフトにもよくわかっていた。そうされるとわかっただけで、ダイアナはそわそわと落ち着かなくなったのだから。

なぜ、無理強いしてまで、親密な関係になりたいと思っているんだ？　この行為をダイアナが許せば、いままでとはちがう意味ですべてをゆだねてくるはず。この防壁を打ち崩せば、ふたりを隔てているほかの壁も崩れるにちがいなかった。

それに、男が女を求める方法のすべてを駆使して、ダイアナを自分のものにしたくてたまらない。

頼むのは苦手だったが、それでももう一度言った。「じらさせてくれ、ダイアナ」

どうしてもダイアナを味わいたかった。ダイアナはいきり立つものを口にふくんで、目もくらむ楽園にいざなってくれた。ならば、返礼をしなければ。感謝の気持ちを何よりも純粋な形で示すのだ。

「あなたがこんなことをしたがるなんて、想像もつかないわ」ダイアナが苦しげに言った。

困った表情を浮かべながらも、ふっくらした唇は幾度もの口づけのせいで深紅に染まり、頬が欲望で上気していた。そんな顔をしているのだから、快楽をとことんまで味わうのを恥ずかしがる必要などなかった。

「こうしたいのは、きみが隅々まで美しいからだ」アッシュクロフトは囁くように言いながら、ダイアナの左右の太ももに口づけた。それに反応して、ダイアナが身を震わせる。これほど敏感になっているのだから、まちがいなく恍惚の楽園へと導けるはずだった。そうだ、ダイアナが許してくれさえすれば。「その美しさを確かめたいんだ」

「そんな……淫らなこと……」

アッシュクロフトは猫が喉を鳴らすような声で笑った。「男からすべてを搾りとっておきながら、そんなことばは似合わないよ」

ダイアナの顔を見つめていると、そこに異なる感情が次々に浮かんでは消えていくのがわかった。目にしたくなかった屈辱。見たくてたまらなかった愉悦の回想。そして、最後に冷ややかな受諾。

「いいわ」ダイアナが囁くように応じた。

ダイアナの腹に口づけると、体の小刻みな震えが伝わってきた。「ライオンの群れのまえに立つキリスト教徒のような口調だな」

一瞬、ダイアナの負けん気が戻った。「あたりまえよ。あなたはわたしを食べようとしているのだから」

「ああ、たしかに」

アッシュクロフトは自分の顔に淫らな笑みが浮かぶのを感じた。それでも、渋々とはいえダイアナが降伏したことで、欲望がさらに燃えあがった。羽のように軽く、深みのある金色の縮れ毛の際にもう一度口づけた。

ダイアナが一心に見つめてきた。これからライオンの牙で八つ裂きにされると思っているかのように、その目に怯えが浮かんでいた。そうだ、何も知らない乙女を相手にするように、これからダイアナをめちゃくちゃにしてやる。といっても、ライオンほど残忍なやりかたではないけれど。

秘した場所が見えるように、ダイアナの脚をさらに大きく開いた。たっぷり時間をかけて、薄紅色の濡れたひだを眺める。ダイアナの香りを深々と吸うと、欲望を超えた何かを感じた。といっても、全身を駆けめぐっているものの一部は、もちろん、まぎれもない欲望だ。だが、この胸の中にある魂と呼べそうなものに、ダイアナが触れたのはたしかだった。天下の放蕩者が遠い昔に魂を失っていなければ。

ダイアナの息遣いは荒く、手に触れる体はこわばっていた。それが激しい不安の表われなのは、顔に浮かぶ表情を見るまでもなくわかった。

少しでも安心させようと、アッシュクロフトはダイアナの脚から手を離すと、体をこすりつけるようにして上へ向かった。そうして、情熱を抑えて、やさしく唇を重ねた。体を満たす欲望をひしひしと感じながらも、いまはそれを制して、ダイアナの不安を消し去りたかった。一瞬ためらったのちに、ダイアナが口づけを返してきた。とたんに、欲望が抑えきれなくなって、熱く貪るように口づけた。身を引いたときには、息があがって、心臓が太鼓のように鳴っていた。

緊迫した一瞬、アッシュクロフトはダイアナの汗ばんだ滑らかな肩に顔を埋めた。私はいったいどうしてしまったんだ？　これまでどんな愛人のまえでも、これほど自制できなかったことなどないのに。

「これ以上苦しめないでくれ」アッシュクロフトはかすれた声で言った。

「じらしているのはあなたのほうよ」ダイアナがやはりかすれた声で応じた。それでも、多少は不安が和らいだらしい。

顔をあげて、ダイアナをまっすぐ見つめた。「そうだった。だけど、私はこれを最後までやり抜くよ」

ダイアナの鎖骨に口づけてから、乳房に唇を這わせた。乳首を口にふくむと、ダイアナが叫んで、膝を立てた。強く吸った。ダイアナが即座に反応して身を震わせた。

これよりもっと親密な口づけをしたら、どんな反応が返ってくるんだ？　期待に血が沸きたった。

ダイアナの体がこわばるまえに、平らでやわらかな腹を唇でたどっていく。ダイアナの長くぎこちないため息が耳に響いた。

続けてもいいという合図だ。さらに脚を開かせて、秘した場所にたっぷり舌を這わせた。ダイアナの濃厚な味が口に広がった。その味は、肌に口づけたときより、はるかにたっぷりと潤っていた。

官能の味だ。

ダイアナの喉から低い声が漏れた。抵抗か？　求めているのか？　わからなかった。けれど、もう止めようがなかった。もう一度舌を這わせて、脈打つ敏感な場所をすすろうと、いったん動きを止めた。ダイアナがまた喘ぐ。快感の喘ぎにまちがいなかった。

激しい幸福感が全身を満たした。唇と歯と舌を使って、ひだを押しあけ、分けいって、熱い蜜を味わう。

「こんな淫らな……」ダイアナがため息をついた。

ダイアナに髪をつかまれた。舌を押しこめるたびに、髪を引っぱられる。口に触れている場所が海のように波打って、ため息が甘く大きくなっていく。ダイアナが身をこわばらせた。不安のせいではない。クライマックスに近づいているのだ。

官能の極みへ押しあげようと、さらに攻めた。ダイアナの口から漏れるかすれ声も、身もだえする体も愛しくてたまらない。自分と自分が悦びを与えている女だけで、五感が満たされていった。

気づいたときには、ダイアナが叫びながらすべてを解き放っていた。かならずそうしてみせると、全身全霊をかけて誓ったように。ダイアナがわななきながら、体を押しつけてきた。さらに深く舌を差しいれてほしいと言わんばかりに。もっときちんと自分のものにしてほしいと、すべてを奪ってほしいと言わんばかりに。

アッシュクロフトは止まらなかった。ダイアナが体をわななかせているあいだも、さらなる反応を引きだした。ダイアナの世界を一変させるつもりだった。

今日からダイアナはいま目のまえにいる男を忘れられなくなる。その男の感触が体に刻みこまれるのだ。

永遠に。

渦巻く官能の頂へとダイアナを導きながらも、アッシュクロフトはわかっていた。いずれダイアナが去っていくことを。

ダイアナは疲れきって、力なく横たわった。頭の中に倦怠の靄がたちこめていた。引いていく官能の波に全身が脈打っている。アッシュクロフトに至福の悦びという鞭で叩きのめされた気分だった。

これほどすばらしい官能の世界に導かれるなんて……。アッシュクロフトのことを頭から振りはらおうとすると、胸が痛んだ。至福の喜びが深々と心に刻まれていた。抗いがたい親密感を抱いていた。

どうすればいいの？　これまで知りあった誰よりも、アッシュクロフトに感情を激しく揺さぶられてしまった。それは否定しようのない事実だった。

たくましい体の重みをはっきり感じた。アッシュクロフトが下腹に頭を載せていた。ウエストに腕をだらりと巻きつけて、脚の上に雄々しい体を横たえている。見えるのは横顔だけだけれど、その顔に満足げな笑みが浮かんでいるのはまちがいなかった。たったいまどうしようもなく淫らなことをしたのに、アッシュクロフトのことが純粋に感じられる。ただし、その唇が濡れて光っているのを除けば。それは秘した場所に口づけた名残。そう思うと、体の芯に戦慄が走った。

アッシュクロフトは得意になっているのだろう。自分のほうが正しかったと証明したのだから。不安を感じながらも、いましてくれたことに感動せずにいられなかった。すべてを凌駕する官能の楽園に導かれてしまっては、アッシュクロフトに屈しても苛立つことさえできなかった。こんなふうにふたりでベッドに横たわり、官能の記憶という光り輝く金の鎖で結ばれていては、腹を立てられるはずがなかった。

アッシュクロフトの黒く豊かな髪を、まだ握りしめていた。空気が熱くねっとりしている。ふたりの静かな息遣いのほかには、静寂を破るものはなかった。これまでにない満足感に全身が包まれていく。体が水になってしまったよう。脈がゆっくりになって、幸せな聖なる調べに変わっていった。

わたしは眠ってしまったの？　わからなかった。ふたりきりの恍惚感に満ちた無限の世界を漂っていた。

脚のあいだでアッシュクロフトが起きあがると、ふいに現実に引きもどされた。腰を軽く持ちあげられた。ぞくぞくして下腹に力が入る。早くも滴るほどに濡れて、準備は整っていた。それでも、一気に押しいられると、全身に衝撃が走った。息を呑んで、さらに深く奪ってもらおうと体をずらした。

アッシュクロフトが肘をついて上体を起こして、見つめてきた。その顔には緊張感がみなぎり、興奮で目はうつろだった。肌に吹きでた汗が蠟燭の炎に光っていた。

「痛い思いをさせてしまったんだね？」かすれた声で尋ねられた。

「いいえ」息を切らせながら答えた。これほど激しく押しいられるのは、正直なところ、心地いいとは言えない。けれど、痛くはなかった。

アッシュクロフトの汗で濡れた背中を撫でた。広い背中にかすかな力がこもるのがわかった。何気なく背中を撫でていると、引きしまった尻に手が触れて、思わずぎゅっと握りしめた。アッシュクロフトが身を震わせる。その振動が体の内側に伝わってきて、さらなる熱い快感が押しよせた。

「やめないで」そう言うと、腰の角度を変えて、さらに深く受けとめようとした。けれど、アッシュクロフトはもういちばん奥まで達しているはずだった。

握りしめている尻に力がこもったかと思うと、いったん腰が引かれて、次の瞬間にはまた貫かれた。ダイアナは官能のリズムに合わせて、手を握っては開いた。

そのまま、激しい音楽に埋もれていった。アッシュクロフトの賞賛の囁き。ダイアナ自身の淫らで支離滅裂なつぶやき。やわらかな喘ぎ声。荒い息遣い。触れあう肌と肌。ベッドの軋《きし》み。

あっというまにのぼりつめていく。今夜、アッシュクロフトはこうするために、たっぷり時間をかけて欲望の炎を煽ったのだ。けれど、白状すれば、前回、このベッドを離れたときから、体に灯った炎は消えなかった。博物館での熱くて歯がゆい口づけは、息苦しいほどの欲望をいっそうかき立てただけだった。アッシュクロフトとの口づけは、すべてを超越するほどすばらしい。けれど、真に望んでいたのは、いましていること。幾度となく体に押しいって、すべてを奪ってほしかった。

官能という名の竜巻に巻かれて、なす術もなくくるくるとまわりながら、宙へ放り投げられた。肉欲の愉悦だけの世界を漂った。誕生日パーティーの欲張りな子供のように、ほしいものを抱えて離さずに、魅惑の世界を堪能した。

けれど、物足りなさが残るうちに、現実の世界へと引きもどされた。官能に打ち震える体。温かく贅沢な部屋。情熱的で凜とした恋人のいる場所に。

目を開けてアッシュクロフトを見あげた。「あなたはまだ……」

アッシュクロフトが首を振った。汗で湿って乱れた髪が、額で揺れるのも魅惑的だった。

「ああ」

「そうなの……？」

「そうだ」

なぜか、途切れたことばで会話が通じた。記憶にあるかぎり、これほど誰かと息がぴったり合ったのははじめてだった。ごくありふれた思いでさえ、ウィリアムは理解してくれなかったのだ。善良でやさしい夫ではあったけれど。

アッシュクロフトの硬さと触れあう肌から、至上の喜びが伝わってくると、ダイアナは微笑んで、体を伸ばした。官能の余韻が漣《さざなみ》となって全身に広がっていく。まるで櫛《くし》で体の隅々まで梳かれたかのよう。織るまえに絹糸を梳くように。奇跡としか言いようのない感覚だった。

アッシュクロフトがまっすぐ目を合わせて、動きはじめた。けれど、それまでとはちがう動きだった。わたしの苦しい胸の内を読みとって、その思いに体で応えているの？　ゆったりした動き。押しいっては去っていく。そのたびに、いったん動きを止めて、いきり立つものが強く締めつけられるのを味わっていた。

ダイアナはじりじりした。もっと強く激しく貫かれたかった。けれど、浜に寄せては引いていく波の動きがくり返されるばかりだった。いつまでも。永遠に。これではまるで凪《なぎ》の大海原になったかのよう。

体をずらして、貫かれる角度を変えた。それでも、アッシュクロフトの動きは変わらなかった。ダイアナの顔にすべての謎の答えが書いてあるかのように、そのまなざしは揺らがなかった。

もっと激しく奪ってもらいたい。けれど、その願いは徐々に薄れていった。寄せては引いていくゆったりした動きに酔って、至福の世界をたゆたった。

どのぐらいのあいだそうしていたのかわからない。時間の感覚はすっかりなくなっていた。深く豊かな官能の世界に何時間も浸っているの？　わからなかった。わかるのはすべてを奪うアッシュクロフトの体だけ。それ以外には何もなかった。

けれど、至福のひとときが永遠に続くはずがなかった。そのひとときが変化すると、落胆と呼べそうなものを覚えながら、迫りくる絶頂感に身をこわばらせた。

体がわななく瞬間を、我慢などできるはずがない。遠くで響く雷鳴があっというまに頭上にやってくるように、絶頂感が迫っていた。世界が破裂して、新たな生がはぜるのを確信した。

強烈な快感に鞭打たれた。嵐のまえに強風に打たれる木々のように。

体が止めようもなくわななくのを感じながら、ダイアナはアッシュクロフトの顔を見つめた。ついに、アッシュクロフトの自制心がひび割れて、それでもこらえようとしているのか、眉間にしわが寄った。鼻のわきから口角へと緊迫した深いしわが刻まれる。ぎらつく目で見つめられた。といっても、その目は現実を見据えてはいなかった。激しく昂《たかぶ》って、アッシュクロフトははるかかなたの世界にいるのだから。

「ああ、ターキン……」つぶやきながら手を伸ばして、アッシュクロフトの緊迫した顔を撫でた。手に触れた肌が熱く張りつめていた。「すべてを解き放って」

最後に残った自制の糸がぷつんと切れた。アッシュクロフトが体をわななかせながら大きく息を吸いこんで、一気に押しいってきたかと思うと、低いうめきをあげながら、すべてを注ぎこんだ。

ふたりで同時に頂を超えた。雷鳴がとどろき、稲妻が走り、強風になぶられる。前回の蠟燭の明かりが陽光にかき消される感覚より、はるかに鮮烈だった。

永遠とも思えるほど長いあいだ、星々のあいだを漂った。そこには地平線も水平線もなかった。境界線などどこにもない、無限の広がりを心ゆくまで堪能する。アッシュクロフトも一緒だった。全身を駆けめぐる目もくらむほどの絶頂感より、なぜか、そのことのほうがはるかに重要に思えた。

現実の世界では、体の上にアッシュクロフトが力なくのしかかり、その重みで背中がベッドに食いこんでいた。部屋の中は物音ひとつせず、じっとりと暑かった。両腕をアッシュクロフトの背中にまわす。守銭奴が金を握って離さないように、雄々しい体を抱きしめた。

アッシュクロフトの胸の鼓動を乳房に感じた。耳に響くアッシュクロフトの息遣いは、途切れがちのシンフォニーだった。疲れ果てて動けない。体が藁《わら》になってしまったよう。ふたりはまだつながっている……。両脚はアッシュクロフトのがっしりした腰に絡みついていた。

神に見捨てられているのを承知しながらも、無益な祈りを捧げずにいられなかった。

お願い、このひとときが永遠に続きますように。

胸の中に無言の祈りが響くと同時に、アッシュクロフトが動くのを感じた。これほど近接していては、かすかな動きもはっきり感じられた。考える間もなく、広い背中にまわした腕に力をこめた。

行かないで。いまはまだ。やめて、いまだけは。ひとりにしないで。

心の叫びが聞き届けられたのかもしれない。肩のくぼみにアッシュクロフトが顔を埋めてくると、そのまま長いあいだじっとしていた。

ダイアナは目を閉じて、心地いいぬくもりだけを感じていた。ここはまるで陽だまりのよう。バーンリー卿がいない場所。放蕩者が誠実な恋人に変わる場所。無限の許しとやさしさと笑い声に満ちた場所。

この場所では、罪の代償を払わせられることもない……。

たったいま味わった純粋な恍惚感のせいで、はかない夢を抱かずにはいられなかった。このさきに待ちうける孤独の氷原では、心休まる夢など見られないのだから。

輝かしいときが徐々に薄れていった。満たされた体はまだほてっている。腕の中には、いまもアッシュクロフトがいた。まるで、どこかへ行くのを拒んでいるかのように。それでも、胸を刺す現実に充足感はむしばまれていった。

窓の外の静かな雨音が部屋に忍びこんできた。嵐は内の世界だけのものと思っていたけれど、この夏のすべてを焼き尽くすほどの暑さは、ついに終わったらしい。

カーテンが風に揺れることもなく、華やかな部屋に雨が吹きこむ気配もなかった。それでも、乾いた土に降る雨の匂いが漂ってきた。

アッシュクロフトの熱を発する体とは対照的な、ひんやりして心地いい夜気を感じた。ロンドンに来てからというもの、どこへ行こうがつきまとっていたむっとする暑さが和らいでいた。

さらにさまざまなことが、意識の中にゆっくり染みこんできた。汗と、男女の交わりと、蠟燭の火が消えるつんとする煙の匂い。時刻はずいぶん遅いのだろう。贅沢な欲望の巣窟にこもっていたのが一時間であっても、ひと晩であってもおかしくなかった。

アッシュクロフトが動くと、今度はダイアナも素直に抱擁を解いた。

体の中から出て、深いため息をつきながら、アッシュクロフトがごろりと転がって仰向けになった。たったそれだけのことで、アロエよりも苦い孤独感が全身に広がっていく。アッシュクロフトに片腕で抱かれて、ぴたりと引きよせられると、またもや胸の鼓動が騒ぎだした。

わたしはなんて惨めなの……。自分が自分でいるためには、アッシュクロフトに抱きしめてもらわなければならないなんて。

ダイアナは慎重に体を動かした。動けばまた痛みが走るのはわかっていた。何しろ、あれほど激しく奪われたのだから。いきり立つものの大きさにはまだ慣れなかった。それを言うなら、たったいまベッドをともにした男性にも、まるで慣れずにいる。

目を閉じて、たくましい胸に頭をもたせかけると、アッシュクロフトの心臓の規則正しい鼓動が伝わってきた。真実を閉めだした心の扉を、過酷な現実がノックしつづけている。それでも、いまこのときの親密感は砂糖よりも甘かった。

何か言われるのだろうと覚悟した。けれど、アッシュクロフトは何も言わなかった。たったいま経験したことのせいで、ダイアナは魂が震え、驚き、感動し、危ういほど無防備になっていた。

そんな感情を抱いているのはわたしだけ――自分にそう言い聞かせた。親密すぎる交わりあいで、アッシュクロフトも世界が一変したはずなどと考えるのは、よほどの愚か者だけだ。アッシュクロフトは経験豊富なのだから。その腕に抱かれれば、誰もが永遠に光り輝く世界にいざなわれた気分になるのだろう。

けれど、顔をあげてアッシュクロフトを見ると、その顔に自分が感じているのとそっくり同じ感動が浮かんでいるのがわかった。アッシュクロフトの伸ばした手が、顎に触れたかと思うと、キスされた。フィナーレにふさわしい穏やかな口づけ。アッシュクロフトの唇が静かに動く。うやうやしいほどの口づけから、驚嘆と思いやりが伝わってきた。

「私をターキンと呼んだね」落ち着いた声は、凍える日にまとう毛皮の外套のように温かかった。

美しいバリトンの声をできるだけ近くで聞きたくて、ダイアナはさらに身を寄せた。「気になるの？」

あれほど鮮烈にすべてが一変した瞬間に、本人の名前が口から滑りでてきたのが不思議でならなかった。それまでは心の中でさえ、〝ターキン〟と呼んだことはなかったのに。アッシュクロフトはつねにアッシュクロフトだった。それなのに、どこからともなく、あまりにも自然にターキンという名前が浮かんできて、胸にあふれる思いを表現するには、その名を口にするしかなかった。

アッシュクロフトが首を横に振った。目は穏やかで、口元は緩んでいた。「いいや、気に入ったよ。これからはいつでもターキンと呼んでほしい」

アッシュクロフトが自分のことを名前で呼ぶように人に求めたことはないはず――それは誰に聞かなくてもわかった。ダイアナの内にあった冷たく硬い何かがほどけて、薔薇のように開花した。バーンリー卿の策略に手を貸してからはじめて、自分が身を売った女だという感覚が消えていた。良心が声高に反論していたけれど、その声を無視することにはもう慣れっこになっていた。

名前で呼んでほしいというアッシュクロフトのことばに、ダイアナは答えなかった。何も言わないでいることが、答えになっているのを願った。アッシュクロフトが物言いたげな視線を投げてきた。目のまえにいる女がつむじ曲がりの愚かな心と闘っているのはわかっている——そのまなざしはそう言っていた。

アッシュクロフトはもう一度名前のことを言ってくるにちがいない。けれど、実際にはそうではなかった。「まだここにいられるんだろう?」

すぐさまここを離れたほうがいいと、本能が叫んでいた。ふたりの絆を断ち切って、距離を取り、正気を保たなければならないと。真実をねじ曲げて、これ以上ここにいる理由をでっちあげるわけにはいかなかった。アッシュクロフトに抱かれて眠りに落ちても、計画は何ひとつ進展しないのだから。

それでいて、すべてがあまりにもすばやく進展している。感情の雪崩《なだれ》にすっかり翻弄されている。奈落の底へ滑り落ちそうになって、枝や岩をつかんだとたんに、それは手の中で脆くも崩れて、ばらばらになってしまうのだ。滑り落ちれば落ちるほど、どんどん加速していく。まもなく助かる見込みもなくなるのは目に見えていた。

自分に嘘をつくのはやめなさい、ダイアナ。いまだって手遅れだとわかっているくせに。けれど、外は雨で、ベッドの中は暖かかった。力強い腕にしっかり抱かれていた。官能の残り香に包まれながら、アッシュクロフトの穏やかな息遣いに酔っているのは幸せだった。

ざらりとした毛におおわれた胸に頭をつけて、目を閉じる。自らの行動が招いた残酷な現実を頭から締めだした。

「ええ、ここにいるわ」ダイアナはつぶやくように言った。

18

アッシュクロフトは机の上に積まれた本から顔をあげると、図書室の戸口に立つダイアナに目をやった。手にした蠟燭の揺れる炎に照らされたダイアナは、いっそう謎めいて陰のある妖艶《ようえん》な女に見えた。

いや、陽光に照らされていても、謎めいて陰がある。

「眠っているとばかり思っていたよ」アッシュクロフトは穏やかに言うと、机を照らすランプの明かりの輪から出て、ダイアナの手を取った。

一時間ほどまえに、乱れたベッドに丸くなってぐっすり眠っているダイアナを残してきたのだ。もちろんアッシュクロフトも疲れ果てていたけれど、思いがけないことばかりの一日のせいで、神経が昂って眠れなかった。

本の整理をすれば、階上《うえ》で眠るダイアナをいっときだけでも忘れられるだろうと、図書室にやってきたのだ。けれど、忘れられるはずがなかった。正直なところ、図書室に来るまえから、そうなるのは目に見えていた。

差しだした手を、ダイアナがためらいもせずに握った。信頼されているのだと胸が熱くなる。「あなたがいなくて……寂しかったの」

どうすればいいんだ？　こんなダイアナに抵抗できる男などこの世にいるのか？　いるはずがなかった。

「みごとなドレスだ」机のほうにいざないながらも、寝乱れた妖艶なダイアナから目を離せなかった。

ダイアナの低い笑い声が男の欲望をくすぐった。「手を伸ばしたら、そこにあなたのシャツがあったのよ」

「これから、きみにはいつでもそれを着ていてもらおう」

ダイアナは女性にしては長身だが、それでも男物のシャツはぶかぶかで、太ももまで隠れていた。ダイアナが歩くと、ふわりと揺れる乳房が上質な張りのある布を押しあげた。それを見たとたんに、アッシュクロフトは口の中がからからになった。

たいした確信もないまま、自分に言い聞かせる——あれほど長いことベッドでもつれ合っていたのに、即座にまたダイアナを奪うなんて、そんなことができるのは獣だけだ。

裸の胸に視線を感じた。値踏みするようでいて、同時にうっとりと見つめられると、自制心がどんどん消えていく。見つめられただけでなく、さわられたかのように肌まで張りつめた。「あなたの衣装もすてきよ」

アッシュクロフトはズボンは穿いていたが、素足だった。「この格好でハイドパークに行ったら、ご婦人方が眉をしかめて、大騒ぎするだろうな」

「たしかに大騒ぎになるでしょうね。ご婦人方が欲情して」

アッシュクロフトはダイアナの手を離すと、ためらいがちに机の反対側へ向かった。ふたりを隔てるものがあれば、手に負えない欲望もいくらか制御できるかもしれない。「勘弁してくれ」

ダイアナが目を伏せると、その顔は息を呑まずにいられないほど、ますます魅惑的になった。伏せた目でこちらを見つめながら、口づけするかのように唇をすぼめて、ダイアナが蠟燭を吹き消した。とたんに、アッシュクロフトの全身がまたもや欲望でわななかいた。

口元にもの言いたげな笑みを漂わせながら、ダイアナが机の上に蠟燭を置いた。「あら、欲情するのが気に入らないの」

アッシュクロフトは顔をしかめた。「いや、もちろん、欲情したきみは大のお気に入りだ」

「よかった」ダイアナの笑みは、クリームの壺《つぼ》を目のまえにした猫にも似て満足げだった。女としての自信に満ちたダイアナが愛しくてたまらなくなる。

「でも、ちょっと休ませてくれ」

艶っぽいしぐさでダイアナが金色の長い髪をうしろに払うと、アッシュクロフトの心臓が跳びはねた。書棚から取りだして机の上に積んである本に、ダイアナの視線が移った。アッシュクロフトは詰めていた息を、ようやく吸いこんだ。「興味深い本は見つかった?」

いま、興味があるのはダイアナだけ——それが本心で、そのことにはダイアナも気づいているはずだった。それでも、差しさわりのない話をしたほうがいい。男物のシャツを着たダイアナが、どんなふうに見えるかなどという話を続けたら、自制できなくなる。しなやかな体が動くたびに、温かなその肌と自分を隔てているのは、薄っぺらな白い布一枚だと痛感させられて、堪えられるはずがなかった。

「いや、まだ見つからない。ペリーは新しい出版物を定期的に買うだけで、読むことには関心がないんだ。オリヴィアがこの家を離れて以来、新しい本は手つかずのままだ。実にもったいない」

ダイアナが赤い表紙の小ぶりな本を何気なく手に取って開いた。「オリヴィアというのは？」

「ロンドンの噂話にはほんとうに疎いんだな」

ダイアナが皮肉っぽい笑みを浮かべて見つめてきた。「悪名高いアッシュクロフト伯爵にまつわる噂話以外はね」

己の淫らな行動の数々をダイアナにすべて知られているとは……。とはいえ、淫らな行動のせいで、ダイアナは放蕩者のアッシュクロフト伯爵とベッドをともにする気になったのだ。けれど、いま、ふたりはそんな浅はかな愛人契約をはるかに超えた関係になっている。といっても、それを確信できるほど、ダイアナのことを知っているわけではなかった。それが忌々しい現実だった。

アッシュクロフトはあたり障りのない話題にどうにか気持ちを集中した。「オリヴィア・レインズはときどきこの家で暮らしていたんだ。けれど、いまはエリス伯爵の妻になった」

ダイアナは手にしていた本を机の上に戻すと、ちがう本を取りあげた。「アリストテレス。ペリグリン卿は少なくとも勉強するふりをしていたみたいね」

アッシュクロフトは手を伸ばして、その本を受けとった。指が触れあっただけで、体に電気が走った。おいおい、アッシュクロフト伯爵ともあろう男が、どうしてしまったんだ？ 美少女の手に触れただけで、膝から力が抜けてへたりこむうぶな少年でもあるまいし。「ギリシア語を読めるのか？」

「ほんの少し」

「ラテン語も読めるんだろう？」

ダイアナが肩をすくめた。「父はケンブリッジ大学を卒業していて、わたしはひとりっ子だったの。息子がいなかったからでしょうね、父はわたしに勉強を教えたわ。普通なら女の子には勉強なんてさせないのに」

アッシュクロフトはちょっとびっくりして、笑わずにいられなかった。「なんてことだ、この私が生意気なインテリ女の虜になっているとは」

ゆったりと力が抜けていたダイアナの体がこわばった。「虜だなんて……」

いけない、またダイアナを悩ますようなことを言ってしまった。ダイアナの謎がいよいよ気になった。いまのいままで、打ち解けて話をしていたのに、ふいに態度が変わったのはなぜなんだ？ それでも、ダイアナの唐突な変化に気づかないふりをして、アッシュクロフトは美しい古書を開くと、何気なくページを繰《く》った。〝倫理〟という文字が目に飛びこんでくる。そう、いまの自分に必要なのはそれだ。まずは、目のまえにいる愛人に真実を打ち明けることからはじめるべきだ。「ああ、きみの虜だよ」

思い切って真実を口にしたのに、ダイアナは喜ばなかった。「そんな……」

「読書家の女とベッドをともにしているのが噂になっても、放蕩者という汚名は返上できないだろうけどね」口論にならないように、ダイアナから目をそらして、べつの本を吟味するふりをした。「こっちの本は好みに合わない」

わざと話題を変えたのに、ダイアナも気づいたようだった。「この家のご主人さまはウォルター・スコットが好きなのね」

「いや、それはどうかな。都会に暮らす男は図書室にスコットの作品を置いておくべきだと、ペリーは信じているんだよ。イートン校を出てから、ペリーが読んだのは、せいぜいが新聞のスポーツ欄ぐらいのものだ」

「この部屋を改装するなんてもったいないわ。この家でいちばんすてきなのに」ダイアナがまた笑みを浮かべると、アッシュクロフトは心がはずんだ。「でも、わたしたちが使った上の部屋はべつよ。あそこが大好きになったわ」

アッシュクロフトはうなりたくなるのをこらえた。いまは純粋に話がしたいのだ。際限ない欲望でうずうずしていきり立っているばかりではないのを、ダイアナに知ってもらいたかった。それなのに、なんだって、寝室の話をするんだ……？

アッシュクロフトは洗練された話をしようと必死に努力した。「きみにアッシュクロフト邸の図書室を見せてあげたいよ」

ダイアナが濃いまつ毛越しにちらりと視線を送ってきた。「そこまで自信満々に言うからには、もちろんあなたは図書室にある本すべてを読んでいるのよね。すばらしい図書室だもの、蔵書もさぞかしりっぱなんでしょうね。きっと、わたしがうっとりするようなものばかりが並んでいるのでしょうね」

まったく、なんだってダイアナはきわどいことばかり言うんだ？　いますぐ押し倒したくなるようなことばかり言うとは。股間にあるものが疼いて、この部屋の戸口に使われている大理石の柱にも負けないほど硬くなった。「これまでにどれだけの本を読んだか自慢すれば、きみをうっとりさせられるのかな？　だったら、蔵書リストを持ってくるんだった」

ダイアナが手にした本をわざとゆっくりもとの場所に戻すと、机をまわって歩みよってきた。蠟燭の明かりを受けて、その目が好奇心で光っていた。どうやら、本にかんする話に欲望をかき立てられたのは、この自分だけではないらしい。

「この次はそうしたらいかが？」

アッシュクロフトは髪をかきあげた。「いまはきみと話がしたい。私がさかりのついた獣とはちがうとわかってもらいたいんだ」

ダイアナが目のまえに立っていた。その視線が束の間、下に向けられた。けれど、次の瞬間には目が合った。ダイアナはまさにクリームの壺をまえにした猫にそっくりだった。ダイアナの手が伸びてきて、胸の真ん中を撫でられると、アッシュクロフトは息も吸えなくなった。「あなたが獣じゃないのは、もうわかっているわ」

「いや、それだけじゃない、さっきの寝室でのことを考えれば、きみはへとへとに疲れているはずだ」

「いいえ、それほどでもないわ」ダイアナの手が片方の乳首をかすめた。とたんに、アッシュクロフトの体がわななないた。

「理性的な男としてきみに接したいんだ」そう言いながらも、早くもダイアナの手の感触に屈していた。

ダイアナが短く笑って、指で黒い胸毛をもてあそんだ。「何を言ってるの、アッシュクロフト、あなたが理性と知性の両方を兼ねそなえているのは、よくわかっているわ。だから、それ以外のものを見せてほしいの」

「私の自制心を試しているんだな」アッシュクロフトは体のわきにおろした手を握っては開きながら、苦しげに言った。

ダイアナがますます嬉しそうに微笑んだ。「自制心とは大げさね」

「なるほど、きみが獣を求めているなら、望みをかなえてやろう」アッシュクロフトはかすれた声で言った。

ダイアナの頰が上気して、桃色の舌が唇をさっと這った。「あなたは考える獣だわ」

「いまはそうじゃない」

アッシュクロフトは即座にダイアナの唇を奪うと、細い腰に腕をまわしてぐいと引きよせた。ダイアナも身をまかせてきた。ウエストにまわした手に力をこめて、ダイアナをくるりとまわして、机のほうを向かせた。

「どうして?」ダイアナがはっとして言った。

妖婦を驚かすことにやっと成功した。なるほど、勝ち札の一、二枚はまだ手元に残っていたらしい。

「机にしがみついているんだぞ」アッシュクロフトは低い声で言いながら、ダイアナの背中にのしかかった。甘い香りを胸いっぱいに吸いこむ。ぬくもりに満ちたリンゴの香りを。

抵抗してくるにちがいない。たとえ、本心ではなくても……。けれど、意外にも、ダイアナは言われたとおりに腕を伸ばして、机の角をつかんだ。ぶかぶかの男物の白いシャツの袖があがって、優美な手首と、すらりと細い腕があらわになった。シャツの裾から、白い太ももと尻の曲線が覗いた。

アッシュクロフトの心臓が胸板を叩くほど大きな鼓動を刻んだかと思うと、雷鳴のような興奮が全身を駆けめぐった。ダイアナのせいで、抑えの効かないところまで追い詰められた。最後の瞬間に、魅惑的な体からいきり立つものを引きぬけなくなるのは目に見えていた。さきほどの寝室でもそうだった。いまもそうなるに決まっていた。

狂気の沙汰だ。といっても、この世の何よりも甘い狂気だった。

すばやくズボンのまえを開くと、硬くいきり立つものが飛びだして、ダイアナの優美な尻にぶつかった。ダイアナが着ているシャツを荒々しく払いのけて、脚を開かせた。

欲望がうなりをあげているのに、目のまえの麗しい光景に動けなくなった。これほど美しいとは。なんてことだ、どこもかしこも美しいとは。これでは勝ち目がないのも当然だ。崇《あが》めるように身を屈めて、尻の丸みにたっぷり口づけた。ダイアナの欲望の香りに、頭がくらくらする。秘した場所が滴るほど濡れているのは、触れるまでもなくわかった。

これほど甘く麗しくては、かぶりつかずにいられない。ダイアナが小さな喘ぎ声を漏らした。体の震えを唇に感じた。けれど、ダイアナは逃れようとはしなかった。

やわらかな尻にそっと歯を立ててから、濡れたひだを指で愛撫する。熱い滴で指が湿った。夢中になって、両手をシャツの下に滑りこませると、上へと這わせた。豊かな乳房を両手で包んで、指で乳首をもてあそぶ。ダイアナが叫んでのけぞると、艶やかな背中とアッシュクロフトの胸が重なった。

「じらさないで」ダイアナが喘ぎながら言った。

荒々しい動きで、アッシュクロフトはダイアナの尻をぐいと持ちあげると、ひと息に押しいった。一気に突き進む。ダイアナの体がそれをすんなり受けいれた。

いきり立つものを締めつけながら、ダイアナが叫んで、さらに深く招きいれようと尻を突きだした。信じられない！ ダイアナは至上の楽園からやってきた愛人なのか？ ダイアナの体の震えを感じながら、腰を動かした。激しく。速く。自分が甘美な世界を味わえば、それがそっくりそのままダイアナの甘美な世界になるはずだった。

一気にのぼりつめていく。早すぎるとわかっていても止まらなかった。震える手を下へ伸ばして、いちばん敏感な場所を刺激した。ダイアナが叫んで、また背をそらせた。すべてを受けいれて、子種が注がれる輝かしい瞬間に溶けていった。

アッシュクロフトはダイアナの背中にぐったりのしかかると、華奢な肩に熱く口づけた。細い腰に腕をまわして、しなやかな体を抱きしめる。目もくらむほどの恍惚の波に震えが止まらなかった。ダイアナの肩のくぼみに額をつけて、荒い息遣いと、歓喜に打ち震える体を感じていた。

部屋の中は静まりかえって、聞こえるのは窓の外の静かな雨音と、ふたりの苦しげな息遣いだけだった。ふいにアッシュクロフトは笑いだした。あまりにも疲れ果てて、笑い声さえ途切れがちだった。

ダイアナが動いた。うしろに手を伸ばしてきて、湿った髪をどこまでもやさしく撫でられた。そんなふうに触れられて、心に築いた防壁が音をたてて崩れていく。そうと知りながら、わざとやっているのか？　一瞬、ダイアナも愛人となった男の虜になっているのだと思いそうになる。その男がダイアナの虜になっているように。

「どうしたの？」畏怖《いふ》の念に打たれているような口調だった。

アッシュクロフトは顔をあげた。苦しくて悲鳴をあげる肺に、やっとのことで空気を送りこんだ。「ペリーがなんと言うかと考えていたんだ。本はいらないから、この机を一万ポンドで売ってくれと頼んだら」

午後の陽光が薄れて夕刻へと変わるころ、両開きのガラス扉の傍らで、ペリーの執事ロバートがダイアナを出迎えた。ダイアナは息を切らして、頰を赤く染めていた。すべては恋人に会いたいがためだった。これほど夢中になってしまった自分を、一時間で十回も呪った。先週は何時間もアッシュクロフトの腕の中で過ごしたのだ。それなのに、一緒にいないときまで、頭の中はアッシュクロフトのことでいっぱいだった。

これでは初恋を知った十六歳の夢見る乙女と変わらない。ふたりの逢瀬《おうせ》は回を重ねるごとに情熱的になっている。逢瀬のたびに、必死に保っている心の距離が危うくなるばかりだった。

アッシュクロフトのような男性が、この世にいるとは思ってもいなかった。アッシュクロフトと別れたら、心に癒やしようのない傷ができる——それはもう覚悟していた。

執事のロバートに案内されて廊下を歩きながら、ダイアナはおなかにこっそり片手をあてた。ここに赤ん坊がいるの？　アッシュクロフトと同じ澄んだ緑色の目をした赤ちゃんが？　もし妊娠していたら、わたしは赤ん坊の存在を実の父親に知らせないほど、冷酷になれるの？

図書室にそっと入ると、机についてうつむいているアッシュクロフトの黒々とした髪が見えた。一週間まえに、その机の上でどこまでも鮮烈に体を奪われたのだった。

アッシュクロフトが顔をあげて見つめてきた。ダイアナは頰を染めずにいられなかった。

「来たんだね」

机を見て先週の出来事が頭に浮かんでいた。それをアッシュクロフトは読みとったのだろう、黒く長いまつ毛に縁取られた目がきらりと光った。燃えあがる炎にも似た情事を思いだしているのを、もちろんアッシュクロフトは知っているのだ。わたしの心を読むことにかけては、超人的な能力を持っているのだから。といっても、愛人になったそもそもの理由だけは、いまも気づかれていない。それには心から安堵せずにいられなかった。

そのことは一生悟られませんように……。これほど親密な日々を過ごしたのに、アッシュクロフトに憎まれるなんて堪えられるはずがない。バーンリー卿の計画に加担していることをアッシュクロフトが知ったら、嫌われるのは目に見えていた。

「上の寝室にいるのかと思っていたわ」この数日でふたりの行動にある種のパターンができていた。

まっすぐにこちらを見つめたまま、アッシュクロフトが背筋をぴんと伸ばした。「きみに見せたいものがあるんだ」

「これまでにあなたが与えてくれたものは、すべて見たような気がするわ」意図せず、男を誘う艶めかしい口調になった。

アッシュクロフトと一緒にいると、自分が別人になったような気がする。相手の言動を敏感に読みとって、機知にとんだ軽口で男性をからかう自信満々の女になったような気がする。いずれ、以前の生活に戻ったら、いまの自分が懐かしくなるのだろう。いずれ、貞節なバーンリー伯爵夫人になったら……。

いいえ、いま、目のまえにいる情熱的な恋人のことのほうが、はるかに懐かしく感じるはず。

つい浮かんでくるそんな思いを、ダイアナは頭の奥に押しこめた。いま、わたしはアッシュクロフトと一緒にいる。別れを考えて、このときを台無しにしたくなかった。

アッシュクロフトが声をあげて笑うと、親しげなその声に、全身がふっと温かくなった。

「いや、すべてとは言えないよ、マイ・ラブ」

マイ・ラブだなんて……。

ダイアナは即座に応じることにした。親しみのこもることばが心の奥底に焼きついて離れなくなるまえに、応じなければならなかった。といっても、アッシュクロフトにはじめて〝マイ・ラブ〟と呼ばれたときから、何をしようとどうにもならないほど、そのことばは心にしっかり焼きついていたけれど。「ずいぶん自信たっぷりに言うのね」

アッシュクロフトが訝しげに目を細めて、さらにまっすぐ見つめてきた。とたんに、全身に熱い欲望の波が押しよせた。

「さあ、こっちへ」アッシュクロフトが低い声で言った。

ためらいもせずに、アッシュクロフトに駆けよってしまうなんて、すっかりのぼせあがった愚かな女としか言いようがない。アッシュクロフトに抱きしめられたかと思うと、情熱的に唇を奪われた。アッシュクロフトが抱擁をゆるめて顔をあげたときには、頭がくらくらして、胸の鼓動が速くなって、口もきけなかった。

「戻ってくるのに、なぜ、これほど時間がかかったんだ？」

苦しくて目を閉じて、筋の通った答えを必死に考えた。アッシュクロフトと一夜を過ごしてベッドを離れたのは、今朝遅くのことだった。それからというもの、そわそわして、何も手につかないまま、またふたりで過ごすときを心待ちにして過ごしたのだ。アッシュクロフトと離れて、ひとりでやらなければならないことがある――そんなふりをするのが、どんどんむなしくなって、いつ破綻しても不思議はなかった。「そんな……ほんの数時間のことよ」

「何年にも感じたよ」

そんなことを言わないで、お願いだから。

輝く翡翠色の目を見ていられず、散らかった机に視線を移した。「それはそうと、興味深い本は見つかったの？」

アッシュクロフトが軽くキスをしてから、抱擁を解いて、サイドテーブルへ向かった。

「いいや。ペリーは大半の本をオークションに出すことになるだろう」

「ならば、これは何？　この箱に何か入っているようだけど」部屋に入ってきたときには、本の山に隠れて見えなかったが、机の上に小さな木箱が置いてあった。

アッシュクロフトはふたつのグラスに赤ワインを注ぐと、ひとつを差しだした。「ああ、入っているよ」そう言いながら、赤ワインをひと口飲んだ。「開けてごらん」

アッシュクロフトの目が嬉しそうに輝いていた。まるで、特別なプレゼントを渡そうとしているかのよう……。いいえ、アッシュクロフトの熱い視線にうっとりしてはだめ。といっても、そんなのはとうてい無理だとわかっていたけれど。

ダイアナは赤ワインをひと口飲むと、グラスを置いた。熱い視線を痛いほど感じながらも、どうにか箱だけを見るようにした。蓋は簡単に開いた。中には藁が敷きつめられていた。似たような箱をクランストン・アビーで見たことがあった。藁をそっとどかすと、鮮やかな青い絹の布に包まれた硬くて丸いものが出てきた。

アッシュクロフトは何気ないようすで、机に寄りかかっていた。その姿を見て、胸の鼓動がますます速くなった。「今朝、取引相手から送られてきた」

アッシュクロフトの圧倒的な魅力を必死に無視しながら、ダイアナは箱の中身を手に取った。ずっしりして、大きさは手のひらぐらい。ゆっくり絹の布を開くと、驚いて、息を呑んだ。

「きれいな……女の人」

「ああ、そうだ」

大理石の彫刻の女性に見つめられていた。名もない彫刻家がその像を彫ってから何世紀も経っているはずなのに、女性の顔は非の打ちどころがないほど美しかった。クランストン・アビーを眺めているときのような、高揚感が湧きあがってくる。みごとな芸術作品だった。

「ギリシアの女性ね？」

アッシュクロフトが歩みよってきて、彫刻の編みこみの髪に指を這わせた。気遣うような指の動きは、ダイアナもよく知っていた。その指が触れているのが彫刻ではなく、自分の体だったら、それだけで全身に漣が立つはずだ。「古代ローマで作られた複製品のようだ。一世紀頃のものだと聞かされたよ」

「生きているみたいだわ」ダイアナは彫刻の女性から目を離せなかった。石の唇は呼吸しているかのようにわずかに開いていた。長いまつ毛に縁取られた大きな目は、生まれながらの知性をたたえて、永遠のときを見つめていた。

「まるで何かを伝えようとしているかのようだ」

「真実を告げようとしているかのようだわ」ダイアナはつぶやいた。

この部屋にいる生身の女とは天と地ほどもちがう……。彫像の神々《こうごう》しいほど美しい女性に、無言で責められている気がした。

ダイアナはこみあげてくる涙を、まばたきして押しもどした。石でできた像にこれほど心揺さぶられるなんて馬鹿げている。けれど、この数日は感情がすぐに顔に表われそうになる。手の震えが止まらず、彫像をアッシュクロフトに渡した。大きな手が彫像をしっかり包むと、そのしぐさになぜか胸が熱くなった。

こんなことではいけない。きちんと感情を抑えられるようにならなければ。ぎこちなく息を吸いながら、動揺を気取られないことを祈った。

「すばらしいものを見て、心が洗われたわ。ありがとう」声がさほど震えていないことに安堵した。

「これを見た瞬間に、どうしても手に入れなければと思ったんだ。どれほど高価だろうと」

アッシュクロフトがまっすぐ見つめてきた。視線でことば以上の何かを伝えようとしていた。

「あなたのコレクションにふさわしい彫像だわ」

ふたりで過ごした静かな夜に話をして、アッシュクロフトがみごとな芸術品をいくつも集めているのを知った。コレクションを見にくるように誘われたけれど、ダイアナはそれを拒んだのだった。けれど、内心では見たくてうずうずしていた。それ以上に、美しいものを愛《め》でる気持ちを分かちあいたくてたまらなかった。大昔の芸術品の話になると、アッシュクロフトは生き生きする。そんな嬉しそうな声を聞きたくてたまらなかった。

けれど、そんな思いを抱くと、かならずある事実を思い知らされる。たったひとつの事実。自分が欺いている男性に、どこまでも魅了されているという事実を。

アッシュクロフトの口元に笑みが浮かんだ。その笑みの意味はダイアナにはわからなかった。「この彫刻はコレクションにはくわえないよ」そう言うと、アッシュクロフトはダイアナの目のまえに彫像を差しだした。「その理由はわかるだろう?」

ダイアナは戸惑いながら彫像を見つめた。艶やかな額とアーモンド形の大きな目、まっすぐな鼻と官能的な唇を持つ若い女性を。繊細さを漂わせた口元はきりりと引きしまっている。すらりと細い首は途中までしかなかった。そこで折れてしまっているのだ。できた当時は全身像だったのだろうが、いまはそうではない。けれど、残っている顔の部分だけでも、それはもう感動するほど美しかった。

「首から下がないから?」

「ああ、たしかに、首のところで折れている」アッシュクロフトがなんとなくじりじりしながら言った。「もっとよく見てくれ」

「そう言われても……」

アッシュクロフトが彫刻の顔をまじまじと見てから、その顔をあらためてダイアナのほうへ向けた。「この女性はきみだよ」

「そんな……」ダイアナはあとずさった。離れれば、アッシュクロフトがたったいま口にしたことばが消えてなくなるかのように。

ダイアナの動揺にアッシュクロフトは気づかなかった。相手の反応をつねに敏感に察知する男性にしては、めずらしいことだった。「もう一度見てくれ。私はすぐに気づいたよ」

「わからないわ」ダイアナはにべもなく言いながらも、アッシュクロフトの端整な顔に浮かぶ感情を、必死に否定しようとした。

〝アッシュクロフトはわたしに夢中だ〟とローラは言っていた。アッシュクロフト自身も、〝わたしの虜だ〟と言った。いま、古代の美女の顔と愛人の顔を見比べるその目に、温かな光が宿っているのは見まちがいようがなかった。

それなのに、わたしはアッシュクロフトを傷つけることになる――辛い事実をあらためて心に刻みつけた。そのせいで自分がどれほど苦しむことになるかはわかっていた。けれど、いまさら引きかえせない。何をしようと、もう手遅れなのだから。

ダイアナは唇を嚙んで、顔をそむけると、無造作にワインに手を伸ばした。いまこのひとときが意味することに、激しく動揺しているのを気取られたくなかった。こんなふうにふたりで過ごしていながら、まもなくわたしは人として許されないほどアッシュクロフトを深く傷つけるのだから。

「ダイアナ?」

視界の隅に、彫像を机の上にそっと置くアッシュクロフトの姿が見えると、またもや胸が締めつけられた。端整な顔に浮かぶ表情は、これまでにも何度も見たことがあった。どこまでも慈しみながら、体に触れてくるときと同じ表情だった。

ダイアナはワイングラスを口元に持っていくと、中身をひと息で飲みほした。ワインが胸の鈍い痛みを和らげてくれるのを願うしかなかった。それから、アッシュクロフトのほうを向いた。「ベッドに連れていって」

アッシュクロフトが怪訝《けげん》な顔をした。「どうしたんだ?」

ひび割れた声しか出なかった。「どうもしないわ。あなたはここにいる。わたしはここにいる。わたしはあなたがほしいの」

それは嘘ではなかった。心はいつでもアッシュクロフトを求めているのだから。けれど、いまこのときだけは、欲望は鳴りをひそめていた。アッシュクロフトが必死に築こうとしているふたりの絆を即座に断ち切ることだけで、頭がいっぱいだった。

けれど、ベッドをともにすれば、絆がいっそう深まるのはわかっていた。何をしたところで、そうなる運命なのだ。運命という名の流砂にじわじわと呑みこまれていく気分だった。

見つめてくるアッシュクロフトの顔には、何かを推し量るような表情が浮かんでいた。わたしが動揺していることに気づいているの？　そうに決まっている。そればかりか、賢いアッシュクロフトは、わたしがなぜここにやってきて即座にベッドに誘わなかったのか、そのわけにも気づいているはずだった。

アッシュクロフトは反論してくるのだろう……。けれど、意外にも、唇をゆがめて苦笑いしただけだった。「きみが求めているのは私の体だけなのかもしれない――ときどきそんな気がするよ」

ダイアナは軽い口調で応じようとした。けれど、頭の中では、〝いますぐにこの部屋から飛びだして、二度と戻ってくるな〟と本能が叫んでいた。わたしのちぎれた心がもとに戻ることはけっしてない。でも、いますぐにここを離れれば、アッシュクロフトは癒しようのないほど深く傷つかずに済むかもしれないのだ。「あなたの体はみごとですもの」

同意するようにアッシュクロフトが頭を傾けたが、視線は相変わらず鋭かった。「それはどうも」

「上へ行きましょう。どれほどみごとな体か確かめたいわ」

アッシュクロフトがにっこり笑った。古代ローマの彫像のことをすっかり忘れたかのような表情を目にして、ダイアナの胸が高鳴った。アッシュクロフトが歩みよってくると、彫像の意味を深読みしすぎていたと自分に言い聞かせようとした。この午後のペリグリン・モントジョイ卿の美しい図書室での出来事には、なんの意味もないと。

けれど、アッシュクロフトに嘘はつけても、自分に嘘はつけなかった。アッシュクロフトと一日を過ごすたびに、ダイアナは着実に破滅へと近づいていた。

19

ペリー邸の寝室で、アッシュクロフトは乱れたベッドに裸で横たわり、身支度を整えるダイアナを見つめていた。ダイアナと離れたくなかった。たとえひと晩だけでも。

博物館で偶然の再会を果たしてから、三週間が過ぎようとしていた。驚きに満ちた三週間。といっても、嬉しい驚きばかりではなかったけれど。

中でも、とりわけ不愉快なのは、ダイアナがこの家を出ていくたびに、ここにいてくれと頼みたくなるのを必死にこらえなければならないことだ。どれほど長い時間を一緒に過ごしても、満足できなかった。ふたりで官能の世界を探求し、知的な問題を議論して、何気ない世間話をしても、時間はまだまだ足りなかった。

ダイアナがそばにいないと、何もかもがまちがっているように感じる。たとえば、地球が逆に回っているような、ワルツが三拍子ではなく四拍子になってしまったかのような。

ダイアナの背中がしなやかな弧を描き、豊かな胸が薄っぺらな白いシュミーズを淫らに押しあげた。ダイアナがストッキングをつけた片方の足を椅子に載せて、ガーターを締めようと屈んだ。その姿はあまりにも官能的だった。アッシュクロフトは首のうしろで交差させた腕に頭を載せて、甘美な眺めを楽しんだ。ただそこにいるというだけで魅了される女には、これまで会ったことがなかった。

視線を感じたのか、ダイアナがこちらを向いた。だからといって、困惑しているとは思えなかった。何しろ、自分はいつだってダイアナを見つめているのだから。ダイアナの目が穏やかになって、ふっくらした唇に笑みが浮かんだ。熱い官能に満ちた午後の激しい口づけのせいで、唇が赤く色づいていた。

ダイアナのどんな笑顔も愛おしくてたまらなかった。冷ややかな冗談を口にするときの皮肉めかした笑み。ベッドをともにしたあとの、夢見るような純粋な笑み。いきり立つものを口にふくむときの、じらすような笑み。官能の極みに達したときの、輝くばかりの笑み。

ああ、そうだ、あの笑みが好きでたまらない。

だが、いまその唇に浮かんでいるのは、何かを探っているときの笑みだ。ダイアナは鋭い。これまで会ったことのある誰よりも鋭いのだから、用心しなければ胸の内を読まれてしまう。今日こそは主導権を握らなければならなかった。ダイアナが心を開くのを、これ以上待ってはいられなかった。

ダイアナに好奇心に満ちた目で見つめられても、アッシュクロフトは無表情を保った。努めて何気ないふうを装うつもりだった。けれど、そうはいかなかった。

「どうしたの？」ダイアナが冷静な口調で尋ねながら、形のいいふくらはぎの上で両手を止めた。シュミーズがまくれて、太ももまであらわになっていた。

アッシュクロフトは唾をごくりと飲みこんだ。ダイアナを奪ってからまだ一時間しか経っていない、と自分に言い聞かせた。ひと月も何も食べていない男が肉汁たっぷりのサーロインステーキにかぶりつくように、いままた、ダイアナにかぶりつくなんて無骨すぎる。

アッシュクロフトは眉をあげた。「これほどの美女を目の当たりにしたら、男なら誰だって惚れ惚れして当然だよ」

「そんな」ダイアナが頬を染めて、顔をそむけた。

ダイアナのうぬぼれていないところも、魅力のひとつだった。自分がどれほど美しいか気づいていないのだ。容姿について何か言うとかならず、生まれてはじめて褒められたような反応を示す。

どうやら、ダイアナの夫は呆れるほど愚鈍《ぐどん》な男だったらしい。

いや、もしかしたら、その愚鈍な男はいまも生きているのかもしれない。それも、今日解いてみせるつもりの謎のひとつだった。

アッシュクロフトは声をあげて笑った。その声にぬくもりが感じられるのが、自分でもわかった。「そんな美女がすぐそばに半裸でいるとなればなおさらだ」

ダイアナの頬がいっそう赤くなった。照れる姿も愛らしかった。万華鏡《まんげきょう》にも劣らないほど無数の魅力を持つ女、それが私のダイアナだ。

いや、残念ながら、〝私の〟とは言えない。

そう言い切れる日が来ることを心から望んでいるが、いまはまだそこまで親密な間柄ではなかった。いや、ベッドの中では親密すぎることをしているけれど。そう思ったとたんに、絨毯の上での火花散る交わりあいや、窓辺の大きな衣装だんすにもたれながらの激しい行為が頭に浮かんだ。といっても、ダイアナは体を除けば、あらゆる意味で距離を保っていた。

ダイアナに信頼してもらおうと、これまで必死に努力してきた。いろいろなことを聞きだそうと、わざと話の流れを変えたこともあれば、ベッドでの激しい交わりあいのあとの穏やかな時間を利用して、ダイアナが自然に秘密を明かせるように促したこともあった。けれど、どれひとつとして成功しなかった。出会ったときよりもダイアナのことを理解しているとはとうてい言えない。わかったことの大半は、ダイアナがふと漏らしたヒントをもとにした憶測ばかり。憎らしいことに、信頼して打ち明けてくれたことはひとつもなかった。

苛立ちと好奇心で夜も眠れず、昼もそのことばかりを考えて、心は激しく揺れ動いた。これほどとらえどころのない愛人ははじめてだ。いや、これまでに知りあった女はみな、私的なことまで話したくてうずうずしていた。誰もが秘密を打ち明けたがった。そう、知りたくもないことまで勝手に打ち明けてきた。ふたりだけの秘密を持つのが、アッシュクロフト伯爵に関心を持たれている証拠になると思っていたのだろう。といっても、アッシュクロフトのほうはとりわけ関心を持った女性などいなかったけれど。

もしかしたら、若さを浪費した罰として、いま、これほど苦しめられているのかもしれない。さらには、認めたくはないけれど、お世辞にも染みひとつないとは言えない言動への罰なのかもしれない。

それとは異なる方法で天罰が下るとは考えたくなかった。愛人を身ごもらせないようにするという点でも、いまの自分は致命的なほど不注意なのだから。

ダイアナが深みのある緑色のドレスをまとった。アッシュクロフトはいままで、ドレスのことなどほとんど気にも留めていなかった。ずた袋をまとって跳ねまわっていようが、この世の誰よりもダイアナは美しいのだから。それこそが大問題なのだ。さらに悪いことに、その問題の解決策をこれっぽっちも思いつかなかった。ダイアナと別れたら、いま以上に腹をすかせた犬のような気分になるのだろう。鎖につながれ、月に向かって吠えるしかない犬の気分に。

いや、ダイアナをわがものにしているいまだって、そんな気分だ。しなやかで敏感な体だけはわがものにしたけれど……。

鬱々とした黙想をかき立てる女が、ベッドにゆっくり歩みよってきて、背を向けた。「怠けていないで、手伝ってもらえるかしら」ダイアナが背中にかかる乱れた金色の髪を持ちあげた。自然なそのしぐさがあまりにも艶めかしくて、アッシュクロフトは欲望の熱い稲妻に貫かれた。

ダイアナが泊まっていくのはめったになかったが、それでもおとといの夜は一緒に一夜を明かして、その翌日である昨日の朝に、アッシュクロフトは熱烈な口づけを武器にして、その日もここに留まるように説き伏せたのだった。もう一度同じ手を使おうか……。そんな考えが頭をよぎったが、そもそもの計画どおりにことを運ぼうと自分を戒めた。計画を早く実行に移せば、この惨めな状況から早く抜けだせるのだから。

そうなるのを心から祈るしかなかった。

アッシュクロフトは起きあがると、ドレスの紐を結びはじめた。ときおり手を止めて、滑らかな肩に口づける。ダイアナはベッドを出てから入浴したはずなのに、それでも男を酔わせる温かな女の香りに満ちていた。青リンゴにも似た甘い香りに。

それはいまや楽園の香りだった。

ダイアナともう一度戯れたくてうずうずしたが、その衝動を抑えた。行き詰まった現状からどうにか脱しなければ、頭がおかしくなってしまう。

「万が一、アッシュクロフト家の領地を失っても、あなたはご婦人付きのメイドに苦もなくなれるわ」ダイアナが冗談めかして明るく言った。

アッシュクロフトはべつのことで頭がいっぱいだったせいで、考える間もなく答えていた。暗い過去については絶対に話さないという誓いを思いだすまえに。「いや、以前、すべてを失いかけたんだよ。私が成人するまえのことだが、後見人だった叔父が領地の管理を誤り、アッシュクロフト家はあやうく破産するところだった。私だけでなく、一族全員が路頭に迷うところだった」

ダイアナが身を固くして振りむくと、見つめてきた。「でも、いまのあなたは裕福だわ」

ダイアナのまなざしはどこか苦しげだった。なぜ苦しげなのかは、やはりわからなかった。

謎だらけのダイアナが気になってしかたなかった。

ドレスの紐を結ぼうと、アッシュクロフトはダイアナをまえに向かせた。「ああ、いまはそうだ」

「あなたはわたしが想像していた人とちがったわ」ダイアナが静かに言った。まるで心の中に葛藤《かっとう》を抱えているかのように。「失いかけたものを取りもどすのに、あなたは必死で働かなければならなかったんでしょうね」

「じっとしていてくれ。さもないと、結べない」アッシュクロフトは感情をこめずに言った。静まりかえった部屋の中で、ドレスの紐を結ぶことだけに気持ちを集中した。ほんとうはドレスを剝ぎとりたくてたまらないのに。

「アッシュクロフト？」

紐をすべて結んで顔をあげると、振りむいたダイアナに見つめられた。

「あなたは必死で働いたのでしょう？　そしていまも、一族に対する責任を一手に引きうけている。親戚はあなたを破産に追いこむところだったのに」

アッシュクロフトは顔をしかめた。話の流れが気に食わなかった。自分のことについては頑なに口を閉ざしているダイアナに、これほど易々と過去をあばかれてしまうのが腹立たしかった。「そんなふうに言われると、どうしようもない愚図になったような気がするよ、マイ・ラブ」親しげな呼びかけが、無意識のうちにさらりと口から出るようになっていた。それは、ダイアナの絹のような肌の手触りと同じぐらい馴染んだものに思えた。

ダイアナが微笑んだ。といっても、その目はなんとなく翳っていた。「あなたは並みはずれた勇気の持ち主なのね。それに、誰よりも寛大だわ。世間には偽りの姿をさらしているけれど」

ダイアナの両手に頬を包まれた。ダイアナを〝マイ・ラブ〟と呼ぶのと同じぐらい、そのしぐさも馴染み深いものになっていた。それでいて、そうされるたびに心臓が止まりそうになる。敏感な口元に、ダイアナの親指がそっと触れた。「ひげを剃らなくてはね」

そのとおりだった。今朝、ダイアナが来るまえにひげを剃ったが、時刻はもう夕刻近い。今日は朝からいままで幸福に浸りきっていた。それがかえって不安をかき立てた。これまでの愛人には、ベッドでの情事が終わったら、帰ってほしいと思った。それなのに、ダイアナにはそんなふうに思ったことは一度もなかった。

ぼんやりとそんなことを考えながらも、話に気持ちを集中しようとした。「何が偽りの姿なんだ？」

ダイアナがことばを探して、束の間ためらった。「あなたは何も気にしていないふりをしているわ。その偽りの姿があまりにも自然すぎるから、世間の人はそれが真の姿だと思いこんでいるのよ」ダイアナが唇を嚙んで、苦しげな表情を浮かべた。「あなたは非情な放蕩者なんかじゃない。わたしが誘惑するつもりだった身勝手な放蕩者ではないわ」

そんなことを言われても、なんの意味もなかった。ふたりのあいだに起きたことがなんの意味もなさないのと同じだった。「きみはなぜ、非情で身勝手な放蕩者を誘惑するつもりだったんだ?」

ダイアナがふいに身を固くして、一歩あとずさった。頬から赤みが消えて、顔が死人のように真っ白になった。その目に浮かんでいるのは、恐怖なのか?「ただのことばのあやよ」

アッシュクロフトは全身の神経が張りつめるのを感じた。いま、ダイアナは思いがけず重要な何かを垣間見せた。それが何なのかどうしても知りたかった。「いや、それは嘘だ」

ダイアナが肩をすくめて、笑いだした。けれど、アッシュクロフトはダイアナの真の笑い声がどんなものか知っていた。いまの笑いかたでは、この国でいちばん愚かな男だって騙せやしない。愚鈍と呼ばれたことなどないアッシュクロフト伯爵が、騙されるわけがなかった。

「深読みしすぎよ」声がいつもより甲高かった。

わざとらしいほど平然を装って、ダイアナは大きな鏡のまえへ行くと、髪を結いはじめた。ベッドを出たあとに、そうするのはいつものことだった。けれど、いまは手が震えて、鏡に映る唇が苦しげに引きむすばれている。胸につかえる感情のせいで、目がうつろになっていた。

アッシュクロフトはゆったりとヘッドボードにもたれた。満足感は消えて、腹の中がざわついていた。「そうかな?」

「そうよ」ダイアナの結いかけた髪がこぼれ落ちる。手の震えが止まらないらしい。「へんね、今日のわたしはどうしてしまったのかしら?」

それを知りたいのはこっちだとアッシュクロフトは思った。けれど、それ以上は追及しなかった。そうして、内心とは裏腹の軽い口調で話すことにした。腹の中で疑惑がとぐろを巻いていることなどおくびにも出さずに。「きみは欲望過多という病を患っているからね」

その冗談に、ダイアナの肩から力が抜けた。「きっとそうなんでしょうね」ダイアナがやはり軽い口調で応じて、さほど不自然ではない笑い声をあげた。そうして、おざなりに髪を結い終えると、振りかえった。「もう行かなくてはならないわ」

ほんとうに？ なぜなんだ？

不穏な想像をしながら、アッシュクロフトはベッドをおりると、ダイアナに歩みよった。ダイアナがちらりと見あげてきたかと思うと、頬を赤く染めて、顔をそむけた。

ダイアナのうなじにかかるおくれ毛をそっとわきに避《よ》けて、甘い芳香漂うその場所に口づけた。深々と息を吸う。濃厚な香りが胸に満ちた。楽園の香り。ダイアナの香りが。

顔をあげると、ダイアナの目に罪悪感が浮かんでいた。けれど、それも束の間で、その感情は濃い金色のまつ毛の向こうに消えていった。たったいま感じた至福が疑念へと変わっていく。

ダイアナが隠しごとをしているのは最初からわかっていた。その秘密が大きな不幸を招かないことを心から祈るしかなかった。

「まだ行かないでくれ。話がしたいんだ」アッシュクロフトはつぶやくように言った。

「一日じゅう、わたしはあなただけを見つめていたのよ。それなのに、わたしが帰ろうというときに、話がしたくなったの？」意外にも、ダイアナが冗談めかして言った。「あなたは猫みたいだわ。家の中にいると外に出たがって、外にいると中に入りたがる」

「何をすれば私が喉をごろごろ鳴らすか、きみはよく知っているからな」アッシュクロフトはダイアナの頭のてっぺんにそっと口づけると、ゆっくりとベッドへ戻った。またベッドに横になると、ダイアナが顔を赤らめずに済むように、下半身に上掛けをかけた。

ダイアナが振りかえった。「わたしはベッドには戻らないわよ。ウサギのように一日じゅう睦みあっていたんですもの。あなたはまだ物足りないの？」

アッシュクロフトは微笑みかえした。ふたりの行為を表わすダイアナのことばが気に入った。「ああ、いつまでたっても」

ダイアナの唇がぴくりと動いた。「なるほど、あなたが不埒な人生を生きて、星の数ほどの女性を相手にしてきた理由がわかったわ。女がへとへとになるまでこき使わずにはいられないんですものね」

アッシュクロフトは声をあげて笑った。とはいえ、道楽者として生きてきた過去については話したくなかった。ダイアナとの情事に比べれば、これまでの情事など浅はかで下劣で取るに足りないものでしかない。ダイアナのような愛人はこれまでひとりもいなかった。

ベッドの空いている場所をぽんぽんと叩いた。「ここに座ってくれ」

またもやダイアナは小悪魔になって、長いまつ毛越しにちらりと視線を送ってきた。束の間の気まずい雰囲気などなかったかのように。「あなたの手の届くところに行ったら、どんなことが起きるかわかっているくせに」

アッシュクロフトはわざと淫らなしぐさで、もう一度シーツを撫でた。「話をしたいだけだよ」

夜明けに森から出る若いシカ並みに警戒しながら、ダイアナが近づいてきた。「どんな話がしたいの？」

「ここに座るんだ」アッシュクロフトは穏やかに言った。

ダイアナが笑った。「わたしはあなたの猟犬ではないのよ」

「それは残念だ。きみのためにおいしい肉を用意したのに」

ダイアナが甲高い声で笑った。卑猥な冗談に対する反応も愛らしかった。ダイアナがどれほど無邪気かを知るには、意味深な軽口を叩くだけでよかった。

冗談にダイアナがのってきた。ベッドがかすかに沈んで、わき腹にやわらかな腰が触れた。アッシュクロフトは体が触れあっても自制した。ほんとうに話をするつもりだった。

「それは嬉しいわ。でも、いまはおなかがいっぱいなの」ダイアナがにやりとした。

アッシュクロフトも笑わずにいられなかった。「ならば、ごちそうはひとまずどこかに埋めておいて、あとでたっぷり味わうことにしよう」

ダイアナがまっすぐに見つめてきた。「それはどうかしら？　そんなことができるの？」

「意地の悪い女だ」アッシュクロフトはダイアナの手を取って、手のひらに口づけた。その手は震えていた。「プディングも入らないほど、腹いっぱいのくせに」

「あなたは話がしたいんでしょう？」ダイアナが少し警戒するように言いながら、弱々しく手を引っこめようとした。

「ああ、そのとおり」アッシュクロフトは、手のひらへの口づけを閉じこめるように、ダイアナの手を握らせた。華奢な手首にそっと歯を立てると、ダイアナがびくりとした。その痛みを口づけで和らげる。その気になれば、すぐにでも奪えるはずだった。けれど、いまは息も詰まるほど、ダイアナのことが知りたくてたまらなかった。

「アッシュクロフト……」警戒するダイアナの低い声も魅惑的だった。

アッシュクロフトはため息をついた。じらすのが楽しくてしかたない。ことばで欲望を刺激されるのは。けれど、そんな甘いムードをこれから木っ端みじんにするつもりでいた。店のショーウィンドウに煉瓦を投げつけるように、粉々にするのだ。

ダイアナが逃げださないように、手をしっかり握った。ほんとうは、穏やかで温かなこのひとときを壊したくなかった。そんな思いを抱くとは意外だったけれど、アッシュクロフトはひとつ息を吸ってから尋ねた。

「ダイアナ、きみがロンドンにいるほんとうの理由はなんなんだ？」

20

ダイアナが体をこわばらせた。驚いて息を呑んで、頰が赤く染まる。それはアッシュクロフトが予想したとおりの反応だった。

「ロンドンにいる理由ならもう話したわ」ダイアナが目をそらして、震える声で言った。「それが嘘をついている証拠なのは、本人もわかっているはずだった。「はじめて会った日に話したわ」

アッシュクロフトは手に入れたばかりの古代の美術品を愛でるかのようにダイアナを見つめた。目のまえにいるのが、自分がベッドに誘いこんだ生身の女ではないかのように。

それこそが、ふたりがどれほどの関係なのかを表わしているのかもしれない。

「その話なら憶えているよ」冷静に言った。ダイアナが口にした愛人になる理由は、どう考えても嘘だった。

ダイアナが手を振りはらおうとしてもがいた。「だったら、もうわかっているでしょう」

アッシュクロフトは手に力をこめて、ダイアナを自分のほうに向かせた。「あんな理由で納得できるはずがない」

ダイアナがまた身を固くした。ロンドンにいる理由を問いただされてからはじめて、まっすぐに見つめてきた。目に翳りが射していた。浅瀬に迷いこんだサメのような不穏な影が浮かんでいた。

「いったい、何が言いたいの？」その口調には怒りではなく、恐れがにじみでていた。

アッシュクロフトは良心の疼きを無視して言った。「私が何を言っているのか、きみはわかっているはずだ」

「あなたは考えすぎなのよ。謎なんてひとつもないのに、勝手に謎だと思いこんでいるんだわ」ダイアナがぎこちなく息を吸った。説得力のない嘘で、この場を切りぬけるつもりらしい。

これが星の数ほどもいる普通の女の言うことなら、信じたかもしれない。けれど、性の悦びを追求するために愛人になったというのは、ダイアナにはまるで似つかわしくなかった。たしかにダイアナは情熱的だが、これほど強い意志の持ち主であれば、欲望だけをやみくもに求めるはずがなかった。

そしていま、そんなことを訊かれる筋合いなどないとは、ダイアナは言わなかった。それは、ふたりのあいだに親密な絆が存在することを認めたも同然だった。

「故郷でわたしが何かしたら、あれこれ詮索されるわ。男性とベッドをともにしたければ、その男性と教会の祭壇のまえで永遠の愛を誓うしかない。でも、いまのわたしが求めているのは……」ダイアナが口ごもった。アッシュクロフトはダイアナの気持ちならあっさり読みとれる自信があった。にもかかわらず、いまのことばが嘘なのかほんとうなのかわからなかった。もしかしたら、嘘と真実が複雑に絡みあっているのかもしれない。

ようやく答える気になったのか、ダイアナがため息をついた。「わたしは八年のあいだ、貞淑な未亡人として生きてきたわ。だから、冒険してみたかった。誰からも尊敬されるおばあさんになったときに、ひとりで思い出に浸れるような冒険を」

そうなのか？　ダイアナの体から力が抜けていった。いや、ほんとうに
たしかにそれはある意味で真実なのかもしれない。けれど、すべてを鵜呑みにはできなかった。「だが、なぜ、いまなんだ？　なぜ、八年も経ってから？　なぜ、これほど危険な一歩を踏みだす気になったんだ？」

ダイアナが驚いた顔でまじまじと見つめてきた。「危険な一歩？」

アッシュクロフトはもどかしくて、思わずダイアナを睨みつけた。「気づいていないふりをするのはやめてくれ。危険に決まっているじゃないか」

放縦な冒険を求めるダイアナは、私以外の男を選んでいたかもしれないのだ……。そう考えただけで、全身の血が凍りついた。悪名高い放蕩者であれば誰でもかまわないとダイアナが考えていたとしたら、候補者リストにはロンドンじゅうのろくでなしと好色男の名がずらりと並んでいたはずだ。

ろくでなしと好色男――どちらにも自分がぴたりとあてはまることは必死に無視した。

ダイアナが微笑みかけてきた。まぎれもない信頼感があふれる笑みだった。「危険だなん

て。まるで、あなたがわたしを傷つけるみたいだわ」

少なくともいまだけはダイアナに信頼されているとわかって、嬉しかった。けれど、その気持ちは表に出さないようにした。「いまだって、危険を冒しているのはわかっているはずだ。できるだけ私とのあいだに距離を置こうとしているのだから。それに、傷つくと言ってもいろいろある。望まない子供ができてもお互いに傷つく。それに、きみの名声だって傷がつく」

「わたしを愛人にしたことに落胆しているような口ぶりだわ」

「そんなことはない」きっぱりと否定しすぎたことに、ダイアナが気づかずにいるのを願った。「教えてくれ。なぜ、いまなんだ？　何かきっかけがあったはずだ。きみは貞淑な女性なのだから」

ダイアナが苛立たしげに言った。「ふたりであれほどのことをしたのに？　わたしが貞淑であるはずがないわ」

アッシュクロフトは笑わずにいられなかった。「いや、いまのことばは皮肉ではないよ、マイ・ラブ。わかっているだろう、私はきみにどうしようもなく惹かれているんだ」声が深みを増して、真剣な口調になった。「話してくれ、頼む」

一瞬の張りつめた間のあとで、ダイアナが緊張した低い声で言った。「故郷で、ある男性からプロポーズされたの」

アッシュクロフトは胃がよじれるのを感じた。こみあげてきた怒りが喉に詰まって、ことばも出なかった。

ダイアナが誰かと結婚するなんて冗談じゃない。ダイアナは私のものだ。それなのに、本人はそのことに気づいていないのか？　アッシュクロフトはそんな考えがいかに馬鹿げているかわかっていた。けれど、その思いは海底に沈む漂流物がふいに浮きあがるように、心の底から止めようもなく浮かんできた。泥だらけの心の奥底に、いくら押しもどそうとしても無駄だった。永遠の愛を誓う資格などないのはよくわかっていた。なんと言っても、この自分は世間で評判の不実で気まぐれなアッシュクロフト伯爵なのだから。女に約束できるのは、究極の官能と、興味が尽きたときのあとくされのない別れだけだった。

だからと言って、誰かの妻になったダイアナを愛人にしてもかまわないとは思えなかった。

何も言えずに黙っているしかなかった。その沈黙を、ダイアナは話を促す合図と考えたようだった。さもなければ、いったん打ち明け話をはじめたら止まらなくなったのか。「その男性は……わたしよりずっと年上で、お金持ちで、故郷の村では誰からも一目置かれているの」

「ああ、そうなんだろうな」アッシュクロフトはつい強い口調で言ってから、ぶっきらぼうな返事を後悔した。

ダイアナが頬を染めて、窓のほうをちらりと見た。けれど、その目が窓の向こうの空を見ているとは思えなかった。何かべつのもの、頭に浮かんでいる光景を見つめているはずだった。そして、その光景は胸躍るようなものではないらしい。「いまの話を聞いて呆れたのでしょう?」

「いいや、あいにく、高潔な道徳心は持ちあわせていないんでね」つい険しい口調になった。

ダイアナがぎこちなく息を吸った。ダイアナは涙をこらえているらしい。アッシュクロフトはそれに気づくと、当惑した。「もしそのプロポーズを受けたら、わたしは財産目当てで結婚することになるわ。だとすれば、そもそも貞淑な妻として失格。でも、その男性にはわたしが必要なの。わたしだけが得をするわけではないのよ」

「その男はきみがロンドンに来ているのを知っているのか? 街の伊達男《だて》との出会いを求めて、この街に滞在しているのを」

わざと遠まわしな表現で言ったが、ダイアナがこの街にいる理由はお互いによくわかっていた。アッシュクロフトはとくにうぬぼれが強いほうでもなく、自分の欠点ならよく知っていた。それでも、これまで自分が男娼まがいのことをしていると思ったことは一度もなかった。ダイアナに男娼のように扱われているのに……。

いまはじめて、それを自覚して、不快でたまらなくなった。

ダイアナの顔に屈辱がにじみでていた。「この情事のことは秘密にしてほしいと言ったはずよ」

「どうやら、きみのためにお祝いをしなければならないらしい」ダイアナに怒りをぶつける権利など自分にはないと、アッシュクロフトは必死に感情を抑えようとした。ダイアナが差しだしたのは体だけだ。心でも、愛でもない。忠誠を誓ったわけでもなかった。

ああ、こっちだって、そんなものは望んでいない。そんなものを愛人に求めたことなど一度もないのだから。

そのことばが胸の中でむなしく響いた。

部屋の中がまた静まりかえった。ことばにされないまま互いの胸にくすぶっている怒りのせいで、空気まで重く感じられた。答えなど知りたくないのに、アッシュクロフトはあえて尋ねた。「その男と結婚するつもりなのか？」

ダイアナは目を合わせようとしなかった。「わからない」

ダイアナの心はもう決まっているのだ。

それでもやはり、ダイアナがすべてを正直に話しているとは思えなかった。なぜなのかはわからない。けれど、研《と》ぎ澄まされた直感で、何かもっと深い事情が、こみいった話があるにちがいないとわかった。

裕福な暮らしはできるが、なんの刺激もない結婚。それだけでも、情熱的な女性が退屈な妻の座におさまるまえに、束の間の自由を謳歌《おうか》する理由になるのかもしれない。とりわけ、その女性が八年ものあいだ孤独な未亡人として生きてきたならば。

たしかに、いま聞かされた話はあらゆる意味で辻褄が合っている。

けれど、何かがダイアナにそぐわなかった。

いや、そんなふうに感じるのは、ダイアナに夢中になりすぎているせいなのか？　ダイアナがほかの男と結婚するより、嘘をついていてくれたほうがましだと、無意識のうちに願っているのか？

いや、もしかしたら、これから結婚するのではなく、すでに結婚しているのかもしれない。ダイアナの夫が生きてこの国のどこかにいるのではないか、そう思えてならなかった。

それなのに、哀れにもひとりの女の虜になった自分は、ダイアナの心根は誠実だと信じている。そして、ベッドをともにするたびに、その誠実さに触れているような気がしてならなかった。

この腕の中にいるときだけは、ダイアナに嘘はない。

とはいえ、二十年ものあいだ何人もの女を相手にしてきて学んだことがある。それは、女が何よりも巧みに嘘をつくのは、ベッドをともにしているときだということだ。

だが、ダイアナだけはちがう。愚かな心がそう叫んでいた。

「わたしのことを軽蔑したでしょう？」ダイアナがつぶやくように言った。視線は相変わらず窓の外に向けられていた。

気づくと、心の奥深くから湧きあがってきたことばを口にしていた。「軽蔑などできるはずがない。きみが何をしようと」

プライドやこれからの人生を危険にさらすとわかっていても、そのことばが真実だと認めないわけにはいかなかった。アッシュクロフトはダイアナの手を取って口元に持っていくと、熱く口づけた。

ダイアナが見つめてきた。その目は苦しげに翳っていた。「そのことばを忘れないで」

ほっそりした喉が動いて、ダイアナが唾を飲みこんだのがわかった。そうやって、もっと悲惨な事実を口にしそうになるのをこらえているのかもしれない。信頼してくれとひざまずいて頼みたかった。何に苦しんでいるのか話してくれさえすれば、どんなことでも許すと言いたかった。けれど、そのことばは沈黙に呑みこまれた。

見つめていると、ダイアナが無理に笑みを浮かべた。目は悲しみに曇っていたけれど。

「もう行かなくてはならないわ」

なぜだ？　家で男が待っているのか？　ダイアナがふたりのあいだに築いた壁が、ますます邪魔になった。アッシュクロフトは上掛けを払いのけて、立ちあがった。

きっぱり言いたかった。すべてを話して、嘘の中から真実を拾いあつめる手間をはぶかせてくれと。けれど実際には、ダイアナを抱きよせて、激しく唇を重ねただけだった。ダイアナが即座に唇を開くと、互いを求めあうような長い口づけになった。ダイアナの必死の思いが伝わってきた。そして、動揺も。ようやく抱擁を解いたときには、心臓が破裂しそうなほど脈打って、頭がくらくらした。これではまるで激しいダンスを踊った酔っ払いの水夫だ。

これまで星の数ほどの女を相手にしてきたが、ダイアナは誰よりも芳しかった。そんな女が甘い蜜の下に毒を隠しているはずがない。いいや、たとえ毒を隠し持っていたとしても、これほど魅了されているのだから、その毒で死ぬなら本望だった。

「明日の夜。九時に」ダイアナがかすれた声で言った。

「八時に」

ダイアナの官能的な口元がぴくりと動いた。「七時に」

「六時に」アッシュクロフトは微笑みかえした。といっても、心の中では苦々しい思いが渦巻いていた。「これが最後の申し出だ」

ダイアナがうなずいた。「あなたは商談が上手ね。では、六時に」

朝から一緒に過ごそうと言いたくなるのをこらえた。ダイアナを引きよせて、ずっと抱きしめていたかった。けれど、この情事の不確かさが気に食わなかった。それでいて、そんな思いよりも、ほんの数時間でもダイアナと離れていることの辛さのほうがはるかに大きかった。

「では、明日」ダイアナが静かに言った。その声には、自分が感じているのと同じだけの名残惜しさがこもっているような気がした。そんなふうに感じるとは、すっかりのぼせて、何も考えられなくなっている証拠だった。

ダイアナが厚手のマントとボンネットでその身を隠した。輝く灰色の目でまとわりつくような一瞥《いちべつ》を投げてきたかと思うと、ベールを降ろして、部屋を出ていった。

数分後、部屋のドアが開いて、執事のロバートが入ってきた。「マダムが出ていかれました、閣下」

「跡をつけさせただろうな？」

ロバートがうなずいた。「はい、念のため、ふたりの召使に」

ダイアナはチェルシーの家の図書室の扉を閉めると、ぐったりと扉に寄りかかった。体の震えが止まらなかった。

もう限界だ。こんなことは続けられない。

アッシュクロフトと一日過ごせばそれだけ、嘘をつきとおすのがむずかしくなる。そして、今日はとうとう、真実にかぎりなく近づいてしまった。いいえ、真実を明かさなかったとはとうてい言えない。アッシュクロフトは感情を表に出さないようにしていたけれど、鋭い直感を発揮して、まるで説得力のないわたしの話に何かを感じとったのはまちがいない。猟犬が獲物の匂いを敏感に察知するように。

この午後にアッシュクロフトに話した嘘と真実がない交ぜになった話を思いかえすと、胃がよじれて、吐き気がした。この体で生きていくのが堪えられないほど、嘘にまみれた自分が汚らわしく思えた。

〝わたしが何をしても軽蔑しない〟とアッシュクロフトは言った。けれど、真実を知ったら、軽蔑するに決まっている。軽蔑しないわけがなかった。

わたしだって自分を軽蔑しているのだから。

途切れがちにひとつ息を吸った。これからどうすればいいの？　もうわからない……。

千年も歳を取った気分で扉から離れると、机のそばの背もたれの高い椅子にくずおれるように座りこんだ。

この家はどこもかしこも女性用にしつらえてあった。アッシュクロフト邸の広々とした図書室とは似ても似つかない。愛人にしてほしいなどと大胆な申し出をしたあの場所とは。あのときは、アッシュクロフトの図書室を見ても、軽蔑しか感じなかった。放蕩者の伯爵が、まがいものの知性をひけらかしているにちがいない、そう思ったのだ。ずらりと並んだ学術書。マホガニーの大きな机。みごとな地図に地球儀、それに、科学的な道具の数々。そんなものは、見栄を張るために置かれているのだと決めつけた。けれど、いまは、アッシュクロフトの真の姿を知っている。いかに賢くて、知性的かを。それゆえに、わたしはますます惹かれているのだ。

いいえ、アッシュクロフトを嫌いになるために、欠点を思い浮かべなければ。けれど、そんなことをしたところで、いよいよ辛くなって、心が揺れ動くばかりだった。ふたりであれほど長いあいだひとつのベッドで過ごしたのだから、髪にも肌にもアッシュクロフトの香りがまとわりついている。もちろん、唇にも刺激的な香りがまとわりついて離れない。この体のすべてが、アッシュクロフトのものになってしまったかのように。

ダイアナはぼんやりと宙を見つめた。二階にあがって、しわになったドレスを脱いで、風呂を用意させなければ。バーンリー卿に報告の手紙も書かなければならない。とはいえ、日を追うごとに、手紙はそっけないものになっていた。それに、父にも書かなければ。ここのところ、父への連絡は滞《とどこお》りがちだった。それは愛人と過ごす時間が長いせいとばかりは言えなかった。むしろ、嘘を書きつらねるのが苦しいからだ。

どちらを見ても、わたしは誰かを裏切っている。

でも、少なくともここにいれば、誰も傷つけなくて済む。少なくともここにいれば、非難の視線を感じずに済む。自分自身の目に浮かぶ非難も見ないでいられる。

といっても、この数日は、鏡で自分の目を見るたびに、バーンリー卿の策略以外の秘密を痛感させられる。自分の目を見ると、抗いようもなく永遠の恋に落ちた女が見えた。必死になってそれを認めまいとしてきたけれど、無駄な努力だった。

わたしはアッシュクロフトを愛している。

それなのに、アッシュクロフトを利用して、用が済んだらぽいと捨てるのだ。

目を閉じた。限界に近づいているのをひしひしと感じた。これ以上、嘘はつけない。アッシュクロフトを心から愛している。そして、こんな自分ができる精いっぱいのことは、愛する人のまえから永遠に姿を消すことだけ。それはよくわかっていた。

ひとときの美しい思い出だけを残して、静かに身を引くなんてことができるの？愛人になったのは、身ごもるためだったのを明かさずに、姿を消せるの？それはわからない……。わかっているのは、アッシュクロフトを傷つけないうちに、別れなければならないことだけだった。

自分がこれほど意気地なしだったなんて……。けれど、もう限界に達しているのはまちがいなかった。しばらく身を隠そう。複雑にこんがらかった人生をまた歩みだすのは、心を鎧で固めてからにしたほうがいい。

「起きてちょうだい」

ローラの声がして、肩をそっと揺すられた。ダイアナは心乱れる夢の世界から、現実に引きもどされた。重い瞼をゆっくり開くと、目のまえに友人の顔が見えた。

ローラが背筋を伸ばして、両手を腰につけた。ランプの明かりが、黒い目に浮かぶ不安を照らしていた。ローラのうしろの扉は半分開かれたままで、黒と白のタイル張りの玄関の間が見えていた。

ダイアナは椅子の上でもぞもぞと体を動かして、顔をしかめた。寝ちがえたのか、首に痛みが走った。いつのまにか眠ってしまったらしい。といっても、それは意外でもなんでもなかった。激しい男女の交わりあいで体は疲れ果て、さらに、良心の呵責のせいで、夜になっても目が冴えて眠れずにいたのだから。

「何時なの?」疲れて、呂律も怪しくなっていた。ゆっくり体を起こして、肩に落ちた髪をうしろに払った。椅子に座ったまま眠りこんでしまったせいで、ぞんざいに結った髪が乱れていた。

「八時よ。あなたが帰ってきているのを、たったいまジェームズから聞かされたの。てっきり、まだ外出していると思っていたわ」

思ったほど遅い時刻ではなかった。「食事はしたの?」

「いいえ。一緒に食べる? それとも、べつの用事があるの?」

〝べつの用事〟――それがアッシュクロフトとの逢瀬を意味するのは、お互いにわかっていた。「いいえ」

意外にも、おなかがすいていた。ペリグリン卿の邸宅でふたりが使っている部屋には、いつも豪華な食事が用意されていたけれど、互いの体を求めあうのに夢中で、食事にはほとんど手をつけなかったのだ。ベッドをともにしたあとで、ふたりで食事をすることもできたが、ダイアナはどうしてもあの場所を離れたかった。そうしなければ、卑劣な策略をあらいざらい打ち明けてしまいそうだった。

「じゃあ、食事を用意させるわ」ローラが部屋を出ようとしたちょうどそのとき、玄関で鋭いノックの音が響いた。

あまりにも驚いて、はじかれたように立ちあがった。「誰かが訪ねてくることになっているの？」

ローラの唇が不満げに引きむすばれた。「わたしにはロンドンに知りあいなんていないわ」

ダイアナはぞっとして身を固くすると、ローラの不満げなことばにかまわず言った。「バーンリー卿かしら？」

お願い、やめて。いまだけは。苦しくて、心乱れて、おまけに、娼婦まがいの身なりをしているのだから。男性に抱かれて一日を過ごしたのがひと目でわかるようなこのときに、バーンリー卿と顔を合わせるのは絶対にいやだった。

ローラと目が合った。「バーンリー卿ならノックなんてしないわ」

鋭いノックの音がまた響いた。誰かが出てくるまで帰らないと宣言しているようなノックの音が、家の中にこだました。召使のジェームズはどこにいるの？　無言の疑問を聞きつけたかのように、ジェームズが階段を駆けおりてきた。口をもぐもぐさせて、上着のボタンを留めている。どうやら食事をしていたらしい。だとしても責められなかった。この家を訪ねてくる者などまずいないのだから。いつなんどき人がやってくるかと、つねに身構えている必要などなかった。

ダイアナは身を固くして、ローラを見た。「誰が来たのか見当もつかないわ。でも、わたしに会いたいということなら、出かけていると断ってちょうだい」

ローラがうなずいて、部屋を出ると、扉を閉めた。きっと誰かが家をまちがえたのだろう。ロンドンでのダイアナの居場所を知っているのは、バーンリー卿とバーンリー卿のもとで働いている口の堅い召使だけだった。

ダイアナは暖炉の傍らで身じろぎもせずに、冷えた炉床を見つめた。玄関の間で低い声がしたが、扉を閉めた部屋の中にいては、何を言っているのかまではわからなかった。

まもなくローラが部屋の扉を開けると、ダイアナは顔をあげた。てっきり〝訪問者は帰った〟と言われるものと思いこんでいた。

ダイアナは戸惑って、眉根を寄せた。ローラの顔は蒼白で、表情は硬かった。いつもとは打って変わって緊張して、スカートを握りしめていた。

ダイアナはローラの肩越しにうしろを見た。とたんに、心臓が止まりそうになった。

そこには、アッシュクロフトが立っていた。

21

「アッシュクロフト……」ダイアナは目のまえの光景が信じられなかった。胸が締めつけられるように苦しくなった。

策略と陰謀のすべてが迫ってきて、押しつぶされる、そんな気分だった。アッシュクロフトがこの家に来た。ということは、わたしが何をしているか知られてしまう。そうなれば、アッシュクロフトはわたしを一生許さない。

深緑色の目で見つめられた。その目にはどんな感情も浮かんでいなかった。その顔は荘厳な仮面だった。何を感じているのか、何を考えているのか、見当もつかない。怒っているの？　当惑しているの？　じりじりしているの？　勝ち誇っているの？

「ここで何をしているの？」震える手で椅子の背を握りしめた。

アッシュクロフトが屈託のない笑みを浮かべると、ダイアナはめまいがするほど腹が立った。忌々しいことに、アッシュクロフトはこの世でいちばん大胆で尊大なのに、それでいて、その顔はあまりにも端整だった。

羨望《せんぼう》と怒りでじりじりしているダイアナのことなどおかまいなしに、アッシュクロフトは平然とローラのわきを歩いて部屋に入ると、手袋と帽子をテーブルに置いた。「たまたま通りかかったんでね」

「嘘つき」

ダイアナはアッシュクロフトが手にしたステッキの握りに視線を落として、静かに、けれどきっぱりと言った。「それより他愛ないことばを吐いた男に決闘を申しこんで、勝ったことがある」

ダイアナは背筋を伸ばした。椅子の支えはもう必要なかった。なんて憎らしい人なの。情事の取り決めを破るなんて。ベッドをともにするだけで、それ以外のことにはいっさい立ち入らない——それが愛人契約の条件なのは、互いに承知の上のはずなのに。

「ならば、わたしに決闘を申しこんで、撃てばいいわ」冷ややかな口調で応じた。

「ダイアナ！」ローラがあわてていさめた。

ダイアナはローラを睨みつけた。「なぜ、この人を家に入れたの？」

アッシュクロフトのせいで、つねに冷静沈着なローラが動揺していた。「それは……」

あまりにも腹立たしくて、ダイアナはローラのことばを遮った。「この人は許可も得ずに押しいってきたの？ ジェームズはいったい何をしていたの？ 歯でも磨いていたの？」

「召使は勝ち目がないと悟ったんだよ」アッシュクロフトがさらりと言って、ローラを見た。

「ミス・スミス、これから厄介なことになりそうだ。きみはここにいないほうがいい」

「あなたもよ、アッシュクロフト、いますぐ帰ってちょうだい」ダイアナはぴしゃりと言った。

アッシュクロフトが扉を指さした。「さあ、ミス・スミス？」

「ローラ、行かないで！」ダイアナはまえに飛びだした。

ローラはダイアナを避けて、扉のほうへあとずさった。「ふたりきりで話したほうがいいわ」

「だめよ、そんなの！」

けれど、もう遅かった。ローラは玄関の間を小走りで抜けて、すでに階段を半分ほど駆けあがっていた。

ダイアナはアッシュクロフトと一緒にいるのにも、顔を合わせるのにも堪えられなかった。いそいでローラのあとを追おうとしたが、転びそうになって立ち止まるしかなかった。アッシュクロフトのステッキがさっと動いたかと思うと、目のまえの扉がぱたんと閉じた。はらわたが煮えくりかえるのを感じながら、アッシュクロフトを睨みつけた。「通して。話すことなんてないわ」

ステッキで扉を押さえたまま、アッシュクロフトが女性らしい書斎机に寄りかかった。「癇癪《かんしゃく》を起こしたきみも魅力的だ」低くゆったりした口調が神経を逆なでした。「といっても、きみのすべてに私がそそられるのは、きみだってもうわかっているだろうな」

ダイアナは息を大きく吸って、アッシュクロフトがここに来たのがどれほどの裏切り行為かを、どうやってわからせようかと真剣に考えた。どうやら、アッシュクロフトはこの行動を悪ふざけか冗談で済むと思っているらしい。ふたりのあいだでくり広げられるゲームのひとつにすぎないと。

けれど、ダイアナにとっては、とんでもない災難の前触れだった。アッシュクロフトがチェルシーのこの家を突き止めたとなれば、いずれバーンリー卿にもたどり着く。となれば、卑劣な陰謀を知られるのも時間の問題だった。

そうして、わたしを憎むことになる。わたしのすべてのことば、すべての愛撫、すべてのため息は嘘だったと思うはず。忌み嫌うことになる。

居場所を知られないように、もっと注意を払わなかったことが悔やまれた。情事がはじまったころは、用心に用心を重ねていたのに、いつのまにか油断していた。愚かにも、アッシュクロフトを信用してしまったのだ。

愛人としての自分と、ほんとうの自分を切り離しておくために築いた幾層もの防壁が、いまや紙切れほどにも脆く思えた。怒りの下で不穏な恐怖が渦巻いて、その恐怖が怒りにさらに拍車をかけた。

「こんなことをする権利など、あなたにはないわ」震える声で言った。

アッシュクロフトが眉をあげた。忌々しいほど見慣れた表情だった。「きみはベッドには入れてくれるのに、玄関には入れないのか?」

「茶化すのはやめて」無邪気な男を装うつもりらしいが、騙されてはならない。アッシュクロフトは自分がどんな罪を犯したかわかっているのだから。「わたしがこの情事を秘密にしたがっていることは、あなただって知っているはず。だから、わたしはあなたの家へは行かないし、あなたにも絶対にここに来てほしくない。それは最初にはっきりさせておいたはずよ」

アッシュクロフトの口調と同じように、その顔に浮かぶ笑みもそっけなかった。「きみは思いちがいをしているよ。頼んだだけで、すべてが思いどおりになるわけじゃない」

ダイアナはアッシュクロフトのほうに、ぎこちなく一歩踏みだした。「あなたは何がしかったの？　あなたのことばを信じてはならないと、わたしに思い知らせようとしたの？」

アッシュクロフトの目が鋭く光った。「きみに夫がいるのかどうか確かめたかった」

ダイアナは息が詰まるほど驚いた。「なぜ、わたしがそんなことで嘘をつかなければならないの？　わたしの望みは最初に話したはずよ。それに、結婚していようがいまいが、どうでもいいことだわ」

アッシュクロフトが不快そうに口を引きむすんだ。「そもそも一方的な取り決めだった。あまりにも私に有利な取り決めだ。そんな取り決めをしてきみがどんな得をするのか、なんとしても知りたかった」

「あなたは喜んで取り決めに同意したのよ」ダイアナは棘のある口調で言った。「そうして、ベッドを温める女をまんまと手に入れた。その女が何も要求しなければ、それこそあなたにとってはこの上なくありがたいはず。そうでしょう？」

アッシュクロフトが口を真一文字に結んだ。その表情はいくつもの帝国を征服する王のようだった。自分が何を求めるているかきちんと知っていて、求めるものをまちがいなく手中におさめると決意した男の顔だった。「あのときは、そうだったかもしれない。だが、それだけでは満足できなくなった」断固とした口調は、その顔に浮かんでいるダイアモンドほども固い意志を裏づけていた。

アッシュクロフトは威嚇するつもりなのだ。けれど、それで相手がひるむと思ったら大まちがい。ダイアナは鋭い目で睨みかえした。けれど、心の中では、アッシュクロフトがこれほど馬鹿げたことをしないでくれたらどれほどよかったかと思っていた。すべてが今日の午後のままであってくれればよかったのに。

いいえ、今日の午後でさえ、事態はこんがらかって、ふたりの前途は大きな落とし穴だらけだった。この情事が最初の計画どおり、卑しくて取るに足りないただの体の関係であればよかったのだ。

それなのに……。

アッシュクロフトとベッドをともにしているときに胸にこみあげてくる感情は、心の中でさえことばにするのはためらわれた。ことばにしてしまったら、身を裂かれるほど辛くなる。

ダイアナは一歩もあとに引く気はなかった。そして、やはり一歩もあとに引かないという決意が浮かぶ緑色の目を睨みつけると、強いて非情なことばを口にした。「それでも、わたしが示した条件は変わっていないわ」

「それは残念だ」

「わたしの跡をつけて、ここまで来たの？　となると、あなたは稲妻よりすばやく服を着られるのね」

アッシュクロフトが首を振った。憎らしいことに、後悔もしていなければ、良心の呵責も覚えていないらしい。「ペリーの召使にきみをつけさせた。戻ってきた召使からこの家のことを聞かされて、私はここに来たんだ」

「そうね、あなたはたしかにここにいるわ」ダイアナはアッシュクロフトに鋭い一瞥を投げると、スカートが擦れるのもかまわずにつかつかと窓辺に向かった。必死に感情を抑えようとしたけれど、苦悩が声音ににじみでるのを止められなかった。「何を考えていたの？　この家に来たら、どうなると思っていたの？　ようこそいらっしゃいましたと出迎えられて、ワインはいかがと温かくもてなされるとでも？」

アッシュクロフトがさらにくつろいだようすで、机の上に腰かけた。信じられない、どうしてそんなに横柄な態度が取れるの？「なるほど、いいことを思いついた」

アッシュクロフトのことばをダイアナは無視した。そんなことばで気を引こうとしても、その手には乗らない。わけがわからないと言いたげに、両手を広げて見せた。「わたしが結婚していたら、どうするつもりだったの？　あなたを出迎えたのが、わたしの夫だったら？

帽子を傾けて、挨拶して、ぼくの愛人はいますかと尋ねるつもりだったの？」

アッシュクロフトが小さく笑った。「ペリーの召使がこの家の召使から話を聞いたんだよ。きみとミス・スミスのふたりきりで

この家では男性の監視も、世話も受けずに、女性がふたりで暮らしているとね。きみとミス・スミスのふたりきりで」

「だったら、なぜ、わたしが嘘をついたと思ったの？」そう言ってから、それ以上に重要な疑問を口にした。「なぜ、あなたがそんなことを気にするの？　あなたはこれまでにも、結婚している女性とベッドをともにしてきたのに。わたしもそのひとりだとしても、どんな問題があるの？」

アッシュクロフトが扉を押さえていたステッキを降ろすと、先端を床につけて、すらりとした手で何気なくステッキをまわした。扉に鍵をかける必要はないと思ったらしい。とりあえずいまは、ダイアナも逃げだす気は失せていた。「きみだって気づいているはずだ、私にとってきみがそれだけの存在ではないのは」

ダイアナは心からの嫌悪感をこめてアッシュクロフトを見つめた。いまこの瞬間だけは、アッシュクロフトに会ったことを後悔していた。「なぜ、わたしがそんなことに気づいていなければならないの？」

あたりまえだと言いたげに、アッシュクロフトが肩をすくめた。「なぜなら、きみは誰よりも賢いから。美しい灰色の目が何よりも大切なことを見逃すはずがないから」

アッシュクロフトにそんなふうに言われると、堪えられなくなる。そんなふうに言われたら、ふたりの情事が束の間の夢だとは、二度と言えなくなってしまう。そう、お互いに。

ダイアナはごくりと唾を飲みこんだ。何もかもこれで終わりなのかもしれないと覚悟した。アッシュクロフトと歩む道はどこにも通じていなかった。

この部屋でひとり椅子に座って、これ以上嘘をつけないと思ったのは、ほんの数時間まえのことだった。そしていま、いよいよそのときがやってくると、アッシュクロフトに二度と会えないと思うだけで辛くてたまらなかった。

アッシュクロフトの顔を見ていられなくて、視線をそらすと、口にしなければならない嘘をどうにかことばにした。「わたしがなぜあなたを選んだのかわかっているの、アッシュクロフト卿? この国に無数にいる男性の中から、なぜあなたを選んだのか」

アッシュクロフトは答えなかった。それでも、緊迫した沈黙は、ダイアナの冷ややかな口調に気づいている証拠だった。それに、わざとアッシュクロフト卿と呼んだことにも。そんなふうに呼んだのは、ふたりが知りあってまだまもないころ以来だった。

ダイアナは窓の外の静まりかえった広場を見つめた。感情を押しこめているせいで、声がかすれた。「わたしがあなたを選んだのは、感情とセックスを混同しないと聞かされたからよ。それなのに失望したわ」

そんなことを言うのは辛くてたまらなかったけれど、意外にも冷ややかな決然とした口調だった。まるで、それが本心であるかのように耳に響いた。思わず、緑色のスカートを両手で握りしめた。けれど、そのしぐさが動揺を表わしていることに気づいて、すぐに手を開いた。

それでも、アッシュクロフトは何も言わなかった。

反論も否定もする気がないらしい。ダイアナはどうにか話を続けた。「あなたが……」努めて冷静を装いながらも、口ごもらずにいられなかった。ふたりの関係を終わりにすると考えただけで、ナイフで胸を切り裂かれたかのようだ。鋭い刃が心臓に突きたてられて、ねじ込まれる。それでも、果敢に敵に立ちむかう戦士のように覚悟を決めた。「あなたが感情を交えないと約束できないなら、ふたりの関係を終わらせなければならないわ」

ひとこと何か言うたびに、引き裂かれた心臓から血が滴りおちる。わたしはなんてことをしているの？　アッシュクロフトがいなくて、どうやって生きていけばいいの？　クランストン・アビーでの輝かしい未来でさえ、心の傷を癒せはしない。

返事がないと、さらにきっぱりと言った。「あなたがこの家にいること自体、我慢ならないわ。わたしたちはもう終わりよ。そう、もう終わり」

アッシュクロフトが不明瞭な声を漏らした。

ダイアナは顔をしかめて、暗く人気のない広場を見つめた。たったいま耳にしたのは笑い声なの？　まさか、そんなはずがない。苛立ちと当惑と苦悩が胸の中で渦巻くのを感じながら、ダイアナはアッシュクロフトのほうを向いた。

勘ちがいではなかった。稀代の放蕩者はほんとうに笑ったのだ。その顔には明るい笑みが浮かんでいた。「愚にもつかないたわごとばかり並べるんだな、マイ・ラブ」

「あなたって人は……」ことばが出なかった。

「こんなくだらないことはやめてくれ。きみは私と別れたいとはこれっぽっちも思っていない。私たちがしていることをやめたいなんて、微塵も思っていないはずだ。私たちが体だけの関係だけではないのは、互いにはっきり気づいている。いまさら、それをくよくよ考えてもはじまらないよ」

たしかにそのとおりだった。そして、アッシュクロフトをこんなことに巻きこんでしまった自分がいやでたまらなかった。アッシュクロフトが真実を知ったら、プライドが傷つくどころではない。それなのに、ふたりで過ごす時間が長くなればなるほど、卑劣な秘密を胸に留めたまま別れるのがどんどんむずかしくなっていく。

愚かで、軽率で、残酷な悪女とはわたしのことだ……。

それを痛感しながらも、どうにかしてアッシュクロフトにわからせなければならなかった。「すぐにここから出ていって」頑として言うと、拳を固めて、アッシュクロフトの端整な顔を睨みつけた。

アッシュクロフトがまた笑みを浮かべた。きらりと光る真っ白な歯を見せて、楽しくてしかたないと言わんばかりに目が輝いていた。「いや、きみはそんなことを願っていない」きっぱりした口調だった。

アッシュクロフトが部屋をつかつかと横切ってきたかと思うと、うなじに触れてきた。次の瞬間には、唇を奪われていた。馴染み深い感覚が一気に押しよせてくる。爽やかな香り。ピリッとした味。肌のぬくもり。長身ですらりとしているのに力強い体に圧倒された。

口づけに溺れそうだった。けれど、この関係を続けたら、最後にはアッシュクロフトを傷つけてしまう。それを思いだすと、身をくねらせて抗って、くぐもった声をあげた。

アッシュクロフトが顔をあげて、黒く長いまつ毛越しに、物言いたげな視線を送ってきた。

苛立って、不安で、それでいて悲しくて胸が張り裂けそうなのに、欲望に火がついて、身震いせずにいられなかった。

矛盾した衝動が体の中でせめぎあっていた。アッシュクロフトを振りはらわなければならない。一緒にいてほしいと懇願したくてたまらない。なんとしても抵抗しなければ。アッシュクロフトを優位に立たせてはならない。といっても、すでに主導権を握られていた。

「やめて」語気を荒らげた。

口づけを拒んでも、アッシュクロフトはひるまなかった。「本気でふたりの関係を終わらせるつもりなのか？　ならば、せめて別れの口づけぐらいはしてくれてもいいだろう」

ダイアナは不満げに口角を下げた。「わたしは本気よ。あなたは信じていないみたいだけど――」

アッシュクロフトが穏やかに笑うと、その息を頬に感じた。「ならば、本気だってことをわからせてくれ」

わたしのことを誰よりも何よりも貴重だと言っておきながら、ふたりの関係が終わりそうになっているいま、アッシュクロフトはやけに明るい口調だった。なんて憎らしいの、こんなに自信満々だなんて。

それに、自分のことも忌々しくてたまらない。心ならずも、アッシュクロフトをうっとりと見あげているなんて。

「今度、あなたがわたしを訪ねてきても、ここにはわたしはもういない。それであなたも思い知るでしょう」

「そんな日が来ないことを願うよ」

断定的な口調にいよいよ腹が立った。そのことばに苛立ちながらも、罪悪感が悲鳴をあげていた。アッシュクロフトの手が顎の下に滑りこんできたかと思うと、ふたりの目が合うように、顔をあげさせられた。アッシュクロフトの灰色の目には、知りたくもなかった思いが浮かんでいた。

「心にもないことを言って」ダイアナは反論した。「相手を打ち負かすためなら、どんなことでも言うのね」

アッシュクロフトが涼しげな黒い眉をあげた。「わからないよ、私は何に勝とうとしているんだい？」

「もういいわ、勝手にしてちょうだい」ダイアナは噛みつくように言うと、顎をぐいとあげて見せた。けれど、アッシュクロフトの手から逃れようとはしなかった。その手は顎にそっと添えられているだけなのに。

「心にもないことを言っているのはきみのほうだ。きみは自分の気持ちがわかっていないんだな、マイ・ラブ」

やめて、そんなふうに呼ぶのは。滑らかなバリトンの声で、欲望を目覚めさせることばで呼ばれるたびに、熱い血が全身で脈打つのを感じた。それでも必死に自分に言い聞かせた――アッシュクロフトは甘いことばを、星の数ほどの女に囁いてきたのだ。そう、そんなことばにはなんの意味もない。

それなのに、輝く宝物を愛でるように見つめられると、そのことばになんの意味もないとはとうてい思えなくなる。

それこそが、アッシュクロフトに屈しかけている証拠だった。それに気づいて、気持ちを入れかえた。「離して！」

アッシュクロフトは声をあげて笑っただけで、手を離そうとしなかった。ほんとうにその手から逃れるつもりなら、さらに身をよじって抵抗するはずなのは、互いにわかっていた。わたしは意に反して、アッシュクロフトに顎を押さえられているのではなかったの？ といっても、意志はいまや柳の枝より頼りなかった。

うぬぼれた放蕩者のアッシュクロフトも、それに気づいているに決まっている。

「きみは別れの口づけをすると約束してくれたじゃないか」

「いいえ、わたしはあなたを玄関まで見送ると約束したのよ」

「怒るなよ」アッシュクロフトは囁くと、そっと唇を重ねてきた。さきほどの口づけとはまるでちがっていた。誰が主導権を握っているのかを示すための、強引な口づけとは。

ダイアナは唇をぴたりと閉じたままでいた。そうしながらも、束の間の口づけに骨まで熱くなって、頭のてっぺんからつま先までとろけそうになった。ちょっと刺激しただけですぐに喘いで屈すると、アッシュクロフトは高《たか》をくくっているのだ。それは大まちがいとは言えないのが情けないけれど、それでも必死に抗《あらが》わなければならなかった。

最後には、アッシュクロフトの抱擁に身をまかせてしまうとしても……。

アッシュクロフトのためを思って永遠の別れを告げたら、わたしはどうなってしまうの？たったひとつの邪な決意が、なぜ、これほど愚かで欲望をかき立てるゲームに変わってしまったの？

顎に添えられた手が、口元にそっと触れたかと思うと、首を伝って、鎖骨で止まった。首のつけ根をやさしく撫でられると、すでに速くなっている脈が跳びはねた。乳房が熱を帯びて、ドレスの襟ぐりを押しあげる。アッシュクロフトの手で、そして、唇で愛撫してほしいと訴えるかのように。

アッシュクロフト伯爵をひと目見た瞬間から、惹きつけられた。けれど、どういうわけか、この数日の出来事は欲望を満たすどころか、ますます渇望が強まっただけだった。求めるものを手に入れたら、それ以上のものがほしくてたまらなくなるのと同じだった。

なんてこと、アッシュクロフトは麻薬のよう。

もう一度口づけられた。唇の端に、唇の上に、顎に、鼻に軽くキスされた。これが闘いなのはわかっていた。アッシュクロフトは相手を打ち負かして、征服するつもりでいる。最後には、情熱を武器にして、わたしを破滅に追いやるのだ。それとも、急所を突いて、休戦に持ちこむつもりなの？

キスされるたびに、抗う気持ちが少しずつ削られていく。

震える瞼にキスされた。眉のあいだに、こめかみに。アッシュクロフトの口づけがほしくて、唇がちりちりする。けれど、アッシュクロフトは戯れのキスを続けて、じらすだけだった。

欲望が満たされなくて、人が死んでしまうことなどあるの？　そういうことがあるとしたら、わたしの命は尽きかけている……。

ダイアナは小さくうなった。手のひらに爪が食いこむほど、手を握りしめる。その痛みに、失いかけていた抵抗心がかろうじて湧いてきた。「わたしの気持ちは変わらないわ」かすれた声で言った。それでいて、そのことばとは裏腹に、首を傾けて、アッシュクロフトの唇が頬を離れないようにした。

「なるほど、きみは揺るぎない鉄の意志の持ち主なんだな」アッシュクロフトが頬に唇を這わせたまま囁いて、うなじに差しいれた手に力をこめた。激しい口づけを強要するそぶりもなかった。思いやりを感じて、悔しいことに胸が熱くなった。

アッシュクロフトが皮肉めかしてさらに言った。「何があっても、きみは屈しないんだな。風が吹こうが、雨が降ろうが、槍が降ろうが。なるほど、きみは太古の昔からある巨大な石柱というわけだ。大勢の人がはるばるきみを崇めにやってくる。ああ、ストーンヘンジと同じだ」

アッシュクロフトの発想は独特だった。見る者を圧倒するソールズベリー平野に立つ巨大な太古の石柱が、わたしなの？　石柱になった自分の姿が頭に浮かんで、ダイアナは思わず小さな声で笑った。

「やめてちょうだい」石柱と呼ばれたからには、硬く断固とした口調で言いたかった。けれど、自分の耳にさえ声は弱々しく、いつ屈してもおかしくないように響いた。

「何をやめるんだ？」耳たぶをそっと噛まれると、全身に戦慄が走った。

「わかっているくせに」アッシュクロフトを抱きしめて、熱い口づけをせずにはいられないようにしてしまおう。そんな衝動に駆られたけれど、どうにかこらえた。そう、かろうじて。わたしは怒っているのだから、と自分に言い聞かせる。アッシュクロフトは約束を破った。でも、そのぐらいの裏切りは、わたしがしていることに比べればどうということもない。憎悪と非難だけの関係になるまえに、すべてを終わらせなければ。アッシュクロフトを傷つけてしまうまえに。

そう命じる声がはるかかなたで響いていた。遠い昔に聞いた声のように、ひっそりとこだましていた。その声よりもはるかにはっきり感じるのは、長身で目を見張らずにいられないほど端整な男性にじらされていることだった。アッシュクロフトはその気になれば、女を官能の極みへと押しあげて、体がはじけてしまいそうなほどの愉悦を経験させられるのだ。

「わからないよ」アッシュクロフトが耳にそっと息を吹きかけて、さきほどと同じように首筋に唇を這わせた。

肩のつけ根のとくに敏感な部分に唇が触れると、ダイアナは艶めかしい喘ぎ声をあげずにいられなかった。そうして、その部分をさらに入念に愛撫されるのを待った。けれど、アッシュクロフトの唇は肝心の場所に触れることなく、まわりをさまようばかりだった。

アッシュクロフトはわざとわたしを苦しめているのだ。

「言ってくれ」アッシュクロフトが囁くと、息が肌をかすめた。体が小刻みに震えて、息もつけないほど胸の鼓動が速くなっていた。

なす術もなく身をあずける。必死にプライドを保とうとしたのに、アッシュクロフトに触れられて、すっかり魅了されていた。

「何を言ってほしいの？」話の流れを見失うほどぼんやりしながら尋ねた。何をめぐって闘っていたのかさえ思いだせなかった。頭の中にあるのは、じらさないできちんと口づけてほしいという願いだけ。

「私がしていることだよ」

「あなたはわたしを誘惑しているわ」そのことばがアッシュクロフトを非難しているのか、そのとおりにしてほしいと頼んでいるのか、それさえわからなかった。

「わかっただろう？　私が言ったとおり、やっぱりきみは賢いんだ」アッシュクロフトが深みのある声でからかうように言った。ダイアナの孤独な心はぬくもりを求めていた。寒い夜の温かなベッドのようにすべてを包んでくれるぬくもりを。

「わたしは賢いから、放蕩者の手管《てくだ》になど引っかからないわ」弱々しく応じた。

アッシュクロフトが小さく笑って、脈打つ首に唇を押しあてた。欲望がいやおうなく高まって、敏感になった体にぎゅっと力が入った。

「ということは、このままじゃ成功しないのかな？」アッシュクロフトが肩に唇をつけたまま尋ねた。その声はいつにも増して心の奥深くにまで響いた。

「あなたは何を企んでいるの？」屈しそうになりながらも、かろうじて踏みとどまった。

「もう少しがんばらなければならないらしい」アッシュクロフトがつぶやいた。

アッシュクロフトの片手がわき腹にそってあがってきた。上等な絹のドレス越しに、手の感触が炎となって伝わってくる。手が乳房のすぐそばで止まった。乳首が痛くなるほど硬くなって、艶めかしい喘ぎ声が口から漏れそうになる。脚に力が入らず、思わず手を伸ばしてたくましい肩をつかんだ。倒れないようにしがみついているだけ――ダイアナはそう自分に言い聞かせた。

「アッシュクロフト……」その口調はまぎれもない懇願だった。

「なんだい？」

アッシュクロフトが何を求めているかはわかっていた。すっかり魅了されて、ふたりの関係を終わらせることなど、もうすっかり忘れていた。それでも、かろうじて残っている抵抗心のかけらをかき集めた。抱擁から逃れるほどの抵抗心は残っていなかったけれど、せめて挑戦的な口調で言った。「あなたは勝てないわ、わかっているでしょう」

「いや、まだいくつか秘策があるのさ」

待ち望んでいたとおりに、アッシュクロフトの手が乳房を包んで、小石ほども硬くなった乳首に手のひらが押しつけられた。全身がわななないた。こらえきれずに、長く低く切ない声が唇から漏れた。気づいたときには、アッシュクロフトの手に乳房を押しあてていた。

「あなたはルール違反ばかりだわ」これほど胸の鼓動が激しくなっていては、ろくに口もきけなかった。

「つねにルールどおりに行動する男だとは、これまで一度も言われたことがないんでね、マイ・ラブ」

「そんなふうに呼ばないで」ダイアナは正気を保っていられるのを願うしかなかった。

アッシュクロフトは大きな野火《のび》のような熱を発していた。アッシュクロフトの片手が腰に触れたかと思うと、ぐいと引きよせられた。これほどじらしておきながら、アッシュクロフト自身も全身が欲望の塊と化していた。下腹に硬く太いものが食いこんだ。ぎこちなく息を吸うと、興奮の香りで肺が満たされた。アッシュクロフトは相手を誘惑しながら、同時に、自身の欲望もかき立てていたのだ。

「これでは不満かな？」

「不満だわ」ダイアナはアッシュクロフトの首に抱きついた。

「なるほど」

抗うように身をよじる。アッシュクロフトが息を呑むのがわかった。どうやら、なす術が何もないというわけではないらしい。アッシュクロフトもわたしがほしくてたまらないのだ。

飢えているどころではない。いまにも餓死しそうなのだ。

「口づけるのはどうかしら？」

「しばらくおあずけだ」憎らしいことに、反論された。

ダイアナは片手を滑らせて、たくましい首に触れた。それが愛撫になるはずだった。けれどすぐに、アッシュクロフトの髪を引っぱって、言った。「じらすのはやめて」

それでも、アッシュクロフトはじらしつづけた。目からいたずらっ子のような光が消えたかと思うと、わずかに体を離して、見つめてきた。体がほんの少し離れただけで、アッシュクロフトがはるかかなたに行ってしまったような気がする。そんなふうに感じるなんてどうかしているとは思ったけれど。

「私と別れるつもりなのか？」アッシュクロフトが苦しげに尋ねてきた。

「そうよ」

それはまぎれもない事実だ。けれど、アッシュクロフトは信じていないらしい。「ならば、手遅れになるまえに、口づけることにしよう」

ダイアナはにっこり笑った。「そうしたほうがいいわ」

「目を閉じて」

「やめて」たしなめるように言った。「そのことばは魅惑的だけど、今夜はもう聞き飽きたわ」

アッシュクロフトのことばにはその手の感触と同じぐらい魅了されていた。けれど、すぐにでも熱く口づけてくれなければ、悲痛な声で泣き叫んでしまうかもしれない。

「目を閉じて」アッシュクロフトがもう一度言った。きっぱり言われると、したがわないわけにはいかなかった。

目をつぶると、自分がどうしようもなく無防備に思えた。またじらされるのだろう。じらせば、目のまえにいる女が正気ではいられなくなるのを、アッシュクロフトは知っているのだから。スズメをもてあそぶ猫の気分で、わたしをもてあそんでいるのだ。

わたしはアッシュクロフトの鉤爪にとらえられて、もがいて、持てる力を使い果たした。だから、いまは、静かに天命が下るのを待つだけ。

アッシュクロフトが両手を肩へと滑らせて、力をこめた。欲望を剝きだしにして唇を重ねてくる。それに応じて、ダイアナも唇を開いた。とたんに、舌が押しいってきた。

ダイアナははっとして、身を固くしたが、すぐに口づけを返した。舌を絡ませて、アッシュクロフトと同じぐらい情熱的に唇を重ねて、深く豊かな味わいを堪能した。

アッシュクロフトは天から与えられたごちそうだ。そのごちそうがなければ、わたしは飢えてしまう。

力強い腕がウエストにまわされたかと思うと、ふたりの体がぴたりと合わさるほど強く抱きしめられた。体の震えが伝わってくる。欲望の嵐に翻弄されているのは、ひとりきりではなかった。

欲望に突き動かされて激しく口づけながらも、それだけでは満たされなかった。アッシュクロフトがふいに腕をゆるめて、苦しげに息をした。ダイアナはぼうっとしながらも目を開けた。

アッシュクロフトの顔は蒼白で、張りつめて、激しい衝動に体が震えていた。抱きあったままアッシュクロフトが部屋の中にすばやく視線を走らせた。

「よかった」ほっとしたように言う。

ダイアナは世界がぐらりと揺れたかに感じた。思いがけず抱きあげられて、体がふわっと宙に浮いたかと思うと、薄紅色の華奢な長椅子に寝かされていた。背中とわき腹に小さなクッションが触れる。次の瞬間には、たくましい体にのしかかられていた。

アッシュクロフトが低い声を漏らしながら唇を重ねてくる。けれど、ふいに体をずらして、身を固くした。長椅子の背に体をぶつけたのだ。「くそっ、この椅子は子供用なのか?」

ダイアナは声をあげて笑った。この家にあるものは何もかも小ぶりなのだ。アッシュクロフトはそれに気づいていなかったらしい。

「椅子の大きさなんて関係ないわ。ここで淫らなことなんてできないのだから。いつローラが入ってくるかわからないもの」ダイアナは身をくねらせて起きあがろうとした。けれど、がっちり押さえこまれていた。

多少なりとも楽な体勢になろうと、アッシュクロフトが体をずらした。けれど、どうしても、うまくいかないらしい。ダイアナはそれに気づくと、なぜかわくわくした。経験豊富な恋人が垣間見せた不器用さが愛おしい。いつも自信満々の男性にも、意外な一面があるのだ。

それでもどうにか、アッシュクロフトはいくらかましな体勢を見つけたようだった。ダイアナと長椅子の背もたれの隙間に右膝をついて、左足を床に下ろした。見るからにぎこちなくて、不格好だった。

「ここで私たちが何をしているか、ミス・スミスが気づいていないとでも思っているのか？だとしたら、きみは世間を知らなすぎる」アッシュクロフトがそっけなく言った。「あのレディはそこまでうぶじゃない」

「でも、長椅子でなんて……無理よ」

アッシュクロフトがにやりとしながら、見おろしてきた。「ほんとに無理なのか、賭けてみるかい？」

「あなたは賭けに勝つ気満々なのね、ちがう？」

「きみこそ勝つ自信があるんだろう？」アッシュクロフトが肩に顔を埋めてくると、ドレスの襟ぐりを押しのけた。

ダイアナは全身に戦慄が走った。脚のつけ根がじわりと湿り気を帯びる。雄々しい体の重みが心地よかった。心とちがって体は、プライドや道徳などおかまいなしに反応してしまう。スカートをぐいと持ちあげられて、奪われたい――体はそれを望んでいた。

アッシュクロフトが顔をあげて、女の香りをたっぷり吸いこんだ。端整な顔に浮かぶ笑みが深みを増した。満足げに目を半分閉じた顔は、ますます魅惑的だった。その表情ならこれまでにも何度も見たことがあった。アッシュクロフトとまもなくひとつになれるのだ。

「やめてちょうだい」力強い肩をぐいと押して抵抗した。

けれど、押したところでびくともしなかった。当然だ。アッシュクロフトはこの場を離れる気など、これっぽっちもないのだから。その顔にはっきり表われた欲望を、なんとしても満たすつもりなのだから。

どうしてこんなふうになってしまったの？　わたしはアッシュクロフトを叱りつけて、この家から追いはらうつもりだった。それなのに、こんなふうに長椅子に寝そべっている。淫らな体は、アッシュクロフトとひとつになりたくてうずうずしている。

「自分が何を求めているか、きみはよくわかっているくせに」アッシュクロフトがさらにしっかり身構えて、引きしまった脚をスカートの上に載せた。

どういうわけか、アッシュクロフトは小ぶりの長椅子の上でも、充分に体勢を整えていた。どうしてそんなことができるの？　どう考えても、できっこないのに。

「あなたって、なんて傲慢なの」弱々しい口調でそう言うのが、精いっぱいの抵抗だった。

「そうかもしれないな」アッシュクロフトがあっさり同意した。

アッシュクロフトは体を少しずらして、長椅子に片肘をつくと、反対の手が自由に使えるようにした。その手でダイアナの顔にかかる髪をうしろに撫でつけた。切なくなるほど思いやりのこもったしぐさだった。

その手が顔をたどって、首へ、襟元へと移っていく。どこへ向かっているのかは、ダイアナにもうわかっていた。肌がぴんと張るほどわくわくする。

アッシュクロフトの手が、三つ編みの髪の下にそっと滑りこんだかと思うと、乳首をかすめた。乳首がぎゅっと硬くなる。思わず、アッシュクロフトのやわらかな青い羊毛の上着を握りしめた。敏感な場所が疼いて、身を震わせながらすすり泣くように息を吸うのが精いっぱいだった。そうして、あいているほうの手でアッシュクロフトの手首をつかんだ。

「いやなのかな?」やさしく尋ねられた。口調とは裏腹に、濃いまつ毛に縁取られた翡翠色の目は、欲望でぎらついていた。その目で乳房を見つめられると、全身がわななないた。

唇を嚙んだ。乳房に触れるのを許してしまったら、最後まで続けてもいいと言ったも同然だ。

アッシュクロフトと闘いながら、自分とも闘えるはずがなかった。

そうよ、〝帰って〟と言わなければ。頑として言い張れば、アッシュクロフトもしたがうはず。いままでみたいな弱々しい物言いではなく、心からそう願っているように言い張れば。

ためらいがちについた嘘を、アッシュクロフトがあっさり無視したのは、考えてみればあたりまえだった。

ひとつ息を吸って、断固として拒もうと、心の準備を整えた。

けれど、アッシュクロフトから手を離しながらも口から出てきたことばは、あまりにも情けなかった。「やめないで」

いったい、わたしはどうしてしまったの……?

アッシュクロフトが満足げにため息をついて、乳首を刺激した。とたんに、鮮烈な快感が全身を駆けめぐる。もじもじと体を動かして、淫らな感覚を鎮めようとしても、押しよせる欲望を止められなかった。

乳房を執拗に愛撫しながら、アッシュクロフトが頭を下げて口づけてきた。ダイアナは胸の中でとてつもなく危険な切望が沸きたっているのを感じながら、そのすべてをこめて口づけに応じた。わたしはアッシュクロフトを愛している。そう確信しながらも、ふたりでこんなふうに過ごせる時間が尽きようとしているのもわかっていた。

至福の口づけを心ゆくまで味わった。アッシュクロフトが唇を離して、今度は首にキスの雨を降らせながら、邪魔なドレスをあっけなく脱がした。素肌に触れる空気がひやりとした。

乳首がアッシュクロフトの唇に包まれると、小さく叫んだ。強く吸われて、また叫ぶ。アッシュクロフトの髪に手を差しいれて、頭を引きよせた。

官能はまぎれもない責め苦。同時に、まぎれもない悦びでもある。アッシュクロフトのいきり立つものを手で締めつけた。首を愛撫していたアッシュクロフトが、低い声を漏らすと、腰を突きだして、太く硬くなったものをさらに手のひらに押しつけてきた。ズボン越しでも、かまどの炎のような熱が伝わってきた。

「ああ、それよ」アッシュクロフトに反対の乳房を愛撫されると、喘がずにいられなかった。いまや欲望は燃えさかる炎となって、何をされても抗えなかった。ほんとうなら、それを悔やまなければならないのに、心はまるで言うことを聞かなかった。

小さな長椅子が充分な広さに思える。ドレスの裾をぐいとたくしあげられると、夕刻のひんやりした空気が、ストッキングに包まれた脚を舐めた。

アッシュクロフトが顔を首に埋めてきた。ドレスの裾はウエストまでめくりあげられていた。アッシュクロフトの片手がじらすように太ももを這って、脚のつけ根へと近づいていく。

熱く滴るほどに濡れている場所に触れてもらいたくて、腰を突きだした。触れて、深々と入ってきてもらいたくて。

意地悪なアッシュクロフトはそれを知りながら、わざとじらしていた。

あともう少しだけ手を動かして——そう言わんばかりに背をそらしながら、アッシュクロフトのズボンの留め金を引っぱった。

アッシュクロフトがぴたりと手を止めた。

「どうしたの?」喉が詰まりそうになりながらも、どうにか尋ねた。

まさか、いまさら心変わりしたなんて言わないで。ここでふいに終わりにするなんて、残酷すぎる。真のアッシュクロフトはわざと残酷なことをする人ではなかった。人をからかって、怒らせることはあっても、残酷ではなかった。

アッシュクロフトが顔をあげると、その顔が緊迫しているのがわかった。「聞こえるだろう?」はっきりした口調で言った。

ダイアナは顔をしかめた。何が聞こえるの?

それと同時に、ノックの音が響いた。誰かが玄関の扉をノックしていた。執拗なノックの音は、訪問者がなんとしてもこの家に入るつもりでいるのを表わしていた。

バーンリー卿が訪ねてきたの? ほかの誰でもかまわない、でも、バーンリー卿だけはやめて……。

全身に寒気が走って、心臓が凍りついた。気づいたときには、アッシュクロフトを押しのけていた。

アッシュクロフトも抵抗しなかった。ダイアナは体を起こして、長椅子の肘掛けにもたれて座ると、ドレスの裾をぐいと下げた。メイドを呼んで、新しいドレスに着替えなければ……。心とは裏腹に冷静を装うには、時間が必要だった。

乱れた髪で、淫らなドレスをまとって、愛人の匂いをぷんぷんさせている――そんな姿をバーンリー卿に見られるのは、屈辱以外の何ものでもない。考えただけでも吐き気がした。

「誰かと約束していたのか？」アッシュクロフトが立ちあがって、美しい目で冷ややかに見つめてきた。

「いいえ……そんなことはないわ」口ごもりながら応じた。声にも顔にも狼狽が表われているはずだった。見るからに、うしろめたそうにしているのはわかっていた。

ほんとうにうしろめたいことをしているのだから……。

不安げに、閉まっている部屋の扉に視線を這わせた。ノックの音はやんでいた。訪問者はもう家の中に通されたのだ。

無駄だと知りながらも身支度を整えようと、ドレスのまえをぐいと引っぱった。一日の大半を男性とベッドをともにして過ごしているようには見えないことを祈るしかなかった。アッシュクロフトが差しだした手を頼りに、どうにか立ちあがったものの、お礼は言わなかった。

心の中で不吉な鐘の音が冷たく響いていた。客を相手にしているときに、女衒《ぜげん》がすぐそばにいることに気づいた娼婦の気分だった。

こんな状態で、わたしはバーンリー卿と顔を合わせられるの？

部屋の扉が音もなく開いた。はっとして目をあげる。ローラに腕を取られて部屋に入ってきたのはバーンリー卿ではなかった。父だった。

22

激しい欲望を抑えこみながら、アッシュクロフトはダイアナを見つめた。ダイアナの顔は紙のように白く、見まちがえようのない羞恥心に満ちていた。ミス・スミスが心配そうに友人を見やった。

アッシュクロフトは歩みでて、ダイアナに声をかけようとした。けれど、きっぱりとしたしぐさで止められた。「お父さん」ダイアナが苦しげに言った。

アッシュクロフトはあまりにも驚いて、その場に立ち尽くした。際限のない欲望の奥につねにひそんでいる疑念が、敵に襲いかかろうとする毒蛇のように鎌首をもたげた。

厳格な表情の初老の男性が、娘のほうに顔を向けた。ダイアナの父は帽子をかぶり、外套を着たままで、手にした杖を頼りに立っていた。長身で、痩せていて、こざっぱりしているが、服は安物だった。法律関係の事務官かちょっとした商人かもしれない。最新流行の華やかなもので身を固めた愛人の親とは思えない身なりだった。娘のロンドンでの家やドレス、召使に金を払っているのは、ダイアナの父ではないらしい。

ならば、いったい誰が金を出しているんだ？

ダイアナが意を決したように歩みでて、父の頬にキスをした。父親はそれを拒むように身をこわばらせた。ダイアナがふと視線を向けてきた。目に傷ついた光が浮かんでいた。視線はこちらに向いているけれど、ダイアナは私のことなど見ていない――アッシュクロフトにはそれがわかった。不安と恥辱で、ダイアナはいまにも倒れてしまいそうだった。

アッシュクロフトは口をつぐんでいた。ダイアナがそれを望んでいるのははっきりしていた。けれど、胸の中の疑問はふくらむばかりだった。ダイアナの父がこちらを見ようともしないのにはほっとした。何しろ、満たされない欲望でまだ体がわなないているのだから。同じように、あわてて身じまいを整えたダイアナの努力も、たいして実を結んでいなかった。男を誘惑する乳搾り女のように金色の髪が背中にこぼれ落ちていた。

「お父さん、いったい……何をしているの？」不安と怯えと、屈辱が表われた口調だった。

ダイアナの気高い心が落胆で染まっているのを感じて、かわいそうになった。いつでも胸を張って、顔をまっすぐにあげている、それが私のダイアナなのに……。

私のダイアナだって？

まったく、この頭の中はどうなってしまったんだ？

完全に分別を失って、支離滅裂なことばかり考えている。何よりも堅牢《けんろう》な床が、ふいに足元で崩れ落ちた気分だ。ダイアナが秘密を抱えているのはわかっている。けれど、欲望だけはいつでもほんものに思えた。あれほど情熱的にベッドを分かちあった女が、実は偽りだけでできているのか？　ふいにそんなふうに思えた。

父の顔が怒りで険しくなると、ダイアナがふらふらとあとずさった。「それを訊きたいのはこっちだ、ダイアナ」複雑な怒りに満ちた声が低く響いた。「おまえは私に、ローラと一緒にレディ・ケルソのお宅にお世話になると言った。だが、レディ・ケルソを訪ねてみると、おまえはいないと言われた。それどころか、伯爵夫人のお相手をすることになっているキャリック夫人など聞いたこともないと言われた」

ダイアナが顔をしかめた。おなかのまえで両手を握りあわせたその姿には、苦悩がありありと浮かんでいた。「それは……ごめんなさい、お父さん」消え入りそうな声だった。

ダイアナの父は娘の返事など耳に入らなかったかのようだった。アッシュクロフトは思った――服装は質素だが、教養を感じさせる口ぶりからすると、実はもう少し高位の人物かもしれない。といっても、貴族であるはずはなく、紳士階級でもないはずだった。

「御者のジョージを問い詰めてここへ来た。あの馬鹿者はまっすぐここへ来ればよかったんだ。ケルソ家の人々に私が追いはらわれると、あいつはわかっていたのだから。どうやら、近しい者たちはそろいもそろって、この悪巧みに一役買っているようだな」

「村で何かあったの？」ダイアナは強風にあおられるアシのように震えていた。

ダイアナの父の顔がさらに険しくなった。アッシュクロフトが見るかぎり、ダイアナは父親似ではなかった。といっても、長身と、意志の強さを感じさせる口元だけはべつだった。

「何かあったのはロンドンでだろう。ちがうか？」冷ややかな口調だった。

父の口から発せられる冷ややかなことばのひとつひとつが、鋭い矢のようにダイアナの心を貫いていく。そう思うと落ち着かず、じっとしていられなかった。ダイアナの味方をしたかった。けれど、ダイアナはそれを望んでいない。最初に怯えながら訴えるようにこちらを見ただけで、それからは、ちらりとも視線を寄こさずにいるのだから。まるでこの部屋には、自分と父のふたりだけしかいないかのように。

「お父さん、わたしは……」ダイアナが口ごもって黙りこむと、唇を噛んだ。

「なるほど、おまえは反論できずに、顔を真っ赤にしているんだな」ダイアナの父が鋭い口調で言った。さきほどよりもますます杖に頼っていたが、厳めしい表情は変わらなかった。

「この家の家賃は誰が払っているんだ？」

「それは、わたしが……」ダイアナが困り果てて、助けを求めるようにミス・スミスをちらりと見た。けれど、ミス・スミスは黙ったままだった。

「嘘をつくんじゃない。たしかに、ウィリアムはおまえにいくらかの金を残したが、ロンドンで贅沢な休暇を過ごせるほどの大金ではないはずだ。やはり、この一件にはバーンリー卿が絡んでいるんだな」

バーンリー卿？

アッシュクロフトは耳を疑った。あまりにも驚いて身じろぎもできなかった。つかむものも何もない空《くう》を落ちていくような錯覚を抱いた。

あの大悪党のバーンリー侯爵とダイアナは知りあいなのか？

バーンリーと言えば、アッシュクロフトが軽蔑しか覚えない類《たぐい》の貴族だった。権力にもの

を言わせて、些細な罪を犯した子供を流刑や縛り首にする非情な男だ。自分の地位を不当に
利用する愚かな輩《やから》のひとり。どこまでも尊大で保守的で、大半の国民は貧しく無学のままで
いいと考えている男だ。
アッシュクロフトは議会でバーンリーと激しく対立していた。貴族の大半が厳格な政策を
支持することから、結局は、バーンリーの主張が通ることのほうが多かったけれど。
それなのに、なぜ、バーンリーとつながっているダイアナが、わざわざ放蕩者のアッシュ
クロフト伯爵の愛人になるんだ？　アッシュクロフトは悪魔の化身だと、ダイアナはバーン
リーから聞かされているにちがいない。それなのに、大胆にも性の体験を積みたいなどとた
わごとを言って、その身を差しだしたのか？
当惑と疑念と突拍子もない憶測が、頭の中で渦巻いていた。わからないことだらけだった。
これは陰謀なのか？　こんなことをしてダイアナやバーンリーが得をするはずがない。こ
の情事が世間に知られても、被害を受けるのはダイアナのほうだ。こと女にかんしては、アッ
シュクロフトは名うての放蕩者で、世間の人々はそんな男に輝く鎧をまとった騎士まがいの
ふるまいなど、はなから期待していないのだから。アッシュクロフトが田舎の貞淑な未亡人
を堕落させたという噂が流れても、上流社会の面々は退屈してあくびをするだけだ。あくび
を隠そうと、手を口元まで持っていくことさえしないだろう。
それでも、アッシュクロフトは不穏なものを感じて肌がちりちりした。
筋の通らない事実を頭の中で反芻しながらも、ダイアナを見つめた。ダイアナは打ちひし

がれて、途方に暮れているようだった。

それに、まちがいなく罪の意識に苛まれている。

いったい、どういうことだ？　謎が謎を呼ぶとはこのことだ。ひとつの謎が解けるたびに、目のまえに百の謎が飛びでてくる。ダイアナの謎を解くのは、ギリシア神話の不死身の蛇と闘うようなものだった。

ダイアナが両手でスカートを握りしめながら、苦しげな小さな喘ぎ声を漏らすと、どうにか父のことばに応じた。「お父さん、ちがうのよ」

ダイアナの父が娘を睨みつけた。「嘘はもうたくさんだ。おまえは私にもう一生分の嘘をついているんだぞ。そんな娘を持つとは情けない。ああ、一生の恥だ」

「そこまで言うなら話すわ……」

「いいや、知りたくない。すぐに家に戻りなさい。そして、いま犯している罪を捨て去るんだ。おまえにはマーシャムでれっきとした仕事があるんだぞ」

「わかっているわ、お父さん」いつものダイアナとはちがって、感情を押し殺していた。

〝わかっているわ、お父さん〟だって？　しおらしいことばに、アッシュクロフトは耳を疑った。

いったいぜんたい、どういうことなんだ？　ダイアナは父親の言うとおり、故郷に帰るつもりなのか？　私とのことはどうするつもりなんだ？　アッシュクロフトはもうじっとしていられなかった。全身がダイアナのことばを拒絶していた。

娘が素直に応じたせいだろう、ダイアナの父の口調がいくらか和らいだ。

「外でジョージが待っている。いますぐに、静かな故郷に帰ろう。ローラも……」ダイアナの父がふと黙りこんで、焦点の定まらない視線をアッシュクロフトのほうに向けた。「そこにいるのは誰だ？」

ダイアナにますます不安げに見つめられた。その目は、何も言わずにじっとしていてと無言で訴えていた。「誰も……いないわ、お父さん」弱々しい口調だった。

何を馬鹿なことを言っているんだ？　アッシュクロフトはわけがわからなかった。誰がどう見ても、自分はダイアナの隣に立っているのに……。といっても、ダイアナが隣に立っている男を侮辱するために、その存在を否定したなら話はべつだ。そう思うと、アッシュクロフトは怒りと落胆で胃がずしりと重くなった。

「おまえの嘘が神に許されるのを願うしかなさそうだ」ダイアナの父がふたたび怒りをこめて言った。そうして、はじめて、アッシュクロフトに視線をまっすぐ向けてきた。

ダイアナの父の顔には、見まちがいようのない怒りと好奇心が浮かんでいた。けれど、その目はうつろで白く濁っていた。

ダイアナの父は盲目だった。

アッシュクロフトが家を訪ねてきたとき、ダイアナが積み重ねてきた嘘の塔がぐらりと揺らいだ。さらに、父までやってきて、その塔は見るも無残に崩れ落ちた。

がらがらと音をたててすべてが崩れていく。これまで築いてきたあらゆるものが壊れて、塵《ちり》と化す音が耳に響くようだった。

いいえ、もしかしたら、それは心がちぎれる音なの？

「そこにいるのは誰だ？」父がさらに語気を強めて言うと、杖で床を叩いた。「名を名乗れ」

「ターキン・ヴァレです」アッシュクロフトが歩みでた。

美しいバリトンの声は落ち着いていて、ダイアナにはアッシュクロフトの気持ちが読みとれなかった。アッシュクロフトはもう、わたしが最初から嘘をついていたことを知っている。それどころか、バーンリーとの策略めいたものに、わたしがかかわっていると考えているにちがいない。となれば、ペテンにかけた女を心から憎むはず。自分のまわりに張りめぐらされたペテンがどんなものかは、まだわかっていないとしても。

できることなら、恥も外聞もなく叫びたかった。嫌わないでとひざまずいて頼みたかった。いまさら、自分の真の姿を取り繕ったところで手遅れなのはわかっていたけれど。人生最大の裏切りからアッシュクロフトを救うのは、もう手遅れだとわかっていたけれど。

「ヴァレ？」父が驚きながらも、さも不快そうに言った。名乗った人物がほんとうにそこにいるのを確かめようと、手を伸ばした。そこにいるのは娘の恋人だと、父は気づいているはず。目は見えなくても、直感は誰よりも鋭いのだから。

ダイアナは震える声で言った。「お父さん、こちらはアッシュクロフト伯爵よ。アッシュクロフト卿、わたしの父を紹介いたします、サリーのマーシャムに住むジョン・ディーンです」

「伯爵さま」父が不愉快そうに顔をしかめながらも、ひるむことなく声をかけた。「お噂はうかがっています」

ダイアナはアッシュクロフトをかばいたくなるのをどうにかこらえた。かばってどうなるの？　今日から父は、わたしのことばなどひとつも信じないのだから。

「ミスター・ディーン。本日は古代の遺物にかんする話をしようと、ミス・スミスとキャリック夫人を訪ねてきました。大英博物館でこのおふたりを紹介されて、古代エジプトに興味がおありだと知ったので」アッシュクロフトはよどみなく言った。端整な顔に凜とした表情が浮かんでいる。たとえダイアナがその仮面を剝ごうとしても、仮面の下に隠した正体を現わしそうになかった。

とはいえ、どれほど世間知らずの人でも、いまのアッシュクロフトの話を鵜呑みにするわけがなかった。アッシュクロフトだってそれをわかっているはずなのに、なぜ、わたしをかばおうとしているの？　内心は怒りくるっているはずなのに。

「アッシュクロフト卿はお帰りになるところだったのよ」ダイアナは話に割ってはいった。

アッシュクロフトが女性用の小ぶりの机に寄りかかって、腕を組むと、眉をあげて見つめてきた。口元にはお手並み拝見と言わんばかりの冷ややかな笑みが浮かんでいた。これまでに幾度となく見てきたそのしぐさと表情に、ダイアナは胸が締めつけられた。それは、アッシュクロフトの心がすでに決まっていて、何をしてもその気持ちが揺らがないのを表わしていた。そう、アッシュクロフトはこれを最後まで見届けると心に決めているのだ。

「いえ、今夜は暇でしてね、キャリック夫人。たしか、あなたと愛らしいミス・スミスから今夜の夕食に招かれたときに、そう言ったはずですが」

愛らしいミス・スミスが、冷ややかな目でアッシュクロフトをちらりと見た。ダイアナは歯を食いしばった。反論しそうになるのをこらえるだけで精いっぱいだった。アッシュクロフトはなんとしても、この場に留まるつもりらしい。

「ごめんなさい、今夜の食事は取りやめです」ダイアナはきっぱり言った。「父と一緒に故郷に戻ることになったので」

「そういうわけですので、どうぞお帰りください、閣下」父の口調は農夫の喧嘩を仲裁するときと同じだった。

ダイアナは父の堂々とした態度に惚れ惚れした。アッシュクロフト伯爵は権力のある貴族なのに、父は領地の管理人という身分でありながら、微塵もひるんでいなかった。何事にも父は正道を貫く。ということは、この一件の真相を知ったら、娘の行動を心底恥じることになる。やめて、どっちに転んでも、父に一生軽蔑されるなんて……。すばらしい未来を手に入れるためなら、どんな手段を使ってもかまわないなどと、父が思うはずがない。すでににっちもさっちもいかなくなっているのを考えれば、やはり父が正しいのだ。

「いや、キャリック夫人ともう少し話をさせてください」アッシュクロフトがやけに丁寧に言った。自身の主張をなんとしても通すときの口調だった。

「娘は今夜、ロンドンを引きはらいます。それに、失礼を承知で申しあげれば、あなたと話をしたら、娘の評判がどれほど傷つくことか」

アッシュクロフトの口元がかすかに引きしまった。腹を立てるのは当然だ。罠にはめられているアッシュクロフトが責められるのは、あまりにも不条理だった。

「キャリック夫人？」アッシュクロフトが声をかけてきた。頼めば愛人の気持ちが変わると思っているらしい。

わたしはどうすればいいの？ ふいに、アッシュクロフトにすがりつきたくなった。たくましい胸に飛びこんで、バーンリー卿を裏切ることになろうが、すべてを打ち明けて、策略とは関係のないところに連れていってほしいと頼みたかった。そんな思いが蜃気楼《しんきろう》のように頭に浮かんできた。それはどこまでも魅惑的で、けれど、けっして実現しない思いだった。

情けにすがったところで、明日もアッシュクロフトに求められるという保証はない。たとえいまは許してくれたとしても、アッシュクロフトが気まぐれなのは有名な話だ。哀れな女が颯爽《さっそう》とした伯爵を魅了していられるのはほんのいっときだけ。このさき何年も虜にしておけるはずがなかった。

ダイアナはうなだれて、目を閉じると、無言で祈った。これほど惨めな罪人の祈りが聞きいれられるはずもないのはわかっていたけれど。お願い、涙を流さずにいられますように。泣かずにいられますように……。

父からは嫌われた。アッシュクロフトとは別れる。未来は凍える荒野だった。泣いたところでどうにもならない。

何をしたところでどうにもならない。たとえ、夢見ていたとおりに貴族の屋敷の女主人になったとしても、その地位と引き換えに、想像すらしなかったほど大きなものを失うのだ。

「お父さん、外套とボンネットを取ってきます」悲しげにそう言うしかなかった。

アッシュクロフトを見ることもなく、静かに図書室を出て、扉を閉めると、タイル敷きの廊下を小走りで階段へ向かった。召使と顔を合わせずに済んだのが、せめてもの救いだった。

これほど感覚が麻痺しているのははじめてだったけれど、それでも、外の世界と自分を隔てるガラスの壁のすぐ向こうに、悲痛な未来が隠れているのを感じた。頭の片隅にかすかに残った理性が、いますぐにこの家を出たほうがいいと囁いていた。アッシュクロフトと別れて、二度と会わないほうがいいと。きっぱり別れるのがいちばんだ。突き刺さった矢を傷口から一気に引きぬくように。

血とともに毒もすべて流してしまう。そうすれば、互いの心にできた傷もいずれ癒えるはず。

いいえ、わたしの心の傷が癒えることはない。そんな不吉な思いをひしひしと感じた。そもそもローラの意見を聞くべきだったのだ。バーンリー卿の策略に加担したら、それこそ大きな犠牲を払うことになると、あれほど言われたのだから。好きでもない男性に体を差しだして、目的を果たしたら、さっさとその男性を忘れる——それだけで済むはずがないとローラは言った。それなのに、わたしはこの策略を、パン屋でパンをひとつ選んで、一ペニー払って買ってくるぐらい単純で簡単なことだと考えたのだ。

けれど、実際にアッシュクロフトの愛人になってみると、魂を捧げたも同然だった。

胸の中で悲痛な叫びが響いていたが、背後で扉が開いて、閉じる音がかろうじて聞こえた。

それでも、振りかえらずに、廊下を小走りで進みつづけた。

「ダイアナ、待ってくれ」

だめよ、このまま行かせて。

うつむいて、歩を速めた。どこへ向かっているのかさえ、もうわからなかった。階段にたどり着きさえすれば安全だ――そんな馬鹿げた妄想にとらわれていた。寝室まではアッシュクロフトも追ってこない。この家に父がいて、呼べばすぐにやってくる召使もいるのだから。しきたりなど意に介さず、道徳観念など微塵も持たない伯爵であっても、まさか寝室にまで押しいってくるはずがなかった。

階段の一段目に足をかけて、二段目へとあがりながら、いつのまにか止めていた息を吐いた。無意識のうちに手すりにつかまっていた。

その手が日に焼けた大きな手に包まれた。磨きこまれた木製の手すりに、手のひらがぎゅっと押しつけられる。

体の芯まで染みいるほどのぬくもりを感じた。すべてが凍りついたひとりきりの世界の中で、ただひとつ温かいのはアッシュクロフトの手だけだった。

目のまえの階段を見つめた。アッシュクロフトと顔を合わせられなかった。もし、アッシュクロフトにまっすぐ目を見つめられたら、すべての嘘に気づかれてしまう。

何もかも知られてしまうなんて、堪えられなかった。

「お願い、離して」冷ややかな声で言った。

「ダイアナ、どういうことなんだ？」アッシュクロフトの声は穏やかで、思いやりと……愛にあふれていた。

いいえ、愛などあるはずがない。何かにすがりつきたくなるほど悲惨なこの状況で、わたしは都合のいいように妄想しているだけ。

「お願い、離して」ダイアナはもう一度言いながら、手を引きぬこうとした。けれど、アッシュクロフトの手にしっかり押さえつけられていた。

「すべてを話してくれるまでは離さない」

その口調は憎らしいほど冷静だった。同時に、切望する恋人の口調でもあった。なぜ、アッシュクロフトは怒りにまかせて怒鳴らないの？ なぜ、不実で嘘つきなあばずれ女だと罵らないの？

ふたりの関係が終わったことに、アッシュクロフトは気づいていないの？ ふたりの未来がどこにも通じていないのがわからないの？ そう、ふたりでいても、どこへもたどり着けない。ふたりの何よりも大切な宝物――すべてを解き放った至上の官能の世界――を分かちあうだけでは、どこにもたどり着かないのだ。

胸が締めつけられるのを感じながら、ダイアナは暗い夜に笑いあったことや、真剣に話したことを思いだした。ひとりぼっちではないと感じたことを。

もしかしたら、官能の世界だけが唯一の宝物ではないのかもしれない。これからもこの体はアッシュクロフトを求めて疼くのだろう。心に負った深い傷は、けっしてふさがらない。それはもうわかっていた。

「話すことなどないわ」小さな声で言った。

「こっちを見るんだ」

恐ろしくて、身じろぎもできなかった。「もう行かなければならないの。父は私を連れて帰ると……」

「ダイアナ」

しかたなく振りかえってアッシュクロフトを見た。鮮やかな孔雀石《くじやくせき》のような目に、冷たい光が浮かんでいた。顔からは血の気が引いて、頬がぴくぴく引きつっている。

罪悪感に胃がぎゅっと縮まって、きりきり痛んだ。アッシュクロフトを傷つけているのは、いやというほどわかっていた。このまま一緒にいたら、もっと傷つけてしまう。そう思うと、ロンドンを去る決意がいっそう固まった。

「あなたと別れると言っているのよ」そのことばを口にするのは、剃刀《かみそり》で肌を削《そ》ぐような気分だった。

アッシュクロフトが不快そうに口元を引きむすんだ。「きみは本気で別れたいとは思っていない」

「いいえ、本気よ」ダイアナは不安げに図書室の扉をちらりと見た。父が出てくる気配はなかった。きっと、最後にアッシュクロフトとふたりきりで話ができるようにと、ローラが父を引き留めているのだろう。「わたしは世間というものを知りたくて、あなたを訪ねたの。あなたはそれを経験させてくれたわ。さようなら、アッシュクロフト」

叩かれたように、アッシュクロフトがびくんと身を引いた。けれど、手は離さなかった。

「私に言うことはそれだけなのか?」

そのときはじめて、アッシュクロフトの声音にかすかな怒りを感じた。怒ってあたりまえだ。怒鳴って、侮辱してほしかった。わたしはそうされて当然なのだから。そうしてもらえれば、自分のことを人間の屑《くず》だと感じずに済むかもしれない。このまま一緒にいてと懇願したくなるのを抑えられるかもしれない。わたしを愛して、わたしを許してと懇願したくなるのを。

アッシュクロフトの声がさらに刺々しくなった。「いったいどういうことなんだ? きみときみの父上にとって、バーンリー卿はなんなんだ?」

その質問にだけは躊躇なく答えられた。「父はバーンリー卿の領地の管理人よ」

アッシュクロフトが怪訝な顔をした。「だが、きみの父上は……」

「そうよ、目が見えない。だから、わたしが手伝っているの。そのせいもあって、父はわたしを故郷に連れもどしたいの。領地での仕事にわたしが必要だから」

アッシュクロフトが真実と嘘を推し量るように見つめてきた。そんなふうに見つめられたのは久しぶりだった。「いや、まだ私に話していないことが山ほどあるはずだ。きみをロンドンに送りだしたのは誰なんだ？　きみはなぜ私のところへ来たんだ？　この一件にバーンリーはどう絡んでいるんだ？」

あばら骨を叩くほど心臓が大きく脈打った。真実を打ち明けてしまいたい、そんな衝動を必死にこらえた。その衝動にしたがえば、もう嘘をつかなくて済む。ダイアナ・キャリックという名を口にするのも汚らわしいとアッシュクロフトに思われるのはわかっているけれど。でも、真実を打ち明けたところで、どうなるの？　もしも身ごもっていたら、そのことは口が裂けても言えない。バーンリー卿との結婚を邪魔されるわけにはいかないのだから。

アッシュクロフトのためになることだけをしよう――そう心を決めた。すると、意外なほど決然とした口調になった。「わたしがあなたに言えるのは〝さようなら〟のひとことだけよ」さらに、心にもないことを口にした。「あなたとの情事は楽しかったわ。でも、あなたはわたしの決めたルールにしたがわなかった。それに、父までこの家にやってきた。こうなった以上、ふたりの関係は終わりよ」

ここまで言えば、アッシュクロフトも腹を立てて、この家を出ていくだろうと思った。けれど、そうではなかった。何かを推し量るように見つめてきただけだった。じっと見つめられると、もじもじと体を動かさずにいられないほど不安になった。

アッシュクロフトが鋭い口調で言った。「きみが何かを隠しているのはわかっている。私はそれを突き止めなければならない」

「もう突き止めたわ」負けじとぴしゃりと言った。といっても、お互いにそのことばが嘘なのはわかっていたけれど。「わたしが提示した条件を守らなければ、この情事は終わり――それはあなただってわかっていたはず。別れるのが当然なのよ」

「きみはそんなふうには思っていない」たったいま耳にしたことばに意味はないとでも言いたげに、どことなく嘲る口調でアッシュクロフトが言った。

ダイアナは悔しくて、ゆがんだ笑みを浮かべた。「わたしは面白半分で堕落した生活をほんの少し経験してみたかっただけ。好奇心はもう満たしたわ。真の人生をもう一度歩みはじめる心の準備もできた。あなただって新しい女性を口説き落としたくてうずうずしているはず。そうでなくても、近いうちに田舎の未亡人に飽きて、目新しい女がほしくなるわ」

アッシュクロフトの黒い眉のあいだにしわが刻まれた。いまのことばについて考えたが、納得がいかないという表情だった。「私のことをあくまでも評判どおりの男だと言いたいんだな。だが、まちがえないでくれ、この関係を解消しようとしているのは私じゃない、きみのほうだ」

身を守るために講じた策を、アッシュクロフトに易々と見抜かれた。ダイアナは押さえつけられている手を引きぬこうとした。今度はアッシュクロフトも素直に手を離した。それは、ふたりの前途に待ちうける不可避の別れを象徴していた。

「最初から、ごく短期間の愛人関係という約束だったわ」話をすればするほど、冷静な口調を保てなくなっていた。

「約束なんてくそ喰らえだ」アッシュクロフトがふいに怒りを爆発させた。

乱暴なことばに、ダイアナはびくりとした。「わたしはあなたにどんな借りもないわ」震えながらそう言ったものの、不誠実な自分が薄汚く思えて、胃がぎゅっと縮んだ。悲鳴をあげる良心を、心の奥底に押しこめる。そうして、階段をもう一段あがった。けれど、階段を駆けあがって、アッシュクロフトをその場に置き去りにするほどの勇気は奮いおこせなかった。

哀れなほど優柔不断なダイアナ。哀れなほど恋にやつれたダイアナ。

アッシュクロフトがその場を一歩も動かずに、相変わらず揺るぎないまなざしで見つめてきた。上向きかげんの顔が、胸に渦巻く思いでこわばって、深い緑色の目に切望が浮かんでいた。それを見まちがえるわけがなかった。引き裂かれたこの胸にも同じ思いが浮かんでいるのだから。それでも、ごくりと唾を飲みこんで、いますぐにロンドンを去るのがいちばんだと必死に自分に言い聞かせた。

「口づけてくれ」アッシュクロフトがかすれた声で言って、求めるように片手を差しだした。「くだらないことはすべて忘れて、私に口づけてくれ。そうして、私の家に来るんだ。きみが何をしているのかはわからない。なぜきみがここにいるのか、極悪非道なバーンリーが何をしようとしているのかも、私にはわからない。だが、きみにはわかるはずだ、ふたりで分かちあったものに比べれば、そんなのはどうでもいいことだと」

「アッシュクロフト卿……」

「ターキンと呼んでくれたじゃないか、この腕の中で」

やめて、甘い思い出がよみがえってくるようなことを言わないで。つい弱気になりそうになったが、決意を翻《ひるがえ》すわけにはいかなかった。弱虫な自分を戒めるためではなく、アッシュクロフトのことを思えばこそ。それに、おなかの中にいてほしいと心から願っている赤ん坊のためにも。

「ふたりで分かちあったものなど、なんの意味もないわ」つぶやくように言った。

「いや、そんなはずはない」

抗う間もなく、アッシュクロフトが階段の下の柱を一歩でまわると、一段目に足をかけた。視界がアッシュクロフトで埋め尽くされて、あらゆる感覚が息を吹きかえした。二段上に立っているのに、長身のアッシュクロフトにまっすぐに見つめられた。

アッシュクロフトの顔に表われた隠しようのない切望に、ダイアナは動けなくなった。苦しくてたまらず、思わず言った。「なぜ、こんなことをするの？　もう終わりだと言っているのに。それだけで充分でしょう。お願い、帰ってちょうだい」

固い意志を表わすようにアッシュクロフトの口元が引きむすばれて、目が鋭く光った。

「いやだ」

アッシュクロフトが腕をつかもうと手を伸ばしてきた。ダイアナはその手から逃れようとして、バランスを崩した。アッシュクロフトに助けられるまえに、手すりをつかむ。体に触れられたら、決意が呆気なく崩れてしまうはずだった。なけなしの自制心はベネチアンガラスよりも脆《もろ》いのだから。「召使に命じて、あなたをここから放りださなければならないの？」

アッシュクロフトが呆れたように笑った。「ロンドンのどこを探したって、この家から私を放りだせるほど巨漢の召使はいないよ」

そのとおりだった。ジェームズが体を張って立ちむかったところで十秒ももたないはずだ。問題は力だけではない。いずれにしても、ダイアナはアッシュクロフトの雄々しい体には不動の決意もみなぎっていた。ロンドンでの輝かしい日々を、非情なことばと苦しみで終わらせたくなかった。アッシュクロフトを放りだしたくなかった。

したくないことばかりが無数にある。

秘めた思いと悲しみに声が震えた。「こんなことをしてもなんにもならないわ。恨みっこなしで別れましょう。情事を終わらせることにかけては、わたしよりあなたのほうがはるかに慣れているのだから……」

アッシュクロフトが険しい表情を浮かべたかと思うと、空《くう》を切るように右手を動かした。

「ほかの女の話はやめてくれ。ほかの女とのことなどどうでもいい。きみだってそれはわかっているはずだ」

「わたしだってほかの女性と変わらない。あなたにとってはどうでもいい存在のはずよ」ダイアナは静かに言いながら、そのことばが真実だと気づいて胸が苦しくなった。

「いや、きみだけは特別だ」アッシュクロフトの目が鋭くなった。議論で相手を打ち負かせると気づいたときの目だった。「きみは自分などどうでもいい存在だと思いたがっている。なぜなんだ？」

恐怖に血が凍った。そうして、うしろ向きのまま、階段を一段あがった。もしアッシュクロフトが追ってこないとわかっていたら、即座に踵を返して、階段を駆けあがっているはずだった。「あなたはこれまでの愛人と一生の関係を求めたことなどなかったはず」

そのことばをアッシュクロフトは無視した。アッシュクロフトの怒りをかき立てようと、わざとそんなことを言ったのに気づいているのだ。どうしてわたしの考えや感情をすべて見抜いているの？　人生はなんて不合理なのだろう。わたしにとってアッシュクロフトは、一生をともに歩いていきたいと思えるこの世でただひとりの男性。それなのに、卑劣な策略でベッドをともにしたがゆえに、永遠に手の届かない人になってしまった。

でも、アッシュクロフトの望みは、わたしとベッドをともにすることだけ。しかも、それはわたしに飽きるまでの話。いま、アッシュクロフトは愛人のほうから別れを切りだされて、プライドが傷ついて、ごねているだけ。ただそれだけだ。わたしという人間に、とりわけ思い入れがあるわけではない。ふたりの心がつながっているなどと考えるのは、笑止千万《しょうしせんばん》だ。

そう考えて、心がぐらつかないようにした。けれど、アッシュクロフトの苦しげな顔を目の当たりにすると、それはちがうとしか思えなかった。「ほかにも何かあるはずだ」何かを考えるように、アッシュクロフトが眉間にしわを寄せた。「きみはひと目見て気に入ったからと、即座に男をベッドに引きずりこんだりしない」

「なぜ、そう言い切れるの？」ダイアナは鋭い口調で言った。

アッシュクロフトが肩をすくめた。「きみのことならわかるんだよ」

たしかにそのとおりなのだろう。けれど、ダイアナはアッシュクロフトのことばを即座に否定した。「知りあってひと月も経たないのに、わたしの何がわかるの？　笑わせないでちょうだい」

アッシュクロフトの目が翳った。アッシュクロフトを傷つけたくなかった。それでも、種馬扱いされたと知って、心に致命的な傷を負うよりは、こうするほうがまだましだった。

「ダイアナ……」

「ダイアナ！」

その声が耳の中でこだました。アッシュクロフトに見つめられて、われを忘れていたせいで、その声の主のことをすっかり忘れていた。はっとして、非情な現実に引きもどされた。

図書室の戸口に父が立っていた。そのうしろにはローラがいた。

心底ほっとして、ダイアナはアッシュクロフトを見つめた。もう嘘を重ねなくて済む。アッシュクロフトの目に永遠に射すくめられそうになっているのを、父が救ってくれたのだ。

「いま、行くわ、お父さん」わたしがこの場を去りたくてうずうずしているのは、アッシュクロフトも気づいているはずだった。

父の痩せた体から怒りが蒸気のように立ちのぼっていた。「みんなでマーシャムへ帰るぞ」

「ダイアナ、行くんじゃない」アッシュクロフトの声が荒々しい旋律となって背筋を駆けぬけた。

アッシュクロフトに腕をつかまれた。その手を振りはらえなかった。切羽詰まった思いが全身に伝わってくる。けれど、それはかえって、自分がアッシュクロフトを欺いているという過酷な現実を痛感させるだけだった。

ダイアナは唇を固く結ぶと、力なく首を横に振った。愛していながら欺いている男性がふたりもそばにいるのに、感情を抑えられるはずがなかった。

いま口にできるのは、たったひとつのことばだけ。そのことばが悲痛な囁きとなって唇から漏れた。「さようなら、ターキン」

アッシュクロフトの手を振りほどくと、くるりと背を向けて、ぎこちなく階段をあがっていった。アッシュクロフトはあとを追ってこなかった。それが何よりもありがたかった。

23

アッシュクロフトはジョン・ディーンの家の扉を力まかせにノックした。まだ暗いうちにロンドンを発って、その家に着いたのは、敬虔《けいけん》なキリスト教徒に日曜の礼拝のはじまりを告げる鐘が鳴るころだった。

家の中で犬の鳴き声がしたが、何度ノックしても誰も出てこなかった。みんなで教会に行っているのか？　人が集まった教会に押しかけて、愚かな真似をしてダイアナを物笑いの種にするのは気が進まなかった。といっても、ダイアナのほうは愛人となった男を馬鹿にすることになんのためらいもなかったようだが。

怒りがふつふつと沸いてきたが、それをどうにか胸の奥に押しこめた。ひと晩じゅう、ダイアナのことと、ダイアナの謎めいた目的についてあれこれ考えて過ごしたのだ。その結果、なんとか推測できたのはひとつだけだった。あのろくでなしのバーンリーが、ダイアナのロンドンでの滞在費を出していたにちがいない。

どうしても知りたいのは、その理由だった。さらには、ダイアナがバーンリーの宿敵の愛人になった理由も知りたかった。

説明してもらわなければならないことが山ほどある。今度ばかりは欲望をかき立てられて、ごまかされはしない。ああ、絶対に。

アッシュクロフトは頑丈な扉をもう一度思いきりノックした。疲れ果て、腹が立って、答えが見つからずにいる。不快でたまらなかった。昨夜はどうにも怒りがおさまらず、ダイアナなど地獄に落ちてしまえと心の中で悪態をつきながら、チェルシーを離れた。けれど、まもなく、答えを知りたいという思いと恨みで胸の中がいっぱいになり、悪魔に追われてでもいるかのように、ここまで馬を駆ってきたのだった。

ついに、閂《かんぬき》が滑る音がした。扉が開きはじめると、アッシュクロフトは不実な愛人と対決するために身構えた。

けれど、次の瞬間には、ジョン・ディーンの見えない目を見つめていた。その老人の傍らでは、主人と同じぐらい老いたスパニエル犬が黄色い歯を剝いて、うなっていた。

「アッシュクロフト卿」ダイアナの父が冷ややかに言った。「朝早くに失礼します……」

アッシュクロフトは怒りを抑えこんで言った。

ディーンがうしろに下がることはなかった。ロンドンからはるばるやってきた客を家に入れる気はないらしい。「まさか日曜の朝に、わが家の扉を叩き壊そうとする不届き者がいるとは思いもしなかった」

アッシュクロフトは体が震えるほど大きく息を吸って、平静を保った。突如として湧いてきた騎士道精神は邪魔もの以外の何ものでもなかったが、父親のまえでダイアナを辱《はずかし》めるわけにはいかなかった。といっても、娘が自ら評判を地に落とすようなことをしたのを、ダイアナの父はもうわかっているはずだった。「ミスター・ディーン。キャリック夫人に緊急の用があって伺いました。家の中で話をさせてもらえますか?」

「断る」ダイアナの父が杖を握る手に力をこめた。必要とあらば、杖で殴ることも辞さないと考えているかのようだった。

アッシュクロフトは努めて冷静な口調を保った。「キャリック夫人はいらっしゃいますか?」

「私の娘がこの家にいて、あなたと会うことは金輪際ない」

アッシュクロフトは身を固くした。「娘さんがそう言っているんですか?」

「いいや、私が決めたことだ」ダイアナの父は伯爵をまえにしてもたじろがなかった。見えないふたつの目は、アッシュクロフトの魂の穢れを読みとって、ロンドンでのダイアナとの情事をすべて知っているかのようだった。「私はあれの父親で、この家ではすべてを私が決める。さあ、あなたに群がる淫らな女たちのもとにお帰りください、アッシュクロフト卿」

「ミスター・ディーン……」

「さようなら、閣下」ダイアナの父が扉を閉めようとした。呆然としながらも、アッシュクロフトは門前払いを食わされたと、ようやく気づいた。

「そういうわけにはいかない」閉じられようとする扉を、片手でしっかりと押さえつけた。

ダイアナの父が目をすがめて、顎をぐいとあげた。ダイアナそっくりのしぐさに胸が締めつけられた。「あなたがその気になれば、この家に押しいることなど造作もない、ああ、たしかにそのとおりでしょう。私は老人で目が見えず、いっぽう、あなたは若く、力もある。ダイアナとローラ、それに、召使もみな教会に行っていて、ここにいるのは非力な老人がひとりきり。だが、それでもここは私の家で、あなたが招かれざる客なのはまちがいない」

アッシュクロフトは自分の言動が恥ずかしくて、胃がよじれそうになった。いったい、私はここで何をしているんだ？　娘の名誉を守ろうとしている老いた父親を困らせているとは。それでも、もう一度言わずにいられなかった。「失礼しました、ミスター・ディーン。私の行動は軽率に思われるかもしれません。だが、私が望んでいるのはあなたのお嬢さんと話をすることだけです」

「娘はあなたと話したがっていない。それに、あなたが正義のかけらでも持ちあわせていたら、二度と顔を合わせないのが、ダイアナのためになると気づいているはずだ。では、良い一日を、閣下」

目のまえで扉がばたんと閉じて、閂のかかる音がした。

一瞬、アッシュクロフトはかっとして、ダイアナの父の拒絶など無視して、扉を叩き壊して、家に押しいろうかと思った。けれど、それでは、この自分がどんな男かというダイアナの父の見解を裏づけるだけだった。自分が蒔《ま》いた種とはいえ、天下の放蕩者という悪評が忌まわしかった。それに、これまでに犯したさまざまな罪は、いまさら帳消しにできないのもわかっていた。

そう考えたところで、なんの慰めにもならなかった。

拳を扉に押しつけて、心の中でざわついている怒りと恥辱の悪鬼を鎮めようとした。束の間そのままでいたが、すぐに背筋を伸ばして、深呼吸した。

ダイアナとの関係はまだ終わったわけではない。ああ、断じてそんなことはない。だが、ここでこうしていても、ダイアナを捕まえて、話ができるはずもなかった。


アッシュクロフトは林の中から、かの有名な造園家ランスロット・ブラウンが手がけた壮大な庭園を見つめていた。クランストン・アビーの屋敷の一画に広がるその庭園の持ち主は、アッシュクロフトが心底嫌っている男だった。庭園を手入れする庭師の一団に見つからないように、アッシュクロフトは細心の注意を払っていた。幸いにも、夏の木の葉は生い茂り、林の中を忍び歩くのは造作もなかった。とはいえ、そのせいでプライドが傷ついたけれど。

プライドだって？

ダイアナがロンドンから姿を消して以来、プライドは木っ端みじんに砕け散って、塵と化していた。だとすれば、住む家もない浮浪者のように、バーンリーの領地の林に三日間ひそんでいたところで、塵と化したプライドは傷つきも痛みもしないはずだった。

忌々しいことに、こうまでしてもまだダイアナと話せずにいるとは。

ダイアナに会いたくて、家を訪ねたが、門前払いを食わされた。次に試したのはごくありきたりな通信手段だった。そう、ロンドンに戻って事情を説明するようにと書いた手紙をダイアナに送ったのだ。一週間が過ぎても返事がないと、やはり最初に抱いた直感が正しかったとわかった。実際に顔を合わせなければならないのだと。面と向かって話をすれば、無視できないとダイアナも観念するだろう。すべてを超越した情熱をダイアナが思いだせば。

最初にこのマーシャムの村を訪ねたときから九日後に、アッシュクロフトはふたたびロンドンを発って、ここまでやってきたのだった。アッシュクロフト伯爵ともあろう者が、堕《お》ちたものだ。かつては、隣の通りまでだって、女を追っていったことなどなかった。それなのに、不実な愛人に会いたくて、何もない小さな村に二度もやってくるとは。

ダイアナと出会ってからの心の変化が、いまだに理解できずにいた。

しかも、愛人関係はほんの数週間のことだ。そんな短期間で、それまでの自分と、それまで信じてきたことすべてが一変するはずがなかった。ほんとうに一変したとしたら、ダイアナは魔法使いだとしか思えない。

ああ、そうだ、まもなくダイアナのことなどきれいさっぱり忘れられるはずだ。

なぜダイアナが去ったのか、その理由がわかりさえすれば、すぐさま忘れられる。

戻ってくるようにダイアナを説き伏せて、欲望を充分に満たしたら……。

それには、このさき三十年はかかるだろう。

ああ、最低でも。

ちがう、私は話がしたいだけだ！　アッシュクロフトはあらためて自分にそう言い聞かせた。語られなかったこと、説明されなかったことがあまりにも多すぎる。都会に住む伊達男の伯爵にあるまじきことだが、もしダイアナに手が届いたら、拉致《らち》してでも連れ去らずにいられなくなりそうだった。会えない時間が長くなればなるほど、ますますその思いが強くなる。粗野で野蛮な男に成り果てたのはわかっていた。それでも、洗練された男の面影がかすかにでも残っているのを祈るしかなかった。

だが、その祈りが聞き届けられるとは思えない。

これまでは、女のことで愚かなことをしでかす男を見るたびに、哀れみながらも、いったいどうしてそんなことをするのか理解に苦しんだ。いまは、情けないことに、そんな男の気持ちが痛いほどわかった。

はじめてマーシャムにやってきたときとはちがって、今度は怒りを抑えて、冷静に作戦を練ってきた。ダイアナの父やバーンリーに姿を見られたら、すべてが台無しになる。ダイアナが追われていると知っても逃げださずにいるのかどうか、それも確信が持てなかった。

そこで、村からいちばん近い町の宿屋に偽名で泊まった。その後、林の中で寝ずの番をするようになってからは、召使を村の酒屋に使いに出した。飲み物を買いに行かせて、バーンリー卿や領地の管理人、それに、何よりも重要なダイアナについて、ありったけの情報を集めさせたのだった。

残念ながら、これまでのところ、召使が聞いてきた話と、ダイアナの話に矛盾するところはほとんどなかった。ダイアナの未来の花婿候補については、何も情報が得られなかったが、このあたりで裕福な男と言えば、バーンリー侯爵以外にいなかった。

ダイアナはまちがいなく領地の管理をしていた。ただし、名目上は父の助手として。若きキャリック夫人がいかに賢く勤勉かという話を、召使は山ほど伝え聞いてきた。輝かしい評判など聞きたくなかった。求めているのはダイアナを嫌いになる理由なのだから。意に反して惹かれてしまう気持ちを断ち切るための何かがほしかった。欺かれているとわかっていても、頑なに胸に居座りつづける切望を断ち切りたかった。けれど、ダイアナは本人が言ったとおりの人物らしい。田舎で暮らし、とくに華々しい経歴はないけれど、誰からも尊敬される未亡人。チェルシーの瀟洒な家に住んで、最新流行のドレスに身を包んだ女性と同一人物だとは思えないほどだった。

疑問ばかりでは、ますます苦しくなるばかりだ。ダイアナのロンドン滞在費を出していたのは、やはりバーンリー卿なのか？　ダイアナは誰にも秘密で婚約していたのか？　だとしたら、なぜなんだ？

あらゆる可能性を探ってみたが、ダイアナがある男から金を受けとって、べつの男とベッドをともにする理由は浮かんでこなかった。女を信じてはならない――これまで星の数ほどの女とつきあってきて、それはよくわかっていた。それなのに、なぜかダイアナだけは、金さえもらえばなんでもする女だとも思えなければ、誰とでも寝る淫らな女だとも思えなかった。

そんなことだから、あっさり騙されてしまったのだ……。

それ以外のこと、たとえば、ダイアナの夫が若くして亡くなったことなどは、事実だった。

キャリック夫妻は妻のほうが有能だったらしい。それでも、夫のウィリアムは善人で、夫婦仲は良かったようだ。それを知ったときには、歯ぎしりしたくなった。哀れな夫は、嘆き悲しむ妻をひとり残して、この世を去った。となれば、早死にした夫に対して同情の念がこみあげてきてもいいはずなのに、感じたのは嫉妬と怒りだけだった。

そんなことを思いだしながら、アッシュクロフトはブナの木に寄りかかって、胸のまえで腕を組んだ。木の葉越しに見えるクランストン・アビーの管理人の家を睨みつけた。管理人が美しい娘と暮らすその家は、領主の屋敷のはずれにあった。百年まえからそこに立っているような質素で小さな家だった。その家の屋根の向こうに、天を指す村の教会の塔が見えた。

もちろん、この三日間でダイアナの姿を何度か見かけていた。けれど、ダイアナはいつも誰かと一緒で、ひとりで外出することはなかった。頭の中で怒りと当惑が渦巻いていても、この小さな村でダイアナの評判を地に落とすようなことはしたくなかった。腹立たしいが、それもまたダイアナに惹かれている証拠だった。あれほどの嘘をついた女を思いやる必要などないのに……。といっても、ダイアナがロンドンでどんなゲームをしていたのかは、いまだにわからなかった。

何をしていたのか、知りたくてたまらない。なんとしても知らなければならない。

そんな陰鬱な思いを嘲笑うかのように、空は晴れわたっていた。いかにも夏らしい陽気だ。だから、ダイアナが父と一緒に家から出てきて、日向《ひなた》に置いた椅子に父を座らせても、驚きはしなかった。ただし、その姿を見たとたんに、脈が速くなったけれど。離れた場所から見ていても、父と娘のあいだにぎこちなさが感じられた。ダイアナの父は娘をまだ許していないのだろう。

この三日間で、幾度となく目にした老いたスパニエル犬が、よたよたと歩いて、ダイアナの父の隣にどっかり腰をおろした。まさに牧歌的な光景だった。郷愁を誘う絵のような光景。この田舎の風景に自分が不釣り合いだと感じたのは、今日がはじめてではなかった。この三日のあいだに、ダイアナには彼女なりの生活があって、家族がいて、すべき務めがあり、目標があるのだと思い知った。そういったものはひとつとして、ロンドンでダイアナがつきあっていたアッシュクロフト伯爵とは関係のないものだった。

ロンドンで男性とベッドをともにすることを、ダイアナはいっときの気晴らしと言った。それはつまり、真の人生はこの村にあるという意味だったのか？

頭に浮かんできたそんな思いを振りはらった。あの日のダイアナのことばなど信じられない。余計な疑念を抱いて、決意が揺らいでたまるものか。

ミス・スミスが戸口に現われて、ダイアナに手招きした。アッシュクロフトは重いため息をつくと、ブナの木に背中が擦れるのもかまわずに座りこんだ。落ち葉が積もる草地にブーツを履いた脚を伸ばして、ポケットからモロッコ革の装丁の小ぶりの本を取りだした。

このところ、本を読もうにも気持ちを集中できずにいた。ダイアナの家が見える緑深い林で何日も過ごしていると、揺れ動く心がきりきりと痛んだ。悲痛な惨めさだけを感じながら、砂漠のように不毛な人生に立ちむかっている気分だった。

まさか、この自分が自己憐憫の沼にどっぷりはまりこむとは。

すべては忌々しいダイアナのせいだ。ダイアナがわが家の図書室に押しいってきて、豪胆な申し出をするまでは、人生になんの不満もなかったのだから。

いや、そうとも言い切れないかもしれない。ダイアナが現われるまで、心はつねに浮ついていた。遊び人だった男の人生に、ダイアナとの情事がことばでは言い表せない深みと豊かさを与えてくれたのだ。だが、ほんとうに救いようがない、ダイアナと出会わなければ、こんなふうに女の尻を追ってさまよい歩く自分の姿など想像すらできなかったはずなのに。

陰鬱な思いをまぎらわそうと、本を開いた。『アエネーイス』のラテン語の詩で埋めつくされたページを見ただけで、ますます鬱々として、本をぱたんと閉じた。真の英雄の物語など読もうものなら、いよいよ腹をすかした野良犬の気分になるだけだ。それでなくても、すでにそんな気分なのだから。

そのとき、遠くのほうで扉が閉まる音がした。

とくに期待もせずに顔をあげた。きっとダイアナが領地の仕事に出かけるのだろう。いつものように、付添いがいるのだろう……。

たしかに、ダイアナがいた。けれど、この三日間ではじめて、ひとりで出かけようとしていた。

切望でいっぱいの胸が激しいダンスを踊りはじめた。ダイアナを信用してはならないと、どれだけ自分に言い聞かせても、抑えようのない本能のような体の反応はどうにもならなかった。ダイアナが父にひとこと声をかけてから、老犬に向かって指をパチンと鳴らした。犬がよたよたと立ちあがって、体を揺すった。

不可思議な興奮を覚えて、アッシュクロフトは身を固くした。もしかしたら、ついに待ち望んでいたときが来たのかもしれない。ふたりきりで話ができるかもしれない。湧きあがる興奮が幸福感だとは思いたくなかった。ダイアナが去って以来、侘《わび》しくなるばかりの人生が、自分を欺いた女が恋しくてたまらない証拠だとも思いたくなかった。

腹の中で期待感が脈打つのを感じながら、アッシュクロフトはダイアナをまっすぐに見た。また家に入ってしまうのか？　それとも、誰かが来るのを待っているのか……。ダイアナはもう一度父に話しかけて、庭から出ようとするそぶりはなかった。アッシュクロフトはこれほど近くにいるのに、何もできないのがもどかしくてたまらなかった。

これほど怒っているのに、ダイアナに触れたくてたまらなかった。

本が草の上に落ちても、気にも留めなかった。両手を太ももにぴたりと押しあてた。ダイアナの乳房を包むように。滑らかな肌を撫でるように。金色の髪に絡ませるように。

いま、ダイアナがこの場にいないのはまちがっている。自然の摂理に反する罪だ。たとえば、太陽が東に沈んで、空に月がふたつのぼるのと同じように。

ダイアナは家に入ろうともしなければ、家のまえを通る村人を出迎えるそぶりもなかった。ふいに犬に向かってもう一度指を鳴らすと、芝地を歩きだした。老犬がそのうしろをよろよろと追っていく。アッシュクロフトがいるのを知っているかのように、ダイアナは林へまっすぐ向かいはじめた。

ダイアナはいかにも自然に腰を揺らしながら歩いている。アッシュクロフトはその歩きかたが愛おしくてたまらなかった。田舎娘らしく大股で大地を踏みしめて歩くのだ。上流階級の淑女が好む上品ぶったわざとらしい歩きかたとはまるでちがっていた。今日のダイアナは茶色いドレスの上に、濃い青色のエプロンを着けていた。袖をまくっているのが、いかにも働く女らしい。毎日、甘い菓子をつまんで、客をもてなしてのんびり過ごしている淑女ではないのだ。しっかりと三つ編みにした髪は、ロンドンでの凝ったヘアスタイルに比べれば、ずいぶん地味だ。けれど、その髪は陽光を浴びて、たわわに実った小麦の穂にも負けないほど金色に輝いていた。

いつ破綻しても不思議はないほど危うい計画が、いよいよ成功するのかもしれない。意外な展開に、アッシュクロフトの全身が脈打った。こそ泥のようにひたすら身を隠してチャンスを待つなどという作戦が成功するとは、実はこれっぽっちも思えずにいたのだ。ダイアナを待ち伏せして襲いかかって拉致するほうがよっぽど手っ取り早い。そこまで非情になれれば、そうしていたはずだった。

いずれにしても、ダイアナが林へと向かっているのはまちがいなかった。アッシュクロフトの心臓が跳びはねて、激しいギャロップを刻みはじめた。いまや、表情まではっきり見てとれるほど近づいていた。決然とした足取りとは裏腹に、ダイアナの顔は青ざめて、不安げだった。

とはいえ、それでも美しい。

犬が立ち止まって、物憂げに雑草をくんくんと嗅いだ。とたんに、犬が身構えて、顔をあげたかと思うと、小さく鼻を鳴らして、ゆっくりとアッシュクロフトのいるほうへと向かってきた。

「レックス！」ダイアナが呼んだ。「レックス、戻ってきなさい！」

ダイアナが犬を追おうと、スカートの裾を引きあげた。ストッキングに包まれたふくらはぎがちらりと見えると、アッシュクロフトは息を呑んだ。ダイアナは見るからに実用的なハーフブーツを履いていた。濃い青色のスカートの裾が、夏の生い茂った雑草に擦れるのもかまわずに小走りになった。糊の効いた白い木綿のペチコートがちらりと覗く。その程度のことで遊び慣れた男が興奮するはずもないのに、アッシュクロフトの欲望はめらめらと燃えあがった。乾いた薪《まき》に火がついたかのように。

「レックス！」

老犬がもう一度哀れっぽく鼻を鳴らしてから、鋭く吠えた。そうして、驚くべき速さでアッシュクロフトに向かってきた。さきほどまで主人のうしろをよたよた歩いていたとは思えないほどの機敏さだった。

ダイアナが小さく悪態をついた。かなり辛辣なことばだ。貴族の愛人にふさわしい上品な悪態でないことに、アッシュクロフトの胸はまた高鳴った。気取らないところが、ダイアナの魅力なのだ。気取りのなさに、男としての本能がそそられるのだ。ダイアナがふいに進路を変えて、緑の絨毯にも似た草地を進みはじめた。

アッシュクロフトはあわてて立ちあがった。幼い少年だったころならいざ知らず、大人になってからは、女をまえに緊張したことなどなかった。それなのに、いまは体がこわばるほど緊張していた。この数日間、生きるよすがとしてきた怒りを、いままたかき立てようとした。けれど、もう怒りは感じなかった。感じるのは、燦然と輝く期待感だけだった。

ダイアナよりさきに、老犬が下草をかきわけて近くまでやってくると、うなりながら潤んだ茶色の目で睨みつけてきた。犬を追って、ダイアナが小さな空き地に駆けこんできた。顔をしかめて、言うことを聞かない老犬を見た。走ったせいで、三つ編みがほどけそうになっている。村で過ごすダイアナは、ペリーの豪華絢爛な屋敷にいるときほどは、髪をしっかり結いあげていなかった。

無数の記憶が、鉄槌のように激しく、けれど、湖に降りたつ白鳥のようにふわりと、アッシュクロフトの頭によみがえってきた。ベッドの上で身もだえするダイアナ。官能に叫ぶダイアナ。満たされたあとに全裸で物憂げに横たわるダイアナ。声をあげて笑うダイアナ。議論するダイアナ。これまでのどんな愛人ともちがって、アッシュクロフト伯爵に立てついてくるダイアナ。

ダイアナ……。

ことばが出てこなかった。大きな山ほども巨大な何かが、喉に詰まっているかのようだった。両手を体のわきで握りしめる。これほど鼓動が激しくては、いつ心臓が破裂してもおかしくなかった。

「レックス……」そう言いながら、ダイアナが顔をあげて、アッシュクロフトを見た。アッシュクロフトにもはっきり聞こえるほど、ダイアナが大きく息を吞んで、立ち止まった。ほてった顔から赤みが一気に引いていく。震える手をあげて、胸のまえで握りしめた。

束の間、ふたりとも何も言えずに、その場に立ち尽くした。けれど、そうしながらも、アッシュクロフトはダイアナの灰色の目によぎる思いを読みとった。光り輝く幸福感。それを感じとって、全身の血が沸きたった。けれど、次の瞬間には、ダイアナの顔に狼狽と恐れと、さらには、見まちがいようのない罪悪感がよぎった。そうして最後に、アッシュクロフトには理解できない複雑で陰鬱な思いが。

「アッシュクロフト」呪いのことばを口にするように、ダイアナがつぶやいた。

わたしは悪夢を見ているの？　ダイアナの頭にまっさきに浮かんだのは、その思いだった。アッシュクロフトがマーシャムにやってきて、裏切ったと責めたてる──そんな夢を幾度となく見ていた。といっても、その悪夢がもうひとつの夢よりも苦しいとはかぎらなかった。官能の一歩手前で身を震わせながら汗びっしょりで、はっと目が覚める夢。体を抱いていたはずの幻の腕が、なぜいま、ここにないの？　と胸が張り裂けそうになる夢に比べれば。

アッシュクロフトが恋しくてたまらなかった。無数のホックのようにアッシュクロフトが心にしっかり食いこんで、何をしたところで振りはらえなかった。故郷の村に戻ってからというもの、ダイアナは手足をもぎ取られた気分だった。一方的な別れを、アッシュクロフトが素直に受けいれるとは思いもしなかった。欲するものを、あっさりあきらめるような人ではないのだから。そうと知りながら、わたしはアッシュクロフトを惑わして、わたしを求めるように仕向けた。なんてひどいことをしてしまったの……。

村に戻った最初の日曜日の朝に、見知らぬ男性がわたしのことを尋ね歩いていたと、隣人から聞かされた。その男性はアッシュクロフトにまちがいないと即座に確信した。驚いたのは、盲目の父がアッシュクロフトを追いかえしたことだった。いまやほとんど口をきいてくれない父は、アッシュクロフトが訪ねてきたときのことをいっさい語ろうとしなかった。

先週届いた何通もの手紙には驚かなかった。手紙はけっして読むまいと心に決めていた。それなのに、読まずにいられなかった。何度も何度もくり返し読まずにいられなかった。

手紙は捨ててしまおうと思った。けれど、いまもすべて枕の下にしまってある。しわが寄り、涙の染みがついている。自分の部屋でひとりきりでいるときに流した涙で。

わたしはなんて愚かなの。まるで意味のないことをしているなんて。初恋に悩む乙女でもあるまいし。

どの手紙にも、戻ってきてほしいと書いてあった。そのことばにますます心が乱れて、毎晩、悩まずにいられなかった。それがアッシュクロフトの真の願いなのはわかっていた。アッシュクロフトのことが頭から離れないのも当然だ。何しろ、いまのわたしはほんとうの大酒呑みのようなものなのだから。酒を呑めば頭が痛くなるとわかっていながら、シェリーのボトルに手を出さずにはいられない大酒呑みと変わらない。

それでも、手紙に返事を書くような愚かな真似はしなかった。手紙が途絶えると、こうなる運命だったのだと自分に言い聞かせた。アッシュクロフトは激しい欲望を分かちあう相手――わたしではない誰か――を見つけたにちがいない。これでもう悩まずに済む。アッシュクロフトに煩わされることは二度とない。数カ月もすれば、アッシュクロフトはわたしの名前さえ思いだせなくなるのだから。

そう考えれば、少しでも気が楽になりそうなものだった。

けれど、夜にはいくつもの夢を見て、ろくに眠れなかった。自分が何者なのかすっかり見失って、それを早く思いださなければ、何もかもが麻痺してしまいそうだった。

けれど、いま、マーシャムの村で、クランストン・アビーのすぐそばで、バーンリー卿のこれほど近くで、アッシュクロフトを見ると、恐怖が胃の中でとぐろを巻いて、吐き気がこみあげてきた。

アッシュクロフトはなんて憎らしいの！　別れたのに、なぜ放っておいてくれないの？

「ここで何をしているの？」怒りで震える声で尋ねた。怒りと苦悩で。けれど、アッシュクロフトに会ってどれほど動揺しているかを知られたくなかった。レックスが悲しげに鼻を鳴らした。

アッシュクロフトがいつものように眉をあげた。「そんなことはきみだってわかっているだろう？　いくつか訊きたいことがある。まずは、きみがロンドンでしていたことからはじめよう。あの家とドレスの費用は誰が払ったんだ？　なぜ、私を誘惑したんだ？」

アッシュクロフトのことばが聞こえなかったかのように、ダイアナはやはり震える声で言った。「あなたとは会いたくない」

そう言いながらも、目はアッシュクロフトから離せなかった。まるで、闇に閉ざされた長い冬に、アッシュクロフトが唯一の光を持って現われたかのように。

アッシュクロフトと別れてからというもの、ダイアナはふたりで過ごした時間を幾度となく頭の中で再現していた。いま、アッシュクロフトが目のまえにいると、思い出のすべてが、鋭いガラスの破片となって胸に突き刺さった。記憶にあるとおりのアッシュクロフトの引きしまった口元。緑の目に浮かぶ物憂い光。長身の体。ふたりだけにわかる冗談を言いあうときに、笑みが浮かぶ魅惑的な唇。一緒にいると自分が繊細で女らしくなったように思える――そんなふうに感じさせてくれる男性は、この世にひとりしかいない。

「それは残念だ」憎らしいことに、アッシュクロフトの声は揺るぎなく、固い意志が感じられた。「私はきみに会いたいのに」

アッシュクロフトのまなざしは、欲望を抱いているときの集中した視線と同じだった。体に触れられたときのことを思いだして、いつのまにか乾いた唇を舐めていた。ほんとうに触れてほしかった。そうなれば、ふたりで地獄に落ちるも同然だとわかっていたけれど。だめよ、何を考えているの、しっかりしなさい！　真実を知られるまえに、アッシュクロフトから逃れなければ。

「行くわよ、レックス」冷ややかな声で言うと、踵を返して、決然と歩きだした。レックスがとぼとぼとついてきた。

「いや、きみは行かない」アッシュクロフトが穏やかに言いながら、林から歩みでてきたかと思うと、腕をつかまれた。その手が腕に触れたとたんに、もう歩けなくなった。レックスが低くうなった。「静かに、レックス」ダイアナは老犬に命じてから、振りむいた。「放して」

そのことばをアッシュクロフトは無視した。「手紙は届いたんだろう?」

アッシュクロフトがそばにいるだけで、興奮に血が沸きたった。それでも、拒絶の表情でアッシュクロフトを見据えた。「ええ」

腕を握るアッシュクロフトの手に力が入った。「それで?」

冷ややかな口調で応じたかったのに、ふてくされた子供のような口調になった。「とくに何も。手紙は破って、暖炉で燃やしたわ」

アッシュクロフトの美しい唇に皮肉っぽい笑みが浮かんだ。「それはまた残酷だ。どんなことが書いてあるのか知りたくなかったのか?」

わたしの話をアッシュクロフトが信じられずにいたとしても、不思議はない。寝室に隠してある手紙の束が、いまのことばがまぎれもない嘘だという証拠なのだから。「知りたくないわ。今日、わたしがここを通るのを、どうして知っていたの?」

アッシュクロフトが少しだけためらった。冷笑的なのに、それでいて真剣な顔に戸惑いがよぎった。「ここで三日間待っていたからね」

ダイアナは驚いてアッシュクロフトを見つめた。「そんな……」

当惑の表情を漂わせたまま、アッシュクロフトが肩をすくめた。「手紙を出しても、きみは返事をくれなかった」

ああ、わたしはなんてひどいことをしてしまったの……。

罪悪感と愛しさがこみあげてきて、胸が張り裂けそうになる。唇を嚙んで、目をそらして、涙をこらえた。世間でも評判の放蕩者が、雨に降られようが風に吹かれようがかまわずに、わたしと話をするために三日間も林の中で堪えていたなんて。アッシュクロフトがひとりの女のためにそんなことをしたのは、はじめてに決まっていた。

アッシュクロフトが堪えた三日間のうちの一秒にだって、わたしは値しないのに。それも痛いほどわかっていた。

ふいに、整然とした図書室でアッシュクロフトとはじめて会ったときの、傲慢な放蕩者の姿が頭に浮かんだ。いま、目のまえにいる打ちのめされた苦しげな男性は、別人のようだ。口の中に苦みが広がった。胃の中で自己嫌悪が渦巻いて、アッシュクロフトの人生に無理やり押しいったのを心底後悔した。

いまさら後悔してもしかたがない。そうとわかっていても、心は堪えがたいほどの悲鳴をあげていた。

心の叫びを必死に無視した。そう、これからはいつだって心を無視して生きることになる。そう思うと切なくてたまらなかった。レックスが悲しげに鳴いて、鼻でスカートをつついて主人を慰めた。このところ、レックスは落ち着かなかった。同じ家に住む父と娘の不和を感じているのだろう。

アッシュクロフトに捕まれた腕から力が抜けていった。闘争心が薄れていく。そうして、低くかすれた声で言った。「あなたにはここにいる理由などないわ」

「いや、理由ならいくらでもある」アッシュクロフトが目のまえにそびえるように立った。もしいま抱かれたら、それだけで屈してしまうのはわかっていた。アッシュクロフトの声が深みを増して、どこまでも滑らかで魅惑的になった。その声が耳にも、心にも染みいって、胸が張り裂けそうだった。「きみが何をしたかなんてどうでもいいんだ。戻ってきてくれ、ダイアナ」

アッシュクロフトにとって、そのことばを口にするのがどれほど苦しいかは、ダイアナにもよくわかっていた。やさしいことばに素直にしたがえたら、どれほどいいか……。けれど、口から出た返事は非情だった。「わたしたちはもう終わったのよ」

アッシュクロフトが手を離して、うしろに下がった。とたんに、その手の感触が恋しくなる。惨めなこの十日間、アッシュクロフトが恋しくてたまらなかったのだ。温かな朝なのに、思わず両手で腕をさすっていた。夏なのに体は冷えたままだった。レックスが憐れむように体をすりつけてきた。

アッシュクロフトの口元がこわばっていた。「終わったと言うなら、その理由を聞かせてくれ」

それが話せるならどれほど楽だろう……。気を引きしめて、もう一度嘘をつくことにした。これまで嘘で塗りかためてきたのだから、あと一度ぐらい嘘をついてもどうってことはない。けれど、実際には、たったひとつ嘘をつくだけでも、息が詰まりそうなほど苦しかった。

そうよ、これが最後の嘘――胸に誓った。アッシュクロフトを追いはらえば、二度と嘘をつかずに済むのだから。

けれど、アッシュクロフトの顔に激しい感情を読みとると、相手を深く傷つけると知りながら侮辱的なことばを言えるはずがなかった。ゆっくりと何度も首を振って、目をそらすしかなかった。「ごめんなさい、アッシュクロフト」

すぐうしろにいるレックスにスカートの裾がぶつかるのもかまわずに、よろよろと二歩あとずさった。

「待ってくれ、ダイアナ!」アッシュクロフトが詰めよってくる。

すばやく身をかわして逃れた。「だめよ、ターキン」止める間もなく、その名が口から滑りでた。

脚がぶつかってレックスが甲高い鳴き声をあげると、ダイアナはその老犬をよけようと身をよじった。思わずよろけて転びそうになる。すかさず手を伸ばしたアッシュクロフトに支えられた。

ダイアナはいつのまにかおなかに手をあてていた。そこに芽生えているかもしれない命を守るかのように。

24

稲妻に打たれたように、アッシュクロフトは体をこわばらせた。咳払いをして、もう一度話をしようとした。けれど、ことばはひとつも出てこなかった。

やさしく、けれど、有無を言わさず、ダイアナの腕からウエストへと両手を滑らせて、その顔を自分のほうに向かせた。束の間抵抗したものの、ダイアナはすぐにおとなしくなった。口元が悲しげにゆがんでいる。顔は蒼白で、体は震えていた。

今度こそ、アッシュクロフトは自分でも信じられずにいることばを口にした。「きみは身ごもっている」

蒼白だったダイアナの顔から、さらに血の気が引いた。唇まで白くなった。ダイアナがいったん否定しかけた。けれど、正直に答えようと考え直したらしい、その気持ちの変化が、アッシュクロフトには手に取るようにわかった。

これほどはっきりと気持ちがわかるのに、いまもなおダイアナがいくつもの秘密を抱えているのが不思議でならなかった。

「まだなんとも言えないわ」ダイアナはそう言いながらも、手を下腹にあてたままだった。わが子がいると、アッシュクロフトが確信している場所に。老犬が悲しげに弱々しく鳴きながら、慰めるようにダイアナにすり寄った。

「最後に月のものがあったのはいつだ？」アッシュクロフトはためらいもせずに尋ねた。ダイアナを納得させるためというより、自分が納得するためだった。

「あなたには関係のないことよ」ダイアナが目をそらして、陰鬱な声で言った。体からも声からも、生気が抜けていた。

この自分は正気をすっかり失っていたのだ——アッシュクロフトはそのことにやっと気づいた。ダイアナは放浪の民の秘薬があると言っていたが、そんなものが効くはずがない。ダイアナはわずかなあいだとはいえ結婚していたのに、子猫のように世間知らずだったのだ。いまこうして、のっぴきならない状況に追いこまれているのがその証拠だった。

長年、細心の注意を払ってきたのに、忌々しいことに、罠にはまってしまうとは。しかも、誰からも尊敬されている未亡人と一緒に。

とんでもない災難だ。

激しい嫌悪感が全身にこみあげてくるのを覚悟した。怒り、拒絶、反発、閉塞感。そういったものがこみあげてくるのを……。

ところが、感じたのは、じわじわと湧いてくるまばゆいばかりの幸福感だった。

ダイアナがわが子を身ごもっている。ダイアナの体はやがて丸みを帯びて、光り輝く。美しい体の中で私の息子、あるいは、娘がはぐくまれる。そして、その子が誕生する。願わくば、ダイアナにそっくりな赤ん坊が。

「何か言ってちょうだい、アッシュクロフト」ダイアナがうつろな声で言って、見つめてきた。火山か、さもなければ、氾濫する川を見るような目つきで。予測できない自然の驚異を目の当たりにしているような目つきで。

アッシュクロフトは自分に言い聞かせようとした。喜んでいる場合ではない。自分は父親になるのにふさわしい男ではないのだから。この苦境からどうにか脱して、晴れて自由の身になって、放蕩者としての人生をふたたび歩みださなければ。

無理やりそう思おうとしても、湧きあがる幸福の泉が枯れることはなかった。

もう一度咳払いした。それでも、思うようにことばが出なかった。言うべきことは山ほどある。口からことばがあふれでてもいいはずなのに、実際には、短いことばを言うのがやっとだった。しかも、さきほどと同じことばを。

「きみは身ごもっている」吹き荒れる嵐の中でしゃべっているかのように、声がくぐもっていた。

ダイアナは見るからに悲しげで、自分を恥じているようだった。

わかっていないのか、ダイアナは？　もちろん、この自分と同じように、ダイアナもすぐに幸せな気分になるはずだ。

沈黙を埋めようと、ダイアナが早口で言った。「身ごもっていたとしても、心配はいらないわ。わたしがひとりでなんとかするから。あなたに責任を取ってもらおうとは思ってもいない。そんなこと一度も思ったことはないわ」

侮辱的なことばを、アッシュクロフトは一蹴した。心の中で歓喜の声が響いていては、いいかげんな放蕩者と思われていることさえ気にならなかった。

ダイアナが身ごもったと知ったときに、嫌悪感がこみあげてくると覚悟したように、今度は、ひとりの女に縛られて生きることへの反発が押しよせてくるのを覚悟した。これまでだって、猫が水を避けるように、腹黒い女の罠を巧みに避けてきたのだ。それも当然だ。ひとりの女に縛られる人生は、不埒な放蕩者に似つかわしくないのだから。

だが、ダイアナと結婚したら楽園が待っている。この国と教会に承認されて、晴れてベッドをともにできるのだから。ダイアナがこっそり逃げだすこともう二度とない。毎日、心ゆくまでダイアナを眺めて、話をして、議論をして、一緒に眠れるのだ。これほどの幸福感を抱いているこの瞬間でさえ、結婚が天国とはほど遠いのはわかっていた。それなのに、どういうわけか、結婚という天国が手招きしているとしか思えなかった。

生まれてはじめて、この世のすべてが正しく感じられた。ダイアナがどんな秘密を抱えているとしても、そんなことはもうどうでもよかった。大切なのは、自分がダイアナを心から求めていて、ダイアナがわが子を身ごもっていることだけだ。

アッシュクロフトは背筋をまっすぐに伸ばした。細いウエストにまわした手に力をこめる。わが子の成長とともに丸みを帯びていくはずのウエストに。

「結婚しよう」自分でも信じられないほど、きっぱりとした口調だった。

ダイアナが呆然と見つめてきた。美しい瞳の瞳孔が広がっているのは、心の中でさまざまな感情が渦巻いている証拠だった。

幸福感で沸きたつ胸が締めつけられたが、その痛みを振りはらって、アッシュクロフトは説得をはじめた。「私のことを夫としてふさわしくないと思っているんだろう。だが、誓うよ、私は変わったんだ。善良な女性に魂を救われたなどと言ったら、笑われるかもしれない。でも、きみと過ごした数週間で……」

ダイアナの震える手で口をふさがれて、黙るしかなかった。ダイアナの灰色の目を見つめた。その目は曇り空の海にも似て鈍く、暗かった。そして、今度こそ、そこに浮かぶ思いがはっきり読みとれた。

ダイアナはたったいま親友を失ったような顔をしていた。

アッシュクロフトは眉間にしわを寄せた。衝動的なプロポーズだったとはいえ、まさかそんな反応を示されるとは思ってもいなかった。といっても、どんな反応を期待していたのかは、自分でもわからなかったけれど。それでも、ダイアナがこれほど悲しみに打ちひしがれた顔をするとは思ってもいなかった。結婚を申しこんだのはこれがはじめてだが、プロポーズした男がどんなことを経験するかはわかっていた。差しだした手を即座に握られて承諾されるか、丁寧に断られるかのどちらかのはずだ。

それなのに、どこまでも悲しげな表情で応じられるとは……。

「ダイアナ……」わけがわからず言いかけたが、またもや手で口をふさがれた。プロポーズされてダイアナは驚いているのだろう。それでも、その手の感触になぜか思いやりが感じられた。

ダイアナの目が涙で光っているのに気づいて、はっとした。はじめてベッドをともにしたとき以来、ダイアナが涙を流したことはなかった。愛人と一緒にいるのを父に見つかったときでさえ、泣かなかった。その愛人と別れたときでさえ。

ダイアナが何を感じているのかまったく読めなかった。それでも、アッシュクロフトは片手をあげてダイアナの頬をやさしく包まずにいられなかった。ダイアナは心から苦しんでいる。私のことばの何かが胸に突き刺さったのか？　ダイアナの涙を見ていると、自分の体をナイフで傷つけて、苦悩を分かちあいたくなる。

ダイアナが身を引こうとしたが、アッシュクロフトはそれを許さなかった。「だめよ……」ダイアナが喉を詰まらせながら言った。

アッシュクロフトは心臓がずしりと重くなった気がした。「だめ？」

軽い口調で問いただすつもりが、声はひび割れて、あまりにも苦しげだった。

ダイアナがまた逃れようと抵抗した。けれど、やがてあきらめて、身をまかせてきた。怯えた鳥のように息遣いが速くなっている。これほどダイアナがはかなく小さく思えたのは、はじめてだった。いつでも気丈な女神だったのだ。それなのに、いまだけは、胸が締めつけられるほど無防備で、ちょっと触れただけで壊れてしまいそうだった。

「そんなことはできないの」喉を詰まらせながらダイアナが言った。涙があふれて止まらなくなるのを、必死にこらえているのかもしれない。「ごめんなさい。結婚を申しこんでくれるなんて、あなたはほんとうに親切ね。嬉しいわ」

親切で嬉しいだって？　なんなんだ、このたわごとは？　ダイアナが口にすることばとは思えない。私のダイアナは儀礼的な美辞麗句など言わないのだから。

なまくらな刃《やいば》にも似た怒りが胸に突き刺さった。何か求めるたびに、それはできないと言われてばかりだった。

アッシュクロフトは細いウエストから手を離して、さきほどから口をふさいでいるダイアナの手を握ると、口から引きはなした。けれど、そのまえに指先にすばやくキスするのを忘れなかった。一週間もダイアナに触れずに過ごしたのだ。これほど混乱した状況でも、肌が触れあうと、心の中で咆哮《ほうこう》をあげる悪鬼たちが鎮まった。

「拒絶しないで、まずは考えてほしい」ダイアナに反論する間を与えずに、話を続けた。「きみを幸せにするためなら、私はどんなことでもする」

ダイアナが息を呑んで、答えにならない答えを無理やり口にした。「あなたはわかっていないわ、ターキン」

どこまでも哀れな男なんだ、この自分は……。〝ターキン〟と呼ばれただけで、心がじわりと温かくなるなんて。「ならば、わかるように話してくれ」

これまでは、絶対に開かない扉に頭を打ちつけながら生きてきたも同然だった。だが、今回だけはそんなことにはならない。ダイアナに締めだされてたまるものか。この自分は何もできない子供ではないのだから。子供扱いされて、おとなしく引きさがるつもりはない。たしかに、愛されてはいないのかもしれないが、好意ぐらいは持ってくれているはずだ。ああ、それはまちがない。ダイアナの奥深くまで入りこんで、その目を見たのだから。心に触れたのだから。

ダイアナが悲しげに見つめてきた。目のまえにいる男から結婚を申しこまれて、どんな反応を示したにせよ、そのプロポーズを軽視しているとは思えなかった。

アッシュクロフトは切羽詰まった口調で言った。「なぜなんだ？　私は独身で、きみも独身だ。ふたりとも分別のある大人だ。いや、少なくとも、そうだと思っていた。ふたりで家族を作って、ともに人生を歩んで何が悪いんだ？　きみはそうしたいと思わないのか？」

「ターキン、あなたに問題があるわけでは……」

その台詞は女がプロポーズを断るときの決まり文句だった。だが、実際にそんなことを言われたのは、生まれてはじめてだった。それでも、アッシュクロフトはプライドという仮面をかなぐり捨てて、さらに言った。「私にはそれなりの財産もある。あちこちに家もあれば、金も土地もある。きみは何不自由なく暮らせる。子供にもなんの不自由もさせない」

ダイアナの顔に不可思議な感情がよぎると、その顔が疲れ果てて、やつれたように見えた。もし、これからダイアナが苦しみと落胆ばかりの人生を過ごしたら、どんな老女になるのかが垣間見えた。

ダイアナの声が苦しげに震えていた。「お願い、もう何も言わないで」

「いや、言わせてもらう。きみと私の結婚にどんな障害があるんだ？　きみのお父さんの面倒も見る。それを心配しているのか？　何を考えているんだ？　私は妻と子供と一緒に暮らす。もちろん、悪趣味なほど大きな家に、祖父の部屋ぐらい作れるさ」

ダイアナが身をよじって逃れようとした。今度は、アッシュクロフトも止めようとはしなかった。拒絶されたプロポーズが、陰鬱な鐘の音となって胸に響きはじめた。ダイアナの青白い頰を涙がこぼれ落ちる。ダイアナが震える手で、あわてて涙を拭った。「二度とそんなことを言わないで。あなたとは結婚できないの」

「なぜだ？」

いったい何度〝なぜ〟をくり返せばいいんだ？　そのことばが口癖になっても不思議はないほどだった。途切れがちにひとつ息を吸って、自制心を取りもどそうとした。とっくのとうに、手の届かないところへ行ってしまった自制心を。

「なぜなんだ？　きみは私の子供を身ごもっている。となれば、それだけでも、私からのプロポーズを受けいれる理由になる。身ごもっているのを人に知られたら、どういうことになるかわかっているのか？　こんなに小さな村で、身ごもっているのを隠しとおせるわけがない。せめて名目上だけでも、きみを守らせてくれ」辛い思いが口調に表われていた。「私とベッドをともにできるぐらいには、きみは私に好意を持っていた。ならばもちろん、私の高潔な償いを受けいれるぐらいには、きみはまだ私に好意を持っているはずだ」

「高潔だなんて、そんなことを言わないで」ダイアナがいまにも声をあげて泣きだしそうになりながら言うと、くるりと背を向けて、両手に顔を埋めた。

たしかに、いままで高潔な行いとは無縁で生きてきた。自分は高潔だとうそぶいたこともなかった。けれど、ダイアナのことばが胸に突き刺さった。「わかっている、私はこの世でいちばんの放蕩者だ。だが、誓ってもいい、真に高潔な思いからプロポーズしたんだよ」

「あなたのことを言っているわけではないわ」くぐもった声でダイアナが応じた。

アッシュクロフトは怪訝な顔をした。わけがわからなかった。ダイアナは誰もが認める貞淑な未亡人で、アッシュクロフトが知るかぎり、唯一犯した罪らしきものは、天下の放蕩者との情事だけだった。

答えを求めるたびに、いま見ている光景に何かが欠けていると痛感させられる。大きな意味のある重要な何かがいくつも欠けていると。理解できたと思うたびに、目のまえの光景が変化するのだった。

心から欲しているものに手を伸ばそうとすると、壁が立ちふさがる。壁の向こうにゴールが見えているのに、永遠にゴールにたどり着けずにいる。

「どういうことなんだ?」アッシュクロフトは鋭く言うと、ダイアナの腕をつかんだ。ダイアナはあとずさるにちがいない、そう思った。けれど、実際には、腕をつかまれたまま震えているだけだった。「なぜ、私と結婚できないんだ?」

ダイアナが厳しく決然とした表情を浮かべると、死を覚悟して射撃部隊に立ちむかう兵士のように、背筋をぴんと伸ばした。「これ以上あなたに嘘はつけないわ、ターキン」低い声だった。「憎まれるとわかっているけれど、それでも真実を話すしかないのね」

求めつづけてきた答えがようやくわかる。それなのに、不吉な予感が胸に広がった。これから不愉快なことを聞かされるのだと覚悟した。「どんな真実だ？　私たちの子供に、なぜきみは私の苗字を名乗らせようとしないんだ？」

「キャリック夫人は私と結婚するからだよ。キャリック夫人の子供はファンショーという気高い名を継ぐことになる。堕落したヴァレ家の名ではなく」

ダイアナは心臓が止まりそうになった。アッシュクロフトとの会話にバーンリー卿が割りこんでくるとは思ってもいなかった。口に出かかった告白が消えていく。胃が縮まって、打ち明けるのが遅すぎたと痛感した。そのせいで、アッシュクロフトは、容赦ないやりかたで悲惨な真実を聞かされることになる。

ダイアナは邪悪な策略に加担した自分を呪わずにいられなかった。

ゆっくり振りむくと、涙で霞む目で林のそばの空き地に立っているバーンリー卿を見つめた。その侯爵の顔には勝ち誇った表情が浮かんでいた。レックスが不満げにひと声小さく鳴いて、脚に体をすりつけてきた。

ダイアナは絶望しながら視線をアッシュクロフトに移した。束の間、ベッドをともにした神々しい男性を見つめた。けれど、次の瞬間には、アッシュクロフトはメイフェアではじめて会ったときの男性に戻っていた。自分自身と自分の世界をしっかり制している男性に。誰よりも気高く、非情な男性に。

この数週間で、それが真の姿ではないのをダイアナは知った。けれど、いま、宿敵をまえにして、アッシュクロフトは不屈の男を演じるつもりなのだ。そう、アッシュクロフトにとって、バーンリー卿はまぎれもない宿敵──あらためてそう思うと、心が激しく乱れた。政治的なライバルで、ふたりを結びつけるものは何ひとつなかった。ただし、アッシュクロフトの出生のおぞましい秘密を除けば。

権力を持つ高貴な男性ふたりは互いに、火花散る激しい憎悪を抱いていた。それは鞘から抜かれた剣にも似た、剝きだしで危険な憎悪だった。

緊迫した沈黙を破ったのはアッシュクロフトのほうだった。アッシュクロフトはダイアナから手を離すと、背筋を伸ばした。その間も、年老いた侯爵を見据えていた。「バーンリー卿」

バーンリー卿の薄い唇がゆがんで、侮蔑的な笑みに変わっていく。ダイアナはそれを見て凍りついた。バーンリー卿は愛人に産ませた息子に、ひと握りの思いやりも示そうとしなかった。そう、バーンリー卿が誰かに何がしかの思いやりを示すところなど、一度も見たことがなかった。いずれにしても、その顔に浮かんでいるのは軽蔑だけで、父親らしい感情など微塵も持ちあわせていないのだ。

「アッシュクロフト卿。招かれてもいないのに、無理やり押しいってくる癖はまだ抜けていないのか?」バーンリー卿がわざとゆっくりと言った。

アッシュクロフトは軽く頭を下げたが、どう見ても横柄な態度だった。ダイアナは思わず、両手でスカートを握りしめた。強欲で不道徳な策略に手を貸した愚かな自分が、情けなかった。

策略に加担すればいずれ苦しむことになる――その覚悟はできていた。叫びたくなるほど恐れているのは、緑に囲まれたこの場所で、アッシュクロフトが致命的な傷を負わされることだった。卑劣な野望のつけを払わなければならないのはこのわたしで、アッシュクロフトではないのに。

バーンリー卿の紫色の目がさも得意げに光っていた。バーンリー卿はわたしを武器にして、アッシュクロフトを完膚《かんぶ》なきまでに叩き潰すつもりなのだ。

「アッシュクロフト、お願い、帰って」ダイアナはか細い声で言ったが、ふたりの男性はどちらもそのことばを無視した。

アッシュクロフトが無造作に肩をすくめた。けれど、アッシュクロフトを愛している者と、瘴気を発するほど激しい憎悪を抱いている者が、そのしぐさを額面どおりに受けとめるわけがなかった。アッシュクロフトが感情を制御して、いかにも砕けた軽い調子で言った。「知りあいの女性と話をするために、あなたの領地に足を踏みいれただけなのに、無理やり押しいったとは大げさだ」

「その女性がおまえと話したがっていないとしたら、無理やり押しいったことになる」バーンリー卿がさらりと応じた。

睨みあうアッシュクロフトとバーンリー卿を目の当たりにして、ダイアナは思っていた以上にふたりが似ていることに気づいた。アッシュクロフトが思いやりにあふれて、機知に富み、洞察力があって寛大だったときには、そのことに気づかなかった。けれど、いまここで、いかにも尊大な貴族らしくふるまっているアッシュクロフトは、驚くほど父親に似ていた。

それは褒めことばではなかった。いまのアッシュクロフトはどこまでも非情で、端整な顔にダイアモンドのように冷たい表情を浮かべている。この腕の中で喘ぎながら精を解き放った男性とはまるで別人のようだった。愛人に会いたいがために、宿敵の領地まで追ってきて、プロポーズした男性だとはとうてい思えなかった。

真実を知ったら、アッシュクロフトはわたしと結婚したいなどとは思わなくなる。プロポーズされたときの、胸の甘い高鳴りはもう二度と味わえない。

目を閉じて、アッシュクロフトのために祈った。けれど、罪深い心が重すぎて、祈りのことばさえ浮かんでこなかった。神の許しを得て、心からの願いを聞きいれてもらえると考えるほどの豪胆さは持ちあわせていなかった。

もしクランストン・アビーの女主人になれたとしても、それで自分自身や父、そして、誰よりもアッシュクロフトを傷つけたことが帳消しになるはずもない。

「あなたが代弁しなくとも、このご婦人は自分で話ができる」アッシュクロフトがきっぱり言うのが聞こえて、ダイアナは目を開けた。

「このご婦人の婚約者として、私が代わりに話をする。なるほど、どうやら何も聞かされていないようだな。キャリック夫人はまもなく新たなバーンリー侯爵夫人になって、跡取りを産むのだよ」

アッシュクロフトは感情を押し殺していたが、それでも、顔から血の気が引いていった。傷ついたのはまちがいなかった。その傷を負わせたのはわたし……。ろくでもないこの策略で責め苦を追うのは、わたしでなければならないのに。

アッシュクロフトが見つめてきた。見開かれた目には非難が浮かんでいた。「どういうことなんだ、ダイアナ？」

激しく動揺したまま応じるしかなかった。「あなたとは結婚できないと言ったはずよ。帰ってと言ったわ。それなのに……」

バーンリー卿が歩みよってきた。杖に頼っているけれど、数カ月まえより元気になっているように見えた。アッシュクロフト伯爵を打ちのめせると、生気が湧いてきたのだろう。それに、策略の駒にした女が身ごもったのを知ったせいで。

わたしはほんとうに身ごもっているの？　それはわからない。けれど、普段は規則正しい月のものが、予定より一週間遅れていた。アッシュクロフトとの輝かしい情熱が実を結んだという感覚が、日ごとに強まっていた。

「そいつを思いやる必要などない、スイート・ハート」

甘い言葉で呼びかけられて、ダイアナは身震いした。バーンリー卿のことは子供のころから知っているけれど、一度だって親しげに呼ばれたことなどなかった。そんなふうに呼ばれたいとも思わなかった。

ダイアナは懇願するようにアッシュクロフトに視線を移した。「お願い、もう行って」

「私もキャリック夫人に同感だ」バーンリー卿のことばには、いやらしいほどの優越感が漂っていた。「おまえは滑稽なプロポーズをした。そして、キャリック夫人はそれを拒んだ。多少なりとも気骨のある男なら、素直に引きさがって、ひとりで心の傷を舐めるものだ。おまえはほんとうに母親そっくりだ。おまえなど必要ないと誰もが言っているのに、しみったれた感傷にしがみついているとは」

アッシュクロフトとのさきほどの会話を、バーンリー卿は立ち聞きしていたのだ。無防備な一面を見られていたと知って、アッシュクロフトがどんな気持ちでいるかと思うと、胸が締めつけられた。しかも、心底憎みあっている相手に見られたのだから。

「アッシュクロフト、そんな話を聞く必要はないわ」ダイアナは手を差しだした。けれど、その手は振りはらわれた。拒絶されて当然だ。それでも苦しくてたまらなかった。

「私の母がどうしたと言うんだ？」アッシュクロフトが語気を荒らげて、バーンリー卿に歩みよろうとした。アッシュクロフトの目はクランストン・アビー産の有名な青磁器と同じ薄緑色だった。生身の人間の目とは思えないほど冷ややかで、ダイアナは思わず身震いした。

バーンリー卿が口元を引きしめた。「おまえの母親は能無しの尻軽女だった」

ダイアナは息を呑んだ。アッシュクロフトの体がこわばった。「母を知っているのか？」

「ああ、よく知っているとも」嘲笑うかのようにバーンリー卿の声が震えていた。「あの女の上品ぶった態度も、貞節も、ベッドに押し倒すまでのことだった。愚かなあばずれ女めが。私を愛していると勝手に思いこんで、それをあらゆる行動の言い訳にしていた。なぜ、亭主があんな女をわざわざ連れもどしたのか、私にはまったく理解できない」

「父は母を連れもどしていない」アッシュクロフトはあくまでも冷静な口調を保っていた。

アッシュクロフトの目はバーンリー卿をまっすぐ見据えていた。さも嬉しそうに人を侮辱する老人を見据えていた。ダイアナはバーンリー卿がなぜこんなことをしているのかに気づいて、吐き気を覚えた。バーンリー卿はつねにアッシュクロフトを意識してきたのだ。若くてどこまでも雄々しい息子より、自分のほうが強いのを証明してみせると。

「あの女がはじめてほかの男に走ったときに、おまえの父はそんな女を連れもどした。おまえの母は次から次へとちがう男にのぼせあがって、おとなしく家に留まってはいなかった。おまえを産んでも、その癖は抜けなかった。愚かな尻軽女は、いずれ私の妻になれるなどと滑稽な妄想を抱いていた」

「アッシュクロフト、もう行って、お願い」ダイアナはどうにかことばを絞りだすと、アッシュクロフトの手を握った。

アッシュクロフトの視線は揺るがなかった。けれど、痛むほど強く手を握りかえしてきた。アッシュクロフトの目も気持ちも、バーンリー卿に向けられていた。端整な顔が憎悪で険しくなっていた。憎悪と、徐々に明らかになっていく真実のせいで。

バーンリー卿の次のことばを聞くまでもなく、アッシュクロフトにはどういうことなのかはっきりわかっていた。「おまえの母親がそんな妄想を抱いたのは、ああ、そうだ、私がおまえの父親だからだ」

25

アッシュクロフトはひとりよがりの腹黒い老人を見つめながら、ひとつの思いが全身にこみあげてくるのを待った。たったいま耳にしたことばなど信じられないという思いが。けれど、その思いがこみあげてくることはなかった。バーンリーのことばは非情な現実だ——そう痛感するばかりだった。

いや、ずいぶんまえから、もしかしたら自分は母と浮気相手のあいだにできた子ではないかと疑念を抱いていたのだ。そう考えれば、親戚から受けた扱いにも納得がいく。ヴァレ家の家長の座に就く権利などないと言わんばかりの扱いを受けたのだから。父が若くして亡くなったのはおまえのせいだ、おまえの母の犯した罪の尻拭いをしてもらう——はっきりそう言われたわけではないけれど、つねにそんなプレッシャーを感じていた。遠縁の親戚でも、アッシュクロフトがほんとうに両親のあいだにできた子なのかと疑念を抱いていたのだ。叔父や叔母は真相に気づいていたにちがいない。だから、あれほど冷たかったのだ。その嫌悪感は叔父や叔母の子供にまで受け継がれている。

「ターキン、そんなことはあなたには関係のないことだわ」ダイアナの声はさらに低くて弱々しくなり、弁解めいていた。「バーンリー卿が父親だと知らずに、あなたはいままで生きてきたんですもの。バーンリー卿が誰であろうと関係ないわ。バーンリー卿はあなたをやりこめたいだけ。さあ、こんなところからはすぐに出ていったほうがいいわ。これ以上ここにいても、バーンリー卿がますます図に乗るだけよ」

勇気づけるように、ダイアナが手を強く握ってきた。そこではじめて、アッシュクロフトはダイアナと手をつないでいることに気づいた。束の間、バーンリーから目をそらして、ダイアナの苦しげな美しい顔を見た。見るからに不安そうで、怯えている。けれど、驚いてはいなかった。

勝利に酔いしれるバーンリーを無視して、アッシュクロフトは言った。「きみは知っていたんだな」

責める口調ではなかったが、ダイアナが殴られたように身を縮めた。

ダイアナが唇を噛んで、渋々とうなずいた。「ええ、知っていたわ」

心から恥じているようにそう言って、辛そうに肩をがっくり落とした。もう泣いてはいないが、頬に残る涙の跡が苦悩を物語っていた。驚くべき事実を知らされて、ようやく頭が働きだすと、アッシュクロフトはこれまで拾い集めてきた手がかりをひとつひとつつなぎ合わせていった。ダイアナが官能の靄へといざなって必死にごまかそうとしても、疑念はつねに頭に居座って消えなかった。

「なるほど、じっくり見物させてもらおう」バーンリーがさも嬉しそうに言った。

バーンリーが足を引きずりながら木の下まで歩くと、幹に寄りかかった。その姿はまるで芝居見物のために、座席に腰をおろしたかのようだった。ゆがんだ性格の老人にとって、芝居の登場人物として自身の隠し子はうってつけなのだ。そして、いま、目のまえでくり広げられている光景は、金持ちの気晴らしにもってこいだと思っているにちがいない。

「バーンリー卿、お願いです、ふたりきりにさせてください」ダイアナがそれまでとは打って変わって、毅然《きぜん》とした口調で言った。

このときだけは、愛人にしてほしいと大胆な申し出をした女に戻っていた。アッシュクロフトが信じた女に。アッシュクロフトが好意を抱き、尊敬した女に。幻影でしかなかった女に。

「寝ぼけたことを言うんじゃない、マイ・ディア」

親しげに呼びかけられて、一瞬、ダイアナの顔が凍りついた。バーンリーがどんな人間なのか、ダイアナははっきり気づいているのだ。そうであれば、ダイアナの裏切りはなおさら許されなかった。

これほどの悪女なのだから、このさきどれほど過酷な運命をたどろうと、同情などするものか。邪悪な怪物と結婚すれば、人生にどんな喜びも見いだせなくなる。ほんの数週間後には、ダイアナは結婚して、非情な夫に固く冷たい氷の世界に閉じこめられる。そうなれば、心まで凍りつくにちがいない。

それこそ自業自得というものだ。

そう考えて、錆びたスプーンで腸《はらわた》を掻きだされているような気分が少しでも和らぐのを願った。激しい怒りと苦悩で息まで詰まりそうだったが、そんな感情をどうにかして胸の片隅に押しこめた。

考えるんだ。そうだ、じっくりと。

すると、散らばっていたヒントがまたいくつかつながった。自分の父親が誰なのかということと、ダイアナとバーンリーが共謀していたことがはっきりして、卑劣な陰謀の真の目的がわかった。毛糸玉がほどけるように、するりと謎が解けていった。

バーンリーは火事で家族を失った。となれば……。

全身に寒気が走った。バーンリーの跡を継ぐのは、自分とは腹ちがいの兄弟のはずだった。あるいは、姪《めい》や甥《おい》か。といっても、バーンリーの家族や親戚について、それほど詳しく知っているわけではない。政治的な立場がちがっていたせいで、その一家の人々と親しくするわけにはいかなかったのだ。それに、たとえこれから、血のつながった者としてその一家の人々とつきあおうとしても、もう誰も生きていない。そう、バーンリーただひとりを除けば。

「跡取りがほしかったんだな」アッシュクロフトはダイアナに向かって、冷ややかに言った。バーンリーのことばも、ダイアナがバーンリーにふたりきりにしてほしいと頼んだことも、耳に入らなかったかのように。

これほど常軌を逸した屈辱的なことがあるのか？　いま目のまえにいる、質素な服を着た世間知らずの未亡人にまんまと騙されるとは。ロンドンでも一、二を競うプロの愛人や、上流階級の放縦な女と一緒にいても、つねに冷静だったこの自分が騙されるとは。

胸の痛みを必死にこらえた。真実を知りたいという気持ちは、いまや火山の噴火口にかぶせた蓋並みに、いつはじけ飛んで粉々になっても不思議はなかった。それでも、その気持ちをかろうじて保っていられるから、なけなしのプライドも崩れ落ちずに済んだ。今日一日で、思いもよらない事実が次々に明らかになった。胸に渦巻くさまざまな思いにいったん屈してしまったら、あっというまに感情の海に呑みこまれてしまうはずだった。

「いいえ、赤ん坊のためだけではないわ」ダイアナに目を見つめられると、そのことばが真実としか思えなくなる。ダイアナはいっぱしの女優なのだ。「そうよ、それだけじゃないの。信じてちょうだい」

「空は青だときみに言われても、信じる気にはなれないよ」ここを立ち去るまえに、真実を引きださなければ。それぐらいのことをしなければ、気がおさまらなかった。「せめて、お互いに正直になろう。さあ、策略について話してくれ。そうだ、聞かせてもらおう。といっても、あらかた見当はついているが」

ダイアナが手を離した。きっとこれからおいおい泣いて、許しを請うて、バーンリーに脅されてしかたなくやったとかなんとか言い訳するのだろう……。けれど、ダイアナはそんなことはしなかった。肩に力をこめて、まっすぐ見つめてきた。その勇気に感動などするものか。どれほど自分にそう言い聞かせても、胸が熱くなるのを止められなかった。少なくとも、ダイアナの勇気だけはにせものではなかった。ほかのすべてが嘘で塗りかためられているとしても。

情けないことに、この期《ご》に及んでもまだ、ダイアナは息を呑むほど美しいと感じてしまう。これほど美しい女性に会ったのは生まれてはじめてだと。これほどの事実をつきつけられれば、いま目のまえにいる女が薄汚れた魔女に見えて当然なのに。

美しすぎる顔を見つめながら、どうにかしてダイアナを憎もうとした。けれど、憎めずにいる自分に嫌気が差しただけだった。

ああ、いずれは憎めるようになる。それを心から願った。まぎれもない悪女を憎めれば、少しは心も安らぐはずだ。それなのに、憎むことさえできないとは。生きたまま皮を剝がれるほどの苦痛に感じられた。

「いいかげんにしろ、くだらない茶番劇など見たくない」バーンリーがぴしゃりと言った。「ああ、そうだ、その女は子供を孕《はら》もうと、おまえを罠にかけた。私としては、自分の血を受け継いだ子供が高名な家名を継ぐなら、これほど喜ばしいことはない。いずれにしても、私が望んでいるのは男子だがな」

「それはお気の毒に、すべてが望みどおりになるとはかぎりませんよ」アッシュクロフトはダイアナの美しい顔を見つめたまま、ありったけの皮肉をこめて言った。

ふいに、これほど傷つけられた仕返しに、ダイアナを傷つけたくなった。といっても、この期に及んでも、ダイアナのほうが優位なのはわかっていた。こっちは相変わらず惹かれているのに、ダイアナの望みは呪われた侯爵夫人になることだけなのだから。

アッシュクロフトは嘲るように低い声で言った。「もう一度茶番劇を演じてみるのもいいかもしれない。このご婦人は感動的なほど情熱的だ。バーンリー卿、あなたの望みをかなえるために、このご婦人はそれはもう大胆、たっぷり奉仕してくれましたよ」

ダイアナの顔に打ちひしがれた表情が浮かんだ。といっても、その苦悩がほんものであるはずがなかった。アッシュクロフトはすべてを皮肉って、この場を切りぬけるしかなかった。そうしたところで、ダイアナに裏切られてできた心の傷は、あまりにも深く、癒えようがなかったけれど。

「いまのことばは心に留めておこう」バーンリーの口調はそっけなかった。領民の家の屋根を葺かスレートで修繕しておこうと言っているかのような口ぶりだった。

「あれほど喜ばしい行為なら、いつでもお相手しますよ。でも、そういえば、なぜあなたはご自分でキャリック夫人とベッドをともになさらないんですか?」アッシュクロフトはさきほどとは打って変わって強い調子で尋ねた。拳を固めてバーンリーの顔を殴りたくてうずうずしていたが、その衝動を必死にこらえた。

ダイアナが殴られたように息を吞んだ。そんなことをいちいち気にしている自分が、情けなかった。ダイアナを思いやる気持ちなど地獄で朽ち果てればいいのだ。

バーンリーが小声で笑った。傲慢な態度にますます腹が立った。これが実の父親なのか?冗談じゃない、こんな男の息子でいるぐらいなら、池の浮きかすから生まれたと思ったほうがまだましだ。

「たしかにおまえは若くて、精力絶倫だ。それは認めよう」

バーンリーらしからぬ台詞だった。バーンリーはこと力に関しては、どんなことであれ負けを認めない。男として子をもうけられるかどうかは、力の象徴でもあった。

アッシュクロフトは実の父親である老人をじっくり見た。議会で見かけたときより、二十は老けて見えた。いまこのときだけは、勝利に酔いしれて、生きる力が湧いてきたようだが、長い闘病生活と体力の衰えが、骨ばった顔にはっきり表われていた。

となれば、さきほどの質問の答えは明白だ。残酷だが、答えはひとつしかなかった。

パパは男として不能なのだ。

優越感がこみあげてきた。冴えていると自分を褒めたかった。目のまえにいる侯爵は、血筋を絶やさないために、心底軽蔑する私生児に頼るしかなかったのだ。

滑稽としか言いようのないプロポーズをバーンリーに邪魔されてからはじめて、アッシュクロフトは口元が緩んで、唇に笑みが浮かぶのを感じた。「あなたのおかげで、数週間の快楽が得られたとは、感謝しなくては。その手の快楽をあなたがもう味わえないとは、なんともお気の毒です、パパ」最後のことばにありったけの嘲りをこめた。「この女性は乗りこなしがいがありました。これまでで最高の娼婦と言ってもいい」

たしかに、ダイアナはこれまでに相手にした女の中でも最高だった。けれど、永遠に記憶に残る女だということを知らせて、いい気にさせるわけにはいかなかった。そう、ダイアナが永遠に記憶に刻まれるのは、庭園に通じるこの小道で放蕩者のアッシュクロフト卿を深く傷つけたせいだけではなかった。

勘弁してくれ、私はどこまでお人好しなんだ。すべてを知ったいまでも、ダイアナの悲しみに暮れる顔を見て、慰めたくなるとは。その体を抱いて、守りたくてたまらなくなるとは。そんなことをしてなんになる？　ダイアナは求めているものを手に入れた。そうだ、不実で淫らな女なのだ。

ペリーの豪邸での華々しいひとときなど、きれいさっぱり忘れよう。あれは偽りでしかなかった。子供が遊ぶシャボン玉と同じぐらい、はかなく実のないものだったのだ。

偽り、そうだ、まちがいない。ダイアナとともに過ごしたあらゆる瞬間が偽りだ。

偽りということばを何度くり返したところで、心は安まらなかった。

いや、心なんてものは忌々しいだけだ。心のせいで、とんでもないまちがいをしでかしたのだ。これからは、心を持たない男として生きていこう。

ダイアナが歩みよってきた。危ういその一瞬、甘く爽やかなリンゴの香りが五感に満ちて、思わず目を閉じた。そこには悪と裏切りの香りはなかった。悪と裏切りが感じられれば、どれほどいいか……。

ダイアナに腕をつかまれた。ダイアナが目だけを動かしてバーンリーをちらりと見てから、頭を垂れた。罪悪感――まやかしの罪悪感――で声が震えていた。「あなたにこんなふうに真相を知られることになって、申し訳ない気持ちでいっぱいよ。こんな人が父親だとわかって、ほんとうに辛いでしょうね」

「そんなことは乗りこえられる」アッシュクロフトはきっぱり言った。「愛しのパパの愛情なしで、これまで生きてきたのだから。これからだって、生きていけるさ。卑劣なその男と結婚するきみにこそ同情するよ」

「何をぶつくさ言っている?」バーンリーが遠慮もなく大声で話に割りこんできた。

そんなバーンリーをダイアナは完全に無視した。それは彼女が勇敢な心の持ち主だという証拠だった。バーンリーと結婚したら、ダイアナは夫の情けにすがって生きるしかなくなる。それなのに、あろうことか、バーンリーは〝情け〟ということばの意味すら知らない。生き生きとして情熱的なダイアナが、血も涙もない邪悪な老人の妻になると思うと、吐き気を覚えるほど胸がむかむかした。それでも、湧きあがる怒りを必死にこらえた。

ダイアナのことを憎みたい……。頼む、憎ませてくれ。

「あなたに軽蔑されているのはわかっているわ。でも、それ以上に、わたしは自分を軽蔑しているわ」後悔の念で身を焼かれているような口調だった。といっても、いまのことばだって嘘かもしれない。「わたしがあなたを騙した理由を知ったら、さらに嫌われるのでしょうね」

「ああ、もちろんだ」きっぱりと言った。内心の惨めさを気取られたくなかった。ダイアナが策略に加担した理由ならもうわかっている。ダイアナだってそれに気づいているはずだ。バーンリーに話を聞かれないように、ダイアナを引きよせて、小声で話すようにした。そこまで気遣う必要などないとわかっていたけれど。

ダイアナが低い声で囁いた。「この家のために、わたしはバーンリー卿と結婚するの」

「この家？」アッシュクロフトはわけがわからず眉間にしわを寄せた。バーンリーはダイアナと父親を、あの家から追いだすと脅したのか？　けれど、次の瞬間にはダイアナの言わんとしていることがわかって息を呑んだ。「クランストン・アビーがほしいのか？」

呆れ果てて声までかすれていた。一瞬、ダイアナが激しい良心の呵責に堪えられなくなって、もっともらしい言い訳を口にしただけなのかと思った。

「そうよ」ダイアナが顔をまっすぐにあげて見つめてきた。ダイアナは言い逃れなどいっさいせずに、自身の罪を背負っていた。

アッシュクロフトはおもしろくもないのに、皮肉たっぷりにわざと歯を見せてにやりと笑った。「悪名高い放蕩者と三週間ベッドをともにして、その見返りに、この国でもっとも肥沃な大地を手に入れる？　なるほど、世界一の高級娼婦というわけだ」

ダイアナがびくりと身を縮めたものの、次の瞬間には、青白い顔に尊大な仮面をつけた。「幼いころからこの土地を愛してきたの。それに、何年ものあいだ管理を任されてきた。わたしはいまでもこの領地の女主人なの。そう、名目だけを除けば」

「すばらしい」アッシュクロフトは皮肉めかして言った。「といっても、やはりこの土地はきみのものではない」

愚弄されて、ダイアナが口元を引きしめた。「まもなくわたしのものになるわ」

「あの老人は病気で死にかけている、そう言いたいのか？」

ダイアナがまたバーンリーをちらりと見た。バーンリーは見るからに苛立っていた。「そうよ。それに……」

「あの老人は男として不能だから、直系の子供をもうけるには、私を頼るしかないんだろう？　デエで起きた火事で家族全員を失ったから」

　ダイアナの顔には拷問を受けているような表情が浮かんでいた。いったい、どういうことだ？　ダイアナは念願の夢がかなったんだろう？　拷問台に縛りつけられているのはこっちのほうだ。

「ごめんなさい、アッシュクロフト。どれほど謝っても許されないのはわかっているわ。わたしの気持ちはあなたには永遠に伝わらないでしょうけれど。あなたを巻きこんだのはまちがいだった。でも、まちがいだと気づいたときには、もうあともどりできなかった」

「なるほど、きみが真実を話せなかったのももっともだ」アッシュクロフトは冷ややかに言った。「ふたりであれほどの時間を過ごしながら、その間に、きみは告白の機会をまったく見つけられなかったというわけだ」

「そんな……」ダイアナがぎこちなく息を吸った。「真実を話さなければと思ったときには、もう貞操を失っていたわ。以前の自分には戻れなかった。それに、真実を打ち明けたら、あなたはそれこそ腹を立てて、わたしを拒絶するに決まっていた」

　ほんとうに？　私はそうしたのか？　その答えはわからなかった。わかっているのは、こんなふうに真実を知らされるのは、体を少しずつ削りとられていくよりもっと苦しいということだけだった。

「もしかしたら、最後にもう一度ベッドをともにするべきかもしれない」アッシュクロフトはダイアナを傷つけるために言った。腹が立ってしかたがなかった。それでいて、ダイアナをさっと抱きあげて、はるかかなたまで連れさって、自分が心から求めていたそのままの女だと信じたくてたまらなかった。

痛みをこらえるかのように、ダイアナが唇を結んだ。「やめて……そんなこと言わないで」

「なぜだ？　きみとはほんの数週間、そそくさとベッドをともにしただけだ。動物の交尾と大差ない。ああ、まさに、そのものだ」

「わたしにとってはそうではなかったわ」ダイアナが頬を赤く染めながら、まっすぐ見つめてきた。「そうよ、そんなものではなかったわ。あなたはわたしを嫌っていて、顔も見たくないんでしょう。それも当然だわ。誰だってそう思うはず。あなたに真相を知られないように必死に努力したけれど、それがどれほど卑劣かはわかっていたわ。ほんとうなら、あなたがチェルシーの家を訪ねてきたときに、すべてを打ち明けるべきだった」

「いいや、それよりもまえに、きみは話すべきだった」

「いいえ、そもそもこんなことに手を染めるべきではなかった」

アッシュクロフトは意を決して、尋ねることにした。世界が崩れ落ちたように感じてから、尋ねたくてうずうずしていた質問を口にした。「きみは妊娠しているのか？」

ダイアナが腕から手を離した。その手の感触が恋しくなる。そんな思いを必死に振りはらった。その手の感触も偽りなのだから。最初から偽りだったのだ。「まだなんとも言えないわ。もう少し経たないと、判断できないわ」

当然と言えば当然の、道理にかなった返事だった。それでも、ダイアナが妊娠を確信しているのが、ひしひしと伝わってきた。またもや、ダイアナを自分のものにしたくなる。けれど、そんな感情を抱いているのを認めたくなかった。これ以上傷つかずにいるには、どうにかして怒りをかき立たせるしかなかった。目のまえにいる美しく非情な女を寄せつけまいと、あわてて心に砦を築いたところで手遅れなのはわかっていたけれど。

「きみの子供がファンショー家の血を継いでいるとどうしてわかる？　きみが相手にしたのは私だけだったのか？」

ダイアナの目がさらに翳った。傷ついたせいなのは、誰に言われなくてもはっきりわかった。なんてことだ、無慈悲で狡猾な女のせいで、自分が悪漢にでもなったように感じるとは。

「すべてを嘘で塗りかためていたわけではないのよ。といっても、嘘ばかりだと思われても、しかたがないけれど。八年まえに夫が亡くなって以来、わたしがベッドをともにしたのはあなただけ。それだけはほんとうよ」

つい信じそうになった。そのせいで、この世でいちばんの愚か者と呼ばれたとしても。

「きみはバーンリーの妾《めかけ》ではないのか？」

「言ったはずよ……」

「いや、これまでずっとバーンリーが不能だったわけではないはずだ」

ダイアナがこわばった唇からことばを絞りだした。「バーンリー卿とベッドをともにしたことは一度もないわ」

「私があの男の息子だと、なぜきみは確信しているんだ？」アッシュクロフトはそう言いながら、実の父親がバーンリーであるという事実をすでに受けいれていることに気づいた。いや、今日その事実を知らされるまえから、頭の片隅で感じていたのかもしれない。

「痣があったから」ダイアナが渋々と言った。

「ということは、痣があったから、めでたくも即座に私はきみの交尾の相手に選ばれたのか」ありったけの皮肉をこめて言った。

「やめて」ダイアナの声がひび割れていた。体がこわばって、干し草のようにいつばらばらになってもおかしくないように見える。涙も出ないほど苦しんでいるようだった。

「キャリック夫人、そろそろアッシュクロフト卿にはお引きとり願おう」バーンリーが視界に入るものすべてを支配しているような口調で言った。たしかに、その老人はすべてを支配していた。ここはバーンリーの領地で、ダイアナのことはとっくの昔に買収しているのだから。

ダイアナが背筋を伸ばして、冷静さを取りもどそうとした。その視線はアッシュクロフトの顔から離れず、声は絶望でかすれていた。「あなたにはほんとうにひどいことをしてしまった。ほんとうに申し訳ないと思っているわ。もちろん、どれほど謝ったところで許されないはず。だって、人としてしてはならないことをしてしまったんですもの」

なぜこんなことになったんだ？　アッシュクロフトの頭にそんな疑問が浮かんだ。いや、そんなことはどうでもいい。何はともかく、ダイアナとはそれこそ浮かれたときを過ごしたのだから。いつもなら、情事に求めるのはそれだけだった。

それなのに、ダイアナとのことは最初からちがっていた。

そうだ、狡猾な売女にまんまと騙されたのだ。心の片隅で自虐的な悪魔が陰険に囁いた。

さきほど耳にしたことばを、ダイアナがもう一度口にした。とはいえ、今度こそ、ほんとうの別れだった。「さようなら、ターキン。どうぞお元気で」

本心から言っているように聞こえた。けれど、この腕に抱かれて身を震わせていたときにダイアナが口にしたことばも、本心のように聞こえたのだ。それなのに、すべてが偽りだった。

いや、あの性の悦びだけはほんものだった。けれど、友情や親愛の情、ふたりで笑いあったことは偽りだったのだ。それこそがこの世で最大の裏切りだ。ダイアナは相手にこれほど深い心の傷を負わせずに、体だけを利用することだってできたはずだ。それなのに、魂にまで触れてきた。それは一生かけても許されない罪だった。

そうとわかっていながらも、こんなふうに別れられるはずがなかった。わが子を身ごもっているかもしれないというのに。忌々しいことに、いつまでたってもダイアナの魅力が褪せることはなく、ダイアナを求める気持ちに変わりはなかった。

アッシュクロフトはダイアナの手首をつかんだ。激しく打つ脈が手のひらに伝わってきた。

「だめだ。考え直すんだ。きみが邪悪な男に私の子供を渡すはずがない」

バーンリーが立ちあがって、近づいてきた。「おまえにはプライドというものがないのか？　女に完全に騙されたんだぞ。恥の上塗りをするまえに、尻尾を巻いてさっさとロンドンへ帰れ」

アッシュクロフトはバーンリーを無視した。「ダイアナ？」

「わたしは約束したの」顔をそむけたまま、ダイアナが感情をこめずに言った。

「約束など破ればいい」

「それはできないわ」

「どうして？　きみはあの老人を愛していない」

ダイアナがびくんとして顔をあげると、驚いたように目を見開いて見つめてきた。火花散るその一瞬、ことばにされない疑問が宙に漂った。私はダイアナに愛されているのか？　そんな疑問が。

愛していると、ダイアナはこれまで一度もことばにしなかった。嘘つきの売女というのがダイアナの真の姿であっても、もしいま〝愛している〟と言われたら、そのことばを信じるはずだった。

緊迫した一瞬が過ぎて、ダイアナがまた、惨めさと苦悩に満ちた表情を浮かべた。「愛なんてどうでもいいの。バーンリー卿と結婚すれば、わたしは領地を意のままに管理できる。そうよ、子供が成人するまで」

ダイアナをめぐって、つねに無敵のライバルがいたとは……。それに気づいて愕然とした。無敵のライバルとはこの領地。実は生きているのではないかと勝手な妄想をふくらませた夫でもなければ、いまは亡き最愛の夫ウィリアムでもなかった。ましてや、バーンリーでもなかった。「だが、それは赤ん坊が男の子であればの話だ」

「男の子よ」

なぜ、そこまで確信しているんだ？　理屈に合わないとわかっていながらも、なぜか、ダイアナのそのことばが真実に思えてならなかった。同時に、ダイアナの野心と強欲さが忌々しかった。さらには、ダイアナが何もかも捨てて、自分のもとに戻ってこようとしないのも。

「そういうことなら、せいぜい楽しむといい、キャリック夫人」アッシュクロフトは氷柱のように冷ややかに言った。ダイアナが身をすくめた。

アッシュクロフトはダイアナに背を向けると、バーンリーに向かって慇懃《いんぎん》無礼《ぶれい》なほど深々とお辞儀した。わざとそんなお辞儀をしていることに、バーンリーが気づかないわけがなかった。「おめでとうございます、パパ」

振りかえりもせずに、つかつかと領地の門へ向かった。胸の中では、憎悪と怒りと苦悩が煮えたぎっていた。ダイアナへの切望も。何よりも激しいのは切望で、そんな思いを抱いているのは手足をもぎ取られるほどの苦痛だった。

背後で鋭い口笛が響いても、微塵も注意を払わなかった。けれどそれも、お仕着せに身を包んだ屈強な四人の男に囲まれるまでだった。

「なるほど、また観客が増えたらしい」そっけなく言いながら、虚勢を張ってステッキを振りあげた。「バーンリー卿は見世物の切符を売って何がしかの金を稼げそうだな」

心が乱れて、理性を失いかけていても、四人の怪力の野獣に取り囲まれるのが、どれほど危険かはわかった。どうやらバーンリーは召使を雇うときに、大男であることを条件にしているらしい。目のまえにいる男は四人とも、アッシュクロフトの目をまっすぐ見据えていた。上流階級の紳士でさえ、それほど長身の者はめったにいないのに。

ダイアナに求められてさえいなければ、この世界をずたずたに引き裂いて空に放り投げてやりたい――そんな思いが頭の片隅で渦巻いていた。同時に、売られた喧嘩は買ってやる、そんな思いもむくむくと頭をもたげていた。体の痛みが鋭い心の痛みをまぎらせてくれるにちがいない。

筋骨隆々の大男が歩みよってきた。「ご主人さまの言いつけで、領地のはずれまでご案内します、アッシュクロフト卿。おとなしく一緒に来ていただければ、厄介なことにはなりませんよ」

そのことばを真に受けるほど、アッシュクロフトは世間知らずではなかった。四人の大男は暴力をふるうように、日ごろから躾けられている。四人の凶暴さが、焚火《たきび》の煙の匂いのようにはっきり感じられた。

「キャリック夫人、屋敷に戻ろう」バーンリーが力強く滑らかな声で言った。その老人が自信たっぷりに言い放つことばを耳にすると、アッシュクロフトは酸で身を焼かれた気分になった。「西の沼沢地《しょうたくち》の水はけについて話がしたい」

　そのことばに、アッシュクロフトは足を止めた。この自分は、水はけの悪い土地ほどの価値もないのか……。

　それでも、振りむいてバーンリーと未来の侯爵夫人を見るような真似はしなかった。もう一度ダイアナを見て平然としていられるはずがない。ますます惨めになるだけだ。

「ああ、わざわざ見送ってくれなくてけっこうだ」アッシュクロフトは肩越しに言った。

「アッシュクロフト卿」ダイアナが静かに、けれど揺るぎない口調で声をかけてきた。「あなたにはほんとうにひどいことをしてしまったわ。いくら後悔してもしきれない」

「マイ・ディア、いまさら後悔したところでどうにもならないんだぞ」バーンリーが横柄に言った。「さあ、行こう」

「はい、閣下」ダイアナが素直に応じた。

「アッシュクロフト、面倒を起こすなよ。そんなことをしても、時間を無駄にするだけだ」

バーンリーが言った。

　犬が悲しげに鼻を鳴らした。どうやらその老犬も領主が大好きというわけではないらしい。なかなか賢いじゃないか。もちろん、この自分もあれほどの卑劣漢を好きになれるわけがなかった。なんという皮肉だろう。幼いころから、真の意味での父親を求めてきた。けれど、こうして実の父親が見つかってみると、その男に対して、皿洗いのメイドと同じぐらいの絆しか感じないとは。

「静かに、レックス、大丈夫よ」ダイアナの声は泣き叫んだかのようにかすれていた。

いや、そんなことはどうでもいい。そんなことを気にする必要はない。

「どうぞこちらへ、閣下」屈強な召使がわざとらしいほど丁寧に門を手で示した。

「厄介をかけるつもりはない、ここにいるのは紳士ばかりだからな」アッシュクロフトは冷ややかに言うと、四人の大男のあいだをすり抜けようとした。火花が散るほど神経を張りつめていた。暴力をふるう理由など、バーンリーにはないはずだった。ただし、すでに敗北を喫したライバルを袋叩きにして、最後にもう一度優越感にひたるつもりでなければ。

それこそが、愛情深いわが父の真の姿にちがいない。

頭上で木々がアーチをなす細い小道で、アッシュクロフトはバーンリーの手下のまえを大股で歩きだした。とたんに、雄たけびがあがったかのように、その場の雰囲気が一変するのを感じた。

拳を振りあげながら、すばやく振りかえる。袋叩きにされるのは覚悟していた。けれど、それならせめて、野獣めいた男のひとりやふたりは道連れにしてやる……。

26

「アッシュクロフト卿！　アッシュクロフト卿、聞こえますか？」

どこか遠い世界でがさついた声が響いていた。アッシュクロフトはその声から逃れようとしたが、体が言うことを聞かなかった。

靄のかかる頭で、いまの声はなんなのだろうと考えた。とたんに、赤く焼けた千のハンマーで殴られたように全身が痛んだ。体をばらばらに引きちぎられて、もう一度つなぎあわせようと、釘でぞんざいに留められているかのようだった。

「アッシュクロフト卿？」声は消えることなく、頭の中で容赦なくこだました。

ざらりとした手が頭に触れた。そのとたんに、またもや耳の中で何かが炸裂した。火薬をこめたシンバルを打ち鳴らしたかのようだ。うなったつもりが、口から出てきたのは蚊の鳴くようなか細い声だけだった。目を開けようとしたが、瞼は煉瓦より重かった。

「中に運ぶぞ」現実味のない声がなぜかはっきり聞こえた。けれど、どういうわけかすぐに不明瞭な音に変わっていった。

いま耳にしたことばに反論したかった。がさついた声の主に、〝自分で歩ける〟と言ってやりたかった。歩けないと決めつけられているのが、癪に障ってならなかった。

まいった、おそらくゆうべは飲みすぎたのだろう。頭の中で脈が激しく打って、頭痛がした。助けなどいらないと言おうとしても、声が出なかった。

さきほどの声の主が次から次へと何か言っていた。毎日耳にしているような聞き覚えのある声なのに、どういうわけか誰の声かわからない。さまざまな考えが脳裏をよぎるのに、じっくり考えようとすると、思考はランプのまわりを飛ぶ蛾《が》のようにひらひらと逃げてしまう。

いまいる場所がどこなのかもわからなかった。かすかに憶えているのは、横たわるなら草の上がいいと思ったこと、そして、時刻は朝にちがいないと感じたことだけだ。相変わらず目は開かなかったけれど、周囲が暗くて、硬く冷たいものが痛むわき腹に押しつけられているのだけは、なんとなくわかった。

階段なのか？

「気をつけろ。何があったのかわからないのだから」

がさついた声で発せられたことばが、ようやくはっきり聞こえた。その声の主がさらにまた何か言った。けれど、悪夢のような激痛だけの世界に呑みこまれて、耳にしたことばは意味をなさなかった。いったい、ゆうべはどれほどの酒を飲んだんだ？

「チャールズ、肩を持て、私が脚を持つ」

反論しようとしたが、口から出てきたのは相変わらず蚊の鳴くような声だけで、また意識が遠のいていった。

体を持ちあげられると、拷問のような痛みに襲われたが、必死に堪えるしかなかった。こいつらは何をするつもりなんだ？　人をジャガイモ袋のように扱うとは。もっと丁寧に扱えと言いたかった。けれど、どんな声も出てこなかった。

幸いにも、真っ暗な闇が目のまえに迫ってきて、意識が途切れた。

しばらくして、闇から抜けだすと、今度はどうにか上下の瞼を引きはがせた。ようやく、どこにいるのかだけはわかった。ロンドンの自宅の図書室の長椅子に横たわっていた。暖炉で火が燃えて、ひとつのランプが灯っているだけで、部屋の中は薄暗かった。

いったいどうやってここに戻ってきたんだ？　どうやって……？

記憶が黒く冷たい大波となって、頭の中に一気に押しよせてきた。すべてをはっきり思いだした。そうだ、サリーにいて、ダイアナにどんなふうに騙されたのか知ったのだ。実の父親を知り、知らないほうがよかったと心底願った。それから、怪力の召使の群れと闘った。なるほど、だから、これほど全身が痛むのだ。とはいえ、いま、どうしてここにいるのかはわからなかった。

暗がりからひとつの顔が目のまえに飛びだしてきた。「ご主人さま、話せますか？　何があったんです？　てっきり田舎に行ってらっしゃると思っていました」

耳にしたことばを鈍い頭がふるいにかけて、ようやく意味が理解できた。これまで誰が話していたのかもわかった。特徴のある顔に心配そうな表情を浮かべた執事に、しげしげと見つめられていた。そのうしろにはふたりの召使が不安げに立っていた。

バーンリーはお気に入りの子分に、〝アッシュクロフトを領地から放りだせ〟と命じたのだろう。その命令がすべてを物語っていた。クランストン・アビーには二度と近寄るなと、実の息子に言いたかったのだ。

ダイアナ・キャリックにも近寄るなと。

アッシュクロフトは顔をしかめて、また目を閉じた。信じられないことに、体の傷より、ダイアナを失って負った心の傷のほうがはるかに痛んだ。とんでもない災難を招くことになった情事ではなく、体の傷の痛みに気持ちを向けようとした。この自分がどれほどの災難に巻きこまれたのかを考えるのは恐ろしかった。執事や召使たちに抱えあげられたときにあれほどの激痛が走ったのだから、打ち身程度の怪我ではないはずだ。骨が折れているにちがいない。それも一カ所だけでなく、何カ所か。

四人の男たちとの殴り合いは、鮮明に脳裏に刻まれていた。最初のうちは、怒りと失望を武器に互角に闘った。だが、徐々に数に圧倒されてしまった。愛すべきパパの腹心の子分がくり出すパンチは強烈だった。おまけに、連中は紳士の喧嘩のルールなど、はなから守るつもりはなかった。

その後の数時間の記憶は途切れがちだった。四人の刺客の手で、荷車に縛りつけられたのは憶えていた。荷車がごとごとと目的の場所に向かっていくあいだ、何度も気を失い、言語に絶する痛みで何度も意識を取りもどした。

クランストン・アビーからロンドンの自宅までは、かなりの距離だ。ということは、ずいぶん長いあいだ気を失っていたにちがいない。今日はまだ喧嘩をした日なのか？

「ご主人さま？　聞こえますか？」

忌々しい執事め、なんでそんなに大声を出すんだ？　返事をしようとしたが、口から出てきたのは不明瞭な低いうめき声だけだった。とはいえ、頭はだいぶはっきりしてきた。執事がうしろに控えるふたりの召使に声をかけると、その声に狼狽が表われているのがわかった。

「すぐに医者を呼んできてくれ。ご主人さまは追いはぎに襲われて虫の息だ」

虫の息だって？

冗談じゃない、くたばってたまるものか。ここで死んだら、それこそ愛すべきパパと二心あるあばずれ女の思うつぼだ。

激痛と手招きする闇の世界に背を向けて、アッシュクロフトは目をかっと見開くと、かろうじて意味の通ることばを喉から絞りだした。「死な……ない」

ダイアナ・キャリックもエドガー・ファンショーも地獄に落ちるがいい。地獄の業火に焼かれてしまえ。あのふたりはターキン・ヴァレを打ち負かしたと思っている。それは大きなまちがいだと思い知らせてやる。

絶対に生きてやる。あのふたりの人生を惨めなものにしてやる。このまま死ぬなんて、あまりに安易すぎる。このさき何年ものあいだ、卑劣なふたりをもだえ苦しませなければ、腹の虫がおさまらなかった。

ダイアナはひとりきりでクランストン・アビーの薔薇園にいた。咲き乱れる遅咲きの薔薇に囲まれていた。目のまえには、南の庭が広がっている。夕日を浴びた庭が黄金に輝いていた。ここに来たのは、薔薇園の冬支度をはじめる時期を決めるためだった。けれど、それは名目上の理由で、思ったとおり、仕事に集中できずにいた。このところいつもそんな調子だった。

アッシュクロフトに策略を知られた日から、二カ月が過ぎていた。アッシュクロフトが緑色の目に苦悩と怒りを浮かべて、去っていった日から。その日にわたしの心は砕け散った。ダイアナはそれを痛感していた。

その後の無限にくり返される毎日の中で、心とは何度でも壊れるものだとわかった。

アッシュクロフトはいっさい連絡を寄こさなかった。連絡が来るかもしれないと、なぜ、わたしは期待しているの？　〝ダイアナ〟という名前を耳にしただけで、アッシュクロフトは身震いするはずなのに。

正気でいるためにも、ロンドンでの数週間のことは考えないようにした。けれど、アッシュクロフトの手の感触やビロードのような声は、幾度となく頭に浮かんでくる。わたしを見つめる緑色の目に浮かぶ思い。これほど光輝く女性を見たのははじめてだと言いたげなまなざし。押しいってくるときの、雄々しい体にみなぎる情熱。性の悦びにわれを忘れたときの、端整な顔に浮かぶ見まちがえようのない感動。

いいえ、わたしはもっと強いのよ。アッシュクロフトのことばかりをくよくよ考えているわけではない。

そうよ、考えるのは夕暮れどきだけ。

夜明けだけ。朝だけ。昼だけ。昼下がりだけ。夜だけ……。

唇を噛んで、涙をこらえた。このところ、滑稽なほどすぐに涙がこみあげてくる。わたしはじょうろにでもなってしまったの……？　それに、夕暮れどきに、遅咲きの薔薇の濃密な香りを感じながら、意匠を凝らした堅牢な屋敷を見ていると、何かが胸にぐさりと突き刺さる。

それはきっと、薔薇の香りを嗅ぐとロンドンでの日々が鮮やかに頭によみがえってくるから。ペリグリン・モントジョイ卿の華麗で幻想的な邸宅での、いくつもの昼と夜があまりにも鮮明によみがえってくる。ダイアナはハンカチを取りだそうと、ポケットに手を入れた。

「ここにいたのか。あちこち捜しまわったぞ」

まばたきして涙を押しもどしてから、ゆっくり振りむいた。バーンリー卿が小道のはずれに立っていた。その老人は杖なしでは歩けなくなっていた。それは、この数カ月が安楽な日々ではなかった証拠だ。老いた体を病は容赦なく蝕んでいた。まるで、アッシュクロフトを打ち負かすために、残り少ない命を削ってしまったかのようだった。

体は痩せこけて、服がぶかぶかだった。かつては、いつでも背筋をぴんと伸ばしていたのに、いまは腰が曲がり、苦しげに背を丸めている。顔は骨が透けて見えそうなほど肌が薄く張りつめて、目が落ちくぼんで淀んでいた。

たとえ、バーンリー卿が病に侵されているのを知らない者が見ても、もう長くは生きられないと即座にわかるはずだった。

好機を逃さないバーンリー卿は、アッシュクロフトが領地を出ていった翌日に、父を訪ねてきて、娘との結婚を承諾するように迫った。その結果、ダイアナ本人に結婚を拒まれることになるとは、バーンリー卿にとってはまさに青天の霹靂《へきれき》。そうとうなショックだったにちがいない。

そう、ショックを受けていたけれど、なぜか怒りはしなかった。

計画どおりにことが運ばないのに、腹を立てないとはバーンリー侯爵らしくなかった。なんと言っても、バーンリー卿は甘やかされた子供同然で、誰かに〝ノー〟と言われようものなら、すぐさま激怒するのだから。激怒して、復讐を誓う。何年かまえには、領地の通行権をめぐって反論した農夫に執拗な嫌がらせをして、破産に追いこんだこともあった。何者もバーンリー卿に立てついてはならないと、見せしめにするためだけに。

それでも、ダイアナはプロポーズを断ったのを後悔していなかった。アッシュクロフトと果てしなく大切なものを分かちあってしまった以上、バーンリー卿と結婚できるはずがなかった。それ以上に、あれほど邪なことをして、ぬくぬくと甘い蜜だけを吸って生きていけるはずがなかった。

クランストン・アビーはけっしてわたしのものにはならない。当然の報いだ。

一度は、長年の夢に手が届きそうだった。プロポーズを受けるとひとこと言えば、クランストン・アビーを意のままにできたのだ。けれど、夢をかなえるために捨て身でおこなった邪悪な行為のせいで、その夢は取りかえしがつかないほど穢れてしまった。

バーンリー卿のプロポーズを拒んでからも、表面的にはそれまでの日々と変わりなく過ごしていた。相変わらず仕事を続けていた。領地を管理して、決定を下す。仕事を割りふり、領民の質問に答えていた。そうすることで、ダイアナはクランストン・アビーとしっかり結びついていた。ブナの大木が大地に根を張るようにしっかりと。

それでいて、何をしても、ゼンマイがはじけた時計になったような気分だった。文字盤に記された数字はもとのままだけれど、もう動かなくなってしまった時計に。

いま、バーンリー卿が薔薇園に現われると、胸の中で冷ややかな警鐘が鳴り響いた。バーンリー卿はついに父を領地から追いだすことにしたのだろう。わざわざわたしを捜してここまでやってきた理由は、それ以外に考えられない。プロポーズを断って以来、バーンリー卿が会いにくることは一度もなかった。となれば、わたしは恐怖や恨みや不安を感じてもいいはず。それなのに、心の中にあるのは、ロンドンの街を離れない濃い霧のような鬱々とした思いだけだった。

ダイアナは膝を折ってお辞儀をした。「バーンリー卿」

「元気でやっているか？」

ダイアナが知るかぎり、バーンリー卿はこの世でいちばん身勝手な人物だ。相手を気遣うことばを発したことなど、これまで一度もなかった。きっと何か企んでいるにちがいない。

ダイアナは肩に力をこめて身構えながらも、儀礼的な返事を口にした。「はい、お気遣いありがとうございます」

「ちょっと座ろう」

バーンリー卿は足を休めたいらしい。悪人とはいえ、余命いくばくもない年寄りを立たせておくのは気が引けた。バーンリー卿との話が予想外の方向に向かいそうな気がして、好奇心を覚えた。だからと言って、喪失の絶え間ない疼きを忘れたわけではなかったけれど。

「はい、ありがとうございます、閣下」白い花が咲き乱れる薔薇の蔓《つる》におおわれた東屋《あずまや》に入った。バーンリー卿が腰をおろすのを待って、ためらいながら座った。いつもなら、領主と同じベンチに座るなどという無礼なことはしなかった。けれど、座ろうと言ったのはバーンリー卿のほうで、農婦のように草の上にぺたりと腰をおろさないかぎり、ほかに座る場所はなかった。

沈黙ができた。それもまたバーンリー卿らしからぬことだった。

いつもなら、バーンリー卿は自分の望み——そう、つねに何かを求めているのだ——を即座にかなえて、すぐさま次の標的に狙いを定める。そんなことを考えていることに、ダイアナははっとした。父のことと同じぐらい、バーンリー卿のことも知っているなんて……。

尊敬しているからこそだと思えればどれほどいいか。

バーンリー卿は巣の真ん中に陣取っているクモのようだ。運の悪いハエが粘つく罠にかかるのをじっと待っている。そしてもちろん、バーンリー卿がクモならば、わたしはハエ。

すべてを支配する者ならではのしぐさで、バーンリー卿が片方の手で杖を握りしめた。

「アッシュクロフトから連絡はあったか?」

ダイアナははっとした。靄のかかる頭の中で、アッシュクロフトの名が大きく響いて、靄を消し去った。弱みを見せてはならないと自制する間もなく、唇を嚙んだ。そうしなければ、めそめそと泣きだしてしまいそうだった。

何気なく美しい屋敷に目をやった。こんなことになってしまったのは、この家のせいだ。いいえ、すべては欲深くて傲慢な自分のせい。クランストン・アビーはつまるところ煉瓦とモルタルの塊でしかない。でも、わたしは生身の人間。心だって、魂だってある。それなのに、自ら犯した罪で心と魂を粉々に叩き潰してしまったのだ。

「おまえを苦しめるつもりはない」バーンリー卿が言った。はじめて耳にするやさしい声音だった。

ダイアナの神経は糸よりもぴんと張りつめていた。それでも、できるだけ感情をこめずに応じた。「いいえ、連絡はありません」

「これからどうするつもりだ?」バーンリー卿がさきほどと同じ気遣う口調で訊いてきた。

領主のはじめて見る一面を、ダイアナはにわかには信じられなかった。とはいえ、突拍子もないことを尋ねられているわけではなかった。うつむいて、膝の上で組みあわせている手を見つめた。左手の薬指の結婚指輪がゆるくなっていた。マーシャムに戻ってから、ずいぶん痩せてしまったのだ。

「まだ決めていません」静かに答えた。

バーンリー卿が苛立たしげにため息をついた。それこそダイアナが知っているバーンリー卿だった。「自分のことだけを考えているわけにはいかないだろう」厳しい口調だった。

これは脅しなの？　バーンリー卿なら父とローラを利用してでも、すべてを自分の思いどおりにするはず。まだそうしていないのが不思議なほどだった。「ええ、父とローラのことも考えなければなりません」

「それに、赤ん坊のことも」

27

バーンリーの〝赤ん坊〟ということばを聞いて、ダイアナは何も言えなくなった。バーンリー卿が目のまえで斧《おの》を取りだして、振りあげたような錯覚を抱いた。

赤ん坊……。毎朝感じる吐き気の原因である赤ん坊。母親の感情とは関係なく、おなかの中ですくすくと育っている赤ん坊。嘘と裏切りの結実である赤ん坊。そして、果てしない喜びの源でもある赤ん坊。

考える間もなく、片手でおなかをさすっていた。そこにいるわが子と話をするかのように。父は娘が妊娠しているのを知らないが、ローラは気づいているにちがいない。仲の良い姉妹同然に暮らしているのだから、妊娠の兆候に気づかないはずがなかった。それでも、ローラは何も言わなかった。

林の中でアッシュクロフトが鋭い直感を働かせて、おなかの赤ん坊の話を持ちだしたあの日以降、ダイアナは身ごもったことをひとことも口にしていなかった。バーンリー卿も婚礼の日取りを決めるように催促しながらも、その話題を避けた。

わたしはどこまで愚かなの。救いようのない大馬鹿者だ。誰にも話さずにいれば、赤ん坊が消えてなくなるような気がしていたなんて。もちろん、赤ん坊はいまもこのおなかの中にいるのに。

いいかげんに目を覚ましなさい、ダイアナ。

赤ん坊がいるのだから、誰にも何も言わずに、苦しみだけの世界に閉じこもって生きていくわけにはいかない。死刑になるとも知らずに絞首台へと引かれていく罪人のように、運を天まかせにするわけにはいかないのだ。運命はまもなく冷えきった心の扉を叩いて、大声で決断を迫るのだから。考えてみれば、バーンリー卿がいまここにいること自体、どうすべきか決めなければならないのを意味している。決断して、これから歩む道を選ばなければならない。

「ええ、赤ん坊のことも考えなければなりません」ダイアナは負けを認めたような生気のない声で言った。

バーンリー卿はいかにもほっとしたようすで、いつになく穏やかに見えた。杖を握っている手に目が吸いよせられた。穏やかな口調とは裏腹に、手は杖をしっかり握りしめていた。鳥の脚にも似た痩せた手は、肌まで薄くなって、骨が透けて見えるようだった。生きている人間の手とは思えない。死人の手にそっくりだった。

「とんでもない悪事を私に無理強いされたと思っているんだろう」ダイアナが何も言わずにいると、バーンリー卿が重々しい口調で言った。

善と悪について、バーンリー卿が話題にしたのはこれがはじめてだった。ダイアナははっとして、顔をあげた。さきほどのダイアナと同じように、バーンリー卿は荘厳な屋敷を見つめていた。

バーンリー卿の胸にどんな思いがこみあげているにしても、ダイアナは嘘を塗り重ねることに堪えられなかった。心はもう真っ黒に染まっているけれど。「いいえ、わたしが悪事を働いたんです」

眠れない夜を幾晩も過ごして、そのたびに自分を責めてきた。そうして、自分の弱さゆえにこんな道を歩んだのだと気づいた。そもそも確固たる信念を持っていれば、バーンリー卿にどれほど説得されても、貞節を引き換えにした取引に応じなかったはずだ。

「おまえは幻想を抱いただけだ。くず同然のごろつきのことを愛したと勘ちがいしただけだ」バーンリー卿がさも忌々しそうに言った。感情の虜になった哀れな小娘に失望していると言いたげな口調だった。そう、虜になったのは事実だった。「そうなることを最初から考慮しておくべきだった。といっても、おまえはいつだって、女にしてはめずらしく分別があったが」

「いいえ、分別があるなんて口が裂けても言えません」冷ややかな口調になった。胸にあふれる思いを、バーンリー卿に気取られたくなかった。

「あいつは誰の記憶にも長く残らないくだらない男だ」

アッシュクロフトのことをきれいさっぱり忘れてしまえると、バーンリー卿は本気で思っているの？　実の息子があれほどりっぱで高潔なことに気づいていないとは、なんという皮肉だろう。バーンリー卿が愛人に産ませた息子は、ハンサムでたくましくて、賢い。そればかりか、不謹慎な放蕩者と呼ばれながらも、誰にも負けない道義心を持っている。アッシュクロフトはわたしが思いも及ばないほどすばらしい人なのだ。といっても、聖人だと言うつもりはなかった。アッシュクロフトは何事も自分の思いどおりにできると思っている。ある意味でわがままで、頑固だ。それに、性の追求を控える気もさらさらない。

欠点ならいくつもある。致命的な欠点ではないけれど。

それでも、わたしにとっては高嶺《たかね》の花。それはよくわかっている。そう、最初からそれを心に留めておくべきだった。きちんと目を見開いて、分別を持っていればわかっていたはずなのに。けれど、野心とバーンリー卿が語るアッシュクロフトへの偏見で、何も見えなくなっていた。

「あの人の子供を身ごもっているのに、忘れられるはずがありません」ダイアナは強い口調で言った。

反論されるのは覚悟の上だった。少なくとも、無礼な物言いを咎《とが》められるはずだった。けれど、バーンリー卿は何も言わなかった。

沈黙が続いたあとで、バーンリー卿が思いがけないことばを口にした。といっても、この会話がどこに向かっているのかは、見当がついていたけれど。バーンリー卿の意図に気づくのが遅れたのは、この数カ月間の悲しみのせいだ。これまでは、バーンリー卿の悪質な目論見を敏感に察知してきたのだから。

「腹の中にいるのは私の子だと思えばいい。私はすでにそう思っている」

あまりにも驚いて、身じろぎもできなかった。バーンリー卿があらためて結婚を申しこんでくるはずがなかった。わたしは一度拒んだのだから。それも、きっぱりと。

「そんな……」話す気力をどうにかかき立てたものの、やはり口ごもった。

バーンリー卿が杖を握りしめると、手の関節が肌を突き破りそうなほど盛りあがった。

「聞くんだ、ダイアナ、どうしても話しておかなければならないことがある」

「あなたとは結婚できません」ダイアナは感情をこめずに言った。

そうして、バーンリー卿の顔を見た。その顔はやつれて、目だけがぎらついていた。緑色の目だけが。息子とそっくりの目……。その目が放つ光に吸いよせられた。

「現実を見るんだ。おまえは目的を果たした。あの与太者を誘惑して、クランストン・アビーに直系の跡取りをもたらそうとしている。すべては、おまえがこの領地を愛するがゆえだ」

たしかに領地を愛していた。でも、いまはそうとは言い切れない。いまは愛する人をひと目見られるなら、壮大なこの屋敷に使われている石をひとつ残らず地獄に投げつけてもかまわなかった。「わたしは……」

黙っているようにと、バーンリー卿があいているほうの手で制した。「おまえは領地を守る者としてうってつけだ。法にしたがっておまえの子供が受け継ぐことになるこの領地を守る者として。おまえの血が栄誉あるファンショー家にくわわるんだぞ。クランストン・アビーのいくつもの広間を、おまえの血を受けつぐ者が歩きまわり、この地を治める。どうだ、わくわくするだろう？　おまえは手段にはこだわらず、結果だけに焦点をあてられるこの世でただひとりの女だった。野望はどうしてしまったんだ？」

「野望は嘘と裏切りに埋もれてしまいました」ダイアナはさきほどと同じ冷ややかな口調で言った。

バーンリーがくだらないと言いたげに鼻を鳴らした。「何を馬鹿なことを。どうやら、まだ冷静になれずにいるようだな。堕落したろくでなしに会ってからというもの、頭が働かなくなっているらしい」

ダイアナはぎこちなく立ちあがった。拷問にかけられている気分だった。とはいえ、そうなるのを覚悟しておくべきだった。バーンリー卿はほしいものはなんとしても手に入れる。そして、いま、何よりもほしくてたまらないのは、領地の跡取りだった。つまり、このわたし――ダイアナ・キャリック――をなんとしても妻にするつもりなのだ。

「やめてください」強い口調で言った。「そんな話は聞きたくありません。あなたは悪魔です。事実をゆがめて、わたしを惑わそうとしているんです」

バーンリー卿の目に怒りが浮かんだ。「この私に向かって、よくもそんな横柄な口がきけたものだ」

「ええ、そうです、言わせていただきます」

意外にも、バーンリー卿の薄い唇にかすかな笑みが浮かんだ。感心したように目がきらりと光った。「なるほど、おまえは有能な侯爵夫人になりそうだ。胸の内に豪胆さを秘めているのだろうと思っていたが、やはりそのとおりだ。ふさぎこんでめそめそしているのは、おまえらしくないぞ」

バーンリー卿に褒められても、嬉しくもなんともなかった。「わたしはバーンリー侯爵夫人にはなりません」

いよいよバーンリー卿の怒りが爆発するにちがいない、それは覚悟の上だった。けれど、バーンリー卿は真剣な表情で見つめてくるだけだった。「ダイアナ、頭がまだきちんと働いていないらしいな」

「そうでしょうか?」挑むような口調になった。

いったいバーンリー卿はどんな権利があって、わたしをこれほどいたぶるの? いまは、ひとりになって、わたしだけの地獄に埋もれていたいのに。誰も知らないひとりきりの場所へ流されていけたらどれほどいいか。バーンリー卿に怒りをかき立てられるのが、不快でたまらなかった。怒れば、まだこの胸の中に心があるのを思い知らされる。手足をもぎ取られるように、心が激しく痛む。

「まだわかっていないのか? おまえは最大の難関を乗りこえたんだぞ」バーンリー卿が背筋を伸ばした。束の間、この領地を支配する専制君主に戻っていた。「それなのに、あれほど苦労してでも手に入れたかった褒美を、いまさら拒むとは。アッシュクロフトはおまえが何をしようが気にするわけがない。面目を潰されたのだから、二度とおまえを訪ねてくるわけがない。たとえ、のこのこやってきて、おまえを許すなどと腑抜けたことを言ったとしても、あいつにできるのはせいぜいおまえをいっときの愛人にするぐらいのものだ。そうして、たっぷり欲望を満たしたら、おまえの評判が地に落ちようとおかまいなしに、どこかの放蕩者に引き渡すだろう。そんな人生が望みなのか、マイ・ディア？　アッシュクロフトの情欲など、蠟燭の炎のようなものだ。そう長くはおまえの体を温めてはくれない」

「アッシュクロフト卿との未来がないのはわかっています」ダイアナはうんざりしながら応じた。反論できたらどれほどいいだろう……。バーンリー卿のことばは、眠れずにひとりぼっちで泣き濡れて過ごした夜に、幾度となく自分に言い聞かせたことのくり返しでしかなかった。

「私を拒んで、おまえにどんな未来がある？　恥辱と破滅の未来以外に。おまえはいずれ赤ん坊を産む。その赤ん坊をバーンリー侯爵の子として育てたほうがいいに決まっている、そうだろう？　貧しい自堕落な女が産んだ私生児として育てるより」

そのとおりだった。バーンリー卿のことは怖気が立つほど嫌いでも、そのことばが正しいと認めないわけにはいかなかった。自分のことだけを考えているわけにはいかない。赤ん坊が生まれるのだから。

説得が成功しそうだとバーンリー卿は気づいたのだろう、決然とした口調でさらに言った。

「それに、おまえの父とミス・スミスはどうなる？　おまえが高潔な道徳心にしたがったがために住む場所を失ったら、あのふたりは喜ぶのか？」

「まさか、それは……？」ダイアナはぞっとして、ことばが続かなかった。

バーンリー卿の顔に傲慢な笑みが浮かんで、いつもの表情にかぎりなく近づいた。「結婚もせずに子を産む女を、この屋敷で雇うわけにはいかない。もちろん、破廉恥《はれんち》な行為の責任はその女の家族にも取ってもらう。私は領主として、倫理とはどんなものか領民に示さなければならないからな」

なんて卑劣な老人だろう……。ほんとうは非情なことがしたいだけなのに、領民を思いやるふりをするなんて。

ダイアナはなんとかして反論できないかと、そのヒントを探して周囲に視線を走らせた。けれど、何も見つからなかった。バーンリー卿は冷酷だが、ことばは的を射ていた。

たとえ父がこれまでどおり仕事を続けさせてもらえたとしても、わたしは村人の冷たい視線に堪えながら、どんどん大きくなっていくおなか——アッシュクロフトの赤ん坊がいるおなか——を抱えて生きていけるの？　想像しただけでも、苦しくて堪えられなかった。自分がどれほど偽善的かはわかっているけれど、ふしだらな女というレッテルを張られるのはプライドが許さなかった。

「わたしを脅しているんですね」

「いや、現実を直視しているだけだ」

「現実は何もかも、あなたの思いどおりになるんですものね」ダイアナは皮肉をこめて言った。

「私はバーンリー侯爵家が途絶えないようにしてほしいと言っているんだ。そのために、私の財産と屋敷を差しだすと。これから生まれるおまえの子供に、安泰な未来を与えると言っているんだ。おまえは破格の小遣いを受けとり、なおかつ、結婚している女の大半が夢にも見られないほどの自由を手にする。まもなく、おまえは大金持ちの未亡人になる。私はこのさきそう長くはないからな」バーンリー卿はさらりと言ったが、杖を握る手にさらに力をこめた。それが死に必死に抗っている証拠だった。

「もしあなたと結婚したら、大きな過ちを犯すことになります」ダイアナは体の両わきにおろした手を握りしめた。バーンリー卿の冷徹な理論が鞭となって、心をいたぶっていた。

わたしは子供の将来を考えなければならない。父とローラへの責任もある。アッシュクロフトとはけっして和解できない。これが自分ひとりのことなら、バーンリー卿の願いなど聞きいれるはずがない。わたしは若くて、健康で、自分ひとりならどうやってでも生きていける。けれど、いま迫られている決断は、自分だけのことではなかった。

バーンリー卿が相変わらず自信満々に話を続けた。「おまえの子供が大きくなって、ほんとうなら王国の主になれたかもしれないと知っても、それでも、この申し出を拒んだおまえは正しかったと言うだろうか？　有り金をかき集めても二ペニーにもならない貧乏人などではなく、大金持ちで、誰からも敬《うやま》われて、権力もある男になれたのにと知ったら」

たしかにそのとおりだった。

バーンリー卿が差しだしているものはすべて、かつては喉から手が出るほどほしくてたまらなかったものばかりだ。その事実が胸に突き刺さった。それなのに、いまはどれひとつとしてほしくなかった。

でも、おなかの中にいる子供はほしがるかもしれない。

頭の奥のほうでそんなことばが響いた。その残酷な事実を否定できなかった。

これから生まれてくるわが子には、前途有望な人生を歩む権利がある。過酷な世の中で、貧しい母親がわが子に与えられるどんな未来より、バーンリー卿の跡継ぎとしての未来のほうが、はるかに輝かしい。バーンリー卿にはさらに大演説をぶってほしかった。手持ちの札をさも得意げに自慢してほしかった。そうすれば、反発心が湧いてきて、そのことばを拒めるにちがいない。

けれど、狡猾なキツネにも似たバーンリー卿はぴたりと口を閉ざしていた。

緑色の目で見つめてくるだけだった。まるで、目のまえにいる女の鬱々とした頭の中にゆっくりと浮かんできては根をおろす不快な思いのすべてを読みとっているかのよう……。

いいえ、いまここで、バーンリー卿の言いなりになるわけにはいかない。邪悪な老人に庇護されて生きるなんて、それこそ大きな過ちだ。魂はほかの男性に奪われているのだから。

けれど、その男性とはけっして結ばれない。

それなのに、いまもまだ、アッシュクロフトが許してくれるかもしれないというはかない希望——心の中に居座って離れない希望——にすがりついていた。アッシュクロフトがもう一度マーシャムにやってきて、もう一度プロポーズしてくれるかもしれない。大昔の騎士のように白馬に乗ってさっそうと現われて、たくましい腕でさっと抱きかかえ、何も心配はいらないと言ってくれるかもしれないと。

おとぎ話のような夢物語にすがっている自分に呆れると同時に、ついに心が真っ二つに張り裂けた。深く長く息を吸って、最後にもう一度だけがらんとした地平線に目をやる。そこには、白馬にまたがった騎士の姿はなかった。

まっすぐにバーンリー卿を見た。「あなたと結婚します、閣下」


体をわなわなと震わせながら、アッシュクロフトは机のまえの椅子にどさりと座りこんだ。釣りあげられた魚のように喘いで、全身汗だくだった。

「くそっ……」息を吸っただけで、拷問まがいの痛みが体を貫いて、目がくらんだ。

時刻は遅く、すでに真夜中近くのはずだった。秋の夜気は冷たく、暖炉では火が燃えていた。今夜こそ仕事をするから図書室の準備を整えておくように――そう命じたときに、小《こ》姑《じゅうと》まがいに口やかましい執事は、訝しげな視線を送ってきた。

執事の直感はあたっていたらしい。何しろ、階段をおりて図書室へ向かうだけで、我慢比べをしているようなありさまだったのだから。召使を呼んで、いますぐベッドへ運んでくれと命じたくなるのを必死にこらえた。すでに二カ月も家に閉じこもっているのだ。もう怪我は治ったと、どこかでふんぎりをつけないかぎり、永遠に家の中でじっとして生きることになりそうで恐ろしかった。

いや、ほんとうに元気になったと思っていたのだ。階段ぐらいはおりられるはずだと。階段を克服できれば、明日は庭をゆっくり散歩できるにちがいないと。

だが、それは大まちがいだった。

震える手でブランデーをグラスに注いだ。ブランデーが机に飛び散って、デカンターが華奢なグラスにぶつかった。グラスの中身をひと息で飲み干す。琥珀《こはく》色の液体が喉を焦がして、胃を熱くした。

折れた肋骨はきちんとくっついた。そうだ、腕の骨だって。けれど、マーシャムでこっぴどくやられた脚は、きちんと歩けるほど回復していない。落胆が胸にぐさりと突き刺さった。これ以上ベッドに横たわって過ごすのは堪えられない。何をするでもなく、ひたすらダイアナ・キャリックのことと、まんまと騙されたことだけを考えて過ごすのは。

あれだけの大怪我を負いながら、死ななかったことに、医者も驚いていた。とはいえ、どれほど強力な薬より、怒りのほうが効果があるのを医者はわかっていなかった。いつの日か裏切り者のあの魔女にまた会うことがあれば、細い首を思いきり絞めあげてやる――そう心に固く誓ったのだから。

けれど、それを誓った翌日には、ダイアナに会いたくて、ベッドをともにしたくてたまらなくなった。そしてまた、その翌日には、首を絞めあげたくなるというくり返しだった。

できることなら、怒りだけを感じていたかった。強い怒りは、生きる力と正義の源になる。それに対して、切望してしまうと、どぶに落ちて横たわる瀕死《ひんし》の野良犬のような気分になるだけだ。

今夜、階下の図書室に来るまえに、ダイアナの夢を見た。といっても、それは今日にかぎったことではなかった。バーンリーの悪辣《あくらつ》な手下にゴミ袋のように自宅の玄関のまえに投げ捨てられたときから、ダイアナはしょっちゅう夢に出てきた。少しずつ傷が癒えていくあいだも、嘲笑う狡猾なダイアナの幻影が頭を離れなかった。

美しい顔をした大嘘つきのダイアナ……。そんな女の幻影を二度と見ないで済むなら、傷が癒えてもとどおりの体になるという願いがかなわなくてもかまわなかった。

机の上には手紙が山と積まれていた。さらに何通もの手紙が、壁際のテーブルの上に置いてある。医者の指示で、手紙も新聞も見せてもらえなかったのだ。といっても、そろそろ家長としての責任を果たさなければと考えたのは、仕事が溜まっているからという理由だけではなかった。仕事に没頭すれば、ダイアナとの思い出が薄れるにちがいない、そう思ったからだ。起きている時間のすべてと、眠っている時間の大半を、ダイアナのことを憎み、同じぐらい切望しながら生きていくわけにはいかなかった。

ダイアナのせいで危うく破滅させられるところだった。ひとりの女に破滅に追いやられていたら、悔やんでも悔やみきれないはずだ。

アッシュクロフトは決然としたしぐさで手近にある手紙を何通か取りあげた。こわばって思いどおりに動かない脚が少しでも楽になればと、机の下で伸ばした。とたんに全身に痛みが走って、身をすくめる。それでも、視界がはっきりするのを待って、手紙に目を通していった。

一時間もすると、目が霞み、脚がずきずきと痛んで、頭の中に黄色い靄が立ちこめた。そろそろ仕事を切りあげなければ。それはわかっていたが、寝室という鳥かごに戻る気になれなかった。そこで、これを最後にしようと決めて、手紙をひと束取りあげた。

一通が吸い取り紙の上に落ちた。

封筒の上書きは見覚えのない筆跡、しかも、女性の筆跡だった。意に反して、心臓が早鐘を打ちはじめた。やめてくれ、何を期待してるんだ？　ダイアナからの手紙かもしれないと、はやる心を必死で抑えつける。あの売女を私は憎んでいるのだ。そうでなくても、ダイアナはとっくのとうにバーンリーと結婚して、ろくでもない年寄りの妻として地獄の苦しみを味わっているにちがいない。そうだ、魔女として当然の報いを受けているのだ。

それでも、薄っぺらなその手紙を拾いあげる手の震えは止まらなかった。

書棚にローマ時代の大理石の彫刻が飾ってあった。顔だけしかない彫刻の大きな目に、嘲笑われている気がした。美しい彫刻を叩き割りたくなったが、どうにかその衝動を抑えて、手紙に気持ちを戻した。

誰が差出人であってもおかしくなかった。いとこかもしれない。さもなければ、かつての愛人ということも考えられる。あるいは、慈善活動への協力を請う手紙か、さもなければ、議会の改革の支援者からかもしれない。

ああ、そうだそうに決まっている。そう自分に言い聞かせながらも、心臓が喉までせりあがってくるような気がした。そんな自分が情けなくて、悪態をつくと、相変わらず震えている手で封を切った。

視点が定まるまでに一瞬の間があった。考える間もなく、サインを見つめていた。

目に飛びこんできた文字に落胆した。ダイアナからの手紙ではなかった。いや、たとえダイアナからの手紙だったとしても、あれほどひどいことをしておいて、どんなふうに償うと書いてくるのか……？

深く息を吸って、手紙を読んだ。意外にも、差出人はミス・スミスだった。しかも、本文はたった二行だけ。〝一八二七年十月二十四日水曜日、午前十時。マーシャムの聖マルコ教会でダイアナがバーンリーと結婚します〟という文章とサインだけだった。

消印を確かめた。四日まえの消印だ。二十四日と言えば明日。いや、今日だ。すでに真夜中を過ぎているのだから。

束の間、アッシュクロフトは瞼をぎゅっと閉じた。ダイアナの裏切りを思いだすと、胸が焦げそうなほど熱くなり、脚の痛みを消しさった。胸を焦がす苦しみは、ふた月まえに夏の木々に囲まれた空き地で裏切られたときと変わらず鮮烈だった。

なぜ、これほど苦しめるんだ、ダイアナ？　なぜなんだ？

ふた月のあいだ心を苛んできた疑問が、いままた苦悩とともに頭の中を満たした。とはいえ、ダイアナがなぜあんな詐欺まがいのことをしたのかは、よくわかっていた。金のためならなんでもする売女は、侯爵夫人になりたかったのだ。わが子が成人するまで、クランストン・アビーを意のままに操りたかったのだ。

ダイアナの子供は私の子供……。長年の努力の末に会得した自制心を駆使して、〝自分の子供〟という思いを、頭から追いはらった。同時に、赤ん坊の母親の記憶も追いはらった。

けれど、そんなことをしてもどうにもならなかった。思いとは裏腹に、手紙に目を戻さずにいられなかった。ミス・スミスは、かつての愛人がその共謀者と結婚するのを、私が気にすると思いこんでいるらしい。

ミス・スミスはとんでもない勘ちがいをしている。ダイアナ・キャリックなど地獄で朽ち果てろ――それがこの胸にあるただひとつの思いなのだから。大嘘つきの売女の顔など二度と見たくない。

胸の奥底から湧きあがってきた不快なうなりとともに、アッシュクロフトは手紙をくしゃくしゃに丸めると、暖炉の火に投げつけた。

28

結婚式の朝は、燦々と輝く朝日とともにはじまった。十月の完璧な空が広がっていた。窓の外の光景はお祭りのような晴れやかな色に染まっている。それを見て、ダイアナはどうしようもない違和感を覚えた。ほんとうならすべてが陰鬱な灰色でなければならないのに。この胸を満たす惨めな気分と同じように。

教会に行く時間が近づくと、自宅の階段をとぼとぼとおりていった。父は姿を現わさないだろう。そうとわかっていながらも、その姿を捜さずにいられなかった。玄関ホールに父の姿がないと、胃がきりきりと痛むほど傷ついた。父は娘におざなりにでも祝福のことばをかけるつもりはないのだ。

ウィリアムとの結婚式とは雲泥の差だった。あのときは、父にしっかり抱きしめられてから、笑顔で聖マルコ教会までの短い道のりを歩いた。まもなくウィリアム・キャリックの妻と呼ばれるのだと思うと、嬉しくて胸が高鳴った。色とりどりの糸で織られた美しい絨毯にも似た未来が、前途に広がっていた。愛と充実感に満ちた人生が。

けれど、今日からは心が沸きたつことは二度とない。千歳も老けた気分だった。骨の髄まで穢れてしまったかに思えた。

三カ月まえであれば、この結婚は至上の褒美だと思えたはず。

三カ月まえのわたしは、いまのわたしとは別人だったのだ。落ち着かず、ダイアナは黄色い絹のスカートを撫でた。それはロンドンで着ていたドレスの中から選んだ一着だった。今朝、それをまとうと、不格好なほどぶかぶかになっていた。といっても、そんなことに不満を抱くのは筋違いというものだ。たとえ新しいドレスをしつらえる気力を奮いおこせたとしても、そんな時間はなかったのだから。結婚を承諾すると、バーンリー卿は即座に式の準備をはじめたのだった。

そこまであわてなくてもいいのではないか——ダイアナがさりげなく釘を刺すと、バーンリー卿は生まれてくる子供について、世間の人に怪しまれたくないからだと答えた。たしかにそれには一理あったが、たとえ予定日に赤ん坊が生まれたとしても、それは結婚式の約半年後になる。

もしかしたら、わたしが心変わりするのではないかと、心配していたのかもしれない。けれど、そんな心配は不要だった。これ以上運命に抗わないことにしたのだから。惨めなこの人生から逃れようとしたところで、いまのわたしに何ができるの？　何もできやしない。けれど、バーンリー卿と結婚すれば、少なくともわが子にひもじい思いをさせなくて済む。ほしいものをなんでも与えられるのだ。

階段をおりたところで、ふと立ち止まった。薄暗いその場所で、気づいたときには、ローラの憐れむような目を見つめていた。ダイアナは尋ねた。「何か言われた？」父からの言伝《ことづて》はないかという意味だ。それをローラは即座に理解して、首を振った。「いいえ」

ダイアナはまっすぐにローラを見た。「いま、どこにいるの？」

「書斎よ。ブラウンさんと一緒にいるわ」

痺れるような痛みが全身を駆けぬけた。五日まえにバーンリー卿と結婚すると伝えたときには、父は顔をそむけた。以来、ひとことも口をきいてくれなかった。狭く雑然とした家の中では、当然、廊下ですれちがうこともあったが、そんなときにも、父からは見知らぬ他人のように扱われた。ダイアナは自分が裕福になれば、父も何不自由なく過ごせると説明して、父と娘を隔てる心の壁を何度も崩そうとした。けれど、父は目が見えないばかりか、耳まで聞こえなくなってしまったかのように、無視して歩き去るだけだった。

ノックもせずに書斎の扉を押し開けて、今日が結婚式だと父に言おうか――そんな思いが頭をよぎった。けれどその衝動は湧いてきたときと同じように、一瞬にして消えていった。そんなことをしてどうなるの？　わたしはアッシュクロフトに対して娼婦まがいの真似をした。そんな娘を父が許すはずがない。すべてを嘘で塗りかため、その上で、バーンリー卿と愛のない結婚をするのを許すはずがなかった。

「こんなのはまちがっていると思っているんでしょう？」ダイアナはローラに言った。といっても、尋ねるまでもなかった。ダイアナの行動は破滅的だと考えていることを、これまでだってローラは隠そうともしていなかったのだから。

「わたしには何も言えないわ。あなたの選択をとやかく言う権利はないもの」ローラが慰めるように束の間腕に触れてきた。「あなたは赤ちゃんのためにこうするんでしょう」

妊娠についてローラが口にしたのははじめてだった。

「わたしはあの家がほしかった。正気ではなかったわ」ダイアナはすべてを過去のものとして話していることに気づいて、はっとした。本心からつい口に出たそのことばに、ローラが気づかないわけがなかった。

「そうね。でも、いまは正気に戻ったのよね」

「いまさら、何をどうしたところで手遅れよ」苦しげな口調になった。

ローラが目を潤ませながらも、冷静に応じた。「そんなことはないわ」

「いいえ、そうなの」ダイアナはきっぱり言った。

ローラはそれ以上反論してこなかった。避けようのない過酷な現実に屈するように、うつむいただけだった。

ダイアナは玄関ホールの鏡のまえへ行くと、足を止めて、そこに映る自分を見つめた。今朝は目が覚めたとたんに吐き気がした。といっても、このところ、ほぼ毎日そんな調子で、しばらくすると吐き気がおさまるのだった。鏡に映る顔は青白く冷ややかだった。花嫁には見えないにしても、想像していたようなおぞましい亡霊というわけでもなかった。玄関ホールのテーブルから古びた祈禱書《きとう》を取りあげると、ちらりとローラを見た。「準備はできたわ」

それは嘘だった。このさき似たような嘘を何千回もつくのだろう。

バーンリー卿の馬車から降りたダイアナは、四角いサクソン塔がそびえる馴染み深い教会のまえに立った。教会へは歩いていくと、バーンリー卿にまえもって伝えると、侯爵夫人ともあろう淑女が、農婦のように歩いて自分の結婚式に向かうつもりなのかと呆れられたのだった。

これからどれほど形式ばった暮らしを強いられるのか、はっきりわかった気がした。もしもう一度感情というものを取りもどす日が来たら、規則や建て前にうんざりするのだろう。けれどいま、何より大切なのは、おなかの中で息づいている命だけで、それ以外はどうでもよかった。

結婚式がつつましいものになるとわかったときには、安堵した。その代わりに、赤ん坊が生まれたら、伝統に則って盛大に祝うとバーンリー卿は言ったけれど。それでも、司祭夫妻が気を利かせたのだろう。教会の入口に花綱が飾られていた。教会の扉のわきに立っているフレデリックスは、ささやかな結婚式だというのに、帽子と上着の襟に花をつけていた。

ダイアナは教会の入口で足を止めた。温室の花の濃密な香りを感じて、頭がふらふらした。視界が薄れ、口の中に酸っぱいものがこみあげて、激しい吐き気に襲われた。

すかさずローラに腕をつかまれて、体を支えられた。「大丈夫？　座って休んだほうがいいわ」

そうして、このおぞましい儀式を先延ばしにするの？　だめよ、式を挙げなければならないのなら、さっさと終わらせてしまいたい。

「花の匂いにくらっとしただけよ」めまいを覚えながら、喘ぐように言った。

ローラの手を振りはらって、ぎこちない足取りで教会に入った。さらにもう一歩歩を進めて、冷たく薄暗い教会の中で、息を深く吸った。霞んでいた視界が晴れて、周囲のようすがはっきり見えた。身廊のさきに司祭がいる。そのまえにバーンリー卿が立っていた。その隣には見知らぬ男性。バーンリー卿より歳を取っていそうな地味な身なりの男性だった。議会での知りあいかもしれない。

花の匂いは相変わらず濃密だったけれど、胃のむかつきはいくらかおさまった。荒々しいうねりではなく、穏やかな波ぐらいになっていた。身廊に立って、つましい朝食を床にぶちまけることになったら、それこそ惨めで屈辱的だった。

けれど、いつものように、プライドが助けてくれた。

いまこの教会にやってきたのは、自分で決断したからだ。気を失うなんてみっともない真似はできない。泣いたり、怯えたりするものですか。自身の惨めな運命に、顔をまっすぐあげて不動の心で立ちむかおう。

「ほんとうに大丈夫？」傍らのローラが尋ねた。「心の準備ができるまで、バーンリー卿を待たせておいたっていいのよ」

「準備はできたわ」ダイアナは言った。家を出るときにもそれと同じことばを口にしていた。

そして、今度もそれは嘘だった。

顔をまっすぐあげてまえを見て、背筋を伸ばすと、内心とは裏腹のたしかな足取りで一歩踏みだした。そのうしろに、ローラとフレデリックスが並んだ。三人は一列になって、ごつごつした石敷きの床を歩いて祭壇へと向かった。ダイアナの夫となる男性のもとへと。

何をしようとこうなる運命だったのだ――ダイアナは自分にそう言い聞かせた。抗いようのない力に動かされているようなもの。この策略に加担して、アッシュクロフトに体を差しだした瞬間から、いまこのときへ通じる道を歩みだしたのだ。

静まりかえった教会の中には、わずかな人しかいなかった。そよとも風が吹かないその場所で、無数の亡霊に見つめられている気分だった。何かずっしりと重いものがまとわりついてくる。敵意を剝きだしにした亡霊ではなかった。苦悩と欺瞞から生まれた結婚に幸福は訪れないと囁きあっている亡霊だった。

祭壇へ向かいはじめても、音楽が響くこともなかった。それにはほっとした。これは偽りだらけの儀式。うわべだけ飾りたてたところで意味はなかった。

バーンリー卿が振りむいて見つめてきた。身につけたりっぱな黒い上着は、はじめて見るものだった。結婚式のために仕立てたのだろう。けれど、上等な服のせいで、それでなくてもやつれた顔がいっそう貧相に見えた。いまだけは凛《りん》としていなければと努力しているはずなのに、それでも、見るからに衰弱した病人だった。それでいて、緑色の目だけが鋭い光を放っていた。勝利を確信したせいだ。バーンリー卿はわたしに勝った。アッシュクロフトにも、会ったこともない遠縁の親戚にも勝って、この世のすべてに勝利したと思っているのだ。

バーンリー卿は勝利を自分ひとりの胸におさめておけるような男性ではなかった。

その顔には不敵な笑みが浮かんでいた。アッシュクロフトに実の父親であると明かしたときと同じ、薄い唇をゆがめた笑みだった。計画が思いどおりに運んで、悦に入っているのだろう。

たしかに、すべてがバーンリー卿の意のままになった。このさきもそうなるにちがいない。

ダイアナは喉元までせりあがってきた苦い思いをごくりと呑みこんだ。バーンリー卿が罪深いのならば、わたしだって同じぐらい罪深い。いいえ、わたしのほうがもっと罪深い……。

ダイアナはローラに祈禱書を渡した。ローラが信徒席の最前列に座った。娘の結婚式に父が参列しないのを人に知られたら、村で噂になるにちがいない。けれど、そもそも参列者はごくわずかだった。大半が屋敷に長いこと仕えている召使で、ダイアナにとっては家族同然の者ばかりだった。

いま、教会に集った人々の顔には、ダイアナがバーンリー卿と婚約したのを知ったときと同じ感情が表われていた。驚き。嫉妬。怒り。同情。好奇心。当惑。マーシャムでも、それより広い世界でも、ダイアナが侯爵夫人として受けいれられることは永遠にないはずだった。低い身分の生まれであることは、このさき一生ついてまわるのだ。

それでも、わが子は栄光を手にする。正当に称号を受け継いで、侯爵として敬われ、その義務を果たすことになる。それだけで満足しなければ……。

ボンネットに包まれた頭をあげて、ダイアナは夫となる男性を冷ややかに見つめた。バーンリー卿は片手で杖を握っていた。花嫁が祭壇へと通じる短い階段をのぼりはじめると、あいているほうの手を差しだしてきた。

手袋をはめていないその手は乾いて、ざらついていた。爬虫類《はちゅうるい》を思わせる冷たい手だった。

身震いしたくなるのをこらえて、ダイアナはバーンリー卿とともに司祭に歩みよった。司祭は不釣り合いな新郎と新婦をしげしげと眺めて、いつもは穏やかな顔に不安げな表情を浮かべた。クランストン・アビーの村では、司祭の生活もバーンリー卿の考えひとつで決まる。ゆえに、司祭が何を感じているにしても、この結婚に異を唱えるようなことを言うはずがなかった。

いよいよ結婚の儀がはじまった。けれど、ダイアナは何ひとつ耳に入らなかった。混沌とした暗い海を漂って、どこまでも流されていく気分だった。ひとつだけはっきりしていることがあるとすれば、それはこの儀式によって、わが子の未来が保障されることだけだった。

子供を身ごもるということは、アッシュクロフトと自分がひとつになって新たな命を作ること。それなのに、実際に身ごもるまで、そんなことを考えもせずにいたとは、滑稽としか言いようがない。常軌を逸した策略に加担したわたしは、どうしようもなく愚かで、浅はかだった。それを思えば、これから惨めな一生を送るのも当然だった。

司祭とバーンリー卿の物言いたげな視線を感じて、われに返った。どうやら、結婚の儀は、花嫁が誓いのことばを口にする場面にさしかかったらしい。司祭が咳払いをして、エドガー・ファンショーの妻になることに同意するかどうか尋ねてきた。

ダイアナは口を開いた。切りたった山から身を投げる気分だった。不吉な予感が全身を駆けめぐる。

詰まる喉からことばを絞りだそうとしたそのとき、教会に男性の声が響き渡った。

「この式はここまでだ」

アッシュクロフト……！

信じられずに、ダイアナは凍りついたようにまっすぐまえを見つめたままでいた。愛おしいこの声は幻聴なの？　そうよ、そうに決まっている。アッシュクロフトから心底憎まれているのだから。顔も見たくないと思われているのだから。

バーンリー卿も身じろぎもせずにその場に立ち尽くしていたが、全身に警戒心がみなぎっていた。「続けるんだ、司祭」

司祭は動揺しながらも、バーンリー卿の肩越しに教会の入口を見た。「閣下、申し訳ありませんが、あの男性がこの結婚に異を唱える正当な理由があるのか、話を聞かなければなりません」

「あの男に正当な理由などあるわけがない。厄介事を起こしたくて、のこのこやってきただけだ。さあ、続けるんだ。さもないと、路頭に迷うことになるぞ」

そのことばと語気の強さに、司祭の顔が青ざめた。「いや、でも、そういうわけにはいきません」

バーンリー卿と司祭の言い争う声が、背後のざわめきにかき消されようとしていた。ダイアナはバーンリー卿から手を離して、ゆっくり振りむくと、身廊《しんろう》を見た。陽の光が射しこむ戸口に人影が見えた。教会の中は暗く、外は明るい。そのせいで、戸口に立つ男性のシルエットが見えただけだった。

けれど、これほど長身で凜として、瘦せているのにたくましい男性は、この世にひとりしかいない。

「ターキン」かすれた小さな声で思わず言っていた。脚ががくがくと震えだす。アッシュクロフトがほんとうにここにいる。孤独な心が生みだした幻影ではないとわかって、いまにも脚から力が抜けて倒れてしまいそうだった。

「式を続けるんだ」語気を荒らげるバーンリー卿に手をつかまれた。病に侵されて弱っているのに、痛みが走るほどがっちりと握られた。なけなしの力をかき集めて呼吸しているかのように、バーンリー卿の息があがっていた。

「こんなことは前代未聞です」司祭が不安と苛立ちの入り混じった口調で言った。

ダイアナはバーンリー卿に手をつかまれたまま、人形のようにその場に立ち尽くしていた。アッシュクロフトに駆けよって、抱きつきたかった。けれど、わけのわからない力に抑えこまれて、動けなくなっていた。

「茶番は終わりだ」アッシュクロフトの深みのある声が、天からの命令のように石造りの教会に響きわたった。アッシュクロフトが教会の中に足を踏みいれて、祭壇へ向かってきた。

同時に、ダイアナは何かがおかしいと気づいた。アッシュクロフトのきびきびとした足取りには、いつも胸が高鳴ったものだった。それなのに、いま、アッシュクロフトはステッキを頼りに、ぎこちなく歩いている。一歩足を踏みだすたびに、全身を痛みに貫かれているかのようだった。

「どうしたの?」ダイアナは手を振りはらって、バーンリー卿から逃れると、アッシュクロフトのほうへ駆けていった。

「ちょっと意見の相違があってね」アッシュクロフトの皮肉めかした軽口が、切なくなるほど懐かしかった。

視界を霞ませる熱い涙を、まばたきして押しもどした。息を吐くと、泣いているような声が漏れた。

「ターキン、いったい何があったの?」

両手を差しだしたものの、すぐに手を体のわきにおろした。アッシュクロフトがなぜここに来たのか、その理由はまだわからない。といっても、心から憎まれているとしたら、この結婚を止めに来るはずがなかった。

それとも、これからさらに不穏な復讐をするつもりなの? 村人のまえで、憎い女の正体を洗いざらいぶちまけて、バーンリー卿との結婚を邪魔するつもりなの？

いったい、どうやって結婚を阻止するつもりなの？　どんな悪評が立とうと、バーンリー卿とわたしは結婚する。何をしたところで無駄なのだ。わたしがほんとうに愛しているのはアッシュクロフトで、まもなく夫となるバーンリー卿ではないけれど。

「ターキン、どうしたの？」さきほどより大きな声で尋ねた。

「それはきみの婚約者に尋ねるんだな」アッシュクロフトがきっぱりと言って、バーンリー卿を睨みつけた。

「忌々しいその口を閉じてろ、私生児めが」バーンリー卿が怒鳴ると同時に、杖が床にあたる音が響いた。その音で、ダイアナにもバーンリー卿が足を引きずりながら、ゆるやかな階段をおりようとしているのがわかった。

「怪我をさせられたのね」ダイアナは途切れがちに言った。アッシュクロフトにこれ以上近づいてはならないのに、気づいたときには一歩歩みよっていた。

驚いて、思わず目を見開いた。アッシュクロフトの端整な顔に残る傷跡に目が吸いよせられた。片方の頬に真っ赤に腫れた大きな傷ができていた。

アッシュクロフトが屈強な四人の召使に案内されて領地を出ていったときのことが、頭にはっきりと浮かんできた。バーンリー卿はアッシュクロフトの心ばかりか体まで痛めつけるつもりでいたのだ……。

激しい怒りを感じて、さっと振りかえると、夫となるはずだった老人を見た。「あなたたなのね。あなたがアッシュクロフトにこんなことをしたのね」

見下すようにバーンリー卿が睨みかえしてきた。「何を馬鹿なことを言っているんだ、世間知らずの娘はこれだから困る」

「いいえ、あなたがやったのよ」怒りで声が震えていた。「秘密を明かして心に傷を負わせただけでは飽き足らず、あなたはアッシュクロフトの命まで奪おうとしたんだわ」

バーンリー卿がくだらないと言わんばかりに鼻を鳴らして、ダイアナの怒りを無視した。

「芝居がかった台詞を吐くんじゃない。さあ、こっちへ来て、式を終わらせるんだ。愚かな若造に邪魔されようが関係ない。私とおまえが結婚できない理由などひとつもないんだから」

「いいえ、あります」ダイアナはきっぱりと言った。「わたしの愛する人をあなたは殺そうとしたんですから」

背後で、アッシュクロフトが驚いて息を呑んだ。

アッシュクロフトに怪我を負わせたのをダイアナが知ったら、結婚を拒むとは、バーンリー卿は思ってもいなかったらしい。「くだらないことでがたがた騒ぐんじゃない。さっさと誓いのことばを言うんだ」苛立たしげなバーンリー卿の声が響いた。

「ダイアナ、だめだ」

その声にダイアナは振りむいた。アッシュクロフトの表情はいつになく暗く、張りつめていた。林でプロポーズしたときよりも真剣な面持ちだった。バーンリー卿の乱暴な召使に襲われる直前よりも。

「バーンリー卿はあなたを傷つけるわ」

「そんなことはどうでもいい」

「いいえ、どうでもよくなんてないわ」涙で声がかすれていた。

「馬鹿な真似をするな、ダイアナ」背後でバーンリー卿が怒鳴った。「そいつがここにやってきたのは、いま、ここからおまえを連れだせば、復讐したことになるからだ」

アッシュクロフトはそのことばを無視して言った。「一緒に行こう」

バーンリー卿の耳障りな怒鳴り声が遠ざかって、ダイアナはアッシュクロフトの緑色の目に吸いこまれていくような気がした。そこにはもうアッシュクロフトと自分しかいなかった。深く息を吸った。凍りついた心臓が強く速い鼓動を刻みはじめた。さらに一歩アッシュクロフトに近づいた。といっても、体には触れなかったけれど。

ふたりで薄暗いこの教会をあとにしたら、体に触れる時間はたっぷりある。いまは、ひとことだけ、たったひとことだけを口にすればいい……。

「行くわ」

29

〝行くわ〟

そのことばが、澄んだ鐘の音となってアッシュクロフトの胸に響きわたった。神と無数の天使を褒めたたえるように。その鐘の音が永遠に鳴り響いていてほしかった。無数の花火で空を満たしてほしかった。

その瞬間、薄暗い教会が消えて、すべてに光が満ちた。ダイアナを見つめた。喜びで輝く美しい顔を。すると、どうやっていまこのときの至福の頂にたどり着いたのか不思議になった。

目のまえにいるすばらしい女性を妻にする。ふたりで手を携《たずさ》えて生きていく。ともに年老いていく。このすばらしい女性がわが子を産んで、広いだけで寒々しい家を家庭に変えてくれる。寒く凍てつく人生とは永遠に別れを告げるのだ。

驚きのあまり、体が動かなかった。捨て身で投げた最後の賽《さい》が、これほどの逆転劇につながるとは信じられなかった。のるかそるかの作戦が、成功するとは思ってもいなかった。ロンドンからこの村へ向かいながらも、うまくいくはずがないと思っていたのに。

それなのに、ダイアナはあっさり抵抗をやめた。そのおかげで、明るい太陽が顔を出して、これまでとはちがう一日がはじまった。これほど爽快なことはなかった。

いや、ダイアナは抵抗をやめただけではない。真に心を開いたのだ。そのせいで、心臓があばらを打つほど大きな鼓動を刻んでいた。

ダイアナが〝愛〟ということばを口にしてからというもの、アッシュクロフトはずっと頭がくらくらしていた。まさかそんなことばを聞けるとは思ってもいなかった。けれど、ダイアナは胸に秘めた思いを、ためらいもなく堂々とことばにしたのだ。

私のダイアナはまぎれもなくこの世でいちばん高潔だ。

もしかしたら、ダイアナのしたことを許せる日は来ないかもしれない。けれど、あんなことをした理由は理解できた。ダイアナはこれまでの人生すべてをクランストン・アビーに捧げてきた。とりわけ、夫を亡くして未亡人になってからは、この領地への愛だけを頼りに、侘しい人生を生きぬいてきたのだろう。

邪悪なバーンリーは、ダイアナの領地への愛を利用して、卑劣な策略に加担させた。

そのせいで、自分は厳しい選択を迫られることになった。ひとつの道は、嘘をついたダイアナをけっして許さず、二度と会わないでいること。嘘をついたせいでダイアナがもだえ苦しんでいるとわかっていても……。何週間ものあいだ、人を欺く魔女を呪って過ごしながらも、ダイアナが苦しんでいることだけは疑わなかった。

もうひとつの道は、無条件にダイアナを許すこと。

いや、実は選択の余地などなかったのかもしれない。求めるものだけを手に入れて、二度とうしろを振りむかないのか、幸福な人生に通じる唯一の希望を、悪魔に粉微塵にされるのを指をくわえて見ているか、ふたつにひとつしかないのなら、どちらを選ぶかは最初から決まっている。

「私と一緒にロンドンに行こう」アッシュクロフトはきっぱり言いながら、震える手を差しだした。体が震えていても恥じはしなかった。胸の中で感情の嵐が吹き荒れているのだから、生身の人間が冷静でいられるはずがなかった。

「ダイアナ、馬鹿な真似はやめろ」バーンリーが怒鳴りながら、足を引きずって近づいてきた。

「まさか、こんなことになるとは」司祭が呆然と言った。

教会に集まった数少ない人々は、呆気にとられていた。どの目も身廊でくり広げられる騒ぎに釘づけだった。好奇心剝きだしの視線が全身に突き刺さる――アッシュクロフトはそれをはっきり感じていた。

ダイアナが微笑みかけてきた。ふたりでいればなんの不安もないと言っているかのように。その笑みを見ると、体の痛みが消えていった。差しだした手をダイアナがしっかり握った。

「行きましょう」

「いったいこれはどういうことだ？」ダーウェント卿――議会でバーンリーの腰巾着《こしぎんちゃく》と呼ばれている男――が、バーンリーのあとを追うそぶりを見せた。けれど、いつものように、とりわけ積極的に何かをするつもりはなさそうだった。「アッシュクロフト、この悪ふざけはいったいなんなんだ?」

「フレデリックス、ふたりを止めろ!」ダーウェント卿を無視して、バーンリーが命じた。

筋骨隆々の大男が、ダイアナの背後に迫ってきた。それが自分を袋叩きにした四人の男のリーダーであることに、アッシュクロフトは気づいた。似合いもしない花をつけて着飾った姿は、滑稽としか言いようがなかった。

アッシュクロフトはステッキを握る手に力をこめた。野獣まがいの男をぶちのめしてやりたかったが、教会でそんなことをするわけにはいかない。そうでなくとも、せまい場所でひと騒動起こして、ダイアナに危害が及ぶようなことがあってはならなかった。

ダイアナは背後から近づいてくる大男を見ようとしなかった。けれど、ふいにアッシュクロフトの手を離して、くるりと振りむくと、祭壇に置き去りにした老いた花婿を睨みつけた。

「閣下、あなたとは結婚しません。何があろうと永遠に」ダイアナの声は低く、激しい怒りがこもっていた。けれど、すぐにいくらか穏やかな口調でつけくわえた。「わたしたちを行かせてください。あなたは失敗したんです。失敗する運命だったんです。傲慢で欲深いあなたは、そもそも自分のものになるはずのないものを無理やり手に入れようとした。恥ずかしいことに、わたしもそれに加担してしまった。でも、やっぱり最後には正義が勝つんです」

怒りと驚きを顔に浮かべて、バーンリーが教会の中をねめつけた。そこには、噂が広がるには充分な数の人がいた。

「口を閉じろ、愚かな淫売《いんばい》が」バーンリーがうなるように言いながら、片手をあげた。「さもなければ、私が黙らせてやる」

「ダイアナに指一本でも触れたら、命はないと思え」アッシュクロフトはバーンリーの腕をわきに払った。とたんに、バーンリーがバランスを崩して転びそうになった。

それを見てようやく、いま相手にしているのが、自分の二倍以上も歳を取った老人なのを思いだした。しかも、重い病を患っている。けれど、力でねじ伏せたいという衝動はあまりにも強く、舌に血の味を感じるほどだった。ゴキブリのようなバーンリーを踏みつぶしてやりたかった。

「こんなことをしてただで済むと思うなよ」転びそうになったバーンリーが、どうにか背筋を伸ばして、低い声で言った。「フレデリックス」

「閣下」名前を呼ばれた大男がお辞儀をした。その口元にはオオカミにも似た不敵な笑みが浮かんでいた。フレデリックスはアッシュクロフトより背が高く、がっちりしていた。おまけに、怪我のせいで思うように動けないアッシュクロフトとはちがって、健康そのものだった。

ここが教会であろうが、もう関係ない。アッシュクロフトは結婚式に参列した人々が息を呑むのを感じながら、外套のポケットから真珠貝で飾られた小ぶりの銃を取りだした。

実の父の激しい怒りは意外でもなんでもなかった。バーンリーは負けるのが大嫌いなのだ。

そして、この自分は教会の祭壇にいる花嫁を奪って、バーンリーが手中におさめようとしていた最大の勝利をかすめ取ったのだ。

「閣下！　何をなさるんです！　ご自分がいまどこにいるのかわからないんですか！」司祭が両手を握りあわせて、恐怖と憎悪がない交ぜになった口調で叫んだ。それでも、ひとりとして司祭のほうを見る者はいなかった。フレデリックスは銃口が自分に向けられたのに気づくと立ち止まった。教会の中が緊迫した静寂に包まれた。

アッシュクロフトはダイアナにこっちへ来るように身振りで示した。ダイアナが待ちかねていたように、傍らにやってきた。ダイアナの腕を腰に感じた。やわらかな体がわき腹に押しつけられた。〝ロンドンに行こう〟ということばに同意したダイアナは、女神のように力強かった。狩猟の女神であるダイアナという名にふさわしかった。けれど、いま、その体は震えていた。片方の腕でダイアナの肩を抱いた。元気づけるためでもあったが、その体に触れずにいられないせいでもあった。

「ふたりで力を合わせれば、なんの心配もない」ダイアナだけに聞こえるように囁いた。「敗北を味わうために、私はここにやってきたわけじゃないからな」

ボンネットに包まれた頭を傾げて、ダイアナが見あげてきた。その目は無数の蠟燭の炎よりも光り輝いていた。ダイアナに愛されている——それを実感して、心臓が宙返りしたかと思うほど胸が高鳴った。

無敵の男になった気分だった。ダイアナに心から愛されているかぎり、バーンリーにも身勝手な策略にも屈することはない。

アッシュクロフトは実の父である卑劣な老人に歩みよりながら、冷ややかに言った。「私はほしいものを手に入れた。誰にも怪我をさせずにここを離れるつもりだ。といっても、キャリック夫人がそれを望んでいればの話だが。それに、私はあなたと図体の大きなその従僕の体を思いやってもいる。私のことばに二言はない。それはあなただって知っているだろう」「バーンリー卿、これ以上ことを荒立てないでください」ダイアナが落ち着いた口調で言った。

バーンリーは呆れたように首を振りながらも、嘲笑を浮かべた。「おまえは救いようがないほど愚かな女だ。私が途方もない褒美を与えようとしているのに、それを拒んで、色ぼけ男を選ぶとは。その決断を永遠に後悔するがいい」そう言うと、背筋をぴんと伸ばして、ダイアナをねめつけた。「こんなことをしたからには、ダイアナ、役立たずの父親がこれまでどおりこの地で暮らせるなどとは思っていないだろうな。おまえの父親もジプシーの小娘も、ふたり一緒に地獄に落としてやる」

ローラが立ちあがって、老いた侯爵に向かってわざと深々とお辞儀をした。「閣下、情け深いおことばに感謝いたします」そう言いながらも、その侯爵のことばなど気にもしていないと言いたげに、ゆったりした足取りでダイアナとアッシュクロフトに歩みよった。

よくぞ言ってくれた、ミス・スミス――アッシュクロフトは心の中で褒めたたえた。ミス・スミスにははじめて会ったときから好感を抱いていた。そして、いま、一生の借りができた。「バーンリー卿、言っておくが、ミス・スミスやミスター・ディーンが路頭に迷うことはない。あなたはお忘れのようだが、ここにいるこの私は、あなたに劣らないほど高い地位にある。そしてまた、私とあなたのあいだには、解決されないまま残された重大な問題がいくつもある。私はそれを法に則って解決するつもりだ。となれば、あなたの名声も家名も無傷ではいられない」

「生意気なことを、女々しいひよっこが！」老いた顔を怒りでゆがませて、バーンリーが一歩歩みよってきた。といっても、もはやその手で勝利をつかむのは不可能だった。「私を脅すつもりなのか？」

「いや、心から欲するものを手離すつもりがないだけだ」アッシュクロフトは決然と言った。

バーンリーが喉の奥から絞りだすように低い声で言った。「薄汚い女などくれてやる。ああ、その女はおまえとよくお似合いだ」

「それはまたご親切に」アッシュクロフトは皮肉をこめて応じたが、銃はおろさなかった。復讐のチャンスはいまもまだ目のまえにぶらさがっていたが、それには手を出さないことにした。

復讐などしてなんになる？　傍らにいるダイアナにちらりと目をやると、バーンリーを打ち負かしただけで満足しなければと思った。

この一件のあとでは、宿敵であるバーンリーには家族も妻も直系の跡取りもいなくなる。老いた侯爵はわずかに残された日々を、敗北だけを味わいながら過ごすのだ。まさに邪悪な老人にふさわしい最期だった。

「地獄で朽ちるがいい、私生児めが」怒りで体を震わせながら、バーンリーが憎しみをこめて吐き捨てた。

そのことばこそが、実の父と息子の関係そのものだった。

私の前途には輝かしい未来が広がっている――アッシュクロフトはそれを実感した。いっぽうで、バーンリーはもはや過去の人。もしかしたら、バーンリーに感謝するべきなのかもしれない。邪悪な策略がなければ、ダイアナと出会わなかったのだから。金では買えない最高の贈り物をしてくれた侯爵に礼を言いたくなったが、それは心の中だけにしておいた。

「行こう」穏やかな口調でダイアナに声をかけた。

「こんなところにもう用はないわ」ダイアナも穏やかに応じた。その顔に浮かぶ笑みから、あふれる思いが伝わってきた。人前では口にできないことばのすべてが伝わってきた。

怪我をした体をもどかしく感じながらも、アッシュクロフトは教会の扉へ向かった。傍らを歩くダイアナが腰に腕をまわしてくると、まっすぐに顔をあげた。その顔に浮かぶ表情は晴れやかだった。うしろを歩くローラも、見まちがいようのない歓喜の表情を浮かべていた。

教会の外で馬車が待っていた。トバイアスが馬車の扉を開けて押さえると、そこではじめてアッシュクロフトはダイアナから手を離して、銃をポケットにしまった。「きみの父上を迎えにいって、一緒にロンドンに行こう。ロンドンにいれば安全だ。きみの家の外に召使を待たせておいた。悪党のバーンリーのことだ、きみの父上を領地から追いだすだけでは飽き足らず、もっとひどい仕打ちをしかねない」

「父は家を離れようとしないわ。頑固なの」ダイアナがそう言いながら、目を見つめてきた。

ダイアナの気持ちの変化が手に取るようにわかった。いま、ダイアナは当惑して、不安げで、打ちのめされていた。教会の祭壇のまえに立つダイアナを見たときに、アッシュクロフトは驚かずにいられなかった。あれほど快活で生き生きしていた美しい顔が、青ざめて、やつれていたからだ。これから結婚する花嫁にはとうてい見えなかった。けれど、バーンリーを拒んで、果敢に立ちむかったダイアナは、以前の気丈な女戦士に戻った。それがいまは、泣きだしそうな顔をしていた。

ダイアナを慰めたかった。心配はいらないと言いたかった。けれど、人前では一定の距離を保っていたいと、ダイアナが願っているのはまちがいなかった。

それに、まだほかにやるべきことが残っている。片手を差しだして、ミス・スミスの手を取ると、高貴な淑女を相手にするように深々と頭を下げた。「あなたにはことばにできないほどの恩義ができた。ほんとうにありがとう」

「たいしたことはしていません。あなたをひと目見たときから、ダイアナにぴったりだと思っていました。なぜなのかはことばにできませんけど」

「あなたからの手紙がなければ、ダイアナとバーンリーの結婚のことを知りもしなかった。いずれはダイアナを取りもどしにここへ来たかもしれないが、そのときにはもう手遅れになるところだった」

わけがわからないと言いたげに、ダイアナが眉をひそめた。「手紙？」

ミス・スミスが背筋をぴんと伸ばして、ダイアナをまっすぐ見た。「あなたがバーンリーとの結婚を承諾すると、すぐにアッシュクロフト卿に手紙を書いたの」

ダイアナは驚いてアッシュクロフトを見つめた。「わたしを救ってほしいとローラから頼まれたの？」

アッシュクロフトは首を振った。「式がいつおこなわれるか、手紙にはそれしか書いていなかった」

ローラは笑みを浮かべた。「悪魔のような老人とあなたが結婚するのを、アッシュクロフト卿が黙って見ているはずがないもの」

わずかな参列者がさきを争うように教会から出てきた。誰もが好奇心で目をらんらんと輝かせていた。アッシュクロフトは思った――これ以上さらし者になるのはごめんだ。

ダイアナとミス・スミスに手を貸して馬車に乗せると、自分も飛びのった。とたんに、顔をしかめた。馬車であろうとなんであろうと、飛びのれるほど傷が癒えていないのを思い知らされた。進行方向に背を向けて、ふたりの向かいに腰をおろした。ダイアナの隣に座って、しなやかな体に触れられるなら、どんなことでもする――内心ではそんな気分だった。何しろ、一秒ごとにダイアナが遠ざかっていくように思えてならないのだから。

怪我をしていることを知って、ダイアナはそうとう驚いたらしい。けれど、動揺しているのは、そのせいだけなのか？

教会の中での束の間の輝かしいひととき、ふたりを隔てる壁はなくなったと思った。だが、それはぬか喜びだったらしい。

しばらくの辛抱だ、と自分に言い聞かせた。このときを何カ月も待ったのだから、あと一時間ぐらい待てなくてどうする。

ダイアナと目が合った。その目が苦悩で潤んでいた。どうやら、目のまえにいる男がかなりの大怪我を負っていることにはっきり気づいて、ショックを受けているらしい。健康な体でダイアナをさらいにこられなかったのが情けなかった。

馬車が動きだした。「ほんとうなら、あなたはまだベッドで寝ていなければならないわ」ダイアナの声がかすれていた。「怪我はきちんと治るのよね?」

アッシュクロフトは肩をすくめた。「医者は治ると言っているよ。いちばんひどい脚の怪我は傷跡が残るだろう。だが、いずれは新品同様になる」

「よかった」そう言ったのはミス・スミスだった。

「でも、わたしのせいで怪我をしたのよね」ダイアナがかろうじて聞こえるぐらいの小さな声で言った。「わたしの責任だわ」

アッシュクロフトはダイアナの手を握った。手の震えが伝わってきた。ダイアナは手を引っこめてしまうかもしれない――一抹の不安が胸をよぎる。さきほどとは打って変わって、ふたりを隔てる溝が広がっていく気がした。それなのに、何もできないのが情けなかった。

ダイアナを胸に抱いて、思いのたけを伝えたかった。けれど、語られないまま残っている問題を解決するには、ふたりきりになれる場所と時間が必要だった。いまは、そのどちらも得られない。

「そんなことは気にしなくていいんだよ」アッシュクロフトは本心から言った。

「いいえ、大切なことよ」

ダイアナは顔をそむけて、窓の外を見つめた。けれど、そのまえに、激しい罪悪感がその顔をよぎるのを、アッシュクロフトは見逃さなかった。慰めのことばの代わりに、ダイアナの手をさらに強く握りしめる。大切なのは、ふたりが一緒にいることだ。その気持ちが伝わるように心から願った。

アッシュクロフトはロンドンから大勢の召使と何台もの馬車を引き連れてきた。とはいえ、ロンドンからやってくるときには、ダイアナの父が長年住み慣れた家をすんなり離れるとは思えなかったし、それ以上に、ほんとうにバーンリーからダイアナを奪えるのかどうかもあやふやだった。けれど、もしそれが現実になれば、ダイアナとその家族を一刻も早くマーシャムから連れださなければならなかった。

意外にも、ダイアナの父は家を離れることにあっさり同意した。バーンリーのもとで長年働いてきて、その侯爵が激怒したら、どれほど非情なことをするか、よくわかっていたのだ。といっても、自分の家に天下の放蕩者アッシュクロフト伯爵が来て、大喜びするはずもなかったけれど。いずれにしても、マーシャムを離れるしかないと覚悟を決めているようだった。

いまは、ダイアナの父にどう思われているかを気にしている場合ではない、とアッシュクロフトは自分に言い聞かせた。ダイアナの家族の身の安全を第一に考えなければ。さらに、ダイアナをこの呪われた領地からぶじに連れださなければならない。

家財道具を馬車に積みこんで、ミス・スミスとダイアナの父、そして、わけがわからずに戸惑っている老犬のレックスを馬車に乗せた。たった一時間でそれを済ましてから、その間にダイアナの姿を見かけなかったことにはたと気づいた。荷造りをはじめたときには、ダイアナはあれこれ指示をしていたが、いつのまにかいなくなってしまったのだ。

不安で胸が締めつけられて、背筋を冷たいものが流れた。とはいえ、バーンリーが誰にも気づかれずにダイアナをさらっていったとは思えなかった。家の中はアッシュクロフトの召使であふれかえっていたのだから。

ダイアナは領地を出るまえに、どうしてもやっておきたいことがあったのかもしれない。そう思いながらも、アッシュクロフトは思うように動かない足を引きずりながら、大いそぎですべての部屋を見てまわり、また庭に戻った。ダイアナの姿はなかった。怪我をした体が呪わしかった。闘わなければならなくなっても、体は思うように動きそうにない。

不安で胸の鼓動が速くなるのを感じながら、馬車に駆け乗った。「ダイアナがいない」

ミス・スミスが顔を曇らせて、立ちあがろうとした。「みんなで教会から戻って、家に入っていったわ」

「そのあとで見かけたか？」

「いいえ」

「ミスター・ディーン？」

ダイアナの盲目の父は杖を握る手に力をこめて、何かを考えるように眉根を寄せた。「教会の墓地は確かめたかね？」

「なぜ、ダイアナが……」アッシュクロフトは言いかけたが、時間を無駄にできないと、すぐさま馬車を離れた。

娘は教会の墓地にいるとダイアナの父が考えているなら、すぐさま確かめにいかなければ。バーンリーよりさきに、この自分がダイアナを見つけなければならない。あの邪悪な侯爵が自分に立てついた者にどんな報復をするか、おぞましい場面が次々に頭をよぎった。

「裏庭に墓地に通じる門があるわ」ミス・スミスが大きな声で言った。

アッシュクロフトは一瞬立ち止まると、振りむいた。「さきにロンドンへ。私はあとから追う」馬車の開いた扉を押さえているトバイアスを見た。「一頭立ての馬車と、屈強な召使ふたり。そのふたりが乗る馬を残していってくれ」

最悪の事態に備えて、ポケットから銃を取りだしながらぎこちなく走りだした。脚の鋭い痛みは無視した。どれほど脚が痛もうがどうでもよかった。それよりも、ダイアナを見つけなければ。背後で、扉がぱたんと閉じて、馬車が動きだす音がした。

身の毛もよだつほど恐ろしい場面ばかりを思い浮かべながら、アッシュクロフトは裏庭の門——教会の裏手の小さな墓地に通じる門——を乱暴に押しあけた。次の瞬間には、静まりかえった聖なる場所に足を踏みいれていた。

そこは、誰の声もしなければ、殺気立った雰囲気とも無縁だった。遅咲きの薔薇がひそやかに咲いて、苔《こけ》むした墓石が並び、鳥のさえずりが聞こえるだけだった。

アッシュクロフトは大きく息を吸うと、激しい鼓動が落ち着くのを待った。心からほっとして銃をポケットにしまった。

少し離れたところに、ダイアナが立っていた。目のまえの墓標を一心に見つめている。墓地に人が入ってきたというのに、門のほうを見ようともしなかった。頭からボンネットがはずされて、金色の髪が陽光に輝いていた。

アッシュクロフトは足を引きずりながら、ダイアナのうしろまで歩いていくと、立ち止まった。怪我をした脚ででこぼこの地面を歩くのは苦しかったが、ダイアナを捜すのに夢中で、ステッキを持ってくるのも忘れていた。

これほど緊迫した状況なのに、ダイアナがわざわざ墓地に来た理由はすぐにわかった。ダイアナの父が〝教会の墓地〟と言ったときに、その理由が頭にぱっとひらめいた。だから、ふたつの墓標のまえに佇むダイアナを見つけても驚きはしなかった。墓標のひとつは比較的最近のもので、もうひとつはそれよりずいぶん古びていた。

墓のまえにしゃがんで薔薇の花を手向けるダイアナを、アッシュクロフトは黙って見守った。一本は最愛の母マリア・キャロライン・ディーンへ、もう一本は最愛の夫だったウィリアム・アディソン・キャリックへ。

アッシュクロフトはこれまで、ダイアナの亡夫に幾度となく怒りを覚えた。けれど、いまは怒りなど微塵も感じなかった。ウィリアム・キャリックはダイアナを愛し、そして、あまりにも若くしてこの世を去った。そんな男が哀れでならなかった。

ウィリアム、ダイアナのことは私に任せてくれ。ああ、命に賭けて誓う。

「さようならを言いにきたんだね」アッシュクロフトは片手をあげて、頭上に張りだす木の枝を押さえながら静かに言った。

ダイアナが振りむくと、胸が締めつけられた。ダイアナが頰を濡らす涙を拭って、悲しげに震える声で言った。「ええ。それに、許してほしいと祈っていたの。母も亡くなった夫も、わたしを誇りに思えないはずだから」

30

気丈で生き生きとしたダイアナが深く傷ついて、絶望しているのを目の当たりにするのは辛かった。アッシュクロフトはあらためて胸に誓った。教会の中で〝愛〟ということばを口にしたときのような自信を、ダイアナに取りもどさせてみせると。

「ダイアナ……」

そのことばを、ダイアナが遮った。「あなたはわたしに恥ずかしい思いばかりさせるのね」灰色の目で見つめられた。「あなたは教会で誰よりも勇敢なことをしたわ。それはもう感動的だった。二度と立ちあがれないような屈辱を味わうことになったかもしれないのに、あなたはそれを恐れてもいなかった。そうよ、また大怪我をさせられるかもしれなかったのに」

片方の脚だけに負担がかからないように、アッシュクロフトは反対の脚に重心を移した。ダイアナは褒めすぎだ。この自分はそこまで勇敢だったわけではない。無我夢中だっただけだ。「そうせずにはいられなかったんだ」

「わたしはあなたから憎まれても不思議はなかった」苦しげにかすれた声だった。「そう、憎まれて当然だったのよ」

嘘をついて何になる？　とアッシュクロフトは思った。心にもないことを言って慰めたところで、ダイアナは即座に嘘を見抜くに決まっている。それでなくても、もう嘘はこりごりだった。「ああ、たしかにきみを憎んだ」

束の間、ダイアナが顔をしかめた。じっと見つめていなければ気づかないほど、一瞬のことだった。けれどすぐに、顔をまっすぐにあげた。これまでに幾度となく見てきたしぐさだが、いまはいつもの気概は感じられなかった。罪悪感に苛まれているのだろう。バーンリーの策略に手を貸したのは事実だが、ダイアナにとって人を欺くのはたやすいことではなかったはずだ。

「いまでも憎んでいて当然だわ」ダイアナが唾をごくりと飲みこむと、細い喉が動いた。そうして、いかにも苦しそうに話を続けた。「あなたがひどい怪我をしたのはわたしのせいよ。このふた月というもの、あなたは苦しみぬいた。その原因はすべて、わたしが強欲だったせい。あなたを召使に襲わせたのはバーンリー卿。でも、その責任はわたしにあるのよ」

「私の命を奪うには、たった四人の愚鈍な乱暴者では足りないよ、マイ・ラブ」

ダイアナが空を切るように手をさっと動かして、そのことばを打ち消した。「瀕死の重傷を負ったのに、冗談なんかにしないで。怪我をしたあなたを見て……わたしは自分がつくづくいやになったわ」

「きみはバーンリーに利用されただけだ」

アッシュクロフトは手を差しのべた。けれど、ダイアナはあとずさった。まるで叩かれるとでも思っているかのように。そうして、引きつった冷笑を浮かべた。「わたしは自らすすんで利用されたのよ。わたしが犯した罪をすべてバーンリー卿のせいにはできないわ。わたしは嘘をついてあなたに近づいた。それはまぎれもない事実よ」

アッシュクロフトは顔をしかめて、ぐったりと手をおろした。心の隅で警戒心が頭をもたげていた。といっても、いま、手が届きそうになっている幸せを脅《おびや》かしているのは、バーンリーでも、その手下でもなかった。ダイアナの顔に表われた痛切な自己憎悪のほうがはるかに問題だった。「この話はあとにしよう」

背筋を伸ばして、怪我をした脚に慎重に重心を移した。頭上に張りだした太い枝から手を離すと、脚の傷がずきりと痛んだ。歯を食いしばって痛みをこらえる。いまこのときだけは、弱さを見せるわけにはいかなかった。

胸の中には自分自身への疑問が残っていた。けれど、その答えはもうわかっていた。アッシュクロフトははっとした。そうだ、ずっとまえからわかっていたのだ。ダイアナを背信の魔女として呪っていた惨めなふた月のあいだも。

「ほんとうにすべてが偽りなのか？　ロンドンで私たちのあいだに起きたことすべてが？」

「なぜ、あなたはわたしのことばを信じられるの？」ダイアナが悲しげに言った。目を合わそうとせず、胸のまえで身を守るように腕を組んでいた。

その問いかけに、アッシュクロフトはまぎれもない真実で応じた。「きみを信じているからだ」

「信じられるはずがないわ」ダイアナが顔をそむけたまま、涙声で言った。体まで震えるほど緊張しているダイアナを見ていると、抱きしめて、これまでのことなど気にしていないと慰めたくてたまらなくなった。けれど、そうしたところで何も解決しない。

罵《ののし》ってほしいとダイアナは思っているのだ。けれど、この数カ月間、ダイアナは感情の嵐の中で翻弄され、すでに地獄を味わったと言えるほど自分を罰してきたはずだった。

束の間、緊迫した沈黙ができた。沈黙がダイアナの苦しげな息遣いで破られた。ダイアナがちらり視線を送ってきたかと思うと、顔に翳りのある表情を浮かべて、歩みよってきた。とといっても、体に触れるほど近くまでは来なかった。またもや、アッシュクロフトはその体を抱きしめたくなるのを必死にこらえなければならなかった。

「アッシュクロフト、立っているのは体に毒よ」

抗うように口元を引きしめた。「怪我など心配しなくていい。それより、質問に答えてくれ」

「お願い……」ダイアナが震えながら息を吸った。「お願いだから座って。そうしたら、なんでも答えるわ」

怪我をした体が忌々しかった。「ならば、そうしよう」渋々と応じた。

足を引きずりながら、墓地のはずれにある古びた木のベンチへ向かった。きっと、ダイアナは未亡人としてひとり寂しく暮らしながら、幾度となくそのベンチに座って、物思いにふけったにちがいない。アッシュクロフトは慎重にベンチに腰をおろした。ダイアナの言うとおりだと認めたくなかったが、そう長くは立っていられそうになかった。

ダイアナが唇を嚙んで、おなかのまえで震える手を組みあわせた。話をはじめると、声は低く、口調はますます緊迫していた。「すべてが偽りだったわけではないわ。欲望はほんものだった」

「欲望だけなのか？」その答えが知りたくて、思わず体に力が入った。

「それに……愛も」ダイアナが苦しげに言うと、顔をそむけて、どこか遠くのほうを見つめた。まるで恥ずべき告白をしたかのように。「あなたを愛してはならないと、自分に何度も言い聞かせたわ。でも、どうにもならなかった。あなたはわたしが一生をかけて待ちつづけた人だから」

アッシュクロフトは膝の上で手を握りしめた。そうしながらも、いま耳にしたことばに、無上の喜びで心が沸きたっていた。ダイアナに触れたい——その思いが頭の中で大きくこだましていたが、どうにかこらえた。「きみはいまでも私を愛している。いや、少なくとも、バーンリーのまえではそう言った」

「ええ、愛しているわ」ダイアナはかすれた声で言うと、意外なことでもなんでもないかのような口調で話を続けた。「けれど、あなたを愛せば、わたしのしたことはますます罪深くなる。その気になれば、わたしは邪悪な策略から手を引くことだってできたのよ。そう、やめるべきだった。あなたの真の姿を知ったときに。あなたのことを誤解していたと気づいたときに」

「きみはバーンリーを恐れていた」

「いいえ」ダイアナがまっすぐ見つめてきた。その顔に浮かぶ真摯《しんし》な思いに、魂まで射抜かれた。「もちろん、バーンリー卿のことは恐ろしかったわ。わたしは温室育ちのお嬢さまではないもの、バーンリー卿の恐ろしさならよくわかっている。でも、それとは関係なく、あなたとベッドをともにして、わたしはあなたから離れられなくなったの。もし、愛人になった真の目的を知られたら、嫌われて、追いはらわれる、それが怖かった」

ようやくダイアナの胸の内がわかって、いくらかほっとした。自分はダイアナを欲する気持ちを抑えられなかったが、ダイアナも同じだったのだ。

「策略に加担すると決めたとき、わたしはクランストン・アビーがほしくてたまらなかった」ダイアナが低く静かに言った。「いま思えば、何かに取りつかれていたようなものね。欲しくてたまらないものを手に入れるためなら、あのときのわたしはなんでもしたわ。泥棒にでも、嘘つきにでも、娼婦にでもなった」

「それほど欲しかったものをきみがあきらめたのは私のせいだ、すまないと思っている」アッシュクロフトはダイアナが幸福になるなら、空から月を取ってくることもいとわない、そんな気分だった。

考えてみれば、自分にはその侯爵家を受け継ぐ資格がある。それを思えば、クランストン・アビーにいくらかでも興味が湧いてきてもいいはずだった。けれど、興味などまるで持てなかった。憎むべき実の父から、自分はダイアナを奪ったのだ。それはバーンリーから何よりも大切な宝をかすめ取ったも同然だった。それ以外の宝――ファンショー家のバロック様式の大邸宅も何もかも――は、邪悪な侯爵のせいで穢れているとしか思えなかった。

ダイアナが首を振った。「あなたが謝る必要はないわ。最後にはやはり正義が勝つの。バーンリー卿が負けたのはあたりまえ。それを言うならわたしも同じ」

ちがう。そんなことはない。そうじゃないんだ。

心臓が大きく脈打った。ダイアナにそうではないことをどうしてもわからせたかった。「きみは負けたと感じているのか?」思わず厳しい口調になった。「ほんとうに? いまでもそう感じているのか?」

ダイアナの目に苦悩がありありと浮かんだ。「クランストン・アビーのことなどもうどうでもいいの。ずいぶんまえからどうでもよくなっていた。気がかりなのは、あなたのことだけ。わたしはあなたを欺いたんですもの」

ああ、たしかに、欺かれて平然としていられるはずがない。ああ、心は深く傷いた。ダイアナがそれまで何よりも大切にしてきたはずの道義心に背いたのは事実だ。それでも、こんなふうに自分を責めるのを聞いていられなかった。

私のダイアナが自分を責めるなどということがあってはならない。私のダイアナは気高く、美しく、勇敢なのだから。

怒りが湧いてきて、ぎこちない動作で思わず立ちあがった。こわばった脚が言うことを聞かず、転びそうになる。

いまこそヒーローになれるかもしれないのに、子猫のように頼りないのを証明してしまうとは。いまこそ強い男であることを示すんだ。たくましい男でありたかった。これほどの苦難を乗りこえたのに、ふたりともまだ自由になれずにいる。この自分はまだ目のまえの女性を手に入れていなかった。

「くそっ」

ダイアナが驚いて息を呑み、さっと歩みよってくると、体を支えた。体にまわした腕に力をこめながらも、ダイアナの声は罪悪感でかすれていた。「そうよ、あなたはわたしを見たくもないと思って当然なのよ」

「このさき永遠に、きみを見ずに私が生きていけると思っているのか？」ついにダイアナの体に触れた——アッシュクロフトはそれをひしひしと感じていた。ぬくもりが薬草のようにじわじわと全身に染みわたり、胸の中の冷たい隙間にまで入りこんだ。至福のひとときを味わいながら、アッシュクロフトはダイアナに抱かれて無言で立っていた。頰をダイアナの髪に休ませる。楽園に実る新鮮な青リンゴの香りに包まれた。

ダイアナが途切れがちに長いため息をつきながら、首に顔を埋めてきた。かすれた声がくぐもっていた。「わたしを許すなんて、どうしてそんなに心が広いの？　そんなあなたに、わたしには感謝することしかできないわ。そう、わたしはあなたのもの。あなたがわたしを求めているかぎり永遠に」

私がダイアナを求めているかぎりだって？

どういう意味だ？　わずかに体を離して、ダイアナの顔を見た。「いったい何が言いたいんだ？」

「ああ、もう、涙なんて流したくないのに」ダイアナが震える手をあげて顔に触れた。けれど、何をしても涙は止まらなかった。「ハンカチはある？」

「もちろんだ」アッシュクロフトは上着のポケットを探ってハンカチを取りだすと差しだした。さきほどのダイアナのことばが何を意味しているのかはわからずじまいだった。

「ありがとう」ダイアナがぞんざいに顔を拭った。「もう泣かないわ」

それでこそ、放蕩者でさえ思慮分別をなくすほどのこの世で最高の女だ。アッシュクロフトに無限の幸福をもたらす女だった。

「その気持ちなら私にもよくわかる」そう応じながらも、アッシュクロフトはダイアナのさきほどのことばを聞き流すわけにはいかなかった。「それで？」

ダイアナは白いハンカチを握りしめていたが、視線は揺るぎなかった。「あなたの愛人になるという意味よ」

アッシュクロフトは眉をしかめた。ダイアナはまるでわかっていないのだ。「きみを愛人にするつもりはない」

ダイアナの顔から血の気が引いた。その目に傷ついた光を浮かべて、あとずさった。ふたりの体が離れると、アッシュクロフトは殴られたような気分になった。ダイアナが震える声で言った。「でも、あなたは教会で一緒に来てほしいと言ったわ」

アッシュクロフトは低くうなると、ダイアナの腕を握りしめた。「私の妻として一緒に来てほしいという意味だ」

ダイアナの腕の震え――強い風に吹かれる木の葉のような震え――が手に伝わってきた。

「いいえ、あなたはそんなことは言わなかった」

「きみがロンドンを去ってこの村に戻ってきたときに、プロポーズしたよ」

ダイアナが驚いて口を開けた。「あれからもうふた月になるわ。それに、あのときのあなたは、わたしがどれほどひどいことをしたか知らなかった」

「いまは知っている。それでも、きみと結婚したいんだ」じりじりしながら言った。口づけたくてたまらなかった。けれど、口づければそれだけでは済まなくなる。そうでなくても、過去はすべて記憶の奥底に葬るつもりでいるのを、はっきりことばにして伝えなければならなかった。「心から求めている女性に結婚を申しこむまでに、三十二年もかかったんだ。それなのに、わずか二カ月でその気持ちが変わるわけがない」

ダイアナが灰色の目を見開いた。驚いて、信じられずにいるのだろう。「でも、あなたがわたしを妻にしたがるはずがない。そんなのはまちがっているわ」

アッシュクロフトはダイアナを引きよせて、しっかり抱きしめた。抱擁から逃れようとしても、離さないと言わんばかりに。そうして、きっぱり言った。「いいや、きみを妻にしたいと思っているし、そうすべきだとも思っている」

「ターキン……」

一瞬、腕の中でダイアナが身をこわばらせた。反論して、否定するつもりなのだろう。けれど、ダイアナの中で何かがぷつんと切れたようだった。苦しげな声を漏らして、ダイアナが胸に体をゆだねてくると、切なそうに泣きはじめた。そんな姿を目の当たりにして、アッシュクロフトは何かを叩き割りたくなった。

「泣かなくていいんだ。頼むから、泣かないでくれ」

知らず知らずのうちに、華奢な体をさらに強く抱いていた。墓地にいるのを見つけたときにも、ダイアナの自制心はいつ崩れ落ちてもおかしくなかったのだ。そうとわかっていても、こらえきれずに泣き濡れるダイアナを見るのは、胸が締めつけられるようだった。どうすればいいのかもわからず、悲痛な泣き声と支離滅裂な謝罪のことばを聞きながら、アッシュクロフトは無言で立ち尽くしているしかなかった。

それでも、たったいまダイアナから聞かされた返事が、頭から離れなかった。

教会で〝ダイアナは自分のものだ〟と宣言した。だが、ダイアナはそれを一時的な愛人関係を意味していると思ったのだ。そうして、不確かな未来をためらいもなく選んだ。目のまえにバーンリー侯爵夫人としての、贅沢で安泰な暮らしがぶらさがっていたのに。

数カ月のあいだ、私はダイアナに騙されたことと闘ってきた。その闘いの末に、ダイアナのまえで胸を張って〝過去と折り合いをつけた〟と言った。そのことばに嘘はなかった。ダイアナをほんとうに許して、無条件で信じられると思っていた。

けれど、心の片隅にわずかな疑念が残っていたらしい。だが、そんな疑念も、温かな陽光を受けた朝露のように消えていった。

自分はダイアナからほんとうに愛されている。その愛は、クランストン・アビーに対するダイアナの愛やプライド、私欲よりはるかに大きい。それほどの勝利を手にしたのを、大空に向かって叫びたくなった。

苦しげに上下している華奢な肩をしっかり抱くと、ダイアナが自然なしぐさで体を寄せてきた。それだけで胸の鼓動が高鳴った。長く立っていたせいで、傷ついた脚が悲鳴をあげそうになる。けれど、傷がどれほど痛もうと、これほど貴重なひとときを捨て去れるはずがなかった。

泣いていいんだよ、ダイアナ。思いきり泣くがいい。そして、今日からはもう泣くことはない。

涙の嵐がゆっくりおさまっていった。「きみはわが子の未来については無頓着《むとんちやく》なんだな」アッシュクロフトは冗談めかして言った。

「わたしが身ごもっていると、どうしてわかるの？」抱かれているせいで、ダイアナの声がくぐもっていた。「このまえあなたがマーシャムに来たときには、早すぎてまだはっきりしなかったのよ」

「子供のためにきみはバーンリーと結婚することにしたんだろう」

ダイアナが顔をあげて、見つめてきた。頬に涙の跡がくっきりついていた。鼻が赤くなって、目が潤んでいる。これほど美しいダイアナを見たのははじめてだった。

「いいえ、もしかしたら領地がほしかったのかもしれない」この期に及んでも、ダイアナは罪悪感という重荷を背負いつづけていた。

アッシュクロフトは微笑んで、ダイアナを見おろした。「私はそこまで馬鹿じゃないよ。結婚式までふた月もかかったのが、何を意味しているのかぐらいはわかる。領地だけが目的なら、きみはロンドンから戻ってすぐさまバーンリーと結婚していたはずだ。褒美が目のまえにぶらさがっているのに、なぜ躊躇する？　そう考えれば、理由はおのずと浮かんでくる。子供を身ごもっていなければ、きみはバーンリーとの結婚に同意しなかったはずだ」

ダイアナが震える手をあげて、頰に触れてきた。拒まれるのではないかと思っているようなおずおずとしたしぐさだった。まだ気づいていないのか？　私がこの世の何よりも、ダイアナを求めていることに。

「最初はバーンリー卿からのプロポーズを断ったわ。あなたを愛しているのに、べつの人と結婚できるはずがないもの。べつの人の妻になるなんて、それこそ罪深い過ちだと思った。でも、何もかもが……」

もしかしたら、いつの日か、ダイアナの愛の告白を当然のものと思えるようになるのかもしれない。けれど、いまはそうではなかった。いや、永遠にそんな日はやってこないのかもしれない。「きみは生まれてくるわが子に、りっぱな家柄と何不自由ない生活を用意しなければならなかった。バーンリーのことだ、きみの父上とミス・スミスのことも持ちだして脅したんだろう。ああ、そうに決まっている、あの男のことならよくわかっている。乳飲み子を抱えてひとりで生きるしかないとすれば、きみはプロポーズを受けるしかなかった」

ダイアナの顔から苦悩が消えていくのを見て、アッシュクロフトは胸の痛みが和らいでいった。頬に触れているダイアナの手に、自分の手を重ねた。

「でも、わたしはあなたに信じてもらえるような人間ではないわ」ダイアナがつぶやきながら、涙で濡れているハンカチでもう一度湿った頬を拭った。

「いいや、信じられる」

これから五十年というときをかけてでも、そのことをダイアナにわからせてみせる。過去の傷を癒やすには、長い時間と大海ほどの愛が必要なのだ。

ああ、私にはそれができる。今日がふたりにとって最良の船出の日だ。といっても、まずはできるだけ早く、できるだけ安全に、この地からダイアナを連れださなければならなかった。

「行こう」頬からダイアナの手を引き離したが、手はつないだままでいた。そうして、踵を返して、馬車へ向かった。「バーンリーは狡猾な男だ」

ダイアナがうなずいて、ポケットにハンカチをしまった。ずいぶん落ち着きを取りもどして、後悔の念もいくらかおさまったらしい。声にももう罪悪感は感じられなかった。「バーンリー卿にだって、わたしたちを傷つけることなんてもうできない。なぜって、わたしたちは愛しあっているんですもの」

至福の喜びが湧きあがり、胸にあふれた。アッシュクロフトは足を止めて、ダイアナの手に口づけた。「子供ができてほんとうに嬉しいよ。いままでほんとうの家族がいなかったからね」

「ふたりでほんとうの家族を作りましょう」

ダイアナが自信たっぷりにそう言うと、アッシュクロフトの心に永遠に消えない希望の灯がともった。ダイアナと一緒ならどんな困難も乗りこえられる。ここにたどり着くまでに、ふたりは地獄の業火をくぐり抜けた。そしていま、目のまえに広がる未来は、陽光きらめく爽やかな高原のようだった。

ダイアナの手を握りしめた。「私はこれから、この世でいちばん退屈な男になるように努力する。天下一の放蕩者という汚名は返上して、誠実な夫になる。子煩悩《こぼんのう》すぎる父親になる。そうなっても文句を言わないでくれよ、マイ・ラブ」

「そうなの、ターキン？」

静かな声で発せられた問いかけの意味を、アッシュクロフトはすぐには理解できなかった。バーンリーの手下が、こそこそと周囲を歩きまわって待ち伏せしていないかと、そっちに気持ちが向いていた。「何が？」

「わたしはあなたにとって〝わが愛《マイ・ラブ》〟なの？」

ガラスにぶつかったかのようにアッシュクロフトはぴたりと足を止めて、ダイアナの手を離した。バーンリーのことなどもう頭になかった。

何を言っているんだダイアナは？　もちろん、ダイアナは私の愛《マイ・ラブ》に決まっている。

自分がここまで愚鈍だったとは信じられない、最初からダイアナを愛していたのに、そのことに気づくまでに何カ月もかかるとは。

もちろん、ダイアナは私に愛されているのを知っているはずだ。〝愛している〟とすでに言ったのだから……。

いや、まだ言っていないのか……？

恍惚の極みにのぼりつめたときでさえ、言わなかった。結婚を申しこんだときにも、卑劣な実の父からダイアナを奪ったときにも言わなかった。

信じられない、自分がこれほど間が抜けていたとは。

「ダイアナ、私にとってきみは生きるよすがだ」アッシュクロフトは華奢な腕を押さえると、ふたりの目が合うのを待った。ダイアナの目に疑念を読みとると、胃がよじれた。真実を語ろうとすると、いつになく深みのある声になった。「バーンリーの手下に袋叩きにされても、私が生きていられたのは、きみとの思い出があったからだ。どの医者も私は死ぬと断言したそうだ。けれど、私は生きて、きみを見つけなければならなかった。私にとってきみは、真っ暗な夜空に光るたったひとつの星なんだ。魂が沸きたつ唯一の音楽なんだ。肺を満たす空気なんだ。きみは私のすべてなんだ」

ダイアナが繊細な眉のあいだに不安げなしわをうっすらと浮かべて、たったいま聞いたことばなど意味をなさないかのように見つめてきた。「それで、あなたはわたしを愛しているの？」

「何をいまさら……」言いかけてはっとした。まだ肝心なことを言っていないとは。

アッシュクロフトはいったん口をつぐんで、深々と息を吸った。次に口にしたことばは、さきほど並べ挙げたことばよりはるかに胸の奥から湧きでてきたものだった。真に心の底からこみあげてきたことばだった。

「きみを愛しているよ、ダイアナ」

一瞬、ダイアナは無言のまま身じろぎもしなかった。もしかして、いまのことばが聞こえなかったのか……？　けれど、次の瞬間には、ダイアナの体から力が抜けて、その目が銀色に光った。「わたしもあなたを愛しているわ、ターキン」

アッシュクロフトはダイアナに微笑みかけた。いま目のまえにいるのは最愛の人で、人生そのものだった。「ほかのことはすべておまけにすぎない」

ダイアナが長いまつ毛越しに輝く目で見つめてきた。ロンドンで一緒に過ごした頽廃的な数週間の記憶にあるとおりの、魅惑的な妖婦のまなざしだ。そう思ったとたんに、胸が高鳴った。頰に残る涙の跡をべつにすれば、この腕の中で泣き濡れた悲しみに暮れる女の面影は、もう微塵もなかった。

「ならば、あなたはわたしに口づけをしなければね」

「早くも妻の尻に敷かれた夫の気分だ」

ダイアナの唇がぴくりと動いた。「以前のあなたとは別人みたい」

「まったくだ」

ロづけて、わたし
のアッシュクロフト伯爵」

ではないか。

「放蕩者の面汚しよ」
「放蕩者として完全に失格だ」
口づけを求めるように、ダイアナが顔をあげて、首を傾げた。「ならば口づけて、わたし
のアッシュクロフト伯爵」
アッシュクロフトは細い腰に腕をまわすと、しなやかな体を引きよせた。「わが魂のすべ
てをこめて、私の愛しいキャリック夫人」
この世が光に満ちあふれ、期待に胸が高鳴った。いまこの瞬間に計り知れないほどの意味
があるのを実感した。ここから新たな人生がはじまるのだ。
どこまでもやさしく唇を重ねた。ダイアナと一緒にいると欲望がつねにくすぶっている。
けれど、いまだけは、欲望より愛する気持ちのほうがはるかに大きかった。これほど誰かを
愛せるとは思ってもいなかった。同時に、論理も正義も常識もくつがえるほど大きなダイア
ナの愛を感じた。
ダイアナが口づけに即座に反応した。身を震わせて、唇を開くと、熱い口づけを返してき
た。それはどんなことばよりも、アッシュクロフトと離れていたのがどれほど寂しかったか
を物語っていた。
だが、今日からは、ダイアナが寂しがることは二度とない。そうだ、二度とダイアナを離
しはしない。
永遠に。

エピローグ

一八二九年十月
バッキンガムシア、ヴィージー邸

アッシュクロフト伯爵夫人のダイアナは、自身の居間にあるサテンウッドの机を離れて立ちあがった。両手をうしろにまわして、たっぷり伸びをする。その日は午後をまるまる費やして、アッシュクロフト家の財産管理書をじっくり確認したのだった。

外で子供の笑い声が響いた。ダイアナは開いた窓のほうへ向かった。眼下に広がる庭で、ローラが幼いレディ・ヘスター・マリア・キャサリン・ヴァレを祖父に渡そうとしていた。

胸が痛くなるほどの喜びを感じながら、きかん気な一歳半の赤ん坊を、父が膝の上に抱くのを見つめた。ヘスターは早くもいたずらっ子ぶりを発揮して、しょっちゅう騒動を起こしていた。それなのになぜか、祖父のジョン・ディーンと一緒にいるときだけは、夢のような天使に変身するのだ。いま、ヘスターはいつもと打って変わっておとなしく抱っこされて、祖父に顔を撫でられていた。

背後で扉が開く音がした。けれど、振りむかなかった。勢いよく部屋に吹きこんできた風で、誰が入ってきたのかは見なくてもわかった。

力強い腕がウエストにまわされて、たくましい体に引きよせられた。「あのふたりはずいぶん気が合うみたいだな」バリトンの声が耳に心地よく響いた。

ダイアナは体の力を抜いて、夫に寄りかかると、安堵とぬくもりに満ちた抱擁に身をゆだねた。結婚したてのころは、アッシュクロフトのことを愛してやまなかった。それから二年という月日をともに過ごして、夫婦の絆はますます強く深くなった。胸の鼓動まで同じリズムを刻んでいるのではないか、そんなふうに思えるほどだった。

「父はヘスターにどんな魔法をかけているのかしら？　わたしにもその魔法を教えてほしいわ」

「でも、きみは私に効く魔法を山ほど使えるじゃないか」アッシュクロフトが首に顔をすりつけた。とたんに、熱い欲望が全身にこみあげてきた。時間が経てば、アッシュクロフトに対してそれほど反応しなくなるのかもしれない――そんなふうに思っていたけれど、同じときを過ごせば過ごすほど、互いを求める気持ちは強くなるばかりだった。

ウエストのまえで組みあわされているアッシュクロフトの手に、自分の手を重ねた。「それならよかった」

といっても、結婚してからの日々は、穏やかで楽しいばかりではなかった。父はアッシュクロフトのようなふしだらな男と娘が結婚したことを、なかなか許してくれなかった。一緒に暮らしてほしいというアッシュクロフトの申し出を受けいれはしたものの、結婚当初は、敵意と落胆を隠そうともしなかった。けれど、徐々に態度が和らいでいった。それでも、ダイアナが誰よりも大切に思っているふたりの男性のあいだには、まだ距離があった。もしかしたら、それはこれからも変わらないのかもしれない。

そしてまた、父が娘を許すのも時間が必要だ。といっても、最近はかつての穏やかな関係を取りもどしつつある。それはヘスターのおかげだった。これほど元気いっぱいで無邪気な赤ん坊のまえでは、よそよそしい態度など取れるわけがなかった。

上流社会の口やかましい人々は、伯爵と身分ちがいの妻を蔑んでいた。アッシュクロフトがあわてて結婚して、まもなく最初の子供が生まれたことは、いまだに噂の種になっている。アッシュクロフトがマーシャムの教会にドラマティックに現われたという話には尾ひれがつき、上流階級の人々の大半がヘスターの父親はバーンリー侯爵にちがいないと考えていた。

そんな噂をダイアナは意に介さなかった。上流社会の人々から仲間はずれにされたところで、そんなのは手に入れた幸福の些細な代償でしかない。それに、どれほど悪意に満ちた噂も、アッシュクロフトとバーンリー卿の真の関係にはこれっぽちも近づいていない。それには心から安堵していた。真の関係が人に知られたら、それこそ大騒ぎになるはずだから。

「たったいま、手紙を確かめた」アッシュクロフトが首筋に口づけたまま囁いた。

「そうなの？」いちばん感じる部分に唇が触れると、手紙のことなどどうでもよくなった。

けれど、アッシュクロフトは唇を離して、肩に顎をつけた。「新しいバーンリー侯爵は上流社会の注目の的だ。その侯爵は煙草を嚙んで、議会にモカシンを履いて現われて、称号で呼ばれるのを拒んでいる。要するに、根っからの粗野な民主主義者らしい」

ダイアナは小さく笑った。「あら、まあ、バーンリー卿がお気の毒。いまごろ、お墓の中で身もだえしているでしょうね」

さもなければ、地獄で焼かれているか……。アッシュクロフトがそう思っているのは、尋ねるまでもなくわかった。

ダイアナが祭壇に花婿を置き去りにしてから数カ月のちに、バーンリー卿は領地で息を引きとった。心から欲していた跡取り息子が、生まれてみたら女の子だったとわかるまえにこの世を去ったのだ。

バーンリー卿が屈強な召使に命じてアッシュクロフトを袋叩きにしたのが、ダイアナはどうしても許せず、その卑劣な行為を公にして、なんとしても罪をあがなわせたかった。けれど、夫となったアッシュクロフトは、自分とその侯爵の複雑な関係が世に知られたら、苦しむのはバーンリー卿だけではなくなると言った。そんな思慮深い夫に惚れなおした。

アッシュクロフトの宿敵は自身の腹黒い策略が破綻して、ほぞを噛みながら最期の日々を過ごしたのだ。ダイアナはそれだけで満足しなければならなかった。何もかも思いどおりにしなければ気が済まなかったバーンリー卿であれば、自分の無力さを思い知らされるのは、何よりも胸にこたえたはずだった。

体にまわされたアッシュクロフトの腕に力がこもり、たくましい長身の体にさらに引きよせられた。「アメリカ人の侯爵に、議会で協力してもらおうと考えているんだ」

「その人はあなたの親戚なのよね、たぶん」

「だが、本人がそれを知ることはけっしてない」

家族の歴史のもつれにもつれた糸をどうやってほどくかは、夫婦で何度も話しあった。けれど、結局、このままそっとしておくことにした。いずれにしても、アッシュクロフトは伯爵なのだ。いまさらアッシュクロフト伯爵ではなく、新たなバーンリー侯爵だと名乗りをあげてもますます厄介になるだけだ。その罪滅ぼしに、アッシュクロフトはヴァレ家の数ある分家の長男に財産を分けあたえた。とはいえ、誰もが愚かな浪費家で、あっというまに破産してしまったけれど。

そういったことをして、どんな収穫があったかと言えば、アッシュクロフトがようやく過去と折り合いをつけられたことだ。母親の名を取って、わが子にヘスターと名づけさえした。そんな夫の心の広さに、ダイアナは感動せずにいられなかった。

「きみは忙しいのかな?」

ダイアナは唇にゆっくりと笑みを浮かべた。その問いかけが意味することはわかっていた。

「いまは、それほどでもないわ」

「見たところ、ローラときみのお父さんは忙しそうだな。ちがうかい?」

陽光が降り注ぐ庭を眺めながら、ダイアナはいっそう晴れ晴れとした笑みを浮かべた。

「どうやらそのようね。でも、あなたには伯爵としての重要な務めがあるはずよ」

アッシュクロフトをからかうのは楽しかった。それは以前と変わっていなかった。

腕に触れているアッシュクロフトの手に力が入り、夫の股間で硬くなっているものが、じれったそうに腰をつついた。「いや、こっちのほうが重要だ」

「ほんとうに重大だわ」

「ああ、まちがいない」

体をくるりとまわされて、向かいあわせにされても抗わなかった。唇が重なると、口づけにあふれるほどの情熱で応えた。アッシュクロフトが顔をあげたときには、ダイアナの息もあがっていた。

「きみといると、相変わらず正気ではいられなくなる」アッシュクロフトが喘ぐように言った。

「お褒めのことばをありがとう」ダイアナはアッシュクロフトの頬に白く残る細い傷を指でたどった。ひどい暴行を受けたのを物語るのは、それだけだった。いまとなっては、むしろ傷跡が愛おしかった。そのせいで、アッシュクロフトが海賊のように謎めいて危険な男性に見えるのだから。わたしだけの海賊。いまはもう足を引きずって歩くこともなく、傷はすっかり癒えて、以前と同じように強くて精力的だった。「でも、今日はやさしくしてね」

ふいに心配になったのか、アッシュクロフトが顔をしかめた。「気分でも悪いのかい？」

ダイアナはわくわくして笑わずにいられなかった。「いいえ、最高の気分よ。といっても、それも長くは続かないでしょうけど。ヘスターを身ごもったとき、最初の数カ月は吐き気をこらえながら、請求書の計算をしていたから」

アッシュクロフトが真剣だった顔に輝くばかりの笑みを浮かべたかと思うと、口づけてきた。「そのことばがいつ聞けるのかと楽しみにしていたんだ。それで、いつなんだ?」

「わたしの計算が正しければ、来年の春よ」

澄みきった翡翠のような目で見つめられた。「ダイアナ、きみのおかげで私はこの世でいちばんの幸せ者だ」

真に愛のこもったことばを耳にして、ダイアナの目に涙があふれた。「身ごもると、最初の数週間は何を見ても涙が出るの」

アッシュクロフトがにやりとした。セクシーな傷跡のせいで、皮肉めかした笑みがますます際立っていた。「となると、きみには気晴らしが必要だ」

期待に胸が高鳴った。「いまここで?」

いつものように、アッシュクロフトが眉をあげた。「これがはじめてというわけじゃない」

ダイアナはアッシュクロフトの首のうしろにまわした手を組みあわせると、とろけるような甘い予感をたっぷり味わった。「あなたはほんとうに欲張りね」

アッシュクロフトの笑みは放蕩者の笑みだった。そして、その笑みはわたしだけのもの。

「きみのためにね、マイ・ラブ、これからもずっと欲張りでいるよ」

訳者あとがき

お待たせいたしました。ダークなヒストリカル・ロマンスで定評のあるアナ・キャンベルの邦訳第五弾『危険な愛のいざない』をお届けします。

今回もダークな内容は相変わらず。いいえ、ますます磨きがかかっています。

一八二七年、田舎に暮らす未亡人のダイアナは、名うての放蕩者アッシュクロフト伯爵を誘惑するために、ロンドンにやってきました。結婚して一年後に夫を失い、それからの八年間、領地の管理人である父の仕事を手伝ってまじめに生きてきたダイアナが、ロンドン一の放蕩者を誘惑しようというのですから、それには大きな理由がありました。

ダイアナが生まれ育った村の領主バーンリー侯爵に策略を持ちかけられたのです。それはなんと、アッシュクロフト伯爵を誘惑して、ベッドをともにし、子供を身ごもるというもの。策略を成功させたあかつきには、その子供に領地を引き継がせると言われたのです。ダイアナは生まれ育った故郷を愛してやみません。病に侵されて余命いくばくもないバーンリー侯爵亡きあと、子供が成人するまで、実質的に領地を意のままに管理できると思うと、胸躍り、それまでは夢にも思わなかった野心が湧いてきました。おまけに、バーンリー侯爵によれば、アッシュクロフト伯爵は女と見れば誰彼かまわずちょっかいを出して、愛人を次々に変えるような稀代のプレイボーイ。ダイアナが自ら体を差しだせば、即座にベッドをともにして、しかも、あとくされなく別れられるのはまちがいありません。数週間の愛人契約ののちに、ダイアナが姿をくらまそうが、身ごもろうが、気にも留めないろくでなしのようです。

そんなわけで、ダイアナはバーンリー侯爵の策略に加担することにしたのですが、実際にアッシュクロフト卿に会ってみると、想像していた放蕩者とはちがいました。実は誠実で高潔な男性なのでは？　そんな印象を抱いて、心ならずも惹かれていきます。

アッシュクロフト伯爵のほうも、ダイアナが何かを隠していると確信しながらも、惹かれていきます。あるときは娼婦のように大胆かと思えば、あるときは乙女のように清純。上流階級のお高く留まった退屈な淑女とはちがって、驚くほど知性的なダイアナに魅力を感じたのです。何から何まで謎めいているダイアナに、アッシュクロフトはこれまでの愛人には感じられなかったはじめての感覚を抱きます。もしや、これが愛なのか？　と。

ダイアナはアッシュクロフトの悲しい生い立ちを聞かされて、放蕩者として生きてきたわけを知ると、ますます魅了されます。けれど、アッシュクロフトとは身分がちがいます。おまけに、バーンリー侯爵の策略に加担しているのですから、どれほど愛したところで、人生をともに歩めるはずはありません。

そんな過酷な運命に翻弄されるふたりに、さらなる試練が降りかかります。村での仕事を放りだして、ロンドンに行ってしまった娘に腹を立てるダイアナの父。策略の裏にあるバーンリー侯爵の邪悪な過去。アッシュクロフトの出生の秘密……。ダイアナとアッシュクロフトがどれほど深く愛しあおうと、ふたりのまえにはとうてい越えられない壁が立ちはだかります。果たして、愛しあうふたりは究極の試練を乗り越えられるのでしょうか……。

アッシュクロフトの真の姿を知って、ダイアナは邪悪な策略に加担していることに良心の呵責を抱きます。けれど、すでにアッシュクロフトの魅力の虜となっていて、すっぱり別れることもできません。別れれば、これ以上、相手を傷つけなくて済むとわかっているのに……。

いっぽう、ダイアナと黒幕バーンリー侯爵との隠された関係が判明すると、アッシュクロフトも苦悩します。バーンリー侯爵は容赦なく、アッシュクロフトの体も心も傷つけます。それほどの仕打ちを受ければ、バーンリー侯爵の手先となっていたダイアナのことも憎んで当然です。

そう、いちばん読みどころは、激しい良心の呵責に苦しむヒロインと、騙されて、深く傷ついたヒーローが、それでも一生の愛を貫けるのかという点でしょう。

激しい憎悪をも打ち負かす、至上の愛はこの世に存在するのでしょうか？　愛憎渦巻く、情熱的なロマンスをどうぞご堪能ください。

本書はふたりきりの世界を描いた濃厚なロマンスですが、ちらちらと顔を出す脇役も見逃せません。ダイアナとアッシュクロフトの逢瀬の場所は、ロンドンきっての洒落者ペリーの館。ペリーは友人のオリヴィア（前作『誘惑は愛のために』の主人公で、フランスで愛する夫とともに幸せに暮らしています）を訪ねるために旅行中で本書には一度も登場しませんけれど、豪華絢爛な館の描写から、ペリーの人となりがよくわかり、その存在感は抜群です。もうひとりは、ダイアナの姉妹同然の親友ローラです。登場回数は少ないものの、邪悪な策略と駆け引きの世界で、最初から最後まで誠実な人物。ダイアナとアッシュクロフトのキューピッド役も務めるキーパーソンでもあります。

そして、忘れてはならないのは悪役のバーンリー侯爵。アッシュクロフトをこれでもかと言うほど痛めつけます。よくもここまで邪悪になれたものだと、ある意味で圧倒されるほど、その邪さは天下一品の筋金入りです。年老いて、不治の病に侵されているとなれば、普通ならちょっとは同情したくなるものですが、同情無用の悪魔とはこのこと。生ぬるい悪ではありませんので、みなさん、どうか覚悟の上でお読みください。

著者アナ・キャンベルは本書でもまた、主人公の胸に秘めた苦悩、罪悪感をみごとに描きだしました。そして、その筆はいよいよ脂が乗ってきたようです。六作目となる単独作品の*MIDNIGHT'S WILD PASSION*（二〇一一年刊）をはじめ、"*Sons of Sin*"シリーズ第一弾の*SEVEN NIGHT IN A ROGUE'S BED*（二〇一二年刊）、第二弾の*A RAKE'S MIDNIGHT*

KISS（二〇一三年刊行予定）など、精力的に執筆を続けています。乗りに乗っている著者がこれまで以上に濃厚でダークなロマンスを描いているのか、はたまた、新境地を切り開いたのか、興味は尽きません。いずれ、日本でもご紹介できますことを祈りつつ。

二〇一三年六月

ザ・ミステリ・コレクション

危険《きけん》な愛《あい》のいざない

著者　アナ・キャンベル

訳者　森嶋《もりしま》マリ

発行所　株式会社 二見書房
東京都千代田区三崎町2-18-11
電話 03(3515)2311［営業］
03(3515)2313［編集］
振替 00170-4-2639

印刷　株式会社 堀内印刷所
製本　株式会社 村上製本所

落丁・乱丁本はお取り替えいたします。
定価は、カバーに表示してあります。

ISBN978-4-576-13103-0
http://www.futami.co.jp/

罪深き愛のゆくえ
アナ・キャンベル
森嶋マリ［訳］

高級娼婦をやめてまっとうな人生を送りたいと願う美女ソレイヤ。ある日、公爵のもとから忽然と姿をくらまして…。若く孤独な公爵との壮絶な愛の物語！

囚われの愛ゆえに
アナ・キャンベル
森嶋マリ［訳］

何者かに突然拉致された美しき未亡人グレース。非情な叔父によって不当に監禁されている若き侯爵の愛人として連れてこられたと知り、必死で抵抗するのだが……

その心にふれたくて
アナ・キャンベル
森嶋マリ［訳］

遺産を狙う冷酷な継兄らによって軟禁された伯爵令嬢カリスは、ある晩、屋敷から逃げだすが、宿屋の厩で身を潜めていたところを美貌の男性に見つかってしまい……

誘惑は愛のために
アナ・キャンベル
森嶋マリ［訳］

やり手外交官であるエリス伯爵は、ロンドン滞在中の相手として国一番の情婦と名高いオリヴィアと破格の条件で愛人契約を結ぶが……せつない大人のラブロマンス！

罪深き夜の館で
シャロン・ペイジ
鈴木美朋［訳］

失踪した親友デルの行方を探るため、秘密クラブに潜入した若き未亡人ジェインは、そこで思いがけずデルの兄に再会するが…。全米絶賛のセンシュアル・ロマンス

赤い薔薇は背徳の香り
シャロン・ペイジ
鈴木美朋［訳］

不幸が重なり、娼館に売られた子爵令嬢のアン。さらに〝事件〟を起こしてロンドンを追われた彼女は、若くして戦争で失明したマーチ公爵の愛人となるが……

二見文庫 ザ・ミステリ・コレクション

許されぬ愛の続きを
シャロン・ペイジ
鈴木美朋［訳］

伯爵令嬢マデリーンと調馬頭のジャックは惹かれあいながらも、身分違いの恋と想いを抑えていた。そんな折、ある事件が起き……全米絶賛のセンシュアル・ロマンス

その夢からさめても
トレイシー・アン・ウォレン
久野郁子［訳］［バイロン・シリーズ］

大叔母のもとに向かう途中、メグは吹雪に見舞われ近くの屋敷を訪ねる。そこで彼女は戦争で心身ともに傷ついたケイド卿と出会い思わぬ約束をすることに……!?

ふたりきりの花園で
トレイシー・アン・ウォレン
久野郁子［訳］［バイロン・シリーズ］

知的で聡明ながらも婚期を逃がした内気な娘グレース。そんな彼女のまえに、社交界でも人気の貴族が現われ、熱心に求婚される。だが彼にはある秘密があって…

あなたに恋すればこそ
トレイシー・アン・ウォレン
久野郁子［訳］［バイロン・シリーズ］

許婚の公爵に正式にプロポーズされたクレア。だが、彼にとって〝義務〟としての結婚でしかないと知り、公爵夫人にふさわしからぬ振る舞いで婚約破棄を企てるが…

この夜が明けるまでは
トレイシー・アン・ウォレン
久野郁子［訳］［バイロン・シリーズ］

婚約者の死から立ち直れずにいた公爵令嬢マロリー。兄のように慕う伯爵アダムからの励ましに心癒されるが、ある夜、ひょんなことからふたりの関係は一変して……!?

恋のかけひきにご用心
アリッサ・ジョンソン
阿尾正子［訳］

存在すら忘れられていた被後見人の娘と会うため、スコットランドに夜中に到着したギデオン。ところが泥棒と勘違いされてしまい…実力派作家のキュートな本邦初翻訳作品

ハイランドで眠る夜は
リンゼイ・サンズ
上條ひろみ［訳］
〔ハイランドシリーズ〕

両親を亡くした令嬢イヴリンドは、意地悪な継母によって〝ドノカイの悪魔〟と恐れられる領主のもとに嫁がされることに…。全米大ヒットのハイランドシリーズ第一弾！

その城へ続く道で
リンゼイ・サンズ
喜須海理子［訳］
〔ハイランドシリーズ〕

スコットランド領主の娘メリーは、不甲斐ない父と兄に代わり城を切り盛りしていたが、ある日、許婚が遠征から帰還したと知らされ、急遽彼のもとへ向かうことに…

ハイランドの騎士に導かれて
リンゼイ・サンズ
上條ひろみ［訳］
〔ハイランドシリーズ〕

赤毛と頬のあざが災いして、何度も縁談を断られてきたアヴリル。そんなとき、兄が重傷のスコットランド戦士を連れて異国から帰還し、彼の介抱をすることになって…？

哀しみの果てにあなたと
ジュディス・マクノート
古草秀子［訳］

十九世紀米国。突然の事故で両親を亡くしたヴィクトリアは、妹とともに英国貴族の親戚に引き取られるが、彼女の知らぬ間にある侯爵との婚約が決まっていて…⁉

その瞳が輝くとき
ジュディス・マクノート
宮内もと子［訳］

家を切り盛りしながら〝なにかすてきなこと〟がいつか必ずおきると信じている純朴な少女アレックス。放蕩者の公爵と出会いひょんなことから結婚することに……

あなたに出逢うまで
ジュディス・マクノート
古草秀子［訳］

港での事故で記憶を失った付き添い婦のシェリダン。ひょんなことからある貴族の婚約者として英国で暮らすことになり…⁉　『とまどう緑のまなざし』関連作

ほほえみを待ちわびて
スーザン・イーノック
阿尾正子［訳］
家庭教師のアレクサンドラはある事情から悪名高き伯爵ルシアンの屋敷に雇われる。つれないアレクサンドラに伯爵は本気で恋に落ちてゆくが…。リング・トリロジー第一弾

信じることができたなら
スーザン・イーノック
井野上悦子［訳］
類い稀な美貌をもちながら、生涯独身を宣言しているヴィクトリア。だが、稀代の放蕩者とキスしているところを父親に見られて…⁉リング・トリロジー第二弾！

くちづけは心のままに
スーザン・イーノック
阿尾正子［訳］
女学院の校長として毎日奮闘するエマに最大の危機が訪れる。公爵グレイが地代の値上げを迫ってきたのだ。学院の存続を懸け、エマと公爵は真っ向から衝突するが…

きらめく菫色の瞳
マデリン・ハンター
宋　美沙［訳］
破産宣告人として屋敷を奪った侯爵家の次男へイデン。その憎むべき男からの思わぬ申し出にアレクシアの心は動揺するが…。RITA賞受賞作を含む新シリーズ開幕

誘惑の旅の途中で
マデリン・ハンター
石原未奈子［訳］
自由恋愛を信奉する先進的な女性のフェイドラ。その奔放さゆえに異国の地で幽閉の身となった彼女は〝通りがかりの〟心優しき侯爵家の末弟に助けられ…⁉

光輝く丘の上で
マデリン・ハンター
石原未奈子［訳］
やむをえぬ事情である貴族の愛人となり、さらに酒宴の余興で競売にかけられたロザリン。彼女を窮地から救いだしたのは、名も知らぬ心やさしき新進気鋭の実業家で…

英国レディの恋の作法

キャンディス・キャンプ
山田香里［訳］

一八二四年、ロンドン。両親を亡くし、祖父を訪ねてアメリカからやってきたマリーは泥棒に襲われるも、ある紳士に助けられる。お礼を申し出るマリーに彼が求めたのは彼女の唇で…

英国紳士のキスの魔法

キャンディス・キャンプ
山田香里［訳］

若くして未亡人となったイヴは友人に頼まれ、ある姉妹の付き添い婦人を務めることになるが、雇い主である伯爵の弟に惹かれてしまい……!? 好評シリーズ第二弾！

唇はスキャンダル

キャンディス・キャンプ
大野晶子［訳］

教会区牧師の妹シーアは、ある晩、置き去りにされた赤ちゃんを発見する。おしめのブローチに心当たりがあった彼女は放蕩貴族モアクーム卿のもとへ急ぐが……!?

鐘の音《ね》は恋のはじまり

ジル・バーネット
寺尾まち子［訳］

スコットランドの魔女ジョイは英国で一人暮らしをすることに。さあ〝移動の術〟で英国へ――、呪文を間違えたジョイが着いた先はベルモア公爵の胸のなかで…!?

星空に夢を浮かべて

ジル・バーネット
寺尾まち子［訳］

舞踏会でひとりぼっちのリティに声をかけてくれたのは十一歳の頃からの想い人、ダウン伯爵で…『鐘の音は恋のはじまり』続編。コミカルでハートウォーミングな傑作ヒストリカル

はじめてのダンスは公爵と

アメリア・グレイ
高科優子［訳］

早くに両親を亡くしたヘンリエッタ。今までの後見人もみな不慮の死を遂げ、彼女は自分が呪われた身だと信じていた。そんな彼女が新たな後見人の公爵を訪ねることに…

罪つくりな囁《ささや》きを
コートニー・ミラン
横山ルミ子［訳］

貿易商として成功をおさめたアッシュは、かつての恨みをはらそうと、傲慢な老公爵のもとに向かう。しかし、そこで公爵の娘マーガレットに惹かれてしまい……。

灼けつく愛のめざめ
シェリー・トマス
高橋佳奈子［訳］

短い結婚生活のあと、別々の道を歩んでいた女医のブライオニーと伯爵家の末弟レオ。だが、遠く離れたインドの地で再会を果たし…。二〇一〇年RITA賞受賞作！

〈完訳〉シーク―灼熱の恋―
E・M・ハル
岡本由貴［訳］

英国貴族の娘ダイアナは憧れの砂漠の大地へと旅立つが……。一九一九年に刊行されて大ベストセラーとなり映画化も成功を収めた不朽の名作ロマンスが完訳で登場！

愛する道をみつけて
リズ・カーライル
川副智子［訳］

とある古城の美しく有能な家政婦オーブリー。若き城主の数年ぶりの帰還でふたりの間に身分を超えた絆が…。しかし彼女はだれにも明かせぬ秘密を抱えていて……？

戯れの恋におちて
キャンディス・ハーン
大野晶子［訳］

十九世紀ロンドン。戦争や病気で早くに夫を亡くした高貴な未亡人たちは、〝愛人〟探しに乗りだしたものの、思わぬ恋の駆け引きに巻き込まれてしまう。シリーズ第一弾！

めぐり逢う四季《きせつ》
ステファニー・ローレンス／メアリ・バログ他
嵯峨静江［訳］

英国摂政時代、十年ぶりに再会し、共に一夜を過ごすことになった四組の男女の恋愛模様を描く短篇集。ステファニー・ローレンスの作品が09年度RITA賞短篇部門受賞

二見文庫 ザ・ミステリ・コレクション